曼曼归途

君子以泽 ——

著

One's
Way Home

湖南文艺出版社
HUNAN LITERATURE AND ART PUBLISHING HOUSE

博集天卷
CS-BOOKY

目录
Contents

01　乐坛天后侯曼轩卷

02　流行天王龚子途卷

03　东万大佬龚子业卷

04　歌谣之星Alisa卷

01

乐坛天后
侯曼轩卷

Act. 1 天后与那只兔

奶兔最可爱了："侯曼轩，你是新专辑糊穿地心①了还是怎么的，来蹭奶兔热度吗？都有男朋友了还这么拼的？劝你要点脸，不要倒贴。你自爱一点我们还敬你是个女神，否则请原地爆炸。"点赞：37908。

七月归途："老子就是不喜欢看奶兔和任何女人在一起。奶兔是亚洲第一神颜，没有女人配得上他，侯曼轩也一样［微笑］。不接受任何反驳［微笑］。"点赞：29788。

BLAST 的夜消菜包："曼轩姐姐是亚洲的奇迹、赫威的王牌。她出道的时候兔子才六岁，蕴和才七岁，她进军国际市场的时候，BLAST 大部分成员都还在培训！和姐姐合作是 BLAST 的骄傲，怎么会有这么多兔粉来攻击姐姐，给奶兔、给 BLAST 招黑？冰火饭②都是有涵养的小仙女，我们应该团结一致，抵制不理性的攻击言论。赞我送我上去，让曼轩姐姐看到！"点赞：22582。

涛涛家老幺："呵呵，某些脑残毒唯③又开始了。你们这群白嫖④颜狗⑤粉自己摸着良心说说，除了做自制视频尬吹你宇宙第一仙兔颜值艳压整个娱乐圈，在你仙兔和女明星亲密接触时疯狂刷存在感给 BLAST 招黑，你们还为你们家主子做出过什么贡献？你们买过 BLAST 正版专辑吗？买过他们演唱会的门票吗？滚出 BLAST 饭圈好吗？"点赞：17384。

兔兔我本命鸭："侯曼轩，请你滚出奶兔的怀抱！他只是个孩子，你会带坏他的！对 BLAST 的粉丝来说，你太嫩了！"点赞：16522。

冬日的下午，侯曼轩在公司舞蹈室练习结束，刚回休息室洗好澡、贴上面膜，助理就奉经纪人旨意，递来手机让她看微博的战况。

---

① 糊穿地心：网络饭圈用语，形容原本当红的明星过气了，完全没有以前的人气和热度了。
② 冰火饭：BLAST 男团粉丝的名称。
③ 毒唯：网络饭圈用语，指组合的某一类粉丝，只喜欢其中一个人，即"唯"，并且在唯的基础上有"毒"，即看不上组合内其他艺人。
④ 白嫖：网络饭圈用语，嘴上说喜欢但不花钱支持偶像的行为。
⑤ 颜狗：网络饭圈用语，对长得好看的人没有抵抗力的人。

侯曼轩微博已经有很长时间没有这么火爆过。大概有三年还是四年了吧。看见持续暴涨的评论数，她想起自己刚出道那两年被黑粉控评的恐惧。如今她已经不再惧怕喷子，却很在意负面言论对自己事业产生的影响。

她躺在沙发上锁了手机，尽量保持平静，不让脸部表情牵扯到面膜。又过去六分五十三秒，闹钟响起，她撕下面膜。旁边心惊胆战了六分五十三秒的助理赶紧冲上去接面膜。她避开助理，从沙发上一跃而起，把面膜丢到垃圾桶里。

"曼轩姐……"助理小心翼翼地说道，"我听言老师说，是因为昨天晚上和BLAST同台演出才会闹成这样，他们的粉丝也太可怕了吧……"

"你觉得是因为BLAST？又不是第一次和他们合作。"

助理歪着头想了想，是啊，上个月的慈善活动，曼轩姐才和BLAST人气最高的成员表演了同一首歌，但粉丝完全没有愤怒，怎么换了另一个成员就闹成这样了？她迷惑地说："那……那是因为什么啊……"

侯曼轩叹了一口气，用纸巾擦了擦粘上精华液的手，望向窗外。大雪刚停，街道上一片泥泞，两侧的梧桐枯枝上盖满了白色雪糕。如此美丽的雪景，让她想到了把今日对比得格外惨烈的梦幻前一夜。

前一晚，侯曼轩的经纪公司赫威集团在工人体育场举办了周年庆晚会，到场观众八万两千人，现场表演全程电视台直播，整得跟世界杯似的，票价炒到卖肾去买都不够。这之前，董事长亲自邀请了侯曼轩，跟她拍胸脯保证，别的艺人最多表演两首歌，我们超级天后还是惯例三首，第三首还是压台神作《嫁给你》，男舞伴配置最棒的流量大咖蕴和。

《嫁给你》是侯曼轩去年亲自作词作曲推出的单曲，国内外总共拿了十七个奖项，英文版、日文版、韩文版和泰文版都相当风靡，在各大音源网站和相关App排行榜上也超越了她过去的作品，成了单曲点击量最高的一首歌。

这是一首快节奏的悲伤歌曲，讲述了女孩子曾想嫁给一个男人，后来与他分手的故事。因此，每次现场表演到后期，都会有一个赫威当红男艺人出场跪下求婚，再与侯曼轩同台跳舞，两人时近时远，难舍难分，最后这个男艺人和其他伴舞一起退场，留她一个人在舞台上完成剩下的舞蹈。

从第一次现场表演之后，与她同台表演的男艺人有八个。不管是跟谁共舞，每一场表演都获得巨大的成功。而每一次上台之前，谁会与侯曼轩共舞，又成了歌迷最为津津乐道的话题。

其中，获得最高关注度的是BLAST里的蕴和。

BLAST是整个娱乐圈最炙手可热的男团，刚出道半年，全球粉丝量就破了赫威的纪录。曾经为了娱乐效果，有一个女明星在节目里亲了一下BLAST的成员，被几十万冰火饭刷到微博关评论。但是情况到侯曼轩身上就不同了。初次与蕴和同台共舞后，冰火饭和蕴和的唯饭①都表示很羡慕、很支持，并感谢亚洲天后提携自家偶像。

昨天，蕴和本来依然要和侯曼轩同台跳舞，但临时扭伤了脚，无法进行剧烈运动。公司本来想找与侯曼轩合作过的其他男艺人来代替，BLAST 的经纪人却坚持要让 BLAST 的成员来顶替。

然后，传说中的龚子途被推了出来。

龚子途就是唯饭口中的"亚洲第一仙子公子兔"，以此形容他清新脱俗的气质。因为粉丝吹得太厉害，他的黑粉都喜欢戏谑地称他为"仙兔"。

在龚子途还未正式出道时，侯曼轩就认识他了，但两个人说的话不超过十句。她对龚子途所有的了解也只有三点：第一，他一年的写真拍摄数量是 BLAST 其他九位成员加起来的五分之二；第二，以他为封面的专辑销量比其他成员当封面的专辑销量平均高 36.7%；第三，他八岁时在东京迪士尼乐园与母亲一起跟随花车巡游，从巡游开始前五分钟，被日本最大娱乐事务所的星探一直缠到全园巡游结束。

其实这三点讲的都是一个意思：他是这个组合里颜值最能打的一个，也就是所谓的门面担当。

侯曼轩一直对团队门面有无法控制的偏见，所以即便龚子途还是 BLAST 的领舞，也让她担心了很久。然而，昨天他们两在后台练了一下，她发现龚子途竟然很熟悉这首歌的舞步，就同意了让他代替蕴和出场。龚子途也很争气，现场发挥极好，动作力度、平衡度、时间点都拿捏得恰到好处，与她的默契度甚至比蕴和还高。

唯一不太对劲的是他的出场动作。

昨夜下着大雪，灯光照得雪花纷飞的舞台一片斑斓。台下的观众裹着大衣围巾，挥舞着荧光棒，台上的侯曼轩却穿着紧身坎肩运动衫和迷彩裤。尽管有暖气，她也一直在跳舞，但鼻尖还是冻得通红。热舞部分过后，音乐变得抒情起来，她停下动作，转身等待即将到来的男舞伴，更是被风雪吹得手指都在颤抖。

然后，明晃晃的灯光集中在舞台彼端的龚子途身上。

他穿着白衬衫，黑长裤，梳着三七分的狼奔头，身材高挑笔直到散发出一种基因上的贵气，在粉丝忽然高了数个分贝的尖叫声中，朝她慢慢走来。

那一刻，音乐都快被少女们声嘶力竭喊着的"龚子途"盖住，但侯曼轩还是怔住了。

她知道他的卖点就是脸，但有这么夸张的吗？这样出现在鹅毛大雪中，梦幻灯光下，简直就像童话书里翻山越岭走向心仪女子的冰雪王子。

是造型的原因吧，肯定是造型。

侯曼轩迅速调整状态，把注意力集中在表演上，准备等他靠近以后配合好下一个

---

① 唯饭：只喜欢一个组合中某一名成员，对其他成员不感兴趣的粉丝。

动作。接下来，他应该单膝跪下来，把手里的捧花递给她，她双手接过捧花，然后再……等等，捧花呢？

她上下打量他一番，确定他双手空空如也，裤兜也不像是能装得下捧花的。她留意着他手部的动作，本想看看他是不是把捧花藏在了身后，打算从背后拿出来。然而，他走到她面前，却没有跪下的动作，反而是站得更近了一些，双手捧住了她的脸，低头把额头贴在她的额头上。

不是开玩笑。

那一刻，侯曼轩觉得自己的心跳得都快炸裂胸膛了。

而更让她心乱的是，他入戏太深，跟平时留给她的印象完全不同。在那么近距离的情况下，他凝视着她，眼神迷乱，有火焰般的感情在燃烧，就像在压抑着自己的欲望，只要一个不小心，就会分分钟按住她的头强吻一样。

她当时局促得耳蜗都在突突乱跳，特别想告诉他：子途，我们的舞台大，镜头不会拍你的眼神细节，可以不要演得这么逼真吗……

好在这个额头对贴的动作没持续太久，他就收了手，右手搂了搂她的腰，左手抬起来。这支舞她已经跳到身体比大脑记得还清楚了，不需要回过神，就接着他的动作，完成了后面的舞蹈。

表演结束后，侯曼轩有一阵精神恍惚。后来听见经纪人在后台教训龚子途，才知道他上台时忘记带捧花了，临场发挥了这么一个动作。当时，侯曼轩内心隐隐有了不祥的预感。

结果第二天，这个预感应验了。现在各大网站表演视频下，成千上万"兔粉"破口大骂或奋力劝架，众多发言者中还混了吃瓜群众、她的粉丝、她的黑粉、他的黑粉。他们俩表演的照片也被疯转。转得最多的一张照片里，龚子途低头抚摸她脸颊一侧的长发，半睁双眼，与她鼻尖贴着鼻尖。

侯曼轩欲哭无泪，特别想跟他说一句，这位小弟弟，你为什么要出道当歌手，为什么不去演戏？

侯曼轩的经纪人说过，没有人品恶劣的艺人，只有公关能力差的艺人。混娱乐圈，公关能力是决定生死存亡的关键。他有条不紊地跟BLAST的经纪人打了一通电话："发一份关于昨天表演的通稿，着重渲染蕴和脚扭伤、龚子途在后台临时学会舞步，天赋异禀。对我们曼轩的事，记得一笔带过。"特意开了扬声器，好让侯曼轩放心。

侯曼轩朝经纪人伸了个大拇指。

然而，BLAST经纪人的回答却是："恐怕……有难度。"

"为什么？"

"消息已经传到杨董那里去了。"

听到这句话，不仅经纪人，连侯曼轩都觉得有千斤巨石砸在了脑门上。

因为，赫威董事长杨英赫不做艺术，只经商。他喜欢搞粉丝效应，把偶像的价值最大化，不择手段。在他的带领下，赫威集团在最短的时间里成了华语演艺圈三大娱乐巨头之一，被公认是"最强的造星梦工厂"。

在侯曼轩看来，这个闪亮亮的称号其实有另外的意思。

所谓"造星"，指的是造明星，不造歌手。

所谓"工厂"，指生产的不是作品，是商品。

所谓"梦"，指的是明星们未来年老色衰之时，曾经大红大紫的演艺生涯就跟梦一样过去了。

综上所述，只要有钱赚，他是不会在意口碑这种小问题的。

经纪人挂掉电话四分钟后，杨英赫亲自打电话过来说："曼轩，我刚才还在听你的新歌，你的歌喉依然如此动听。今天心情好吗？"

"董事长，我很好。如果取消和 BLAST 的所有合作，我会更好。"

"放心，你不用和蕴和合作，以后他的部分都由子途接手。"

果然，果然，果然！侯曼轩咬牙切齿地说道："所以，昨天龚子途并不是真的忘记了拿捧花，是您安排的吧。"

"曼轩，我知道你崇拜我，但我也没有这么料事如神。如果早知道有这种效果，《嫁给你》的第一场表演，我就让子途来了。"

有理，无法反驳。

"你知道的，子途是我亲自挑选进 BLAST、花了血本栽培的，原本我对他期待最高，想让他当 BLAST 人气王的，没想到现在粉丝也不是只看脸，他的人气被蕴和的亲和力碾压了。子途这孩子啊，在什么场合都不争不抢，太佛系。作为双门面之一，他的镜头感和综艺感都远不如唐世宇。每次人气投票看他被那两个压得死死的，我都替他着急。好在昨天他终于开窍，总算领悟表演的真谛了。曼轩，这对你也是有很大帮助的。"

杨英赫说得如此理直气壮，让侯曼轩有一种自己错了的错觉。她只想挂断电话，再抓乱自己的头发："不开这种玩笑行吗？和儿子辈的小男生传绯闻，您不如直接冷藏我。"

"只是合作，别这样紧张。何况子途只比你小八岁，不至于像儿子。"

"顶多像侄子是吗？"

"姑侄好，《百年孤独》也推崇姑侄，不是吗？"

"所以，我只需要在大家的祝福下和龚子途幸福地生活在一起，生下一个猪尾巴孩子血崩而死，再被龙卷风卷走就好了对吗？很好。"

"曼轩，这本书我还没看完，你怎么就剧透了呢？不过你放心，你的结局会比这个好。"

于是，她的结局就是周末与 BLAST-I 上《明星麻辣烫》。这是国内首屈一指的直播八卦综艺节目，娱乐性强，采访内容也劲爆，是公认综艺感不强艺人的人设之墓。

关键词：直播。

侯曼轩并不觉得这比《百年孤独》的结局好，最起码在书里，主角们死得很痛快。

"对了，曼轩。告诉你个好消息。"挂电话之前，电话那一头的杨英赫轻轻一笑，"我跟子途说了，让他以后和你跳《嫁给你》都不用拿捧花了。昨天那个动作，很好。"

"什么……"

"以后每次表演，你都可以和 wuli① 盛世美颜公子兔弟弟有这种亲密接触。"杨英赫模仿的是粉丝的言语，说话语气却还是跟平时一样，慵懒而气定神闲，让人深深怀疑他已经精分成疾了，"开心吗？"

"……"

开心才怪。

"董事长，我觉得还是有必要提醒你一件事，希望你听了以后不要太失望。"

"嗯，你说。我受得住。"

"我不是单身。"

"曼轩，如果在古代，你的美貌是飞燕昭君级的。可惜我对你只有欣赏，没有爱情呢。"

听他回答得如此一本正经，侯曼轩差点晕厥："重点不是你爱不爱我好不好！我不是单身，你觉得我被安排和龚子途合作这么多，合适吗？"

"你这个问题问得很好。"从电话这一头，侯曼轩都仿佛能看见杨英赫自信的微笑，"合适。"

侯曼轩提起一口气，试图理性交流："这样牺牲艺人的未来幸福换取短期利益，是不合理的。"

"哦，曼轩大美人，我俩认识这么多年，你这样误解我，就让我有些心痛了。我只是要你和子途合作表演，并不是真的要给你们传绯闻。这不，综艺节目给你安排好了，你可以在里面尽情散发你的强大气场，强势压倒子途——当然，不是真的要你脱了他的衣服去压倒他，我的意思是，气势上压倒。如此一来，粉丝就不会把你和那些费尽心思靠近 BLAST 的贱人混为一谈了，反而会觉得我们曼轩最棒最女神，你说是不是？"

杨英赫是真的会说，难怪名人营销这一块搞得"6"得飞起的。她脑子里思考着他的提议，提醒自己不能被他的言语迷惑，要理智权衡利弊，嘴上无奈地岔开话题：

---

① wuli：网络流行词，是韩语"우리"的音译，表示"我们的"。

"中间那句补充真的有必要吗？你不说我也不会联想这个画面的，这种长得太秀气的男孩不是我的菜。"

"秀气？曼轩，你大概是不知道，他也就只有脸蛋秀气而已。子途的粉丝给他取了一个很棒的绰号，不知道你听过吗，叫童……"

"咱们约法三章，不提那个私生饭①取的名字。"侯曼轩不想再听到那劲爆的四个字，"不管什么绰号，这个类型就不是我的菜。"

挂了电话以后，侯曼轩靠在椅背上，思考着杨英赫的提议。

如果可以选择，她并不想和龚子途合作。

龚子途的粉丝侮辱她在蹭 BLAST 热度时，她很想说"他们的业务能力也值得我蹭热度吗"，但是，她又无法否认 BLAST 的确有热度，像极了从前的她。

记得刚出道那一年，记者问她："你处在原本应该和同龄孩子出去玩耍、享受青春的年纪，错过了这些只有一次的机会，是否觉得可惜？"她的回答是："可是唱歌的机会也只有一次。"

这一句出自早熟十四岁少女的口中，现在变成了歌后心酸奋斗史的一部分。但在当时，大众并没有因为她年轻、牺牲很多就给她优待，反而比对成年艺人更加苛刻。因为人们潜意识里都知道，一个人可以不劳而获，用年轻与美貌换取源源不断的金钱。一个年轻又有才华的人更是如此。

但无论如何，当时的她就是天之骄女，从那以后持续爆红了十年。

最初，公司给她打造的形象是青春教主，头两张专辑的名字分别是《可爱的 101 个理由》和 *After Class*，轻快的少女曲风让她广受年轻人的喜欢。然而反复唱同类型歌曲，歌迷产生审美疲劳是必然的。出道四年后，当她发现新专辑《尖端少女》还是一成不变的曲风，就知道公司看中的不是她的才华，而是剩余价值。她正在瓶颈和焦虑的阶段，著名钢琴家的长子杨英赫进军娱乐圈，成立了赫威娱乐有限公司，第一个想签约的艺人就是她。与这个男人交流了四天后，她知道自己遇到了知己、伯乐，不顾别人的劝说，与杨英赫签下了合约。

事实证明他们俩的选择都是正确的。

加入赫威以后的魔鬼训练没有白费。再次进入大众视线的，不再是一个声音轻柔、穿着白色长裙唱着自己太可爱的女孩，而是一个音色极具爆发力，凭一段五十二秒的现场舞蹈就能让国际舞王点头称赞的 Hip-hop（嘻哈）女帝。

当年她才十九岁。一张原声大碟 *In Danger* 成了至今依然只能被模仿而无法被超越的经典。主打歌 *In Danger* 的现场表演中，她的话筒安在了玫瑰金手镯上，所以只要是唱歌时都会举起手腕盖住半张脸。有些危险气息的眼妆透露出了少女的蜕变，招

---

① 私生饭：粉丝里行为极端的一类人。为满足自己的私欲跟踪明星，偷拍明星的日常及未公开活动。

牌动作让她被媒体称为"抬抬手腕就掀起了亚洲流行乐风暴的女孩"。

那之后的几年，"侯曼轩"这三个字延续着乐坛的神话。

所以，是赫威成就了侯曼轩，也是侯曼轩成就了赫威，更是赫威和侯曼轩为华语流行乐坛开辟了一条崭新的大道，让后来的新人们有了模仿和追随的目标。

然而后来，组合对国际流行乐坛的冲击影响了整个亚洲市场的走向。赫威这么与时俱进的公司当然不会错过这么重要的转型机会。渐渐地，赫威推出的新人里，出现了 Winners、午夜男孩、COLD、冬季少女团、BLAST、G.A.girls 这样的组合。

人气的渐渐流失并不是一朝一夕的。如今没有人能动摇侯曼轩的地位，但她也不再是过去的巅峰吸金状态。她不能再像以前那样任性 solo 了，与流量新人合作很重要，不然很快会被时代淘汰。

所以，她决定和 BLAST 一起上节目。

就是男朋友那边……唉，反正有没有合作，情况都不会太乐观。暂且忽略不计吧。

当日通告结束后，侯曼轩约了发小兼闺密郝翩翩去吃韩国烧烤。

"什么，你要跟 BLAST 上《明星麻辣烫》！"听到这句话，郝翩翩差点把嘴里的可尔必思喷出来。

郝翩翩是一位有名的鬼才插画家，不过因为很少露脸，不像侯曼轩这样一出现在人群中就会被发现，所以她带头杀进烧烤店，把侯曼轩平安送入包间。这整个过程已经够惊险的了，再听到这个消息，她觉得自己的小心肝有些受不了。

侯曼轩对她露出了警惕的眼神："别告诉我，你都这把年纪了还追星。"

"我当然追啊，你哪张专辑我没有买过正版，你说，你给我说清楚。"

"是是是，谢谢翩翩大小姐，买好正版专辑以后例行坑我一顿更贵的饭，已经是我们偶像和粉丝的传统了。我感动得眼泪都快掉下来了。"

"不，买专辑是以粉丝的身份，坑你的饭是以闺密的身份，不能混为一谈的。"

"那我可不可以只要粉丝不要闺密……哎哟！"话没说完，侯曼轩的脑门上就被狠狠弹了一下。

郝翩翩翻了个白眼，掏出手机不知道在捣鼓些什么："你这冷酷的没良心的美丽女人，快说，你跟 BLAST 的男神们什么时候上节目？我第一时间蹲点观看。"

"慢着，你先跟我说说，你是什么时候粉上 BLAST 的？他们哪里吸引你……"

侯曼轩话没说完，郝翩翩已经把手机举起来在她面前晃了晃。屏幕上显示着一张 BLAST 的合照。照片被"光焰与暗冰，The Fire and The Ice"大标题从正中央隔离成两部分，左边是烈焰般的红色系，右边是冰雪般的蓝色系，左右两侧都站着五个高挑的男孩。在这张专辑里，他们通通被包装成双生冰火天使，每个人都有与自己相反属性的配对成员。也是从这一张专辑开始，BLAST 分为"冰队"和"火队"。要跟侯曼轩一起上节目的是 BLAST-I，就是指 ice 队，冰队。而火队 fire 队，则简称 BLAST-F。

"曼曼，我就是被这张专辑圈粉的。"郝翩翩捧着脸陶醉道，"你能相信吗，他们出道不到两年时间，就已经红成现在这样了。BLAST 的成功，你们公司强大的资源做后盾是一个原因，但我觉得最直接的原因是他们十个人，每一个人都很帅。一般女团都很难做到个个是美女，男团要做到人人都是大帅哥简直是天方夜谭。BLAST 却做到了。"

侯曼轩虽然没有接触过太多绘画艺术圈的人，但和郝翩翩一起长大，她已经深有了解，大概是喜欢画完美事物和人物的原因吧，她们圈子里的颜狗特别多，也特喜欢这种类似天使恶魔的设定。她笑了笑，帮郝翩翩倒了一杯茶："那你最喜欢哪个成员呢？"

"放心好啦，不是奶兔，你可以安心和奶兔相亲相爱了。"

这回轮到侯曼轩差点喷茶水了："你在说什么鬼！"

郝翩翩把手机捧在胸口，一脸陶醉地看着侯曼轩："别演了少女，作为资深冰火饭，我会不知道昨天发生了什么事吗？"

侯曼轩扶住额头："那是意外，是龚子途忘记把捧花……"

郝翩翩挥了挥手，翻出一张龚子途的 gif 动图给侯曼轩看："虽然我对奶兔感觉一般，但不得不说，他的颜实在是太疯狂了。"

其实，每次看见 BLAST 集体亮相，第一个以及从头到尾吸引侯曼轩眼球的成员也是龚子途。可是，她不喜欢他的眼神。明明望着镜头面无表情，却给人一种很叛逆、傲慢的感觉。

而且从第一次与他见面起，她的感觉就不太好。那一刻，她的心变成了有损坏的 CD，先是停了许久，之后无节奏地快速播放起来。之后每一次见面，她都发现自己很难做到对他像对 BLAST 其他成员一样亲切，反倒是有一种轻微的抵触感。

总觉得，和他接触太多会对自己很不利……

"你说，昨天他捧住你脑袋的时候，是不是心都要停止跳动了？"郝翩翩眼睛弯弯地坏笑着，打断了她的思路。

"我还是想说，昨天他会突然做出那个动作是因为……"

"别说了，我不想听哦。你呢，已经和那个人拉拉扯扯了那么多年，想到他对你说话的态度我就火大，现在还不允许我想象一下你和奶兔在一起的画面吗？"

对闺蜜和自己男朋友的矛盾，侯曼轩一直深表无奈。不过这也不怪翩翩。最初她放心地把自己"交"到男朋友手里的时候，可是给了他十二分的叮嘱和拜托的。结果他后来的行为，有点打脸。如今翩翩已经结婚三年，孩子都会跑了，自己的感情却始终没有尘埃落定，翩翩对那个人的愤怒与日俱增，也没什么好奇怪的。

侯曼轩只能转移话题："我说翩翩，你这把年纪还追星，不怕你家那位吃醋啊？"

"不怕不怕，他是钢铁直男，只会吃男人的醋。"郝翩翩淡定地吃起了烧烤，"对他来说，BLAST 都是女孩。"

周六下午五点半，《明星麻辣烫》的录制地点——星耀广播电视中心的正门外，BLAST 的保姆车停了多久，粉丝就尖叫了多久。后门正对着一个游泳池和篮球场，也是录制综艺节目专用的，BLAST-I 的五名成员坐在一楼的休息室，等节目开始录制。

BLAST 中的眼镜哥哥用胳膊撞了撞龚子途的胳膊："等一下上去看见曼轩姐，记得要为周年庆晚会上的失误向她道歉。"

龚子途用那双被粉丝描述为"冷艳微眯永远像是睡不醒的"眼眸扫了他一眼，淡淡地说："不要。"

"为什么不要？"

眼镜哥哥其实并不是近视眼，但因为他是名校毕业的高才生，公司给他安排的也是学霸人设，团队里的智慧担当，所以给他配了一副平光眼镜。与龚子途相比，他连质问人都显得平易近人很多。

龚子途面无表情地看着不远处的泳池，从烟盒里掏出一支烟叼在嘴里，快速用打火机点燃，声音含糊不清："我没错。"

眼镜哥哥哭笑不得："你说说，你怎么没错了？"

"演出效果不差。"

"那是因为曼轩姐表演经验丰富，换个人，你们俩很可能都会在舞台上站桩了。"

"不可能，我从来没有站桩过。唐世宇才是站桩王，你应该去教训他……"

话没说完，BLAST 的队长已经一掌拍在他后脑勺上："我说龚子途，你是修行千年的杠精转世吗？还是叛逆期到二十岁还没结束？蔡哥讲了多少次了，不要抽烟不要抽烟不要抽烟，赫威所有艺人都不能抽烟。你怎么就这么没偶像包袱呢？"

"这里又没别人。"龚子途用左手捂住后脑勺，态度依然强硬，右手又一次把烟送到了嘴里。他们现在身上统一穿着白底深蓝条纹的英伦高校制服，领带也系得很严谨。室内的空调开得过暖了，这让他觉得有些不自在，于是他伸手拉了拉领口和领带，露出一截锁骨，抬头吐了一口烟，顿时觉得舒服多了。

队长满脸无奈："算了算了，你抽吧。但你已经满二十岁了，不是十二岁了吧？等一会儿遇到曼轩姐，记得道歉。"

"为什么要向侯曼轩道歉？我才不要。"

队长感觉自己的耐心即将灰飞烟灭，深吸一口气，微笑道："龚子途，其实你和咱们泡菜欧巴的路线该换一换，不然我真担心你人设会崩。"

他所说的泡菜欧巴是 BLAST-F 的主舞，韩国人，不管到哪里都喜欢带着泡菜，不然吃饭都不香，所以有了这么一个绰号。泡菜欧巴走的是叛逆妖孽坏男孩路线，但实际私底下严谨又守规矩，因此经纪人曾开玩笑说，哪怕身后有咆哮的霸王龙捕猎他，他都会在红灯前停车。

"你担心的太多了。"龚子途弹了弹烟灰，扬起一边嘴角。

BLAST 的主唱之一点点头，软糯得就像个包子："以前还在当练习生的时候，我就听说子途是富家公子哥儿，一直以为他是那种很高冷的性格，跟公司给他安排的一样，没想到本人还挺洒脱随性的。"

"喊，什么洒脱随性，就是无耻任性。"队长望向角落里一个快被遗忘的人，"是吧，少哲（大家都叫他包子）？"

包子是 BLAST 里年纪最小的成员，十七岁。公司尚未完成给他的定位，因为话少，也是平时存在感最低的一位。他笑了笑，有些腼腆："子途哥人挺好的……而且，他长得这么帅，我觉得已经没有任何缺点了，应该是什么风格都能 hold 住啊……"

"你怎么能脸不红心不跳地说出这种违心话，是打算和蕴和一样，跟这家伙'相依为 gay'吗？"队长做呕吐状。

包子怔了一下，垂下头去不再说话。

龚子途笑笑，伸手拍了拍包子的肩，但拍到一半，他的目光定格在休息室玻璃窗后的大厅中，动作也突然停住。然后，他坐直身子，扣上衬衫领口处的扣子，领带拉上去，整理得端端正正，把嘴里的烟塞到包子的嘴里，再把烟灰缸推到包子面前，最后端起桌上碰都没碰过的绿茶大喝一口，转身对着休息室门口。

包子被吓得倒抽一口气，刚好把烟吸到了肺里，呛得拼命咳嗽。其他人则顺着龚子途的目光看过去。

休息室门口，侯曼轩的脑袋探进来。她戴着一顶深红针织帽，一头巧克力色的鬈发明亮柔软，两缕小鬈发落在双鬓，衬得她眼波流转，脸庞美丽无比。她朝他们挥了挥手："咦，你们都在啊。"

龚子途站起来，对她露出了浅浅的微笑。他的身材高挑，双腿修长，制服穿得一丝不苟，英眉狭长入鬓，脸部轮廓透露出一种冷漠的贵族气质。他的笑容透露出一半的优雅，一半的疏冷，就跟刚从他们的 MV 里走出来一样："曼轩姐姐，好久不见。"

"嘿，子途。"侯曼轩朝他摆摆手，又看了看吐着烟圈剧烈咳嗽的包子，惊讶地说道："你居然会抽烟啊。"

包子摆摆手，拍着胸口继续咳嗽。

侯曼轩赶紧把茶水递给包子，担心地说："原来不会抽……那不要学呀，你才多大年纪，看你都咳成什么样了。"

包子委屈地点点头，边咳边把烟掐灭在烟灰缸里。

　　好不容易包子平息了一些，龚子途说："曼轩姐姐，上周我犯了那么大的错，还擅自做了有点失礼的动作，对不起。"说完深深鞠了一个躬。

　　"不用道歉，多大点事。"侯曼轩微笑着，"你还年轻，不能要求自己事事完美。那天已经做得很好了。"

　　"以后我一定会更加努力，不让姐姐失望。"

　　"好啊。"

　　每次和龚子途对话，侯曼轩都觉得有些意外。龚子途总是谦逊有礼，不像她想得那么"跳"。但半晌没听见其他人说话，她再看看另外三个人。

　　眼镜哥哥的眼镜滑到了鼻梁中间。包子微微张开口。队长一脸麻木地看着龚子途："我是担心太多了。"

Act.2　上节目很心累

晚上八点，《明星麻辣烫》第六季第三期开播。

这一期是赫威专场，因为除了侯曼轩、BLAST 的成员，节目组还请来了冬季少女团的三位成员。

做过开场白以后，女主持人气鼓鼓地说："我跟你讲，刚才我在底下跟灯光师说，今天有一个女生要来，你要给我很多的光，强到我眼睛流泪，一点光都不要给那个女生！你知道灯光师跟我说什么吗？他说，你放弃吧。你，放，弃，吧！我不想放弃，只想放他的鸽子！"

这个节目正如它的名字，风格辛辣，为了节目效果，主持人各种豁得出去。

"哇，你说的该不会是大美女侯曼轩吧。"

镜头转移到侯曼轩身上，侯曼轩挥挥手，大方一笑，观众席里响起了热烈的掌声。

"才不是，侯曼轩我都习惯了。"女主持人耸耸肩，指向另一个方向，"你自己看，她在那里，还要不要别人活！"

镜头对着嘉宾席里三个青春靓丽的女孩，其中一个骨骼纤细，皮肤白净，清纯得快要掐出水来。

男主持人点了点头："原来你是说祝珍珍。以前我觉得侯曼轩就很白了，看了祝珍珍我才知道，原来还可以有更白的女生。"

"唉，我本来看到侯曼轩都想损她几句，被你这样一说，我都有点跟她同病相怜了好不好。"

"其实这个同病相怜有点没必要，她们跟你并不是一个色调的。"

女主持人差一点掐死男主持人，男主持人赶紧抢着说："你比她们白太多了。"

这个节目和很多综艺不太一样，台词只有小部分是安排好的。例如他们开场的这一段对话，侯曼轩很早就知道。节目负责人也跟她嘱咐过，冬季少女团的祝珍珍是摇滚之王祝伟德的女儿，要力捧。又因为祝珍珍和她有几分相似，得了一个外号叫"小曼轩"，所以这个力捧还需要侯曼轩来配合。

这样一段对话完成之后，侯曼轩的粉丝和祝珍珍的粉丝会在网上小撕一场，并吸引一些路人关注新人祝珍珍，这是赫威的惯用营销套路。

这时，男主持人把话题转移到了她身上："曼轩，辣椒这么损你们俩，你怎么看？"

侯曼轩撑着下巴，眨着眼睛，露出了她活力四射的招牌笑容。同时，后期为她加上了彩色的图片文字"自信""不屑回答的侯女神"，配上了泡泡弹破的可爱声音。

女主持人望着侯曼轩，牙痒痒地说："所以你知道我最不喜欢侯曼轩哪一点吗？就是她长得好看就算了，她自己还知道。"

男主持人见缝插针："如果她不知道，你不是又要说她心机重了嘛。"

"对，所以不管怎样我都不喜欢她。"

"可是男生们都很喜欢她。"

男主持人说完以后，镜头转向了 BLAST-I 的五个人，以及被当作特邀嘉宾的 BLAST-F 成员，唐世宇。接着，观众席里应援团的尖叫声快把录影棚掀翻了。

女主持人指了指唐世宇："怎么回事，谁能告诉我这个人为什么会出现在这里？我们明明请的是 BLAST-I，他是进来混的吗？"

队长叹了一口气："他是为了女神来的。听说曼轩姐姐要跟我们一起录制节目，各种哭天喊地地要跟过来凑数。"

女主持人捂了捂嘴："我的天哪，你们这么花痴侯曼轩的吗？那第一个环节就让你们曼轩姐姐来抽问题吧。"

第一个环节"颜值对对碰"是最有《明星麻辣烫》特色的环节，主持人提的问题、做的活动都会与嘉宾的外貌有关。然后，他们拿出一个箱子，里面装满观众提问关于嘉宾外貌的字条，让侯曼轩随机抽取，让他们回答。

侯曼轩抽到的问题是：BLAST 的成员确实都好帅啊，可是，我是脸盲吗？为什么总是区分不开他们谁是谁呢？

队长挠挠脑袋："人数太多了，确实有点难辨认。"

男主持人点头："那能跟大家描述一下你们每个人的外形特色吗？"

"那先从我们冰队开始吧。自我介绍一下，我叫姜涵亮，二十二岁，是 BLAST 的队长，也是他们的大哥。我的特色是耳垂很饱满，我妈说这种长相有福气。"

眼镜哥哥疑惑地看着他："咦，队长，你的特色难道不是长得像埃及猫神吗？"

"怎么可以这样对我！"姜涵亮满脸黑线，捂着脸，很绝望。他现在只想把龚子途丢到楼下的游泳池里，因为"埃及猫神"这个梗就是龚子途提出来的。眼镜哥哥情商低，还真的把这个绰号叫到节目里来了。而龚子途，现在正气定神闲地露出懒懒的眼神，仿佛和他们处在不同的时空中。

女主持人看了一眼龚子途："话说今天是我第一次在后台看到龚子途本人，说真的，我有被吓到。"

"怎么说？"

"我小时候很喜欢看那种口袋少女漫画书，里面那种男主角你知道吗？"

"我不知道。"

"唉，算了，跟你说你也不懂。"女主持人嫌弃地挥挥手，"反正龚子途是齐藤千穗漫画里的男主角那种样子，九头身，下颚骨仿佛被削过一样。"

"怎么被你说得好像恐怖漫画。"

"……你会不会聊天啊，男人的嫉妒真可怕。"

"我哪有，子途长得很帅，我们都知道啊。对了，问问你们啊，你们十个人都这么好看，那最受女生欢迎的是谁呢？"

所有人都看向龚子途，只有唐世宇眼角微扬的圆眼睛睁得大大的，满面快乐地指着自己。过了几秒钟，他才看看左右："咦，没人赞同我吗？我女粉很多的啊。"

第一个环节很快结束了。轮到冬季少女团时，祝珍珍的外貌自然是被吹得天花乱坠。因为她们和BLAST都是赫威目前力捧的天团，偶像包袱重，节目组并没有出太多为难她们的环节，例如当场卸妆点评素颜这类的。不过侯曼轩觉得，即便有这个环节也不用担心。

杨英赫只管数钞票，培养一个天王巨星需要大量的时间和金钱，风险还极大，不如视觉冲击带来的利润性价比高。所以，娱乐圈里外形最好看、脑残粉最多的艺人，百分之九十都出自赫威。实力如何不重要，因为公司有全球顶尖的作曲人和编舞，尖端的音乐混音技术和电视制作团队。有这些包装，随便什么公鸭嗓都可以改造成最美电音。

甚至颜值不够也没关系。每次看到那些经纪人对着十五六岁的练习生说，脸不够小，鼻梁太塌，婴儿肥太多，上镜不好看，单眼皮可以保留因为现在流行，孩子一脸蒙地看着经纪人，侯曼轩都猜到后面他们要说什么了。她只能叹一口气，睁一只眼闭一只眼。

她不反对整形，如果是自己臭美想去整整，并令人感到赏心悦目，当然没问题。不是自愿的整形，多少有些太残酷了。

想到这里，她又下意识看了看龚子途。他正在戴耳麦，准备和另外四个人在中场表演他们的新歌。

他这脸底子必须是好的，但好看成这样，应该多少微调过，然而看不出什么整形痕迹：下颌很漂亮，却有很凌厉的拐角，目前整形技术很难保持这么自然的弧度。鼻子和额头也很是自然。那就只剩眼睛了……

可是想到这里，那双眼睛却直直地望过来了。龚子途手上整理着耳麦，却始终看着她，目光没有一点退让的意思。她吓了一跳，率先转移视线。

BLAST-I 表演了他们的最新主打歌 *The Fire*，C 位①是龚子途，主唱包子。因为词曲和编舞都是赫威的最高水准，哪怕少了一半人，现场表演还是很有爆发力。龚子途跳这首歌的经典舞步时，校园制服的袖子挽到手肘，单手插在裤兜里，眼神空空的，好像对什么都有些漫不经心，却总是能牢牢吸引所有人的视线。不是那种努力出来的耀眼，而是很多人需要努力完成的动作，他完成得好像很轻松。

哪怕技巧方面不够娴熟，这个男孩在跳舞上也是有天赋的。美中不足的地方是唱功。明明说话声音好听得像个歌手，不知道为什么唱歌就像路人在 KTV 里发挥出的水平。不过，按照侯曼轩过去对门面担当的刻板印象，她觉得龚子途能跳好舞已经是超出预想了。她一边这么想着，一边看着他的侧影。

他好高。她一上台就非常忘我，但那天和龚子途共舞，她都有留意到，和他跳舞比跟其他人稍微吃力一些，有的动作需要踮脚才能完成……现在的小孩都这么高的吗？

BLAST-I 的表演结束后，有二十分钟的广告时间。侯曼轩走出了录影棚，拒绝了工作人员递来的饮料，喝了一点水，靠在墙角玩手机。微博上，BLAST 参加《明星麻辣烫》已经被火速推上了热搜。然后，她不经意点到一条与龚子途有关的微博，配图是各种龚子途的演唱会照片。

奶兔超甜呐："你一笑，我就拥有了全世界。#龚子途美颜盛世##绝世好腰龚子途##童颜巨×龚子途##人美腿长的 BLAST 吸粉冠军龚子途##龚子途跳嫁给你喉结#"

又一次看见那个"童"字开头的辣眼睛名号，侯曼轩扯了扯嘴角，想立刻关掉微博。但扫到最后一个话题，她愣了一下。这是什么？

好奇点开一看，里面有大量转发的 gif 动图和短视频。都是龚子途那天和她跳《嫁给你》的现场表演细节。看完了动图，她明白粉丝在讲什么了：龚子途走到她面前，捧她的头时喉结很明显地动了动，应该是在吞唾沫。然后额头与她轻触，眼睛闭了起来。

她看着动图重复了几次，鬼使神差般点开了从其他角度拍摄的动图。打开其中一个视频，插上耳机，她把短视频看了一遍，又找来一个完整的《嫁给你》视频，从头看到尾，直到听她自己因跳舞细微喘息着，平静地唱出这首歌最后一句歌词："与你凝视过，燃烧了我一生的快乐。"再看了看龚子途靠着自己额头闭上眼睛的照片。

"怎么，看小鲜肉的照片看得出神了？"

听见这个声音，侯曼轩吓得手机都没拿稳，差点掉在地上。她锁上屏幕，回过头去。

①　C 位：网络流行语，核心位置。

站在身后的男人穿着一身正统黑西装，打着黑领结，身材高大挺拔，五官端正，眼角微微下垂，长眉间距紧凑，给人一种轻锁眉宇的感觉。他站在半明半暗的灯光下，就像是一座冷硬而难以接近的英俊雕像。

看见他这身打扮而且两手空空，侯曼轩才想起来自己忘记了挺重要的事："颁奖典礼结束了？"今天晚上在这栋楼里，也举行了"星耀电视"颁奖典礼。

"嗯。"

"明年再接再厉吧。"

他轻笑了一声，回头对助理丢了个眼色，助理双手捧着蓝水晶小人形状的奖杯走上前来。她又补充道："哦，拿奖了啊，恭喜。"

他却看也没看那个奖杯："等一会儿你节目录完了就下来，我安排了记者采访，表现开心点。"

"Ok。晚点见。"

侯曼轩刚想转身回去，他再次说道："你还没回答我的问题呢，看小鲜肉的照片开心吗？"

"这与戚先生有关系吗？"

"你在公众场合看其他男人的照片，如果被人发现，你说和我有关系吗？"

"除了戚先生，也没有人会站在这么近的距离偷看我玩手机。"

他扬了扬眉，往后退了一步，举起手做投降状："你应该知道我真的没有兴趣。"

这是侯曼轩的男朋友戚弘亦，三十四岁，著名演员。他主演的电视剧收视率没有低于1%的。在外人看来，他们是流行天后与视帝的强强组合、金童玉女，得到了所有人的祝福。但在私底下，他们连对方的手都不会碰一下，只要房间里有彼此的存在，就会有一种小学和班主任同处一室的窒息感。

爱情，或许曾经有过吧，但遥远到侯曼轩都快忘记有这么一回事了。

侯曼轩淡漠地说："那就少操心我的事。戚先生身边的网红不断，我看看小鲜肉的照片，无伤大雅吧？"

"你是第一天进娱乐圈吗？还不知道这圈子对女人的苛刻程度，比对男人要严重百倍？"戚弘亦轻笑一声，"当然，女人只要放弃底线，也能比男人飞得更高更容易就是了。"

"其实戚先生大可不必谦虚。男人只要放弃底线，同样可以比女人更快一步登天，例如没什么演技，也能比女艺人更快拿到视帝奖项。"

戚弘亦的笑容更深了一些，眼睛里也看不到一丝冰冷的情绪，展现了他精湛的演技："你知道吧，下次有什么工作，例如接受记者采访这一类，我会让人通知你的经纪人。"

"最好不过，不劳烦视帝亲自接驾……"

这时，一个节目组的工作人员跑过来，有些雀跃地说："那，那个，戚弘亦竟然也在？你是过来给侯曼轩探班的吗？我特别喜欢你主演的电视剧，尤其是去年的《苍穹诀》，简直太好看啦！"

戚弘亦稳重而有涵养地微笑："谢谢。"

"你们在一起这么多年还是这么恩爱，真让人羡慕啊。我可以拍一张你们俩的照片吗？"

"当然。宝贝，过来。"

戚弘亦搂着侯曼轩的腰，把她往自己怀里带。侯曼轩依偎着他，也和他一样，露出了一脸温柔的微笑。在手机拍照声响起之前，她只觉得度秒如年。她知道，戚弘亦与她一样。因此，她都有些同情他了。

广告时间结束后，节目组继续录制《明星麻辣烫》下半场的"你问我答"互动环节。女主持人提出的第一个问题是："作为当红偶像，你的偶像是哪一位？"

侯曼轩给的答案是祝伟德。

男主持人说："我也喜欢祝伟德，因为我爸妈是他的忠实歌迷，所以我也是听着他的歌长大的。"

"这么巧，我妈妈也喜欢他。他的音域又高又阔，有 E2 吧。"

"长得也很帅。"女主持人摸摸下巴，"他在《燃情岁月》MV 里那条黄金裤子和飞机头算是领先时代三十年的时尚吧，那条裤子我爸妈和他们所有同学都有。"

侯曼轩笑了："我妈妈也有。"

姜队长接道："我爸妈都有。"

"那条裤子我爷爷都有。"眼镜哥哥此话一出，大家都疯笑起来。

"我爸妈也有。"祝珍珍笑得都快没眼睛了。

"原来你爸也有，我怎么不知道？"女主持人说完又翻了个经典的白眼，"security（保安部门），快把这个骄傲到上天的女儿拖出去。"

关于偶像的提问继续。冬季少女团的一个女孩给的答案是祝伟德，另一个说的是侯曼轩，祝珍珍倒是说自己喜欢玛丽亚·凯莉，因为不想当"爸爸的女儿"，她想开辟自己的曲风。说完，她有意无意地看了一眼侯曼轩。

接着轮到 BLAST。

男主持人对唐世宇挥挥手："被孤立在冰队外的世宇，来告诉我们，你的偶像是谁呢？听说你今天强行要跟过来，就是因为这位偶像？"

唐世宇秒答："曼轩姐姐。"

男主持人惊讶："这么肯定？太油嘴滑舌啦。我们不会这样放过你的。"

唐世宇一脸正气："我的回答是发自肺腑的。"

女主持人一脸认真地望着他："那你更喜欢侯曼轩还是申雅莉？"申雅莉是外形美

到略带攻击性的影后，选美出道，是很多男生的梦中情人。

唐世宇本来性格很活泼，听到问题，也变成一副完全没辙的害羞样。

眼镜哥哥回答老师问题般举起手："我要爆个料，来录制节目的路上，他还在手机上看《死徒》，而且是快进着看。"

男主持人好奇地问："为什么快进看？"

"完全跳过其他主演的部分，只看申雅莉。"

舞台后方的大荧屏里，申雅莉在《死徒》里的造型海报被呈现出来：暗红的嘴唇、漆黑的烟熏妆，她高高仰着头，浓密的绛红大鬈发遮住一只眼睛，一身军装显得她冷酷又美艳。

眼镜哥哥转过头去看了看荧屏，恨铁不成钢般摇了摇头："这是唐世宇的电脑桌面。"说完大家笑成一片。

女主持人机敏地接道："那么问题来了，世宇，侯曼轩和申雅莉，你要选谁？快，三二一，给答案。"

姜涵亮拍拍他的肩："肯定会选申雅莉，因为申雅莉就是他的梦中情人。"

唐世宇想了想，用力点点头："曼轩姐姐，真的很完美。"说完，起哄声一片。

侯曼轩撑着下巴，往前靠了一些："那如果在这里的是申雅莉，你会选谁呀？"

唐世宇蒙了，大家又笑了起来。

男主持人转头就把矛头对向姜涵亮："那个笑得最厉害的队长别想跑，来说说你的偶像是谁。"

姜涵亮一副正气浩然的模样："所有前辈都是我的偶像。"

"这是今天最狡猾最官方的答案了，我们不能放过他。"

"都是肺腑之言，我们 BLAST 需要学习的地方还有很多。"

"听说你私底下说偶像是侯曼轩呀。"

姜涵亮坦率地点点头："对的，因为太漂亮了。我毕竟是男人。"

唐世宇指了指姜涵亮："我跟你们讲，他就是虚伪，虚伪。"

"总比你朝三暮四好，一会儿喜欢曼轩姐姐，一会儿喜欢申雅莉，你到底想怎样？"

两个人对望一眼，音响师很配合地播放出眼波电流的噼啪声。

龚子途的答案是，没有偶像，只有喜欢的作品。

"他没有说实话。"姜涵亮瞄了一眼龚子途，摇摇头，"这家伙不老实。"

但不管主持人如何"严刑审问"，都没办法逼龚子途说出实话。姜涵亮虽然老损他，却也替他守口如瓶。随后，包子也说曼轩姐姐是他的偶像，因为她唱歌的时候很少说话，就只是唱歌而已。

"说到侯曼轩，我想问问侯女神，你跟那么多男艺人现场表演过《嫁给你》，跟谁合作最愉快呢？"

听到男主持人的发问，为了照顾到每一个舞伴的情绪，侯曼轩本来应该好歹表现出矛盾的，但想到杨英赫那些不怀好意的提议，她就懒得再纠结了，毫不犹豫答道："跟蕴和。"

果然，众人的目光都锁定在了龚子途身上。龚子途没有太大的反应，只是轻轻咬住下唇，露出了有一点点尴尬的笑容。

"可是你跟龚子途的表演是引起最大反响的呢。"

侯曼轩微笑，不打算解释太多。姜涵亮倒是沉不住气了，抢先道："子途太主动了。"

其他 BLAST 成员都跟着点头附和。眼镜哥哥语重心长地说："是的，所有和曼轩姐跳舞的男艺人都挺恭敬的，子途就是主动。"

"跳完了还跟我说，他特别紧张，心都快跳出来了。"

观众席里，应援团的叫声又一次震得旁边观众耳朵都疼了。

"我看你还是别紧张了，不然戚弘亦得紧张。"男主持人说完大家都笑了，然后他又转移了话题，"这种感觉我懂，跟这样一个大美女跳舞，难免都会紧张。如果换成祝珍珍，你是不是会更紧张？"

这个男主持人的主持一直滴水不漏，很少问这种得罪人的问题。所以，赫威集团的强势连观众都能感觉得到。

龚子途看了一眼祝珍珍："为什么要紧张？"

他问得很认真，顿时尴尬像病毒一样在空中传播开来。侯曼轩看见姜涵亮的嘴角抽了一下，眼镜哥哥在桌子底下踢了龚子途一脚。祝珍珍那边则是一片鸦雀无声。

男主持人和女主持人对视了一下，帮着打圆场："看到美女，不是应该会紧张吗？"

"每个人审美不同吧。"

相比他们，男主持人就是老江湖，面不改色地转移话题，拿出网络热议的话题讨论了一会儿，又说："听说子途是临时学的这个舞蹈，怎么做到这么短的时间内学成的？"

龚子途不假思索道："不需要学，有感觉就行了。"

"天才啊。来，二位给我们表演一下？"

其他人也纷纷附和。龚子途即刻离开座位，走上舞台，侯曼轩不得已只能磨磨蹭蹭地过去。

当两个人面对面站着时，侯曼轩产生了一种错觉，好像整个世界就只剩下这个圆形的舞台。这明明是练了几千次的舞，她也不知换过多少舞伴了，可到这一次和上一次没有什么不同，一和龚子途进入准备状态，无名的警钟就一直在心底敲响。

她忽然想起第一次与他见面的情景……

不行不行，走什么神呢。她晃晃脑袋，强迫自己把注意力集中在表演上。

音乐直接跳到了双人共舞的部分。这一回场地不同，龚子途的登场不像上一回的雪花舞台那样充满仪式感。因为是示范给观众看的，他脸上带着一丝有些羞涩的笑意，等走到侯曼轩面前的时候，很自然地就捧住她的头，低头与她额头轻轻贴着，且笑意更深了。

上一次像是初恋的告白，这一次像进入了热恋。

以前与其他男艺人共舞，都是很自然的表演，理性开始，娴熟结束。而与龚子途共舞的时间就像一个世纪那样漫长，又像眨眼的刹那那样短暂，以至表演完了，侯曼轩还有些精神恍惚。

最后，还是BLAST其他成员的声音让她回过神来。

"你在害羞个什么啊！"唐世宇带头，冲过去用沙发靠垫打龚子途，其他人也拿着沙发靠垫跟上。

"是啊是啊，人家男朋友在外面等着的，你在这里娇羞个什么劲！"

五个人围着龚子途暴走，场面持续失控中。

原来，捧住侯曼轩头的时候，龚子途的耳根都变红了……尽管回到座位上的他表情很淡定，恢复了公司为他设计的人设，但还是被机智的队友发现了。

一个小时二十四分钟的《明星麻辣烫》直播结束后，侯曼轩从窗口往外看了看，果然，有大批记者在楼下等候采访，刚出炉的星耀视帝应该就坐在那台被他们包围的灰棕色的保姆车里。她深吸一口气，想到休息室里面的洗手间补妆，却看见BLAST的五个人都在里面听姜涵亮做行程安排。她跟他们打了个招呼，就进洗手间了。

七分钟后，侯曼轩从洗手间出来，发现休息室里只剩下了龚子途一个人。她看看周围："咦，其他人都去哪里了？"

"他们先下去了。"龚子途摸摸自己的裤兜，左顾右盼，掀开沙发垫、杂志堆，一副愁眉不展的样子。

"你在找什么呀？"

"手机，不知道放到哪里去了。"他又一次拍了拍裤兜，拉开上衣掏了掏内兜，挠了挠头，"那个，曼轩姐姐，你打个电话给我可以吗？我找了半天没找到。"

"好。"

"嗯，我的手机号是……"他报了一个手机号，没有停下手上的动作。

侯曼轩打了他的电话。手机铃声隐隐地从他的大衣口袋里响起来。

"啊，找到了。"他过去把手机拿出来，喃喃道，"奇怪了，我什么时候把手机塞到这里的……谢谢曼轩姐姐。"

"不客气，那我先回去哦。"

"好。"

侯曼轩出去以后十多秒，BLAST 其他五个成员都从小房间里探出头来。姜涵亮第一个走出来："曼轩姐走了啊。"

"嗯。"龚子途没什么大的表情，但眼中流露着细微的喜悦。

"所以，子途，你叫我们全都进去躲着不要出来是想做什么？"

眼镜哥哥推了推眼镜："大概是想和曼轩姐姐独处一室？"

"对。"龚子途看了看手机上的号码，保存下来以后，把大衣披上，大步流星地走出门去。

刚出来没多久，有人拍了拍龚子途的肩。他回头一看，原来是 BLAST 里口才最好、最会卖萌的吴应，粉丝都喜欢叫他"暖宝宝"。

暖宝宝两条眼睛笑成了月牙儿，悄悄对他说："子途，其实我知道你刚才在做什么。"等了半天，他只得到龚子途一个微微扬眉的表情，于是迫不及待地晃了晃手机："我也要到了 Alisa 的号码哦。"Alisa 是冬季少女团的主唱，长得像个小狐狸，曾经以主打歌曲副歌部分连飙四段高音震撼演唱会全场。

"你喜欢那一款的？"

"不然喜欢哪一款，祝珍珍吗？祝珍珍长得很清纯，但私底下讲话挺傲慢的，我跟她讲话经常尬聊。还是 Alisa 比较好吧，长得像狐狸，性格却像兔子。"

"不知道，没关注过。"

BLAST 的其他成员也跟了上来。姜涵亮率先说："子途，刚才主持人问你关于祝珍珍的问题，你那个回答可能不太妥当。你忘记了吗？上节目之前，经纪人跟我们说，要多夸夸祝珍珍，公司在捧她呢。"

"公司在捧她，又不是我在捧她。"

眼镜哥哥为难道："这些都是经纪人的要求，我们毕竟只是艺人。如果太不听话，对我们 BLAST 的发展也是有影响的不是吗？"

龚子途不以为然："你们是不是有毒，我看到她不会紧张是事实，这也要逼我撒谎吗？"

本来他们想接几句，但想了想都放弃了。他们都知道龚子途家境很好，进娱乐圈也是杨英赫软磨硬泡很多次才答应的，想退圈也是分分钟的事，因此任性得不得了，可以算是赫威集团最不听话艺人排行 TOP3 了。

这时，一个女生有些气恼的声音从他们身后响起："你这样抱侯曼轩大腿才是在撒谎吧。明眼人都知道侯曼轩没有我们珍珍漂亮，她都三十了好不好？"

"二十八。"龚子途头也没回就如此回答。

Alisa 带着冬季少女团另一个女生绕到了他们面前，抬头挑衅地看着龚子途："不管她多大，你觉得刚才那个问题是在欺骗别人吗？"

龚子途完全一副被打败了的模样，看着别处轻笑一声，又转过来看向她："那你希望我怎么想呢？觉得祝珍珍好看？"

被他低头这么一看，Alisa 的气焰明显弱了很多，有一点点脸红，说话声音也小了一些："不是需要你怎么想，我们珍珍本来就好看。"

"好好好，她最好看了。"

"这还差不多……珍珍不仅好看，家境也好。龚子途，希望你下次再遇到类似的情况，不要再用同样幼稚的方式试图引起我们珍珍的注意了。"

"Birth is much, but breeding is more.（教养比出身更重要。）"

"你说什么？"

龚子途有一口纯正的牛津腔，th 与 is 的连音又快又轻，还有吞音，非常考验听力，经常唱英文 rap 的 Alisa 也没听清。

"没什么，用英文夸你们祝珍珍漂亮呢。"

"肯定不是在说这个，你到底在说什么？"

龚子途笑了笑，绕过她走了。

包子跟上来问姜涵亮："子途哥刚才说的英文是什么呀？"

姜涵亮耸了耸肩："没听懂，但应该是在说她很傻吧。"

眼镜哥哥很淡定地说："他在告诉 Alisa，教养很重要。但其实他说了什么不重要。子途本来就只想装个 ×，没打算让别人听懂。"

龚子途打了个响指，指着眼镜哥哥说："这个答案是对的。"

与此同时，侯曼轩和戚弘亦当着记者的面演完了好长一出戏。记者追问最多的问题是二人何时好事将近。有尖锐的记者询问戚弘亦，是不是和所有处于爱情长跑中的男人一样，和女朋友谈了太多年，反而失去了求婚的冲动，最后会找一个年轻漂亮的女孩结婚。然后，他们提起了戚弘亦最近与一个网红出没酒吧，喝得烂醉被扶出来，还被拍照的事情。侯曼轩解释说没有这回事，自己与戚弘亦关系很好、很稳定，希望大家给他们多一点时间。

戚弘亦搂住侯曼轩，感动得眼中装满星子，在她额头上吻了一下："我舍不得让这样好的女人难过。我一定会娶她的，就看她有没有准备好了。谢谢各位记者，你们今天辛苦了。曼轩今天通告排得很满，应该很累了，我送她回家。"

这一吻让侯曼轩上了车还觉得很不舒服。她掏出纸巾擦额头，并不正眼看他："你喜欢泡网红是你的自由，但是小心点，不要被拍到。"

汽车从江上的钢铁桥梁上疾驰而过，车灯是流动的星沙，为桥梁点缀出金银轮廓。随着江上的鸣笛声响起，游轮也变成了数把黑夜的剪刀，将璀璨灯火照亮的绸缎江面剪出了残缺却美丽的裂痕。戚弘亦将额头轻倚在玻璃窗上，眼神淡漠，也完全变了一个人："没事，下个月我新剧要播出，主题曲还是你唱的呢。制造点话题挺好。"

025

　　从他们确定恋爱关系到现在，已经过去六年了。那一年的侯曼轩就是舞台上的精灵，不仅和现在一样魅力四射，还拥有现在所没有的天真与闯劲。那样的她，任何一个男人看了都很难不心动。侯曼轩曾经以为戚弘亦和其他追求者一样，对他有过难以自拔的心动。然而再面对现如今的他，她觉得那样的想法很可能只是幻觉。

　　正如他所说的，现在绑住他们俩的，只有利益。

　　他们没有办法分手，因为在一起时间太长了，哪怕一个是歌手一个是演员，也有很大一块资源是共享的。而他们两在一起的完美银色情侣形象，又是双方公司非常看重的一部分。

　　侯曼轩知道，一旦他们分手，她的损失会更大。理由也是很残酷的。

　　戚弘亦的商业价值，在于他创造的一个又一个让人印象深刻的电视剧角色。只要他的演技还在，他的商业价值就不会改变。而侯曼轩，她是女性，还是别名为"天使在人间"，走活泼健康路线的女明星。她的商业价值，有一半源自她的音乐，有一半源自"侯曼轩"这个招牌。感情方面的形象对她，远比对实力派的视帝重要得多。

　　现在《嫁给你》还在如火如荼的宣传期，近期内不能分手是肯定的。可是，这个"近期"结束以后，还要继续这样下去吗？事业是没有尽头的。那婚姻呢，爱情呢？

　　她看了看黑暗中戚弘亦的侧脸。鼻梁高挺如山峦，鼻尖微微勾着，又为他添加了有些"坏"的魅力，这简直就是一张为荧屏而诞生的脸孔，让她觉得很陌生，又很没有亲近感。

　　最后真的要和戚弘亦结婚吗？她无法想象穿着婚纱和他步入礼堂的画面。而且，即便她愿意结婚，他又会愿意吗？他们的结果，会不会就跟那个记者说的一样，等她的青春被耗光了，他再去找一个年轻懵懂的女孩结婚？而她想找一个年龄相当的合适男性恋爱结婚，显然会比几年前困难得多。

　　想到这里，侯曼轩就觉得很沮丧。但再回想自己一路走过来经历的种种，她又摇摇头，让自己不要再去想象那些不属于自己的东西。事业才是最重要的。爱情、家庭的悲剧，她从小看得还少吗？怎么现在又突然开始期待起来……

　　"怎么不说话？"戚弘亦冷笑一声，"你觉得我说错了？还是说……难不成你吃醋了？"

　　"我觉得你的幽默感这么强，不妨去接一部喜剧片。跟网红劈腿，你觉得对电视剧造势有帮助？你该吃药了。"

　　"我这点动静，比不上你和小鲜肉的动静吧。"

　　戚弘亦一向不喜欢年轻的流量男艺人，也一直以一种调侃的语气称呼他们为"小鲜肉"，她早就习惯了。但不知道为什么，她不喜欢他这么叫龚子途。她看向窗外潮水般飞驰的车辆，听着车声此起彼伏，以同样不屑的口吻说："那是公司安排的，我一点也不想参与。"

"那么我也给你一点忠告，杨英赫为你和小鲜肉安排了那么一出戏，是为了赚钱，但这不代表是为你赚钱。你不要闹到最后钱也没赚到，名也丢了。"

"我可不是傻子。"

过了桥，保姆车已经远离了记者群，戚弘亦叫司机停下车，命令道："下车。"

"什么？"

"叫你下车，你的车就在前面。你还指望我跟以前一样，送你到你家楼下？"

侯曼轩轻轻笑了一下，推开门下车，头也不回地走了。听见身后车门"砰"地关上的声音，她觉得松了一口气，又感到有些疲惫，趁周围无人赶紧穿过冷空气，回到了自己的保姆车上。

她舒坦地靠在椅背上，打开手机看了看关于今日综艺直播的微博。

蕴和家的小乌龟："侯曼轩最喜欢的舞伴是蕴和，今天节目才说过。求求你们，别意淫，别自恋，强行扣帽说她喜欢你兔了好吗 //@ 巨爱兔兔1314：侯曼轩好贱，每次跟公子兔跳舞都穿得好骚，跟蕴和、Henry 他们跳舞就穿得像粽子，是想勾引我们兔兔吗？贴吧里传言说她喜欢兔子，恶心！"

曼曼爱上你："又见脑残仙兔粉，病了就该吃药。服装都是公司定的好不好，我们馒头姐有男朋友，人家是星耀视帝，请带着只能红几年的宇宙第一仙兔圆润地滚吧！//@ 巨爱兔兔1314：侯曼轩好贱……"

BLAST 的冰火太太："什么时候摸脸了，是抱着头好不好 //@ 一颗小兔子：蕴和和侯曼轩跳舞总是保持一定距离的。有一次和蕴和跳舞结束，侯曼轩甚至还摸了一把他的脑袋，就像大姐姐一样。相反，奶兔好放得开，总是摸她的脸，呜呜呜……"

馒头我女王："呵呵哒，你们这些白嫖颜粉，过些年等你仙兔那小巴掌脸上满满的胶原蛋白被玻尿酸取代，怎么染烫都浓密到有些多余的头发被哗啦啦秋风扫落叶的脱发取代，那呈现出新陈代谢美的瘦长肩颈线条被不苦练就会松弛但即便练了也再迎合不了小女生审美的肌肉取代，你再来谈真爱。//@ 巨爱兔兔1314：侯曼轩好贱……"

看着这些评论，侯曼轩觉得自己就像活在另一个世界。这些小粉丝真幸福，只有简单的爱与不爱。而且，还能因为这份爱与不爱，散发出这么多的能量。

再看到很多被粉丝传播开的今晚的综艺截图，龚子途与她共舞时的微笑，确实挺感染人的。杨英赫眼光可真好，他的一个 gif 动画可以让人看几十遍也不腻。龚子途这样的人应该没有她的烦恼。以后玩够了就退圈去经营家业，爱情方面应该也自由很多。这样优秀的男孩，会娶什么样的女生呢？应该是祝珍珍那种，任何方面都很般配。

想到这里，侯曼轩觉得自己真是年纪上去了，居然开始像个老妈子一样操心小弟弟的感情生活……

就在这时，她的手机响了，是一个陌生号码。这个时间来电，应该不能是推销保险的。

她迟疑地接通了电话："喂。"

"你好。"声音辨识度很高，有一点点低音炮，有一点点磁性，让人想起海浪卷起的沙。这，怎么这么像龚子途？龚子途不应该打电话过来的，不然也太说曹操，曹操就到了。

"请问你是？"她不确定地说道。

"我是刚才在你们网站上订购蛋糕的，请问蛋糕送到哪里了？"

认出了这个声音，连她自己都没发现，这个夜晚的疲惫忽然被一扫而空，才上车被暖气包围的倦意也消失了。她把手机朝脸颊贴得更近了一些，不由自主变得全神贯注起来："……子途？"

"……曼轩姐姐？"

"是我，你怎么打电话到我这里来了？"

龚子途语调里的稳重忽然少了几分："啊，是我打错了。刚才我网购了一个香芋蛋糕，结果不小心打到你的手机上了。"

"你这个点网购蛋糕？"侯曼轩看了看时间，二十三点零七分。虽说如此，听到"香芋蛋糕"四个字，侯曼轩觉得口中唾液分泌多了，连嘴角都微微扬了起来。

"今天赶了一天通告，有点累了呢，买点最喜欢的食物来犒劳自己。"

"最喜欢的食物，你是说香芋蛋糕？"

"蛋糕的口味里，最喜欢香芋，第二喜欢草莓。"

"我们俩居然喜欢同样的东西，真不可思议。我以为男孩都不太喜欢吃甜点呢。"

"曼轩姐姐，要不明天我把蛋糕带到公司来，我请你吃。这是新西兰的牌子，奶味很重，但一点也不腻。"

想到蛋糕的热量，侯曼轩就觉得很头疼，但当蛋糕加上"香芋"两个字，诱惑力就有些致命了。她提了一口气："好，你发我看看。"看看照片而已，不会长胖吧……

原本以为他会在短信里发蛋糕的照片，结果等了半天，她等到了新的微信朋友通知：兔。

头像是一只系着天蓝色领带的萌萌的小白兔。

城市的灯光勾勒出一栋栋大厦的形状，勾勒出无数在霓虹中迷失的路人身影，同时也在她光洁白皙的脸颊上投落出五颜六色的幻影。世界那么大，那么冰冷，这只萌萌小白兔那么小，却那么暖。侯曼轩点下了通过，发了一条消息过去："果然是奶兔呢。"都没意识到自己脸上挂着甜甜的微笑。

但很快她就笑不出来了。因为，在这个没有吃晚饭的夜晚，一堆奶油香芋蛋糕的图片铺天盖地发送过来……

第二天早上，按照约定，侯曼轩来到公司楼下的奶茶店和龚子途见面。

在冬季，云朵有一种被翻用了十年的字典的陈旧，树木只剩下书法家手笔般的苍劲，阳光却有着与兰花一样的气质，不骄不躁，穿透玻璃门，把龚子途墨绿色的高领毛衣也照得暖洋洋的。他提着香芋蛋糕，手指白得几乎能看到血管，但手背上有微微凸起的青筋，给人一种充满力量的感觉。他本来站在门边看着时钟，一脸心事重重的样子，回头不经意看见了侯曼轩，脸上即刻绽放出灿烂的笑："曼轩姐姐早。"

"早安啊，子途。"她朝他挥挥手。大概是被他感染了，心情变得很愉悦，她指了指上方，"咦，你在唱歌，很好听哦。"

奶茶店里刚好在放 BLAST 的 *The Fire* 专辑里的一首抒情歌 *Smile for You*，又刚好放到了龚子途演唱的部分。她和所有人一样，无法给他的唱功好评，可是在这首歌里，她很喜欢他唱的这部分。有些青涩，有些温柔，就像情窦初开的大男孩在传达情绪，是那种不需要技巧来表达的纯感情演唱。

龚子途有些不好意思："曼轩姐姐唱得更好。"

"哇，一大早就进入商业互捧环节了吗？"

侯曼轩率先在窗边坐下，然后龚子途过来，把蛋糕拿出来，放在她的面前。她食指大动，打算开动，但他拦住她，用一块方巾垫在盘子下，细心地整理好，再把叉子递给她。接着，像是感受到她的视线，他回头看了看她："这样盘子不容易滑开。"

没想到他居然这么细心。侯曼轩吃了一口蛋糕，果然是他所说那样，奶味很重，但入口即化，一点都不腻，甜到心坎儿里去了。

"好吃？"龚子途有些担心地看着她。

她用力点点头，吃出了满满的幸福。但幸福持续了一会儿，她就有些不好意思了。因为龚子途一直盯着她看，那样的表情，就好像完成了一件很伟大的工程一样。她瞬间想到了他们俩的年龄差，总感觉好像自己变成了小对方八岁的人，怎么会被照顾了呢？她把蛋糕往他面前推了推："那个，子途，你不吃哦？"

他摇摇头："我吃过早餐了，这些都是你的。"

"对了，你这么喜欢吃蛋糕，为什么还会这么瘦呢？"

"曼轩姐姐，赫威的艺人能胖得起来吗？"

"那在进入赫威之前呢，难道你是一个小胖弟？"

"从来都没有胖过，一直很瘦，因为我很爱运动，高中一百米跑十秒九六，运动会拿了第一。"

"运动细胞这么发达？是体育委员吗？"

"我是学习委员。"

侯曼轩有些头晕了："跑十秒九六的学习委员？"

"对啊，我高考分数上了浙江大学的线，考完以后爸妈才说要送我出国，把我气死了。所以我为什么要经历魔鬼高考？"

"小兔子，你这么厉害！"

"我学东西很快，背课文看两遍就记住了。"

"难怪《嫁给你》的舞蹈你也学得那么快……不过，你不是还不到二十一岁吗？我记得刚认识你的时候你还在国外念书，怎么已经回国了？大学不念了吗？"

"英国大学只有三年，我回来就出道了。"

侯曼轩想起来了，BLAST有八名成员都是赫威举办的选秀里出来的，只有包子是杨英赫从别的公司挖来的，龚子途是直接被杨英赫点名入团的。杨英赫在一次专访中特别提过龚子途，说他读小学的时候就有星探找到了他，希望他以童星身份出道，但他的父母坚决反对他做这一行，于是不了了之。但他十二岁那年，突发奇想，本人提出要出道，并用各种软磨硬泡，说服了他的父母。之后他就一边读书，一边进行秘密训练。

这么说来，龚子途和她一样，都是小小年纪就接触了演艺圈，只是出道年纪比她大一些。她好奇地说："子途，你为什么要出道呢？"

对很多人而言，冬季是记忆最为活跃的时节。侯曼轩的这一句话也拽动了龚子途记忆的齿轮。他望向窗外，街上有把脖子缩在风衣领口中急匆匆走向地铁站的行人、把小手揣在男朋友口袋里的俏皮小姑娘、被冷空气脱去外衣的斑驳法国梧桐树干……路面铺满了崭新的白色瓷砖，倒映着这座城市连岁月痕迹也被吞没的钢铁洪流。他出神了半晌，笑容中有一丝与他年龄不符的老成："以后再告诉你。"

侯曼轩横了他一眼："不能告诉我就算了吧，还说以后再告诉我，故意吊我胃口吗？"

龚子途眼睛弯弯地笑起来，却还是守口如瓶："曼轩姐姐又为什么要出道呢？"

侯曼轩心里"咯噔"了一下，觉得对比下来自己的情况显得有些凄惨。但是，任何情绪都没有从她的表情中传达出来，她依然笑着打趣说："以后再告诉你。"

"狡猾，学我。"

这家奶茶店的客人全是赫威集团的员工或艺人，但两个人讲话还是比较轻声，就像小朋友在讲悄悄话一样。

和龚子途聊了四十五分钟，侯曼轩最大的感慨就是：人和人真是不能比的。以及，龚子途真是什么都能说。四十五分钟里，她已经知道了他最喜欢吃的水果是石榴、曾经最喜欢逛的贴吧是"NBA吧"并且有一个叫"兔哥"加波浪线的id、初恋年纪是十六岁、最后一次分手是在回国后三个月……而她却什么都没有告诉他。只能说，他身上散发出的那种从来没有被生活伤害过的自信与天真，让她又担心又羡慕。

就在他们快吃完蛋糕的时候，一个人在龚子途身边坐下，与龚子途勾肩搭背。他有着漂亮的苹果肌，笑起来就像人形斑比："姐姐早安。"

"早啊，蕴和。"

这就是 BLAST 的人气王蕴和，火队成员。在 BLAST 的设定中，他俩是对应的双生天使，公司给龚子途包装得有多冷，他就该有多暖。所以，在不少粉丝心中，他们不能交女朋友，应该是彼此一生的守护天使。蕴和不顾对方的一脸嫌弃，亲昵地搂着自己的守护天使说："姐姐听说了吗？我们的新单曲《姐姐真美》MV 要请你当女主角哦。"

"请我？你们这首歌不是已经快发行了吗，女主角到现在都还没定？"

"据说昨天综艺反响很不错，董事长和蔡哥都觉得你很合适，就临时决定邀请你了，你可千万要答应啊。"

"等等，我去看看什么情况。"侯曼轩在心里默默同情了一下原本有上镜机会的女主角。

三个人随意聊了几句，得知龚子途请侯曼轩吃蛋糕，蕴和推了龚子途一把："兔子你这家伙，居然用蛋糕来敷衍姐姐，这种到处都可以买到的东西有什么意义呢？"

"不然呢？"龚子途挑了挑眉。

"亲手做呀。"说到这里，蕴和贱贱地笑了，"哦，对，我忘记了兔子是娇生惯养的公子哥儿，并不能做饭。"

龚子途被挑衅了，一把推回去："我怎么不能了？所有留学生都是会被逼出一手好厨艺的好吗。"

"真的假的，我才不信，你这平时连饭都懒得吃的人，还会去做饭？"

"事实说话。"

"这可是你说的。"说完蕴和立刻改了态度，分外可爱地对侯曼轩眨眨眼，"姐姐，我们一起做饭给你吃。来比比看我们谁的厨艺比较好。"

侯曼轩的双手在胸前交握，一副被感动到的样子："我可不想被冰火饭再次挤爆微博，你们还是做给对方吃好了，粉丝们大概会比较喜闻乐见。"

"也是。来，兔兔，我喂你。"

蕴和用叉子叉起来送到龚子途嘴边的蛋糕，差点被龚子途打飞出去。蕴和佯装生气："再也不理这家伙了。对了，姐姐，说到粉丝挤爆微博，那天我看了你和兔子共舞的视频，终于知道为什么我会被替代掉了啊。"

"怎么说？"侯曼轩端起奶茶喝了一口。

"因为姐姐，你和兔子有点夫妻相啊。"

侯曼轩捂住嘴，差点把含在嘴里的奶茶喷出来。龚子途也惊讶到差点站起来："别乱说话啊！"还不等蕴和继续说话，他就已经万分抱歉地对侯曼轩说："对不起，曼轩姐姐，这小子讲话一点分寸都没有。"

"没事没事，咳……"侯曼轩还在和呛着自己的珍珠做斗争。

蕴和一脸恍然大悟，只能继续马后炮："没啊，我的意思是，你们外表很搭，很适合一起跳舞，公司会让兔子代替我出面，确实因为你们……"

"你还说。"龚子途抬起手，作势要揍他的样子。

蕴和指着龚子途，哭丧着脸说："姐姐你快救我，我要告状。你们跳完舞以后其实我跟他说过，你怎么可以吃姐姐豆腐，他那天就一直骂我，还叫我给他下跪。"

侯曼轩倒抽一口气，但已经来不及救他。他被龚子途打到了店门外。看着他们俩打打闹闹的背影，侯曼轩又不经意从玻璃门上看见自己笑得一脸灿烂。她赶紧收住笑容，看了看时间，差不多早餐时间结束，先行上楼找经纪人了。

龚子途和蕴重新回到奶茶店。蕴和去挑了一个最贵的三明治和最大杯的红茶，往收银台处一扔。龚子途听话地过去结账："还要吃点别的吗？"

这下一脸嫌弃的人变成了蕴和："撑死我这军师，对你有什么好处？明天再说。"

龚子途意味深长地点点头："想吃什么尽管点，请你吃一个月。"

Act.3　那就投其所好

《姐姐真美》的 MV 录制时间原本定在三月初第一个周六的早上，但侯曼轩每周六有一个固定行程，所以时间又改到了下午。

这天早上八点，鹤寿养老院中，春意微凉，一抹清风拂动了满院杨梅树的新芽，郝翩翩拿着画板写生练笔，不时看着侯曼轩穿着一身工作服在院子里忙活，也画一画大明星非常接地气的倩影。

一个来探望老人的中年贵妇看到了侯曼轩，小心翼翼地靠近了一些说："这，我是看错了吗？是侯曼轩？"

侯曼轩正蹲在一位老太太身边，为老太太念一本杂志上的养生汤做法。听到贵妇这么说，对她点头示意，微微一笑，没有说话。贵妇确认过是本人以后，更加激动了："没想到居然会在这里遇到你，我女儿很喜欢你的。我能拍一张你的照片，然后请你给她签个名吗？"

侯曼轩抱歉地说："对不起，现在不行呢，有重要的事做。等这边工作完成了可以拍照签名。"

"怎么你是在做义工？"

"是的。"

"我以为你这么出名的明星，这种事都不会亲力亲为呢。真佩服你啊。"贵妇笑了起来，"那你慢慢忙，我在外面等你。我女儿要拿到你的签名，那得高兴坏了。"

"好。"

"小侯，你是有事吗？"老太太听力不太好，用模糊的双眼看了看侯曼轩。

侯曼轩提高音量，在她耳边说道："没事，郭奶奶您晚上想喝这个汤吗？我们可以帮您做。"

"什么？"

"我是说，这汤您想喝吗？"侯曼轩的声音又提高了一些，但语速很慢，非常有耐心。

"好好好，喝，喝。"

侯曼轩用力点头，对她伸了个大拇指，进去交代其他人为老太太准备汤。没过几分钟，她又端着一盘橘子快步走出来，为另一位因为脑血栓半瘫痪的老太太剥开，一瓣一瓣地喂她。老太太嘴上无力，唾液从嘴角往脖子处流，侯曼轩迅速地用手帕接住，擦干净，再一瓣一瓣地喂她吃。老太太吃了两口，皱着眉头，咿咿呀呀地不知道在说什么，好像是对水果有些抗拒。侯曼轩对小孩子说教般严肃地说道："这个对心脏好，您好歹吃一点。"

老太太挥挥手，还真像小孩子一样闹起了情绪。侯曼轩收了手，拉长了脸说："不吃的话，等一会儿我就不陪您去后院看花溜达了，您找别人陪。"

老太太终于不闹了，目光痴呆地看着前方。侯曼轩再次把橘子喂到她嘴里，她也不再抗拒，乖乖吃下去。郝翩翩看着侯曼轩一瓣一瓣地把一盘橘子都喂完，长叹一口气："曼曼，我真是好佩服你。换了别的明星，能坚持做这样的事一天都不错了，来了要带上一群记者和摄影师摆拍吧。你居然可以坚持七年，雷打不动，风雨无阻啊。"

侯曼轩忙着帮老太太擦嘴，轻描淡写地说："我的毅力你是第一天知道吗？"

正如郝翩翩所说，侯曼轩每个周六的固定行程就是到养老院为失独老人做义工，尤其关照那些得了心脏病、脑血栓以及行动不便的老人。除非有巡回演唱会或出国取景，不然就算身体不适她也会坚持过来。她的母亲过世得早，而且也是因为心脏病和脑血栓发作，走得很突然。所以，她对得了这种病的失独老人特别关心。

郝翩翩小声说："曼曼，我发现你很擅长与这类老人沟通，就像是在跟自己的母亲或祖母对话一样，找话题不会很难吗？"

"聊聊天气，聊聊吃的，闲话家常有什么难的……不要提老人的伤心事就好了。"

"你不光会来养老院，还捐了很多钱给这些得病的老人吧。唉，我们曼曼果然是'天使在人间'。"

"去去去。"

侯曼轩收好盘子，正准备回到室内，却发现几米外杨梅树下站了一个高高瘦瘦的身影。天空大理石般明亮，午时的微光精细地画出水滴形树叶的轮廓。树下的男生露在毛衣外的衬衫领口是新摘棉花般的白，但比衣服更为干净的是他的面容，让她不由得多看了一眼。然而仔细一看，她差点想揉眼睛确认自己是否有看错："子途？"

龚子途犹疑了一下，走了过来："他们说你下午才会来拍 MV，我在公司也没事做，就跟你经纪人打听你在哪里……"

"你居然跑这么远。"

"你不也跑了很远吗。"龚子途顿了顿，有些认真地说，"媒体说的果然都是真的。只有真正善良的人，才会写出那么多灵魂美丽的歌曲。"

侯曼轩愣了愣，本来想说点什么，但还是选择了回避话题："我再忙一个小时就可以走了，你要不在外面等我？"

"没事，你忙你的，不用管我。"说完，龚子途就站在原地默默看着她了。弄得她有一点窘迫。

侯曼轩一边忙着，一边随口说道："子途，你的父母应该很相爱吧。"

"这个曼轩姐姐都知道？"

"嗯，而且我猜你有一个轻微大男子主义的爸爸和温柔的妈妈，对不对？"

"表面上是你说的这样，但私底下感觉我爸还是怕我妈……"龚子途低头看看衣服，抬了抬手，"等下，你不会在我身上放针孔摄像头了吧。"

侯曼轩笑了，想到自己的家庭。她父母的性格和龚子途父母是相反的。他们结婚前，母亲是一个爱穿红裙、脾气暴躁的烈火美人，她的外形有多诱人，和她相处的痛苦就有多致命。而父亲是一个除了温柔一无所有的穷小子，在母亲的鞭策下事业才有了显著提升。但也和很多悲剧家庭一样，他和母亲离了婚，娶了比他年轻很多的女性。从那以后，家里失去了经济来源，母亲又高傲，不愿意改嫁，她和母亲的生活就过得很拮据了。

在艺术这一块，侯曼轩是属于老天赏饭吃的类型。她对音乐很敏感，什么乐器都学得很快，钢琴尤其弹得很好。母亲宁可少吃点肉，也要让她坚持学琴，弹不好就关小黑屋。她五岁那一年，有一次被母亲关进小黑屋，表哥经过门口，跟她讲了一个故事：女子高中生跳楼自杀后，眼球和脑浆一起摔爆了。学生们经常在宿舍门口看见鬼影，一个女孩大着胆子去猫眼看，并没有看到鬼，只在猫眼里看到一片红色，可是她不明白为什么是红色。

"妹妹，你猜那片红色是什么呀？"

"什，什么……"小黑屋里的小曼轩瑟瑟发抖。

"是那个女鬼的眼睛呀，她们俩在对望啊！"

从那以后，她都没法关灯一个人睡觉。

也因为受到母亲的影响，她从小一直认为父亲是个很烂的男人，因此对爱情也没有什么期待。

在她成长的过程中，父亲经常过来探望她，给她送生活费，问她过得好不好，她非常仇视他。有一次，她当着他的面把他给的钱撕了，说你就是个不负责任的父亲，不要假惺惺了。父亲知道是母亲乱讲话，当场发脾气说，你妈也有脸跟你说这种话，我告诉你，从今以后，你就不是我女儿！

那一次父亲很愤怒，像是要动手打人的样子，她更加憎恨父亲，也更加相信母亲的话：世界上没有好男人。

十三岁那一年，侯曼轩被星探看中，她想留在学校读书，和同学们玩耍。母亲却坚持一定要她当明星，说她就是当艺人的料。她深感厌恶，想想离开这个可怕的女人也不错，于是疏远了母亲一段时间后，就和知名娱乐公司签约，成了练习生，并且十四岁就正式出道了。

"曼轩姐姐……是不是想到妈妈了？"龚子途的话把她从回忆中拉了回来。

"啊，嗯。"

"对不起，让你想起了伤心事。"

"我的母亲，她不是一个好妻子，却是世界上最好的妈妈。小时候我真的什么都不懂。"侯曼轩笑了笑，"算啦，都是过去的事了。她现在一定在天堂保佑着我呢，不然我怎么会这么顺风顺水？"

龚子途微微张了张嘴，但没有说话。

这时，侯曼轩的手机响了。屏幕上是"戚弘亦"三个字，她意识到龚子途也看到了这个名字，并自觉地走开回避，等了两秒，她按下接听键："什么事？"

"我在订《我不是歹徒》发布会的礼服，把你的礼服也订了，晚上会有人送到你家里。"

《我不是歹徒》改编自获奖的同名悬疑小说，作者本人是戚弘亦的粉丝，为了他亲自操刀担任编剧，出面大力支持。侯曼轩没看过剧本，光看了剧情介绍和制作班底就知道又是一部大爆的电视剧。

"知道了。"

"发布会你会来吧。"

"我知道这部剧对你有多重要，当然会来支持你。"

但说完这句话，戚弘亦却沉默了一会儿："你不是在鹤寿吗？"

"嗯。"

"身边有认识的人？"

"嗯。"

"是谁？"

是谁与你有什么关系吗？侯曼轩在心中翻了个大白眼，脸上还是挂着可以进军影视圈的笑："亲爱的，我这边还要忙一会儿，晚点再给你回电。嗯嗯，好的，拜拜。"不等对方回答就挂断了电话，与龚子途又聊了几句，等他出去后继续忙碌。

郝翩翩放下画板，一路小跑过来，抓住侯曼轩的衣角说："天哪，曼曼，我没看错人吧，刚才来找你的人是奶兔？我见到活的奶兔了？"

侯曼轩一脸生不如死的样子："是是是，那就是你爱的 BLAST 的奶兔兔。"

"奶兔兔本人好仙啊，我一直知道他又高又瘦，但本人居然可以这么瘦，脸这么小、这么立体，而且他冲你笑的时候好暖好可爱啊，一点都不像以前我了解的冰山兔……"

听郝翩翩自顾自地说了一大堆话，侯曼轩觉得被脑残粉绑架的滋味有些窒息："翩翩，我以前一直以为你是个很酷的女孩，咱们能不能注意点形象？"

"形象这种东西是你们大明星需要注意的。我们艺术家没有形象。啊，奶兔兔好帅呀！"

"小伙子长得是挺俊。"郭奶奶望着龚子途离去的方向，满面慈爱地说道，"小侯，你眼光不错的哦。"

侯曼轩感觉额头上已经快暴青筋了，在郭奶奶面前蹲下来，耐心地说："郭奶奶，这个男孩是我同事，小弟弟一个，不是我男朋友。"

"噢，他多大岁数了呀？"

"不到二十一。"

"你多大岁数了呀？"

"二十八。"

"哦，哦，差七八岁……没什么问题啊。你现在觉得他比你小太多，是因为你们都还年轻，但如果他陪你度过接下来三十年、四十年、五十年，你就不会觉得这七岁是多大差距了。只要他喜欢你，又能给你未来，你们在一起就没有什么问题的……"

郝翩翩频频点头。"郭奶奶说得多好啊，曼曼，你们颜值都好高，站在一起真配呢。不要戚弘亦那个渣渣了啦，他整个人都阴恻恻的，你跟他简直就是一朵娇艳的鲜花插在了蓝灰色的钢铁花盆里。"

"是是是，没问题，我们会好好在一起的，谢谢二位关心。"侯曼轩面无表情地说道。八岁的年龄差没有让她多想什么，眼前这两个年龄差六十岁的女人已经快把她弄疯了。

翩翩家境很好，靠画画吃饭，不怎么接触社会，老公也是与她门当户对的高中初恋。她对金钱没什么概念，打个游戏都会花几百万，是个生活环境过于单纯、依然特别相信无条件之爱的小公主。因此，侯曼轩无法跟她解释两个人结合时无法克服的门第观念。即便自己有那个想法愿意玩一下姐弟恋，也不可能走到婚姻这一步的。

倒是可怜了戚弘亦，上《时尚 dreams》封面时，杂志配给他的大标题可是"移动的大卫雕像戚弘亦"，在小公主那儿，就变成了阴恻恻……

一个小时后，侯曼轩完成了工作，换好衣服，看看时间，上午十一点二十三，距离 MV 拍摄还有三个小时，得赶紧回公司化妆。但是刚一走到养老院的接待厅，她就看到了不太想见到的人——坐在沙发上的戚弘亦。龚子途坐在另一个沙发上。听见她的脚步声，两个人同时抬头看着她。

"你怎么来了？"侯曼轩看了一眼龚子途，对戚弘亦说话的态度又柔和了一些，"弘亦。"

"想我的宝宝了，所以过来看看，不可以吗？"戚弘亦径直起身走向她，双手轻轻扶着她的腰，低头在她额上落下一个吻。

侯曼轩本能想要退缩，但想到龚子途在旁边，还是硬挤出一个微笑："亲爱的，你真好。不过今天我有 MV 拍摄呢，现在恐怕没时间陪你，晚上我们一起去吃个饭？"

然而晚上她并不会赴约。

"哦? 要拍什么 MV 呢? 我记得你最近没有新歌。"

"是在 BLAST 的 MV 里担任女主角。"

"BLAST, 那是什么人? 这么没有辨识度的名字, 不太像是你们公司会包装出来的艺名啊。"

很显然, 戚弘亦是故意的。眼角的余光瞥见龚子途, 他只是静静地看着他们俩, 从表情上看不出有什么情绪。侯曼轩摆摆手: "你看看你, 忙通告都忙傻了。BLAST是杨董亲自捧的十人男子组合, 你侄女还很喜欢他们的成员蕴和呢。"

戚弘亦用食指刮了刮她的鼻尖: "宝宝, 我看你也是忙通告忙傻了, 我侄女喜欢的是柏川, 她虽然年纪小, 但也喜欢保质期久的歌手呢。"

"亲爱的, 你也是从流行偶像转为实力派演员的, 谁知道现在的偶像以后会不会变成超级天王, 你说是不是? "

察觉到了侯曼轩眼里的寒意, 戚弘亦低头笑了笑, 搂住她的腰: "走, 我先去给你看看你的礼服。"

"好啊好啊, 好期待。不过我时间不多哦。"

"嗯。"

侯曼轩看着龚子途, 指了指外面: "子途, 你稍微等我一下。"

龚子途点点头, 然后迎来了戚弘亦一闪而过的冰冷目光。但是他只是用一如既往的懒散眼神回望了戚弘亦一秒, 就低下头去玩手机了。

出去以后, 侯曼轩的柔情立刻烟消云散, 开门见山地说道: "你在发什么神经? "

戚弘亦也和她拉开了距离, 语调低沉地说: "同样的话我才要问你。你在发什么神经? "

"哦? 我怎么了? "

"我在电话里听你讲话就知道情况不对, 你以前在鹤寿接到我的电话可不是这么跟我讲话的, 每次都凶得不得了。打电话问你们公司的人, 才知道那个小鲜肉跑过来找你了。你还问我怎么了? "

"他等我一起拍通告, 闲得没事做才过来找我。所以呢, 你有什么问题吗? "

"闲得没事做, 呵呵。"

侯曼轩将双臂抱在胸前: "你有什么问题吗? "

"侯曼轩, 你不要挑战我的底线。"

"龚子途只是在这里等我而已, 你现在是在怀疑我们俩有什么超越友谊的发展? "

"只是闲得没事做, 大老远从赫威集团跑到这里来找你。很好的借口, 忽悠一下幼儿园小朋友足够了。"

"我不想再解释了。你还有别的话要说吗? "

"不想解释，是因为你心里有鬼吧。你口味变得可真快，还没到三十，已经开始喜欢小狼狗了？"

"随你怎么说。"

"你还真是会演，故意放消息让他知道你在养老院照顾老人，让他看看天使姐姐是多么善良，多么有爱心，对吧？像他这种年纪的毛头小子，看到这么漂亮的姐姐不嫌辛苦和脏臭给老人把屎把尿，得有多崇拜你啊。"戚弘亦笑得一脸虚假，"那我就很好奇了，他知不知道你为什么会把慈善做到这种程度？"

听到最后一个问题，侯曼轩只觉得全身的毛孔都闭塞了。她闭上眼睛深吸一口气，缓缓说道："你说够了吗？"

"他知道原因吗？如果他知道你真实的一面，还会这样像条哈巴狗一样黏着你吗？"

胸腔里有一把火焰燃烧了起来，侯曼轩禁不住提高音量："你说够了吗？！"

戚弘亦笑出声来："哈哈，恼羞成怒了。这世界上有多少人真正了解你，如果他们真的了解你，谁能做到不对你失望、不背叛你？曾经我也和他一样，觉得你单纯又善良，所以被你骗得团团转，现在我可不会这么傻啦。你呢，就在小鲜肉面前尽情演，看你能演到几时。看看到最后他会不会跟我一样，看到你就想到你阴暗的那一面……"

"戚弘亦，你够了！我最后说一次，龚子途跟我只能勉强算得上是朋友。即便我们有其他关系，那也跟你这个形式男朋友无关！"

"形式男友？真的只是形式男友吗？"戚弘亦的笑意里多了一份邪气，然后凑近一些，在她的耳边低声说，"你是不是已经忘记了自己曾经在生日 party 上喝得烂醉，和我在酒店里……"

"住嘴！好恶心，我不想听。"

侯曼轩耳根发烫，差点就给他一耳光。她一点也不愿意回想他们之间的过去，那些记忆简直在嘲笑曾经爱上这个人的自己有多蠢。

听到那句"恶心"，他的脸色瞬间变得很难看。他扯了扯嘴角，抓住她的手腕，一字一句地说："既然不想听，你就最好懂事一点，不要一天到晚和那个小鲜肉拉拉扯扯。你心里喜欢谁，我也根本无所谓。但是，行动上你最好扮演好未来的戚太太。不然，我可不保证会做什么事。你这一路走过来，我提携了你多少，你自己心里最好有点数。我可以分分钟助你登上神坛，也可以分分钟让你跌到地狱——连同你的小鲜肉。"

侯曼轩被他拉得很疼，但还是硬气地和他对视："真是太可笑了，你以为我会怕你？你如果想报复我，那是伤敌一千，自损八百。"

"你如果影响到我的事业，欢迎与我两败俱伤。等你什么都不是的时候，看看小鲜肉还会不会要你。"

她提起一口气，本来想直接跟他说，那就分手吧。但仅仅不到两秒的时间，她就想起了《明星麻辣烫》里，男主持人对龚子途提的那个问题："如果换成祝珍珍，你是不是会更紧张？"如果不是龚子途做人太耿直，没有按照公司的安排给出捧祝珍珍的答案，大概已经会有大拨冬季少女团的水军出现在她与祝珍珍的比较帖里了。

最后，理智战胜了情感。她沉默片刻，叹了一口气："放手吧。"

"气势弱了很多嘛，侯天后，还是没法失去你的事业吧。"

"你放手。"

说这句话的人并不是侯曼轩。她诧异地回过头去，只看见龚子途就站在不远处，漠然地看着他们，那样的眼神让她想到了整夜蛰伏在丛林中的狼。

戚弘亦转过头去，微微一笑："请问这位小弟弟，我为什么要放手？"

"你没看到她不愿意吗？"

"弄痛了你的女神，你觉得很心疼对不对？"戚弘亦先是一脸怜悯，然后将侯曼轩往自己身边拽了一把，恶狠狠地说道，"很抱歉，你的女神是我的女人，这里没有你发言的权利。"

"我叫你放手，听不到吗？"

"小弟弟，我看是你没听到我说的话。你的女神，是我的女……"

"我数到三。"不等他说完，龚子途已经不耐烦地打断了，"一。"

他解开左手衬衫袖口处的扣子，将衬衫与毛衣的袖子一起慢慢挽起来，露出修长却结实的胳膊。侯曼轩怔了怔，小声说："子途……"

"你想做什么？"戚弘亦眯起了眼睛。

"二。"虽然语气强势，但龚子途动作缓慢而优雅，把右手的另一只袖子也卷了起来。

他并没有数到三，而是闪电般上前一步，不等戚弘亦和侯曼轩反应过来，抓起戚弘亦的领口，狠狠在戚弘亦脸上打了一拳！响声虽不大，却又闷又沉，光听着就知道有多痛。

戚弘亦眼神凶狠地捂着脸，很显然被激怒了，也挥舞着拳头打回去，却被他侧身轻巧避开。他抓住戚弘亦的拳头，平静地说道："你妈没教过你要怎么对待女人吗？"

戚弘亦终于松开侯曼轩，攥着另一个拳头，想要打他。他趁着这个机会把侯曼轩拽走，护在她面前，又避开了戚弘亦的一击，还钳住了戚弘亦的双手。侯曼轩眉毛都皱了起来，用力拉住他的衣角："子途，你在做什么啊！"

"看不惯这个家伙欺负你。"虽然扣着戚弘亦的力道一点没变轻，龚子途的态度却变得温和许多。

戚弘亦快气吐血了："我在欺负她？你在搞笑，这女人是一般人能欺负的？再说，我和她的事，什么时候轮到你一个外人来插手了？"

"你再说曼轩姐姐一句不好，我见你一次打你一次。"

"够了。"侯曼轩无奈道，"子途，谢谢你的帮忙，但这件事确实和你无关。"

龚子途有些发窘："可是，姐姐，他……"

"他是我男朋友，感情的事留给我们自己处理吧。"

龚子途欲言又止，只能缓缓放开戚弘亦："我知道了，对不起。"

"该说对不起的人是我，你好心帮忙，我还……唉，你先回去吧。"

侯曼轩觉得有些疲惫，拿出纸巾擦了擦戚弘亦被牙齿磕破的嘴皮，然后挽着他的胳膊，朝停车场的方向走去。龚子途留在原地，微微垂着头，未经打理的刘海垂下来，盖住了他的眉眼。良久，他皱了皱眉，叹了一口自己都快听不到的气，走向了自己的海军蓝跑车。

把戚弘亦送上车以后，侯曼轩松开手，把一整包纸巾都留给他："自己处理一下伤口，尽量消肿，不然会影响上镜。"

戚弘亦没看她，捂着伤口愤愤不平地说："你的礼服、高跟鞋和其他配饰在后座上。让你的助理把它们带走，看看你喜不喜欢，不喜欢再买。"

她回头看了看后座。那里除了一件用衣架撑起、用天鹅绒包裹着的曳地晚礼服，还有大包小包的购物袋，上面全是奢侈品牌的商标。他们之间的感情确实早就消失殆尽了，但不管两个人闹得有多僵，这么多年来，他给她买昂贵礼物的习惯一直没有变，也不知是好事还是坏事。

"谢谢，我会穿着它们出席活动的。"侯曼轩轻声说道。

下午两点，BLAST继续着《姐姐真美》的MV拍摄工作。录制场地定在一个地中海风情的小巷中。这里有蓝白色的建筑、明媚的阳光、人烟稀少的篮球场和荧光青色的铁网，整个画面洋溢着年轻的气息。

这一首单曲的风格和他们之前的风格都不一样，因此衣着上也有很大改动：蕴和穿上了大红色的裤子，唐世宇套上了橘黄色打底的彩色运动外套，泡菜欧巴穿着黑棕色小西装搭配他惯有的邪气眼线，姜队长穿着高帮厚底的靴子，眼镜哥哥烫了一头金色鬈发搭配黑框眼镜，暖宝宝穿着与场地极其搭配的蓝色上衣和白色裤子，包子露着脖子系了好似宠物项圈的领带，龚子途吹了一头棕色小鬈发，一身雪白闪耀得眼睛都快瞎掉了……虽然每一个人的衣着与其他成员都大相径庭，但远远望着那一片五颜六色的衣服，看上去居然有一种很和谐的美感。

室内的完整舞蹈版很早就已经拍摄完成。她换好衣服、化好妆出来的时候，他们刚好快要拍完室外舞蹈部分。相较于一个摄像机保持不动的室内版，室外的拍法就颇有艺术了：远景都是从下往上拍，以达到拉长腿的效果；近景从上往下拍，到腰部就停止不拍腿。从远到近挪动镜头的同时，也要调整摄影机的角度让它从下往上，反之亦然。这样不断远近远近切换镜头，会给人一种舞者身短腿长、脸小而精致的感觉。

所以，连包子、眼镜哥哥这种身高不足一米八的成员，都被拍出了一米九的效果。至于龚子途，根本就是漫画里的十头身美少年。侯曼轩撑着下巴，静静坐在旁边看着龚子途的侧影，心想他居然还挺适合这种发型，像个小泰迪一样，挺萌的……

没想到，他突然回过头来。

面对那淡漠的双眸，侯曼轩吓了一跳，但还没来得及转移视线，他就已经飞速转过头去，之后再也没看过她。

他这是……生气了？

也是，刚才她对他说的话虽然不算过分，但两个人本来关系就不算太近，他那么仗义地想要帮助她，却踢了铁板，他多多少少都会感到尴尬吧。

"曼轩，到你了。"导演的呼声把她从胡思乱想中拉回来，她应了一声，放下手中的外套，到篮球场边开始有模有样地坐着画画。

毕竟在 MV 里饰演的是被年轻男孩们暗恋的姐姐，因此相比 BLAST，侯曼轩的衣着就显得素雅很多：她穿着灰色森系长裙，长发松松垮垮地系成一个贴背马尾，一绺别具风情的鬓发从右边脸颊垂落，烘托着她小却饱满的脸颊和宁静美丽的双眸，当摄影师拍摄她坐在画架前写生的四十五度侧脸时，拍着篮球路过的唐世宇根本不需要演技，就直接表演出了看痴呆的效果。

"曼轩，很不错，今天发挥得很不错。"第一个镜头拍完，导演在旁边对她伸了个大拇指，"气场很淡定，演出了心不在焉的样子，很有女神范儿，找你来拍这个 MV 果然选对人了。"

什么演出心不在焉，她就是心不在焉。

想到这里，她又看了看龚子途。他跟蕴和正在篮球场里打篮球，刚才投了一个连篮筐都没碰到的三分球，侯曼轩忍不住内心感叹"漂亮"，他被经纪人叫停手，理由是他的部分还没拍完，流汗妆会花。于是，他只能把篮球丢给杀青了的蕴和，自己跑到一边坐着，双眼空空地看着远处的建筑群。

这时，同样杀青的少哲路过，抓了抓脑袋说："曼轩姐姐，你今天好美啊……"

侯曼轩笑了："谢谢，少哲，你今天也超帅的。"

她说的不是违心话。凌少哲是那种很小巧的长相。小小的脸蛋，鼻子虽高却也很秀气。都说男看鼻女看眼，但眼是他脸上最有特色的地方——不大，瞳仁很黑，笑起来总会让人联想到小白狐狸。今天搭配了一个项圈，更添加了几分邪气与魅力。

"是吗？"少哲的反应却一点也不邪气，他不好意思地低头笑了。

看他这么纯情的样子，侯曼轩忍不住揉了揉他的头发。然后就被导演叫去拍和龚子途的对手戏的部分。这时她转过头，又与龚子途对视了。龚子途看了看她，又看了看包子，再一次回避了视线，直到正式拍摄，才愿意正眼看她。

他们俩的对手戏很简单，就是侯曼轩靠在一棵大树下乘凉、读书，龚子途送了一束白玫瑰花给她，再有些羞涩地跑掉。

场记板打下之后，他们按剧本演了一遍，一次通过。工作人员都围在一起观看拍摄效果，侯曼轩到一边收拾东西。BLAST的经纪人走过来说："曼轩，你今天状态很好啊。尤其是和子途拍的这一幕，你看了吗？你被拍得特别漂亮，少女感十足，说是十六岁我也信。"

"咦，是吗？我去看看。"

她走过去本想看看，导演却突然说："曼轩，子途，你们俩再重新拍一次。"

"怎么了导演，是哪里需要改进吗？"侯曼轩疑惑道。

"不是，这一幕拍出来比我想的好，我觉得可以更好的。"导演满脸被灵感沐浴的艺术人式陶醉，"这一次，子途你把花送给曼轩以后，曼轩继续保持刚才那种初恋一样的表情，然后子途你去吻一下她的额头，再吻一吻她的脸颊。曼轩你就表现得娇羞一点，低头，有点不知所措的样子。"

侯曼轩蒙了。她一直是一个敬业的歌手，即便是参与别人作品的拍摄，她也像军人一样严格听从指挥。可想想之前和龚子途表演后的网络骂战，她又有些心有余悸。既然BLAST是偶像天团，偶像包袱就应该特别重，是属于抽烟都不被许可的级别。导演这个要求一提出来，应该不用等她拒绝，龚子途就不会同意。于是，她决定保持沉默。

没想到，龚子途对导演说："我该怎么做呢？"

咦？侯曼轩睁大眼睛看着他。怎么情况和她预想的不太一样……

"自然一点就行了。你们俩这个身高差很好，你需要轻微弯腰才能亲到曼轩的脸。亲脸的时候记得头稍微偏一点，像这样。"导演做了个示范，把脸歪到一边去，指了指自己的下颚角，"好让摄影师拍到你这里的线条。这是你的优点，多多展示。"

"好。"

看见龚子途一本正经地点头，侯曼轩目瞪口呆。这是什么鬼啊。他真的要亲她吗？她还没能回过神来，已经听到了"action"和打板声。她脑中一片空白，但也只能配合着低下头，然后，龚子途像刚才那样，把一束雪白的玫瑰放到她和书的中间。

她抬起头，接过花，很甜蜜地笑了。这一部分是演技。然而，她很快对上了龚子途温柔而沉静的目光。他的嘴角并没有勾起多少，但平时慵懒冷漠的眼眸此刻充满了笑意。她听见早春的风摇动了狭长的叶子，逗得它们在雾中轻灵地笑，同时也像在嘲笑她那颗"怦怦"乱跳的心。她竟然害怕面对他的目光，本能地低下头去。

"很好，就是这样，曼轩的眼神很棒，比刚才还要好……"导演握紧双拳，指引摄影师把镜头往前推。

龚子途摸了摸侯曼轩的头发，两个人的距离忽然变得特别近。不知道怎么的，她忽然想到了龚子途打戚弘亦之前，戚弘亦问他是不是心疼她了。这一刻，她只觉得脑中糊里糊涂的，胸腔都被心跳震得有些发疼。

蕴和观察了侯曼轩一会儿，摸了摸下巴，意味深长地轻声说道："子途很棒啊，年纪轻轻就这么会撩妹。"

唐世宇"哼"了一声："曼轩姐只是懒得拒绝他，才不是被撩了呢。"

就在龚子途即将吻上侯曼轩额头的刹那，一个声音响了起来："停停停！你们在干什么啊？"

拍摄被打断，众人朝着声音的方向看去，原来是 BLAST 的经纪人蔡俊明。他和这位导演合作很多次，早就知道他很喜欢不经团队许可擅自临时加戏，虽然点子都很不错，却很不适合赫威天团的管理方式。他冲导演摇了摇手："导演，不行的。在平均年龄超过二十五岁之前，BLAST 每一个成员都不能和女性有太多亲密接触。"

"先拍摄一下看看效果，不好不用就是。"导演丝毫没有动摇。

"试都不用试。您是不知道他们的粉丝有多狂热吗？"

"狂热的粉丝就不懂艺术吗？"

蔡俊明严肃地摇头："她们的艺术就是对偶像的爱情，导演您别让我为难。再说，这首歌本来传达的是年轻男孩对女神姐姐的向往，一旦真的和姐姐谈恋爱，那种朦胧的美感就被破坏了。"

"谁说的，姐弟恋没什么不好呀。"吴应插嘴道，"当然啦，我不是鼓励导演让他们演亲脸的画面，只是发表一下我的观点。这都什么年代了，女人年纪大一点，明明感情更稳定、更成熟吧。"

蔡俊明飞箭般的眼神投向他，像一只嗅到鸡肉味的黄鼠狼："你在跟年纪大的女人谈恋爱？"

吴应吓得立刻摆手："没没没，我哪儿敢。蔡哥别瞎猜啊。"

最终，导演被迫放弃了他的艺术，也让侯曼轩松了一口气。蔡俊明的话让她思索了很多，她觉得分外认同。她的部分杀青后，她拿着道具鲜花，和助理一起回到化妆间收东西。路过 BLAST 的化妆间，透过门上的玻璃窗，她看见有一个高高的男孩靠在窗边的墙上抽烟。烟在他长长的指间燃烧，寸寸缕缕都蔓延着悠然与颓废。窗帘是轻软的，被微风拂动，混着宛如在梦中遗落的花香。他把烟灰弹出窗口，侧影看上去有一点点孤独。他的额发也被风扬起，露出光洁的额头、清澈见底却有些失落的瞳仁，就像高中时在教室里鼓起勇气告白失败的少年。

认出那是龚子途以后，她轻轻敲了敲门。龚子途迅速把烟掐灭，丢出窗外："进。"然后不疾不徐地掏出盒装口香糖，吃了一块。

侯曼轩朝房间里探入脑袋，微微笑道："小兔子，你在干吗呢？"

"曼轩姐姐？"龚子途很意外。

她背着双手走过去，组织了一下语言："我是来跟你道谢的……因为中午的事。谢谢你。"

龚子途更加意外了："谢谢我？"

"嗯，如果不是因为你，我和弘亦会吵得更厉害吧。只是顾虑到他的面子，当时我才完全向着他，希望你不要往心里去……总之，你真的帮了我很多。"

"没事。"他想多说点什么，但思索了半天，居然不知道如何继续交流了。

"来，为了谢谢善良仗义的小兔子，这个给你。"侯曼轩把背在背后的白玫瑰花拿出来，递到龚子途面前。

龚子途破功了，轻轻笑出声来："什么呀，这明明是道具。"

"工作人员把它送给我了，它就不再是道具，是礼物。"她把玫瑰花往前递了一些，"给你，雪白的花，配给可爱的小奶兔。"

龚子途接过花，无声地笑了十多秒，才终于开口说道："姐姐情商真高，难怪这么多男生都喜欢你。"

"那你会原谅我吗？"

"不会。"

"啊，什么……"

"请我吃一顿饭，我就原谅你。"

"你好狡猾，送你花还不够，还要讹我一顿饭。把花还回来。"

侯曼轩佯装生气，伸手要去抢花，但龚子途即刻把花举起来，她够不着。她本来只是闹着玩，被他这么一挑衅，反而跃跃欲试了。她踮起脚，想要去抢花，无奈他却举得更高，两个人身高相差近三十厘米又是残酷的现实，那一束芬芳的白玫瑰远到仿佛挂到了天花板上。她跳了几下没抢到，瞪了他一眼："你这臭小子欺负人。"

"我可不敢欺负姐姐。"说是这么说，他的手一点也没放低，眼睛弯弯地透着满满的笑意，"只要请我吃饭，我就把花还给你。"

"好，我请你吃饭。"

他总算放下胳膊，重新将花递到她面前。看见她接了花想笑还要忍着的样子，只觉得好可爱。他摸摸她的头："真乖。"

侯曼轩浑身僵了一下，反应迅速地往他胳膊上拍了一下："没大没小。"然后，高于体温的热度才迟钝地从耳根处悄悄扩散开……

请龚子途吃饭的那天下午，侯曼轩家里都快被她翻成猪圈了。搭配了几十次衣服，没有一套让她觉得很满意的。最后她气息奄奄地躺在床上，满脑子都是一个念头：干脆不要去了，心好累。

后来她仔细想了想，只是跟同公司的新人小弟弟去吃饭，又不是约会，也不是去参加晚宴，有必要弄得这么大费周章吗？于是随便找了浅粉色的毛衣和牛仔裤套上，再化个淡妆，吹了吹头发，就卡着点直接去赴约了。

他们见面的地点是一家日本料理店的包间。因为这家料理店能把客人隐私保护得很好，所以侯曼轩是这里的常客。她敲了敲包间的门，听见里面熟悉的声音问是谁，她清了清嗓子。然后门被拉开，她摘下墨镜和帽子，看见似乎已经等候多时的龚子途，只觉得眼前一亮："小兔子，下午好啊，你今天怎么这么帅？"

龚子途微微一笑："曼轩姐姐也很漂亮。"

"你做过发型了？"

虽然她觉得拍摄 MV 时他的泰迪头很可爱，但好像他本人并不是特别喜欢，又做成了他们第一次共舞时吹的狼奔头，颜色还是棕色，所以比上一回看上去更时髦一些。侯曼轩觉得他什么发型都好看，这个发型最适合他。这种有些成熟的发型配上他清秀而年轻的面孔，刚好混合了男人与男孩的双重魅力。而且，这一天他穿得休闲，却看得出是精心搭配过的。

龚子途点点头："因为知道曼轩姐姐喜欢什么样的，所以出发前费了点心思打扮。"

相比他的坦率，侯曼轩觉得自己纠结的一个下午就显得有些搞笑了。她与他一起坐在榻榻米上，喝了一口身着和服的服务员才端上来的绿茶："我喜欢什么样的你都知道？"

"嗯。姐姐喜欢我的脸。"

侯曼轩差点把绿茶喷出来。她拍了拍胸口，把茶水吞下去："你在说什么呢！"

"就是字面上的意思啊，曼轩姐姐喜欢我的脸，所以我要打扮帅一点才能见你。"

"不，我的意思是，你从哪里得出这个结论的？"

龚子途思索了一会儿，把面前的冷菜帝王蟹剥开，认真地说："上次那个鬈发，曼轩姐姐一个小时总共看了我四次，时长两秒左右；内扣的齐眉斜刘海直发，一个小时会看我六次，时长三秒左右；金棕色的偏分发型，一个小时会看我五次，时常两秒左右；这个发型姐姐一个小时会看十三次，时长在一秒到九秒间波动，取决于我会不会看回来。"

侯曼轩瞠目结舌，感觉就快要失去语言能力了："有这么精准？"

"统计学是我擅长的领域。"

"那你是怎么得出我喜欢的是你的脸而不是发型的结论的呢？"

"当我和 BLAST 其他成员一起出来的时候，姐姐几乎不会看其他人。不是脸就是身材吧，总之是外形。"龚子途用筷子把帝王蟹雪白的肉条抽出来，"是不是喜欢我的性格我就不太清楚了，但我会努力的。"

"你这小子，为什么要把努力讨人喜欢当成这么理所应当的事啊！"话像是在吐槽，侯曼轩却开心得藏不住脸上的笑。只不过，发现她偷看他，他怎么可以如此脸不红心不跳，就好像在说"我发现你喜欢吃螃蟹"一样……想到这里，她又觉得很不好意思。下次要注意管一下自己的眼睛了。

正想到这里，龚子途把蟹肉递到她的嘴边："来。"

她眨了一下眼，摆摆手说："不用不用，我自己来就好。"

"我都剥好了，吃吧，而且我不喜欢吃帝王蟹。"说完，龚子途把蟹肉又往前送了一些，"后面还有其他菜，等一会儿你就自己来了哦。"

她又眨了一下眼，把他喂来的食物吃了，继续默默坐在原处。

龚子途继续像没事人一样剔剩下的蟹肉，然后一口口喂她吃。怎么总觉得情况不太对劲呢……可是，每次她想说点什么，做点什么，都会被送到嘴里的食物干扰。

一盘帝王蟹吃完了，其他的菜上来后，龚子途果然没有再喂她。这件事他做得如此水到渠成，让她觉得心里那一点点悸动显得有些自作多情。她打消了多余的念头，与他开开心心吃饭。龚子途的话不多，但不管她说什么，他都认真倾听，而且会提一些问题来继续话题，算是一个很会聊天的孩子。一个小时二十分钟过后，他去了一趟洗手间，再继续回来陪她聊天。直到餐桌上的菜都凉了，她看了看表说："很晚了，我们是不是该回去啦。"

"好啊，我送你回去。"

"我先去一趟洗手间。"

侯曼轩起身出去找服务员买单，服务员却说龚先生已经买过了。她一头雾水地回到包间，对龚子途说："小兔子，你怎么把单买了？"

"啊，想起来了。"龚子途拍了拍脑门，一脸懊悔，"今天应该是你买单才对，亏了亏了。"

"我把钱转给你。"侯曼轩打开手机上的微信转账。

"不用，这样也客套得太冷冰冰了。下周曼轩姐姐再请我吧。"

侯曼轩不喜欢欠人，按照她以前的个性，即便他坚持不收，她也会把钱转到龚子途的微信上，然后告诉他这是两码事。可是这一回，她想了一会儿，说："好，说好下周我请客的。"

龚子途口头上答应得好好的，结果第二次他又忘记了。这个情况持续到第三次，侯曼轩终于确定不是巧合，问龚子途为什么总是请自己吃饭。

"还是瞒不过姐姐。"龚子途像被发现在背后搞小动作的小学生一样，笑得有些腼腆，"因为我赚到了，需要感谢你。"

"我不明白……"

"曼轩姐姐这么漂亮，还愿意每周陪我吃饭，我不是赚到了吗，所以我请客是应该的。"

侯曼轩一时间说不出话。她能确定的是，子途很喜欢她，所以才总是愿意和她亲近。有这样好的弟弟兼朋友，她觉得很幸福，心里美滋滋的。但是两个人毕竟不算太熟，思虑了半天，她还是给了比较客气的回答："那好歹让我请你一次，这是我们一开始就说好的呢。"说完见他有些犹豫，她又赶紧补充道："之后你想再请我，我也不会为你的腰包心疼啦。"

龚子途点了点头："好。"

结果龚子途又是嘴上答应得好好的，行为却一点也不诚实。为了这种事跟他生气当然不好，但朋友吃饭总是一方买单，是会影响长期发展的。龚子途年纪小不懂这个道理，她可不能装不懂。人情总要在其他地方还回来。于是，她想出了一个万全之策——私底下送零食给他。

送吃的，自然要投其所好。他喜欢香芋蛋糕，但这个糕点他送过了。于是她上网去搜龚子途的个人档案和记者采访，想看看他还喜欢吃什么口味的零食。结果让她有些摸不着头脑——龚子途喜欢吃卷心菜和瘦肉。

这是怎么回事，难道官方觉得偶像喜欢香芋蛋糕不够酷，所以给他安排了一些比较酷的答案？

当天，侯曼轩在公司用餐时刚好遇到蔡俊明，顺带问道："蔡哥，子途平时喜欢吃什么零食呢？"

"嗯？为什么突然会想起问这个？"

"他请我吃了饭，我想给他一点回礼。网上的信息好像不太准确。他最喜欢香芋蛋糕，回答里没有提到呢。"

"子途当然不喜欢吃香芋蛋糕。甜食他都不喜欢。"

"他不喜欢吃甜食？"

"对啊，我就记得他喜欢吃肉，餐前餐后甜点碰都不碰的。上次我给他们一人买了一盒牛奶冰激凌，子途才吃一口就扔了。蛋糕一类的，更是看都不会看。"

侯曼轩觉得很晕。那上次龚子途网上订购香芋蛋糕又打错电话是怎么回事……

Act.4 一个沉重拥抱

周一早上七点五十，侯曼轩到赫威集团和经纪人会面，一个不速之客的到来让她暂时忘记了蛋糕的未解之谜。

她在电梯口等电梯的时候，留意到了西侧大厅里站了两个人。其中一个是欧美风打扮的女孩，妆感浓且精致，却掩饰不住张扬眼神与白嫩皮肤描绘出的青春。演艺圈的美女很多，只有她出现，侯曼轩不会留意太多，但帮她裹紧大衣又一脸宠溺凝视她的男生是赫威当红男团 COLD 的队长，又是另一回事了。看两个人的相处模式多半是在谈恋爱，这也很正常，可是他俩为什么会在这种地方秀恩爱？而且，侯曼轩还留意到，她和 COLD 队长讲话时有些心不在焉，目光也一直在四周搜寻，直至龚子途从旋转门进来。她挽住男朋友的胳膊，亲昵地在他肩上轻蹭。龚子途从她身边走过时，目不斜视，仿佛他们俩都是空气。然后，她牵着男友的手，朝着龚子途的方向走去："咦，子途，这么巧，我们才进来几分钟就遇到你了。"

龚子途淡淡地笑了一下："秦露，好久不见。"

"露露，原来你和龚子途认识？" COLD 队长捏了捏她的脸，有点讨好的意味，"你的很多事我都不知道呢。"

"何止认识。他就是我的前男友。"

这个答案让侯曼轩有些诧异，又忍不住多看了秦露几眼。秦露此话一出，COLD 队长捏着她脸的手就这样不上不下地悬在了空中。但她并没太关照男朋友的情绪，而是朝龚子途冷笑道："你知道吧，我现在越发觉得和你分手是对的。你知道为什么吗？"

"不是很想知道。但如果你想说，我愿意洗耳恭听。"

"又装绅士是吗？呵呵，告诉你，我不吃你这套了。跟你在一起的十一个月，你总是忙忙忙，回国以后更是忙得不像样。"说完她拉了拉 COLD 队长的胳膊，"你没时间陪我，他有的是时间陪我。"

龚子途若有所思地点头："那你们在一起不是刚好？"

谈了快一年的恋爱，秦露对龚子途的性格多多少少有些了解。这个答案是在她的预料之中的，但还是让她有短暂几秒的失神和失望："所以，什么当了歌手没时间陪女朋友都是鬼话吧。我男朋友的时间会比你多吗？ COLD 可比你们 BLAST 红得早吧，人家通告也未必比你的少，怎么人家就会照顾女朋友呢？"

"你说得对，是我不够好。好在已经结束了，恭喜。"

一旁的 COLD 队长早就如坐针毡了，龚子途越是言简意赅，他就越觉得女朋友话太多。想来想去，他只能拍拍龚子途的肩："哥们儿，谢了。"

哪怕隔了很远的距离，侯曼轩都察觉到了两个男人很想结束对话的情绪。可偏偏秦露没有这种情绪感知力，反而靠在男朋友的肩上，柔情似水地说："sweet heart（甜心），你知道吗？当你得到了最好的，才知道以前那些不好的都是将就。"

"好了露露，你这样讲，会让龚子途觉得你在针对他的，收了收了。等一会儿我还有通告，要不我先带你去喝杯奶茶……"

秦露却忽略了男朋友的存在，继续咄咄逼人地盯着龚子途："我就是在针对他。这个渣男，浪费我十一个月的青春，我还没跟他把账算清楚呢。"

对话进行至此，侯曼轩终于还是决定要多管一下闲事。

"子途，你怎么还没上去，蔡哥到处找你呢。"侯曼轩在远处一边大声说，一边走向他们，然后目光落在了秦露身上，"咦，这位是你朋友吗？"

"侯……侯曼轩？"秦露在佯装淡定，但看得出来遇到侯曼轩本人，她还是有一点惊讶的。接着，她又上下打量侯曼轩，摸了摸下巴，说："你好像比电视上看着要矮一点。"

果然路见不平一声吼是吃力不讨好的事。侯曼轩满头黑线，只想说小姑娘还会不会聊天啊。她干脆跳过了这个话题："子途，这女孩这么年轻就能把蛇蝎美人口红驾驭得这么好，真是个大美人，是你朋友吗？"

"是吧。"看见侯曼轩，龚子途更加不想说话。

秦露面色却肉眼可见地明朗起来，说话态度也不像刚才那么强势了："我和他才算不上什么朋友。"

"哈哈，我刚才正想说，子途这不会是你女朋友吧，但看到他俩牵着手，而且动动脑子也能想通，你可没本事追到这样的姑娘。你还需要磨炼几年啊，老老实实上楼给经纪人搬砖吧。"说完侯曼轩推了推龚子途，背对着秦露对龚子途眨了眨眼，"上楼上楼，蔡哥要发火了。"

"哦，好。"龚子途头也不回地走了。

"看样子，是你的女朋友。"侯曼轩指了指 COLD 队长，"眼光不错哦。这妹子一看就知道教养很好。"

"谢谢曼轩姐。"COLD 队长满脸感动之色，就好像是三天没吃饭接到一个包子的丐帮少年。

侯曼轩又跟他嘘寒问暖几句，回到电梯口准备上楼，结果看到在一旁静候的龚子途。他叹了一口气："谢谢姐姐刚才救场，没想到你是这么正义的人，我处理得很不好。"

"没事没事，谁一生不会遇到个纠缠不清的前任呢。而且我也没撒谎，这女孩确实很漂亮。她是圈内人吗？"

"不是。她家里是开公司的，是我在曼大的校友。"

"曼大？小兔子果然是学霸啊，你前女友也很棒呢。"

"哪里棒了，考试全是低分飞过，毕业论文都是我给她写的。"

"这么看来你曾经对她还是挺好的，怎么后来就分手了呢？"

"三个字。滋、乌、喔。（zuo，即"作"）"

侯曼轩笑了起来："这倒是能看出一点，有点大小姐脾气的姑娘，心里藏不住事。"

龚子途也笑了，不过是很无奈的冷笑："大概吧。"其实他很想说，姐姐看到的只是冰山一角，她也就刚谈恋爱第一个月稍微演了演，之后十个月的做法不是常人可以忍受的。

"别沮丧了，小兔子。这样好看的女朋友，谈过一周都够很多男生吹十年了。俗话说得好，有多美就有多作。她的颜值 hold 住她的作度。"

"hold 不住。她那种作法，只有姐姐的颜值才能 hold 住。"龚子途想了想，"不，如果是姐姐的颜，怎么作我觉得都可以忍。"

侯曼轩怔了怔："瞎说什么呢，哪有你说的这么好。"

"不管圈内还是圈外，我都觉得姐姐是最漂亮的。"

其实，在颜值考核方面，娱乐圈和普通人的标准有天壤之别。例如生活中一个长相出挑的小美女，可能发个自拍就会被朋友吹成"明星都没有你的十分之一漂亮"，但进了娱乐圈，哪怕是祝珍珍，也得认清自己颜值排在申雅莉之后的现实。自认为天下第一美的自信可以演出来，但内心不能真的这么想。

侯曼轩对自己的相貌认知也很清楚，她漂亮，却不是最顶尖的。龚子途也接触过各种圈内的大美女，其中包括石破天惊级别的申雅莉，说这样的话，应该只是为了讨她开心……好吧，她承认，他的目的达到了。

她又一次开始思索那个问题：龚子途最后到底会娶什么样的女孩？大概就是温柔版的秦露露。不管他是否继续留在演艺圈，门当户对都很重要。如果两个人的成长背景差距太大，大概会重演她和戚弘亦的悲剧。

想到此处，她忽然觉得有些心累，于是找个话题来分散自己的注意力："我一直挺好奇的，你成绩好，家境好，完全可以做点安静的工作，为什么要进演艺圈呢？不会觉得这圈子太浮躁了吗？"

"那你为什么又要出道呢？"

"嗯……我喜欢唱歌。"

"我也一样。"

结果两个人都没完全说实话。

"啊，跟你聊着，电梯都忘记按了。"侯曼轩按了一下电梯按钮，"子途，虽然这是你的私事，但作为姐姐我还是有一句忠告：以后有女孩追你，为了避免将来陷入麻烦，慎重考虑再点头，你说是不是呢？"

龚子途沉默了半晌："你怎么知道是她追我？"

侯曼轩只是扬眉看着他，轻轻笑了笑。

"好吧，好厉害。"龚子途也笑了，有一丝不易察觉的羞涩，"听姐姐的，以后只跟自己喜欢的女孩在一起。"

"嗯，我知道你长得帅，肯定不缺送上门的女生。和一个女生在一起，是真心喜欢还是心软无法拒绝，这就要靠你自己分辨啦。"

"这样说我就有些不高兴了。"龚子途忽然变得严肃了许多，"我当然知道自己喜欢什么样的人。"

这时，"叮"的一声，电梯门打开了。侯曼轩率先进去，按下二十五楼的按钮，无奈地摇摇头："早熟的小鬼头。"

龚子途跟进来，按下二十七楼的按钮："这是在小瞧我吗。我不仅了解自己的喜好，而且遇到这样的女孩，会很主动地去追。"

电梯门关上以后，数字一层层往上跳。她实在忍不住不调戏他："哦？你还会追女孩？"

"姐姐，我也是男人。"

侯曼轩看了看楼层数字，又看了看镜面电梯门上龚子途高挑的身影。也不知是不是灯光有些昏暗和密闭空间的原因，她觉得有一点点局促，但没让自己表现出来："好的，今天的小兔子man爆了。"

"是在嘲笑我遇到修罗场了吗？其实我一点也不怕秦露这种女生。她就是直肠子，自己把话全都说完了，把决定做好了，你只需要接受她安排的结果就好。我怕的是那种明明你已经追得很厉害了，她还装傻的女生。"

这大概是龚子途一周里说过最多的话。说完之后，电梯里有短暂的静谧。他明明站着没动，侯曼轩却觉得两个人的物理距离缩小了很多。通过电梯门，她看见他在凝视着自己，但哪怕是通过倒影，她都禁不住回避了他的视线："遇到这种女生你会怎样呢？退而求其次？"

龚子途摇摇头，没有放弃紧追她的目光："我会一直保持单身追她，追到她缴械投降为止。不在乎付出多长时间，多少精力。"

这时，电梯在二十五层停下，又一次"叮"的一声响后，电梯门打开。侯曼轩如释重负地抬起头，指了指外面，回头对他说："我到了。小兔子，明天我们不是要去吃饭吗，到时再跟你聊啊。"

"嗯。"他并未因为对话被打断有一点失望，反倒微微一笑，"姐姐，我们明天见。"

四月初，"金龙奖"提名结束后，戚弘亦主演的新剧也随之开播。七号，侯曼轩拍了半天杂志封面，随后应邀出席发布会，和戚弘亦演了三个小时二十分钟的真路人假鸳鸯，感觉整个人都快散架了。偏偏这一天还有 BLAST 二辑 *The Fire* 销量破三百万的庆祝派对，地点是在杨英赫的游轮上。

这一夜，两岸钢筋水泥的高楼错落有致，将长长的江面夹在其中，投落下只属于夜晚的五光十色。江水旋转着浪花，传送带般滚送着大小不一的船只。其中，一艘按照美国二十世纪初风格装修的游轮最热闹。深红色的天鹅绒幔帐上绣满金线，桌上有象牙雅典娜雕像。红酒产自叫不出名字的私人庄园，瓶身商标上写满英国式小字。游轮上除了各路当红艺人，还有一些站在十米外就能通过举止装扮猜出社会地位的名流人士。

侯曼轩上游轮的时候，派对已经进行到了两个小时。她到第二层去找董事长嘘寒问暖了几句，就到下层舱位的 KTV 包间找龚子途。

KTV 包间不大，装潢却颇有亮点，墙壁上还有列侬的画像和甲壳虫的金属徽章。透过门上的圆形玻璃窗，侯曼轩看见房间里除了 BLAST 的龚子途、暖宝宝、唐世宇和泡菜欧巴，冬季少女团的 Alisa 和祝珍珍，还有三名新人偶像。泡菜欧巴正在用韩式哭腔唱着天王的出道曲《幻镜》，把一首空灵的歌曲演绎出了车祸绝症后失忆的风格。暖宝宝和 Alisa 应景地在这种气氛中互相对望，竟无语凝噎。

这一晚，祝珍珍喝多了一点，听着那么悲伤的歌曲，心弦也被触动了。看了看龚子途的侧脸，想起上次他在节目里很不给她面子，她撑着下巴，醉眼蒙眬地望着他："龚子途，你真是嚣张得不得了呀。"

龚子途回望了她一眼："不嚣张，比较任性而已。"

她拨了拨长发，慵懒地靠在他的肩上："我有点累了，借你的肩膀给我靠一靠。"

侯曼轩听不到他们在说什么，但这一幕无疑是在她意料之外的。女孩这样主动靠过来，没做太出格的事，龚子途一时间也不知该如何反应，只想过一分钟以去洗手间为借口出去，回来不再坐在祝珍珍身边就好。但他行动还没落实，旁边的唐世宇已经用力鼓掌起来："好！好！子途干得漂亮！"

他的声音如此之大，导致 KTV 包间里所有人的目光都瞬间聚集到了龚子途和祝珍珍身上。祝珍珍本来害羞得想躲开，却因为 Alisa 起哄喊了一句"天哪，你们俩绝配了"，对龚子途的肩膀有些依依不舍。她饱满的小嘴抿成一条线，甜甜蜜蜜地维持原状。

于是，大家的起哄更热闹了。

侯曼轩觉得心里很不是滋味，但又不愿意细想原因。她只想同情一把那些明确表示喜欢龚子途的女生。前女友才找上门，这一会儿又有祝珍珍送上门。还好他主动表示亲近的时候，她没有表示出姐姐以外的好感，不然都活到这把岁数还对一个小弟弟动心，甚至让别人看出来，也太傻了。虽然失落，但起码尊严还在。趁还没有太多多余的感情滋生之时，先保持距离吧。

她不想再多看这个画面一秒，转身就走。

唐世宇这家伙大概最擅长制造尴尬。她才刚转过身，KTV 包间的门就被拉开了。唐世宇鼓掌道："欢迎曼轩姐姐！"

"哇，女神来了。"包间里的偶像新人也跟着鼓掌，"快快进来坐！"

唐世宇圆圆的眼睛弯成了两条月牙："曼轩姐，我们都觉得暖宝宝和 Alisa、死兔子和珍珍美人很配，你觉得呢？"

"等等，为什么会有我和吴应啊？"Alisa 嫌弃地看了他一眼，"我才不喜欢这种毛头小子。"

"什么啊，我才不是毛头小子……"吴应虽然说话还是慢吞吞的，但明显着急了。

龚子途和祝珍珍却没有否认。看见侯曼轩进来，祝珍珍稍微收敛了一点，坐直了身子，端起一杯酒喝了一口，眼睛看着别处；龚子途则是把注意力全都集中在了侯曼轩身上。

侯曼轩在唐世宇的引导下坐在了龚子途的对面，笑了笑："你们别忘了，公司不允许艺人谈恋爱的。"

这句话让所有起哄声瞬间消失，大家都呆若木鸡，宛如被班主任发现作弊的学生。只有龚子途，嘴角带着一丝不易察觉的笑。

"不过，规定是规定，杨董总不能二十四小时监视你们。谈恋爱什么的，我可什么都不知道。"说完她做了一个"嘘"的动作。

"什么嘛，曼轩姐会玩。吓死我啦。"唐世宇带着其他人又开始起哄了，"都得到女神的许可了，所以你们该干吗的干吗。尤其是你，死兔子，不要敬酒不吃吃罚酒。祝美人都那么主动了，你要是没点回应，也太不是男人了吧。"

龚子途面无表情地看向他，眼神冷到好像可以杀人。

不是没有发现他的不悦，但侯曼轩心里更不悦。而她多年来一直有个习惯，就是一定会把心里的不悦转化为笑容。她灿烂地笑了起来："子途和珍珍是挺配的。"

龚子途微微一愣，沉默了几秒，脑袋里也空白了几秒，回应了她一个冷冰冰的笑："是吗？"

侯曼轩点了点头："对啊，看你们在一起我觉得很养眼。两个人都是组合里的门面，身材、穿衣风格也很搭。虽然珍珍比你大一岁，但差距还没那么大，不错哦。在一起，在一起。"

"女神都这么说了，在一起，在一起！"唐世宇更来劲了。其他人也跟着瞎嚷嚷起来。

然而，起哄声还在沸沸扬扬地持续着，龚子途已经站起身，径直走出门去。

接着室内又是一片死寂。

"……怎么了？"唐世宇一头雾水，"这家伙生气了？"

Alisa担心地看看每一个人："是因为我们起哄他和珍珍吗？"

祝珍珍不说话，只是快速眨眨眼，喝了一口酒。

吴应小心翼翼地说："那个，子途平时脾气很好，但一旦生气就特别倔，很可怕的……反正我是不敢去找他，你们谁愿意去吗？"

"我去。"泡菜欧巴跟了出去。八分钟之后，他带着一脸的挫败回来了，对吴应沉痛地点点头："你说的每一个字都是正确的。太可怕了。根本不理我。我估计现在也就只有曼轩姐的话有点用，其他人还是不要去自讨没趣。"

侯曼轩站起来："我试试吧。你们继续玩。小事情，别影响心情。"

她很快就在甲板上找到了龚子途。他正背对着人群抽烟，眺望着江对岸的霓虹与高楼。江岸边种植着大片兰花，散发着令人心醉神迷的清香。它们对面的商店街橱窗中，模特裹着春季上市的崭新奢侈女装，完美的脸上露出永恒的假笑。

侯曼轩悄无声息地靠近，把脑袋探过去看他，笑盈盈地说："生气了？"

龚子途掐掉了烟，但不说话。

侯曼轩斟酌了一会儿，放软了语气说："刚才只顾着自己玩得高兴了，对不起哦。以后再觉得你和哪个女孩般配，也不会当着这么多人说开了。都是姐姐的错，没考虑到小兔子也是男孩，是要面子的。以后我保证，不会再犯同样的错误啦。"

龚子途还是不理她，只是双眼空空地看着面前的江景，就好像他们处在不同时空一样。

"子途？"侯曼轩伸手在他面前晃了晃，小声说道，"这是很小的事，对不对？"

他还是不说话。

"总这样憋着也不好，你希望我怎么做呢？我们总要找一个解决方法吧……"

他打断她："我不想说话。"

她怔了怔，说："是不想说话，还是不想和我说话？"

"都有。"

这还是她第一次从他口中听到这样的话。两个人保持缄默几秒，他也没再开口，她笑得有些勉强："好，那我留你一个人休息一会儿。先进去了，这里有点冷。"

"嗯。"

刚转过身去，侯曼轩脸上的喜悦烟消云散。她拍了拍自己的脑袋，觉得又尴尬，又低落，有些后悔出来找他。觉得自己能安抚好他，结果碰了钉子，这是自作多情的下场吧。他们好不容易建立起来的友谊是不是就此瓦解了呢？

算了算了，也是好事。她今天忙了一天，为杂志拍完封面以后还扮演了一次影后，感觉精神和肉体双重疲惫。如果不是为了给他打气，这个派对她都不会来。留在家里贴个面膜，听听音乐，看看杂志，和翩翩打个电话聊聊天，或美美地睡上一觉，比跑来做这些无意义的社交有意思多了。这种只会为事业添加负担的情感，也是能少一些就少一些吧。

她怎么会不知道龚子途那点小心思呢？他的感情是对女性前辈的崇拜，糅合了一点年轻男孩对浓烈爱情的向往。

这不是爱，只是轻微的喜欢。

而现在的她，不管是爱还是喜欢，都要不起。

如果她今年二十一岁，事业还未起步，她会允许自己去疯，去闹，去谈一场不计得失的恋爱。可是，她今年二十八岁，不论是对一个女人而言，还是对一个没有完全成功转型成实力派的歌手而言，时间都已经不允许她犯错了。拥有稳定感情、靠谱而成熟的侯曼轩，才是大众期盼的侯曼轩。龚子途身上有太多不确定的因素，纵使有吸引她的地方，她也不能为之玩火。

虽然理智在这样说服自己，但情感却完全没能得到任何安慰。心底那一份挥之不去的酸涩，让侯曼轩觉得很委屈，也很想哭。

不是为了被掐断的朦胧情感，不是为了龚子途冷漠的态度，而是为了再也做不回过去任性的自己。

但她最终没有哭，反而为鼓励自己而笑了。晚间突如其来的小情绪，不足以让她流泪。

她打了个电话给司机让他来接自己，又回到室内找到自己的外套和包包，打算再待一会儿就趁人不注意偷偷溜掉。这时，有两位穿着笔挺西装的男人走了过来，向侯曼轩微微鞠躬。其中，戴着眼镜的是赫威旗下的日本音乐制作人小林凉成，中文学得很好；另一个高大英俊、头发浓密，颇有二十世纪九十年代日剧男二号气质的是小林的朋友枝川健，他刚从日本来中国发展，也是一个音乐制作人，中文水平稍微欠缺一些。

侯曼轩和小林合作过数次，还算比较熟，两个人聊了几句，小林就介绍枝川给侯曼轩认识了。枝川说自己很早就喜欢侯曼轩的歌，希望有机会和她合作。三个人聊了一会儿，小林就以打电话为由离开了。侯曼轩觉得有些奇怪，但因为和枝川聊的都是关于音乐的话题，彼此还算投缘，也没有觉得冷场。

当提到他来中国发展，侯曼轩自然地找了个话题："枝川先生是一个人过来的吗？打算在中国待几年呢？"

"还没定下来。如果遇到心仪的女孩，可能永远都不用回去了。"

侯曼轩笑道："很直率，这个点子不错。希望有好女孩能留住枝川先生这样优秀的音乐人。"

"在日本一直被父母催婚，也是有点头疼的啊……"枝川顿了顿，"这样问可能会有一点点失礼，但我实在很好奇。如果侯小姐不便回答，可以不用回答的——侯小姐也是单身吗？"

侯曼轩恍然大悟。原来是醉翁之意不在酒。小林这个浑蛋，明明知道她有男朋友，还把他朋友塞过来。大概因为赫威高层都知道她和戚弘亦只是形式情侣，小林又是赫威旗下唱片公司的领导，也觉得她的墙脚是可以挖的吧。知道了他的目的，她连继续聊天的兴致都没了，只想早点回家休息，于是跟他说了道别的话。

"现在时间还早，侯小姐这么早就要离开吗？"枝川看看手表，又像反应过来什么似的，"对不起，我果然失礼了。"

"不是不是，当然不是因为这个问题。这是很普通的话题呀，怎么会失礼呢……"

侯曼轩不想得罪小林的朋友，但应酬得也很勉强，正想着如何接后面的话题，忽然有一只手揽过她的胳膊，把她带到了一个人的怀里。

"我是她男朋友。你放弃吧。"

听见这个声音，侯曼轩感觉天灵盖像被雷劈中一样。她飞速抬头回望——没弄错，真的是龚子途！

奶兔啊，天哪，你的高情商呢！

侯曼轩的内心已经开始了暴风雨和十三级地震，不说话不是因为淡定，而是因为已经说不出话了。

"你是……BLAST 的龚子途？"枝川皱着眉，以不确定的口吻说道，"你是她男朋友？"

"对。"龚子途语调强势、面无表情地答道。

枝川摇头："不可能。我听到的传闻不是这样的。"

"这就是你和我的差距。你只能到处打听关于她的传闻，而我和她的关系……"龚子途淡淡一笑，故意省略掉了后面的话，"总之，不要再打曼曼的主意，人我带走了。"

听见"曼曼"两个字，侯曼轩的心像被什么抓紧了。龚子途也不给枝川再说话的机会，牵着侯曼轩的手，强行把她带出舱外。

侯曼轩的思绪凌乱了，一出去就甩开他的手："龚子途！你在搞什么！"

龚子途又变回了之前冷漠的样子："没做什么，看你被那个日本人缠得很难堪，帮你解围而已。"

"这也叫解围？我……我真的无语了，你以为我们是小学生？如果事情传开，你知道会变得多么不可收拾吗？"

龚子途的态度变得更冷了："那算我多管闲事。"说完转身就走了。

真是受不了这个幼稚的孩子。平时看上去很稳重，结果说到底还是改变不了只是个二十岁小屁孩的事实。他如果这么不懂事，那就随便他吧。硬气什么呢，在她面前耍公子哥儿脾气，他还嫩了点。就他这个臭脾气，以后会吃大亏！龚子途，别太把自己当回事，既然非亲非故，她才不管他的死活。想到这里，她不打算再试图和他言和，只是叫司机来接自己，然后气鼓鼓地下了船。她一边腹诽他的幼稚，说服自己是成熟的人，不跟孩子计较，一边却不由自主地感到低落和不愿意承认的伤心。

因为这么一点小事，他就跟她发这么大的脾气，他们就要变成陌生人了吗？她就这样失去他了吗……不，她从来都没有得到过他。只是同事变成朋友，又变回同事而已……自己到底在难过些什么呢……

一定是因为夜晚的城市太大，让她觉得自己很渺小，抑或是初春的江边风太冷，吹得人情绪都敏感了……

回想起来，她和龚子途认识已经快四年了。这么长的时间里，他们俩几乎没什么交集，但她却忘不掉第一次见到他时的情景。

那一天晚上七点四十五分，她参加在体育场举办的赫威家族演唱会。下午，司机和经纪人开车送她去体育场的路上，她百无聊赖地看着窗外发呆，忽然在路边人群中看见一个高挑醒目的侧影。男孩穿着浅灰色的卫衣和牛仔裤，卫衣帽子扣在头上，以至她只能依稀看见他的鼻梁和下巴。她立刻坐直了身子，摇下车窗想看一看他的正面。但车已经开出去一段距离了，男孩又转身进了人民公园。刚好这时车子没油了，司机到公园旁边的加油站加油。她跟中了邪似的，以去洗手间为由下了车，戴上墨镜和鸭舌帽就进了公园。

她在公园里看见了一泓碧湖，满园树荫，打太极、散步的老人，放风筝的孩子，还有无处不在的阳光碎片，却没有看见刚才寻觅的人影。正有些失神地想离开，忽然有一个四五岁的小女孩从她身边跑过，手里的布偶兔子掉在了地上。她蹲下去帮小女孩捡起来、递给对方。对方留下可爱的感谢后跑开了。她站起来走了几步，有人拍了拍她的肩："你的卡掉了。"

回头的那几秒，她一直是蒙的。

站在她身后的人就是她刚才寻找的男孩。他把帽子放下来了，露出一头蓬松发亮的黑色短发。那时是春季最美的时候，雨水浸入泥土里，酝酿成生命的琼浆，植物葱翠而富有蓬勃的生命力。雾气轻抚着烟波浩渺的湖面，风声和鸟鸣是大地复苏的颂歌。路边停了一夜的卡车车顶上落满了潮湿的白色铃兰花。

可是，一切都美不过他对望的瞬间。

她已经和戚弘亦交往很久并进入冷战期了，但直到这个瞬间之前，她都以为与戚弘亦的关系是爱情真正的样子。

没有体验过普通女高中生的生活，但那一刻她立即懂了，很多高中女孩应该都是如此悄悄打开初恋大门的。

过了好一会儿，他才重新把门卡抬了抬，错愕地说："侯曼轩？"

可惜她没有回答的机会，就已经被下车找过来的经纪人叫走了。

之后，一路上她都有些精神恍惚。

她不知道这个男孩多大，叫什么，他们只是第一次见面，他甚至没有对她表示任何好感……可是，不管是闭上眼休息，还是睁开眼转移视线，他就是在这里不走了，挥之不去。

开始准备演唱会以后，干扰了她一天的情绪总算散了些。可在演唱到一半的时候，她竟然又一次看到了他。在诸多挥舞着荧光棒的最前排粉丝中，他就静静坐在那里，一个不算醒目却让她一眼就能看见的地方。

她表演的过程中，有很多次和他视线交汇。也不知道是不是因为现场表演气氛太热烈，每一次对望都有种被电击的错觉……她当然没有表现出一丝异样，可下了台以后下意识到处寻找他的身影，又让她觉得自己很失控，猛拍自己的脸。

到底是在做什么呢，自己有男朋友，还如此在意一个小弟弟……

寻找他的身影无果，她带着一丝自己都不想承认的失望回到后台，却意外发现他正和四个赫威选秀出来的练习生站在一起。同时，两个工作人员悄悄讨论：

"那个男孩……我在选秀里没看到他啊，也是 BLAST 的成员？"

"他没参加选秀，直接入团了。"

"门面？是那个龚子途？"

"很显然啊。"

…………

回想到这里，司机已经把车停在了路旁。侯曼轩正想上去，忽然有急促的脚步声靠近，一只手按住了车门。她回头一看，龚子途正有些担忧地看着她："我送你回去。"

她有些恍惚，淡淡地说："车都来了，不用。你回去继续玩好了。"

"刚才的事很对不起，我不应该跟你发脾气的。"

"知道自己错了？"侯曼轩横了他一眼，态度还是疏冷，情绪却变好了很多。

"是，不管怎么说，我都不该用那种态度跟姐姐说话。让姐姐难过了，都是我的错。"

她原本以为他们会冷战很多天，甚至绝交。他突然如此温言软语，让她觉得心都快化了，还有一点点想哭。她态度也软了下来："我也有错的地方，不应该瞎起哄的。"

龚子途却一点离开的意思都没有："我可以问你一个问题吗？"

"嗯啊，你说。"

"看见祝珍珍靠在我肩上，你是不是有一点不开心？"

这问题直戳她心中最柔软的地方，把她的脸都烧热了。这小子是不是少根筋，这种问题想想就好，可以这么直白提出来的吗？他知不知道自己问了什么暧昧的问题？而她更气自己。今天是怎么了，这么敏感，为什么要有这么大反应……

她微微垂下头去，双手握成拳，笑了起来："会有一点点。毕竟我以为只有我是你在赫威的姐姐，没想到亲近你的姐姐那么多。我可是有独占欲的哦。"

龚子途慢慢点了点头，似乎在思考着什么，然后下定决心般说道："以后，我不会允许女生接近自己。就算有允许的打算，也一定要经过姐姐同意才可以。"

如果说刚才的敏感让她有些消沉，这一句话就像阳光一样，一扫所有的阴霾。她觉得放松极了，抑制不住心中的喜悦，笑了起来："这么霸道的自我约束条款？"

"只属于姐姐一个人的感觉很好。我喜欢被管着。"

"这算什么，一个受虐狂的自白？"

"嗯。"

她笑得更开心了，但总感觉有什么东西束缚了两个人，把他们的距离骤然拉近，又让她有些害怕。于是，她坚持苦笑着推拒了两次，但龚子途像是已经把自己锁在笼子里又把钥匙递给她了。不管她开不开门，他都一副不打算出来的样子。

最后，她看了看手机上的时间，对他说："好了，子途，我要回家了，你赶紧回去吧。"

"我还是送你回去。"

"真的不用，我家远，而且这么晚让男孩送也不太方便。"她这番言论才总算使得他放弃。她转身走了。

"等等。"他上前一步。侯曼轩还没来得及转身，发现他已经近在咫尺。夜空中有耀眼的星子，码头有晚风摇曳植物的声音，鹅卵石小道的两旁，有两条延续到花园深处的暗金色灯盏。他低头看着她，沉静的眼中仿佛有星星。现在四周如此安静，除了游轮上的鼎沸人声，几乎没有别的动静。

他明明什么都没做，侯曼轩却莫名觉得很幸福，连声音都不由自主变轻软了许多："怎么啦？"

龚子途把自己的深蓝格纹围巾取下来，为她系在脖子上："路上注意安全，不要受凉了。"

"啊，好，谢谢你。"

"那快回去吧。曼轩姐姐，晚安。"

"晚安。"

侯曼轩上车，关门。围巾上有他残留的体温和气息，让她有些恍惚。车子发动以后，她又不禁朝窗外看去，发现龚子途还在目送她离去，并且朝她挥挥手，示意她回家。她再度靠回座椅靠背的时候想，如果自己没有往外看，就更酷了。虽说有些遗憾，她却一直甜甜地笑着，回到了家里。

这个晚上，侯曼轩不太想早睡，也不想上楼卸妆洗澡，只是把包包外套往沙发上一扔，就懒洋洋躺倒在沙发上。围巾还没被摘下来，此刻正静静地贴着她的脸颊。

微信的声响打破了家中的寂静。她打开手机一看，是龚子途发的两条消息。第一条发出被迅速撤回了。第二条内容是："谢谢姐姐大度原谅我。刚才几次想拥抱你，但都没有选择这么做。现在还不能冒犯姐姐。"

侯曼轩觉得心底有什么被触动了。

什么叫,现在还不能?

但真正让她心情难以平复的,是第一条撤回的消息。如果她没眼花,第一条的内容和第二条差不多,只是那个"拥抱"原本是"吻"。

他到底在说什么,发的都是什么消息啊!

她觉得太害羞了,把脸埋到了围巾里,脑袋里一片嗡嗡声,心情乱七八糟。

情绪大起大落的感觉她不是没有过,对一个男生如此,人生中却是第一次。虽然恋爱经验不丰富,但过往的人生经验告诉她,如果不想要大悲,首先就不要有狂喜。和一个男孩刚开始接触,情绪就这样上上下下的,好像并不是什么好事……

这一夜,侯曼轩没睡好,心情也很复杂。第二天早上九点,她去高档百货商场参加一款珠宝上市的纪念活动,刚到现场给一些粉丝签过名,被保安送进安全区,就收到了龚子途的语音消息。周围吵吵嚷嚷的,但她还是没按捺住好奇心,点开听了。

"曼轩姐姐早安,中午你会回公司吗?"

这臭兔子,声音真好听。只听他说话,她都觉得心跳变快了一些,然后也回了一条语音消息:"我现在在出席活动,中午应该会回来。怎么了?"

"那太好了,跟我一起吃个饭吧。"

想到前一夜他撤回的消息,她就觉得更矛盾了:龚子途对她的感情并不是那么单纯,他是有目的的……不行,她是有男朋友的人,继续和他亲近是非常危险的。但这一刻,想要答应他的冲动快要战胜理智了。

她正在纠结,却被安全区外的尖叫声打断了思绪。顺着她们的目光看去,她看到广场大荧屏上播放着 BLAST-I 和冬季少女团的现场演出。他们翻唱的是侯曼轩六辑 *Obsession* 的主打歌,但风格不同:侯曼轩的更有气场,他们的更具青春气息。而且,他们的编舞是一男对一女,龚子途刚好被安排和祝珍珍一起跳舞。祝珍珍身高一米七,只有九十斤,站在龚子途身边既有小女人气息,又不会显得太过娇小,两个人简直像少女漫画里走出来的男女主人公一样。

看到这个视频,侯曼轩回复消息的冲动减少了一些。外面粉丝的尖叫也和平时不太一样,她侧耳倾听,听见一个小女生哭着说:"前年三月,吴应还是练习生的时候我就粉他,那时候根本没人知道他,但我还是到处找亲朋好友拉票,想让他红起来,让他接近他的女神 Alisa,现在看到这种消息,你知道我的感受吗?结果是他拿着我的钱去睡女神!"

这种疯狂粉丝的言论在网上很常见,但内容却从未听说过。侯曼轩立刻想到了什么,用手机打开微博,看了看热搜。

果不其然,关键词"吴应 Alisa 车震"排在第一位,旁边出现了咖啡色的"爆"

字，每秒几千条评论刷得人眼花缭乱。

原来，昨天过后，一个劲爆的消息像病毒一样炸开：BLAST 成员吴应和冬季少女团主唱 Alisa 恋情曝光！他们俩在 Alisa 车里缠绵热吻的照片也传遍了网络！

照片是高清的，动图、视频都有，证据确凿，已经不能用"路人撞脸"这样的借口搪塞过去了。消息也就是两个小时前散播开的，但这两个小时里，两个偶像无数粉丝的心境已经从震惊到愤怒到心碎到脱粉或转黑。路人吃瓜看得开心或嫌弃，黑子们更是拿这个话题把偶像连带粉丝喷得一文不值，恶毒的词语、人身攻击，无所不用其极。

那些骂战实在太凶猛了，作为一个旁观者，侯曼轩看了都不禁感到紧张。

其中有一条被复制粘贴最多的热门评论是这样写的："理智粉出来说一下吧。我一直挺喜欢暖宝宝的，知道他和 Alisa 这档事就没爱了。对 Alisa 这个不自爱的老大姐是感到恶心。不要怪粉丝无情。我们花钱，买的是你们被包装出来的形象。既然形象破坏，也别怪我们不再支持你们。还是馒头姐比较聪明，不和公司艺人乱搞。"

如果没记错，Alisa 就比吴应大两岁，今年二十三岁。多么青春美好的年纪，在这些小粉丝口中就变成了"老大姐"？侯曼轩悲摧地想，要是事件男女主角换成龚子途和自己，大概会被说成是婆孙恋吧。

如果是实力派艺人，别说谈恋爱，就算结婚都会得到粉丝的祝福。然而，冬季少女团和 BLAST 都是流量艺人组合，粉丝大部分是会把他们当成梦中情人、幻想对象的学生，导致这个事件影响极大，快赶上其他明星的艳照门了。

公司高层当日就查出了爆料者是竞争对手，并且对他们用"车震"这种不雅词语攻击艺人的言论进行了起诉。可是这并不能改变已经恶化的现状。两个天团传出这种丑闻，赫威集团的股票暴跌。

杨英赫震怒，亲自把这两个人叫到办公室里训了一个小时的话，并且告诉他们如果以后再闹出同样的事，通告就和他们没有什么关系了。

连续几日，公司上下的员工都在偷偷讨论这件事。侯曼轩在茶水间就听见有明星助理小声跟人吐槽："其实我觉得这件事对暖宝宝影响不会太大，风流韵事嘛，男人总不会太吃亏。Alisa 是真的毁了。本来走的是清纯高冷路线，少女偶像感十足的，现在这么一闹，别说偶像，少女感都没了。"

"这段时间暖宝宝在追 Alisa 其实好多人都知道，我们大家都觉得 Alisa 会很享受他把自己当女神的过程，但最后结果也就只是让他安心当一辈子的小迷弟，没想到真的追到了，速度和进展都这么快，啧啧。"

"好啦，你这毒舌，别再损她了，她已经够惨了。"

这两个人说话有些刻薄，但过去的侯曼轩一直赞同她们的主要观点：当小弟弟把姐姐当女神，姐姐最好永远不要从神坛上走下来，不然当女神变成了凡女，她不及他同龄女孩的种种缺陷都会显露出来。

可现在，她只觉得很心酸。因为知道心底里已经有了一个人。

这一事实，在她看过《姐姐真美》的 MV 之后，更像被揭开的伤疤一样暴露出来。她终于知道，为什么那天大家都说她很漂亮，状态很好。因为在 MV 里，她接到龚子途白玫瑰的刹那，真的笑得特别美，特别甜，让她都有些认不出自己。

不可以再和龚子途这样发展下去了。这是在玩火。

之后，她对龚子途的态度发生了一百八十度大转弯。不管他怎么发消息、打电话，她都不接，见面也是露出非常客套的微笑便匆匆擦肩而过。她在微博上转发了戚弘亦新剧的片花，和戚弘亦、他的团队互动，撒狗粮，很快被网民们称为"最土豪的贤内助"。她频繁和戚弘亦一同出席各种活动，关于他们俩恩爱如初的通稿也是满天飞。他们一直是很稳定且正能量的银色情侣，大家都是带着善意祝福的。只有戚弘亦觉得情况不太对劲，但也没有直接询问发生了什么事。

五月，侯曼轩和赫威另外几名知名艺人有一场小型的巡回演出。与龚子途合作的《嫁给你》自然又是必备节目。首站演出的前三天，经纪人把龚子途叫来跟侯曼轩练舞。

两个人很久没说话，见面时间又极其短暂，再次在舞蹈室看见走进来的龚子途，侯曼轩有一种恍如隔世的感觉。

随后，音乐响起，他走过来，本来想捧住她的头，她退后一些，冷淡地说："练习的时候可以省了。"

龚子途点点头，接着后面的动作和她排练。他和她跳这支舞的时候，连在粉丝那里都被评价为"太积极"。这一回变本加厉，每一个动作细节都带着明显的进攻意味，逼得她不由自主后退，差一点贴到了墙上。可是，偏偏这种时候，舞蹈又有一个搂腰的动作。这个动作本来只是他把手轻轻搭在她腰上，轻灵地作为下一个抬手弯膝动作的缓冲，只要做做样子就好，但这一次，龚子途直接搂住她的腰，把她往自己怀里的方向揽。

差一点扑到他的身上，她吓了一跳，按住他的胸口，声音微颤："你忘记舞步了？"虽说如此，想要被他拥抱的欲望如此强烈，让她特别想给自己头上浇一桶冷水。

他和她站得很近，若无其事地说："多练练就好了。"

以前龚子途的耐心没有这么差，他最近是怎么了，是因为她表现得太明显了吗？

第二次练习，他又把她的腰揽过来，低头有些愤怒，有些伤心地说："我做错了什么？"

她推了一下他的胸口，快被自己的心跳和糟糕的定力烦死了，只能回避他的视线："我不想聊工作以外的事。"

"为什么不理我了？"

"不想重复了。"

"是因为吴应和 Alisa 那件……"

"龚子途!"她挣脱了他,气得胸口上下起伏,"你能不能不要这么幼稚,什么事都要打破砂锅问到底。既然没忘记舞步,那我们的练习就到此为止吧。"

她拿起衣服,转身走出去。

虽然刚才没有排练完,但侯曼轩从他的起步动作察觉到他对这支舞还是非常熟练的,那些多余的动作,就像他们之间多余的感情一样,是没必要任其发展的。她决定演出之前都不排练了,双人部分只要舞台上表演不出错就好。

真正表演的时候,情况和她想的差不多,他表现得很娴熟,只是气氛很不好。这一回巡演,网上连粉丝对龚子途的评价都不是特别好。他们说,以前龚子途和侯曼轩那种宛如热恋的感觉消失了,龚子途像没休息好,全程一脸冷酷。连跳完退场时看上去都是一脸倦意,跟以前退场时依依不舍的样子截然不同。

龚子途没有再纠缠侯曼轩,只是在演出最后一天,他们共舞结束之前,他绝望地叫她:"侯曼轩。"

她抬头看着他。他眼神空洞,平静地说了最后一句话:"就这样了吗?"

可能是舞台灯光太刺眼的缘故,侯曼轩觉得眼睛有些湿润,有直接抱住他肆意流泪的冲动。但是,此刻的他近在咫尺,却和她一样,站在银色舞台之上,被千万双眼睛盯着。只要她没有放弃自己选择的人生,事情就不会有任何改变。

所谓喜欢,其实是被美化过的词,它就是欲望。一个人可以对很多东西产生欲望,却很难珍惜自己已经拥有的一切。一个人在走向成功的路上,如果不懂得控制自己的欲望,会跌得比无欲无求的人更惨。

说到底,也不过是对龚子途产生了没有意义的欲望。

心中是如此说服自己。可当龚子途放下轻抱她的手,最后看了她一眼,结束共舞离开的时候,她还是觉得一颗心被掏空了。

终于表演结束,台下响起热烈的掌声和欢呼声。她对台下深深鞠了一个躬,再度抬头,红红的眼中有泪花闪烁,但她还是灿烂地笑着,大声对粉丝们喊道:"谢谢你们! 我也爱你们! 谢谢!"

不想经历大悲,一开始就不要狂喜。

现场气氛很热闹,并没有人发现她那声嘶力竭的道谢声中,吞咽了多少泪水。

侯曼轩,从来都不是一个幸运儿。从母亲去世的那一年,她就深刻感知了这一点。

这个不知愁滋味的少年不是她第一个放弃的喜爱之物,也不是她生命中唯一的过客。她相信,离开了自己,还有很多很多优秀的"姐姐"愿意和他有一段美丽的开始,和毫无遗憾的结束。

Act.5　差一点要暴走

回到后台，侯曼轩觉得无法再忍受现状了，找了一个人少的地方打电话给杨英赫，开门见山地说："董事长，这次表演已经圆满结束了，以后可以取消龚子途和我的合作吗？"

"我的曼轩，为什么突发奇想？"电话那一头的杨英赫依然是气定神闲的。

"因为我不想再被 BLAST 的粉丝讨论，也不想和他们捆绑炒作了。"

"放心好了宝贝，你不会和 Alisa 一样的。你知道为什么吗？第一，你有大把歌迷，Alisa 虽然是主唱，却只有粉丝。第二，确实如果龚子途传出这类八卦，情况会更严重，但我相信你。你现在都如此嫌弃和他合作了，又怎么可能和他车震呢？你说这逻辑通不通。"

非常不通！和龚子途车震是很诱惑人的事！

心里虽然快爆炸了，但侯曼轩说话的语气还是冷酷的："那咱们说点现实规划。BLAST 现在是红遍半边天，但也很可能是一个昙花一现的偶像团体，你想要把我和他们绑定炒作多久？到他们没有商业价值吗？"

"曼轩，女神是神，神都是高处不胜寒的。你适当接一下地气，是好事。"

又开始顾左右而言他。看样子跟杨英赫的谈判失败了。结束通话后，她长叹一口气，转过身却看到了龚子途。糟了，他都听到了？她清了清嗓子，有些尴尬："那个，我不是有意的……"

龚子途却一点也不生气，淡淡地说："是否昙花一现无所谓，我本来就只是为了当偶像才进演艺圈的。"

之后，龚子途再也没有主动联系过侯曼轩。除了偶尔会在公司碰到他，他这个人就像人间蒸发一样。侯曼轩并不后悔，因为她知道，小孩子能付出多少热情，在承担责任的时候，就有多不知所措。掐断这一场三分钟热度的姐弟恋，对她、对龚子途，都是好事。尽管如此，她还是偶尔会想他。不得不说，他的长相、声音、性格，都实在太合她的胃口了。有时半夜脑内放飞自我的时候，她甚至有过荒诞的想法：也没必要如此一板一眼的，反正戚弘亦早劈腿那么多次，而且丝毫不介意她知道，那她也可以啃一把小鲜肉不是吗？车震有点太刺激了，但是牵牵小手，"么么哒"什么的，似乎还不错啊……

当然，这种妄想都只能持续到第二天醒来之前，清醒后只想给自己一个耳光。简直要人格分裂了。

两周后，就在她以为这一段暧昧已经要告一段落的时候，她在公司听见BLAST的成员讨论龚子途。

唐世宇不可置信地说："蕴和已经去看子途了？我去，通告刚结束就飞奔而去，好奇他以后谈恋爱了会对生病的女朋友这么好吗？"

姜涵亮拍拍他的肩，分外语重心长地说："你是不是对女朋友这个词有什么误解？这兄弟俩是真的想相依为gay好吧，我们只要祝福他们白头偕老就好了。"

唐世宇往后缩了一缩，眼睛瞪得圆圆的。

侯曼轩只捕捉到了一个关键词："是子途生病了？"

姜涵亮无奈地说："是啊，从上次巡演回来兔子的状态就不是特别好，工作卖命得太夸张了，蔡哥都看出他脸色不好，叫他休息，但他当没听到。这不，上周拍过淋雨的舞蹈说话就有点鼻音，前天流了一早上鼻血，十一点多被抬进医院了，现在还没出来呢。"

"我昨天晚上才去看过他，他还在病床上打手游，根本只是找个病倒的借口偷懒吧，哼。现在被你说得这么惨，怎么感觉有点像失恋了啊……"唐世宇摸摸下巴，用一种惊恐的眼神看着侯曼轩。侯曼轩心里一紧，正准备接受他的拷问，他却猛地一拍掌："他和蕴和不会已经分手了吧！"

接下来，唐世宇就被其他成员围起来暴打。

龚子途住院两天，自己居然什么都不知道。光是想想那个场面，侯曼轩的心就揪起来了。她向蔡俊明打听了龚子途所在的医院，第一时间赶了过去。

抵达病房前，蕴和刚好出来，轻手轻脚地关上门，准备离开。看见侯曼轩，他做了一个"嘘"的动作，小声说："刚刚睡下了。"

侯曼轩从房门玻璃窗上往里面看了看，龚子途正在睡觉。输液架的钩子上挂着两个已经输完的袋子，现在正在输最后一袋。她点点头："现在他身体还好吗？听说他前天流了一个早上的鼻血。"

"没大问题，就是劳累过度上火，鼻腔内毛细血管裂开了，多休息几天就好。"蕴和顿了顿，"他这么难过，是因为姐姐不理他了呢。"

侯曼轩怔了怔："他都跟你说了？"

"你觉得他有多在乎你，可能他真正在乎你的程度就会比你想的多更多。"

侯曼轩沉默不语，前两天那种松一口气的感觉也随着烟消云散。和蕴和道了别，她推门进入病房。

消毒水的味道扑面而来，匆忙的脚步声和压低的说话声从走廊里传进来。窗外，微风宠溺着榆树叶，蜂蝶亲吻着三色堇，屋梁上居然悬着一个空空的小燕巢，可惜冰冷的玻璃将这一切春意挡在了病房外。龚子途躺在病床上，周围只剩一片白。他本来体形就偏瘦，现在生病瘦了一大圈，脸只有巴掌大，血管分明的手背上还扎着针，看上去真的像一只被欺负过的小兔子。看见药水一滴滴落下，顺着胶管流入他的血管，侯曼轩只觉得每滴一下，都像冷冰冰地滴在自己的心里。

她悄悄搬了凳子坐在床边，看见他深黑的短发落在雪白的枕头上，衬得皮肤更加没有血色，忍不住伸手拨了拨他额间的发。但他睡得很轻，长长的眼睛睁开一条缝，迷迷糊糊地说："又想告诉我，你要离开我了吗……"说完自嘲地轻哼一声，转过身去继续睡觉。

七秒之后，他身体僵了一下，睁开眼，回头错愕地看向侯曼轩："你怎么来了？"

侯曼轩给了他一个安慰的微笑："听说你病了，过来看看你。继续睡吧。"

但他已经毫无睡意了，直接晃晃脑袋，坐了起来："你在这里，我怎么可能睡得着。"

侯曼轩佯装无事地笑了："我听说包子身体也不是很好。怎么你们这些小孩的身体比我还差，动不动就生病，好好养身体啊。"

"对你来说，我和包子是一类人吗？"

"当然不是，我更了解小兔子。"

"就这样？"

"……嗯。"半晌没有得到他的回答，她歪了歪头，"怎么了？"

他轻轻摇头："没事，你能来探望我，我已经很开心了。原本以为你这辈子都不会再和我主动说话。如果是这样，多生几次病也挺好的。"

病成这样还说这种话，这死孩子是不是有点缺心眼？侯曼轩气得不得了，但看他笑的时候嘴唇都有些苍白，感觉内心的堡垒都被击垮了，只能无力地说："你说说看，怎么会把自己折腾成这个样子？是我说话太过分了对不对……子途，对不起。"

然而，话音刚落，她已经被他单手抱住。

"不要道歉，明明是我的错。不管和那个人是否相爱，你都是有男朋友的人。我还要做一些越界的事，是我让你为难了。以后，我们当朋友就好。"他闭着眼，平静地说道，"现在，就当是安慰病号，让我再抱你一会儿，好不好？"

侯曼轩怔怔地看着前方。短暂的犹豫后，她终于点了点头。然后，龚子途拥抱她的力道加重了，像窒息后重获氧气般嗅着她长发间的气息。

如此沉重的拥抱，让她有了一种不太好的预感。

一开始她觉得龚子途只是年少冲动，想玩玩暧昧，用热情换来姐姐的亲昵回应，如果能滚一下床单什么的就更好了。所以，放弃的时候她虽然有不舍，有心痛，却也觉得没什么好难过的。

可是现在，她突然觉得，很可能不是暧昧。

他的拥抱中渗透着过度认真的眷恋，让她的心都揪了起来。而让她觉得更加难过的是，她对这个拥抱的眷恋程度，很可能并不亚于他。

怎么办。一开始就心动成这样，以后该怎么办……

从医院出来的时候，侯曼轩打开手机看了一下，被吓了一跳，因为她收到了二十三个未接电话，除了一个是经纪人打的，其他全是戚弘亦打的。这样的情况不是第一次发生了，但戚弘亦很长时间都没有发作，让她差点忘了他还有这个习惯。她觉得背上有些发凉，吐了一口气，给他回了电话。

"你终于知道回电话了？"戚弘亦的语气非常不客气，又急又怒，听上去就像是刚结束一千米长跑一样。

"刚才有点事没听到，怎么了？"

"你都在做什么，跟谁在一起？"

侯曼轩有直接挂断电话的冲动，但给自己两秒冷静时间后，她继续说道："我在医院看龚子途，他生病了。"

戚弘亦听上去更怒了："我就知道……呵呵，我就知道！"

"你又发什么神经？"

"我生病的时候，你有给我打过电话吗？小鲜肉生病，你就直接迫不及待跑过去看他了？"

"你找我有什么事？"

"等你处理好小鲜肉的事再说吧。"

戚弘亦挂断了电话，看见手机屏幕上的画面从通话转换到了一个钻戒品牌的官网，不耐烦地把屏幕锁起来。他从自家阳台上走回卧室，双手撑着沙发靠背休息了一分钟，揉了揉眉心，大步走下楼去。有两个人坐在客厅等候他，阿姨才为他们换上新泡好的茶水。那是一对年龄差九岁的老夫少妻，但因为男方两鬓斑白，女方保养得当，依然很有妙龄女子的气息，让他俩的年龄看上去像差了十九岁。他们是戚弘亦的父亲和继母。

戚弘亦收敛了自己的情绪，温顺地说："爸，对不起，刚才接了一下工作电话。"

戚父喝了一口茶水，目不斜视地看着电视机上的节目，但很显然并没有看进去："工作电话需要回避我和你妈去接？"

"只是不希望您跟张阿姨听我为工作琐事抱怨。"即便是在他们俩结婚这么多年、小儿子都满十八岁以后，戚弘亦还是无法管那个年轻漂亮但他分外讨厌的女人叫妈妈。可偏偏父亲从来没顾虑过他的感受，总是替他把"妈"叫得很顺口。

戚父笑了笑，显然不信他的说辞，但也没再逼问："最近你都在忙什么，还在当戏子吗？"

戚弘亦侧过头去，长长吐了一口气，压低声音说："最近又拿了一个最佳男主角奖。"

"哟，当戏子还当成精了。我这儿子出息的。"

戚弘亦咬牙切齿地看着他，头上青筋直冒，后面的话几乎是从齿缝中吐出来的："还是请您尊重一下我的职业吧，混口饭吃不容易。"

"现在你知道混口饭吃不容易了？当初和那个出身混乱的女明星在一起的时候，怎么没想到这么多？"

戚弘亦不说话了。戚父摇了摇茶杯，冷若冰霜地说："你说你喜欢谈恋爱也就算了，我睁一只眼闭一只眼，可你想跟她结婚……我老了，真的看不懂。"

"我和她之间没有爱情，结婚只是为了利益。"

"哦，什么时候我儿子也这么懂事了。你倒是说说看，她能给你什么利益？"

"我们俩手中都有对方可以利用的资源。"

"可以利用的资源，说得好。"戚父冷笑了一下，忽然"砰"的一声，把杯子摔到了地上！冒着热气的茶水飞溅到戚弘亦的裤腿上，茶杯的陶瓷碎片弹起来，在他的手背上划了一道重重的伤口。但他过于震惊，没有留意到身体上的痛楚，只听见父亲吼道："你这么会看可以利用的资源，老子给你的资源你为什么不要？！你他妈真是我儿子吗？！过了这么多年，你还是个孽种！"

戚太太和戚弘亦一样受到了惊吓，她赶紧站起来，拉住戚父的胳膊，快速地在他背上轻拍："不要发火，老公，不要跟孩子计较这么多啊，弘亦年纪还小，等过两年他成熟了，自然就会知道你是为他好了……"

戚弘亦真的特别想说，你都这么多年没给过我一分钱了，有什么资格再干涉我的私生活，宠你可爱的小儿子去吧，毕竟你老婆拼死拼活生了三个孩子终于生出个男的也不容易。但是，想到父亲血压一直居高不下，他强忍着怒意，垂着头静候父亲发作完毕。戚父依然暴怒着："年纪小？他都三十好几了！等他成熟，恐怕你得到我坟头告诉我这个好消息！"

戚弘亦终于憋不住了，咬了咬牙说："爸，说实话吧，我压根就不爱她，坚持和她在一起是因为不喜欢被逼迫。你越逼我们分手，我就越不分。所以你想把我怎样呢？动用你的资源来娱乐圈封杀我？呵呵，抱歉，现在这个圈子是我的天下。"

他这样说，戚父的反应倒是缓和了一些，只是冷笑道："你的天下。我看你还能耐了。"

戚太太从五十二块蜥蜴皮缝合的墨绿包包里掏出一张创可贴，一边走向戚弘亦，一边快速撕开，拉起他的手帮他贴上："老公你看看，弘亦都受伤了。你不心疼，我还心疼呢。唉，可怜的孩子……"

"不要碰我。"戚弘亦把手抽出来。

戚父本来看见他受伤，情绪平复了一些，但看他这样对待自己妻子，又一次勃然大怒："你再这样对你妈说话试试？！"

"好啦好啦，他还不是被你骂了心情不好，不是故意的。来，弘亦，创可贴在这里，你自己贴一下。"戚太太把创可贴放在他手里，又对他丢了个眼色："快上楼休息去，你看上去挺累的。我和你爸爸就先回去了啊。"

随着刺耳的关门声响起，戚弘亦整个人也像失去了弹力的弹簧，颓然地倒在沙发中，随便处理了一下伤口，就闭上眼睛，开始漫无边际地放空思绪，一直到黑夜降临。这个夜黑沉沉的，人工湖周围的灯坏了，湖面反射着一丁点住户的灯光，试图摆脱钢筋水泥的桎梏。

第二天，龚子途的身体恢复得差不多了，医生说中午输完最后一瓶葡萄糖就可以出院。蕴和、侯曼轩和 BLAST 的助理到医院探望过他，准备到龚子途家里拿他想要的游戏卡带。龚子途是本地人，但是大部分时间都和 BLAST-I 的成员住在同一个宿舍，这一回要拿的卡带在他父母家里，于是蕴和叫上侯曼轩一起。侯曼轩觉得蕴和的要求有些奇怪，但想到照顾的对象是龚子途，自己早上又有时间，也就跟着过去了。

到了龚子途家里，侯曼轩终于知道为什么他的性格会是这样了：他的父母住在郊区的别墅里，虽然不管从室内还是从室外来看，这栋别墅都奢华得就像欧洲堡垒，但环境很幽静优雅，连泳池看上去都像是大自然之湖泊一样，没有一点土豪的气息，反而像是贵族的居所。

他们去的时候，家中没有人，只有三名穿着制服的家政阿姨在做大扫除。一楼有一架雪白的卧式钢琴，盖子是翻开的，上面有一本打开的曲谱。侯曼轩过去翻了翻，封面上有"肖邦"二字。钢琴架上有龚子途全家的合照：龚子途的父亲高大稳重，看上去很有涵养；母亲温婉美丽，模样有些眼熟。他们一侧站着一个高高的俊美少年，大概十七八岁，第一眼看过去，侯曼轩还以为是高中时的龚子途，但仔细观察，发现这少年的眉宇间有一股严肃霸道的气息，五官轮廓也比龚子途的硬朗一些，让她有些疑惑。直到她看见站在父母中间的小男孩。小朋友刘海厚而微长，两鬓的头发翘翘的，笑起来露出一口小白牙，配上一身整洁的蓝色小西装，可爱得有点过分了。她立刻就认出来了，这才是龚子途。那么旁边的少年应该是他的哥哥或亲戚。

这样的家庭是让所有人羡慕而无法嫉妒的。可是侯曼轩既不羡慕，也不嫉妒，只觉得畏惧而陌生。

楼上的蕴和叫了她一声，她赶紧跟着上楼。走到龚子途卧室门前，蕴和笑着说："兔子一直在这里住到出国之前。他的房间有点变态，你可不要被吓到了。"

侯曼轩好奇地点点头："……变态？"

明明已经做好心理准备，但当房门真的被打开，她确实还是惊讶到说不出话。

这只是一个普通十七八岁少年的房间，有签了球星名字的篮球、悬浮地球仪、柯南漫画全集、各种型号的游戏机，等等，还有满墙他从小一直迷恋的女明星的海报。而且，海报上她的造型从刚出道时的清纯款到几年前的成熟性感款，全部都有。除此之外，连笔筒和抽屉上都是偶像的贴纸。

"这家伙从小就是你的脑残粉，在节目里还不说实话。"蕴和咂咂嘴，打开龚子途的书柜玻璃门，取下他想要的游戏卡带。那个游戏的名字叫《超级灵魂战记》，是侯曼轩七年前代言的。

两天后，侯曼轩结束了当日的现场表演，便收到了戚弘亦发来的消息，让她到远宁影视城去给他探班，让记者来采访。

侯曼轩很不喜欢夜晚。哪怕是有灯光的影视城，只要黑暗多一些，都会让她想起儿时被关小黑屋的记忆，然后被恐惧侵袭了感官。因此，她只想这个例行"工作"尽快结束。

戚弘亦正在拍一部抗日新剧，饰演的是一名表面为日军做事却在打探情报给共产党的双重间谍，这一晚正在拍摄他和美艳女二号出入赌场的场景。当侯曼轩找到他的时候，若不是因为周围没有剧组员工，她会以为他们正在拍戏。因为他正把女演员推到墙角阴影中，抬起她一条腿钩住自己的腰，绛紫旗袍滑到大腿根部，一抹撩人的月色衬得她的肌肤月光般雪白。而面无表情望着他们的侯曼轩穿着灰色卫衣、露脐粉白T-Shirt和运动短裤，帽子扣在一头新烫染的亚麻色大鬈发上，和这个画面是如此格格不入。

看见侯曼轩，戚弘亦并没有退缩的意思，反倒是女演员吓了一跳，猛地推开戚弘亦，一边整理微乱的盘发，一边埋着头小步跑开了。侯曼轩抱着双臂，无奈地说："所以你大老远地把我叫来，就是想让我看这个？"

戚弘亦答非所问："现在的新人不得了，才十九岁就如此会诱惑男人了。"

"戚先生，如果您没有老到失去记忆，应该会知道一个常识：侯曼轩不是拉拉。她并不好奇十九岁的新生女演员会不会诱惑男人。"

"也是，她只好奇二十岁的新生男歌手会不会诱惑女人。"

忙了一天还要面对这个话题，侯曼轩感觉自己脑袋都要爆炸了。她连吵架的力气都没有，只是有气无力地说："别忘了还有半个小时记者就要来了，你是希望他们拍到这么香艳的画面吗？"

"你知道我不可能被记者拍到的。还是说，这只是你挂羊头卖狗肉的借口？"

"你想怎么玩是你的事，不要把事情闹大就行。如果没别的事，我先到剧组那里等你。"

"慢着。什么叫不要把事情闹大就行？"戚弘亦从黑暗中走出来，眯着眼睛说，"你的意思是，我跟其他女人有染，你也无所谓？"

"这么多年你不一直都这样吗？怎么现在突然问起这么显而易见的问题了。"

"那为什么又不要我把事情闹大？"

"戚弘亦，你今天脑子是怎么了，老问一些低智商的问题。"

戚弘亦当然知道问题的答案。他只记得，他第一次和别的女生暧昧时，他们的感情已经不好了，侯曼轩发现了是很震惊的，甚至抓着他胸前的衣服哭了起来。那时候他心里也很难过，只是对她的恨意远超过了这份难过，所以甩开了她的手，丢她一个人哭了不知多久。从那次以后，每次看见他和别的女生卿卿我我，她都会伤心，但每一次伤心的程度和时间都会减少。

直至这一刻他才意识到，不知从什么时候开始，她已经完全不在乎了。她真的和她所说的一样，只在乎他们俩对外的形象。

他沉默良久，忽然笑着说："侯曼轩，你知道吗？你就是一个保护意识很强又很自私的女人。"

"是吗？感谢评价。"

"你其实很重视名利，除了名利你什么都可以不要，你和媒体报道的善良天使完全是两回事。"

"感谢媒体。"

"你就是个自私鬼，从来不顾他人感受，真是多亏你的经纪人把你捧成这种形象，也不知道你是在什么样的家庭中长大。"

侯曼轩也笑了："没有父母的家庭？"

他一时语塞，觉得自己过分了，但在气头上，也懒得再说话。

这一晚，记者提了一个问题："二位有结婚打算吗？"他的回答是："当然，我非曼轩不娶。"然后记者又问侯曼轩的想法。侯曼轩机智地用"你们如此咄咄逼人，难道对大龄未婚女性有偏见"转移了话题。

采访结束后，侯曼轩不悦地说："你是不是有毛病，难道还真的指望我们能结婚？"

"不跟我结婚，你跟谁结婚？"戚弘亦理所应当地说道。

"跟谁都不结。"

"那我的回答也没错，除非正式宣布分手，在媒体面前还是不要说出有漏洞的回答吧。"

与侯曼轩认识这么多年，他已经很了解她的性格。她虽然出道早，却从来不在媒体面前提到父母，而且非常会转移话题，很懂保护自己。她曾经为他打开过心房，但现在这颗心再一次封闭了起来。而他，为她变得完全不像自己，也因此充满了怨恨，把自己锁在了无形的牢笼里。以至于现在有机会逃脱，他都会想办法把自己锁得更牢一些。以至于有一天他发现，牢笼已经变成了和血肉长在一起的盔甲。以至于，他开始害怕自由了。

从戚弘亦那里解脱出来，侯曼轩只觉得特别疲惫，想赶紧回家休息。可是回家的路上，她想起化妆包落在了公司的舞蹈练习室，只能叫司机送自己回去。

已经晚上十一点多了，哪怕是号称"魔鬼训练营"的赫威集团也进入了沉睡。七楼所有的灯都熄了，侯曼轩一边走一边拍掌，唤醒夜间声控灯，但还是被黑暗吓得心跳加速。终于拐弯看见了不远处的舞蹈练习室，里面的灯居然全部打开了，密闭的门也挡不住里面音量调高的歌曲，是 BLAST 的《姐姐真美》。她轻声走过去，透过玻璃窗看见有个穿着 T 恤、戴着黑色鸭舌帽的男生在练习这首歌的舞蹈，动作潇洒又漂亮，让人看得无法挪开视线。

定睛一看，是龚子途。他身体还没完全康复就开始练习了吗？

他跳了一会儿，手机忽然响起，他又把同一个动作重复了两次，才暂停音乐，喘着气接了电话："喂，涵亮哥？我在打游戏呢，没听到……好，后天我会来的。我最近都没练习，发挥不好的话，你们担待着点啊。好，谢谢涵亮哥关心。"

在打游戏是什么鬼，这个谎有必要撒吗？平时装得酷酷的，好像对什么都不上心，舞蹈什么的只是天赋异禀而已，其实私底下非常努力嘛。侯曼轩想，在学生时代，他搞不好就是那种上课假装睡觉，下课拼命读书的死要面子党。

然而，从影视城那样窒息的环境中来到这里，看见这样的龚子途，她的一颗心都像被点亮了。

挂电话的时候，龚子途看了一眼窗外，警惕道："谁？"

她赶紧缩到窗旁，但已经来不及。龚子途拉开门走出来，微微愕然："曼轩姐姐？这么晚了，你为什么会在这里？"

"我回来拿点东西，真巧。"说完她径直走进去，把自己遗落在角落的化妆包拿起来。

龚子途这才反应过来自己被偷窥了，清了清嗓子："如果不好好练习，会被他们几个骂死的。"

平时面对感情如此坦率的一个人，怎么到该坦率、该秀勤奋的时候，反而如此别扭？她轻轻笑了两声："好，那不打扰你，我先回家了。"但刚回头看了看黑漆漆的楼道，她忽然抬不动脚，回头对龚子途说："你练了很久了吧，要不要下楼走走，休息一会儿？"

"好啊。"

他回到练习室拿毛巾擦了擦额头，快速换了一双鞋，就跟着她一起下楼了。有人陪同的黑暗不再那么可怕了，但她还是不由自主地靠近他。等电梯的时候，他皱着眉思索一会儿,又侧过头看向她:"姐姐不会是怕黑吧?"

窗外,夜幕将整座城市笼罩,一片黑色的广袤下,萤火虫般的灯勾勒出立交桥、店铺和楼房的形状。侯曼轩看着那些被灯火点亮的地方,清了清嗓子:"啊,呃,女生都有点怕黑吧。"

"怕黑就直接说嘛。"龚子途上前一步,直接握住她的手,"先申明,只是想保护姐姐,不是吃姐姐豆腐,到明亮的地方就放开,做不到你就打我。"

他的手很大很瘦,掌心暖暖的,握着的感觉和他年轻秀气的外表似乎不太一致。那是非常有力的、男性的手。相比下来,侯曼轩的手就显得特别娇小了。看着他高高的背影,年轻消瘦的肩胛线条,说是逃避黑暗也好,贪恋一时的温暖也好,此时此刻,她不希望他松手。

发现她没反抗,龚子途背对着她,抬头看了看电梯门上跳动的数字,忍不住微微笑了,然后在心里默默念起诅咒:电梯坏掉吧电梯坏掉吧电梯坏掉吧电梯坏掉吧……

诅咒当然失败了。进入电梯以后,他松开她的手,气鼓鼓地按下了数字"1"。这些细微的小情绪当然没有逃过姐姐的法眼。她只觉得他好可爱,很想主动牵牵他的手,让他开心开心。

但他们只能当朋友,不能给他那方面的希望。

电梯下降的过程中,谁都不希望它抵达一楼。但就跟对待龚子途的诅咒一样,它是不会听话的。电梯铃声响起,门被打开,侯曼轩走出去两步,又按住电梯门,回头笑了笑:"小兔子,你饿了吗?我有点饿了。"

"走,去吃东西。"龚子途毫不犹豫地大步走出去。

侯曼轩跟上去,小步跑在他身后,灿烂地笑了起来,只觉得这大概是一年中最快乐的一天了。

这一天以后,侯曼轩和龚子途又恢复了邦交,甚至感情比以前更好。闲暇时间里,他们形影不离,弄得郝翩翩都吃飞醋说闺密被偶像抢走了。又因为爱好、对食物的口味(除了甜食是龚子途装的)也相似,他们经常一起吃饭、看电影,工作到半夜一起吃夜宵。侯曼轩喜欢看好莱坞特技大片和灾难片,不太享受节奏太慢的电影,有一次他们去看了一部文艺片,侯曼轩看到一半就睡着了,醒来的时候发现自己靠在龚子途肩上,赶紧跟他道歉说可能是因为工作太累才这样。之后龚子途连着带她去看了三次文艺片。她每次都要跟瞌睡虫做斗争很久,幸运的是再也没睡过去。

很快就有报道说他们俩关系很好,娱记分别采访了侯曼轩和龚子途。问侯曼轩对龚子途是什么样的感情,如果没有戚弘亦,会不会考虑让他当男朋友。侯曼轩说,他就像她的弟弟。而问到龚子途同样的问题,他的答案是,当然,她是我女神,对这样的女朋友求之不得。这个答案让很多粉丝吃飞醋,但冰火饭和唯兔粉都对侯曼轩有一种仿佛与生俱来的信任,觉得即便龚子途很认真地追她,她都绝对不可能考虑和他在一起。

报道出来之后没多久，龚子途的前女友又一次出现在了赫威集团。

"曼轩姐姐，我看到了你和龚子途的新闻，希望你不要被他迷惑了。"自从上次被侯曼轩夸过一次，秦露就经常用蛇蝎美人色的口红，这一日却故意换了橙红色，显得皮肤很白，算是怕被假想情敌看出来的一种宣战。

侯曼轩眨了眨眼："迷惑？确实我不够了解他呢。虽然我们经常一起吃饭，但他对我就像对小学班主任一样尊敬。"

"是这样就好……"秦露松了一口气，"总之，他的脾气不是你们看到的那么好。那些都是表象。其实他是个控制狂、吃醋狂，以前我和别的男生讲一句话，他都会发好大脾气。跟这种男朋友相处会让人窒息的，你还是好好跟戚弘亦在一起吧，不要让他影响到你的婚事。"

侯曼轩莞尔一笑："很有意思，不愧是小孩子。你放心好了，如果真如你所说，他对我和对你的感情一样，他可能忍受我和戚弘亦的关系吗？放心好了，他对我很尊重，是弟弟对姐姐的感情。"

如此一番回答不仅让秦露很满意，还让她对侯曼轩轻微有了一种对大姐姐的崇拜感。她开心地去找男朋友了。

但是，侯曼轩却变得矛盾起来。

控制狂、吃醋狂，秦露说的是她认识的那个龚子途吗？她从来不知道他还有这样的一面。可是，她居然因为没看见他这样的一面而感到有些……不开心？

六月的第二个周末，侯曼轩应邀到BLAST的宿舍见识龚子途和蕴和的厨艺。蕴和在厨房里忙着做他妈的独家绝活宫保鸡丁，龚子途陪侯曼轩在餐厅等候，也一副和对手竞争跃跃欲试的样子。蕴和不经意回头看了他们一眼，笑道："兔子，你还怕被我比下去？你就算做的是仰望星空，曼轩姐姐都更喜欢你啦。"

龚子途扬了扬眉："你怎么知道？"

"明知故问。最近你们姐弟俩感情好的报道那么多，所有人都知道了好不好？"

龚子途掏出手机，开始美滋滋地搜关键词"侯曼轩"。这个习惯从他会上网那一刻就养成了，每天打开百度，搜她的名字，然后把新闻、照片、视频，全部轮着看一遍。有了微博以后，打开微博搜她的名字，又是他的日常习惯之一。

但这一回出现在屏幕上的新闻让他开心不起来了："侯曼轩与戚弘亦好事将近？传闻二人已领证，预计年底举办婚礼？"

他把手机推到侯曼轩面前，小声道："这是真的？"

"标题党，八字还没一撇呢。"侯曼轩想了想，本来不想多说，但秦露说的那些话在她脑中晃过，她又云淡风轻地加了一句，"不过最后可能还是会结婚的吧。"

龚子途错愕道："为什么……你们不是合作关系吗？"

"你知道？"

"嗯。"

难怪，他之前敢对她这么主动……侯曼轩叹了一口气："我们不聊这个话题了吧，马上到你下厨了不是？"

面对这样天真的龚子途，她很难开口说出那一句：有的时候，婚姻和爱情是没有关系的。

"如果是曼轩姐姐结婚，只要他对你好，我一定会送上祝福的。"龚子途微微笑着说，"我只希望姐姐幸福，别的都不那么重要。"

"真乖。"说是这样说，侯曼轩却觉得心里有什么东西沉了下去。

龚子途到厨房开始做他自己特别喜欢并做了上百次的五丝菜卷。在他背对着她忙碌的时候，她忽然有一种想从背后抱住他的冲动。

四天后，侯曼轩参加录制 BLAST 的专属十二期综艺节目《BLAST 和他们的童话王国》，担任第一嘉宾。原本这个综艺是冰火两个队轮流参加，她参加的这一期刚好轮到火队。她原以为自己没法和龚子途同时上节目了，没想到龚子途自行要求加入这一期，被唐世宇嫌弃了半天，说他抄袭自己上《明星麻辣烫》的创意。

节目刚开始，主持人就问 BLAST 一些关于童年趣事的问题。这也是侯曼轩第一次得知，相貌有点女孩子气的蕴和有个非常大老爷们儿的北方老爸，现在看上去完全放飞自我的唐世宇小学时有个绰号叫"小诗仙"，泡菜欧巴原本是在韩国出道的童星，被赫威挖到了中国……而龚子途的爸爸是东万集团股份有限公司的董事长，有些严肃，对家庭却很负责，他母亲家境好、温柔单纯，连出个门父亲都会很紧张，是个完全主内的家庭主妇。他还有一个大他十一岁的哥哥，现在正在爸爸的公司帮忙，会成为公司的接班人。据龚子途描述，哥哥是个严厉程度更甚于老爸的钢铁硬汉，小时候考试成绩只要低于九十五分，他不会被父母教训，反而会被哥哥拿着小棍子抽打。但是，也正是因为有这样一个负责的好哥哥，他才有机会进入演艺圈，做自己想做的事。聊到这里，主持人一边说着"谢谢哥哥"，一边在屏幕上放出一张打了问号的男子头。

每一个人的童年都交代一遍后，唐世宇指了指侯曼轩说："咦，为什么不问我女神，我也想了解一下女神的童年啊。"

明明节目开始之前蔡俊明就交代过，侯曼轩对自己隐私保护得很好，说童年话题时不要提她，那会儿看着他睁着大大的桃花眼不知道在看哪里，蕴和就大概猜到了他一个字都没听进去。这尬聊之王，就不能安安静静闭嘴当一个合格的门面吗？蕴和头上冒出黑线，赶紧出来打圆场："唐世宇，你怎么可以要求女神跟我们晚生后辈一起聊童年，太不尊重她了吧！"

"不要不要啊，我想知道，女神快说说嘛。"

这下其他几个人都看不过去了，特别想把他按在地上打，龚子途率先说："不管曼轩姐姐童年如何，我就是喜欢她热爱音乐、追求梦想、善良又乐于助人的样子。"

侯曼轩一边和他们互动，一边觉得龚子途真的太天真，只会把人想得无比美好，如果他知道真实的她是什么样的……

她进入娱乐圈是被母亲逼的，只是因为需要钱，跟梦想没有任何关系。她确实有基因自带的音乐才华，这让她不至于饿死街头。但说她喜欢音乐，也都是公司包装出来的。她一路走来，将多少一辈子难以启齿的伤痛与秘密吞在了肚子里：她和母亲曾经走投无路，穷到睡浴缸；她从来就不是一个孝敬的女儿，儿时对母亲充满了嫌弃；她帮助老人是因为间接害死过人，只有不断地付出，才能让她心底那一份极致的愧疚与恐惧得以短暂的缓解；甚至，连她的出生都是一个有关背叛的大笑话……

想告诉龚子途，不是每个人都喜欢自己的工作。穷人是玩不起梦想的，只有你们这种有经济基础的人才有资格谈梦想。

但她知道这一切说出来都没有意义，只要当好这个姐姐，不要打碎他的梦，等他长大以后，没有那么多的崇拜，也就不会有那么多的失望了。

当然，既然龚子途和侯曼轩同时出现，要求他们再次演示《嫁给你》就变成了节目的必备环节。他俩才刚跳完，唐世宇说他也要一起跳，还不让龚子途撤退，要三个人一起跳，节目完全被他演变为爆笑款。闹得最厉害的时候，灯光也打得很亮。突然之间，有东西爆开的声音响起，然后所有灯光熄灭，音乐也停止了播放，房间里只剩一片黑暗。一秒死寂后，众人开始嚷嚷起来，纷纷询问发生了什么事。

"可能是刚才灯光打太多太亮，电路烧着或跳闸了。"摄影师的脚步声远了一些，"你们等等，我出去看看。"

唐世宇的声音响起："真过分，我才和曼轩姐跳到一半就这样。"

龚子途"喊"了一声："等一会儿就可以重新跳一遍了，还不便宜你了吗？"

"平时没留意到，我们这里没了灯光是伸手不见五指的程度啊。"主持人在黑暗中高举自己的双手，"可以主持午夜鬼故事了。"

"哇，快别说了，怪吓人的。"嘉默的声音响起。

只有侯曼轩，从陷入黑暗那一刻起，就不再吭声了。她觉得四肢渐渐变得冰冷，抱着双臂也没能得到缓解，只能挪步想找个有墙的地方靠着坐下来。但脚下踢到了桌子腿，加上小腿因战栗有些无力，整个人滑倒下去。

"啊……"她条件反射地伸出手，想要抓住什么东西保持平衡，却直直撞到了一个人的怀里。那个人顺势把她扶起来，抱了她一下。

她吞了口唾沫，同时拍拍胸口："谢谢谢谢，差点摔了。我找个地方坐一下。你们都坐在哪里呢？"

"曼轩姐，来我们这边。"蕴和的声音在右边响起。

"姐姐，这里。"同一边的泡菜欧巴也如是说道。

她想摸索过去，可是刚走两步，手就被人拉住了。这个人按住她的背，把她往自己怀里搂。她往前伸了伸手，撑住这个人的胸膛，发现他个子很高。然后，她闻到了他身上好闻又有些熟悉的气息。

是男生……

还没来得及猜测是什么人，那个人一只手已经插入她的长发，捧住她的后脑勺。灼热的呼吸自上而下靠近，有松软的东西贴在了她的额头上，蜻蜓点水般一扫而过，然后又落在了她的鼻尖。

侯曼轩小声哼了一声。

意识到自己被人偷吻的时候，嘴唇已经被那两片柔软堵住了。

随后，心脏怦怦乱跳起来。

这……这个人是谁……

这可是节目录影棚啊，摄影机如果有电池，又有夜摄功能，那可就惨了。她奋力推这个人的胸膛，但他捧着她后脑勺的手一点不松动，牢牢扣着她，因为鼻尖碰到她的脸颊，头又侧过去了一些，开始温柔地吸吮她的下唇……

"曼轩姐，找到了吗？"蕴和的声音又一次响起。

旁边的人越是若无其事，侯曼轩的心脏就跳得越厉害，就像眼前这个男生一样，哪怕隔着衣服，她都能感受到他的心脏一直在怦怦撞着胸口。

"黑黢黢的很有气氛啊，如果来点光，再来点烧烤就更好啦。"BLAST-F 的一个冷美男成员伸了个懒腰，打了个哈欠。

"可以做坏事呢。"泡菜欧巴笑道。

侯曼轩快晕过去了。难道就没有人留意到这个角落发生了什么事吗？不不不，还是别留意了。

推不动他的胸口，她往上伸手推他的脸，很轻松就推开了。

碰到他的时候，她发现了，这个脸部弧线和轮廓大小、这个鼻子的高度、这个胸肌和身高……很可能是 BLAST 的成员。

冷美男哼了一声："难道你想偷吻姜涵亮？可惜他不在。"

泡菜欧巴急了，普通话说得更乱了一些："我看你还想偷吻孟涛呢。"孟涛是眼镜哥哥的名字。

其他人还在互相调侃着，这个人已经很狡猾地躲开了。但走之前，他又回来抱了她一下。

侯曼轩赶紧朝蕴和的方向走去，在他身边坐下，和他有一句没一句地聊天。直至灯光再度亮起，照得所有人都眯起了眼，她才有机会打量一下四周的环境：嘉默打了一个哈欠，抱怨跳闸时间太长；龚子途也伸手挡住眼睛，好像还没习惯这么强烈的光；冷美男和泡菜欧巴拿枕头打对方；唐世宇看了她一眼，长长的睫毛抖了抖，目光闪烁地看向别处，耳根红了。

那个男生身上的味道，她总觉得有点熟悉……难道是……她看看龚子途，龚子途面无表情地回望她，又继续忙自己的事了。

不对，她在想什么呢，只凭气息判断是谁，太武断了。

Act.6 真正的灾难啊

节目录制完以后，蔡俊明来电通知 BLAST 以二辑 *The Fire* 和单曲 *Single* 入围"MV 音乐盛典"八个奖项。这个数字让他们几个开心地抱成了一团。侯曼轩恭喜了他们，又拽着刚才看上去最不正常的唐世宇说："世宇，老实告诉我，刚才是你吗？"

唐世宇双手合十，一副遇到母老虎的样子："啊……嗯……曼轩姐姐，对不起！"

侯曼轩快被气死了，在他腰上狠狠拧了一把："你这小子！居然吃姐姐豆腐！"

唐世宇惨叫一声，按住她捏的地方原地旋转了两圈，眼泪都快痛出来了："对不起对不起，曼轩姐姐对不起，我知道道歉没有用，可是你还是多少理解我一下，毕竟我也是男人，那种情况下不可能不抱的……"

"男人也不能做那种事啊！你这叫非……"侯曼轩愣了愣，"抱？你的意思是你抱了我一下？"

"对……对啊。呜，我错了。"

"就只是抱了一下？"

"不然呢……"唐世宇可怜巴巴地看着她，桃花眼水灵灵的，让人想到《怪物史莱克》里那只穿靴子的猫卖萌时的样子。

侯曼轩陷入迷惑了，刚才抱她的人和亲她的人，不是一个人吗……她还没把整个过程回忆完，蔡俊明已经走过来说："曼轩，这一回还是子途和你跳《嫁给你》，ok 吗？"

唐世宇举手说："这回该换我了，我要跟曼轩姐姐一起跳舞！"

他没有刻意放低音量，而"曼轩"两个字总是第一时间传到龚子途耳朵里。龚子途扭过头来，冷冰冰地说："不行，我不同意。"

"公平竞争，你不能老霸占曼轩姐姐。"

"没有所谓的公平竞争。"龚子途断然说道。

"曼轩的人缘还是这么好，厉害。"蔡俊明指了指那两个人，"现在 BLAST 的两大门面都在争你呢，你选一个吧。"

龚子途有些担心地看着她："姐姐会选我的，对吗？"

"不要选龚子途！"唐世宇反对得如此激烈，让人禁不住怀疑他根本就是故意来搞破坏的。

这两个弟弟侯曼轩都不想得罪，选谁都会伤另一个人的自尊的。于是，她非常机智地找到了解决方法，只按着脑门摇摇头说："你们猜拳决定吧。"

至于那个偷吻她的人到底是谁，恐怕要变成不解之谜了……

很快，八月就到了，侯曼轩的《嫁给你》也入围了金曲奖，她也参加了"MV音乐盛典"颁奖典礼。

颁奖典礼颁奖台圆形的大荧屏上，璀璨的金色大字"MV音乐盛典"以个性的方式展现出来。赫威的高层和艺人坐在最显眼的位置。入围作品、艺人太多了，这里几乎快成了赫威集团的主场。摄像机的投影和灯光在他们身上扫来扫去，杨英赫很从容地微笑着，等待着又一年的奖杯大丰收。

侯曼轩刚好坐在蕴和身边，在颁奖过程中，两个人有一句没一句地聊起来。话题自然而然引到了龚子途身上，蕴和说感觉兔子人好相处，但在意的东西不是很多。侯曼轩假装不经意说道："子途好像很在意他的前女友。"

"秦露？"蕴和立即说出了这个名字，"为什么这么说？"

侯曼轩把秦露说的那些话大致转述给了蕴和。蕴和听完笑了出来："有趣真有趣，在酒吧里坐在其他男生腿上用嘴喂他喝酒叫'和别的男生讲一句话'？"

侯曼轩愣了一愣："坐在其他男生腿上？和子途还在一起的时候？"

"是啊，背着男朋友做这种事，被拆穿了还不承认，直到人家拍到的照片被扔到脸上，才支支吾吾地说自己喝高了，这种妹子谁能受得了啊？"

"这也太劲爆了，你怎么知道这么多的？"龚子途曾说过，分手的理由是因为作。这何止是作，根本就是绿。

"BLAST还没红的时候，秦露连续十三天来找兔子求复合，每天醉成一摊烂泥，蹲在我们宿舍门口哭。我们都觉得她有点可怜，问兔子有必要如此铁石心肠吗，再给人家一次机会吧。兔子解释不清楚，直接把她和那个男生的照片给我看了。"

"当时他们在国外？"

"对。"

"那那个男生是外国人喽？"

"不是，华人，好像是香港的吧，家里产业做很大的那种公子哥儿。秦露挑剔得很，哪怕只是为了气兔子，也要长得帅的、有钱的，她嫌老外穷。"

"长得帅……比子途还帅？不可能吧。"

"你都知道不可能了。真有那么好，她还会那么执着于兔子吗？那个男生可是真的喜欢她，很用心在挖兔子墙脚的。"

"既然不那么喜欢他，为什么要这么做呢？"侯曼轩试图模拟一下秦露的脑回路，觉得非常难以理解。

"她当着兔子面不是这么说的，她说她就是喜欢那个男生，因为那个男生对她好，而兔子对她一点都不好。兔子的意思是，她既然这么喜欢别人，那就成全她了。"

这倒是跟第一次遇到秦露时对他俩的反应一模一样。侯曼轩迷惑道："子途会对她不好？"

"好肯定是好的，只是没有她想要的感情浓度吧。她想要那种过个情人节都给她准备九百九十九朵玫瑰、每天说一百次我爱你的男朋友。"

"哈哈，真是个小公主，秦露家境很好吧？"

"很好。现在 COLD 抱上她的大腿，又可以多红好几年了。"

"子途跟她分手有点可惜了吧。"

"不可惜。我们家不需要攀她这种高枝，我也不需要这种弟媳。"接话的人不是蕴和，声音是从后方传来的。

侯曼轩和蕴和都吓了一跳，一齐转过身去，看见了一个神色严肃的男人。

他看上去三十出头，穿着西装、戴着瑞士手工腕表，跟龚子途长得很像，脸部轮廓更加硬朗，眉眼更加深邃。

繁星是银色的文字，夜幕是深蓝色的信纸，在静谧的天空与喧闹的人世之间书写了往事的十四行诗。不经意望他一眼，他就像从星辰中走来。

蕴和惊讶地说："哇，业哥，你居然来给我们助威了，我都没发现……"

"蕴和，好久不见。"

他的举止谈吐透露着同龄人无法媲美的泰然自若，想来也一定对自己的颜值心知肚明。但是，这一份泰然自若又让人知道，不管做什么事，他都不会依赖自己的颜值。

侯曼轩觉得，她应该在龚家见过他的照片，但他比照片上的样子成熟太多了，她又不是很确定是否认错，于是向蕴和投去求助的眼神："这位是子途的哥哥？"

"对。我叫龚子业，侯小姐你好。"龚子业伸出手，和侯曼轩握了握，不管是语言还是举止都是礼貌的，但并没有让人感到一丝友善，让人觉得他只是想要展现自己的教养而已。

侯曼轩忽略掉了他这一份疏冷，对男人友好地笑了笑："你好，龚先生，久仰大名。"

但他只是皮笑肉不笑地说："不，是我对侯小姐久仰大名。谢谢你对我弟弟的影响，是你成就了如此一个大明星。"

这下侯曼轩知道了对方不爽的情绪是怎么来的。她只是静静笑着，等他的后文。果然，他用右手理了理左手的袖口和手表，缓缓说道："本来我指望他能成为我的左膀右臂，结果他选择了他认为更棒的出路，我又能说什么呢。"

侯曼轩觉得这个剧情走向有点熟悉，仿佛在戚弘亦家中也曾经有过类似的剧情上演，只是那边的长辈比龚子业无礼多了，直接管她和戚弘亦叫"戏子"。她当时忍住了，什么话都没说。不过，以她的性格不可能永远这么忍下去，后来因为她，戚弘亦和他老爹翻脸翻得有点悲壮。

这样悲壮的历史，演一次就够了，确实不再需要第二轮。她现在已经不像当年那样年轻气盛，比起报复敌人，她更希望敌人变成朋友。此刻，她正想着要如何应对龚子业如此犀利的对话，却刚好听见颁奖台上的主持人大声说道："毫无悬念，有幸拿下年度最佳金曲奖的是——侯曼轩《嫁给你》！让我们有请侯曼轩！"

侯曼轩这才赶紧收了心，往台上走去。

因为《嫁给你》她拿奖拿到手软，可 MV 音乐盛典自然更要特殊一点。她发表了获奖感言，连唱三首歌，而且每一首都开全麦，边跳边唱累得一直喘气，但依然嗨翻现场。

第三首歌自然就是《嫁给你》。这一回轮到猜拳获胜的唐世宇当她的舞伴。

唐世宇虽然性格大大咧咧，但在 BLAST 里的人气并不亚于龚子途，颜值也是对得起 BLAST-F 门面这一头衔。他不是那种英俊的长相，而是拥有成年男子的高鼻梁、宛如发育不全的小小下颚骨、浓密的头发和比女孩还美丽的桃花眼，再配上一米八六的反差萌高个子，让人一看就知道他红得一点也不奇怪。所以，他刚登场的时候，台下女孩的尖叫声并不亚于龚子途登场时的叫声。

因为跟龚子途那样身高的舞伴跳过，再跟唐世宇共舞，侯曼轩已经很习惯了。所以，这一首歌很快完美结束。可是回到后台，她发现龚子途自己坐在角落里的沙发上，闷闷不乐的样子。

"小兔子，你怎么啦？"侯曼轩在他身边坐下，探过脑袋看着他。

龚子途抬眼看了看她，又微微垂头看向地面："……我是不是被抛弃了？"

"怎么可能？"侯曼轩眨了眨眼，"你是指我和世宇跳舞的事？那不是猜拳决定的吗？只有这一回，以后还是跟你跳啊。"

"可是，刚才观众反应好热烈。"

"那是因为我和世宇是第一次跳，第一次总会激动，次数多了就不会啦。"

龚子途这才又抬起头来，有些小心地说："是因为这样？"

"当然，这是很简单的逻辑吧。"

龚子途还是没放过她，认真地看着她："那曼轩姐姐喜欢和谁跳呢？"

心跳漏了一拍，但侯曼轩还是露出了稳重的微笑："当然是跟你。"

话音刚落，龚子途就握住她的右手，送到他的唇边，贴了好一会儿，才缓缓地吻了一下。侯曼轩只觉得那一下透过手背肌肤，一直吻到了心底。她正不知所措，刚好台上主持人高声宣布："年度最高人气组合奖——BLAST！"

龚子途抬眼凝视着她，浅浅地笑了："我去准备表演了。"

侯曼轩把手抽回去，用左手轻抚着他用嘴唇碰过的肌肤。还有一点点湿润。而他没有留给她任何反应的机会，已经戴上耳麦溜到 BLAST 的队列中。

BLAST 登场后的掌声比前面所有艺人的都大多了。侯曼轩回到贵宾席里坐下，听见一个男歌手酸溜溜地说："像什么样子，一个颁奖典礼被冰火饭包场，整得跟演唱会似的。"

关于侯曼轩和唐世宇的表演，网上也热烈地讨论开了，评论很有意思，大部分是在讨论唐世宇差点站桩的细节。而有一条被人赞最多的内容是这样的："糖糖和曼轩配合得还是挺好的，可不知道是不是因为我老公是领舞，更懂得找 feel，总之看来看去还是他和曼轩更有 cp 感，特别是那个贴头的动作，太苏了啦，人家受不了了，老公你好性感。"

侯曼轩这一天心情特别好，回去的路上，她打开音乐 App，顺手就放了一首龚子途翻唱的 *Close to you*。这首名曲有很多种版本，但这是她第一次听到男版英腔的。他的英文发音很标准，可能英国人都会以为是同胞唱的。加上声音那么好听，词尾颤音部分处理得慵懒又性感，一首温柔的情歌被他唱出了催情歌的效果。而且，原歌词中那一句 "That is why all the girls in town follow you all around/Just like me, they long to be close to you. （这就是为什么城里所有的女孩都跟你在一起 / 像我一样，她们渴望和你亲近。）"，girls 被他改成了 boys，听上去就更有感觉了。

听完这首歌，她忽然来了灵感，关掉音乐，一路上哼着小曲回家，哼着哼着就把一直卡在瓶颈的曲子哼完了。这首曲子她四年前就开始构思了初稿，起调是很棒的，但副歌处总是感觉少了点力度，而且一直没有找到感觉，所以没有把它发表出来。这天到家之后，她把修改了几十遍的五线谱拿出来对照，把新曲子誊写在本子上，一气呵成。第二天起来以后，她又把这首曲子修改了几次，但和昨天一样，脑子里想的都是同一个人。修到某一处，她不知该怎么处理升降调了，但心情一点都没有受到影响，反而捧着脸微笑，觉得这种短暂的大脑短路有点快乐。

然后，龚子途的一条语音信息把她从幻想中拉了回来："曼轩姐姐早安。"

"早啊兔兔。"她也同样用语音回过去。

"咦，你叫我兔兔，那我可以叫你曼曼吗？"

"不可以。"虽然是在拒绝，侯曼轩却笑得更开心了。

"那曼曼姐姐好了。"

受不了，不应该和他发语音消息的。只听他的声音就好想见见他本人。心里已经卷起了风浪，但她说话还是很淡定的："嗯……勉强接受。"

"曼曼姐姐在忙什么呢？"

"在写一首新曲子。"

"这么勤劳,唱给我听听吧。"

侯曼轩看了看自己写的曲子,不知道为什么,明明只是旋律,她却有点做贼心虚,不好意思让他知道自己写了什么。于是,她只能找个借口推脱:"还没有填词呢。"

"那你哼给我听听?"

"这样,等你有空了,我拿给你看看喽。"

"好啊,我现在就有空,我在公司。"

侯曼轩要晕倒了。他平时不都挺忙的吗?怎么该忙的时候不忙了?可是,想到可以和他见面,她立刻换好衣服,化了妆,飞奔到公司。

他们又约在奶茶店见面,把曲谱给龚子途的时候,她居然有一种递情书的错觉。他认真地看了两遍,抬头微微笑道:"果然是曼曼姐姐会写出的曲子,有你自己的风格,却又和以前的不太一样。"

"怎么不一样呢?"她有些紧张地看着他。

"比以前温柔好多,但节奏感依然很好。"龚子途摸摸下巴,认真地寻找形容它的词,"会让我想到初恋、婚礼。"

"初恋和婚礼很可能是毫无关联的东西呢。"例如她的初恋是跟戚弘亦,婚礼很可能还是跟戚弘亦,可是初恋的戚弘亦和可能和她举办婚礼的戚弘亦完全就是两回事。

"也可能是完全重叠的东西。"龚子途盯着五线谱说道,"嗯……我来填词看看可以吗?"

"好啊好啊。"

他没有带笔,直接拿出手机就在记事本上飞快打下歌词。不出五分钟时间,他就把手机递给了侯曼轩,内容是:

My Bride

从初次遇到你的那一刻起

便沉醉海报里你温柔模样

等你十年又为你写诗成行

等到青山披上冬季的衣裳

等今夜之吻带我飞入天堂

等到你身穿白纱坐我身旁

你可还记得下雪的舞台上

我终于走到这一天

牵着你手而唱

我的新娘,为你痴狂

给我勇气,在我心上

与你相拥，我的新娘

心中有深爱你的光芒

Your hair are melting in the night（你的头发融化在了夜之乡）

Your eyes are so bright（你的眼睛是如此明亮）

I'm kinda losing my mind（我想我有一点疯狂）

Honey, will you be my bride...（亲爱的，你是否愿意成为我的新娘）

读到最后，侯曼轩觉得自己的脸发烫到难以掩饰了。

怎么感觉像是递了情书又收到了回信？这个歌词写得也太直白了……

"这就和姐姐的《嫁给你》非常般配了。"龚子途似乎很满意自己的杰作，也不懂自己的歌词在直白地描绘着什么。

八月底，最新一期的《BLAST 和他们的童话王国》可以在网上播放了，侯曼轩一直惦记着上次被人莫名其妙亲了的事，所以也第一时间蹲点把这一期节目仔细看了一遍。拍到唐世宇出来瞎闹和她跳舞的部分，也就是录制时跳闸的地方，画面断层，有重新剪过的痕迹。侯曼轩把两个画面对比了一下，发现龚子途的位置换过：他本来坐在桌子旁边，剪掉以后坐在了桌子的对面。除了他，唐世宇和泡菜欧巴的位置也换过了。也就是说，那天亲她的人，真的有可能是龚子途……不对，亲她的人可能回到远处也说不定？她越来越糊涂了。

同一时间，在赫威的新歌发布计划会议上，杨英赫神采飞扬地跟大家说："今年我们赫威会推出一首里程碑式神曲：侯曼轩、龚子途的 *My Bride*。*My Bride* 虽然写得简单，但比《嫁给你》发挥得还要好。那种感觉特别真实，是任何人，包括你们牙齿掉光的祖奶奶都会有共鸣的曲子。你们 get 了吗？所有大火的歌曲都是浅显易懂的，炫技型歌曲反而会因为太晦涩，容易爆冷。所以，最重要的是简单、共鸣。在这个基础上进入别人没有进到的境界，神曲就诞生了。"

唐世宇抽了抽嘴角："曼轩姐的新歌都还没发布呢，怎么董事长就已经知道是神曲啦？"

孟涛用食指推了一下鼻梁中间的眼镜架："智慧达到一定高度的时候，无数的未知都会变成已知。对杨董而言，现在流行乐坛的未来都是已知的。"

"一句'杨董眼光好'不就好了，非要说得这么晦涩，小心爆冷。"

祝珍珍好奇地眨眨眼："侯曼轩是哪首歌这么好听？我想听听可以吗？"

杨英赫随便拍了拍一名歌手的肩："去，弹给小公主听听。"

然后，从这名歌手开始弹奏头几个音符起，祝珍珍就完全进入了状态。她握着双手，一脸憧憬地看着杨英赫："真的很好听，不愧是流行乐天后侯曼轩。"

　　因为《姐姐真美》获得前所未有的成功，赫威迅速开始推进 *My Bride* 的制作，让侯曼轩和龚子途尽快完善词曲，以便俩人一同演唱。*My Bride* 不仅是侯曼轩第一次与男歌手合作发行的歌曲，也将会成为龚子途第一次以个人身份发行的单曲，不管从哪个方面来看，都充满了特别的意义。

　　和龚子途交流了一段时间音乐，侯曼轩渐渐发现，他不仅舞蹈天赋了得，连音乐创作部分也很强。后来，龚子途把整首词写好，改成男女合唱版。两个人讨论得越多，歌曲细节修改得越好，侯曼轩对这首歌的信心也就越足。她甚至想，既然所有人都看好这首歌，说不准等它横空出世以后，她的事业会到达一个新的高峰，一个不再需要挂名男朋友的高度，那她就可以和戚弘亦正式解绑，然后恢复自由。

　　这天下午，她和龚子途又在公司里约见面，讨论这首歌。在他下楼买奶茶的时间里，她长长地伸了个懒腰，打开手机刷微博，无意识地就在搜索栏里输入了"龚子途"三个字。下拉菜单里再一次出现了关键词"童颜巨×"。

　　怎么都过了这么久，这些粉丝还没有放过龚子途的那个什么……真是太过分了。于是，她怀着满腔的正义点开了这个关键词，看到了各种相关微博。

　　童颜巨 × 龚太太："我并不是猥琐，但是那个实在太抢镜。"

　　爱兔不是两三天叮："看完了苍老师的照片，我满脑子都是……看你们发的奶兔兔的照片，我只觉得整个人生都被童颜巨×填满了。"

　　侯曼轩看到这里，差一点喷血。女明星被男网友调侃、轻薄，是时常有的事，她早就习惯并且选择性无视了。但女网友调戏男明星的情况以前是不多的，这些年是愈演愈烈了。男偶像也很可怜啊，明明公司给 BLAST 安排的是健康阳光的形象，偶尔走男人味路线也仅仅停留在妆容衣着上，他们连上半身都极少赤裸。可是龚子途偏偏就这么倒霉，连躺在地上跳个舞的视频都会被截下来，裆部特写红圈画重点并且回放慢动作。这些姑娘，一直发这些动图也就罢了，讲黄段子还讲得如此顺口。

　　这样对待一个小孩真的好吗？龚子途连身高发育都没完成啊。想着想着，她有些义愤填膺了，开了个小号去评论其中一个很火的图片："你们能不能尊重一下自己的爱豆？天天幻想人家隐私部位很不好，你们有没有想过爱豆他可能不想被这样幻想啊？奶兔是一个善良单纯的好男孩，你们不要这样对待他。"

　　她很快得到了回复："哎呀，我还当是谁呢，原来是公子兔的小学生粉呀。这里可都是姐姐粉，姐姐喜欢狂野的公子兔，小学生还是赶紧出帖观摩他穿校服的照片吧。"

　　她差一点再次被气吐血。

　　"很气是吧。"龚子途的声音在耳边响起。

　　"是啊，气得要死，她怎么可以这么说你！"侯曼轩嘴上是这么说，但行动上已经把手机屏幕锁上，然后一脸抱歉地转过头去，"对不起兔兔，我不是故意的。随手浏览就看到了。"

龚子途笑着坐下来，把奶茶推到她面前："没事，我不在乎。"

"我知道你大度，不跟她们计较，但我觉得她们很过分。"

"不是我不计较，而是因为她们并没有诋毁我，所以我不在乎。"

"这还不算诋毁？你要怎样才……"说到一半，侯曼轩突然说不下去了，慢慢说道，"没有诋毁你，什么意思……"

"曼曼姐姐，不要生气了，你一生气我会很尴尬的。毕竟她们说的是事实呢。"虽然嘴上说着尴尬，龚子途却浅浅一笑，完全看不出有什么尴尬的。

侯曼轩不可置信地眨眨眼："哈？"

"不聊这个了，我不想冒犯姐姐，而且姐姐也不想知道太多细节。我们还是聊聊MV吧。"

他越这么说，侯曼轩就越忍不住多想，过了半晌才反应过来："现在就聊MV？会不会太早了？"

"可以先构思着MV的框架吧。既然是我们合作的歌，那肯定要我们来演男女主角，你喜欢什么样的婚纱呢？"

"我要在MV里穿婚纱？"虽然《嫁给你》有一个与结婚相关的歌名，但在MV里侯曼轩并没有婚纱扮相。如果要穿婚纱拍摄，那将会是她第一次穿婚纱。说实话，即便是对结婚已经放弃希望的她，都会有一点点期待……

"当然要穿，歌名叫 *My Bride* 呢。还要有我们的婚礼。"

"是MV男女主角的婚礼。"

"那不就是我们的婚礼？"

"……好吧。"

不管是前一个话题，还是后一个话题，她都觉得很难聊。她开始认真怀疑龚子途是故意在跟她对着干了。

不管怎么说，侯曼轩很重视 *My Bride* 跟龚子途多多少少都有些关系。在接下来的日子里，她把工作重心都转移到了这首歌的创作上。她写了很多不同风格的歌曲片段，反复添添改改，把各个小节的顺序换了又换，就是为了达到她力所能及最完美的效果。

时间过得很快，夏季眨眼间就进入了尾声。

九月二十日这一天发生了两件糟心的事。这一天也是一个男孩的生日。会记得这么清楚，是因为他的生日刚好比侯曼轩的早两天。

中午，侯曼轩在一家湘菜馆定了包间，把男孩和他的父亲请了过去。他的父亲叫侯辉，五十六岁，两鬓已经斑白，穿着一身蓝色的工装服，神情有点憔悴，但身材瘦高，脸部轮廓俊美，依稀能看出年轻时曾经迷倒过不少姑娘。他曾经是一个事业有成的小老板，但近两年因为行业衰落，事业又被打回原形，所以眉宇间总是有一股郁郁寡欢的气息。他怀里抱着一个刚满六岁的小女孩，身边坐着个和他相貌有七分相似的寿星。

"生日快乐，小凯。"侯曼轩把包装好的生日礼物——某种电子产品推到了侯凯面前，"二十岁啦，希望你今年心想事成，生活美满。"

"谢谢姐姐。"侯凯拿到礼物，迫不及待地拆开包装，却没正眼看侯曼轩一眼。

"囡囡，你都好久没来看爸了，但爸每天都在各种地方见到你，现在再见面也不觉得生疏。我们闺女是越来越有出息了。"侯辉抓起女儿的一只手，朝侯曼轩挥了挥，露出了有些讨好的笑，"来，小宝贝，快叫姐姐。"

"侯曼轩姐姐。"小女孩脆脆地喊道。

侯辉的笑容散去，俨然道："什么侯曼轩姐姐，姐姐就是姐姐。你也只有这一个姐姐。"

小女孩歪了歪脑袋，皱起眉头："可是妈妈跟我说，她不是我的亲姐姐。爸爸你又叫我平时不可以撒谎，所以我到底要听爸爸的，还是要听妈妈的呀？"

侯辉有些窘迫，正想打一下圆场，侯曼轩已经轻叹一声，凑过去对她微微笑道："我确实不是你亲姐姐，但我是把你当亲妹妹看的。只要你好好读书，姐姐以后会买很多洋娃娃给你，好不好？"

"好！谢谢侯曼轩姐姐！所以，我还是要听妈妈的喽？"

"嗯。"

"那侯曼轩姐姐，什么是'婊子'呀？"

侯曼轩愣了愣，诧异地看着她。侯辉却有些发怒了："女儿，你在胡说八道什么，在哪里学来这个词的？"

"这个词是什么意思呢？"小女孩有些害怕地半垂下头，从下往上可怜巴巴地看着父亲，"妈妈说，侯曼轩姐姐的妈妈是婊子，我看到侯曼轩姐姐在，所以才想问问看……"

侯曼轩僵直了两秒，喝了一口水，摸了摸小女孩的头，温柔地说："回去告诉妈妈，侯曼轩姐姐的妈妈担当不起这样的赞美，你妈妈她才是最像婊子的婊子，知道吗？乖。"

侯辉急了："囡囡！她妈不懂事，怎么你也跟着胡闹啊！"

侯曼轩冷笑一声："她妈不懂事？哈，我从未见过如此单纯不懂事的五十岁妇女。我妈都过世这么多年了，还要被这个阿姨天天谩骂，她是嫌自己命太长，嚼舌根来折寿吗？"

一旁的侯凯没有说话，但听到这里，他把拆到一半的礼物盒子收了起来，放在了地上，掏出手机打王者荣耀。这个细节没有从侯辉眼中漏掉，他原本想训儿子两句，但想了想还是放弃了，只是蹙眉长叹一声，靠在椅背上："我说囡囡，平时你在电视上总是挺有亲和力、挺温柔的样子，怎么一到自家人面前就变成这样了呢？"

"电视上演的你也信？在镜头前我经常忘了自己是谁。"

"唉，你范阿姨就是那个脾气，你又不是不知道。她对我和你妈当年的事有点了解，一直为我打抱不平，加上你现在这么出色，对比一下我这傻儿子，她作为一个母亲，多多少少是有点私心的，你就大度一点，别放在心上了。"

本来这是侯凯的生日，侯曼轩不想讲太多不好的事，但她很不喜欢侯辉这种当着老婆孩子面就一副被她母亲祸害了的样子，于是说："你和我妈当年的事也轮不到范阿姨来管吧。何况我妈从来没有背叛过你，你是知道的。而你呢，全盘接受她过去和她结婚以后，又狠心把她抛弃了不是吗？爸，你也不是完美的啊，凭什么范阿姨就要'打抱不平'呢？"

侯凯打着游戏，头也不抬地说："我妈是不满你们没有血缘关系，还时常保持联络吧。她觉得爸爸是在帮别人养孩子，是个冤大头。"

"今天你们是在干什么，集体造反吗！"侯辉重重拍了一下桌子。

侯凯乌龟般胆怯地缩了一下脖子，就不敢再多话了。

养孩子？我就想问问，你爸给了我多少钱了？侯曼轩差一点就把这句话说出来，可是她不想再把自己和父亲的关系搞得太僵。她闭着眼睛，用深呼吸缓解了胸腔中的愤怒，就看了看表，轻轻说了一声："我还有通告，要先走了。小凯生日快乐。爸，妹妹，你们慢吃。"

"唉，等等，囡囡……"

后面父亲喊了什么，侯曼轩也再没听到了。跟他们相处让她感到窒息，也让她对已经入土十年的母亲无比怀念与愧疚。可是，表面功夫还是需要做的。毕竟离开了这个毫无血缘关系的"父亲"，她会可怜到连一个父亲都没有。

侯曼轩没有什么心情吃午饭，就回到公司准备练一会儿舞，好准备第二天晚上的表演。然而，赫威副总和冬季少女团的经纪人一起来舞蹈室中断了她的安排。

"曼轩，有件事我们需要跟你谈一谈。"副总率先进来。随后经纪人也跟了进来。

侯曼轩刚放了音乐，听到声音，便把音乐关掉了："副总？怎么啦？"

"我们看过你新歌的曲谱了，是子途填的词吧？很不错呢。"

"谢谢副总，您这样说，我实在是受宠若惊了。"

侯曼轩有点高兴，因为副总平时不怎么参与音乐制作细节，这回居然会留意她的新歌，看样子这首歌真如他们所说，还没发行就已经火起来了。但她等了一会儿，对方都没有继续说话，反而有些神情凝重。她隐约有些不好的预感，收敛了笑意，试探道："对了，你们找我有什么事吗？"

副总看了一眼冬季少女团的经纪人，经纪人迟疑了一下，说："是这样的，请问这首曲子，侯小姐有意向转让吗？"

"转让？是你的艺人想买下我这首歌的版权吗？"

虽然这么问，但侯曼轩完全没有一丝卖掉它的打算。类似的事十九岁时发生过，她辛辛苦苦写了一首很好听的歌，结果自己不能当第一演唱者，反而要被公司强行拿去给一名背景很不得了的新人男歌手唱。当时她委屈得不得了，但实在拗不过公司，只能妥协。那个男歌手声音还不错，可唱功一塌糊涂，演绎的效果还没有到达她预期的 30%，但也让这首歌小火了一把。好在歌迷们都有火眼金睛，看出了侯曼轩的创作天赋，在网上为她写了很多帖子来称赞她。这些歌迷文笔也都不错，被大范围地转载到了纸媒上，又稳固了一些她在歌坛的地位。

她原本以为，这已经是一个创作型歌手能遇到的最倒霉的事之一了，但没想到真正的灾难是现在。

"嗯，差不多吧。我们的意思是，想要侯小姐匿名把这首歌卖给我们。"像是怕惹侯曼轩生气，还没等她开口，经纪人已经赶紧补充道，"价格好商量，您随便开。"

心跳已经不知不觉变得很快，但侯曼轩还是努力维持表面的平静："匿名？什么意思……不会是要把我的歌冠上其他作曲人的名字吧？"

Act.7　二十九岁生日

经纪人清了清嗓子，看了一眼副总。副总有些为难地看了她一会儿，闭着眼点点头："曼轩，我们真的很为难。对这件事董事长也很愤怒，今早还在会议上大发雷霆，但是……唉，对方真的是惹不起的人物。"

侯曼轩笑了笑，简直不敢相信自己的耳朵："我觉得你们有点搞笑。我随便写的一首曲子能被多大的人物盯上？"

"演唱还是由您来，只要作曲人冠名为购买者就好。"

她原本想问，既然不准备演唱，只要冠名，买下来的意义是什么呢？很多人听歌都不留意作曲人的。但是，很快她反应过来了："是哪位歌手想买我的歌？"

不仅是歌手，而且是一个非常有野心的歌手。如果这个人只是喜欢她的曲子，应该也不会介意买下来又冠上她的名字。可是这个人想要的是 *My Bride* 作曲人的才华"。所以，才会想要冠名作曲人又不自己演唱。

经纪人支支吾吾了半天："这个……您签下合约后，就会知道了。"

侯曼轩回以礼貌的微笑："如果我不卖呢？"

"曼轩，可能没这个选项。"副总声音很轻，语气却很果决。

"也就是说，如果我不卖，会被背后那个大人物穿小鞋，对吧？"

另外两个人都没有说话。侯曼轩沉默了几秒，笑了一下，忽然声音沉了下来："希望你们明白一件事。我今年二十九岁，不是十九岁，更不是九岁。我已经出道快十五年了，不是一年，两年，或者五年。"

"我们明白，我们都明白的。"

"明白你们还要对我做这种事？！"侯曼轩突然提高音量，"你们把我当什么了？我是侯曼轩，不是刚出道的 nobody！我给公司赚了多少钱，我拿了多少奖，对整个赫威的发展带来多少正面影响，现在你们就是这样对我的？！"

副总叹了一口气："曼轩，对方的资源如果是在赫威可控制范围之内，你觉得我们还需要让你做如此为难的选择吗？"

"但这个歌手是赫威的。"侯曼轩目光冷冷地转移到了经纪人身上，"是你带的艺人，对不对？"

"这，怎么说，想买你曲子的人也很喜欢你的，只是方式有点太极端了，我们说过她，可惜没什么用……"

"说吧，祝伟德给了你多少好处。"

经纪人只是闭着眼摇摇头，一副准备英勇就义的样子。而他沉默的时间越久，侯曼轩就越确定自己的猜测是正确的。她实在说不下去了，找了去洗手间的借口，到走廊无人的地方打电话给杨英赫。

电话响了二十二秒才有人接。杨英赫疲惫的声音传了过来："曼轩，是我对不起你。可是自从赫威上市以后，很多事都身不由己。董事会做了决定，对这种连我都觉得极其恶心的事，我能做的只有卸任，或者遵从。"

杨英赫一直说话油嘴滑舌，自信满满，这还是侯曼轩第一次听见他如此严肃又沉重地道歉。她按捺着怒气，说："我只想知道具体发生了什么事。"

经他一番解释，侯曼轩终于知道为什么灾难来得这么突然了。

祝伟德的父亲还有两个月过八十大寿，但最近三周病情恶化，已经快撑不住了。祝珍珍是他最宝贝的孙女，他一直想看祝珍珍出人头地的那一天。

祝珍珍的爷爷是老牌电影巨星、拿过十一次重量级电影大奖的影帝，年轻时曾经是华人娱乐圈的大哥大，连笑都透露着一股雅痞气质。相比较下来，祝伟德任性洒脱，属于漂泊浪子加才子型的天王，虽然没有混到父亲这样举足轻重的地位，但年轻时也红到发一张专辑就万人空巷的程度。而祝珍珍这个星三代就比较微妙了，从她出道以后，赫威为了配合他们的要求，砸了很多资源在冬季少女团上，但另外几个人都找到了属于自己的天赋领域并强化发展，唯独祝珍珍，给人的感觉始终都只是门面、花瓶。她的人气很高，代言接了一个又一个，可这不是她爷爷想看到的成绩。一个艺人的天赋是有限的，她又一直不怎么努力，如果不走捷径，恐怕这个老人要死不瞑目了。

所以，祝珍珍要的不是这首歌，而是能够写这首歌的能力。

侯曼轩缄默很久，有气无力地说："如果是他们要挟赫威，你们做出这种决定我也无话可说。确实惹不起。只是我不明白，为什么会选上我？"

"因为祝珍珍连五线谱都不会认，对音乐的了解几乎等同于外行人，要是给她一首特别有难度、特别大气的歌，连她病到稀里糊涂的爷爷恐怕都能猜出不是她自己写的。你这首歌通俗易懂，有灵气，是靠天赋而非技巧写出来的，最适合她。而且，如果作曲挂上她的名字，又由你来唱的话，就是双重认证了——成为创作型歌后侯曼轩的作曲人。"

"真是太聪明了，我都忍不住想鼓掌。"

"当然，这些都是她经纪人分析的原因，我觉得最关键还是因为她是你的粉丝。"

"这是粉丝两个字被黑得最惨的一次。"

"原本我不应该多说，不应该多管，但曼轩，作为你多年的老朋友，我建议你不要在这件事上反抗太多。"

"他们已经做好了我拒绝就搞我的准备了，对不对？"

"是，会毁掉你的那种。说真的，我也觉得很恶心，可是……"杨英赫深深吸了一口气，"要一大笔钱，多到能够平息你心中的愤怒就好。"

"我想见祝珍珍，让她来跟我谈谈吧。"

晚上，侯曼轩、祝珍珍，还有祝珍珍的经纪人一起在公司的会议室里见面。祝珍珍戴着一顶镶花编织帽，压住编成辫子的棕色鬈发，T恤、牛仔短裤、短靴虽然都很休闲，但颜色、款式搭配得极好，把自然的时尚演绎到了极致。见到侯曼轩，她把帽子摘了下来，对侯曼轩连连鞠躬。

工作人员为三个人泡好茶以后，侯曼轩望着她说："我想知道，想达成这笔交易是你的意思，还是你父亲的意思？"

"都有。"祝珍珍小心翼翼地看着她，大眼睛看上去可怜巴巴的，仿佛她才是被动的那一位，"曼轩姐愿意把这首歌卖给我吗？"

"我还在考虑。在给答复之前，我想确认一下，你是不是只想要作曲人的挂名？不会再要求其他了吧？"

"曼轩姐，真的很感谢你愿意见我，愿意把你的心血转让给我。你放心好了，我只是挂个作曲，拍个MV，不会夺走这首歌的演唱权。"

"你还想拍MV？"

"对啊，我和龚子途都是同一个公司的，分别是两个组合的门面，又是这首歌的作曲人和作词人，为曼轩姐拍摄MV不是刚好合适吗？"祝珍珍歪着头一笑，"放心好了，MV演出我不要报酬的。"

侯曼轩对着茶杯吹吹气，啜了一口茶，缓缓说道："你是哪里来的自信，觉得我会想让你来演MV女主角？"

"不找我，赫威就没几个年轻漂亮的女艺人可以演了吧？其他门面的颜值和知名度都不如我呢。除非曼轩姐本人出马。但我想，姐姐你是不会演的。"

侯曼轩扬了扬眉："你怎么知道我不会演？"

"这个，龚子途会演MV男主角吧，你们俩一起拍摄结婚的MV，不太适合吧？"

"哦？怎么不适合了？"

"年龄……不太适合吧。现实里结婚几岁都可以，MV里的新娘可能还是要稍微……嗯，年轻一些比较好？"祝珍珍说话时有点尴尬，仿佛是在为侯曼轩尴尬。

侯曼轩笑了，倒是一脸的坦坦荡荡："是，年龄不适合。我连新娘都没有资格当了。"

"曼轩姐，你别误解我，我不是说你没资格当新娘，而是……适合你的是戚弘亦那样的男人吧？龚子途对你来说太年轻了，不是吗……"

"你说得没错，我确实不适合当这个 MV 的女主角。而你——"说到这里，侯曼轩放下茶杯，把旁边的冰水直接浇在她的脸上，"外表如此美丽，内心如此下贱，可能不适合当个人。"

祝珍珍被冷得倒抽一口气，不可置信地大声喘气，接过经纪人递来的纸巾擦脸。侯曼轩站起来，身体微微往前倾，平静地说："你想要我的曲子是吧，我还在考虑。但如果你连这个都忍不了，那你别来找我了，直接准备把我赶出演艺圈吧。"

经纪人担心地为祝珍珍擦脸："曼轩，就事论事，不想卖就不卖，你怎么可以这样对珍珍啊。她行程很满的，你把她泼生病了怎么办？"

"走狗最好闭嘴，别坏事。"侯曼轩从包里掏出十张纸币，拍在桌子上，扔下最后一句话后便转身走了，"在我给答复之前，不要再来烦我。"

因为得知这件事，又清楚 My Bride 对侯曼轩的重要性，侯曼轩的经纪人言锐专程在楼下等她，准备送她回家，安抚一下她的情绪。上了保姆车，侯曼轩已经很不开心了，把高跟鞋脱下来往旁边一扔，把头发用发圈扎在头顶："这个世界从来就没公平过，而我在奋斗的过程中，遇到的绊脚石大部分都是后台极硬的智障。"

看见她气鼓鼓的样子，言锐都忍不住笑了："哈哈，我的曼轩啊，你今天是反人类了还是怎么的。反正你有才，以后有的是机会写出更好的曲子。再说对方开的价格也不低，你就当是偶尔接接地气，当一个为钱出卖艺术的俗人吧。"

她写的那么多曲子没被抢劫，就这首前后总共折腾了四年的曲子被抢劫了，很显然对方也不是傻子，知道它的潜在价值。以后，她还有多少机会写出更好的曲子，还有多少个四年让她折腾？贝多芬写出《C 小调第五交响曲》的时候，古龙写出《绝代双骄》的时候，达·芬奇画出《蒙娜丽莎》的时候，大概都曾经想过，他们一定会有远远超过这些作品的新作品吧。但是，一个创作者根本无法决定哪一个作品才是最好的。就像 My Bride，说不定就是她的下一首突破之作。错过了很可能就是一辈子。从出道到现在，每一首歌，每一次创作，甚至每一次登台表演，她都希望做到最好，哪怕这次表演只是小型的，传播到视频网站上点击只有个位数。但是，她知道说什么都没用，千言万语只化作两个字："呵呵。"

"好啦好啦，曼轩，别再气啦，气坏了身体还不是你自己难受？"

"呵呵呵。"

没错，她是很生气，而且快要被气爆炸了，但这些黑暗势力休想打倒她。什么大风大浪她侯天后都经历过了，这种磨难算什么！侯曼轩炸起来就像一个叛逆期的小孩子，虽然有点可怕，但也有点可爱。言锐在旁边看了又觉得心疼，又觉得好笑，只能不断说一些开心的事来哄她。

半个小时后，侯曼轩回到家里，看着空荡荡的客厅，想到这段时间为这首歌付出的努力，想到和龚子途合作的点点滴滴，就觉得心里很难过，但还是按捺住情绪没有哭。她上楼卸了妆，冲了个澡，贴着面膜舒舒服服地躺在了床上。忘记吧，只是噩梦，人要有面对挫折的能力。Tomorrow is another day（明天是新的一天）啦。

可是她睡不着，只能坐起来玩手机。微信里，郝翩翩二十分钟前发了一条消息过来。她打开看了看，是郝翩翩儿子的头上扎了蝴蝶结的照片。孩子已经到了懂得区分男女的年纪，脸上明显写满了不乐意，小小的眉心皱成一团。侯曼轩被他的表情逗乐了，回复道："你这当妈的是不是傻，我外甥也太可怜了吧。"

郝翩翩回了一条语音："嘿嘿，每天欺负儿子是当妈的最大乐趣呀。你不知道，看到他那么生气，我居然觉得很可爱。"

她说这些话的时候，背后传来了一个冷冷清清的男人的声音："翩翩。"虽然声音很小，但侯曼轩一下就听出来是她老公。他总是用这种冰冷而宠溺的口吻跟翩翩说话，翩翩却始终有点嚣张跋扈恃宠而骄的感觉，狗粮喂得侯曼轩一顿接一顿的。

郝翩翩又发了一条语音过来："对了，曼曼宝贝，后天不是你生日吗，打算怎么过呢？"

侯曼轩长吐一口气，都懒得开口说话，打字回复道："没心情过，我新写的一首曲子快被公司有后台的新人抢了，作曲署名都不是我。很可能MV女主角也会被抢吧。"

发送完这条消息，她觉得整个人的力气都被抽空了，已经累到连手机都懒得看一眼。眼角湿湿的，也不知是面膜还是什么。别想了别想了，明天还有通告呢。

可是环顾四周，她住在这个偌大的房子里，能看到意大利室内设计师为她选购的1964年新古典品牌水晶吊灯，能看到她去希腊选购的手工木制雕像，能看到她在香港艺术品拍卖会上以两百四十七万成交的印象派油画，能看到家政阿姨为她削好摆在床头已经氧化的苹果……住在这样一套豪华的房子里，她初次搬入时满满的成就感和快乐早已被时光消磨殆尽。现在她看着镜子里自己孤零零的倒影，只知道这里没有爱人，没有父母，没有孩子，只有她一个人。对未来的一切虽然有安排，但这一辈子也差不多一眼望到了头。写着明快幸福的 My Bride，但真正要和她共度一生的，只有一个利益共同体。再说原生家庭吧。她的至亲里，和她唯一有血缘关系的母亲已经死了十年了。再回想下午和养父见面的场景，她只觉得特别特别累。

相比下来，翩翩是多么幸运，哪怕一路走来也不容易，但如今的她，事业、家庭、孩子，什么都很美满。自己真为翩翩感到开心。

这时，手机振了一下。她拿起来一看，是郝翩翩打的未接电话，只响了一下就挂了，应该是怕她接电话不方便。她看了看微信，对方发来了四条消息：

"天啊，你这个咖位的大牌都会被人这样欺负？对方什么来头啊？"

"曼曼，你没事吧？"

"对方已取消语音通话。"

"对方已取消语音通话。"

看到这里，她给郝翾翾回拨了一个语音通话，郝翾翾轻声说："宝贝，你没事吧？"

侯曼轩本想说没事，可是最后忍了一下，突然号啕大哭起来："我已经二十九岁了，再过一年就要三十了。女明星在演艺界的寿命有多短，你知道吗？一个女人的青春有多短，你知道？我放弃爱情，跟戚弘亦那个渣渣绑定在一起，就是为了事业。而现在，我得到了什么？事业在走下坡路，还要被人趁火打劫，爱情……爱情更讽刺，连一个真心爱我的男人都没有……这是我做坏事的报应对不对？一切都是我活该的，对不对？"

郝翾翾心急如焚地说："曼曼，你不可以这么说自己！你真的很好、很优秀，不要管别人怎么看你，我就是你的头号粉丝啊……"

侯曼轩已经很久没有这样情绪崩溃过，大颗眼泪掉得飞快，没用多久就把面膜弄得没法贴了。她摘下面膜，都没精力去拿纸巾擦拭脸颊，小学生一般用手背擦了擦眼泪和黏稠的精华液："我为了写好这首曲子，花了好多心血。今天之前，我真的觉得它会是我歌唱生涯的新起点。他们凭什么这样对我，做这种亏心事，他们怎么下得去手？"

"现在我们在韩国，我马上订机票，明天回来陪你过生日。"郝翾翾的声音听上去也有些哽咽，"别难过了，有我在呢，你就算什么都没了，还有我这好姐妹呢！"

"不用不用，好好玩你们的，我自己哭一会儿就好了，不要被我这点破事影响心情。"

"曼曼，我特懂你，真的。你知道的，我也经历过很低迷的时期，那时候也觉得自己一无所有了。但是，柳暗花明又一村，一切都会好的。你要相信，命运不会对你这么苛刻的。现在你经历了多大的磨难，以后就能承受得起多大的成功。"

"嗯……嗯。"侯曼轩用力点点头。

她们又聊了十多分钟，侯曼轩才提出挂电话，想一个人静一静。

不要哭了，真不能再哭了。哭肿了眼睛，明天通告又要被影响。虽然是这么想的，眼泪却止不住一个劲地流。哭了一会儿她累了，又没睡意，于是翻身去厨房找吃的。但最近实在太忙，几乎回家倒头就睡，都没机会往冰箱里添置食物。翻来翻去只找到一根快放坏的香蕉。香蕉好，快乐食品，吃了心情会变好。她剥开香蕉，一边呜咽着，一边狼吞虎咽地把它吃完了。

从步入乐坛那一刻起直到今日，已经不知有多少个这样狼狈的夜晚。每次都一样，头发乱成鸡窝，眼睛肿成水泡，毫无形象可言。

然而，有句话说得好：未曾长夜痛哭者，不足以语人生。

这不是第一次，相信也不会是最后一次。

第二天早上，她还是按照惯例六点起床，进行坚持了十二年的四十分钟晨跑练气息，以保证演唱会边跳边唱气息稳定，八点差五分时抵达公司，八点整正式接受杂志记者的采访。

"曼轩，听说你今年都挺忙的，那还有档期进行创作、录制专辑吗？"

记者提问后，把话筒递到她面前。她低下头，拨了拨刚烫好的大鬈发，妆容精致的脸上绽放出了优雅的微笑："不管什么时候，我都不会放弃我的事业。最近虽然没有写新歌，但是心情很不错，应该要不了多久，我就能为自己写出下一首好听的曲子了。"

"你和戚弘亦感情如何呢，是不是好事将近了？"

"感情还是很好，我很满意现状。如果和弘亦结婚，那应该就是嫁给了爱情吧。"

记者一脸羡慕地看着她："真不愧是传说中的侯曼轩，事业、美貌、爱情、财富，什么都有了，你知道多少女孩都希望活成你这个样子吗？你是怎么实现这样开挂人生的啊？"

侯曼轩的笑容更甜了一些，健康、自然而又美丽，与每一本杂志封面上的她并没有什么区别："谢谢。我觉得自己很幸运。"

九月二十二日是侯曼轩的生日，也是祝珍珍的大火之日。

早上，一篇名为《星三代的她不仅家世显赫，貌美如花，还才高八斗》的博文在微信和报纸娱乐版上流传。开头是这样的："祝珍珍，相信大家对这个名字已经不再陌生。她是娱乐圈的新宠、摇滚明星祝伟德的女儿，今年才二十一岁的她不仅长得像画里走出的美人一样，还毕业于多伦多大学，是一个名副其实的学霸。她继承了父亲和爷爷的艺术天分，歌声极具爆发力，相貌与亚洲天后侯曼轩有几分相似，但多了几分灵动可爱，被人们称为'小曼轩'。但是，仅仅是美得震撼人心、被大众喜爱，已经满足不了这位上进的女孩了。现在，她开始进军词曲创作市场，写的第一首曲子就得到了前辈侯曼轩的器重。侯曼轩即将发行新的单曲，但看见了祝珍珍的曲子，立即放弃了自己写的曲子，选择了这首天赋异禀的少女创作情歌。而与侯曼轩合唱这首歌的男艺人，则是天团 BLAST 的领舞龚子途。据悉，祝珍珍也将参与这首歌的 MV 拍摄，与龚子途成为赫威旗下第一对共演 MV 的'门面情侣'……"

随后，关于祝珍珍首次当作曲人的新闻、关键词为"祝珍珍 作曲天才""祝珍珍 侯曼轩"的热搜就铺天盖地占据了所有人的视线。

赫威和祝伟德的团队在营销推广这一块花了大价钱，微信上的评论可以筛选，也是一片歌舞升平。祝珍珍的粉丝们都表示想听祝珍珍本人唱 *My Bride*，但让机会给前辈也没什么，只希望 MV 里的女神能美美的。

然而到了微博上，评论就吵成一团乱了。

冰与火中的兔："我只知道我老公要出新歌了。@SuperRabbit ＃龚子途＃ ＃BLAST＃ ＃BLAST龚子途＃ ＃龚子途姐姐真美＃ ＃龚子途新单曲＃ ＃人美腿长的 BLAST 吸粉冠军龚子途＃"点赞：32078。

C位出道的毒舌小仙女："冬季少女团我谁都看好，就不看好祝珍珍。她要是能写出好曲子，我刺瞎双眼，戳聋双耳，直播胸口碎大石、徒手劈榴梿，赞我送我上去，flag 就是立得这么牛。"点赞：7872。

珍珍遇见你："珍珍有多努力你们知道吗？她曾经在舞蹈室跳到脚肿，下着雨还坚持拍 MV 结果发烧三天，这是她第一次创作歌曲，谢谢侯姐姐提携，也请各位哥哥姐姐们支持她呢！ ＃祝珍珍＃ ＃祝珍珍首次作曲＃"点赞：7442。

冻鸡骚驴团 666："我赌上 Alisa 的一百个人头，祝珍珍写的曲子肯定不好听。虽然公司给祝珍珍打造的是学霸人设，综艺节目里表现也不错（很显然是按剧本演的啦），但私底下接受采访时，感觉她说话就是一个傻姑。"点赞：6532。

年糕少女："我的妈，zzz（祝珍珍）就不能好好拍广告吗？ hmx（侯曼轩）也是江郎才尽了吧，都沦落到选 zzz 的曲子了。"点赞：6211。

佛说我爱吃馒头："为什么馒头姐不出演自己的 MV 啊？对比现在那些划水扭屁股或卖萌尬舞的女团，还是喜欢馒头姐这种好好穿衣服、好好跳舞的舞者。馒头姐出新歌必属精品，台风稳如泰山，实力的差距你们不得不服。"点赞：5234。

本来公司为侯曼轩的生日安排了一个歌迷见面会，但前一天已经忙了一天，凌晨整点又接到很多祝她生日快乐的短信和电话，现在没什么心情强颜欢笑，就把歌迷见面会推到了第二天。二十九岁了，她只想拥有完全属于自己的一整天，自由做想做的事。所以，她决定不去关注这些烦心的消息，先洗了个澡，换了一条咖啡色的高领淑女长裙，把头发烫卷扎在脑后，再化了个耗时一个小时十三分钟的完美妆容，便踩着小高跟去和几个圈内好友吃饭了。临行之前，她看了看手机，得到了三十三条来自亲戚、朋友、合作方的生日祝福，唯独没有龚子途的消息。

龚子途应该已经知道一切了吧。知道她把作曲署名权卖给了祝珍珍，没有坚守自己的艺术操守，还放弃了 MV 拍摄。他一定很失望。

和圈内朋友们吃完饭后，侯曼轩又和专门飞回来看她的郝翩翩见了个面。她本想夸一下好姐妹重义气，结果两个人在咖啡厅聊了几句，郝翩翩这个资深冰火饭重爱豆轻闺密的毛病就犯了，一定要在网上看 BLAST 的颁奖典礼直播，为他们打 call。看完颁奖典礼还不够，她还要安利一发 BLAST 二辑 *The Fire* 主打歌的舞蹈室非正式版练习视频。

侯曼轩本来只是礼貌性地凑过去看看，但看过觉得还挺有意思的。男团的舞蹈一般都比女团的难很多，这首歌难度尤其大，有些动作连她都觉得不太好完成，但

BLAST 做得很好，不愧是经过魔鬼训练的赫威第一组合。而且这个视频还有一些很有趣的小细节，几乎都是出自唐世宇：例如所有人都穿着黑色长裤，龚子途裹得最严但身材最好，只有唐世宇穿着短裤，有一种被抛弃的满满羞耻感；例如他唱完 rap 以后，结束动作本来是抬头邪魅一笑，但是音乐节奏太快，他还没笑完，就得赶紧归队跳后面的舞，霸气感刹那间灰飞烟灭；例如三分二十一秒的时候有一个全员撑着地板踢腿的动作，帅气值爆棚，只有唐世宇没撑好，手一滑，差点把自己带飞出去……他和龚子途两个门面的身高是 BLAST 里最高的，但只有他让人有点担心跳起来头会砸到天花板。而每一次他犯错，龚子途总像有预感一样会回头看看他，也不提醒，也不指责，表情非常淡定。

侯曼轩看得很入神，直到被郝翩翩的声音拉回现实："曼曼，你怎么嘴上说着世宇好笑，却一直盯着奶兔看呀？"

"啊，我有吗？这也能看出来？"

"当然了，你看着世宇的时候表情是这样的。"郝翩翩笑得没了眼睛，露出一口白牙。随后，她双手捧脸，微微皱着眉头，咬着下唇，露出一副很苦恼的表情："看着奶兔兔的时候，你的表情是这样的。"

"神经病，哪有这么夸张。"

"说实话，你是不是喜欢上奶兔兔了！我从来没看到过你用那么花痴的表情看哪个男人，戚渣渣都没有过这种待遇！"

"是对弟弟的喜欢，你别幻想其他了。"

"对弟弟会露出这种表情吗？"

"你再做那个恶心的表情我就回家了。"

"快跟戚渣渣分手吧！"

"……"

下午，初秋的第一场细雨淋湿了城市与山林，到晚上便停了，但楼房、车辆、地面、初呈衰态的树叶上还有薄薄的雨水。夜空被雨水洗净，竟然和平时不一样，并不是一望无际的黑，而是深蓝中夹着一点淡淡的紫红色，繁星明亮得就像用白银画上去的。侯曼轩住的小区靠山而设，山坡上能看到更加美丽的星空。因此，她让司机把自己送到山坡下，换上舒适的软底平跟鞋，一个人慢慢走上去，沿途欣赏着山下的世界、地平线处的夜幕与星子。

真是太美了。

晚上十点五十四分，除了她已经没有人散步了。她轻轻哼着那一首承载了她四年心路历程的 *My Bride*，提着裙摆轻盈地走着，想着龚子途为这首歌写下歌词时的侧脸，只觉得很想见他。

遗憾的是，他们并不是天造地设的一对。他们不般配。即便她晚生十年，他们还是不般配。

所以，在这个生日夜，她有三个愿望：第一，愿事业能更上一层楼。第二，愿全天下的父母和爱着她的人都健康幸福。第三，愿明年的这个时刻还能像此时一样，哪怕独自一人，也能用这样平静的心情欣赏如此美丽的星空。

愿望里没有他。因为她知道，他只是一个过客。即便只是想见见他，现在他也在忙，还是不要浪费愿望了。

她解下头上的发圈，甩了甩头发，让鬈发蓬松地散下来，然后提着裙子，只活动腿部小幅度地跳舞，微微笑着，用只有自己能听到的声音唱着龚子途写的歌。

"...Your hair are melting in the night

Your eyes are so bright..."

看看这夜，这星空，又何尝不会让她想到心上人的发和眼。

"I'm kinda losing my mind

Honey, will you be my..."

唱到这里，她停住了歌声，也停住了脚步。

在小区附近的山坡上有一个双人长石凳，坐在那里可以看到更美的城市夜景。她经常在那里为新曲子找灵感。而现在，有一个男孩背对着她坐在那里。他梳着头顶发梢微微翘起的油头，穿着黑色的礼服、复古宫廷衬衫和精工黑皮鞋。石凳上空着的地方，有一束白色雪纱裹着的玫瑰静静地躺在那里。玫瑰是大红色的，鲜艳欲滴，好像会在黑夜中燃烧起来。中间插着的小小贺卡则像是一只粉色的蝴蝶，停驻在花瓣上，随着晚风震颤着翅膀。

听见她的脚步声，他转过头来，对她微微一笑："曼曼姐姐。"

"你这是……是刚从颁奖典礼上回来？"侯曼轩站在原地不动了。不知道为什么，有一些害怕和他走得太近。

"嗯。"他拿起玫瑰花，走到她面前，"我本来只是想在你家门口等你，但路过这里，觉得风景很美，所以就忍不住坐下来欣赏了一会儿。"

侯曼轩点点头，又看了看远处："今天晚上夜景是很美的。"

"本来我想凌晨正点打电话给你，怕你睡了，所以没打，今天直接过来当面祝福。"龚子途把花递到侯曼轩面前，"生日快乐。"

侯曼轩接过花，低头陶醉地闻了闻："哇，真香，谢谢兔兔。"

"不谢。"

然后，她把卡片打开，上面写着几个俊逸飞扬的字：

　　　生日快乐，我的女神。

　　　　　　　　　　　子途

她眨眨眼："咦，什么时候我变成你女神了！"

"别演了，再演都不像了。"

侯曼轩歪着脑袋，对他俏皮地眨眨眼，好像没听懂的样子。龚子途摇了摇头："居然还卖萌……蕴和不是早就带你到我家看过了吗？这臭小子，出卖我。"

"哈哈哈哈，我错了。"侯曼轩大笑起来，笑着笑着眼中居然有点湿润。

这两天她是有些悲观了，在电话里跟翩翩说自己一无所有，连一个真正爱她的男人都没有。但其实，二十九岁的自己并不是一无所获的。不管是哪一种爱，子途是爱她的。而十四岁就出道的她，错过了在校园里暗恋一个人的少女时期。与戚弘亦相恋的时候，他们直接略过了这个阶段，进入了成年人的两性恋爱关系——直接经历带有目的性的告白、还没过心跳便开始热吻的交往、稳定又长久的相处，无法磨合之后终于平静地分开，经过理性的谈判，选择了最适合彼此的相处模式。

到现在二十九岁了，才终于知道，喜欢的感觉可以像吃了一口尚未成熟的苹果，酸涩到无法将爱字说出口，留着最浓的甜意在心里。

龚子途看了看表："你困了吗？要不我们在附近转一转？快到十二点了，我陪你过完生日？"

"好啊好啊。我去把花放一下。"

侯曼轩快速溜进小区，把玫瑰花、高跟鞋、包包和手机都放在家里，她又看了看门卡和钥匙，最后决定把钥匙套在项链上，再戴在脖子上，然后一身轻地跑出去。

这就不太好了。当自己两手空空，看见龚子途在台阶下等她，就很想挽着他的胳膊。而他像是能猜到她心中所想一样，把手抬放在腹部前，手肘关节抬起，颇有绅士风度地朝她微微一笑。

这简直就是好莱坞老电影里的场景。她加快速度走过去，就像西方淑女接受共舞邀请一样，提着长裙轻轻下蹲一下，再挽住他的手，却终于忍不住破功笑了。

两个人无声地走了一会儿，侯曼轩突然说："你为什么不问我白天的事？"

"你把作曲署名权卖给祝珍珍的事？"

"嗯……"

"虽然不知道发生了什么，但是曼曼姐姐应该是需要这笔钱吧。我能理解的。"

事情和他猜测的并不一样，但听他这么一说，侯曼轩有些惊讶于他可以这么成熟。一时间她觉得百感交集，说："我以为你多少会有点在意。"

"署名权不属于你没有关系，我比较在意的是 MV。毕竟和你一起出演 MV，我可是憧憬了很久的。"

"这也是没办法的事，他们开给我理想价位的附加条件就是让祝珍珍来出演 MV。"

实际情况是，祝珍珍被她泼了冰水以后觉得备受耻辱，说什么也要把 MV 拿下，不然当是谈崩了。她思来想去觉得算了，不要说跟龚子途有结果，可能连开始都不会有，那拍这种婚礼 MV 就等于提前往自己心口插刀子。

龚子途慢慢点头，似乎正在思考着什么，而后对她笑了："我的第一志愿是曼曼姐姐，但如果曼曼姐姐不愿意，祝珍珍也不错。她毕竟是组合的颜值担当，形象很适合拍广告和 MV。"

这个回答很有礼貌，也不得罪任何一个人，挺好。侯曼轩心里有短暂的失落。但她又告诉自己，他能体谅你、没怪你为钱出卖尊严已经不错了，别孩子气了。然后，她决定放下事业上的烦心事，和他聊一聊下山买点什么吃的好。

"还是不要吃香芋蛋糕了吧，免得不爱吃糖的小兔子忍得难受。"

"怎么这你都知道了……"龚子途一掌拍在自己脑门上。

然后，两个人继续保持无声地挽手而行，偶尔说上一两句话，再继续保持着莫名有些幸福的沉默留白。偶尔侯曼轩会提着长裙避开地面上的水洼，离龚子途近一些，又依依不舍地拉远一些，心情就好像在跳月下圆舞曲。

这个生日很温柔，很浪漫，很完美，超出了她的预想，也让她做了一整夜的美梦。

只愿年年有今日，岁岁有今朝……

当然这是不可能的，这种不切实际的许愿还是赶紧扼杀在摇篮里吧。

而在侯曼轩做美梦的同时，龚子途还没等到回家，就已经发了一条消息给龚子业的秘书："蒋秘书，帮我查一下赫威娱乐内部购买侯曼轩曲子的交易细节吧，动用外部关系，不要让赫威知道是我查的。"

那边立刻就回复了："没问题。只不过子途，这件事可能瞒不过你哥，你 ok 吗？"

"还是尽量瞒一下吧。回头我请你喝酒。"

"好吧，好吧，我想想办法。"

Act. 8　既震惊又尴尬

　　其实，祝珍珍一开始对挂名作曲人这种出位方式也感到有些难堪，尽管他们付了钱，但这种事一旦被曝光，她的形象会大跌，而且强迫侯曼轩接受这笔交易也让她有些内疚。所以和侯曼轩谈判的时候，她把姿态放得很低，只希望对方能够谅解她这一份想满足老人心愿的心情。然而侯曼轩并不买账，还当面羞辱了她。

　　那一刻，她觉得她们俩扯平了。后来推手们开始宣传关于她作曲的新闻，网友们反复拿她和侯曼轩做比较，对她的形容是"只会摸胸摸腿扭屁股""唱歌和普通人没区别"，对侯曼轩的形容是"舞蹈复杂程度和力度让人想模仿都模仿不来""每次唱歌都会让人起一身鸡皮疙瘩"，让她的心情变得微妙起来。以前侯曼轩是遥远的、高高在上的、另一个世界的，现在一下把她拉到了离女神那么近的地方，却只放在女神的脚下让人嫌弃，那种屈辱感也因此被放大了一百倍。

　　只是红起来，已经平息不了她胸腔里的愤怒了。

　　她要压过侯曼轩，让侯曼轩为自己的傲慢付出惨痛的代价。

　　由于祝珍珍祖父的病情加重，*My Bride* 的制作进度也跟着加快，侯曼轩和龚子途为此都放下了其他工作，专心完成这首歌的练习与录制。得知侯曼轩已经完全放弃了MV女主角，祝珍珍感到快乐极了，三天两头地约龚子途谈MV的合作细节。龚子途对她态度客气得过了头，但因为对工作的态度非常认真，他散发出的那种可靠而成熟的魅力，反而让她更加欣赏了。

　　一天下午，龚子途正和祝珍珍在公司里聊MV穿什么样的婚纱比较好，忽然接到了龚子业的电话。

　　"你在背后搞的那些小动作我都知道了。"龚子业的声音有些冷峻，正如他平时看向任何人的眼神，"我们不得罪祝伟德。"

　　谈判还没开始就被单方面宣告结束，果然是老哥霸道总裁的风格。龚子途笑了笑，习惯性地撒娇："哥，我只是想把侯曼轩的歌还给她，不需要得罪祝伟德吧？"

　　"交易完成之前确实还有办法可以解决，但现在木已成舟，他拿侯曼轩的歌来安抚自己父亲，你打他的脸，不可能不得罪他。"

　　"隐瞒到他父亲去世之后不行吗？哥你认识的人那么多，总有办法可以处理好这件事的吧？"

"那也不行。不管怎么做，对他的女儿伤害都很大，我们不冒这个风险。再说，选择都是侯曼轩自己做的，你替她打抱不平什么？"

"你不是知道侯曼轩是被逼的吗？"

"那又如何，别说鱼龙混杂的娱乐圈，在任何圈子里，这种委屈事都太多太多了，你一个个管得来吗？我可不像她那么善良，总是跑到福利院关爱弱势群体。"

"哥，你知道她对我来说不一样的。"

至此，龚子业的声音已经带着一丝愠怒："你不要把女明星想得太简单。读书的时候追星就算了，追星追到进入娱乐圈我也忍了，现在是什么情况，她既收了祝伟德的钱，又希望通过利用你这个好骗的小鬼拿回著作权，真是人心不足蛇吞象。"

龚子途也有些不高兴了："你怎么可以这么说，她根本不知道我查过交易真相。"

"单纯。愚蠢。"龚子业压低了声音，"我再跟你说一次，这件事你的多管闲事到此结束，你如果再这样瞎折腾下去，出了事别怪当哥的不护短。"

龚子途长叹一声："好吧，你是老大你说了算。那我多安慰一下曼曼姐姐吧。"

"你要玩女人，我不管你。但你要跟侯曼轩玩，小心被她玩了。"

"咦，被姐姐玩，听上去挺刺激的。"

"烂泥扶不上墙。"接着一声"哼"，龚子业挂断了电话。

十月二十七日，侯曼轩与龚子途合唱的 *My Bride* 单曲正式发行。因为之前网上一片恶评，这首歌刚开始只在 Apple Music 音乐排行榜上位居第七，而且销量几乎都是由龚子途的死忠粉撑起来的。但是发行第二日起，排名就唰唰往上飞。第三天，它就奇迹般冲到了第二名，仅次于凌少哲的《乱世》。同时，*My Bride* 在试听网站的点击率也呈现出几何倍增的趋势，很多 *My Bride* 还没发就为祝珍珍打负评的网友都回头来重改评论和评分。

"我来打自己脸了，祝珍珍确实有几把刷子。好听，真的好听！"

"这首歌写得这么好，难怪侯曼轩会喜欢，歌后就是歌后，审美和她的台风一样稳。而且，这首歌和她过去的风格好像啊，但又比她以前的作品更简练、更有节奏感。"

"我女神侯曼轩为什么不加入组合队？因为她有门面的脸，主唱的唱功，领舞的舞蹈实力，一个人顶人家一个团。她的创作才能大家都知道，这一回挑人也挑得那么好。祝珍珍，我看好你！粉上了！"

"这就是青出于蓝而胜于蓝啊，祝珍珍好棒！"

十一月初，*My Bride* 发行的第二周，这首单曲的周销量终于在各大榜单陆续登陆榜首。

也不知是不是巧合，当媒体开始大篇幅频繁报道 *My Bride* 的最新登顶战绩的第三日，祝老先生去世了。人是在睡梦中走的，虽然没有熬到八十大寿，但很安详，没有痛苦。娱乐圈一颗巨星的陨落盖过了一切新闻的风头，十四个门户网站为了他把颜色调成了黑白色，无数看着他电影长大的老一辈影迷都泪流成河。与此同时，所有人也都把祝珍珍孝敬好孙女的形象捧到了新的高度。

祝珍珍的黑粉全部消失了，那些曾经质疑她不敬业、靠家里后台混脸熟的娱乐博主都被正义的网友们拖出来鞭尸。人们无法忍受一个天真、年轻、多才多艺又刚失去伟大祖父的女孩被泼脏水。祝珍珍就是演艺界的小公主，大家就是应该捧着她，宠着她，让她永远像天使一样快快乐乐地发展下去。这两个月，冬季少女团的专辑销量、写真集，以及祝珍珍代言的所有商品销量都暴涨。

但是，这对侯曼轩来说就很不利了。"祝珍珍的才华好到让侯曼轩放弃了自己的创作"已经快变成了一个梗，只要有姓祝三代人的名字出现之处，就有人捧祝珍珍，也就有人拿这个梗来刷祝珍珍的才艺。

更让侯曼轩郁闷的是一个没脑子的主持人。十一月十七日，侯曼轩参加了一个一对一的采访式歌舞综艺节目。在这个节目里，嘉宾会按主持人提的各种刁钻要求，跳节目组所要求的舞，然后每一个舞蹈都有评委匿名打分，通常分数都相当苛刻，以达到一定的娱乐效果。但是侯曼轩在节目里跳的五支舞，分数都是历来嘉宾中最高，被主持人感叹说："真不愧是亚洲流行乐坛的过去、现在以及未来。"

到最后一个环节，主持人让侯曼轩现场模仿一些流行艺人的舞蹈。第一个舞蹈演绎者是赫威集团新捧的少女团体 G.A.girls，侯曼轩看了一遍视频就完全背下舞蹈动作，现场一个动作不漏地跳了出来。主持人说："这对我们曼轩来说太简单，来个稍微难一点的吧。"随后他们播放了一个男团的舞蹈片段。视频上 C 位领舞戴着鸭舌帽，眼睛被遮住了，但凭他的宽肩长腿、"蛇皮走位"以及帽子下瘦而轮廓分明的下颚角，侯曼轩立刻就认出了是龚子途。看他们跳舞，胖胖的男主持人都忍不住捧脸说："公子兔好帅啊，跳舞又好棒。"

侯曼轩认真观摩龚子途的舞步，犹豫地说："这是 BLAST 的 *The Fire* 难度最高的一段，男团的舞蹈也比女团的难很多。我只能说尽量试试吧。"

"曼轩不要退缩，冲呀！"

然后，她又一次一个动作不差地模仿了下来。男主持人张开嘴，下巴都快掉到地上："女神，这真的是你第一次跳？我可以请你在我的额头上签名吗？"

最后一首歌，是冬季少女团的《爱上你不完美中的完美》里的舞蹈片段。也就是传说中的"摸胸摸腿扭屁股舞"。这一段难度是三支舞里难度最低的，侯曼轩完成起来就像数学系博士做一加一等于二一样简单。但是，主持人对此的评价却是："嗯，好像这个曼轩跳起来就不那么完美了。也不知道是不是因为祝珍珍是天赋型艺人的缘故，她的舞蹈里总是有几分灵气，连曼轩模仿起来都差一口气。"

另一个主持人还跟着补刀说："曼轩为了祝珍珍写的歌放弃了自己写的，祝珍珍当然不一样。"

侯曼轩并不想跟这些外行人解释性感夜场舞并没有所谓的灵气可言，更无技术可言。她只是微笑着，静静地任由一千头羊驼在心中狂奔而过。

十一月二十日，赫威举办了 *My Bride* MV 的开机发布会。放眼整个乐坛，能为 MV 举办发布会的艺人屈指可数，而能够召集 103 名记者来到赫威集团进行采访的 MV 发布会，还是史上第一例。侯曼轩、龚子途、祝珍珍和主创团队都出席接受采访。记者先问了一些关于 MV 制作概念的问题，然后问到了祝珍珍在 MV 中扮演的角色细节。祝珍珍一一解答以后，记者把话筒推到了龚子途面前："请问子途，你期待和祝珍珍在这首歌里的二次合作？"

龚子途微微一笑："二次合作，我怎么不知道这回事？"

侯曼轩用胳膊撞了撞龚子途，示意他不要再神游了。

记者又对着话筒说："这首歌不是你作词、祝珍珍作曲的吗？这样算下来，拍摄 MV 会是你们的第二次合作呢。"

"你弄错了。这首歌的作曲人是侯曼轩，不是祝珍珍。"

直至此刻，大部分记者都以为龚子途是口误。只有侯曼轩诧异地回头看着他，而祝珍珍脸都白了。记者再度跟他确认是否口误，他又笑了笑，低下头对着话筒清晰地说："这首歌是侯曼轩四年前就写好的，她家里有放了四年的手稿。今年夏天她找到灵感把它完成了，我是最早听到的人之一，当时就在我们公司的奶茶店把词填好了。后来祝珍珍为了完成她爷爷的心愿，打算走才女之路把自己捧红，就让她爸爸以高价买下了侯曼轩这首歌的作曲人署名权。没错，在法律上这首歌的作曲人署名确实是祝珍珍，但我从来没有跟她合作过。"

他说完这番话后，大约有半分钟的时间，全场都只有坟场般的死寂。

终于，祝珍珍第一个开口说话了，可她的脸也一片惨白，就像刚从坟场里爬出来一样："你……你在胡说八道什么……"

"怎么，你想像威胁侯曼轩卖署名权那样威胁我吗？欢迎封杀我，欢迎逼我退圈。"

祝珍珍又惧又怒，于是色厉内荏地拔高了音量："龚子途，你知不知道你在跟谁说话？你知不知道我是谁？！"

龚子途没感到害怕，笑意却更深了："我知道啊，祝伟德的女儿嘛。我哥一直因为我不管公司而很不舒服呢，封杀我，我刚好退圈去帮他打理东万，你这华丽的明星家族是想跟东万作对是吗？Ok，我让我哥把你代言的所有游戏、在东万合作的所有视频网站上出演的节目全部下架。侯曼轩玩不过你，我来陪你玩玩。"

祝珍珍的经纪人也从台下冲上来，抬起手示意记者们坐下，故作平静地说："各位，今天子途喝多了，大家不要听他瞎编故事。这首曲子就是祝珍珍写的，祝珍珍也不会做抢人家作品的事。MV 拍摄照旧，各位还有其他问题吗？"

祝珍珍嘴唇颤抖，眼睛红红的，快要哭出来了："龚子途，你不想和我拍 MV 就算了，为什么要泼我脏水？你不知道我爷爷才去世吗？你这样抹黑我，良心过得去吗？"

"说到你爷爷，我也想问问你，你爷爷的演技和人品、你爸的歌艺，你继承了哪一样？照着我童年女神整容，我看着你这个山寨脸就已经吃不下饭了，姐姐，你就放过我吧。"

祝珍珍从小到大一直顺风顺水，没有机会锻炼如何应对这样的场面。听完这些话，她哭到脸都扭了起来："你……你……"

龚子途却一点也不怜香惜玉，只是抓住侯曼轩的手腕，对着一个目瞪口呆的记者递来的话筒说："我和侯曼轩的采访部分结束了，你们继续采访祝小姐吧。"然后拉着侯曼轩大步离开。

侯曼轩全程缄默地跟着龚子途。

她知道他俩都死定了。

但这一刻，看着他有点强势牵着自己往前走的背影，她还是无法抑制地觉得，好帅。

回到楼上的化妆间，龚子途却没有松开侯曼轩的手，反而把她拉到化妆镜旁，从镜子里对她微笑："曼曼姐姐，我告诉你一个秘密。"

"什么秘密？"虽然这样说，侯曼轩却心不在焉，满脑子都是刚才发布会上令所有人震惊到沉默的瞬间。

"关于我脸的秘密。"他拿起一瓶卸妆液放在她手上，"你看过那种卸妆半边脸的美妆视频吗？来帮我卸一半。"

不知道他葫芦里卖的什么药，但侯曼轩还是点点头，拿起一张卸妆棉，把卸妆液倒在上面。龚子途乖乖地坐在旁边的沙发上，闭着眼睛，对她扬起脸。这一天他化了一个小烟熏，头发抓乱飞起，有一点英伦冷酷摇滚歌手的气质，做出这种天使般的表情，让侯曼轩有点想笑。下手将卸妆液抹在他脸上那一刻起，哪怕隔着一层棉，都能明显感到他的脸上几乎没什么肉。她轻声说："兔兔，你太瘦了，该多吃点。"

"我觉得你才瘦呢。"

"我只是普通瘦，你是真的瘦。"她一边说着，一边擦掉他眉眼处的妆，然后意外地发现他没刷睫毛膏，睫毛精本精无疑了，而且擦干净了的眉部感觉跟没擦一样。他的眉骨长得很好看，眉峰凌厉，仔细看还有几根眉毛飞起来，不用描摹也自带英气。

"那我得更加努力健身才行。"龚子途睁开眼睛，用那双细细长长又隐约带笑的眼睛看着她，"我想进演艺圈，就是因为这里有我的女神。曾经在她艰难的时候我没有陪伴她，现在她遇到了困难，我一定要保护她。"

侯曼轩觉得有什么东西在心底震荡了一下，然后慌乱地回避了视线，拍拍他的脸："别动，我还没卸好呢。"

"噢。"

半分钟的沉默过后，有一根睫毛蹭到他的内眼角到鼻梁之间，她用手指拨开那根睫毛，他眨了眨眼，可爱极了。她笑了："原来兔兔的脸摸起来是这样的。"

"嗯？怎样？"

"有点像摸到石膏像的感觉吧？"

龚子途抽了抽嘴角："我皮肤这么差的吗？"

侯曼轩也抽了抽嘴角："不是这个意思啊，我是说你的脸立体又骨感，你这是什么脑洞……卸好半边脸啦，你想告诉我什么秘密？"

龚子途遮住自己化妆的半边脸："看到了吗？"

侯曼轩点点头。

他又遮住自己干净的半边脸："看到了吗？"

侯曼轩好奇地点点头，猜测他准备说个什么惊天大秘密。

"这个秘密就是，我妆前妆后区别真的很小的。"他微微抬起下颚，又把左脸右脸分别遮了两次，露出了欧洲王子般的自信之笑，"是不是两边脸几乎一样？"

"……"

侯曼轩差点想打死他。

不过事实真是这样，因为五官在这张小脸上占用面积太大，两边脸的差距几乎看不出来。他卸了妆的半边脸更白一些，因为另一边用了阴影加修容，看上去太深邃，有距离感，只适合上镜。她观察了一阵子："嗯……卸妆还好看点。"

"那以后我都用姐姐喜欢的素颜见姐姐。"

这孩子真是……现在外面不知道都闹成什么样了，他还有时间卖萌。侯曼轩想起以前圈内一个女星就说过："龚子途是我的理想型，但感觉只适合谈恋爱。孟涛、蕴和，甚至唐世宇都比他适合结婚。"

是啊，爱情是不计后果的，婚姻却讲究长久的稳定。就像他这一回闹大的事，就非常爱情，非常不婚姻。

在如此短的时间里黑了大红再大黑的明星，祝珍珍应该是几十年来华语娱乐圈的第一个。

发布会还在进行中，龚子途接受采访的视频就已经在网上疯传。等真正结束时，网上已经开始了疯狂的骂战。起初声音是一边倒，祝珍珍被贬低到蛆虫都不如的程度。但参与战争的人多了，自然就要分派。慢慢地，有一小部分人开始觉得龚子途不对了，说他不遵守行业潜规则，富二代脾气重，图一时口头之快，毁掉了一个女孩的一生，还让她的爷爷死不瞑目。

这一拨人被主流观点持有者喷得很厉害，说祝珍珍自己不要脸，抢走别人的歌和MV女主角的位置，龚子途选在她爷爷过世后说出来，已经照顾了她爷爷的感受，她如果真有那么善良，那么爱她爷爷，在老人家还在世的时候，就不应该那么不敬业又偷懒——紧跟着就是一堆路人偷拍的祝珍珍照片，例如拍她在其他成员训练的时候做SPA。有小部分龚子途的粉转黑了，一口咬定他是为了侯曼轩才抹黑祝珍珍的，说侯曼轩为了赚钱出卖作品，龚子途还去多管闲事，简直傻透了……

当然，95%的人还是在指责祝珍珍，网络骂战也不是侯曼轩最担心的事。得罪这么一个大靠山，赫威一天内紧急召开了六次会议，公关团队在网上卖力发表评论，但收效甚微。团队领导说，在当事人出面发话之前，风向是不会改变了。但不论祝珍珍还是侯曼轩的态度都不明确，他们也不敢轻举妄动。

晚上，龚子途回到父母家中，拿着一根竹条，双手捧到正在桌前看合同的龚子业面前："哥，我来负荆请罪了。"

龚子业头也没抬，就从抽屉里拿出一张单程机票，往前方桌面上一甩："出去避风头。"

龚子途接过机票，上面印的目的地是苏黎世，时间是第二天早上六点四十五。他把票收起来，迟疑了一会儿不见哥哥说话，小声说："我什么时候可以回来呢？"

"到时我会告诉你。"

"哥，我可不可以不去？"

"可以。立刻退出演艺圈，你可以不去。"

"不是这个意思，我能承担后果。"

"承担什么后果？承担被侯曼轩利用的后果？"终于，龚子业抬起头，声音低沉而淡漠，眼中却有明显的愤怒，"你知道现在很多人都在好奇什么吗？侯曼轩的男朋友是戚弘亦，为什么出来帮她挡枪口的却是龚子途这个傻小子！"

"他们俩不是真的在……"

"不管他们是不是真的情侣，戚弘亦就是有名有分，而你就是没名没分。你不仅没名没分，还是一个什么都不懂还任性至极的小孩子。祝伟德和我们交集不算多，得罪了就得罪了吧。但今天你能得罪一个祝伟德，明天是不是就会得罪夏明诚，后天是不是就会得罪谢茂、黄啸南？全世界的人都被你得罪光了，而且是毫无意义的得罪，你觉得对你的人生有什么帮助？"

如果换作平时，龚子途可能会嬉皮笑脸转移话题，或有些稚气地抗议，但这一回从周围人的反应来看，他知道自己捅了大娄子了，而且收拾烂摊子的人还是哥哥。他微微垂下头去，轻声说："对不起。"

"去睡吧，明天记得准时起床。"

龚子途点点头，攥紧机票准备出去，但又听见龚子业补充了一句："回国以后准备到公司来上班吧，不要再唱歌了。或者你要留在欧洲报考 MBA 也可以，那就不用回来了。"

"我知道了。哥，今天这一切都是我的错，我会改的。"

才怪。会改错又不等于会听话。都还没追到喜欢的女孩呢，他才不要退圈。

龚子业淡淡地看着他："你是不是在想你还没追到侯曼轩，你是不会退圈的？"

龚子途摇摇头，一脸真诚："没有。"真可怕，这臭老哥是有读心术吗……

"你是不是觉得被我猜中心事很不舒服？"

龚子途摇头又摆手，看上去比刚才还要诚恳："没有没有，真的没有。"

"你别跟我撒谎。"

"真的没有，骗你是小狗。现在我闯了祸，为哥烦心还来不及，怎么可能有心思想其他的事？"

"行，那你出去吧。"

关上门以后，龚子途望着天花板，大松一口气，赶紧发消息给侯曼轩："曼曼姐姐，对不起，因为某种原因，我要出国待一段时间。但我向你保证，我一定会尽快回来的。请你一定要等我。"

第二天一大早，侯曼轩给龚子途回了消息，祝他一路平安，就把作曲人署名权购买费用全部退回到了祝伟德的工作室。然后，龚子途出国这件事又在网上掀起了一轮讨论热潮。

晚上，侯曼轩结束了一场露天音乐会表演，从体育馆出来的时候，被排山倒海汹涌而来的记者围堵到出不去，还是戚弘亦带人来救场，才辛辛苦苦把她带上了车。

"现在麻烦多了吧。"戚弘亦开着车，脸上有一抹嘲意，"跟小鲜肉玩火玩上瘾了，惹了事，他跑得比谁都快。"

他一直是这样，在她遇到难题的时候，永远不会说我理解你、你辛苦了，而是会用一副"我早就告诉过你""你看你就是不行"的态度来打击她。而她没有精力说太多话，只是冷漠地看着前方："如果你今天来接我就是想跟我吵架，那恕我不奉陪了。停车吧。"

他哼了一声，没停车，但也不再说话。两个人就这样一直保持无语了三十六分钟，直到抵达她家门口。她说了一句"谢谢"，就拉开车门准备下车。

"慢着。"戚弘亦对着她的背影喊了一声。

她停下脚步却没回头。戚弘亦发现，她这一晚穿着厚厚的棒球服和运动裤，棒球服里面裹着字母坎肩 T-shirt，头发是中分棕长直，看上去就像十多岁的少女，又有活力又时髦。这个背影让他有了一种回到七年前的错觉。可是他知道，如果她回头，不会再露出七年前甜甜的笑。所以，他花了很长时间，才把后面的话说出口："你……对龚子途认真了，是不是？"

月色有魔力停住时间一般洒满花径。后面十多秒的死寂令人感到窒息。

她最终还是回头了，但只侧了半边脸，双目空洞："我们结束吧。"

"结束？什么意思？"戚弘亦先是一愣，皮笑肉不笑地说道，"我们俩本来就没在一起，只是合作关系啊。"

"我的意思是，合作关系也不要了。我不想和你结婚，也不想和你有任何瓜葛。"

戚弘亦只觉得口干舌燥，头脑空白。虽然两个人的感情早完了，但七年来，这是她第一次如此明确地提出要结束这段关系。

"不想……结婚？"他紧紧握住方向盘，连手指关节都变白了，"侯天后，你的事业会完蛋的。"

"那就完蛋吧。"

"我的事业也会完蛋的。"

"那和我又有什么关系？我现在什么都不想要了，只想恢复自由。"

"你对龚子途果然是认真的，对不对？"

侯曼轩有些不耐烦地吐了一口气："不管有没有他，我们俩都已经受够对方了，不是吗？现在我得罪了祝伟德，以后事业只会严重受阻，你继续跟我绑定在一起也毫无意义。"

"你也知道你的事业会受阻是吗？现在和我结束，你会后悔的！"

侯曼轩一句话也不说，转身就走。结果没走几步，忽然有开车门的声音、急促的脚步声，她惊讶地回过头去，便已经被他抓住了胳膊，力道大到让她以为马上就要被殴打了。

好样的，没法好聚好散是吧，那他可以动手看看……

结果她还没开口，就被眼前的画面震惊了。

戚弘亦"扑通"一声跪在地上，满脸恐慌："求求你。曼轩，求求你，不要离开我。"

侯曼轩吓得倒退一步，然后赶紧上前拉他，同时环顾四周："你……你发什么神经……快起来！"

他使劲摇头，一下子哭得泪流满面："不，过去都是我的错，是我把自己的无能怪在了你的头上。我是一个男人，怎么可以要求女人对我的事业有帮助呢？是我的错，我会为你改的，只要你不离开我……"

侯曼轩尴尬得不行了，用力拽他的手："戚弘亦你别闹了，别人会看到的，快起来！"

"求求你。"他抱住她的腿，"求求你……这么多年我一直爱着你，你难道感觉不到吗……我愿意用一生的时间来弥补自己犯下的错，只求你再给我一次机会……"

"你在说什么啊……"侯曼轩觉得自己鼻尖也酸酸的，"不要再提过去了不行吗？"

"我的后半辈子都因为你改变了，怎么可能不提？你明明什么都知道，哪怕不能包容我，也不应该爱上别人啊……你说，龚子途为你做了什么，一个乳臭未干的小子，连最基本的保护你的能力都没有，出了事只知道往国外跑，他能给你什么未来？他能为了你放弃他的原生家庭吗？他能为你牺牲他后半生的光辉前程吗？你是怎么了，居然要为了这样一个还没玩够的小男孩放弃我们的未来……"

侯曼轩不再勉强拉他。她有点想哭了。

不得不说，戚弘亦太了解她了。他说的每一个字都是尖刀，一下下扎在她心中最痛处。

"你忘了吗，五年前，你说过你不想结婚，如果要结婚，只会考虑我，你说过这辈子只跟我在一起的……"说到最后，这个一米八几的大男人已经泣不成声。

侯曼轩也难过地闭上了眼。

她一直很清醒，也比谁都清楚地知道，喜欢上龚子途是错的。

"曼轩，你有没有想过一件事？"戚弘亦忽然平静了一些，用一种小心而悲凉的口吻轻轻说道，"龚子途承受能力这么弱，如果他知道你家里发生的那些事，还会像现在这样迷恋你吗？"

侯曼轩怔住。这又是一件深深戳她痛处的事实。

Act. 9　这次才是真相

侯曼轩的母亲叫吕映秋，去世那一年才刚满三十九岁，曾经是一个不管如何愤怒、如何怨怼，岁月都不会在她脸上留下残忍痕迹的美丽女人。她五官端正，黑发如云，有着极其性感的颧骨和微扬的长眉，手指美得就好像是为弹钢琴而存在，哪怕穿着最普通的衬衫，都散发着一股宫斗片中东宫娘娘的气质。她百分之九十九的时间里也确实像东宫娘娘般端庄而挑剔，但有百分之一的时间里，歇斯底里得像精神病人，就好像把侯曼轩外公的神经质、侯曼轩外婆一生婚姻不幸的怨气都集中爆发出来一般。等这百分之一的时间过了，她又会没事人一样变回那个温柔挑剔的她。然而，正因为这偶尔发作的百分之一，她最想嫁的那个梦中情人无法给她婚姻，顶多给她一个孩子。侯曼轩就是她曾经爱得死去活来的男人离别前送给她的礼物。

以前，侯曼轩并不知道这个真相。她只知道父母离婚了，原因是父亲在她四岁时和一个姓范的女人眉来眼去，抛弃了她和母亲。而且从小到大，母亲都独立自强美丽能干，只是运气不好，遇不到好男人，找不到好工作；而父亲却整天游手好闲，没有为家庭负过责，没有给过孩子什么关爱，她的成长全靠母亲和母亲娘家给的支援。

小时候侯曼轩特别恨自己的渣男父亲，她十四岁开始唱歌挣钱，就已经不再需要父母的经济支持了，可在听到父亲的名字时还是有一种生理性的反胃，恨不得他立刻死掉。所以，她对爱情和婚姻也没有一点向往——连母亲这么漂亮又优秀的女人都会被比她差那么多的男人抛弃，那自己又怎么可能会遇到更好的男人呢？

她特别嫌弃侯辉，觉得这个男人不配当自己的爸爸。她对母亲也是敢怒不敢言，因为母亲在让她当歌手这个点上太执着了，导致她没能把书读完就被演艺生涯结束了童年。出道以后她极少回家，也决不想见自己的父亲，不管他怎么来电嘘寒问暖，她都觉得是渣男暂时的良心不安罢了。

侯曼轩离家以后，吕映秋开始了独居生活，身边不是没有追求者，但她谁也看不上，还因为常年闷闷不乐而暴饮暴食，十四个月里体重从五十三公斤到了八十九公斤，饮食不健康、肥胖加上易怒的脾气让她患上了心脏病。侯曼轩十九岁那一年，她的心脏病又引发了脑血栓，导致她腿发沉，行动不便，不得不住院。到这个时候，侯曼轩才终于愿意放下对母亲的成见，到医院去探望她。

一次，她遇到了同到医院探病的父亲，听见父母在病房里吵得厉害，她便躲在门后不敢进去。

吕映秋还是和以往一样，扯着嗓门指责侯辉不要脸、不负责，跟着姓范的狐狸精跑了，也不管自己和女儿。开始侯辉还忍着不讲话，但吕映秋语速越来越快，语言越来越咄咄逼人，他终于忍无可忍，提高音量大怒道："吕映秋你真的够了！侯曼轩本来应该姓侯吗？！你我都知道你嫁给我的时候是大着肚子的，我他妈的不过是个接盘侠！事到如今，你到底是哪来的脸指责我不顾家？"

说完他情绪激动地猛拍桌子，把装着菜叶残渣的不锈钢盒饭都震翻了，两块凉透了的花菜也飞到了吕映秋的病号服上、脸上。吕映秋被这一幕吓了一跳，一时间有点蒙了。

侯曼轩也被这个突如其来的秘密吓得后退一步，结果不小心撞到了身后的护士。那个护士端着托盘，托盘上装了十四小杯尿液，这一下全都打翻在了她的身上。她脸拧成一团，双手不知往哪里放，大声喊道："这是在医院，你走路不长眼睛啊……啊，侯曼轩？！"

这一喊，病房里的吕映秋和侯辉都脸色大变。侯辉赶紧走出来，但侯曼轩已经一溜烟跑下楼了。

原来，自己并不是父亲的亲生女儿，而是母亲出轨的恶果。而这么多年里，她都错怪了父亲，以为错全都在他一个人身上。在明知没有血缘关系的情况下，父亲还是会经常打电话关心她、给她送生活费，已经是一个非常伟大的好爸爸了。可是，她却当着他的面把他送的生活费撕了，还对他恶言相向……

对侯辉浓浓的愧疚感，最后都转化成了对母亲的怨恨。第二天去医院看望母亲的时候，母亲刚做好心脏搭桥手术。看见护士们把吕映秋肥胖的身体抬上病床，她对这个女人却没有一点同情，只觉得这一切都是吕映秋咎由自取。这一回，吕映秋一改以往嚣张跋扈之色，像跟侯曼轩身份对调，变成了做错事的小孩一样，低三下四地跟侯曼轩解释自己年轻时并不是故意犯错的。

"我嫁给你爸爸的时候，确实怀了你。"提到侯辉，吕映秋原本虚弱的眼中，又多了几分恨意，"可是我并没有欺骗他。那时候他知道我怀孕了，还是坚持要娶我。因为除了我，他根本找不到更好的女人。抚养你就是他想和我结婚应该付出的代价。如果没有你，我能找到比他好更多的男人……"

侯曼轩原本不想跟病人吵架，但这一番话把她恶心坏了。按照吕映秋的意思来看，她和她爸都是累赘，就吕映秋一个人是光辉万丈的圣母玛利亚，不嫌弃任何人拯救了苍生是吗？

听吕映秋又叽叽喳喳说了一堆，侯曼轩讥笑着说："你知道吧，你现在说的话，我一个字都不信。你就是个说谎成性的女人。我不相信你有你说的那么优秀，也不相信你是爱我的。一个真爱自己孩子的母亲，怎么可能会说出'没有你我能找到更好的男人'这种话？你就不应该生下我，这样你就可以嫁到英国皇室了。"

过去十九年里，侯曼轩一直是很沉默的。不管吕映秋怎么骂她、怨她，她都最多露出麻木而又不耐烦的眼神，从来没有如此当面顶撞过吕映秋。吕映秋惊呆了，脸色发白地说："曼曼，你怎么可以这么说话？"

被欺骗的愤怒淹没了侯曼轩，她抱着胳膊，一脸挑衅地说："我还没跟你说大实话呢。你说说看，这么多年你立的都是什么贞节牌坊啊？现在让我知道这种事，这辈子都不想再见到你。我为自己母亲是个如此肮脏的女人而感到羞耻。"

当天晚上，侯辉打了一通电话给她，语气中满是无奈："囡囡，你怎么可以这样气你妈，她有心脏病啊，才刚做完手术，你是想气死她不成？"

侯曼轩一点也不买账："爸你也善良得太过头了吧？我妈这样欺负你十多年，你现在还帮着她说话？再说了，她这么无耻的人，连未婚先孕嫁给你还指责你这种无耻的事都做出来了，才舍不得死掉。"

"唉，你妈是爱欺负人，但她毕竟是你妈。你少管点大人的事，好好生活，好好唱歌，以后找个疼你爱你的老公，你爹你妈也就没什么好牵挂的了。"

那一刻，侯曼轩感动又自责，差一点哭出来。

之后，她和侯辉的关系变得比亲生父女还好，并且努力和同父异母的十岁小弟弟好好相处，不想再给爸爸带来麻烦。另一边，她对母亲却是失望透顶，虽然依然会去探病，但能不说话就不说话，也不想正眼看母亲。

有一回晚上，她赶完通告来到病房，已经累得四肢都快散架了，吕映秋却还是在跟她絮絮叨叨侯辉的各种无能和不负责。她皱着眉，翻了个白眼，低头玩手机。吕映秋知道自己说太多了，气势弱了下来，又开始跟她讲，她出生的时候有多可爱，时间过得真快，那么小一个小不点已经长成大姑娘了，等等。侯曼轩听了还是没反应，看着朋友发来的搞笑段子图片笑了起来。

长久的沉默后，病床上的吕映秋无力地说："女儿，我知道，从你得知你不是侯辉女儿以后，就一直看不上我，瞧不起我。我年轻的时候也确实犯过错，但并没有一刻后悔过把你生下来。"

侯曼轩只是看着手机继续呵呵笑着，若无其事地说："快别这么说啊，妈妈，你可是要嫁入英国皇室的女人。"

吕映秋眼中含泪，声音都有些哽咽了："侯曼轩，不管我有多糟糕，我到底是你的母亲，你不能这样羞辱我。"

侯曼轩的眼眶也湿了。她又伤心，又愤怒，想到自己白天还在演唱会结束后被黑粉丢香蕉皮、在保姆车上写"猴鳗癣臭婊子装白莲花"，她就委屈得要命。如果不是这个女人，她现在可能在大学图书馆里复习功课，准备期末考试；如果不是这个女人，她也不会厌恨爸爸这么多年，导致他和自己一样不想回家，衰老得那么快；如果不是因为这个女人，她不会对男人这种生物如此反感，可能现在已经在大学里有男朋友了……她一点也不喜欢这种累死累活、没有隐私、只能充当提款机的明星生活。

这一切，都怪谁呢？

可是，正如吕映秋说的那样，她到底是自己的母亲。她不是不爱这个母亲的。

她不想再说一个字，自嘲地笑了一下，拿起外套就冲出病房。

"侯曼轩，你去哪里？"吕映秋急了，在她身后大声喊道，"曼曼，这么晚了你不叫人来接你，这是要去哪里啊？女儿，你不要冲动，回来，妈妈会担心……"

她每天早上都会跑步四十分钟，速度那么快，把母亲甩在了声音都传达不过来的地方。

那一刻，打死她都不会想到，"回来，妈妈会担心"是这辈子母亲对她说的最后一句话。而"妈妈，你可是要嫁入英国皇室的女人"，是这辈子她对母亲说的最后一句话。

那天已经很晚了，医院的灯光微暗，吕映秋因肥胖和疾病而行动不便，在追她出来的时候没看清脚下，从二十多阶楼梯上摔下来，心脏病发作猝死。

而更让她无法承受的事实是，她错怪了父亲之后，又一次极端地错怪了母亲。后来和侯辉沟通后她才知道，早在结婚前，他就知道了吕映秋已经怀孕的事。他觉得不管她以前做过什么傻事，只要忘记过去，重新开始，他是可以接受的。因此，他对她任劳任怨、任打任骂，对女儿也特别好。让他生气的是，吕映秋在婚后并没有和侯曼轩生父断交。一次因为家里钱不够用而发生争吵后，吕映秋背着他偷偷找侯曼轩的生父借钱，被他发现了。这深深刺伤了他男人的尊严，和她再一次大吵一架。她却说了一句情商极低的话："如果我嫁给曼轩爸爸，他绝对不会因为没钱而恼羞成怒。"

"那我们离婚，你找他结婚好了。"他是一个普通男人，过不了这个坎儿，最终还是选择了放弃这个家。

所以，母亲并没有撒谎。她没有出轨。不管她是一个多么糟糕的、不懂如何正确保护女儿的母亲，她都是一个全心全意爱着女儿的母亲。

而自己间接害死了深爱自己的母亲。

那之后没多久，侯曼轩过了二十岁的生日。二十岁是人生一个很重要的分水岭。这之后，她不再是孩子，而是一个应该学着理性思考、逐渐形成独立三观的大人了。过生日那一天，她慢慢开始接受自己受到的不公平待遇，开始学会在"得到"和"失去"之间寻找平衡，开始理解并同情那些一身缺点却疼爱孩子的父母。

侯曼轩成长了很多，懂得了很多，却是以一个孤儿的身份。

后来一次偶然的机会，她跟着公司一起去做慈善活动时，收到了一家敬老院发来的传单。看见上面写着"关爱失独老人"的字眼，她立刻想到了母亲，便到敬老院去做了一天义工。她发现在这个环境里帮助老人，也能帮助她寻得内心的平静，让她用这样的方式来弥补亏欠母亲一生的关爱。于是，周六去敬老院成了她多年风雨无阻的习惯。

这一天晚上回到家里，关于童年、父母的一切回忆，都像跑马灯一样在侯曼轩的脑中反复回放。

然后，她又想到戚弘亦回去之前跟她说，让她好好考虑他们之间的事，不要被一个少年不知愁滋味的小帅哥迷得失去理智。戚弘亦说的一段话，尤其让她感到糟心："你对龚子途的家境有了解吗？他和我们俩都不一样，父母感情特别好。他妈都四十多岁了，还被他爸当成女儿一样宠着。他爸就算只出差两天，他妈都会当着七八个东万高管的面跟他和他哥说：'你们爸爸好辛苦，他为这个家庭付出了很多，他是最伟大的父亲，你们兄弟俩如果能有爸爸一半的本事，妈妈就会非常非常骄傲了。'我朋友就是其中一个高管，这些都是他告诉我的。"

她相信这些都是真的。跟龚子途相处这么久，他的积极、乐观、自信，都不像她那样，只是通过成年后的努力伪装出来的。而且进入社会这么多年，她也接触过很多成功人士，"一个成功男人的背后总有一个默默支持他的女人"这句话，绝不是假话。相比下来，她贫穷的、负能量爆棚的原生家庭宛如一个天大的笑话。

她真的不想承认。可是面对龚子途，她太自卑了。

而且，这份自卑是不管她脸蛋有多漂亮，收入有多高，事业有多成功，才艺有多出众，都无法弥补的。

她终于想明白了多年来自己内心深处对婚姻的恐惧。

并不是不想要，而是要不起。

龚子途离开的两天里，每天都在频繁联系侯曼轩，但她一直在思索着戚弘亦说的话，也暂时没再提分手的事。第三天，侯曼轩又遇到了第三次为龚子途光临赫威的前女友。

"侯曼轩，我性格直，就不跟你绕弯子了，只想问你一个问题：你跟子途是什么关系？"秦露睁着戴着浅灰色美瞳的大眼睛，有些紧张地说道。

侯曼轩笑了："不是告诉过你了吗？朋友。"

"我开始也相信你，但是，为什么他会为你做这么多事？难道他喜欢你？"

"其实我觉得你不用管他，应该多考虑考虑你男朋友的感受。"

秦露皱着眉，看上去很难过："我跟那男的在一起就是为了气子途啊，这么明显你看不出来吗？我只喜欢子途。如果你们俩还是朋友关系，那我就不等了，去找他了。"

"去哪里，瑞士吗？"

秦露用力点头："对。所以我需要你给出一个真诚的答案，不要忽悠我啊，你可是我女神。"

侯曼轩脑中飞速蹦出无数种击退情敌的方法。对付秦露这种级别的单纯 girl，确实太简单了。可是，她愣了半天，说出口的却是："我和他真的只是朋友。"

"好的！"秦露笑得眼睛都弯了起来，冲过去抓住侯曼轩的手，孩子气地晃了晃，"谢谢你，曼曼姐姐，我这就去订机票啦，祝我好运吧！"

曼曼姐姐。

侯曼轩嘴角勾起了一抹笑，但很快又消失了。

他们俩都这么叫她，真般配。

My Bride 事件发酵的第三天，龚子途收到了祝珍珍的律师函，但网上还是一面倒地唾骂祝珍珍。不管三方怎么撕，这件事对赫威集团损失都极大。赫威高层与公关团队叫上侯曼轩，再次紧急开会后，便约了祝伟德和祝珍珍到公司见面。

祝伟德是一个四十六岁的男人，及肩的自然卷长发扎成了一个马尾，露出五官大气俊美和瘦长的脸颊，很有流浪艺术家的气质。他的眼神却一点也不颓废，反倒时时笑着，自带满满的桃花。他的衬衫领口敞开，露出隐约的胸肌，袖子卷起来，露出一截自带棕色汗毛的精壮手臂，就连名品西装也被他穿出了不羁的腔调。他已经退出歌坛很久，四年零七个月没有拿过麦克风，但岁月的流逝仿佛和他没什么关系。他和二十几岁时的差别，也就只有眼尾多了不甚明显的几根细纹。看得出来他心态很好，过得也很滋润。就连女儿出了这么大的事，面对"罪魁祸首"的公司，他也不曾露出半点不悦。

"祝先生，关于这次的意外事件，我觉得很抱歉。"公关负责人先轻微鞠了个躬，说出了早就准备好的开场白，"明明是一场公平交易，没想到因为我司旗下艺人的口无遮拦，害令爱受了这么大的委屈，我们所有人都感到衷心的难过，并向您和令爱再度表示诚挚的歉意……"

不等他说完，祝伟德闭着眼摆了摆手，示意对方安心："事情已经发生，不必道歉。我只想知道你们打算如何解决这个问题。"

祝珍珍情绪激动地说："能怎么解决？我现在在大众面前已经变成'猪狗不如'的东西了。"

负责人又对祝珍珍鞠了个躬："请祝小姐少安毋躁。事到如今，否认龚子途的说法很可能是没用的了。我们想的对策是，公开承认作曲人署名权交易一事并对此坦诚道歉，但也要申明事实真相：这是一起公平交易，而且侯曼轩是自愿与你们交易的，她需要这笔收入做慈善，你们需要用这首歌来安抚即将离世的老人，不论是侯曼轩还是祝珍珍，都无意伤害任何人。"

侯曼轩在心里对那句"自愿交易"嗤之以鼻，但想来想去，这确实是最好的解决方法了。

"不错。合理。"祝伟德用戴了三枚金属戒指的手端起茶杯，轻轻抿了一口。

"您觉得合理就太好了。这件事祝太太也跟我们沟通过，她对这个处理结果也比较满意。"

听到这里，祝伟德被茶水呛了一下："我老婆也和你们沟通了吗？"

"是的，祝太太非常通情达理呢。"

祝伟德用纸巾擦擦嘴，有些狼狈地清嗓子："她只是个家庭主妇，这种事不需要过问她的……算了，不提这个。我就想知道，东万那个小公子是不是会被骂得很惨？"

"子途出国之前就跟我们说过，他愿意承担一切责任。"后面还有一句"只要不伤害到侯曼轩"，负责人没有说出来。

祝伟德冷笑一声："哼，倒是带种。他也该被骂。我闺女就是被他害的。"

负责人暗自松了一口气："这件事我们出发点都是好的，都是为了老人，没想到发生了这一场乌龙，实在有些遗憾。只希望以后不要伤了大家的和气吧。"

"那不会。这个圈子的人都知道，我祝伟德可能没什么本事，却很好说话。"说完，祝伟德对侯曼轩投去一个迷人的微笑，"这件事侯小姐也是受害者，辛苦了。"

侯曼轩也回应了他一个礼貌的笑："谢谢祝伟德先生，我母亲是您的粉丝，尤其喜欢您的《临别的夜》，她说这首歌是华语乐坛最深情、最伤感的歌。"

"这么巧，我女儿也是侯小姐的粉丝。"祝伟德拍了拍祝珍珍的肩，"珍珍，你不能小家子气，要好好和侯姐姐相处，继续向她学习，以前有多崇拜她，现在还要多崇拜她，知道吗？"

他一边说着，一边留意着侯曼轩的长相。总觉得……有点眼熟。但又说不出来在哪里看到过。想了想，可能是因为侯曼轩曝光率高，才给他这种错觉。

祝珍珍不情不愿地"嗯"了一声。

其实，她从小就被同学、家人说长得像侯曼轩，所以以前一直挺喜欢侯曼轩的。刚开始学化妆那会儿，她也是翻出侯曼轩各种风格的照片化仿妆，更被人说成简直是一个模子印出来的。可是，真正进了圈，见过侯曼轩本人，她才知道明星真人的脸果然比电视上立体很多、小很多。上镜以后的她依然像侯曼轩，却是肥胖扁平版。

为此，她拿着侯曼轩的照片去了一趟韩国。医生说，侯曼轩是天然美女，眉眼之间改动一点都会破坏美感的协调轮廓是当今整形技术无法达到的，只能尽量模仿。经纪人得知这件事立刻杀到首尔阻止她，说模仿别人永远都无法成为更好的别人，不如调整自己从而成为更好的自己。所以，他们安排医生为她重新设计微调方案，为她做了减龄效果显著的自然整形。她整得很成功，是属于那种只能让人察觉变美了，却看不出哪里变了的最高境界。而且，市场很吃这种山楂树之恋的清纯风格，她靠脸一炮而红。这之后她反而没有以前那么像侯曼轩，也渐渐享受不再模仿别人、做自己的快乐。现在被父亲旧事重提，心里难免有点不舒服。

相比较祝珍珍的小家子气，她父亲的表现就显得太讨人喜欢了。谈话结束之后，赫威的员工都在背后大肆赞扬祝伟德人品好、心胸开阔、平易近人，没有一点娱乐圈大哥的架子，也因此不太信龚子途那套祝伟德胁迫侯曼轩的说辞。

这一日，祝珍珍一路从公司埋怨到了家中。她不满意这个结果，只想要让所有人觉得曲子依然是她写的，她是最无辜的。祝伟德一直耐心哄她，安慰她，跟她讲人生不可能万事如意，做人要能屈能伸。

进入家门后他两对话才进行到一半，一个苍老而严厉的声音就传了过来："你们还嫌脸丢得不够多吗！"

说话的老太太头发全白，衣着华贵，眼神坚毅而清晰。她一开口，祝伟德和祝珍珍都吓得不敢说话。这个老太太是祝珍珍的奶奶。她与祝老爷子一辈子恩爱如初，但葬礼上全程笑着安慰大家，是一个年近八十做事依然雷厉风行的老人。

"要不是今天看了报纸，我还不知道，我和老祝都养出了一堆怎样的废物后代。"祝老太太把一卷报纸扔到了祝伟德身上，"你脑子里都装了些什么，居然想出这种抢劫的方式来安慰你爸？你觉得他在九泉之下，想看你做这种缺德事吗？"

祝伟德接住报纸，赶紧上去扶住老太太："妈，您别生气了，儿子知道做得不好，但这不都是为了爸……"

"别碰我，我火大着呢！"祝老太太把手抽出来，瞪了他一眼。

"是，您教训得对，是儿子管教无方。"

祝伟德高大威猛的个子瞬间像矮到了一米五。旁边的祝珍珍也垂着脑袋，想打喷嚏都硬憋了回去。祝伟德对女儿使了个眼色，又看了看楼梯，她便心领神会地小步上楼躲进卧室，避开了这一场"皇祖母"政治课的残酷洗礼。

祝老太太看着孙女跑掉，也没打算留下她，只是把一肚子火全都发泄在儿子身上："看看你爸、你姐和两个哥哥的人品，哪一个不是光明磊落、高风亮节，怎么到了你这里就成这样了？一天到晚不学好，背着珍珍她妈跟那么多女人鬼混，每次都要我们给你擦屁股，你都多大岁数的人了？"

祝伟德嬉皮笑脸道："妈，我这不也是三个儿子里最有出息的一个嘛。"

"我宁可你没出息，也不要你人品败坏！"

"小风流而已，不属于人品败坏。"

"那你最近做的这档子事呢？！"

"那也是为了爸，事搞砸了，但本意是好的。要是爸不是妈最爱的男人，我才没这心思管他呢。"

"就知道说好听话，你以为我会饶过你吗？"话是这么说，祝老太太的神色已经缓和了一些，"虽然你已经不再唱歌，但也不要荒废了你一身才艺。瞧瞧阳台上的架子鼓，灰都快有一厘米厚了。你年轻时那种热爱摇滚乐的热忱呢？"

"好的，妈，我明天就开始练习。"

祝老太太掏出一张破旧的纸条："你看看，这是我给你擦架子鼓的时候找到的一张字条，有个电话号码，是不是用得到。我没戴老花镜，这写的是什么……吕什么秋？"

头四秒的时间里，祝伟德都对这个名字完全没反应。到第五秒，他忽然身体一僵，把字条抢了过来："这是谁？我怎么一点印象都没了。"

"你别给我装。不会是你在外面又一个女人吧。"

"当然不是，如果是记了电话的女人，我怎么会一点印象都没有呢。"他脸色难看至极，笑得无比勉强，"我上去查一查是什么人，妈您早点休息啊。"

刚一转过身，祝伟德的笑容就烟消云散，转而变成了一种阴霾而惶恐的神色。他一路狂奔到二楼卧室，从保险柜里拿出一把钥匙，再冲到三楼的书房，在长排书柜右下角找到一个上了锁的小门，用钥匙打开。里面有一个已经被尘埃染成了灰色的小盒子，拂开灰尘时他被呛得打了个喷嚏。然后，他从一堆明信片、旧照片中，找到了一张陈旧的母女合照。

照片上的女人因面部骨骼太美而有着惊艳容貌，却穿着和相貌很不相称的朴素衣服，而且一看眼神就知道不好惹。而她怀里抱着的女孩，大眼睛、小下巴，轮廓柔和，眉目间却有一种轻微傲慢的不屈之色。他盯着那个小女孩看了几分钟，觉得背上冷汗直冒，然后上网搜了搜"侯曼轩小时候的照片"。几十张小曼轩的照片出现在屏幕中央，他随便点了一张看，嘴唇抿成一条缝，颓然坐在了椅子上。

十分钟后，他打了一通电话给下属："帮我调查侯曼轩的背景，最好是黑历史，越详细越好，但要低调别张扬。尤其不要让我妈还有珍珍她妈知道。"

第二天，赫威娱乐发布了道歉申明。侯曼轩、祝珍珍分别转发。大部分网民对此的态度都是"贵圈真乱，谎言太多"，小部分网民还是在针对这几个主人公，但不管怎么说，总算让持续了好几天的网络骂战平息了一些。

龚子途是最倒霉的一个，被冠上了多管闲事抹黑姑娘名声的名号，很多年纪稍大的男生都很看不惯他，冰火饭和唯兔粉却比以前更加坚定地支持他，并且相信他说的每一个字。

可是，他本人却不怎么在意别人怎么看他。他只想知道侯曼轩近况如何，自己是不是能回国了。

然而，龚子业的答案是 no。

而从龚子途离开以后，戚弘亦整个人都变了。每天早上他都会发消息给侯曼轩道早安，只要是时间允许的情况下，每天都会到侯曼轩工作地点接她，亲自开车送她回家，顺便向她汇报自己当日的行踪。目送她回去以后，他又会在楼下一直静静等着，看见她卧房的灯熄灭，发消息跟她道晚安才会离开。休息日，他会带她见自己父母以外的亲人，并且游说他们说服父母，侯曼轩是个好女孩，是他一定要娶回家当媳妇儿的，希望他们能接受她。

他再也不对她输送负能量了。传递给她的，只有无限的体贴与嘘寒问暖。一切都像回到了最初，他们刚刚热恋的时候……确切说，他比热恋时还要好。

同一时间，侯曼轩通过福尔摩斯·郝，在网上找到了秦露的微博。秦露果然追到瑞士去了，还拍了很多照片：她住在琉森湖旁，拍摄了冷空气中发光的蓝天与白云、梦一般的群山和湖水；她坐在码头上快乐地笑，为湖中颈项美丽的天鹅投食；站在山上往下看，大片童话般的楼房镶嵌在棕灰色的树林中，房顶上均匀厚重的白雪就像是楼房本身的砖瓦；夜里，黄金灯盏点亮了写着"CASINO"的城堡式建筑；她在铁力士雪山上，戴着亮黄色的高山镜，穿着大红红的滑雪服，对着镜头比了一个大大的"v"……每一张有她的照片都足以说明，她不是一个人去的。

侯曼轩翻遍了她所有的照片，终于，目光停留在她的滑雪自拍照里：她举着相机，对着镜头灿烂地笑，而她的身后，龚子途穿着同样的滑雪装备，正在整理脚下的滑雪板。虽然戴着高山镜，但侯曼轩一眼就认出来是他。

看到这里，侯曼轩关掉了微博。龚子途找她聊天时，她对照片的事只字不提。但第二天起，每天都忍不住打开看一次，然后很没出息地到处寻找龚子途的身影。

开始，侯曼轩还以为戚弘亦只是因为她快被人抢走了才这样殷勤，过两天就会变回去的。但三天过去，五天过去，一周过去，两周过去，直至快一个月过去，他都没有改变。有一天，她在车里终于忍不住好奇说："谢谢你这段时间对我这么好，我觉得很受宠若惊。但我还是想知道，你打算保持这个状态到什么时候？"

"到这辈子结束。"他回答得轻轻松松。

"不可能。"

"那我们来打赌。你不用接受我，冷眼旁观做考核就好。看我能坚持多少年。"

"我不懂，我们之前那么多年都是僵持着过的，为什么现在突然……"

"因为我贱，也不坦率。直到要失去你，才知道自己做错了多少。"他语气中满满都是对自己的厌弃，"可是不管怎么贱，心里都知道自己对你的感情。曼轩，我是爱你的，也是认真想把你娶回家的。只要你愿意重新接受我，外人看来你有多幸福，我就会给你多少幸福。"

早已因失望冰冻的心开始轻微融化了。而龚子途走了一个月，她也度过了最思念他的阶段。

这一天回到家中，她又一次在秦露的微博照片上看到了龚子途的侧影。底下有一个和秦露同类型的富家小美女评论说："怎么你照片里这个人这么像那个谁啊，他现在也在国外，你们俩不会到现在还在一起吧？"

秦露的回复是："嘻嘻，幸福死了哦。保密保密。"

"那 C 那个怎么办呀？"这个女生指的应该是 COLD 队长。

"早分啦。有了他，谁还管 C 哦。"

"噗，你这是要睡遍某圈的节奏，宝贝露，艳福不浅哦，墙都不扶就服你。"

看到这里，无名的怒火快把侯曼轩烧死了。关掉微博后，她做什么都无法集中精神，这一天也因此变得特别漫长。晚上收到龚子途的消息，她也根本不想回。他打了一个语音通话，她没有接，过了半个小时，他直接打了国际长途电话过来，她躺在床上发呆，还是当没听到。又过了半个小时，她才不情不愿地接了："喂。"

"曼曼姐姐，我打扰到你了吗？"

"今天有一点点忙。"

"在忙什么呢？"听到她的声音，他的语气都变得轻快了许多。

"刚才在和戚弘亦吃饭，现在刚到家。"

短暂的沉默后，龚子途声音低了一些："……国内现在是晚上十点一刻了吧？"

"嗯。"

"吃这么晚？一直和戚弘亦在一起？"

"嗯。"

电话里只剩下了一片死寂。侯曼轩猜想，他可能下一个问题会是"你跟他不是形式男女朋友吗"，如果这样，她该如何回答？直接告诉他自己在考虑和戚弘亦和好？这样可能会毁掉他们之间的关系，可是，也该做一个了断了吧……

没想到她还在犹豫着，电话里那一头传来"嘟嘟"两声忙音。再看看手机屏幕，显示已结束通话。

之后，暖色的灯光也无法抵御窗外寂夜的冰冷。只有钟声嘀嗒嘀嗒的声音让她知道世界还在运转。脑中空白了大概有五分钟，她才蜷缩起四肢，把头埋入被窝里。

不要想了。不要再想了。

Act. 10   还不都是套路

那之后，龚子途就没有再主动联系过侯曼轩。

悄无声息地，冬季渐次降低大地的温度，汲取土壤里的水分。梧桐树脱尽落叶，冻云晨霜把城市洗礼成了冷冰冰的冬霖之灰，平安夜也还有两天就要到来。

除了圣诞节当日的表演，侯曼轩的通告不多，大部分时间都在家里休息。大片时间的闲来无事，让她更加无法控制地去想龚子途在做什么。翻看他的朋友圈，他也是完全消失状态。于是，她只能在网上搜索龚子途的名字。结果出现的全是关于他出国休假的新闻。于是，她又打开 × 站，国内知名的视频弹幕网站，随手输入了"龚子途"。

其中一个视频的标题是"申雅莉打电话给 BLAST 撒娇，龚子途全场最佳"。

侯曼轩好奇地点开看，原来是综艺节目里的恶作剧环节，嘉宾是著名超级大美女兼影后申雅莉。她打给唐世宇时，唐世宇仿佛进入蒙圈状："真的是申雅莉？你为什么会给我打电话……"

申雅莉把声音放得甜甜的，还特别入戏地眨巴着眼睛："是呀，糖糖，我在音乐电视台看到你的表演，觉得你好帅啊，所以特别打电话来告诉你一声。"

听见梦中情人来电，唐世宇话都有点说不清楚了："我我我……我可以找你要签名吗……"

蕴和的反应分别是"咦，今天中六合彩了吗"和"哈哈，雅莉姐姐居然这么可爱"；孟涛的反应分别是"雅莉姐好"和"雅莉姐是在录制综艺活动吗"；泡菜欧巴的反应分别是"雅莉姐姐晚上好"和"撒浪哈密达"……总之，反应都比较正常。然而到了龚子途，画风就变了。

打给龚子途，申雅莉先温柔地做了开场白："是龚子途吗？我是申雅莉，从姜涵亮那里要到了你的电话号码呢。"

"噢。"没了后文。

"子途，我在音乐电视台看到你的表演，觉得你好帅啊，所以特别打电话来告诉你一声。"

"谢谢雅莉姐，不过你的声音怎么了？"

申雅莉呆了呆："嗯？我的声音？"

"你为什么要捏着嗓子说话？不舒服吗？"

除了申雅莉，全场所有主持人和嘉宾要么忍笑，要么无声爆笑，要么就是捂着嘴、浑身颤抖。申雅莉一头黑线，但还是坚强地继续演下去，可怜巴巴地说："啊，好难过，子途不觉得这样会比较可爱吗？一点点都没有吗？"

"是在练习给动画片鸭子一类的动物角色配音吗？"

"我是在撒娇啊，撒娇，子途你怎么可以这样子说人家啦！"

就在电话那边的无声长到大家都以为断线的时候，龚子途终于痛苦地说了一句："雅莉姐，我还在跟蕴和打游戏，就先不跟你说了啊。"然后挂断了电话。

申雅莉做了一个扔话筒的动作，女汉子真面目暴露无遗："蕴和这么短的时间里就穿越空间到他那里和他打游戏了吗？！"

主持人快笑抽过去了："公子兔长得这么美型却单身的重大谜题可以解开了？人家是凭实力单身的。"

侯曼轩发现自己和所有人一样，都乐得哈哈笑出声来。

看完这个小片段，她又顺着相关视频，看了一些其他龚子途的综艺片段，发现他真是无论在什么场合都是本色演出。

一个户外节目里，他、吴应、唐世宇一起打羽毛球，先是他和唐世宇打。两个大长腿门面打羽毛球原本是很养眼的画面，但时间持续得实在太短了，龚子途不会羽毛球，只会网球，总是把羽毛球扣在地上，不到一分钟就被淘汰出局。换吴应上以后，他和唐世宇打得都好又稳，他撑着下巴，百无聊赖地跟着羽毛球摇脑袋，摇了四分四十二秒，摇得侯曼轩眼睛都花了，而那两个人还在老年人一般颇有耐心地一下下打着。意识到镜头对着自己，龚子途露出一脸中央电视台主持人的微笑："手动字幕，十年后。"

看到这里，弹幕里一片"哈哈哈哈哈哈哈哈"和"奶兔肯定上 × 站，野生字幕吐槽君哈哈哈哈哈"，侯曼轩也再一次跟着笑起来。

最后，吴应以一记非常漂亮的反手扣球击败了唐世宇。龚子途笑得眼睛都没了，从椅子上跳起来，在 *We are the champions* 音乐的伴奏下飞奔过去和吴应击掌，差点把吴应拍倒在地上，最后还做出了奥运会选手获胜时的动作和表情。本来这样已经很二了，节目组还更二地给他们弄了一个颁奖台。唐世宇和龚子途站在亚军、季军的位置，吴应站在冠军的位置，三个人身高居然没有差太多。然后，又出现了许多有意思的弹幕。

"这颁奖台，这腿长，感受到了节目组对暖宝宝深深的恶意……"

"天哪糖糖和奶兔的腿快比我都长了！"

"被两个门面夹在中间的感觉一定很销魂，抱走 wuli 可怜的暖宝宝。"

"表示 BLAST 门面只有糖糖一个人，不服来辩。"

"唐世宇只是在 BLAST-F 算得上门面好吗？"

"糖糖天使桃花眼亲和力爆棚美颜盛世，龚子途下三白算什么门面。"

"智障啊，贵族兔就是眉眼最好看，你懂不懂美学啊，他如果不是秀长三白眼，怎么会给人昏昏欲睡高贵疏冷的感觉？海龟学霸气质容貌智商满分全团唯一门面不解释。"

"你才是智障，龚子途一点亲和力都没有，一点都 get 不到他的颜。我妈都喜欢世宇。"

"奶兔笑起来很暖的，你家唐某就是个师奶杀手，有什么好骄傲的。"

"前面两个毒唯你们有毒吧！一个团的有什么好撕的？要撕出去撕！"

"不喜欢毒唯，但认同兔子眉眼好看，西方人的眉骨，东方人的眼睛，我是暖宝粉都吃兔子的颜。当然世宇也很赞，可卖萌可霸气。"

侯曼轩撑着下巴，拖进度条，又回去看了看龚子途。原来他给人第一印象冷漠、叛逆又分外抓人眼球的原因是这一双眼睛啊。尤其是拍摄 MV 的时候，他很少笑，总是冷冷的样子，特别有气质。可是在私底下，他笑起来又很暖、很可爱……再看看身材，虽然他和唐世宇比例差不多，唐世宇的身板还比他厚实一些，他显得有一点点单薄，但他的肩更宽，怎么看都是他更好看吧。

于是，她也跟着发了个弹幕支持龚子途："喜欢兔兔的颜，兔兔加油！早日回国！"

这一条弹幕被淹没在了爆屏的几千条弹幕中，无人理睬，无人回应。她当了十多年明星，从未有机会追星，这还是第一次发现，喜欢一个有魅力又遥远的偶像，连和他对话的机会都没有，只能和无数粉丝一起产生共鸣，原来是有些寂寞的。

她锁上手机屏幕，躺在床上，闭上了眼睛。

现在的子途在哪里，在做什么呢？回来的时候，可能他们已经形同陌路了。这样也好，因为无法接触，所以不用抱有期望，所以觉得如释重负。以后减少和他的接触，默默当一个背后支持他的姐姐粉就好。

一觉睡醒，她看到手机上有微信新消息提示。随手点开一看，发现蓝色领带兔子头像右上角多了个红色的圈圈，消息预览是一张图片。她一下睡意全无，立即打开消息。

那是一张从滑雪场拍摄的雪山照，阳光把冰蓝色的山也涂抹成了金色。这满照片的阳光把侯曼轩的心窝都照得暖暖的。她秒回："去滑雪了吗？"

"嗯，我滑得很好的，以后可以教曼曼姐姐。"

"好啊。"

就这样，他们俩和好了，但龚子途的热情也消退了很多，不再像前两天那样频繁联系她，只是睡觉时发个晚安而已。这感觉反而比完全不联系还让人难过。

刚好第三天是平安夜，侯曼轩觉得不能继续闷在家里胡思乱想了，于是去鹤寿养老院忙了一整天。这之前，戚弘亦给她打过电话，问她要不要一起过节。在中国，平安夜基本上可以和情人节画等号，他这么找她，应该是有所准备的。可是哪怕理智已经告诉她应该去见戚弘亦，感性上她依然没做好准备。

直到晚上八点，龚子途才发了一条消息给她："曼曼姐姐平安夜快乐，我正在家里准备今天晚上的大餐。姐姐在忙什么呢？"附图是满满一桌的火鸡、金沙包、大块芝士、蛋白饼干、烧牛仔肉、猪腿、布丁等圣诞晚餐必备佳肴，还弄得有模有样的。

算了算时差，苏黎世还是下午，他可真勤奋，也不知道会和谁一起过……不想了不想了。

侯曼轩回复说："在鹤寿，今天我也没什么事。"

她一直在养老院忙到了晚上十点二十，等所有老人都睡了，连鹤寿的工作人员都劝她早些回去，她才筋疲力尽地换好衣服，开车回家。

国内一样，下了一个晚上的雪了。在室内观雪景，是隔靴搔痒，无法完全体验都市的雪景。一路开车穿梭在钢筋水泥的丛林中，才是真正进入了冬雪的幻境中。在霓虹的照耀下，雪光让人头晕目眩，枯树生辉，飞雪洋溢，有一种神秘、磅礴又悲凉的寒战之美。

路过一个广场，中间放了好大一棵圣诞树，但此地竟然无人问津。推算一下，最冷的时候应该是还遥远的一月底，但现在又是流行感冒最嚣张的时期，所以除了甜腻的小情侣，大部分中老年人是不愿在街上逗留的。而且这里太偏僻，雪又太大，年轻人都去了市区，这个广场就显得有些孤单了。她觉得自己和这棵树很有缘，都在这一天精心打扮过自己，但最后都是独自过完了这个原应与人相伴的节日。所以，她把车停在一边的停车场，然后下车走到广场中央。

雪下得那么大，但是除了偶尔吹过的夹雪花的冷风会让她缩一下脖子，她居然不怎么感到冷。她慢慢靠近圣诞树，发现上面已经有了厚厚的积雪。

这应该是她在国内看过的最大的圣诞树了。她把它拍下来，发给龚子途看："你看，这棵树好不好看？"

"好看，不过我觉得雪景更美。"

因为天冷，打字不利索，侯曼轩直接发了语音过去："瑞士没下雪吗？"

"没有呢，今天是晴天。在冬季，我还是喜欢雪天。"

"记得第一次和你跳舞那个晚上，好像雪也这么大。那天你可真抗冻，穿的是白衬……"她说到一半，就把手指往上一划，取消发送。

确实，她很怀念第一次和他共舞的晚上，也记得他穿着白衬衫王子般朝她走来的那一刻。

她多想让他知道她还记得那个晚上的所有细节。

可是，怎么可以再让他知道她还记得？不管他是否对秦露还有感情，秦露是陪伴他的人。而自己只能在这里，陪着这棵树。

"我也喜欢雪天。"说完还是取消了发送。还是暧昧。

"我好像不太喜欢雪天，我们俩无缘哦。"再度取消。前两天才闹过不愉快，现在哪怕她决定斩断两人的联系，也舍不得刻意把他推开。

"子途，你在做什么呢？我准备回家了，先不跟你聊了，你早些休息吧。"再度取消。舍不得道别。也不愿过没有他陪伴的后半夜。

尝试录了八条，她最后还是什么都没发。在这个噪音说话的时代，难得寒气使得万物都变得宁静祥和，于是风雪声成了世间唯一的情话。她抬起头，静静地看着圣诞树发呆，任深黑夜空中旋转飘落的雪片覆盖了她的视线、她的睫毛。

这时，她又收到了龚子途的语音消息："这棵圣诞树确实很漂亮，曼曼姐姐，你再走近一些拍一张清晰的给我可以吗？"他说话的声音很轻，就像旁边有人，怕打扰到别人一样。

听到他声音的刹那，眼泪立刻充盈了眼眶。

他跟谁在一起呢？是秦露吗？算了，都不重要。她太想他了，想到只听听他的声音都感动得想落泪。

她擦掉眼泪，又回放了两次他的声音，便打开相机，朝圣诞树走近了几步，想从下往上把它框在镜头里。但是，她从相机里看到树下另一侧多了一个身影。她愣了愣，但还是用拇指和食指在手机屏幕上做了放大指令，镜头里的人也像有所感应，回过头来，对她微微一笑。

雪下得太大，那个人穿着卡其色风衣和灰色高领毛衣，虽然瘦高，却有着模特般的宽肩，身影也随着雪花与灯光明明灭灭。

她只觉得自己产生幻觉了。可是，她又很怕幻觉会消失，只是盯着镜头看了半天，看见他朝着她的方向轻轻摆了摆手。

终于，侯曼轩放下了手机，直接看向树下的位置。

不是幻觉。龚子途真的站在那里。

"你……你回来了？"

她故意提高了音量，但风雪声太大，他把手心放在耳朵后，将耳朵对着她，然后朝她大步走过来。

"好久不见，曼曼姐姐。"他在她面前停下，保持了一定的距离。

大雪落在两个人的头发上，很快就滑落在肩头。龚子途没做发型，三七分蓬松刘海自然地落在凌厉的眉梢，风吹来时还会飘逸地颤动，低头看着她的眼神好温柔，看上去离她很近很近，近到像是可以共度一生的那个人一样。

"你不是还在瑞士吗？"侯曼轩惊讶于自己的情绪隐藏能力，说话声音还是如此稳。

"和你打完电话立刻就买票回来了。今天本来想给你个惊喜的，但你忙成这样，今天都快过了。"说到这里，那双满满都是温柔的眼睛里多了三分不悦，"所以，最近你还是和戚弘亦在一起？"

"嗯。"

"打算和他和好了吗？"

听他这个说法，好像是知道自己与戚弘亦曾经有过感情。侯曼轩本来好奇想问，但怕两个人之间有更加越界的对话，干脆点点头说："……嗯，他是最适合我的人吧。"

"不错。"龚子途笑了笑，目光灰暗了几秒，又笑了起来，"挺好的。祝你们幸福。"

祝你幸福……这大概是最动听也最果断的告别语。他们之间还没开始的故事，到这里就结束了吧。没有任何证据，没有任何痕迹，甚至连当事人想证明他们有过什么都做不到。不过，这样已经是最好的结果。

想到这里，侯曼轩释然了，微微一笑："你也一样啊，祝你和秦露幸福。"

龚子途一副很无聊的样子："我和她可是一点关系都没有。不知道她怎么找到我的，一直跟着我，甩都甩不掉，缠得我烦死了。"

"哈哈。"侯曼轩迎合他继续笑着，实际上，除了黑夜中他的轮廓什么都看不到。就连漫天飞舞的雪花都无法干扰她。

飞雪如岁月，脚步匆匆走过，便只剩下了过眼云烟。龚子途伸手接了一些雪，感受微微刺痛他的冰凉雪花在手心化去，又握了握拳。他似乎也跟她一样，进入了舍不得却不得不做告别的阶段："既然你和男朋友发展得不错，那我也没什么好操心的了。开始我还以为他强迫你呢。"

"不会的，弘亦对我很好。"

子途，真的是很好的男孩。可惜不属于她。

"曼曼姐姐的车就停在那附近吧？"龚子途看了看广场旁边的停车场，那里只有孤零零的三辆车。

"嗯。"

"那曼曼姐姐早点回去吧，你现在有男朋友，我就不送你了。要打电话让他来接你吗？"

"不用，这里离我家很近的。"

龚子途笑得很灿烂，即便在夜晚也像天使一样："那路上一定注意安全。"

话是这样说，他似乎没有离开的打算，只是站在原地，想目送她上车。想到这两天她都能在弹幕上跟粉丝一样对他各种表白，侯曼轩就觉得心里一阵难过，抬头看看他，小声喊道："兔兔。"

"嗯？"他目光转向她，满眼认真。

她笑了笑，本来只想道别，但对上他的双眸，她只觉得整个冬季的雪都随着她的心融化了，连身体也突然炽热得可以抵御所有寒冷。这份炽热把她的脑袋也烧了般，她不自觉地说道："其实这两天，我有点想你。"

他微微一怔，没有说话。

她也怔住了，为自己的失控感到懊悔，气得想扇自己一个耳光。开口说了什么瞎话，怎么就这么管不住自己的嘴！她眉心拧了一下，在心底仰天长叹，赶紧摆摆手补充道："啊，我的意思是，我这个姐姐很长时间没见到你，有点不习……"

那个特别强调的"姐姐"是真的尴尬。她还是赶紧住嘴回家吧。可是心里这么想，却控制不住那一份已经溢出来的、无可救药的思念。

"觉得不习惯。"她放弃了，不想再演了，只是垂下头去灰心丧气地做垂死挣扎，"但姐姐工作很忙，一个人也不寂寞，还是挺开心的，今天一天过得也很充……"

忽然一片黑影落下，双唇被什么东西堵住了。

等她意识到那是龚子途的嘴唇时，他已经身体前倾，捧着她的头，低头轻轻碰了数次她的唇瓣。然后，她听见了他带着急促呼吸的声音："我也想你。"

就像火山上方的冰层被撞破，他之前的所有礼貌、隐忍和客气也都被撞得粉碎，只剩下了蓬勃溢出的爱意。不等她回答，他已经一只手把她搂到了怀里，又低头吻了吻她："曼曼，我也想你。"

"你，你……"她用小到连自己都快听不到的声音说着，心这才迟钝地剧烈跳动起来。

可是，她连把话说完的机会都没有，就已经又一次被他吻住了。这一回浅浅碰一下唇已经满足不了他，他用舌尖舔了舔她的唇瓣，撬开她的唇，迅速捕捉到了她已经僵住的舌。

她吓得立即往后退，但依然来不及，后脑勺被一只大手强行按住，双手被禁锢在他宽阔的胸膛前，只能迎接他热情到有些粗鲁的深吻。

她浑身麻痹，连手指尖都像被重物压了几个小时一样，快麻到失去知觉了。

到底发生了什么？

刚才他们都说了什么，现在他们在做什么……

这是不对的，这样的事是不应该发生的，最后的理性在这样告诉她。但没办法，火山彻底爆发了，滚烫的岩浆把两个人融化得难舍难分。没有人还意识到这是一个寒冷的雪夜。

"子途，这不对，我们不应该……"趁着喘息的间隙，她退了一些，觉得自己快被过度强烈的感情吞噬了，想要挣脱这个旋涡。

"别说话，不要躲。我不想再等了。"他一边命令着，一边用温柔的吻哄着她，"我爱你。"

她一下就哭了出来，眼泪止不住地流。

子途，你好过分。我完了。

从第一眼见到他时，她就知道心底的悸动是不祥的征兆，她得控制好自己。没想到当这一天真正到来，她不仅控制不住心，连身体都不像是自己的了。

雪花在夜晚是如此莹白璀璨，就好像天上所有的繁星一起落了下来。路灯是城市的眼睛，纯粹地、温柔地凝视着每一个途经的路人与车辆。一如这么多年来，他在她不知道的地方，温柔地凝视着她。

这一份温柔却是残酷的，没收了她的主权与自由。

十二月二十六日早上七点四十分，侯曼轩因为前一天没休息好，在去赶通告的路上一直恹恹欲睡，随意翻了翻手机，被一条新闻吓得完全没了睡意——"龚子途和侯曼轩共度圣诞节，两人亲昵状神似情侣"。

糟了，前天和龚子途在圣诞树下接吻，难道被拍了？想到吴应跟 Alisa 的绯闻和负面影响，侯曼轩只觉得手心都在冒冷汗……

但是点开看完新闻，她松了一口气。原来是个标题党，新闻配图也是前夜赫威圣诞晚会演出中她和龚子途共舞《嫁给你》的照片。大致意思是说，龚子途当练习生时还是个白白嫩嫩的少年，现在长高了很多，越来越成熟，气场居然镇得住流行天后侯曼轩，还能和前辈姐姐营造出一种近似情侣的气氛，前途不可限量。

很显然，不管是这个通稿的作者还是网友都没打算好好过节，底下的评论一片骂声。

"新闻能不能好好写？写这种误导人的标题烦不烦呀？"

"想也不是真的。如果是真的，又一个对小鲜肉情有独钟的老大姐吗……"

"请仙兔脑残粉自重。有的不男不女的小男孩，哦不，小姑娘，才配不上我们女帝。"

这些恼人的评论其实都还没什么杀伤力。让侯曼轩觉得头疼的，是当天下午她原本想去舞蹈室练习，结果不小心撞到了有点不太和谐的一幕：Alisa 在练舞，吴应进去看到她，立刻就转身退出去。

Alisa 恼羞成怒了："分了就分了，又不是我们自愿的，你现在看到我就跟撞了鬼似的，是要翻脸不认人吗？"

吴应停住脚步，看着别的地方，疲惫地叹了一口气："没别的意思，只是有点累。"

"你累什么？被骂得最多的人是我！"

"我们俩受到的影响都挺大的。"

"车震"事件曝光后，吴应很多小粉丝脱粉，他在 BLAST 里的人气投票也掉下来了。

其实，不管 BLAST 多红，团队保质期都不会太长，曲终人散、成员单飞是必然的结果。现在公司给每一个成员的资源，也在某种程度上预测了未来几年他们的发展方向：唐世宇有电影，姜涵亮有电视剧，蕴和有大量个人代言，凌少哲有抒情歌而且已经有了单飞的条件，孟涛有综艺节目，嘉默有 T 台走秀，龚子途近期有和侯曼轩同台的大量宣传，应该是会往流行歌手兼舞者的方向发展……而他什么都没有，感觉快变成隐形人了。如果人气状况一直没有好转，估计他的资源只会越来越少。他现在已经快被下滑的事业弄得焦头烂额，没什么心思和 Alisa 扯这些情情爱爱，但每次见到她，她要么是一脸情伤兼深情，要么就是跟遇到杀父仇人似的。这不，她又来了——

"对我们影响都大，但我内心强大，已经挺过来了。而你，除了上镜时强颜欢笑，下来一直都是一副要死不活的样子。"

"Alisa，你没发现那次事件曝光以后，我们都变了吗？"唉，真的好累。

"变的人只有你，我一点没变。你追我的时候不是这样的，第一次哄我和你约会的时候不是这样的，哄我跟你……跟你亲热的时候也不是这样的！"说到最后，Alisa 双手微微发抖，眼中已经有了愤怒的泪水。

之前吴应还想解释一下，现在都懒得解释了。他点了几次头，还是要死不活的样子："好，是我变了，行了吗？"

这个答案并不是 Alisa 想要的，也让她无法继续这个话题。她从椅子上拿起外套和毛巾，飞速穿好，冲出舞蹈室，借擦汗的动作顺带擦去了眼泪，同时撞到了侯曼轩。

看见侯曼轩，她先是一愣，然后自嘲地笑道："曼轩，我现在觉得黑粉说得没错啊。只有你最聪明，合作过那么多颜值爆表的男艺人，但跟谁都不多废话，还是和戚弘亦稳定恋爱，准备结婚。而我就是个彻头彻尾的傻子，赔得本都不剩。"

侯曼轩拍拍她的胳膊，以示安慰："黑粉的话不用放在心上，你自己开心最重要。"

"我不开心！我真的不开心！当我被那么多人谩骂的时候，他在哪里？他不仅没有保护我，还反过来觉得是我的错！既然如此，当初为什么要追我？！"她委屈得哭了出来，声音不小，似乎是有意说给吴应听的。而吴应听到这里，脸色很不好看，目不斜视地走出来，和她们擦肩而过。

Alisa 出道时间不短，但到底只有二十三岁，抗打击能力没有她想的那么强，因此哭得更伤心了。侯曼轩也觉得挺心疼她，上前去给了她一个轻轻的拥抱。她用力回抱着侯曼轩，跟被欺负的孩子似的，眼泪哗啦啦地往下掉："曼轩，相信我，我不是那种随便的女孩。他以前真的很好很好……"

过了一会儿，一个声音从舞蹈室的小房间里传出来："还说自己内心强大，大婶，哭成这样谁信你啊。"

侯曼轩和 Alisa 一起往声音的方向看去，是唐世宇。Alisa 擦了擦眼泪："你叫谁大婶啊？"

唐世宇扯了扯嘴角："不是你难道是我女神？"

"你叫我大婶？你说，我哪里像大婶了！"

"刚才一直缠着吴应说那么多，简直就是个祥林嫂，叫你大婶，不冤枉你吧。不就是被吴应给睡了，都什么年代了，有必要整得这么惨烈吗？"

"我和他才不是你想的那种关系，他是爱过我的，只是被这件事弄得特别烦，我们俩被逼得不得不分手而已！"

唐世宇半睁着眼睛，好像很困的样子："好好好，你爱怎么想就怎么想吧。反正别哭了，哭得我都心烦。"

被他这么一说，Alisa 刚才的伤心劲消失了："我哭，有让你看吗？我话多，有让你听吗？就算我话多，也是话多的青春美少女，而且我就比你大两岁，如果我是大婶，难道你是大叔？还有，我为什么要被一个见了侯曼轩和申雅莉就犯花痴的臭小子教训啊？"

唐世宇双手捧脸，做出了《呐喊》的表情："难怪唱歌唱得那么好，这肺活量真不是盖的。真不敢想象以后哪个男人会和你共度一生，被这样念到八十岁，鬼故事啊。"

终于，Alisa 再也不念了，反而化悲愤为暴力，怪叫一声，冲上去对唐世宇就是一阵乱打。

平安夜和龚子途接吻之后，侯曼轩就一直很心烦。圣诞节忙了一天通告，晚上又有表演，所以她没时间去想感情的事。看见这一幕颇似前车之鉴的场景，她还是决定找郝翩翩商量商量。

晚饭时间，侯曼轩和郝翩翩还是约在韩国烧烤店见面。

"我就知道奶兔喜欢你！虽然你之前一直跟我说你们只是朋友，但你提到他的表情、眼神，完全把你出卖了。你听过一句话吗，世界上有三种东西是藏不住的，贫穷、爱情和咳嗽！"郝翩翩热血沸腾地一拍桌，激动得好像才中了五百万。

侯曼轩思考了两秒："等下，翩翩，他喜欢我和我提到他时的反应有什么关系啊，逻辑呢？"

"好吧，我的意思是，你们俩是互相喜欢的。"

虽然郝翩翩说的是早已心照不宣的事实，但被直接这么捅出来，侯曼轩还是觉得有点刺激。她捂着头说："这种儿女私情真的很影响我行走江湖。"

"所以你现在是在烦什么呢，戚渣渣是吗，他想和你复合？"

侯曼轩帮郝翩翩把烤熟的肉片放在新鲜菜叶上，缓缓说："嗯，我对戚弘亦这个人已经挺了解了，和熟悉的人结婚，可以避免掉很多麻烦的过程，例如重新认识，重新了解，重新磨合性格什么的。"

"那你还喜不喜欢他？"

"爱情肯定是没有了，我现在对他更多是有些念旧，有些心软。"

"那结什么婚，都不爱了。"

"因为合适而不是因为喜欢而结婚的人还少吗？"

郝翾翾正准备把用菜叶包裹的烤肉送到嘴里，听到侯曼轩的回答，动作停了下来："我的宝贝，你要钱有钱，要名有名，要美貌有美貌，要才华有才华，就缺爱情了，然后你现在跟我说，你不想为爱结婚？你是认真的吗？"

"可是很可能为了爱情结婚，其他的东西就没有了。"

"跟戚渣渣分手风险真的有那么大？"看见侯曼轩眼神凝重地点头，她也有些担心了，"那你喜欢奶兔吗？"

只是听到这个问题，与他接吻时灼烧的感觉已经优先于思考侵蚀了她的身体。侯曼轩晃晃脑袋，还没来得及回答，郝翾翾已经一脸的看穿一切："好了，不用回答了，又是一个表情解释一切的答案。其实，曼曼，我一直觉得你和戚弘亦的问题和奶兔没什么关系。"

"为什么？"

"你和戚弘亦实际上已经分手那么多年了，说是为了事业也好，他占着你男朋友的位置、不让你有机会接触其他男生也是事实吧。如果你还想遇到爱情，不管跟不跟奶兔在一起，都应该和戚弘亦有个彻彻底底的了断。你总觉得自己跟理想的爱情无缘，并不是因为你爱情运不好，而是好男人都不知道你其实是单身呀。综上所述，你之前想跟他分开的决定，我是举双手双脚赞成的。"说到这里，郝翾翾才总算把都快凉掉的牛肉塞到嘴里，津津有味地吃起来。

侯曼轩陷入了沉思："你说得有道理。"

"至于奶兔到底怎样，他够不够喜欢你，有没有和你谈恋爱的意思，也很难说吧。我也不能因为是冰火饭就偏袒他，找个机会把他带出来让我看看吧，想打我曼曼宝贝的主意，还是要过了我这一关才行。"

"确实，他或许只是一时头热。我试试看问问他的意见吧。"

侯曼轩拿起手机，编辑了一条消息，再给郝翾翾看。郝翾翾挥挥手，帮她改了几个字。她又皱着眉摇摇头，再改了几个字。最后发出的消息是："兔兔，我和闺密正在吃饭，聊到你了，她是冰火饭，想见见你本人，哪天等你有空了，可以和我们一起吃个饭吗？"

刚发出去，郝翾翾就抱住了侯曼轩："哇，虽说是闺密考核见面，但想到是奶兔，还是觉得有点小激动啊。你说他的粉丝那么多，他会不会直接拒绝掉啊？"

龚子途秒回了。侯曼轩和郝翾翾面面相觑了一秒，侯曼轩眨眨眼说："他问我们在哪里。"

"哇，不会是今天就想过来吧？我还没做好准备……"

果然，侯曼轩回了烧烤店的名字以后，龚子途的回复是："好，我大概四十五分钟后到。"

半个小时后，烧烤店门口传来了一阵尖叫，然后尖叫声顺势蔓延到了店内。一阵骚动过后，有人敲了敲包间门。郝翩翩动作迅速地过去拉开门，只看到外面挤了一大群年轻人，大部分是女孩，都满面惊喜地拿着手机对着她们的方向"咔嚓咔嚓"地拍照。站在她面前的男孩穿着黑白横纹低领 T-shirt 和白色牛仔衣，长长的项链垂在锁骨上，一头深棕色的头发抓得很凌乱，戒指、眼线、彩色隐形眼镜，舞台装备分外齐全。

郝翩翩蒙了。侯曼轩也蒙了："刚表演结束？"

龚子途点点头，看了看和外面女孩露出一样表情的郝翩翩，对她欠了欠身，又伸出手来："这位就是你说的好朋友吧？你好，我叫龚子途。"

"嗯，我叫郝翩翩。"和偶像握手，郝翩翩表现得很淡定，内心已经快乐得飞出了宇宙。

"翩翩你好，你的画很好看。"

"咦，你知道她？"这让侯曼轩有点意外。虽然郝翩翩在业内很出名，但隔行如隔山，演艺圈的人应该不太了解她才对。

"你给她的微博点过赞。"

不知道是不是错觉，侯曼轩总觉得龚子途有点改变，只是说不出是什么变了。她对他伸出大拇指："这都被你发现了，机智 boy。来坐，你还没吃东西吧？服务员，麻烦把菜单给这位先生。"

一旁的郝翩翩眼睛会发光，已经用表情告诉了侯曼轩"这是加分项，可以可以"。然后，郝翩翩自觉坐在了侯曼轩右边，留他们对面的位置给龚子途。女服务员把菜单递给龚子途，偷偷掏出手机拍了一下他的侧脸，然后把手机放回口袋里，用可以称得上充满爱意的眼神看他点菜。

侯曼轩看了看服务员，撑着下巴看向龚子途："我说小兔子，你怎么直接这一身打扮就过来了？也不乔装一下，被人拍一路吧。"

"反正乔装了也会被拍的，不如就这样让粉丝拍，反而不会上新闻。"龚子途翻了三页菜单，开始点菜。

"曼曼，你来看这件衣服好不好看？"一直在玩手机的郝翩翩把手机拿到侯曼轩面前，但上面并没有什么衣服，只有一行她打在备忘录里的字：奶兔本人和在 BLAST 里的感觉很像啊，有点酷，不像你说的那么萌呀，说好的萌萌弟弟呢？差评。好吧，我开玩笑，这么稳重是好事，hold 得住你。

侯曼轩恍然大悟。对，就是这样，今天的小兔子特别稳，但不萌了，也不再有以前那种后辈恭恭敬敬的感觉。难道是因为知道翩翩是粉丝，有偶像包袱，所以保持"贵族公子兔"人设不崩？应该不至于。他们一起出席各种活动时，不管周围有多少同行、粉丝，只要遇到她，他都会很谦逊有礼地叫姐姐。而且，连对待她的经纪人、助理、化妆师，他都完全是用对待"姐姐的同事"的态度相处。可是这一晚，他压根就没叫过她"姐姐"，遇到了翩翩，他能跟翩翩愉快地进行对话，却就像对待同龄朋友一样。

难道因为接过吻，而且得到了可以算是回应的默许，就觉得可以怠慢姐姐了吗？侯曼轩脸上笑着，心里有一点点不爽。

而且，他来了以后，几乎全程都在跟郝翩翩聊天，只有在郝翩翩提到侯曼轩的时候，才会看看侯曼轩，接几句话。他又很会照顾人，哪怕来得很晚，新上了肉和菜，他也负责用剪刀把肉剪开，放到烧烤架上，还会把烤熟的肉翻过来。夹了菜，他先给侯曼轩，然后给郝翩翩，最后才给自己。侯曼轩杯子里没有茶水了，他会第一时间给她倒上；她面前没有纸巾了，他会第一时间给她递上新的。可是，虽然行为上是在照顾侯曼轩，却还是在认真倾听郝翩翩说话。

感受到郝翩翩头顶的评分柱直线上升，时不时对自己露出姨母般的微笑，侯曼轩有点弄不清楚状况了。难道……这小兔子对翩翩有好感？翩翩是白富美一枚，很会穿搭衣服，有一种小龙女般的冷淡艺术气息。虽然只要她一开口就破功了，但这不妨碍她有一种性格开朗的反差萌，连侯曼轩都觉得翩翩比自己更适合娶回家当老婆。

后来，郝翩翩和龚子途聊起了国内外 CG 绘画风格和手法的区别，侯曼轩更是完全插不上话，只能有些闷闷地烤肉，同时在心里安慰自己，如果他这么快就对别的女生产生好感也挺好，她就不用再老惦记着他了。但是，安慰是如此安慰，内心的酸涩已经快把她逼成了柠檬精。她很不开心，又气又伤心，想摇晃他的肩膀问他到底在想些什么……

浑球，龚子途你这个狼心狗肺的小浑球！好恨你啊！

好在不管内心掀起了多少波澜，侯曼轩的脸上都挂着她的招牌微笑。

忽然，龚子途话题一转，主动提到了她："所以，你们俩一起长大，一个当了歌手，一个在画画？"

郝翩翩点点头："小时候我们都没想到的。我是一直有在画画，但以前我以为曼曼会成为理工女，计算机专业那种。没想到她变成歌手了，还这么成功。"

"理工女？有点颠覆形象。"龚子途琢磨着说道，"'侯曼轩'给人感觉就是动感女神呢。"

所以，他是真的变了，不仅不叫"姐姐""曼曼姐姐"，连"曼轩姐姐"都不叫了吗！直接叫全名，是在跟她撇清关系吗！

一直被那个吻弄得意乱情迷、六神无主的自己，简直就像是个傻子。

"不，她小时候成绩很好的，性格又很酷，埋头做题不废话那种。"

"意料之中，也是意料之外。她现在也很敬业，不难看出以前就很刻苦。"

所以现在已经开始用一种长辈般的口吻在评价她了吗？换成以前的龚子途，难道不是应该说"哇，曼曼姐姐好厉害啊，我要向姐姐学习"吗？

"那子途你关系最好的发小都在做什么呢？"郝翩翩轻描淡写地问着，但侯曼轩知道，这是一道送命题。她这闺密有很严重的职业歧视，如果龚子途给出类似"销售""流浪吉他手""时尚设计师"这类答案，大概在翩翩心里就会直接被送下地狱了。

"我初中时最好的一个哥们儿是在做房产。"

"售楼？"又是送命题。

"不是，开发商，算是子承父业吧。"龚子途不知道刚从地狱之门旁边经过，还认认真真地回忆了一会儿，"初中时我俩本来还约好长大一起创业的，结果我来当歌手了，他说我是叛徒。不过，我跟他说，我每天都能在公司遇到侯曼轩，他简直羡慕得快要哭出来了。"

又叫全名！侯曼轩气得端起茶杯，大灌自己一口，想要浇灭心中的怒火。可是，怒火还没熄灭，铺天盖地的伤心已经让她无力再说一个字。

她觉得被一个小弟弟弄得如此狼狈的自己很傻，玻璃心的自己很没有魅力，乱吃醋的自己令人嫌弃……只想立刻离开这里，留他们俩聊天好了。她需要调整一下心态。

"他也喜欢曼曼？"郝翩翩不知道他平时怎么称呼侯曼轩，所以没看出侯曼轩在不爽个什么劲。

"嗯，当时我们班很多人都喜欢她。我哥们儿还想让我介绍她给他认识呢。"说到这里，龚子途扬起嘴角，笑得有一点小骄傲，"但今天我也跟他说了，想见我女朋友，先请他兔哥吃顿好的再说。"

"哦，原来是这样。"语气虽然平静，但郝翩翩杏眼圆瞪，看向侯曼轩。

"噗！！"侯曼轩差点把茶喷到龚子途身上，还好她及时用手掩住嘴，但把自己呛了个半死。

龚子途赶紧起身，绕到侯曼轩身边，用纸巾替侯曼轩擦嘴，然后拍拍她的背："喝水怎么这么不小心……翩翩，我们换个位置吧，我坐这边好照顾她。水都不会喝了，这个笨蛋。"说完，他又拿了一瓶矿泉水过来，拧开盖子再旋紧，递给侯曼轩。

侯曼轩接过矿泉水，余惊未平地咳嗽。龚子途跟郝翩翩换了位置以后，继续拍她的背，低下头仔细凝视着，温柔地说："曼曼，你要紧吗？"

所以，从进来到现在，他态度转变的原因是这个？这个？已经以男朋友自居了？！

等等，自己在偷偷高兴个什么劲？怎么情绪又坐云霄飞车了……

"咳咳，没事，没事，你们继续聊你们的。我就刚才喝水稍微快了点。"

　　察觉到了现下过度暧昧的氛围，郝翩翩清了清嗓子，绽开了不怀好意的笑容："不聊了，我要回家哄儿子睡觉啦。我先生公司刚好就在这附近，我去接他一起回家。"

　　侯曼轩稳住情绪，不断对她丢去"不要走不要走你走了会尴尬死的"的信号，然而，郝翩翩回了她一个"看不懂，看不懂，你在说什么呀，我很忙的好吧"的微笑，提着包包，头也不回地、轻盈地走出包间。

Act.11　被他迷得不行

郝翩翩走了以后，包间内的气氛完全变了个样。刚才还有点热闹，现在就只剩下了暧昧。对着她离去的方向，侯曼轩绝望地闭上眼。糟糕的是，龚子途也不主动说话了。现在该怎么做，要不要问他吃好了没有，吃好了我们也回去？这样他会不会觉得自己排斥他？也有点不太礼貌。

她只能转过头来，对龚子途露出了看上去很轻松的笑："你吃饱了吗，要不要再加点菜？"

"好啊。"

虽然只是简简单单的两个字，却满满透露着温柔、顺从和无限的宠溺。他抬头看过来的眼神，更是让侯曼轩快受不了了。

怎么会这么暧昧，他明明什么都没有说，什么都没有做……

然后，他要来了菜单，像在念书一样专心点菜。原本侯曼轩今晚话就不多，现在完全变成了个哑巴。龚子途也没有刚才那么健谈了，点好菜以后，问了问她要不要加点什么，她摇了摇头，两个人又陷入了迷之尴尬。

心跳好烦，安静一点不行吗。时间，你为什么过得这么慢？小兔子，你为什么不说话？

侯曼轩看着别的地方一个劲喝茶，喝到肚子都有点撑了，到服务员又端进来一份砂锅海鲜豆腐汤和泡菜，才总算放过茶杯，又开始折腾她面前的一小碟泡菜。

"好久没吃这个了，拍个照。"

终于，龚子途打破了沉默，拿着手机对着海鲜豆腐汤拍了一张照，然后右手举起手机，左手摆了个"v"，和海鲜豆腐汤来了张自拍合照，末了，还对照片加了个滤镜。

侯曼轩不是第一次看到他和食物合照了。他在微博上、朋友圈里也经常发这类照片，每个照片都是一个角度，他把自己也拍得很一言难尽。想到这里，她就凑过去说："我看看你拍的。"

他直接把手机递给她。她看了看，果然，又是一张一言难尽的照片。看见她脸上复杂的表情，他一副犯了错的孩子的表情："我忘记了，曼曼不喜欢我化妆。"

"不是，你化不化妆都很帅，真的。"她把手机举起来对着他，"我只是好奇，你是怎么做到自拍和他拍差距这么大的？"

"这个，一般自拍不都是比本人好看一点的吗？"

侯曼轩不可置信地看看他，又看看手机："天哪，你到底是哪里来的自信，说自己自拍比本人好看？你这拍照技术我都不想说什么了……"

"是吗？"龚子途把手机拿过来看了看，"我觉得跟我本人挺像的。"

"哪里像了？"侯曼轩指了指手机上的自拍照，又摆出"八"的手势，比到龚子途的下巴下方，"这么一个小尖脸，给你拍成了老大叔长脸。"

谁知龚子途根本没在听她说话，把下巴放在了她的手上，做了个捧脸杀，还微笑着闭眼，把脑袋朝她的方向歪了歪。

侯曼轩抽出手，揉了揉他的头发："认真跟你研究技术性课题，不要卖萌。"其实已经快被萌化了……

龚子途正襟危坐："侯老师请继续。"

"你没有发现你的自拍和他拍差距很大吗？"

他老实摇头："只能看出衣服款式的差别。"

她回忆了一下龚子途以前拍得比较好的写真。上半年，他给世界五大顶级时尚杂志其中两个都拍过封面，还因此受法国一线奢侈品牌邀请出席巴黎时装周，被媒体评为最佳着装。都是托兔粉的福，其中有一本十分钟预售五万七千册，另一本突破了中国地区历史最高销量。有一本是熟男绅士风，另一本是少年运动风，她有点记不清哪本是哪个风格了，于是随口说道："例如说，你给 CHIC 拍的那几组照片就很好看。虽然照片是精修过的，但是你可以多研究一下摄影师取的角度……"

龚子途愣了愣："CHIC 那几组？"

"嗯嗯，那几组成熟又有男人味，看上去超出你的年龄七八岁了。不过，男人成熟一点挺好的。"她记得封面是他头发剪得比较短，穿着一身深蓝色的休闲西装，慵懒地靠在罗马柱上，角度是仰拍，气场十足，很有商场精英混合着时尚贵族的气质。

"原来曼曼喜欢我这个样子，明白了。虽然平时没法这样穿，但只有我们俩的时候，我会找机会这样穿给你看的。"

也是，这种风格有点太严肃，BLAST 毕竟是流行乐组合。侯曼轩点点头："好啊，期待小兔子超有男人味的一面。"

她大大方方给了赞美，却发现他眼神闪烁，有些羞涩地笑了笑。她眨眨眼："怎么了？"

"没事。有点不好意思，但很高兴。"

"那你过来，我们重新拍一张照。"她拿出手机，靠近他一些，想和他合照。他也很自然地把手搭在她的腰上。

一瞬间，好不容易缓解的气氛又一次起了化学反应，头晕目眩、身体发热的感觉再次侵蚀了她。她往旁边退一些，他没有强行把她揽回去，只是低下头来，在她耳边悄声说："所以，这是我和曼曼第一次自拍，对吗？"

房间这么大，问的也是很普通的问题，他却要靠这么近，要耳语，还温柔成这个样子……他是故意的。

可是，好喜欢。被他迷得不行了。

他们俩到底是怎么了……

"对呀。"侯曼轩自己都没意识到，她的语气与声音更加温柔。

得到她的回应后，她只听见他低低喘息了一声："曼曼。"

"啊，怎么了？"

侯曼轩刚一回头，就被他吻了。然后，他轻贴着她的唇，声音清清冷冷的，说的却完全是另一种风格的话："曼曼，我好喜欢你。想你想得快疯掉了。"

完了完了，无法思考了。他所说的每一个字，都恰恰是她想跟他说的。只是，她还尚存一丝理性，才没让自己酥倒在他的怀里。她别过头去，拼命想找回一团糨糊中最后的冷静："等等，子途。你什么时候变成我男朋友了？"

"前天晚上啊。"

"这样就算男女朋友了？"

他有些委屈："我初吻都给你了，还不够当你男朋友？"

比起"成为女朋友"，侯曼轩觉得这句话更令她震惊："初吻？"

"嗯。"他声音有一点点沙哑，"第二次也给你了。"

"你以前不是谈过恋爱吗，怎么还会有初吻？"

"才不会那么容易让别的女生吻到。"龚子途先是一副骄傲的模样，然后又在她耳边说起了悄悄话，"我的所有第一次都是曼曼的。"

这个小兔子，说话越来越不知分寸！侯曼轩轻轻晃了晃脑袋："……你是真的想跟我在一起吗？"

"嗯。"回答得相当果决。

"戚弘亦还在找我和好，我必须得跟他有个了断，才能考虑其他人。而且，即便和他结束，我也不一定会和你在一起，这样你能接受吗？"

"不能。"

"说得好像你能做决定似的。"

"我能等你，多久都能等。但是，不接受不在一起的结果。"

"如果我不愿意和你谈恋爱呢？"

"那就不谈，我继续等，赶走所有情敌。"

侯曼轩笑了："兔兔，是我还不够了解你吗，你怎么突然变得这么霸道？"

"你不了解我的地方还有很多。以后会慢慢了解的。"龚子途回了她一个有所保留的微笑。

　　回家以后，侯曼轩认真考虑了郝翩翩说的话。确实，不管有没有龚子途，她都没有必要再和戚弘亦拖下去。现在戚弘亦在外地赶通告，一月二日回来。于是，她发了一条消息约戚弘亦新年后见面，想把两个人的事摊开来说清楚。

　　年终几日，赫威集团对旗下艺人的销量、人气和次年的发展前景评估做了一次总结。BLAST 依然是一骑绝尘地红，侯曼轩还是一如既往地稳。在飞舞的大雪中，又是一年过去了。

　　一月一日的早上，雪刚停，侯曼轩接到了很多来自亲戚和朋友的祝福，在爱情方面，几乎所有人都在问她什么时候和戚弘亦结婚，让她觉得"压力山大"。只有到了晚上，一个姓傅的阿姨说的话让她很是意外："曼曼，不知道是不是我想太多，总觉得你和戚弘亦有点貌合神离。"

　　傅阿姨是吕映秋年轻时的校友兼闺密，两个人曾经好到袜子都混着穿，但后来傅阿姨嫁给有钱人，骄傲的吕映秋就不太愿意和她再多打交道。吕映秋去世以后，侯曼轩只在葬礼上对傅阿姨有过匆匆一瞥，之后这么多年，她多次要求和侯曼轩见面，侯曼轩都因为工作太忙而拒绝，现在连她长什么样都快忘记了。如今她提出这个话题，让侯曼轩不禁觉得，果然看着自己长大的阿姨对自己了解最多，于是好奇地说："为什么这么说？"

　　"那就是我有私心了吧。当年你出生的时候，我总是想给你和我儿子定娃娃亲，但你妈那人啊，唉，我就不说她了。"

　　吕映秋会说什么，侯曼轩都能猜到个大概。应该是类似于"我们曼轩才不攀龙附凤"这类很不过脑的话。侯曼轩抱歉地笑道："对不起啊，帮我妈给您赔个不是。"

　　傅阿姨急道："别别别，快别这么说，她都走了这么久了，没能见她最后一面一直是我的遗憾，所以总想着要补偿你。所以曼曼，如果戚弘亦对你不好，你尽管告诉傅阿姨，傅阿姨的儿子是你永远的备胎。"

　　侯曼轩"噗"的一声笑了出来："傅阿姨，哪有您这样当妈的，您儿子听了得多伤心啊。"

　　"他才不会伤心，能给我们全世界最美的曼曼当备胎，那是他的福气。我这傻儿子比你还大三岁呢，女朋友都没一个，就知道工作工作工作，真是愁死我了……"

　　和傅阿姨又聊了十多分钟结束了通话，侯曼轩又打了一个电话给侯辉，祝他们一家子新年快乐。侯辉得知她接到了傅阿姨的问候，沉思了几秒，才徐徐地说："傅月敏没有跟你提到你生父的事吗？"

　　这还是侯辉第一次主动提到这个话题。以前侯曼轩和侯辉都没提过她亲生父亲的事，相处得很小心翼翼。好像提到了这个人，父女的羁绊就会烟消云散一样。

　　"没有呢，她对我生父有了解？"

"我知道你一直挺好奇这个问题的答案。但说实话，我也不知道那个人是谁，只知道他很会打架子鼓。"

"架子鼓？"侯曼轩想到了以前家里阳台上放着一套废弃的架子鼓，但家里没有一个人会打。她曾经好奇问过母亲，母亲说是朋友暂时存放在他们家中的。

"对，你妈跟我说过那是那个男人的东西，总有一天要还给他。但这么多年来，他一直没有出现过。我和你妈结婚前，你妈跟傅月敏关系最好，傅月敏应该比我更了解那个男人。"

侯曼轩想了半天，有点好奇，但更多的是害怕。如果这个父亲对她尚存一点点感情，都不会这么多年来对她一直不闻不问。说白了，他对这个女人、这个家庭，所有的付出也不过是一颗精子。自己有必要和这样的人认亲吗？

"爸，我妈爱过的男人，不代表就是我的父亲。我只有你一个爸爸。"

挂断电话之前，侯曼轩隐约听到侯辉的声音有点哽咽。之后，她也确实没有再去问傅阿姨任何关于生父的问题。

她现在过得很好。身世这种无意义的事，就让它石沉大海吧。

然后，她跟郝翻翻煲了一个小时四十六分钟的电话粥。还是在那边老公已经开始吃醋的情况下，她们才结束对话。看了看时间，十点不到。她舍不得睡觉，老是想起龚子途，但看了看窗台前他下午请人送来的一束粉色的玫瑰花，她知道再联系他就有点腻歪了。于是，她打开手机，翻看龚子途的微博。除了今天发的一条简短的"新年快乐"，近期他都没怎么更新。然后，她往前翻了翻，无聊到翻看他的微博评论了。

一条微博下，有这样一条评论："求评论里某些色姐姐兔粉别提 CHIC，那几组照片太过分了，不行，奶兔学坏了，怎么可以这样让所有人看到他的肉体，他应该这么穿才对……"

配图是一张 ps 过的龚子途的照片，他穿着一件棒球服，球服里面的部分被电脑画笔描出了一件画功差评的高领毛衣。

这一张照片和侯曼轩印象中的那一张绅士风照片不一样，是记错了？绅士风的照片不是 CHIC 里的？她忽然觉得有点不对劲，打开网页，搜索"龚子途 CHIC"。结果出现频率最高的一张照片就是这个粉丝 ps 照片的原图：龚子途穿着一件暗红色的棒球服，身体前倾、双手手肘撑着膝盖坐着，头发微微湿润，几缕刘海垂在淡漠而禁欲的眼眸上方。只看脸和这件外套是少年气满满，运动感十足。然而，棒球服穿得松松垮垮，半耷拉在肩上，里面什么都没穿。没穿的部分还非常有料，是哪怕是四十岁的女性看一眼都会脸红的那种。他的肩有多宽，就能容纳多丰满的胸肌。衣服这样风骚地垮着，比全裸还要性感，还要让人想入非非……

这张照片侯曼轩连存都不好意思存下来，看了两眼就关掉了。但关掉后两分钟她又忍不住打开看了看。平时感觉小兔子瘦得风一吹就倒，怎么脱了衣服是这样的？二十一岁的男生能拍出这种照片？这也太早熟了。

想到早熟一词，她就想到和他聊到这组照片时，为什么他反应会那么奇怪了。而且，他还说了一句话："原来曼曼喜欢我这个样子。"

不！她不喜欢他这个样子！！不对，是不想让他觉得她喜欢他这个样子！！

她赶紧编辑了一条消息想发给他："子途，我一定要解释一下，我不记得你给CHIC拍的写真是什么样了。这一组照片很性感，但我不喜欢这一款，你不要误会我，我对你并不是……"打到这里她词穷了，无力地倒在床上，把手机也丢在了一边。

算了，对话都已经结束了，现在怎么讲都很奇怪，放弃。

这时，手机振了一下。她打开微信，看见了龚子途发的消息："曼曼，新年快乐。晚安，好梦。"

"咦，我刚好想到你，你就发消息来啦。"她并没有意识到自己笑得有多傻多夸张。

那边又很快回复了。

"我也想你。一直都在想你。"

侯曼轩慢慢把头埋到了被窝里，只露出一双眼睛，又有点害羞地把这条消息看了一遍。很好，更睡不着了。

现在，她特别想听听他的声音，想见见他，想抱着他、蹭蹭他……

跟戚弘亦谈形式恋爱这么久，她都并没有觉得很寂寞。现在是怎么了，又甜又烦恼。

一月二日晚，戚弘亦回来了，并和侯曼轩约好在一个露天酒吧的包间见面。

推门进入包间，里面没有开灯，只有在黑暗中燃烧的五百二十根心形蜡烛、已经准备好的丰盛烛光晚餐，以及坐在餐桌旁身着正装的戚弘亦。这个"重逢惊喜"让侯曼轩有些难堪，但该解决的事还是需要解决。她轻轻关上门，走到戚弘亦对面坐下："晚上好。"

"曼轩，几天不见，你更漂亮了。"戚弘亦注视着她，眼中满满是过去几年早已消失不见的似水柔情，"头发是新做的吗？好像比上次见的时候短了一些。"

"嗯，剪短了一点，重新染过、烫过。"这一晚气氛太好，她顿时觉得要开口说再见的难度上升了很多。

"我就说嘛，感觉你今天看上去很精神。很抱歉，没赶得上回来和你跨年，所以，这里有一份小小的礼物，当作是我给你的补偿了。"他从怀里拿出一个包装好的小盒子，推向侯曼轩的方向。

比起礼物本身，显然戚弘亦的盛情更难拒绝。但是，不能再接受来自他的任何恩惠。侯曼轩看了看礼物盒，连碰也没有碰一下："我今天有事想要跟你说。"

戚弘亦双手交叠，以手背撑住下巴："你不想先看看盒子里装了什么吗？"

"弘亦。"侯曼轩提起一口气，目光在四周扫了一圈，最终才狠下心来停留在他的身上，"我是来跟你道歉的。"

尽管已经猜到她会说什么，戚弘亦的笑容也僵在了脸上，但还是坚持着刚才的乐观态度："我是要守护你一生的人，你跟我永远不用道歉。"

"对不起，我没办法和你共度一生。"

接着，空气里除了蜡烛燃烧的细微声响，就只剩下一片死寂。戚弘亦迟迟没有表态，侯曼轩只能硬着头皮继续说："我已经考虑了很久，很多东西都回不去了。我们俩还是不合适。"

戚弘亦松开双手，让自己靠在椅背上："你二十二岁的生日上，我曾经有问过你是否想跟我结婚，你跟我说，你没准备好。现在你二十九岁了，我依然想和你结婚，你却跟我说，我们俩不适合。"

"那时我们刚在一起不到两个月。"

"那又如何？在一起两个月就不能结婚了？"

"我没有办法在两个月之内决定是不是可以和一个人共度一生。"

"为什么不可以，认识第一天结婚的人都有。"

"我不是那样的人，你是知道的。"

"借口。"

"你认识我这么多年，怎么会觉得这是借口呢？"侯曼轩无声叹了一口气，"你对我的家庭情况很了解，对我父母的感情也很了解，我在这方面就是比一般人要慎重，我也比一般人更惧怕婚后生活……"

戚弘亦笑着摇摇头，挥手打断了她的话："你知道吗，侯曼轩，以前我总觉得你是因为父母的事才性格如此古怪，所以一直很同情你，也想尽量不让他们的悲剧重复发生在我们俩身上。但跟你在一起久了以后，我发现我错了，你只是拿他们当借口，做一些自私自利又伤害他人的事而已。别人对你好你是看不到的，一定要伤了你，你才会记住这个人。"

"是我自私吗？"侯曼轩指了指自己，觉得现在的对白很荒谬，"你知道我有一个怎样的生父，还有怎样误会养父的童年，我对婚姻的不忠、对妻子被抛弃是很敏感的，你明明知道这一切，还要不断和其他女人暧昧刺激我，你觉得这样的做法很成熟？"

"别再提你的两个爹，这些事我都不想再听了。"

侯曼轩望着窗外的夜景，自嘲地笑了。这也不怪戚弘亦，只怪她当年和他交往的时候太年轻，什么事都藏不住，敞开心扉对待他。结果在后来的这么多年里，他却拿她的最痛处来攻击她。现在两个人的对话又进入了死胡同，她觉得继续下去也没有意义，只想赶紧结束话题离开这里。

忽然，他压低了声音："他什么地方比我好？"

"谁？"

"别装蒜，都到这种时候了，你再演有什么意义？我他妈的不就是被绿了吗？"

"戚弘亦，我们俩实质分手已经很多年了，你别想给我扣屎盆子。我们俩的问题跟其他人没有任何关系，我只是不想再跟你耗下去了。"

"和其他人没有关系。如果没有他的出现，我们俩即便现在没有结婚，但也不会分手的。你不承认就算了。我只是好奇，龚子途他什么地方比我好？他有足够的财产吗？能给你你想要的生活吗？他能给你稳定的婚姻吗？他的家庭会接纳你吗？现在你想和我彻底断掉，我还是想问你一句，你是不是脑子不清楚了，想跟一个绣花枕头在一起？"

侯曼轩皱了皱眉："子途不是绣花枕头，他读书时成绩很好，也有自己的事业。"

"哦，你连他读书时成绩好这种细节都知道了。那你说，他有什么事业可言？只会听杨英赫的指挥拗造型、吸引四千万个微博中学女生脑残粉的事业吗？而吸引这些脑残粉靠的是什么，那张男不男女不女不知道动了多少刀子的脸？你是第一天到赫威还是怎么的，不知道你们公司栽培的男明星脸蛋保质期有多短？你觉得他哪里比我好？"

这些话可以称得上是诋毁了。侯曼轩气得不得了，特别想说子途比你好的地方多了去了，数都数不过来，你该有点自知之明。但她实在不想跟他争下去了，咬了咬牙，轻声说："他个子比你高，腿比你长，肩膀比你宽。还有，他比你年轻十四岁。"

戚弘亦先是一愣，然后自嘲地笑出声来，朝侯曼轩伸了个大拇指："行，这理由好。我认输，心服口服。但愿你以后不要后悔。"

"以后的事以后再说吧。"

"Ok，既然你已经做了决定，那我们也尽量想办法解除对外的情侣关系吧。我们先不要见面了，给彼此半年时间来冷处理，让大众接受我们分开的事实，再正式公布，你觉得可以接受吗？"

"可以。不过，为了防止以后发生不必要的冲突，我们两个还是录个视频吧。"侯曼轩拿起手机，打开了视频录制界面。

戚弘亦先是皱着眉，满脸不解，然后怔怔地看着她半天："在你眼中，我就是这样的人？"

"这对我们都有好处，公事公办吧。"

戚弘亦又笑了，这一回的笑中不仅带着自嘲，还有几分悲凉："好，都听你的。"他低下头，闭着眼睛沉默了两秒，然后站起来，走到侯曼轩的身边，和她一起对着镜头，说："我，戚弘亦，和女友侯曼轩两个人的感情早就已经有了裂痕，只是碍于过去的情面，才没有舍得结束这段感情。今天是一月二号，我和侯曼轩正式分手，彼此都恢复了单身。从今以后，不管她跟什么人在一起，都不是在背叛我，都和我没有任何关系。作为前男友，我只希望未来的她一切都好。遇到真爱她的人，懂她、疼她，和她相知相守一辈子。"

说完以后，他按下停止录制键，快速拆开进来就准备好的礼品盒子，看着里面的东西，低低地说："曼轩，虽然在你心中我们已经结束了，但我当是给彼此最后一段考虑的时间。如果在我们正式公开分手前你后悔了，或者玩够了，受伤了，随时回来找我。我一直都在你身后。"说完，他弯腰吻了吻她的额头，把盒子放在桌子上，头也不回地走出门去。

侯曼轩看了看面前的盒子，里面的钻戒被烛光映衬得像是一颗巨大的泪珠。

她一动不动，看着戒指发了两分钟呆，眼泪也大颗大颗地流下来。

这么多年，虽然他们一直形同陌路，但她不是没有隐隐期待过，或许戚弘亦有一天能回头，变回最初那个最好的他。

现在他回头了，她却已经不再爱了。

五年多半死不活的感情，现在终于彻底死掉，这种剜心的痛并不是因为不爱了就可以避免的。

这一刻，她特别难过，很想见龚子途，想埋在他怀里痛哭一场。可她也知道，结束恋情的苦楚必须自己消化，彻底恢复单身的不适也要自己做调整。所以最后她什么也没做，只是在小房间里默默流泪，等蜡烛快要烧尽时，才擦干眼泪，平静地离开。

随着时间推移，祝珍珍盗用作曲人署名事件逐渐被淡忘，赫威也打算为侯曼轩和龚子途把 *My Bride* MV 拍摄出来。不过，为了避免给侯曼轩惹出更多是非，公司还是决定让另一个冬季少女团的成员在 MV 里穿婚纱扮演女主角，侯曼轩只是出现在人群中，作为一个旁观者给他们送上祝福。这个成员就是 Alisa。

一个月以后，公司安排 *My Bride* 制作团队到巴黎取景，同时让 BLAST 全团过去拍摄 *The Booming Year* 的写真。

The Booming Year 是 BLAST 的第三张专辑，主打歌曲没有采用过去他们最擅长的 Hip-Hop 和 R&B 风格，而是非常洗脑的雷鬼风，因此，为了搭配这个风格的曲子，团队给他们设计的造型也是很古怪的——所有人的衣服和头发都花花绿绿的，整得像刚从牙买加海岛穿越过来一样。

起飞当天，为了宣传预热一番，他们到机场也穿了这首主打歌的造型服装：龚子途的头发稍微留长了一些，全头染成深红色，挑染紫色，衣服是暗金色的沙滩衬衫，虽然夸张但有一种另类的帅气和味道；凌少哲头发剪短染黄，身穿墨绿混黑的大 v 领衬衫；唐世宇的造型最夸张，大红花裤衩、橘黄色爆炸泡面头，在机场安检前，都被粉丝们高喊着"炸毛世"。

听到这个外号，Alisa 笑出声来，一双眼尾上扬的眼睛都弯成了两个小月牙："哈哈哈哈哈哈，炸毛世！顶着一头泡面就到机场了，六六六！"

唐世宇不爽地噘了噘嘴："你这才和前男友分手马上就要跟龚子途结婚的女人住嘴呀！"

Alisa 却丝毫不为所动，笑嘻嘻地耸耸肩："不跟龚大帅哥结婚，难道跟泡面精转世结婚吗？"

"你少瞧不起人，唐大爷也是帅哥好不好，我的粉丝很多的，你看那里！"唐世宇指向保安堵住的一群尖叫小女生。被他一指，她们叫得更厉害了。

Alisa 掏了掏耳朵，面无表情地对侯曼轩说："唉，BLAST 两个门面都有直男癌，公子兔还好一点，炸毛世算什么鬼，门面真的一点都不看性格的。"

"我的性格也很好的好不好！"

唐世宇气得把脸都鼓成了一个小包子，大大的眼睛和英气的粗眉长在那么小一张脸上，特别像少女漫画里的萌系男主角。Alisa 被他的样子逗笑了，反而取笑他取笑得更厉害。两个人拌了一阵子嘴，一旁沉默很久的吴应忽然说："话说，我们为什么要穿成这样去巴黎取景啊，不是应该去美国或非洲吗？"

但前面两个人像根本没有听到一样，只管自己吵自己的。孟涛低着头玩手机，随口答道："董事长喜欢时尚混搭，曲风和地点也要混搭一下。"

吴应看了看表，直接绕过 Alisa 和唐世宇与姜涵亮站在一起排队。

登上飞机后，侯曼轩和 Alisa、蕴和坐在一排。Alisa 这是第一次去巴黎，前一夜激动过度没睡好，飞机起飞后分分钟就睡死过去。蕴和看着她的睡脸，咂了一下嘴："真可怕，这是女人吗？"

"怎么你们都这么喜欢欺负 Alisa，这可是准新娘呢。"侯曼轩打趣道。

"她要真是准新娘，会被兔子他妈妈掠到西天吧。"

"咦，为什么这么说？"

"曼轩姐不知道吗，兔子他妈妈是那种八点档连续剧里的恶婆婆，超级可怕的。"

"恶婆婆？"侯曼轩诧异地看向他，"不是说子途妈妈性格很温和吗？"

"曼轩姐是女生还不知道吗，看上去越温和的女人挑剔起来就越冷酷。那种看似凶悍的婆婆反而没那么可怕，你只要投其所好，就能顺利摆平了。"

侯曼轩多问了几句，大致了解到，龚子途在秦露之前交的一个女朋友，曾经和龚子途在外面约会时被龚太太的朋友看到，打了小报告。龚太太光速找人打探了女孩的背景，约了她见面，叫她不要跟她儿子纠缠、不要浪费时间，因为以后是绝对不可能进龚家门的。龚太太态度虽温和，说出的话却是变相摆弄刻薄，就差没有直接说出"你家境不行别幻想了"这种话。其实，那个女孩家里开了个小公司，爸爸开奥迪A6，已经挺富裕了。

侯曼轩暗暗吞了一口唾沫，又担心地说："那，那她对儿媳妇的要求是家境好？自己有本事的不行吗？"

蕴和闭着眼睛摇摇头，一脸沉痛，仿佛在哀悼那些可怜的女孩："他妈很怪，儿媳自己没本事都行，一定要出身好。结了婚以后最好是不要工作，在家里当贤内助相夫教子即可。恕我直言，这就是在选秀女吧。哦，对了，他妈对秦露就挺满意的，但是兔子本人不喜欢，那也没办法。"

"那秦露前面那个女朋友怎么了，直接跟子途分了吗？"

"没有立刻分，兔子毕竟是一个让男人都很羡慕的男人。"

"为什么？"

"鼻子大才是真男人。"

怎么会扯到鼻子上了？侯曼轩下意识回头看坐在后排的龚子途。他鼻子很高，却并没有大得很夸张，侧面轮廓还挺秀气的。不过，他的下颚线条那么凌厉，却不像很多网红那样尖嘴猴腮、攻击性强，大概也是因为鼻子有一点点肉。这样的鼻子配在圆脸上会显得太敦厚，配这样犀利的脸型，刚好中和了两种气质，有一种高雅又性感的味道，她很喜欢。

"嗯，你说得有道理……"侯曼轩喃喃道。

"所以，即便最后分手，她应该也有好好享受过了吧。可以了。"

她这才察觉蕴和一脸的惋惜是什么意思，推了他一把："蕴和，在飞机上你开什么车啊。"

"我错了，面壁思过。"

十二个小时后大家抵达巴黎，集体住在了赫威临时租用的一个豪华别墅里，这也是 MV 的拍摄场所之一。晚上大家都没有睡意，决定在别墅里开一个轰趴，侯曼轩、凌少哲还有蕴和自告奋勇为大家做几道菜，其他人在一旁打扑克、玩游戏。

龚子途说不想玩游戏，想看看电影，到处找人借电脑。Alisa 指向沙发上的笔记本电脑："曼轩姐不是带了电脑过来吗？找她借就好了。"

龚子途向侯曼轩投去求助的眼神。侯曼轩对着电脑的方向扬了扬下巴，然后他打开电脑，安静地坐在沙发上找电影。

过了一会儿，凌少哲和蕴和都做好他们的菜，只留侯曼轩在开放式厨房里忙碌。她一边做菜，一边不时偷瞄龚子途，发现不管大家玩得多开心，有多吵嚷，他的注意力都集中在屏幕上，全程保持着甜甜的微笑。他在看什么呢，这么开心，手指一直放在触摸板上点来点去的。想到这里，侯曼轩把芝士倒入炒菜中，继续认真做饭。嗯，兔兔连手指都这么好看……

慢着。手指？

她再次抬头看了一眼龚子途，心里"咯噔"一声，大感不妙。

他不是说要看电影吗，为什么手指会一直点触摸板？应该不是电影，是在看短视频？

短视频！！！

侯曼轩倒吸一口气，立刻关了火，把铲子放到一旁，飞奔到龚子途身后。她没猜错，他在看×站的短视频！看的还是她之前看过的 BLAST 综艺，每一个她看过的综艺里都有她发过的弹幕，类似于这样的：

"喜欢兔兔的颜，兔兔加油！早日回国！"

"兔兔好可爱啊，真是梦中情人一样的男孩。"

"好想抱抱兔兔。"

"笑死我了，兔兔怎么这么萌。"

龚子途笑得正开心，察觉到身后的阴影，慢慢转过头看向侯曼轩，与她两两相对安静了一会儿，一脸无辜地欲盖弥彰："电……电影太长了，所以我看看×站。"

也不知道是烧菜热的还是被气的，侯曼轩的脸涨得通红。她"砰"的一声关掉电脑，把它抢回来："真讨厌啊！"

这种感觉，就像整个人被扒光了丢到太阳下暴晒一样，又没面子，又愤怒，又委屈。

龚子途赶紧跟过来，轻声说："曼曼，别生气了。都是我的错，我不该乱点的。"

没有回应。

"对不起，下次一定不再犯了。"

没有回应。

"其实看到那些，我特别高兴，因为这说明我不是单相思，曼曼多多少少都对我有点意思。你就当是送我个礼物，让我开心开心不可以吗……"

还是没有回应。

"还是不想理我……"

他全程跟着她，低下头，软语温言地在她耳边道歉。说了半天，侯曼轩的脸色才稍有好转。她本来想怎么给双方找个台阶下，却意识到除了他们俩，其他人都不吱声了。她抬头一看，发现他们都停下手里的游戏，跟商量好了似的朝他们投来吃瓜群众的眼神。

侯曼轩往后退了一步："你们干吗啊？"龚子途也因此抬头看向他们。

"没……没什么……"Alisa 带头看看侯曼轩，又看看龚子途，"就觉得你们俩好配，好像在谈恋爱一样。"

孟涛推了推眼镜："是啊，子途就像在哄女朋友。"

"没有，你们想多了。"龚子途摇头，一本正经地说道，"我们现在还只是朋友。"

这话说了还不如不说！！看见其他人瞪得圆溜溜的眼睛，侯曼轩差点就把锅铲拍在菜板上，压低声音急道："你在乱说什么，这样大家更会误会的啊……"

"别人会不会误会取决于曼曼。"

"跟我又有什么关系？"

"把我收了，你要我说什么我就说什么。如果不想发展太快，我可以连你的手都不牵，慢慢等你，先给我一个名分吧……"

龚子途话没能说完。侯曼轩拉开冰箱挡住他们俩的上半身，踮起脚，快速地在他脸颊上吻了一下，然后继续开火烧菜。

他摸了摸被她亲过的地方，长长的睫毛抖了抖："不要名分也可以……我都听你的。"

Act. 12　不是心情的事

第二天起，BLAST 开始进行 *The Booming Year* 的写真拍摄，第一组很浪很热带很放飞自我的造型拍摄结束后，他们又拍了一组欧洲典雅风格的。龚子途立刻要求把头发染回本色，而唐世宇为了不伤发质，没有换颜色，梳了个大背头。当然，也是橘黄色的。他有很大的眼睛，平时看上去总是萌帅款，这样一打扮，竟然还有点 man。

巴黎当地的华人记者第一时间赶过来采访他们，对唐世宇的新造型做了一番感想调查。他笑得就像刚获奖的奥斯卡最佳男主角："这是全新的挑战，希望我的粉丝们能在新的专辑中听到不一样的歌声，看到不一样的我。"

"看到顶着一头泡面的你吗？"一旁的 Alisa 冷不丁地接道。

唐世宇的笑容立刻垮了："你是对我的发型有什么意见吗？你这个肺活量全靠说废话来练习的四段女高音。"

"没意见，就是侮辱泡面了。"

"去去去，这是 BLAST 的采访好吗？你马上要嫁给龚子途了，还不赶紧去换婚纱。"

"哇，二位感情可真好，一定是长期合作产生的默契吧。"女记者露出了一脸姨母式微笑，"如果这一回 *My Bride* 让你们俩来当男女主角，想来也会很有趣的。"

"并不好！"他们俩异口同声道。

唐世宇扁着嘴打了个哆嗦："看见 Alisa 穿婚纱，第一反应就是要被她唠叨几十年，你能想象那个画面吗？这种福气还是留给子途吧。"

"泡面头，你怎么可以这样说一个女孩！"Alisa 拿起手里的道具布娃娃就往他身上猛敲。

"你在乱七八糟说些什么，你不是男孩吗……"他话没说完，就已经被敲得更厉害了。

看见这一幕，蕴和用手肘撞了撞吴应，小声说："这段时间 Alisa 开朗好多，多亏了世宇啊，他太会调动气氛了。要是 Alisa 一直是之前那种唉声叹气的样子，你的压力可能就会有点大了吧。"

吴应看了一眼那两个在记者面前拌嘴的活宝，皱了皱眉："没怎么关注。"

采访结束后，BLAST 和拍摄团队到布洛涅森林里开始第二组写真摄影。

这座森林有上千公顷的树木，枝叶葳蕤，光线朦胧，自带一种神秘的魔幻色彩。他们进入深处，染回黑发的龚子途穿着宝蓝色高领风衣，鬓发全部梳向一边，再调动摄影师坐在直升机里旋转着从上往下拍摄。最后的照片里，人很小，大片松树很高，森冷的烟雾从深林中泛起，让人想起旧式的油画。

很多人包括侯曼轩都过来探班，几乎都被龚子途夺走了注意力。其中一个长期和 COLD 合作的女化妆师看着他，不禁感慨："龚子途是我见过所有男团吸粉冠军中最强的一个。你说，怎么可以有人长得这么瘦、这么高，还好看成这个样子？平时我们在 COLD 组里都最喜欢他们的门面，觉得他可有魅力了，都喜欢看他。但是今天看到龚子途，他黯然失色了。"

侯曼轩在旁边听着，脸上露出了一种近似儿子考一百分，被隔壁班同学的家长羡慕的骄傲。

这时，摄影师走过来，对化妆师的助理说："子途的部分搞定了。我看那边有个湖很适合取景，你们把他在 *My Bride* 的新郎西装给他换上，我帮他在那边拍几组。"

化妆师和助理一起点头，把龚子途的西装送过去。但过了四分钟，龚子途就拿着那套西装走向了唐世宇："世宇，MV 你来拍吧。"

"我？"唐世宇指了指自己，还有点搞不清状况。

"对，衣服不合身。"

"世宇也可以，换了跟我过去。"摄影师的艺术灵感爆发，很显然已经不介意模特是谁，照片最后是否用得上了。

"等等。"侯曼轩走上前去，"衣服不合身？不应该啊，你和世宇身高差不多，你穿不了的他也应该穿不了。"

"有点小。"

"少来，你比唐世宇瘦。"侯曼轩把衣服接过来，拉开看了看，"这件衣服一点也不小。"

化妆师抱歉地说："都是我的错，忘记让他们改衣服尺码了。这件西服肩太窄，子途肩有五十厘米呢，穿不进去。"

侯曼轩把衣服递给化妆师："那就先不要拍这组照片，现在把衣服拿去改一下。"

龚子途拦住她："没关系，这里到市中心还要很长时间，不要浪费大家时间，就让世宇来吧。"

"MV 男主角是你，你让世宇来拍也没有什么用呀。"

"就让世宇来当男主角好了。"

侯曼轩语塞了一会儿："这不是你一个人能决定的，要经过公司同意才可以啊。"

"来之前我就跟董事长确认过，他说可以换 BLAST 其他成员，对 MV 宣传更有效。"

侯曼轩看看身边，靠近他一些，把声音放轻了说："你在想什么呢，这是你第一次出演独立 MV 男主角，如此重要的机会，怎么可以让给其他人？"

"改衣服太麻烦了。跑去改好再送回来，一天的行程也耽搁了。"

"不麻烦，让他们去改，我们先完成其他工作不就好了。"

龚子途看上去有些不悦，但他很快用低头的动作掩饰了眼中的怒气："我怕麻烦。我不想拍。"

"子途，你今天是怎么了？以前你都很敬业的啊。"

"随你怎么说，我是得到董事长许可的，就让世宇来。"他看着化妆师，指了指唐世宇，"你们去找他，MV 也让他来。我昨天没睡好，先上车休息。"

就这样，唐世宇的噩梦成真了。他一边喊着"完了完了要跟话痨小姐结婚了人生终结了"，一边快速而敬业地在湖畔露出一口大白牙，配合摄影师的要求，拍摄了几组个人照。

开始侯曼轩还以为龚子途只是心情不好，才草率做了这个决定。因为后面两天晚上她去他房间敲门，他也只是拉开门缝，说自己时差还没倒过来想休息，就把她拒在门外了。她想，既然有情绪，让他一个人调节调节就好。

然而，他们去巴黎圣奥古斯丁教堂门口开始拍摄 MV 时，她满场找不到龚子途，只看到唐世宇换好雪白的西装，拿着一捧百合花，站在教堂门口的广场中央。

侯曼轩走过去环顾四周："子途真的不来了？"

"对啊，我们都跟他再三确认过了，他说不想拍。"

侯曼轩有点不高兴了："这兔子是属牛的吧？不拍就不拍吧。你比他更帅，更适合这身打扮。"

唐世宇平时很嘚瑟，被她这么一夸，反倒不好意思地挠头："没有没有，子途也很帅的……"

"这个机会很不错，你、我、Alisa、子途一起合作，MV 会大火的。"

"我也这么想的，我女神作曲、唱歌，能不火吗？美中不足就是新娘是个男人婆，一点都不少女，一点都不可爱……"

唐世宇吐槽到一半，忽然教堂的钟声响起。五十八只白鸽从地面腾飞，与教堂的玫瑰花窗、古老的浮雕擦肩而过，花瓣般扩散入纯净的蓝天。他下意识回头看了看教堂，却看见一个穿着曳地婚纱的女孩子从教堂大门走出来。她提着云朵般上下浮动的裙摆徐徐走下台阶，肌肤雪白，纤腰不盈一握。她拨开头纱，一双眼角微扬的妩媚眼眸朝他的方向望过来，是有点好奇，有点惊讶的眼神……

唐世宇眼睛一眨不眨，用自己都快听不到的声音说："真的，一点都不可爱。"

侯曼轩笑出声来，但没有拆穿他，只是默默退到一边，让化妆师最后检查她的妆容。

唐世宇迈开长腿，大步走过去，却幼稚地拉了一下 Alisa 的头纱："你怎么这么娘，一个男人穿什么婚纱？"

Alisa 尖叫着捂住头纱："你要死吗？我这发型做了一个半小时！"

"你还好意思说头发……我本来挺满意我的新发色，为了拍这个 MV，又染了一次，这么伤头发都没人同情，我好可怜。"

"妈呀，你这审美已经彻底没救了，橘黄色泡面头你觉得好看？"

"这一组造型是董事长亲自定下来的，你是想说董事长审美不好吗？"说到这里，唐世宇捂着脸痛苦地说，"不说了，我第一次婚礼居然是跟一个男人举行，好虐心啊。"

"那也比我好，我第一次婚礼的新郎从王子变成了小学生，谢谢。"

"你说谁是小学生啊？你见过一米八六的小学生吗？"

"智商连八十六都没有吧！说你是小学生都是在夸你了。"

…………

两个人一点 cp 感都没有，一直吵到拍摄开始前才结束。侯曼轩在旁边看他们各种闹腾，还真有一种 MV 里描述旁观者姐姐的感觉。

这一天的拍摄很成功，几乎所有镜头都是一次完成。侯曼轩虽然穿的是休闲装，但造型很轻盈，在两个盛装的男女主角身边一点也不逊色，反而散发着一种舒服而自信的气场。

龚子途一整天都没有出现。下午四点，侯曼轩完成工作回到别墅，看见其他人都在，也没有看到龚子途，冰队的成员说他去香榭丽舍大道购物了，晚上会住在那附近，不打算回来。虽然他什么都没说，但侯曼轩总觉得他有心事，于是在微信上找他要了地址，就打车过去找他了。

这个兔子还是一如既往让人不省心。侯曼轩找到他的时候，他没戴墨镜帽子，被一群韩国粉丝堵在 Cartier（卡地亚）门口，挨个签名拍照。于是，拜他所赐，她也被一起拦截下来，被堵到了晚上。

当黑暗与灯火笼罩巴黎，他们俩才能暂时隐藏在明灭不定的夜色中。华灯初上，挂满紫灯的两排梧桐树蔓延至尽头，烘托着被照得金光璀璨的凯旋门。道旁有五六层华贵恢宏的建筑，中间豪车车流成了另一道别样的风景线。

即便是在闹市区，巴黎的节奏依然很慢，很懒。侯曼轩和龚子途并肩而行，不由自主放慢了脚步："子途，你今天不回去了？"

"嗯。明天也没我的事，我想一个人在这里玩玩。"

"刚好，明天我也没什么事，我也在你住的酒店订个房间，明天陪你逛街好了。"

"其他人都在，就我们俩消失了，不太好吧。"

　　果然，小兔子在闹别扭。平时听到她如此提议都很高兴，才不会这么说话。她开门见山道："这两天你在闹什么别扭呢？"

　　龚子途不说话了。

　　"子途？"

　　他对着一个大理石建筑停下来："到酒店了，你要去订房间吗？"

　　"好。"

　　"那你办好了入住来叫我，我上去放一下东西，然后请你到楼下喝点东西吧。这是我的房间号，可以打电话叫我。"他向她展示了门卡纸套上的号码。

　　"好。"

　　侯曼轩去前台办理好入住，发现自己的房间号只跟龚子途的房间号差三个数，于是干脆到他的房间找他。叩了两下门，龚子途打开门，他正在整理购物袋，让她等自己几分钟。

　　终于有一个相对比较安静的环境了，她坐在椅子上，对着他的背影说："兔兔，是因为我坚持要你演 MV，你才生气的吗？"

　　"嗯。"他没有回头。

　　"我只是觉得这是一个很难得的机会，对你的事业有帮助。没有别的意思。"

　　他手上的动作停了一下，干脆把袋子推到墙角，站起来，转过身："可我早就跟你说过，我只想跟你拍这个 MV。女主角不是你，我就不想拍。"

　　"这是工作，你不能这么任性。"

　　"知道，我们没法在这方面达成一致。所以我就放弃沟通了。"他拿着打火机和烟盒，到阳台上去抽烟了。

　　侯曼轩在室内沉思了几分钟，跟着他去了阳台。他轻靠在石制围板上，几乎是静止般慢慢吐着烟雾，看上去有点寂寞。

　　"对不起，我太专制了。"她走到他身边，充满歉意地看着他。

　　"不要道歉。你什么都没做错，只是喜欢得没我多。"看她过来，他立刻就掐掉了烟。

　　"我没有不喜欢你。"

　　"我知道，像喜欢小孩子或者小动物那样，觉得很可爱，想逗着玩玩，但仅此而已了。"

　　侯曼轩摇摇头："不，我是把你当成男人喜欢的。"

　　"不要哄我开心了。"龚子途苦笑一下，"真把我当成男人，又怎么会一直回避我的示爱。"

　　"我没有回避啊，只是……只是比较害羞。"

　　"是这样吗？"他快速地答道，接下来却欲言又止。他双手交握，低着头，频繁眨了几次眼。看得出来，他有一点点局促，似乎鼓足勇气想说些什么。

侯曼轩的心跳也变快了，但还是稳住情绪，把手搭在他的手上，给了他一个安心的笑。他看了看她的手，又抬头看看她，轻声说道："所以，我们现在算是正式在一起了？"

她闭着眼，点点头："嗯。"

"所以，你是我女朋友了。"

"嗯。"

"我们是在谈恋爱了？"

侯曼轩忍不住笑出声来："嗯，是的。"

他很想表现得成熟一点，酷一点，最好撩得她心神皆醉，但还是没忍住，孩子气地笑了起来，又害羞地单手捂住了脸："我好高兴。"

侯曼轩拨开他的手，捧着他小小的脸颊："现在可以不闹别扭了吗？"

微凉的风吹过侯曼轩的长发，当外面的射灯扫过阳台，好像也把全巴黎的星子击落，盛放在她的眼中。这样静静抬头凝望自己的她太美了，让龚子途一时间心神恍惚。他捧着她的脸，垂下头轻轻吻了她的额头，再顺着她的额头，一直蜻蜓点水般吻到她的鼻梁、鼻尖、下巴，然后亲吻她的上嘴唇、下嘴唇，用缠绵的长吻打开了她的双唇。

这一回，她没再反抗了，反而轻柔地回应他，任凭电击感一阵又一阵地流淌在皮肤下、全身每一寸神经里。

原本以为吻久了，那种强烈的不满足感会得到缓解。但并没有。他们吻了很久很久，呼吸明显急促，想要触摸对方、想要被对方触摸的欲望只增不减。

好像有点忘情了。

一定是因为法国微醺而浪漫，才会把他们的感情变成这样的。

侯曼轩推了推龚子途，拉开两个人的距离，眼神迷离地说："兔兔，我要跟你说一件事，你答应我，我们才能继续交往下去。"

龚子途专注地看着她，点点头。

"我们俩发展得不可以太快。"虽然是在提醒他，但感觉更像是在告诫自己，她望着他过分温柔的双眼，"不是我不愿意和你亲密，只是我想慢一点，理智一点，等我们俩都准备好了再……嗯，你知道的。"

龚子途轻轻抚摸她的长发："曼曼，你不用问我意见。我人都是你的，随你处置。"

"你稍微有一点主见啊。"侯曼轩本想责怪他，却忍不住笑了起来。

"那就听你的，我们慢一点。等你做好接受我的准备再说，我不会催你的。"

本来控制交往节奏是女性理所应当的权利，但龚子途实在太宠她，让她反倒觉得有点不好意思："这样你会不会觉得我太自私了……你会忍得很辛苦吧？"

"不会，爱和情欲没有必然的联系。"龚子途毫不犹豫地说道，"当然，你是我喜欢的女孩，要说我对你完全没想法是不可能的。但我爱你多过想和你发生关系，你懂我的意思吗？只想天天和你在一起，看着你快快乐乐的，我就觉得很满足。别的东西，不重要。"

侯曼轩快被他这份告白融化了。她低下头去笑了许久，最后佩服得五体投地地说："我的天哪，兔兔，你是天使。"

"你才是天使。"他握着她的手，在她手背上吻了吻。

他现在完全是陷入了爱河的样子，可是一点也不色急，也不会强迫她做她不愿意做的事。她觉得好感动，上前抱住他，然后愣住——有很硬的东西顶着她的腹部，而且存在感非常强。

她有点尴尬："天使，你的语言和身体好像不太一致啊。"

他却不尴尬，只是有些无奈地笑了："不用管它，一会儿就好了。"

一想到兔兔对自己产生了欲望，她就觉得全身都在沸腾的血液中静静燃烧。可是，作为一个成年女性，应该有自控力，把握好节奏，恋爱不可以谈得太疯狂。她很清醒地想好了这一点，然后牵着他的手回到房内，把他按在床上坐下，然后主动低头吻了一下他："现在 kiss 是可以的。"

"好。"

他的眼神怎么会这么温柔……

"好喜欢兔兔……"她一时动情，低低地说道。

"我也喜欢你。"

心跳快到自己都有点受不了了。她坐在他的腿上，钩住他的肩，和他绵长地亲吻，交换呼吸。吻的时间越长，强烈的喜欢就越快满溢出胸膛。而他也很配合她，除了接吻什么也不多做。

只是坐在他的腿上让她的脖子很酸，她扭了扭脖子，原本想转动身体，却被他发现了。整个身体被轻松抱起来，他让她双腿分开，跨坐在他的腿上，然后收紧双臂，搂住她的腰。当她毫无间隙地与他拥抱、坐在他的胯上时，心也同时像被什么狠狠撞了一下。她倒抽一口气。

"无视它就好。"他吞了一口唾沫，喉结上下滚动，但依然没有碰她的身体，只是单手捧着她的后脑勺，把粗重的喘息声埋在了又一个深吻中。

"嗯，嗯……"

她会无视的。她是成年人，懂得控制自己的节奏，他们毕竟才确定恋爱关系。现在只是和兔兔接吻而已，他那么听话，并没有强迫她做什么事，不碍事的……

巴黎的夜色多美，一夜很长，又很短。

翌日，第一缕阳光照入酒店房内，把侯曼轩从睡梦中唤醒。她费力地睁开仿佛有千斤重的眼皮，看了看眼前的环境。地面上，她昨天穿的裙子和男式衬衫揉成一团，交缠在一起。紫色的 bra① 在眼前的枕头边。有一条胳膊枕在她的脖子下面。她稍微动了动，被身下的剧痛弄得龇牙咧嘴，接着就被人从背后抱入一个滚烫而赤裸的怀抱中。

侯曼轩咬着嘴唇，懊恼地闭上眼。

真的是笨蛋。

自己就是一个大笨蛋！

痛，真的好痛。到底她和龚子途谁才是第一次啊。为什么要失控，为什么要色急，为什么不先适应就直接来猛料，为什么没人告诉她有的东西并不是越大越好，为什么没有人告诉她龚子途的柔情仅限于性格而和行动毫无关系，为什么她会猜不到他隐忍了那么久第一夜肯定是火山爆发式的……

接下来几天工作该怎么办……

"早安，曼曼。"男孩颇具欺骗性的温柔声音在她耳边响起，有一点点沙哑，有一点点慵懒，"肚子饿了吗？我帮你叫点早餐。"

侯曼轩欲哭无泪地摇头。

"那想再要一次吗！"

话音刚落，侯曼轩的身体就被翻过去，龚子途放大的容颜离她只有几厘米远。他吻了她一下，无限柔情地揉了揉她的头发，长长的手指顺着她的头发一直滑到脸颊、颈项、锁骨，然后一路向下，那么理所应当地爱抚着本来绝对不应该碰的地方。

他到底是怎么能把祈使句说得跟疑问句一样的！

"不！！"侯曼轩猛地推开他，用被子把身体卷起来，被雷劈了般后缩，右手手肘还不小心撞到床头柜，碰到了麻筋，顿时失去了知觉。

黑夜啊，你为何跟龚子途一样，如此会蒙蔽人！为什么晚上做什么都只觉得激情又火辣，一旦被白昼和理性笼罩，前一夜的事就显得那么令人羞耻……

被子被抢走，龚子途的身体就这样暴露在清晨的阳光中。他却一点也不想遮掩，大大方方地靠近侯曼轩，探过头去吻了吻她的唇，一边拨弄她的头发，一边在她耳边低低地说："真好，曼曼，我们已经变成这样的关系了……"

什么关系，为什么要强调！侯曼轩被他的强大内心震惊了。难道他一点也不感到害臊吗？

"刚才你还在睡觉的时候我就一直在看你，觉得你真的好美，尤其是额头和嘴唇……"

---

① bra：内衣。

现在已经不是晚上了，他怎么可以做到在这么强烈的光线下还说出这么甜腻的话的？而且，他看着她的嘴唇，作势就要吻上来……她别过头去，把 bra 拿到被子下快速穿好，然后裹着被子下地抓起其余衣物，藏在被子里穿好，在他一脸迷茫的注视中穿好衣服，走下床："今天还有工作，我，我先去忙了。"

"今天你有工作？昨天不是说没有吗？曼曼，等等……"

她没听到他后面的话，人已经蹿到了门外。回到自己订的房间，她冲了四十分钟的澡，但不管怎么洗，都洗不掉他在她身上留下的痕迹。不管是有形的，还是无形的。

脑中不断重复画面就算了，为什么只要想到和龚子途同床的细节，他与她融化在一起的感觉就像记录在神经里一样，让她浑身上下都一阵阵酥麻，敏感到用水冲洗都如此强烈，连她自己都不敢触碰自己的肌肤……

"啊啊啊啊，好丢脸。"她把脸埋在双掌中，肩膀缩起来，告诉自己不要想了不要想了不要想了。

可是，没办法不想。简直跟感冒咳嗽一样，每过十多秒，就会有片段记忆涌入脑海。

明明不是第一次。她的第一次是跟戚弘亦，但是初夜过后，除了很明显的痛，还有一点点和少女时代说再见的失落，她并没有太大的感觉。反倒是戚弘亦的情绪起伏比较大。因为发现她一直闷闷不乐，他反复跟她确认，是不是发生关系太早，是不是他让她难过了。而当时她只想一个人静静待着，接受自己蜕变的过程。

她记得很清楚，当时只有低落。今天她是怎么了，怎么跟龚子途睡了一个晚上，她会心神不宁成这样……

他的发梢，他的笑，他的声音，他的吻，他的眼神，他的低喘，他的体温，他的气息，无时无刻不在干扰她。这种满脑子都只有一个人的混乱状态，让她觉得好不安……这份困扰一直持续到围着浴巾从浴室出来，她看见龚子途坐在写字台前，翻看桌上的旅行杂志。然后，她叫了一声，回到浴室，探出一颗脑袋："你……你怎么进来的？"

他晃了晃手中的房卡，她才想起昨天留了一张在他房间的桌子上。

他穿着白色的高领毛衣，毛衣领子盖住了他的下巴尖，袖子也微长，盖住了三分之一的手背。这样坐在温和的阳光中，看上去暖暖的，仿佛和昨天晚上的禽兽完全不是一个人。然而，她已经无法直视他这个人了。不管他做什么，穿什么衣服，她总是会想到他的另一面……

"兔兔，帮我拿一下衣服……"她小声说道。

龚子途把衣服递过来，她从门缝里接过衣服，"砰"的一声关上门。

再次出来时，他为她倒好了一杯水。她接过杯子，眼睛看着窗外，咕咚咕咚地把水喝光了。他又伸手来接空杯子，她递给他的时候不小心碰到他的手，然后猛地一抽手，空杯子掉下去。他反应迅速地接住，放回桌面。

"我们回组里吧？"她底气不足地提议。明明什么都做过了，为什么现在碰一碰手指都会害羞……

"好。"他过来牵她的手，她抽了一下，却被他更用力地握紧。

"又想逃，不准逃。"他有些霸道地命令道。

她委屈巴巴地说："不是我想逃，是觉得很难面对你。"

"为什么？"

"太快了。进展太快了。"

"后悔了吗？"

"不后悔，但就是觉得可以稍微慢一……"

话没说完，她已经被他搂入怀中。隔着毛茸茸的衣服，她听到了他的心跳。然后，他的声音在她头顶响起："我一点也不觉得快，就喜欢和你这么亲密。以后我们会越来越亲密的。"

侯曼轩愣了愣，莫名地，心中感到酸酸甜甜的。他从背后抚摸她的头发，弯下腰来，把下巴枕在她的肩上："曼曼，我把第一次都给你了，你要对我负责。你不可以渣了我哦。"

她无奈地笑出声来，然后点点头。

接着，他们从酒店回到别墅。这一天 BLAST-F 进行拍摄工作，Alisa 和冰队的几个人都在休息，还不时逗弄法国管家的两个八岁双胞胎女儿。侯曼轩浑身酸痛，一直坐在沙发上没动。Alisa 蹲在双胞胎女孩面前，用翻译器问她们觉得这个房间里哪个哥哥最帅。一听到这个问题，另外四个男孩都站直了身子，走近小妹妹，各种假装不经意地拗造型。非常有趣的是，双胞胎的审美完全一致，她们指了指吴应。

吴应的颜值在一般明星里很高，但在 BLAST 这种神颜团里就有些逊色了，平时走的也是呆萌乖宝宝路线。Alisa 看了吴应一眼，选择了沉默。孟涛过去用法语对她们说，你们再看看，谁最帅。双胞胎还是指向吴应。孟涛又问第二呢。她们指向凌少哲。孟涛问第三第四呢，她们先后指向姜涵亮和孟涛，但姐姐很机智地摘掉了孟涛的眼镜，把顺序反了过来。

姜涵亮拍了拍胸口："我受到了惊吓。子途居然不是法国人喜欢的类型。"

其他人也都表示特别意外。Alisa 打量了一下龚子途："是因为太瘦了吗？"

姜涵亮使劲摇头："不，你不知道，子途身材很好的，一点也不瘦。"

总算有人说大实话了。

侯曼轩跟着附和："对的，他不瘦。"

Alisa 歪了歪脑袋："你怎么知道？"

"我看过他的写真呀。"

"咦咦咦，难道曼轩也关注了 CHIC！"

侯曼轩只能老实点头。

"我就知道！"Alisa 跑到侯曼轩身边坐下，回头看看龚子途，眼睛笑成了两条弯弯的月亮，"这小子平时穿得最严实，其实深藏不露啊。奶兔奶兔，快脱了让姐姐们看看。"

侯曼轩发现吴应脸色很难看，顿了一下，说："啊，还是不要勉强他了。"

龚子途原本一直装聋作哑，也清了清嗓子，说："我们出去吃顿 Brunch（早午餐）吧。"

于是，他们找了一家露天餐厅吃饭。吴应和姜涵亮讨论了半天龚子途的神颜被法国小女孩 diss（轻视）的事。他们正享受着异国审美带来的全新体验，突然就有人杀出来打脸了。

那是一个二十岁出头的法国女子，瘦高，衣着时尚，神色轻微傲慢，红发碧眼，长了一张眼睛距离微远而脸颊瘦短的"高级脸"。她路过这家露天餐厅，似乎不知道龚子途是明星，只是走过来大方自然地用法语对他说了几句话。龚子途眨了眨眼，思索了两秒，摆摆手表示自己听不懂法语。女子又用英文说了一句话，龚子途又摆手，仿佛英语也听不懂。女子有些无奈，做了一个调咖啡、喝咖啡的动作。龚子途还是摇头。

姜涵亮凑过来说："子途你在干吗？她说要请你喝咖啡，你怎么不理她。"

龚子途转过头去，瞪了他一眼，低声说："猪队友。"然后继续对女子摇头摆手，跟第一次出国似的。

终于，女子忍无可忍，翻了个大白眼，拉紧肩上的小香包走了。

"你英文不是很好吗？为啥要装傻？"姜涵亮一头雾水。

孟涛冷不丁地冒出一句："在法国，邀请喝咖啡有别的意思。"说完，他自己喝了一口咖啡，头也不抬地继续看着手中的英文报纸："你跟她坐下来喝几口以后，她就会问你去她那里还是去你那里了。"

又一个猪队友！龚子途担心地看了一眼侯曼轩，皱着眉说："法国妹子真是太随便了。"

姜涵亮做不解状，问："子途，你今天是怎么了，跟个刚嫁人的小媳妇儿似的？"

"我哪儿有。"龚子途笑了起来。

侯曼轩吃着盘中的法式松饼，偷瞄他一眼，只觉得他不笑时是冰山贵族，笑起来比两周大的垂耳兔宝宝还萌，还是很温柔可爱无害的……想到这里，她停止了咀嚼松饼，又记起了前一夜前戏时，他吻着她，轻轻说了一句"曼曼，你也摸摸我"，然后握着她的手，放在了他的胯下。她刚隔着裤子碰到他，他就嗓音低沉地喘了一声，几乎把舌头插入了她的喉咙。然后，他把她的双腿再度分开。当时的她和白日的她简直判若两人，不但没有因此退缩，还很急不可耐地……

天哪，好丢脸！！她放下叉子，又把脸埋到了掌心中，只用嘴型无声地说着："我到底都做了些什么啊……"

"曼轩姐，你怎么了……"凌少哲好奇而担心地问道。

侯曼轩吞下了松饼，微笑着说："没事，想到回国以后工作上还要处理一些事，觉得有点麻烦。"

"哦哦，今天就当休假吧，放松，不要想那么多。"

"好。"

过了一会儿，他们在网上看一个BLAST-I出国前最后一场演出的视频，并且让侯曼轩来点评那天谁舞台表现力最好。侯曼轩嘴上说着少哲歌声不错，孟涛舞步最稳，吴应笑容最可爱，但她的目光压根就没从龚子途身上挪开过。看到他跳舞顶胯的动作，哪怕是一脸严肃与禁欲，眉头甚至因为对舞蹈认真而轻微锁着，她都想到了，昨夜他们第一次很快结束，第二次做了很久。第二次结束以后，他总算没有秒兴奋，但是他完全是没满足的样子，居然无师自通把头埋入了她的双腿间……她就记得自己头晕目眩地抓住了他的头发。接着没过多久，他们就开始第三次了……

这小兔子真的有毒！

烦死了，不要想了，笨蛋，笨蛋！她很想使劲拍自己的脸和脑袋，但脸上表情毫无变化，只是淡定地拿起叉子，吃剩下的松饼，吃完以后看着视频里的龚子途说："涵亮，你唱功也有很大进步呢。"抬起头，眼神却和龚子途相撞了。他朝她投来浅浅的笑，她也礼貌地回笑。

果然……他浑身上下没有一个地方不吸引她。真头疼。

这一晚趁大家都睡了以后，龚子途悄悄叫侯曼轩一起做夜宵。她摸黑走到厨房，看到他在开冰箱找吃的，她觉得幸福坏了，过去踮脚吻他。他本来单手插在裤兜里，被她这么一主动，抽出手，捧着她的头，专心回应她。但过了十二分钟，她踮脚觉得有点累了，揉着脖子转过身去，说还是做饭吧，亲得好吃力。他笑了笑，把她拉回来，直接把她抱起来放在高高的厨台上，然后自下而上变着角度亲吻她。

这一天他们过了超甜蜜的晚上，因为侯曼轩疼痛感仍在，加上和其他人住在一起，他们的接触止步于亲吻了。

一周过后，结束了巴黎的拍摄工作，组里的小伙伴一起回国，两个人没了束缚，只要有闲暇时间，就一定会和对方待在一起，同床共枕更是每日必做的事。开始侯曼轩还有些担心，这样会不会很快就腻掉，后来发现爱一个人的时候是毫无理性可言的，越忍着不见，下一次见面就越没理性。

索性什么都不要想了。她爱子途，而且也被他爱着，如此已经远远超出了满足。

My Bride 的 MV 播出以后，反响果然和杨英赫预测的一样好。巧克力公司请了侯曼轩做产品代言人，还分别让 Alisa、唐世宇和侯曼轩、龚子途拍摄两组广告，片酬都颇为理想。这一回这两对的合作也得到了广大粉丝的支持，甚至还有小部分粉丝觉得这两对 cp 感都很足。

侯曼轩渐渐开始觉得，她和龚子途的未来可能不像她之前想的那么糟。或许命运眷顾了她，会给他们顺利美满的未来……

她开始进行第八辑的创作。她最喜欢的一首，也是想用来当主打的歌曲叫 *One Day, One Life*。意思是："爱上你只需要一天，忘记你却需要一生。"解释起来有一点悲伤，但这首歌却是一首动感十足的舞曲，洋溢着热恋时的幸福感。

龚子途更是掉到蜜罐里去了，即便不和侯曼轩见面，不管在哪里看到她的海报、视频、照片、广告，都会笑盈盈地逗留很久。他觉得特别为她骄傲，这种骄傲和以前作为粉丝时的崇拜有很大差别。只要想到女神已经是自己的女朋友了，他整个人都会被满满的幸福感和征服欲同时占据。而且，他比侯曼轩还要乐观，从开始追她起，就没有一秒钟的退却和怀疑。所以，回父母家里的一个周末，与父亲的一番谈话也令他备受打击。

这一天，他约了侯曼轩下午一起看电影，拿着换洗的衣服在楼道间上上下下，忽然坐在一楼看新闻的龚凯盛背对着他，头也不回地说："听说你小子最近谈恋爱了。"

龚子途迟疑了一下："爸这么快就知道了。"

他们兄弟俩都像父母，但弟弟更像妈妈，哥哥更像爸爸。因此，龚凯盛就是一个更严肃、更冷硬版本的龚子业。每次和他说话，龚子途都有一些敬畏感。又因为母亲特别崇拜父亲，从兄弟俩很小的时候就教育他们要向父亲学习，龚凯盛在家里可以算得上是绝对的精神领袖。

"我还知道，她比你大了快十岁。"

听到这句话，龚子途心里"咯噔"了一下。他知道，父亲很传统，反对姐弟恋。看样子他和曼曼前路坎坷，不仅会被母亲反对，还要被父亲阻碍一阵子。但不管遇到怎样的困难，他都会和曼曼一起克服的。他想了想，用商量的语气开口，企图走迂回路线："没有那么多……"

"侯曼轩，唱歌的，跟你一个公司，对吧？"

"嗯，是的。"

"她前男友叫什么？姓戚那个，演电视的。"

"戚弘亦。他们俩已经分手好久了，之前只是形式情侣。"以前龚子途对戚弘亦没有一点感觉，但和侯曼轩确定关系后，他越来越不想听见这个前男友的任何消息。曼曼是他一个人的，以前、以后，他都不想有任何男人出现在她的生活中。

龚凯盛轻笑一声，喝了一口茶，又把茶杯放在桌子上，依然没有回头："她和那个戚弘亦谈了多少年恋爱，你知道吗？"

"对外宣称是七年，但其实……"

龚凯盛打断他："你别管什么对外宣称，这七年里，他们同居过，该做的不该做的事都做了，你是知道的吧？你这女朋友最好的快十年的青春也都给了这男演员，你也是知道的吧？"

侯曼轩和戚弘亦的过去，龚子途从来不想知道太多，他只知道，她现在是他的。被父亲这么一说，他忽然觉得很心痛，但还是试图说服父亲："爸，现在时代变了，女人只要活得漂亮，七十岁也可以风风光光的，不存在什么好不好的十年青春啊。"

"是，你留过学，思想开放，可以接受女朋友老了以后依然活得漂亮，爸懂。但这男演员思想一点也不开放，女朋友年纪一上去了就不愿意娶了。他一直拖着，可能正愁着怎么甩掉这个大麻烦呢，正好你这傻小子出现了。"

龚子途觉得难过极了，握了握拳，急道："不是这样的，她是真心喜欢我的。"

"跟一个男的拉拉扯扯这么多年，立刻就真心喜欢上你了？你还真觉得自己宇宙第一帅。男人光长得漂亮有什么用，你有那个男演员的阅历和事业吗？你驾驭得了你这个姐姐女朋友吗？"

他绝对相信侯曼轩。但是从小受妈妈教育影响，爸爸是他最崇拜的人。别人说什么都影响不了他，可龚凯盛不一样。被如此嘲笑，他觉得很耻辱，一时半会儿不知该怎么说了，只能赌气说："爸，你担心太多了。我追侯曼轩没消耗什么时间和成本，跟她谈恋爱又不吃亏。再说我是男生，拖下去有损失的人也不是我，我在十年内是不可能结婚的。"

龚凯盛笑出声来："你如果只是想谈谈恋爱，那老爸还真不担心了。就怕你控制不住，想把她娶进家门。你这女朋友啊，哈哈，我都不说什么了。她就是年纪到了，那个七年男朋友又不娶她，现在想找个备胎接盘。你看吧，她三个月内会跟你提结婚的事。"

Act.13　安全感在作祟

转眼间，冬季结束，初春到来，小情侣们都跟约定好了似的，纷纷挑在春暖花开之时结婚。侯曼轩接到了很多中学老同学的婚礼请帖，但因为春天她的行程特别满，她还在专心搞 One Day, One Life 的创作，所以都提前给新郎新娘红包，本人并没有参加。她只打算参加四月中旬那一场。新娘和她、郝翩翩小时候住在一个小区里，她们曾经经常玩扮演白娘子、小青和许仙的游戏。后来因为她步入歌坛，郝翩翩变成了宅女大画家，这个发小只是公司职员，和她们的联系便渐渐少了，但在她心中，这个发小依然是最重要的朋友之一。

她在微信上向郝翩翩提起这件事，郝翩翩说会跟自己老公去，他们夫妻俩会一起帮她抢捧花，用捧花赶走戚渣渣的。

"其实……我和子途在一起了。"侯曼轩有些不好意思地打下这行字。

郝翩翩没有再发文字，而是直接扔了一条尖叫的语音过来："天哪！啊啊啊啊我竟然美梦成真了，你让我缓缓！！"

过了半分钟，郝翩翩又发了一条淡定很多的语音："你们怎么在一起的？去巴黎的时候？"

"真不愧是大佬的女人，这都猜到了。"

"废话，我有多了解你啊。你本来就喜欢奶兔，法国那种浪漫环境熏陶一下，能不立刻缴械投降吗？这么说你们俩已经在一起一个多月了，居然现在才告诉我，不讲义气。"

"因为还不稳定嘛，就没想说出来的……"

"奶兔都快被你迷晕了，现在肯定宠你宠上天了吧？"

侯曼轩想了想和龚子途相处的每一天的点点滴滴，抱着枕头，把脸靠在上面轻轻蹭了两下，笑得眼睛都快没有了："嗯，子途对我超好。"

"我就知道他比戚渣渣好太多了，恭喜啊恭喜。那周倩婚礼你要带上奶兔吗？呃，会引起骚动吧……"

"我想带他，不过会不会被记者拍到啊。"

"以同事朋友的身份带他呢？再带一两个圈内的朋友，应该就不会引起怀疑了？"

"嗯……我想想看吧。"

三月有国际春季时装周，侯曼轩应邀去了米兰那一场，BLAST 则集体参加了北京时装周。

这一天，解决秀场高额费用的赞助商繁多，全球顶级时尚媒体都在密切关注着今年的春夏高级成衣系列。戚弘亦作为 vip 区头排看秀的贵宾，也带着女伴准备入场，没想到刚进去就看见了赫威集团的大批小鲜肉新星。然后，他不由自主想起了一些事。

"你为什么要跟我在一起？"记得刚在一起的第二天，他问过侯曼轩这个问题。

"因为你对我好呀。"她如此自然地回答。

这个答案让他特别特别失望，但他并没有说出来，只是皱了皱眉："那如果换个人对你也一样好，你是不是就会跟别人跑了？"

"你为什么要假设这种不太可能发生的事啊，我们现在不是好好的吗？"

"什么叫不'太'可能发生？"他更不悦了，"你的意思是还是有可能发生了？"

侯曼轩不好意思地挠挠脑袋："嘿嘿，说实话哦，你不是我喜欢的类型。但你对我那么好，我就舍不得离开你啦。"

"我不是你喜欢的类型，那你喜欢什么类型的？"

"我的审美跟所有少女审美一致。"她的眼睛立刻像会发光了一般，"高高瘦瘦的身材，手指要修长，脸要秀气精致，眼睛要深邃，但不能是欧洲人那种深邃，要亚洲人的深邃，气质得非常干净，轻微禁欲高冷，就像男版小龙女一样。当他走来的时候，你会有一种'哇，这就是漫画里走出来的少年啊'那种感……"

"行了行了行了，给你说得跟神仙弟弟下凡似的。我看你的心理年龄压根就是还停留在十五岁，这种男生现实中有吗？"

"你看过《情书》吗？"

"抛开皮相，藤井树是个渣男。"

"那又如何，美貌即正义。他长得好看，怎么渣我都能接受。"

"你的意思是我不好看？"他简直不敢相信，自己这么出名的一个大帅哥，居然会被女朋友轻视到这种程度。

"你还行吧，凑合。跟你说了嘛，你不是我喜欢的类型。"

那时侯曼轩还不到二十二岁，从未谈过恋爱，眉眼间还没有透露出稳重的气场、女人味的气息，只有一些幼稚的自信和对事业期待的光芒。当她说出这样过分的话时，自己是毫无意识的。这一份天真又伤人又有魅力，加上他当时也只是抱着玩玩的心态开始这段感情，也就没有多想这个问题，只是有些郁闷地继续宠着她，对她更好，以免她未来跑掉。

后来因为她，他的人生发生了重大转变，她的这份天真就变成了一把利刃，把他伤得体无完肤，却又无法从她设下的迷人陷阱中走出来。

再后来，他们的感情急转直下，他更没有心思研究侯曼轩到底有没有真心爱过他了。直到有一天，他在赫威的选秀节目中担任嘉宾评委，一眼就从四十八名练习生中看见了唐世宇。

赫威集团盛产小鲜肉是众所周知的事。但是，唐世宇的外形堪称是小鲜肉的里程碑。他想到了侯曼轩曾经说过的话，然后拍了一张唐世宇的照片，发给她，说："我记得你喜欢这一款？"

侯曼轩的回复是："唐世宇啊，杨董很器重的一个新人。挺帅的，但不是我的菜。"

"这样都不是你的菜？你不是个标准颜狗吗？"

"唐世宇眼睛太大太有神，又那么活泼接地气，像儿子，小女生比较喜欢这一款吧。"

"那你喜欢哪一款的？"

"跟你说过的呀，我喜欢气质稍微冷淡一点的。但那也是以前的审美，现在我对这些量产小帅哥毫无兴趣。我们公司出了太多，脸都记不住。"

"你这女人，要求还挺多，小心嫁不掉。"虽然这样说，但他心里松了一口气。短期内应该不会再有比唐世宇更帅的男孩出现，看来当年她也真的只是少女怀春随口说说的。

"我的心思在事业上，已经不想结婚了。"她轻描淡写地回答。

继姜涵亮之后，唐世宇是 BLAST 的第二个预备成员，赫威刚为他发布出道短片的那一天，就在网上掀起了巨大反响。之后戚弘亦又继续在赫威选秀节目里当了十二期的嘉宾，又陆续有五名年轻男孩加入 BLAST，但没有哪一个能取代唐世宇成为门面。等主持人宣布 BLAST 第十名成员定为韩国的泡菜欧巴崔永勋时，他知道有一个已出道的凌少哲也会加入 BLAST，但还是缺了一个人。然后，他问了一下旁边的嘉宾申雅莉。申雅莉说，还有一个还在国外读书的男孩是内定成员，是 BLAST 的另一个门面，等回国以后就会正式出道。

戚弘亦好奇地说："连唐世宇这么帅的小伙子都是选秀进来的，另一个门面是什么来头？有后台？"

"不是，他是杨董亲自挑的。我个人觉得比唐世宇还好看。不光脸好看，十九岁，一米八二，还在长个子。"申雅莉翻了翻手机，找了一张这个内定成员的照片给他看，得意地笑了笑，"以我专业人士的眼光来看，这小弟弟以后如果不火，天理难容。"

看到照片的那一瞬间，戚弘亦蒙了。他接过手机，多翻了几张这个成员不同角度的照片，把手机还给申雅莉："有动态的吗？照片修得有点失真了。"

"这些都是我助理用手机拍的原图，没有拉长过，滤镜都没加。可怕吧，真人可以长成这个样子。这孩子还没出道呢，我助理已经沦为脑残粉了，每天兔兔兔兔叫个不停的，发了一拨又一拨照片给我，企图拉我入坑，简直疯狂。"

戚弘亦立刻想到了侯曼轩。他很有冲动把这几组照片发给侯曼轩，再问问她，这应该就是你喜欢的那一款了吧。

但最后他没有这么做。他甚至没跟她提起过这个男孩。

后来，BLAST毫无悬念地红了，蕴和、唐世平、龚子途成为饭圈出现频率最高的三个名字。有一天，戚弘亦和侯曼轩一起出席一个全球级影帝的六十岁大型生日派对，BLAST也被邀请前往现场表演。他第一次看到了龚子途本人，留意到了一个细节：龚子途先与他视线相撞，目光落在了他与侯曼轩挽在一起的胳膊上，眼中露出了带有一点点冷漠的敌意。

从那一刻开始，他就很不喜欢龚子途了。

侯曼轩并没有发现这个细节，只是上前去揉了揉蕴和的脑袋，像个仗义大姐姐一样跟他讲话。戚弘亦又发现，她和谁都是一副姐姐的样子，唯独面对龚子途，她有防备。龚子途主动去跟她打招呼，她的态度也很淡。

这一份防备令戚弘亦感到了深深的不妙。

他知道，每次当侯曼轩内心不够强大的时候，她总爱以这样的面孔伪装自己。

两年后的今天，他又看到了已经被记者围得只露出半颗或一颗脑袋的BLAST，还有那诸多脑袋里被公认为最好看的一个。凑巧的是，龚子途是第一个不想继续被拍照的成员，找了个空子就钻出人群，准备入场。

想到侯曼轩分手那天说的话，戚弘亦心里就有一股隐隐的怒火。他挽着女伴，大步流星走过去，拍了拍龚子途的肩。

"晚上好，龚先生，又见面了。"见龚子途回过头来，戚弘亦朝他颇有礼貌地笑了笑。

"有什么事吗？"

龚子途随口说道，又看了看他身边的女孩：不算特别漂亮，但很年轻，皮肤毫无瑕疵——不是通过化妆掩盖的毫无瑕疵，而是透过粉底都能看出满满一脸的胶原蛋白。她还有一点点婴儿肥，看上去二十岁上下。他禁不住想，侯曼轩跟这个人在一起的时候，也是差不多的年纪吧。然后，他就特别不想看到戚弘亦这个人。

"其实子途，你不用对我如此警惕。我和侯曼轩那一段已经是过去式了，现在我也有了新欢，我只希望她能过得好，是时候放下芥蒂了。再说，我们俩能因为一个女人认识彼此，其实还算比较有缘的。"说完，他看了看身边的女伴。这就是与他一起拍戏的十九岁新人演员，现在和他处于女朋友和床伴之间的暧昧关系中。

"我们没什么好说的。恕我不奉陪了。"龚子途淡淡说道。

"你不是想知道曼轩的事吗？"

龚子途站住了脚："她是我女朋友，我没必要通过你来了解她。"

"哦，已经是女朋友了。"戚弘亦说得云淡风轻，内心却狠狠刺痛了一下。随后，焦虑感在短期内就侵占了他的思绪：当年他为了追侯曼轩，可是拼了老命追了一年半才追到手。现在龚子途才追她多久，他们就已经确定关系了？他们发展到了什么程度，难道侯曼轩已经让龚子途吻过了？还是说……不，不可能。他了解侯曼轩，她就是个清朝穿越过来的老古董，又封建，又难搞，即便确定关系，头三个月连手都别想碰她一下的。

但他太好奇了，忍不住试探道："交往多久了？"

"我没有义务跟你交代这些吧。"

戚弘亦爽朗地笑出声来，对身边的女孩挥挥手，待她走远了，又回头对龚子途露出一个放松的笑："真的没必要这样紧绷。我们都是男人，可以聊聊男人的话题。以前你谈过比你大这么多岁的女朋友吗？"

"曼曼是唯一的。她出现以后，其他女生都没有任何存在的意义。"

"很好，看来姐弟恋的感觉不错嘛。可惜了，我没谈过姐弟恋，甚至没谈过比侯曼轩还年长的女朋友。子途，你的时髦值更高。"说到这里，戚弘亦低下头去微微一笑，看上去像是有点不好意思，"不过，我可以给你一个甜蜜预告：跟你曼轩姐姐谈恋爱，在某些事情上，应该会比跟小女生更方便。"

"……什么意思？"龚子途蹙眉道。

"你在网上看过一个段子吗？'年长的女性最好的一点，就是你根本不用告诉她该怎么做，她会直接坐上来自己动。'"

龚子途握紧双拳，指节发出咔咔的响声，但眼神还是一如既往的平静无波："曼曼没有你说的那么风尘，她在这方面还是很可爱的。你还有什么话想说吗？这话题我不想聊了。"

戚弘亦陡然睁大双眼。他差点怀疑自己听错了。

以前，从他开始追她到牵她的手，他花了整整二十一个月的时间，中间还带着她的各种嫌弃、推拒和不满。而这个臭小子，才跟她交往多久，就已经本垒打了？他可是真的要娶她的！！到今天为止，他都还像个傻子一样想等她玩够了回头，而她就真的送上门让人睡了？妒火几乎把戚弘亦一颗心都烧成灰烬，他恨得咬牙切齿，想要立刻杀到侯曼轩面前质问她到底在搞些什么。但他毕竟拿过十七个最佳男主角奖，此时此刻，把所有的情绪都埋藏在了微笑底下："哦，既然你们现在发展速度这么快，我也想跟你分享一些细节。侯曼轩的敏感点在右侧腋下到乳房中间，你不用慢慢找了。"

龚子途额头上的青筋微微凸起，声音比平时低了一个八度："不要逼我在这里对你动手。这样大家都不好看。"

"不是，子途，我这是在好心提醒你，怎么可以对我动手呢？而且，和她分手，受伤的可不只是她，你怎么不同情同情我呢？"他拍拍龚子途的肩，小声说道，"她确实很有魅力。这样一个名器，享受了七年，我觉得很够了，转手给你也没什么不好。下半辈子好好对她，你们有我最诚挚的祝福。"

龚子途闭上眼，已经快要忍无可忍。他控制着自己最后的理智，直到戚弘亦在他耳边小声说了最后一句话："对了，我来跟你说说，为什么我要说她是名器，因为她……"

晚上十点四十分，龚子途被保镖和助理送回到 BLAST 的宿舍，手背青肿，一直火辣辣地疼，嘴角和鼻梁上有处理过的流血小伤口，看上去很疲惫。这时，手机响了。看见屏幕上的名字，他心里一酸，按下了接听键："曼曼。"

侯曼轩那边还是下午，环境吵吵嚷嚷的："你怎么又跟戚弘亦打起来了？我不都跟你说了吗，如果遇到他，压根就不要搭理他啊。"

龚子途一声不吭地倒在床上，只是呼吸，没有说话。

"怎么不说话……他都说了什么，你为什么要打他？"她顿了顿，"兔兔？兔兔？"

想到戚弘亦最后说的污言秽语，龚子途就觉得心里像扎了刀一般疼。他吞了一口唾沫，苦涩地说："他说你太好了，我配不上你，说我们俩不应该在一起。"

侯曼轩气愤地说："你怎么就配不上我了？我们俩是全天下最般配的一对好不好！答应我，下次真的不可以再搭理他了，他对你完全就是男人丑陋的嫉妒！你看看，因为这个渣渣，现在网上又闹成一片了。好在你的兔粉特别强势，说你平时谦逊有礼，不会主动找事的，还说你们俩应该是有误会，打打架也没什么……总之，她们没让任何人攻击到你的人品，我都忍不住要为她们打 call 了……"

"曼曼，我爱你。"他声音有一点点哽咽，"我真的很爱你。"

"我也爱你。可是你怎么了……为什么听上去这么委屈？都是那个浑蛋吗？他嘴好贱啊，真想打死他……"

他摇了摇头，眼神是一片无神的空洞，但眼眶红红的："我爱你。"

侯曼轩感动了，分外满足地说："怎么老撒娇……我也爱你呀，想你一天了，好想赶紧回国见你呢。"

"嗯，我也想你。"他点点头，用手背盖住眼睛，压住紧蹙的眉头。

此时此刻，他什么也不愿意想，只想紧紧地抱住她，占有她，让她只属于他一个人。

三月二十三日，侯曼轩提前回国了，原因是公司通知了她一个好消息：因为 *My Bride* 大获成功，同在准备新专辑的柏川也有意与她合作新歌。

柏川是当代演艺圈的奇迹，在音乐方面，他就是男版的侯曼轩。与此同时，他还是最年轻也获奖最多的影帝，还有着出色到当男模都完全达标的外形。"艺能天王"这个词简直就是为他量身打造的。与他合作，不管是作品艺术价值、知名度，还是国际影响力，都会上升到新的高度。

侯曼轩因为这个消息高兴坏了，跟言锐兴致勃勃地讨论起了这次合作。言锐告诉她，最近柏川正在举办国内巡回演唱会，办好了就会来和她谈签约事宜，如果她有时间，可以去听听柏川的演唱会，钻研一下大佬的表演风格。这件事很快又被 Alisa 知道了，Alisa 直接把柏川演唱会贵宾席的票塞给了侯曼轩，说咱俩一起去看我男神演出，不用谢。

而在感情方面，自从龚子途第二次打了戚弘亦的那个晚上后，侯曼轩就觉得他的状态不太对劲。回国与他见面以后，状态稍好些，但她还是觉得他有事瞒着自己。想来想去，问题应该都出在时装周那个晚上。于是，她查到了二十七日晚上戚弘亦有一场话剧表演，就直接到剧院找到了他。

戚弘亦在话剧里演的是一名精神分裂者，中场休息时，侯曼轩在后台找到他，他正好穿着病号服，一个人靠在沙发上休息。看到侯曼轩，他坐直了身子，有些惊讶："曼轩，你怎么来了？"

侯曼轩进了房间，把房门关上："我们俩的时间都很宝贵，我也不跟你绕弯子了——你为什么要跟子途说一些很恶心人的话？"

戚弘亦陷入了沉思，眨了眨眼，而后抬眼看了看她，笑了："果然是小男孩，连这些话都告诉你。但是，我跟他说的可都是事实，也没有诋毁你，你有必要这样直接过来质问我吗？"

"我没有问你是不是事实，只问你为什么要跟他说这些。"她几乎确定了，龚子途跟她转述戚弘亦的话不完全属实。

戚弘亦的笑容退去："你还要问我为什么？因为我不甘心你就这么被他抢走，更不甘心我想娶回家当老婆的人这么快就被个臭小子睡了。"

侯曼轩心中一凛。戚弘亦为什么会知道这些？是子途告诉他的吗……但她不想再说一些让戚弘亦能借机挑拨的话，只是继续紧扣主题："所以，你就想千方百计拆散我和子途？"

"拆散。呵呵，如果他真的爱你，我说这些话能拆散你们吗？而且，他知道我们在一起七年，难道还指望七年里我们只是盖棉被纯聊天？"

真相居然是这样。戚渣渣把他们俩曾经亲密无间的细节告诉了子途，难怪子途一直如此低落。侯曼轩抱着胳膊，上下打量了他一次，极其嫌弃地扯着嘴角笑了一声："你真的很无耻。跟你说什么都是对牛弹琴，我走了。"

谁知她刚转过身，戚弘亦就从沙发上跳下来，大步走过来拉住她的手："曼轩，不要。"

　　她瞪了一眼他握着自己的手。他赶紧松了手，但还是堵在了门前，胆怯而卑微地说："对不起，是我错了。当时实在是太嫉妒他把你抢走了，才会张嘴乱说话，请你原谅我。"

　　"算了，已经分手了，大家各自安好吧。"

　　"曼轩，我真的没有机会了吗？"他恳求道。

　　"没有了。我和子途感情很好，不可能再看得上其他男人。而且即便没有他，我也不会和你和好。"

　　"你这是自欺欺人。如果他没出现，我们已经结婚了！"

　　"戚弘亦，你别忘了，你一直在不停换女人，不管有没有实质性的发展，我的头顶都绿了好多年了。"

　　"那是因为我得不到你的心，只能通过别的方式来寻求安慰啊。"

　　侯曼轩不耐烦地说："好了好了，别再说了。最近你不是又有新欢了吗？不是年纪还挺小的，干吗一直执着我这个过去式。让开，我要走了。"

　　戚弘亦没有让，只是从口袋里拿出手机，拨通了一个电话，打开扬声器。只响了一声，那边就接起了电话，是一个女孩幼猫般娇滴滴的声音："亦亦，你终于给我打电话了。你在做什么呢？找我是不是因为想我了呀？"

　　"姚梦，我没别的事，就想跟你说一声，以后我们不要见面了。"

　　听到这里，不仅是电话那一头的姚梦，连侯曼轩都蒙了。姚梦停滞了两秒，才又一次有些底气不足地问："为……为什么……发生什么事了？"

　　"我一开始就告诉过你的，我不是你的正式男友，随时会结束这段感情。"

　　"可是，我什么都没有做错啊！"姚梦情绪激动地说道。

　　"你没错，错的是我。我还是爱曼轩，只要她一个人就够了，对不起。"

　　"你不是告诉过我侯曼轩不爱你吗，怎么，现在她又肯回头了？"

　　"她不爱我，我也依然爱她。"

　　姚梦又语塞了两秒："你怎么这么贱？"

　　"在她面前我就是贱。"

　　然后，电话那一头传来了激动而压抑的抽气声。空气有数秒的凝滞，那一边的女孩声音颤抖地说："好，好，她是大明星、超级天后，我比不过她，我认输。可是，你跟我说，我做错了什么？对你不够好吗？这么长时间里，我一直都默默支持你，站在你这边，全心全意为你好，你的心哪怕是石头做的，也该焐热了吧？为什么现在……"

　　说到最后，姚梦哭了起来。可是哭声却被结束通话键切断了。

　　"够了吗？"戚弘亦淡淡说道。

　　侯曼轩只是不可置信地看着他："你真的很渣。"

"我知道。只要你一句话，我还可以渣掉更多人。"他把手机递给侯曼轩，"你可以翻翻我的手机，还有谁，你希望我和她绝交的，哪怕是战略伙伴，我也立刻绝交，不多说一句废话。"

"不必，我没有任何权利干涉你的私生活。你还是对这个女孩好点吧，她听上去很伤心。"

"我知道我做错了很多，尤其是把自己的失败归咎在你身上。这段时间我冷静了很多，也想通了，其实你带给我的正面影响远远大于负面的。你看我现在已经拿了这么多奖了，还拒绝了很多电视剧通告，坚持演话剧来磨炼自己的演技。我以后会在这条路上走得更远的，我的人生并不失败，这都是因为你啊。是我错了，原谅我，好不好？"

侯曼轩叹了一口气，点点头："我原谅你。但我们回不去了。"

"曼轩，从现在开始，我不会再碰任何女人，会一直等你回心转意。哪怕你要跟那个小鲜肉再玩十年，我也等。"

"再说一次，我不会回头了。"

"你有不回头的自由，我也有继续等的自由。因为我知道，你不管嘴上如何说着不婚不婚，内心还是渴望有一个温暖的家。我可以给你这个家，龚子途也可以给。而我们俩的区别是，他不愿意给，我愿意，而且给得非常心甘情愿。"不等她回答，他已经让开了一步，不再挡着门。

三月二十九日是龚子途二十二岁的生日。凌晨整点，他就收到了来自爸妈、哥哥以及万千冰火饭的祝福，并且在酒店和女朋友一起吹蜡烛、吃蛋糕。晚上会有一场公司给他安排的粉丝庆生会，似乎一切都很圆满。然而，他已经心烦了整整四天。因为二十五日早上，他在一个活动中遇到了冬季少女团，然后不小心听到 Alisa 说，侯曼轩要跟她一起去听柏川的演唱会。

他知道侯曼轩快要跟柏川合作新歌的事，这让他很不爽。而她完全没跟他提过要去听演唱会的事，这让他更是不爽到了极点。

柏川唱功一流，跳舞娴熟，关键是又帅又有气质，连他都很喜欢，更别说是女生。曼曼和他合作就算了，好歹是平等关系，听演唱会算什么，在台下跟粉丝似的看如此优秀的男人表演……怎么想都觉得火气快冲到头顶了。可是，如果他去质问她，一定会被嫌弃，会被说成小肚鸡肠的。

而且，她不告诉自己，应该是因为有点心虚了吧。毕竟，那是比她男朋友要成功得多的巨星。然而他不想和曼曼吵架，甚至不想让她有一点点不愉快，所以每当他有冲动想去问她为什么要隐瞒去演唱会的事，最后都是以默默气炸自己结束。

现在十二点刚过，他泡在酒店的浴缸中，双臂无力地搭在浴缸边缘。时间过得如此之慢，他总算又长大了一岁，但依然觉得自己还是太年轻。不开心。

这时，有人轻轻在磨砂玻璃门上叩了四下。侯曼轩叩门总是四下，他条件反射地把双臂重新泡到了水里，身体往下缩了缩："进。"

门被推开，探进来一张素面朝天的漂亮脸蛋。侯曼轩笑了笑："兔兔，你还没洗好啊，我也想洗呢。"

"哦哦，好，我马上就洗好……"龚子途话说到一半，没再说下去。

因为侯曼轩已经裹着浴巾进来了。她在镜子前举起双臂，用夹子把长发固定在头顶，露出了极美的窈窕腰线和颈项轮廓。然后她走到池边，脱掉浴巾，直接进了浴缸。

热水立刻就溢出来一大片，"啪啪"拍打在地面，又流入了下水道。龚子途睁大眼，跟被定格一样一动不动。

"怎么了，不欢迎吗？"侯曼轩双手抓着浴缸边缘，似乎是在用胳膊遮掩自己的身体，有些羞涩地回头看了看他。

"欢迎。"他很想多说点什么，但语言能力匮乏了，除了这两个字什么都说不出来。

侯曼轩笑了，但也不知是水太热，还是氤氲雾气让人产生错觉，她的脸红了。两个人这样相对无言地泡了一会儿澡，她忽然开口说："我以前很不懂事……不对，现在我也不够懂事，但以前更严重一些。"

龚子途摇摇头："在我心中，曼曼什么都很好。"

"我是说认真的啦，你别再捧杀我了。"她在水中朝他推了一下水波以表抗议，"我以前不懂事，才跟一个男人拖了七年，这很浪费时间。"

又一次提到这件事，龚子途眼神黯淡了一些，但还是理解地点头："跟你在一起的第一天，我就知道你的过去。谈过恋爱很正常，真的不用跟我解释这些。"

"子途，我很好奇，你对婚姻是怎么看的呢？"

龚子途想到了父亲对自己说过的话，迟疑了一会儿，说："现在还没有做好结婚的准备。我希望等自己事业稳定以后，以一个成熟男人的身份娶你，而不是像现在这样，连跟你公开恋情都不敢，更不想让大家觉得是个小孩子沾了姐姐的光。所以，怎么也要五到十年之后吧。"

其实侯曼轩想问的并不是这个问题，但龚子途说了这么多，让她有一点点尴尬。她摆摆食指，立刻接道："我没在说我们俩的事啦，我只是想知道你对婚姻的看法。例如希望有怎样一个家庭，成为怎样的丈夫。"

龚子途也有些尴尬地笑了："原来是这样啊。那当然是希望家庭幸福和睦而稳定，成为很靠谱的丈夫。"

"我的想法和你一样。当时有很多人追我，我选了前男友，是因为他看上去像是这样靠谱的男人，他对我又特别好，很适合结婚，所以即便不爱也可以尝试在一起。"

她有些灰心丧气地说道，"可惜我眼光不怎么好呢，好像是因为太幼稚，被表象欺骗了。结果，我们俩既不适合结婚，我对他也没有爱。这是一段很失败的感情，到现在我已经一点都不想回头看了。"

龚子途沉默着点点头，但眼神很认真，像是看到了希望的样子。

"以前我一直觉得，过日子的对象不需要有爱情。直到遇到你，我才彻底醒悟了。没有爱的恋情，真的无法进行下去。"侯曼轩在水中摸索到了龚子途的手，轻握了一下，"你才是我的真爱。那种人不值得我留恋，我连提都不想提他。我们都不回头，只看现在和将来，好吗？"

龚子途又笑了。这一次是发自内心的释然之笑。他用力点点头。

侯曼轩也觉得特别开心，往前挪了挪，靠在他的怀里，抓着他的右手，放在自己的腰上，又抓着他的左手，放在自己的胸上，舒舒服服地侧过头，用脸颊蹭他的颈项："兔兔，我没想到你还会考虑到我们的未来，真的挺意外的。谢谢你这么爱我。"

虽然嘴上是在表达感谢，但她心里已经在叹息了。五到十年时间吗，那时候她都多大了？而且，这么长的时间里感情会发生什么变动，谁也不知道。姐弟恋，还是相差八岁的姐弟恋，能坚持一年都很励志。

不过话又说回来，她本来就对婚姻不怎么抱希望，能跟自己喜欢的人在一起已经很好了，也没必要想得太远。

她与龚子途十指交握，又紧紧地扣住，大概不知自己此时的眼神有多痴迷："兔兔，第一次跟你一起洗澡呢。你的身材好好，腰腹硬硬的，有练过吧？"

他低头吻了吻她的脸颊，轻柔地耳语道："嗯。"

"如果你不硌着我，会更舒服的吧。"

"无视它就好。"

"好。"

然后她翻过身，坐在他身上。又有一些水溢了出来。这一回他们做得很慢很慢，慢到几乎只是彼此相连而看不出动作，连带亲吻的频率都慢了下来。可是，却比以往任何一次都能挑动彼此的敏感神经。而且，像是恶作剧一样，她把他的左手抬起来，折到头顶，又用一种征服的姿态压在身后的瓷砖壁上，本想刺激他一把，没想到他一点也不反抗，只是甘之如饴地徐徐顶胯，撩得她差点破功。她不服气，把他右手也折叠到头顶，与左手交叉，再一次想刺激他，然而他的动作更慢了。这实在有点要人老命。

"兔兔，你好坏啊……"

他吻着她，笑了笑，却没有否认。于是，几分钟她就丢盔卸甲地松了手，被他抱在怀里为所欲为。

洗完澡出来时，侯曼轩看了看床头柜上的时间——三点零七分，差一点晕过去。

难怪觉得头昏脑涨，十指都泡出了皱褶。她有一点点困，但还是不想睡觉，干脆到浴室里去帮龚子途吹头发。看她那么吃力的样子，他故意把身子挺直，弄得她更累了。她咬着唇，拍了拍他的肩，横了他一眼，他才回头斜眼冲她笑，听话地坐在椅子上，任她摆弄他凌乱湿润的头发。

吹好头发以后，龚子途把她拉到沙发上，抓起她的手，把一条红色的手链套在她的右手手腕上。侯曼轩看了看他的左手，他早就已经把黑色手链戴好了。

"你怎么这么霸道，明明是我送给你的礼物，弄得像是锁链似的。"说是这么说，侯曼轩心里却美滋滋的。这是她挑了好几天才决定送他的生日礼物，红色和黑色分别有圆形和方形的镶嵌式坠子，里面有活动的心形碎钻。

"就是锁链。我要把你锁在我身边一辈子。"

他说得轻描淡写，却让她的内心受到了撼动。她摸了摸手链："有些遗憾，这对情侣手链有点明显，恐怕我们没办法公开戴出去。"

"那我先戴着。总有一天，你也可以戴的。"

虽然是男朋友的生日，但侯曼轩觉得比自己过生日还开心。第二天下午，她到舞蹈室跟编舞沟通练习新歌的舞步，看着镜子里的自己，她却一点也集中不了精力。

"曼轩，你是中六合彩了吗？一个劲傻笑什么？"编舞回头莫名地看着她。

"啊，对不起对不起，我没睡好。"她扭过头去，用力拍了自己的脸十一次，再转过来严肃道，"再来再来。"

相比较侯曼轩的放松与快乐，龚子途就显得非常纠结了。因为，和侯曼轩越是甜蜜，他就越担心柏川演唱会的事。戚弘亦就算了，过去式，曼曼已经说了要无视他，那自己当然毫无保留地相信她。可是，柏川不但不是过去式，还是那样优秀的明星，万一曼曼被他迷住了怎么办……

想到侯曼轩可能用看自己的眼神看柏川，他感觉都快被气炸了。不行，不能再惯着她。这种涉及原则和占有权的问题，绝对不能有半分退让。大不了就是吵一架。抱歉了曼曼，他也有强势的一面。他直接杀到舞蹈室去，把跳舞跳到一半的侯曼轩叫了出来。

"曼曼，我有事要跟你说。"龚子途一脸严肃地看着她。

"怎么啦？"她笑脸盈盈地看着他。

对，就是这个眼神，如果她这样看柏川，他会死掉的。他睁大眼，提了一口气，终于把那句话问出口了："听说你要去柏川的演唱会？"

"对呀。Alisa 给我的票。"侯曼轩答得很轻松，仿佛完全不懂他的纠结。

好，既然承认了，那就准备好开始战争吧。谈恋爱两个月，吵一架也很正常。可能会冷战吧。冷战几天的话，是不是都不能跟她说话了……想想都好心痛。可是，他是男人。男人是要有骨气的。

龚子途冷冷地命令道:"不准去。"

"好呀。"侯曼轩还是轻松答道。

???

事态的发展好像和预料的有点……不太一样?

"……你不问问原因吗?"

侯曼轩又露出了甜甜的笑:"兔兔不想我去,我就不去。我把票给你,你送朋友好了。"

紧接着,她突然被他抱住狂吻起来。她赶紧推开他,按着胸口喘气,左顾右盼了一会儿,生怕被人发现。她当然不知道他为什么如此开心,只是轻打了一下他的胳膊,对他丢出一个在他看来是撒娇的凶狠眼神。他低低笑出声来,还是坚持把她推到了墙上,凝视着她的眼神热情似火:"曼曼,我真的好爱你。"

"神经病啊,大白天的……"她娇嗔一声,本想说他几句,可是视线与他的对上,她觉得有一阵阵的头晕目眩,只能转移话题:"你们六月不是有演唱会吗,我去听你的演唱会,这样总可以了吧?"

龚子途嗤之以鼻:"我对别的女人一点兴趣都没有,看都不想看她们。"

"龚先生,你这样说显得我好像好花心一样。我再给你一次机会调整措辞哦。"

龚子途淡定地接道:"我什么都会向我女朋友学习,例如对别的异性一点兴趣都没有,看都不想看她们。"

Act. 14　只要现在就好

　　巡回演唱会结束后第二天，柏川就与经纪人来赫威集团与侯曼轩洽谈了。合约谈得很顺利，当天就签了下来。

　　晚上，侯曼轩在公司帮龚子途看他才写的曲子，握着自动铅笔在曲谱上画下各种标记，同时还轻轻哼唱出来，轻松愉快地说："这里用升调好听点，这样改。"可是哼着哼着，感觉不太对劲，她抬转头发现他的手环到了自己左边的座椅扶手上，然后看向右边的他，他一直在微笑凝视着自己。然而，他开口说的却是："曼曼的歌声真的好好听，我就是听着这个声音长大的。"

　　侯曼轩感觉头上青筋快凸起了："喂喂，这不是什么夸奖的话吧。"

　　看她气鼓鼓的样子，他觉得好可爱，作势要吻她。她推开他说："在做正事，不要胡闹……哎呀，刚才唱到哪里了……"

　　工作完成后，侯曼轩和龚子途准备下楼吃个夜宵，结果刚好在火锅店遇到了唐世宇、蕴和、姜涵亮、Alisa、祝珍珍还有冬季少女团的另一个成员。于是，他们干脆拼在一个包间聚餐。祝珍珍看了侯曼轩和龚子途一眼，说自己还有事要忙，就提前走了。

　　一群人坐下来以后，三个女生先出去拿调料，被火锅店里的人全程各种拍照。一只猫溜进了包间，跑到龚子途脚下轻蹭。龚子途看着很冷淡的眼睛一秒弯起来，然后他蹲下来，逗弄那只猫。很快，又有一黑一白两只小猫找到了同伴，也过来蹭龚子途。

　　姜涵亮鼓掌三下："子途果然是传说中征服了动物界的男人，小动物都不怕你的啊，除了泡面头。"

　　其余人顺势看向唐世宇。他正惊恐地看着那三只猫，一米八六的大高个缩成一团，双手双脚都抱在椅背上："谁……谁是泡面头，你们怎么都被 Alisa 传染了！怕毛茸茸的东西有什么错，难道一定要像死兔子一样恋猫吗？"

　　其余人又顺势看向龚子途。他用长长的食指轻钩白色小奶猫的下巴："你们看，这一只像不像曼曼？"

　　唐世宇下巴都快掉到了地上："你刚才叫曼轩姐什么……你们俩不会是恋爱

了吧？"

绝世好基友蕴和赶紧咳了一声："说猫像曼轩姐姐就是恋爱，那你跟 Alisa 单独去听演唱会算什么哦？"

唐世宇瞪大眼，语塞了。

姜涵亮往后退了一些："啊？单独？就他俩？唐世宇，我就知道你喜欢 Alisa，虽然都是嫌弃的话，但最近你提她的频率太高了！"

"才不是，那是死兔子送我的票。那张票原本是 Alisa 送给曼轩姐的，曼轩姐送给了死兔……"唐世宇眉毛搅成一团，摇了摇手，"哎呀，我解释不清楚了，反正 Alisa 是吴应的前女友，你们不要开这种玩笑了，心里都会有疙瘩的。"

这时，刚好三个女生端着调料回来，也刚好听见了他们的对话。Alisa 脸上原有的笑容瞬间散去，室内顿时一片诡异的寂静。她把调料放在桌上，坐下来，冷冰冰地把鱼丸倒在锅里，若无其事地说："泡面头说得没错，我在吴应那件事上吃够了教训。姐弟恋不能谈，吃亏的肯定是姐姐。"

"我不同意，不能说得这么绝对。"龚子途没有看侯曼轩，但说得格外严肃，"男人不管多大年纪都会想保护自己爱的女人，只是吴应不认真，不是他年纪比你小的错。何况你们也没差太多。"

"奶兔，你这是在撮合我和泡面头吗？他就是高颜值版的隔壁家的二傻子，我才看不上他。"Alisa 晃了晃筷子。

唐世宇抓了一下 Alisa 的马尾："你这女人，是又想锻炼肺活量了吗？"

Alisa 龇牙咧嘴地喊道："小学生，放开我！"

气氛这才缓和了一些。对侯曼轩来说，Alisa 的话有一点点偏激，但也让她对龚子途对婚姻的计划有了短暂的思考。既然他没有做好准备，那她还是尽量避免让他面对这类问题吧。

所以，四月十五日周倩的婚礼，她没有叫龚子途。

婚礼当天，侯曼轩、郝翩翩和郝翩翩的老公杜寒川被安排到了主桌，和周倩的父母坐在一起。刚坐下来，还没动筷子，侯曼轩就被一桌的狗粮喂饱了。

郝翩翩用筷子夹起一块甜点，咬了一口，很惊喜地看向杜寒川："亲爱的，你要不要尝尝这个，真的好好吃。"

杜寒川轻摇头："太甜。"

"来嘛来嘛，不要这么挑，我不骗你的啦。"

郝翩翩眉目灵动美丽，杜寒川身材修长而气质儒雅，坐在一起甚至比很多过分华丽的明星夫妻还要养眼。

"不要。"杜寒川往后躲了一下，皱了皱眉。

郝翩翩的犟脾气又犯了，不依不饶地拉杜寒川的衬衫："吃嘛吃嘛，爱我你就吃一块嘛。"

"好好好。"杜寒川叹了一口气，把甜点吃下去，但甜得他脸都皱起来了。

侯曼轩小声说："翩翩，你怎么这样欺负你老公啊。"

郝翩翩做了个"嘘"的动作："我老公不喜欢吃甜的，但他那么瘦，还有低血糖，有时候忙过头还会犯晕，必须给他多吃点甜的才行。他又不自觉，就知道工作，不逼他一下不行。"

"这么拼还不是为了养家，你工作又不稳定。"

"胡说八道，你是第一天认识你翩翩姐吗，翩翩姐可有钱了好不好？都跟他讲了，不要太操心收入的问题，我们俩赚的已经够养一打孩子了。但自从当了爸爸，我感觉他一下从金字塔顶层的精英变成了刚毕业的实习生，超没安全感的。说也不听，可愁死我了。"

"父爱如山，压力大也很正常，你多安排阿姨给他做点有营养的东西，调理调理身体。"

"平时他不在家我都让阿姨做，他回来了以后，我都是亲自下厨呢！"

"哇，是什么改变了我家翩翩大小姐，居然会下厨了？我不信。"

"真的，比起孩子，我更担心我老公。毕竟孩子没了可以再生，老公就这一个，没了就再也找不到啦。"

侯曼轩错愕道："郝翩翩你这是什么鬼三观，以后不能让你小孩知道你这么恐怖的想法知道吗？有你这种妈妈实在太可怕了。"

"哼哼，儿子没资格跟我讨价还价。对女儿我会好好宠的。"

杜寒川轻笑一声："已经偏心得很明显了。参加婚礼带着小的，把大的丢在家里让阿姨带。"

"小的？"侯曼轩本来在夹菜，猛然转过头去，"你怀孕了？"

"对呀。一个月了。"郝翩翩笑嘻嘻地扭了扭脖子。

"哇，恭喜恭喜啊。时间过得可真快，连你这臭丫头都要当俩孩子的妈了。"侯曼轩捏了捏郝翩翩丝毫未受生育影响的漂亮脸蛋，"你女儿肯定超美，父母都颜值爆表，两个大长腿……不对，才一个月，你怎么知道是女儿？"

"我感觉是的。"

"……"

杜寒川给郝翩翩夹了菜，淡淡说道："孩子智商如果随她妈就完了。"

"我很聪明的好不好，我智商一百四十一呢！你一天到晚就知道黑我！"

"我的意思是，能者劳而智者忧，遗传到妈妈的高智商会有烦恼的。作为父亲，我觉得女儿健康快乐就好。"

"你少来，已经黑过我，洗不白了你。"

这两口子拌嘴拌了半天，脸上却都洋溢着笑意。这一刻，侯曼轩又一次觉得特别羡慕自己这个童年挚友。他们结婚到现在一直很恩爱。拥有这样美满的家庭，大概是很多女孩的梦想吧。一旁的周倩爸爸也觉得这对夫妻很不错，转头对侯曼轩说："曼轩，你看翩翩都怀二胎了，你什么时候结婚啊？"

这两个老人都是看着女儿两个好友长大的，时隔多年又一直没碰面，都跟看到自己亲女儿似的，特别热情，特别关心她们的近况。从在门口遇到她们起，就一直在嘘寒问暖。但这个问题把侯曼轩问倒了。

周倩妈妈用胳膊肘子碰了碰他："老周，曼轩有男朋友，叫戚弘亦，一个长得很标致的男演员，昨天晚上我看那个电视剧里的皇太子就是他演的。"

"哦，对，我老糊涂了。"

"曼轩的事你就别操心了，大美女呢，感情顺得很。而且你看她今天看上去春风拂面的，我猜啊，好事将近了吧。"

想到戚弘亦，侯曼轩还是有些头疼。最近已经有一些报道说她和戚弘亦貌合神离，似乎在冷战阶段，有很多网民对此展开激烈讨论。还有人说，如果连侯曼轩和戚弘亦都会分手，他们就再也不相信爱情了。等正式公开了，会掀起一场轩然大波吧。她只能打马虎眼说："其实没有，我们都不急着结婚的。"

周倩妈妈有些意外："还不急啊，曼轩，我不担心你会嫁不出去，但阿姨很担心你身体。如果不早点结婚，以后生孩子恢复会很慢的。事业可以先放放，先把终身大事办了吧。"

周倩爸爸意味深长地说："我赞同我老伴。早点结婚生孩子，以后还可以要二胎。"

然后，周倩妈妈就开始跟所有阿姨一样老生常谈了，说起自己当年生周倩的时候难产有多痛，好在当时还年轻，恢复得很快，同样的问题发生在朋友晚婚的孩子身上，就落了一身病根。郝翩翩看出了侯曼轩的难堪，摆了摆手说："哎呀阿姨，您就别管她那么多了，她们圈子结婚都很晚的。你看申雅莉，和曼曼年龄相仿，连个男朋友都没有。"

"也是。"周倩妈妈点点头，"好多女明星四十多岁没结婚，看上去都还是特别年轻漂亮，赚那么多钱，应该也不愁到好的医院，请好的医生，做好的产后保养。"

侯曼轩用同样的方法说服过很多人，也成功堵住了很多催婚团的嘴。其实她心里清楚，她和别人并没有什么不同，也会担心生育安全的事。只是跟戚弘亦在一起那么多年，她都没有一点结婚的欲望。现在，即便她有这份心，结婚也是很难实现的事吧。

子途太年轻，二十二岁。即便只是普通的上班族，这个年龄在大城市离结婚都太早了，更别说他是超人气偶像。他说五年到十年可以结婚，但客观说，五年都太短了。因为，凭借她过去多年的演艺经验推测，BLAST 维持当下的热度再红五年是轻轻松松的事。

残酷的事实是，在尚未完成从偶像到实力派的转型之前，龚子途连谈恋爱的资格都没有。每一次赫威开会做偶像团体粉丝统计报告都会先从 BLAST 开始，而不论是地面还是网络的数据，BLAST 的粉丝都是十三到十八岁年龄层的学生最多，上一次调查中这个群体高达 56.3%，女性占了 72.7%。

若论个人的粉丝分布，情况更不妙。蕴和是 BLAST 里粉丝最多、呼声最高的成员，他的粉丝也是全年龄段的。因为很有亲和力，很多叔叔阿姨辈的成年人都喜欢他。而龚子途严重偏科，女粉数量比蕴和多 32%，比同是门面的唐世宇多 47%，简直像是有针对性地调整过一样。这些女孩对真实的龚子途并没有太多了解，喜欢的不过是公司包装出的冰雪贵族公子兔的形象。可是，就是这个特别能满足花季小女生幻想的形象，能进入整个赫威集团的艺人市值排名的前十。

也就是说，BLAST 这十个人里，会因为谈恋爱而事业受损最严重的成员是龚子途。从侯曼轩第一次和他跳舞的网络骂战就能看出端倪。如果结婚，他根本不用担心自己人气太旺 flop（人气下滑）得不够快。他会一夜之间被其他小鲜肉代替，公司也会把他的所有资源都转移给新人。

虽然龚子途有强力的家底支撑着，但想到他曾经大病初愈后躲在舞蹈室里偷偷练习的背影，侯曼轩知道，不管他装作多么漫不经心，内心深处还是重视这份工作的。

婚礼结束后，侯曼轩到郝翩翩家里坐了一会儿。她一直在回味着婚礼上的那些海誓山盟，周倩望着父亲流泪、拥抱新郎的瞬间很触动她。但她没跟郝翩翩提起这些话，反倒是开始聊起了工作。郝翩翩说最近 BLAST 红得有点过分了，连她妈都喜欢他们。感觉演艺圈最红的组合总是男团，女团再厉害也无法跟男团比人气。

侯曼轩想了想说："其实不管是男团还是女团，粉丝大多是小女生。女粉丝对同性偶像没有那么疯狂，对她们的私生活要求也不高。譬如说冬季少女团一个成员公开跟男编舞谈恋爱，粉丝都是给她祝福，没什么人反对。男团就不一样了，看看吴应，好惨呢。所以，其实很多人都只看到了男团的风光，并没有看到风光下的苦。不仅舞步比女团的难很多，连恋爱自由都没有。"

"你说这么多，我通篇只听出了你很喜欢奶兔。"

"啊？这有什么关系？"

"说这么多，难道不是在为他不肯结婚开脱吗？"

被一下戳到痛处，侯曼轩只能用笑脸来掩饰："哪有，他没有说过不想结婚，只说了五到十年内不想结。"

"什么？！五到十年？这么多年后我儿子都快谈恋爱了！这跟不结婚有区别吗？不行，绝对不行。不管他的工作有多辛苦多不容易，他一定要娶你。如果不娶你，你就甩了他跟别人结婚，不可以跟他浪费太多时间。"

侯曼轩的笑变得有些苦涩："一定要结婚才是真爱吗？只谈恋爱就是在浪费时间？"

郝翩翩坚定地点头："对。一定要结婚才是真爱，只恋爱不结婚就是浪费时间。"

"我们很相爱。"

"我知道你是爱他的，已经爱成傻子了。开始我以为他也爱你，但他对结婚的态度真的让我很怀疑，也很生气。"

"翩翩，他才刚满二十二岁。"

"二十二岁怎么了？如果不能为你的未来负责，为什么要追你……"说到这里，郝翩翩也有些沮丧地耷拉着肩，"你说得对。他不是不爱你，而是想不到这么远。对一个二十岁出头的男孩而言，爱就是对她好，让她觉得甜甜蜜蜜，天天跟她在一起。可是对三十岁的人而言，爱是家庭，是责任，是共同抚育后代的环境。奶兔没有错，如果揠苗助长，让他直接进入三十岁的思想阶段，那是剥夺了他年轻与自由的机会。"

"你每一个字都说到我心坎儿上了，所以我没有跟他提过未来的事，也没有请他来周倩的婚礼。"

"唉，这么多年，这么多年……等他长大了，你们也早就不是最初的样子了。这样对你真的很不公平啊，曼曼。"

"我们才刚开始，别这么悲观啊。"侯曼轩勾着头去看郝翩翩，像在安慰她一样柔和地说道，"当是做一场很美的梦，享受当下就好。未来有太多不确定的因素，我也不想被未来捆绑。就这样吧。"

"真的吗，你不会觉得绝望吗？"

"会有一点点，但现在我很快乐。把最后的青春留给子途，哪怕没有将来，也很幸福。"

郝翩翩火气又上来了："你在说什么呢，这样会让我很担心的！"

"不要担心，乖。我不想结婚了。就这样很好。"

她在笑着，翩翩却眼睛红了。翩翩用纸巾小心地避开睫毛膏，擦了擦眼角，吸了一下鼻子："但愿奶兔能成熟一点，懂你为他付出了多少。"

"快别这么说，我不觉得自己是在付出，只觉得享受。跟他在一起的每一分钟，都是享受。"

"既然是没有未来保障的恋爱……曼曼，答应我，不要走心，我怕你会受伤。"

"放心，我都二十九岁了，会保护好自己的。"

"真的，答应我，健健康康地享受。说粗俗点，你可以上他一百次，爽到了就完事。但是，绝对不要深入了解彼此太多，不要投入太多感情，不要谈成虐恋了。"

侯曼轩点了五次头，给了她一个安心的笑。

她们又聊了一会儿，侯曼轩就打电话跟龚子途说自己快回家了。然后，他立刻开车来小区接她。

侯曼轩远远地就看见他站在车前等自己。此刻的繁星多美，让她想起了去年生日的晚上，她抱着他送的玫瑰花，在山坡上与他并肩而行的浪漫之夜。而现在，只是和他对视了一眼，她就再次深刻感悟到，很值。有风吹过来，她压着裙摆和法式宽檐礼帽飞奔过去，一把抱住龚子途。手挪不出空位，风把她的礼帽吹飞了，她的棕色鬈发在空中翻飞出美丽的波浪。

龚子途追过去把帽子捡回来，重新替她戴上。从他的目光中，她知道此刻的自己很美，也很高兴自己保养得很好，有和他同龄的外表。

人的一生并不长，女人的青春更加短暂。这依然是她最美的年华。她依然可以染浅色的头发，穿露腿的短裙，敢素面朝天地露齿大笑，还能用有些稚嫩的奶音说"我爱你哦"。

她不知道这些只属于少女的特权还能行使多少年，自己的美丽还能持续多少年，自己几时会老去，最后会嫁给什么人，或者还能不能嫁人……

但是，在这样的岁月里遇到龚子途，她无怨无悔。

当他温柔地把她搂入怀里，她也紧紧地抱住他的腰，把头贴在他的胸前，听着他的心跳，只觉得很满足。

翩翩说的话都是对的，她知道。不会投入太多感情，不会谈成虐恋，她会努力控制好自己的。只是，如果时间能停留在这一刻，就更好了……

她不要过去，不要未来，不要回忆，不要承诺，不要永远，只要现在。现在就好。

"兔兔，谢谢你来接我，谢谢你陪伴我的每一天。"

最近她有点过分感性了。连说两句情话、被他拥抱一下，都会让自己眼眶湿润。可是，能和他在一起，她真的很幸运，很幸福。

抱着这样的想法，侯曼轩珍惜着每一个与心上人相恋的日子，直到六月初，一条新闻出现在网络上，引爆了整个演艺圈。

《流行天后侯曼轩害死母亲，以慈善事业掩饰丧失人伦的丑恶行径？》

这条新闻以极其尖锐及颇具煽动性的语言讲述了侯曼轩的身世，甚至还曝光了她是生父不明的私生女。虽然这并不是什么秘密，但因为这么多年来侯曼轩对自己的家庭一直有意回避、个人感情都处理得比较低调，所以人们对她的印象还是停留在个人荣誉和百变的造型上。这一条新闻一发布，病毒般在网上扩散，一夜之间什么样的评论都出现了，人们都很惊讶天后的经历居然如此离奇坎坷。

新闻曝光的时候，侯曼轩正在外地演出，半夜十二点，睡得半梦半醒的，接到了言锐的电话。点开手机网页的那一瞬间，她脑中一片昏暗，除了标题"害死母亲"四个字，什么信息也无法透过视网膜传递到大脑。

十年了，那场意外的噩梦并没有因为时间的推移而变得模糊，相反，随着年龄的增长，随着头脑变得越来越清晰，价值观变得越来越成熟，她越能清楚意识到自己当初犯了多大的错。她翻身下床为自己倒了一杯水，但走路摇摇晃晃的。最后，她手掌按在桌面上，以微薄的力量支撑着整个身体，血液似乎都从体内流失，连四肢都变得冰凉。

她不是没有被黑过，很多子虚乌有的传闻都出现过。什么潜规则，什么出道前拍过露点写真后来被赫威花钱买走，什么和男明星一夜情，什么暗改年龄、其实她出道的时候快二十了……最黑的一段时间，她还被做成过表情包，但过段时间就被众人忘记了。

时间很残酷，会过滤掉豁出一切博出位的无能者；时间也很公正，会让人们记住那些有本事的人，不管这些人经过怎样的抹黑与否定。

侯曼轩从来都不怕特别会炒作的对手，她怕的是和她一样有音乐天赋还坚定不移朝梦想努力的对手。至于舆论，她从小就内心强大，不太在意陌生人戴着怎样的有色眼镜，外加有非常靠谱的公关团队，谣言从来就不是可以干扰她事业的主要因素。

可这一回不一样。

这一回的新闻虽然文字刻薄，但没有夸大，没有扭曲事实，全文没有一个字说的不是真的。

她把手机和灯都关了，自己一个人缩在被窝里止不住地发抖。她想睡过去，第二天把这件事交给公关团队处理，自己恢复精神好好工作，早些忘记这一段噩梦。

但她做不到。她一整夜没睡。

天亮以后，返程航班起飞之前，龚子途也得知了消息，给她打了个电话，让她回去忙完后立刻联系他。可是，她一点也不想见他。

言锐原本和其他人一样，都觉得这次丑闻会毁掉侯曼轩。但第二天，网上的评论让他很意外。

"侯曼轩当年年纪小，又在高压环境中工作，和家人发生争执是难免的事，发生这种意外她应该已经很难受了，你们还让这件事曝光出来，这么居心叵测，是竞争对手想搞她吗？"

"我的天，侯曼轩居然是私生女，难怪平时从来不提家里的事。"

"都说家丑不可外扬，小编你有时间操心人家侯曼轩的童年阴影，不如操心一下你自己家的事，毕竟 nmsl（你妈死了）。"

"什么叫害死母亲？意外事故你也可以说成是害死母亲，你当别人都跟你一样没脑子啊？想黑我女神，你大爷的。"

"侯曼轩当年也太蠢太不懂事了，但我相信这件事已经让她得到很大教训，就不要再揭人家伤疤了吧。流行天后也是人啊，身上居然发生过这种令人痛心的悲剧，唉，一声叹息……"

看见这些评论，言锐高兴得几乎流泪——时代变了，网民越来越有明辨是非的能力，不再像十年前那样，因为标题党就会被带节奏。他赶紧打电话给侯曼轩，想告诉她这个喜讯，但不管他说什么，那边的反应都是一潭死水。

他知道，侯曼轩的心情一定很糟糕，所以不再打扰她，让她一个人冷静冷静。

这一天，很多朋友都给侯曼轩来电问候，大部分的电话她都没有接，连龚子途、戚弘亦的也是。

晚上，龚子途找到她家里去了。大门打开的刹那，他看见她穿着家居服，一脸平静地看着自己，焦急地扶住她的双臂："你怎么玩消失，真的吓死我了。"

侯曼轩微微一笑："我没事啊。今天有点忙，所以没来得及回你电话。"

他沉默了一会儿："曼曼，新闻说的都是真的吗？"

"嗯，是真的。"

他闭上眼，上前一步，紧紧抱住她："当年发生这种事，你一定是最难过的人。说实话，我没法想象你当年都经历了怎样的黑暗时期……为什么不早点告诉我？我可以帮你分担痛苦的。"

侯曼轩骤然睁大眼，有巨石压着心脏般难以呼吸。她的下巴靠在他的肩上，看着远处大海与建筑上的繁星，只觉得大脑缺氧的感觉快要杀死她了。母亲最后哀求的眼神、在她背后焦急呼喊她的声音、当年医院走廊间昏暗的灯光、电话里医生毫无感情的一句"你母亲昨晚去世了"……无一不在掠夺她的意志力。

这种窒息感持续了十多秒，她推开他，还是露出了平静的笑："你在说什么呢，我不难过啊，已经过去那么久了。而且网上的评论不都是向着我的嘛，这一阵舆论也会很快过去的。"

龚子途愣了一下："你……不难过？"

"嗯。这世界上没什么事能打倒我，这件事也一样。不要为我担心了，早些回家休息吧。我也该睡了，明天早上六点要起来。"

就这样，龚子途被她关在了门外。

然而，事件并未结束。

第二天起，又陆续出现六份黑侯曼轩的通稿，第一份和前一天的内容差不多，但文字稍微温和了一点，误导性更强，评论里抨击小编的人减少了很多，已经渐渐有一小部分责备侯曼轩的吃瓜群众了。其中理性又否定侯曼轩的言论被水军复制粘贴，无孔不入地发布到互联网的各个角落。接着，这些评论又一次被写成新的通稿，标题是《侯曼轩的出身竟是这样的，网友表示对天后人品大失所望》，再到处转发。这样来来回回折腾了三轮，媒体和水军一直在引导方向，把整个事件炒得沸沸扬扬。

终于，有小部分人动摇了。也有小部分人开始猜测侯曼轩得罪了什么人，才会被人一直泼脏水。但是大部分群众的观点基本上还是和前一天一致。赫威团队写好了七个版本的公关文，密切商量如何应对这一次明显有人在背后操纵的蓄意攻击。

这一天，戚弘亦又给侯曼轩打了电话，侯曼轩犹豫了一下，没有接。龚子途给她打了电话，她敷衍地接了，很快挂断。

第三天，又一拨通稿出现。言论风向已经开始转变了。侯曼轩的微博下出现了大量的人身攻击。

祝珍珍发了一条微博，内容是这样的："与恶龙缠斗过久，自身亦成为恶龙；凝视深渊过久，深渊将回以凝视。你的品德如此高贵，曾经让我连自己都瞧不起。"

祝珍珍的粉丝说话风格和她很像，骂人也是拐弯抹角的。

追星只爱祝珍珍："呵呵，善恶终有报，天道好轮回。不说话，刷起来。# 私生女侯曼轩害死母亲 #"点赞：8472。

珍珍别说话睡我："某死妈白莲花当初是怎么勾引公子兔，让他鬼迷心窍攻击我们祝大美人的，我们大美人善良不计较，连上天都看不过去。这么快报应就来了，打脸啪啪啪的。# 私生女侯曼轩害死母亲 #"点赞：8243。

祝欧尼要抱抱举高高："珍宝，你受委屈了，现在总算还你一个公道了。"点赞：7485。

祝珍珍和部分冬季少女团的粉丝开始带节奏以后，潜伏许久的黑子陆陆续续开始冒头。侯曼轩的团队发现情况不妙，知道不能再等了。于是，言锐在微信上发给她了一个最终定下的公关文文档，说："曼轩，过一个小时你把这个发出去。"

"我知道了。"侯曼轩闷在家里，已经两天没做任何事了。这是她有史以来面对黑料最消沉的一次。

但过了十三分钟，言锐又发了一条消息："戚弘亦刚才发了微博，你先别发那个申明，我们需要配合他重新写一份文章，明天早上九点再发。"

侯曼轩打开戚弘亦的微博，最新一条内容是这样的：

"在母亲去世件事里，曼轩是最大的受害者。和她在一起这么多年，她为这件事感到多自责、多难过，我是亲眼一天天这么看过来的。希望那些诋毁我未婚妻的人多想想，谁愿意自己的母亲死掉？这件事已经带给她够大的伤害了，请某些媒体停一停，不要再给她制造压力了，否则我将以法律手段处理这件事，即便引起众怒也在所不惜，谢谢！保护未来的妻子是作为男人的基本责任。"

虽然他说得很强势，但评论里却是一篇喝彩声。

弘曼死也要在一起："啊啊啊啊这是现实版的《星你》！请你们俩立刻去结婚好吗！"点赞：22482。

1992 的枫："说真的，我欣赏戚弘亦，太男人。不多说了，默默支持。"点赞：18837。

非雪之恋："这几个月一直有传闻说你和侯天后分手了，现在谣言不攻自破，你们的感情还是如此牢固。男友力 max（最强）！天后嫁给他！！ P.S. zzz 去死。"点赞：14249。

侯曼轩却快被这条微博气死了。当戚弘亦再度打电话过来，她立刻接了："你在搞什么，我们马上要公开分手消息了，你这样我们还要拖到什么时候！"

戚弘亦也火了："发生这么大的事你还在想着分手，是不是发烧把脑子烧坏了？我们先赶紧把这次危机度过了再说分手好不好！到时候你想分一百次我都不拦你，你就算不分我也踹了你，行不行？！现在给我清醒点，想想自己得罪了什么人，怎么会被人搞到这种程度？"

她的气焰顿时弱了下来："我不知道……不想再讨论这件事了。"

其实，从头至尾影响侯曼轩的都不是舆论。而是这个伤痛本身。当那么多人把伤口揭开讨论，那个母亲在医院意外死去的夜晚就一直不断在她的脑海中重复。她只记得母亲最后是如何爱她、关心她，而她最后是如何伤害母亲的，别的什么都记不住。

而这一辈子，她都没有机会对母亲说出那一句"对不起"了。

每次想到这里，那种千刀万剐的剜心之痛就让她无法呼吸，连哭也哭不出来。

戚弘亦严厉地说："不讨论也不行。你不觉得这人很了解你吗？知道你除了这件事都会积极反击。而面对这件事，你太消极了。你要知道，大众现在向着你，不单单是因为这件事你听上去就像受害者，还因为你过去有十多年的良好口碑。但如果你不找出问题根源，只是一直用公关文反击接二连三的炮轰，其实很被动，对你影响并不好。"

"你觉得这件事还会有后续吗？"

"很难预料，我们先做好最坏打算吧，他们可能不会止步于网络黑你……对了，最近我的圈子里有一些传闻，说祝伟德在调查你的背景，也不知道是真是假。上一次祝珍珍因为你被骂得很惨，幕后主谋的身份，不排除是祝伟德的可能。要不要我帮你去查一下？"

"好的。谢谢你了。"

"谢什么谢，你别认为我居心不良，只是想用才发的微博拖着你不分手，我就该谢天谢地谢谢你了。我真的只是想给亚洲天后司雪中送炭卖个人情，好让她以后报答我。话都讲到这个份上了，可以不用怀疑我了吧。"

侯曼轩笑了出来，心里很感动。上一次戚弘亦跟龚子途乱说话，其实让她对他的好感降低到了负数，她也做好了两个人撕破脸的打算。但戚弘亦这人有个特点，就是利益至上，甚至到了不择手段的程度。他曾经因为感情影响过利益，对此他怨了她足足五年半。在这一次"失败"之前和之后，他都不会因为利益以外的因素和一个人翻脸。

而戚弘亦不愧是老江湖兼乌鸦嘴，当天晚上，他的预测应验了。

晚上九点，侯曼轩参加了一场夏季群星演唱会，地点是工人体育馆。她是第六个登场的歌手，在她之前的是冬季少女团，因此台下呼声不小。不过，还好是冬季少女团而不是 BLAST，不然有 BLAST 应援那种疯一般的哭喊声，谁在他们之后登场谁尴尬。

侯曼轩开场歌曲是她前年出的单曲 *The Game*。这是她近三年歌曲里最容易带动气氛的开场神曲，通常当前奏响起，台下就会出现非常轰动的掌声和呼声。她一边调整耳机，一边走到舞台中央。灯光打下，舞伴就绪，前奏响起。

然而，台下不仅没有任何声音，甚至连一点光都没有。除了西南角一片侯曼轩应援团在努力挥舞着荧光棒，工人体育馆的所有观众席都只有一片恍若无人的漆黑。

她有不到一秒的诧异，但很快调整状态，开始了这首歌开场的 rap……

漫长的十二分四十九秒过去，三首歌表演下来都像是在彩排一样，没有得到任何来自听众的反馈。直到退场，都只有那一小块她的粉丝为她欢呼，声音小到可以忽略。冬季少女团那一块的粉丝出现了嘘声。然后，等下一个歌手上台，雷鸣般的掌声几乎把整个体育馆都掀翻。

出道十五年，侯曼轩第一次经历这样的事。

她在后台化妆镜前坐下，望着镜子里的自己出神，等工作人员为她把沾满汗水的耳麦摘下来。

这时，一个找祝珍珍要了签名的冬季少女团官网粉丝管理员走过来，对着镜子里的侯曼轩充满恨意地说："侯曼轩，我们不骂人是因为我们有素质，也不想让老人家地底下不得安宁。但是，我们是嫌弃你的。请你记住，讨厌你的人远比你想的要多。你这样的人，不配当慈善大使，不配当乐坛天后。"

侯曼轩没给予任何回应，换好衣服就走了出去，结果走道上遇到了冬季少女团。

祝珍珍一手抱着胳膊，一手撑着下巴，优雅得宛如西方贵族小姐："恭喜某朵白莲花经历了和我一样的痛苦，甚至更胜我一筹。啊，天道好轮回，我爱这个公平的世界。"

Alisa 拍了她一下，小声说："珍珍，你够了啊。"

祝珍珍翻了个白眼："我说是谁了吗？我自言自语，关你什么事。"

其他成员则是看了侯曼轩一眼，又看看祝珍珍一眼，明哲保身地不说话。

侯曼轩以前不在乎被黑的一个原因是，不管怎么说，她的事业都不会被影响。但这一回，情况比她想的严重。她拖着疲惫的身躯回到家里时，网上已经有了《侯曼轩演出观众席出现'黑色海洋'现象》的新闻。

手机上出现了六个未接电话，两个是龚子途的，一个是言锐的。微信置顶好友的蓝色领带兔子头像上的小红圈里写着数字"6"。她点开一看，全是问她为什么消失的内容，最后一条是这样的："曼曼，为什么不理我，你是在生我的气吗？为什么你会允许戚弘亦发那种申明？我也想站出来为你说话，可是我没有立场，我是不是应该公开我们的关系？"

她立刻回复说："不要冲动，我很忙，忙完了给你打电话。"

龚子途秒回："好。"

侯曼轩先给言锐回了电话。言锐直截了当地说："你和龚子途在谈恋爱？"

侯曼轩怔了怔，不想承认，但也不想撒谎，于是干脆不说话。

半个小时前，言锐收到了一个邮件，无内容，只有一个音频附件，和邮件主题：请转发给侯曼轩。此刻，他叹了一口气，对侯曼轩说："我收到一个匿名者发来的东西，发你微信了，你听听，龚子途是在说你吧？"

挂了电话，打开微信，侯曼轩看见一长一短两条语音消息。她的心悬了起来，有预感不是好事，拇指停在屏幕上空十多秒，才终于按了下去。

"你担心太多了。跟她谈恋爱我又不吃亏。反正拖下去有损失的人也不是我，我在十年内是不可能结婚的。"

"我没有你想的那么喜欢她。"

如果不是语音消息而是聊天记录截屏，她一定会认为是 ps 出来的。

她又把语音放了一次，确定自己没有听错一个字，确定这是龚子途的声音，然后慢慢躺在沙发上，双目空洞地看着天花板上的吊灯，想自嘲地笑一下，却连演都演不出来。

等低落的情绪过后，她开始理性思考：子途是什么时候说的这番话，对什么人说的这番话，在什么情况下说了这番话，都会传达出他不同的本意。而且这两条语音里，他的口吻都是带有一点点怒火的，说明他很可能受到了挑衅，在赌气。有人发这番话过来让她听到，目的多半充满了恶意。她没这么傻，不会因为这件事和龚子途在这个节骨眼儿上吵架的。

可是，她又知道，这些话不全是气话，也有一定程度是真的。例如已知的十年内不结婚，他已经明确告诉过她了。那么，还有多少是真的？越往这个方向想，她就越不敢想，越难过。

即便所有话都是假的，他会把这些话告诉别人，以至这番话最终传到了她的耳朵里，不管这个人是谁，都说明他处理事情不够成熟，沉不住气。再想想他和他前女友因为家境被母亲拆散，她觉得如果一个男人真的很爱另一个女人，不管父母如何反对，都会坚持和她在一起。所以他所谓的被父母拆散，很可能也是他自己并不坚定。那么，自己对他来说是不是值得用心的那个女人呢？现在可能是。但五年以后，十年以后呢？如果跟他继续发展下去，最好的结果也不过是重复和戚弘亦的老路，甚至更艰难，毕竟他们还多了一个年龄的难题……

其实，爱不爱重要吗？作为一个女人，想要一个成熟的、能为自己挡风遮雨的、可以按照她的意愿结婚的男朋友，不是什么过分的要求吧。

侯曼轩本来一直觉得活在当下就好。现在，她开始感到累了，累到连电话都不想打，只发了一条语音消息给他："子途，那条微博是戚弘亦没有经过我的许可发出来的，所以你别担心我和他会有什么牵扯。其他事我们明天聊可以吗？今天有点累了。"

"好，你去休息。这几天我真的很想你，很担心你。不管发生什么，我都会站在你这边。不要放弃我们的感情，好不好？"

听到他的声音，她觉得鼻尖酸酸的。然后，她用文字回了一个"嗯"，就躺在沙发上睡着了。

与此同时，龚子途接到了父亲的电话，内容只有一句话："你给我回来。"电话就被挂断了。

Act. 15　偏偏就走了心

　　龚子途听话回家了。偌大的客厅里寂静无声，只有投来不祥目光的哥哥和背对着自己的父亲。光看到龚凯盛的背影，龚子途就知道，父亲生气了。因为每次他要教训人的时候，都不会转过头来看自己。龚子途暗自打了个哆嗦，上前两步："爸。"

　　"你是不是疯了？"龚凯盛冷不丁地说道。

　　"我不懂……"

　　"即便当歌手只是随便玩玩，我也希望你能好好把这件事做好，功成身退，不要半途而废。而你现在是个什么情况，老是跑去侯曼轩家里找她，被记者拍到怎么办？是要为了爱情放弃事业？"

　　"我只是想陪着女朋友，她被人陷害了。"

　　龚凯盛夹起一支烟，用打火机点燃："你可得了吧，还在管她叫女朋友呢。私生女、害死自己母亲？我们家不可能要这种儿媳的。"

　　"害死母亲的事是媒体乱写的，至于私生女……爸，家庭不是她可以选的啊。"

　　这时，连龚子业都忍不住插嘴道："爸，子途说得没错，侯曼轩家里的事不是报道写的那样。现在网民也不好骗了，不会说发个通稿就会跟风相信谎言。我上网看过，相信这个说辞的人占极少数。应该是有人在背后害她……"被龚凯盛瞪了一眼，他后面的话没再说下去。

　　龚凯盛眯着眼睛，往沙发上靠了靠："很多时候事实并不重要，重要的是影响。一个遵纪守法的公民，一百个人说他是杀人犯并且到处传播，他就是跟'杀人犯'挂钩了。三人成虎的道理你不懂吗？侯曼轩现在丑闻缠身，影响已经非常不好了。子途，你学聪明点，别犯傻。"

　　"爸，当初你娶妈的时候，难道不是因为喜欢她吗？怎么到了我这一辈，你就要我和自己喜欢的女生分开？"

　　"胡说八道，你妈家教好着呢，可不是侯曼轩这样的人。"

　　龚子途有点不耐烦了："曼曼家教和修养也好，她是我见过最有礼貌的超级巨星了。爸你对她毫无了解，就不要瞎判断了行吗？"

　　龚凯盛觉得很诧异，差点以为是大儿子和小儿子灵魂互换了。

从出生起，龚子业不仅长相随他，连性格也和他年轻时一模一样。因此，叛逆期的他和父亲三天两头就大吵一架，现在孝敬而懂事，也是经过岁月磨炼出来的。但龚子途不一样，他从小就是乖宝宝，成绩好，总能在三句话内把愤怒的长辈逗笑，几乎从未违抗过他的命令，更不会顶他的嘴。

"就凭你现在跟我讲话这个口气，我就能判断，这个女歌手对你影响不好。"

"她的名字是侯曼轩，不是'女歌手'。"

"龚子途，你再顶我两句试试？"

龚凯盛一直如此，很少动怒，却不怒自威。他语气很平静，但龚子途知道这已经是极限了。他握紧双拳，按捺住胸腔中的火气，低低地说道："我就只喜欢侯曼轩，老爸你要觉得我丢脸就尽管笑我吧，反正我也不想再活在长辈的评价中了。"

龚凯盛恨铁不成钢，无奈地掐了烟："你就是个傻子。"

"对，我就是傻子。随你怎么说。"他摔门就走了。

第二天，侯曼轩从言锐那儿得知了发生"黑色海洋"的原因：有人在 BLAST 的应援团里散布消息，说侯曼轩以前辈身份故意靠近 BLAST，勾引 BLAST 的成员，让她们联合抵制这个害死母亲又不要脸的女人。BLAST 的粉丝本来平均年纪都小，又爱爱豆爱得死去活来，被人这样一煽动，轻轻松松就点爆了。龚子途也听说了这件事，非常愤怒，不经团队许可，就直接发了微博说："侯曼轩不是那样的人，我不希望有心之人借机利用我的粉丝陷害她，请大家不要再组织类似的活动伤害她了。"

结果可想而知。除去无条件支持他、承诺他不伤害侯曼轩的死忠粉，还有大量冰火饭现场脱粉。蔡俊明命令他删掉微博，他以解约威胁反抗。蔡俊明气得差点吐血，说你这样不仅影响自己，还影响整个团队。他不予理睬。

蔡俊明实在没办法，去找了侯曼轩。侯曼轩忙得不可开交，还是抽空亲自到录音棚找到他，说："删掉微博，乖。"

"你终于肯见我了。"龚子途可怜巴巴地看着她，但也没有反抗，就拿出手机把微博删了。但是，他连她的头发丝儿都没机会碰到，她就又一次走人了。

随后，蔡俊明让 BLAST 的官方微博发了一个正式公告，劝诫闹事的粉丝停止抵制活动。

下午，侯曼轩的团队帮她发了一条微博："非常感谢支持我的每一个人，包括我的家人、歌迷、朋友……尤其是无条件信任我的弘亦。人生贵知心，定交无暮早。哪怕是只愿意给我一丁点信任的路人，也是对我极大的帮助了。感恩。"

这时候突出威弘亦当然不单纯只是为了感谢。公关早就安排好的水军化作暴风雨般的催婚团，成功地转移了大量网民的视线。

但对龚子途来说，这不是什么好事。看见侯曼轩微博和底下评论，他委屈得不行。人都走光了，他还一个人坐在录音棚里郁闷。

这一天下午侯曼轩也忙完了，到录音棚里找到他，佯装无事地揉了揉他的脑袋："心情好点了吗？"

龚子途没讲话，只是淡漠地看着地面。

她弯下腰来，对他微微笑了一下："兔兔？"

龚子途还是沉默不语。

"怎么了呀，生我的气了哦？是因为删微博的事吗？"她其实情绪一直很低落，但为了安慰他，还是努力向他展现最乐观的一面，"这件事很快就会过去的，到时候我们还是该怎样就怎样，不会受到任何影响。我向你保证，相信我。"

录音棚里静悄悄的。龚子途双目无神地看着地面，喃喃说道："是吗，那个我记忆里的侯曼轩还会回来吗？"

侯曼轩愣了一下，以为自己听错了："兔兔，你说什么呢？"

这几天他都睡不好觉，但面对母亲之死那么大的事，侯曼轩却还是如此淡定，淡定到可以说是没心没肺了。想到自己维护她却被强行要求删除微博，想到自己二十二年来第一次这样无礼地顶撞父亲，想到侯曼轩对自己不冷不热的态度……龚子途觉得又气又伤心，抬头冷冷地看着她："那个和男朋友在一起是为爱而不是利益的侯曼轩，被大家喜欢的侯曼轩，还会回来吗？"

像有什么重物砸在了头顶，让侯曼轩觉得几乎站不住脚。她摇摇脑袋，想要维持过去的理性，但这几天的重重压力让她数次到达崩溃边缘。龚子途的这一番话，是压倒骆驼最后的稻草。她吃力地呼吸着，身体晃了晃，转身走出录音棚，结果不小心碰倒了五线谱架。它砸在了音箱上，发出了刺耳的碰撞声。

这一声把龚子途也砸醒了。他这才反应过来说错话了，赶紧冲过去拉住侯曼轩的手腕："曼曼，对不起，我不是那个意思……"

他正惊觉她的手腕比过去小了一大圈，她却已经转过身来，"啪"的一声，狠狠甩了他一个耳光！

"我不爱你！"她用包包砸在他的身上，声音哽咽地喊道，"对，你说得对，我不爱你！我跟男朋友在一起都是为了利益！现在我不被大家喜欢了，我也不值得被爱了！"

包包很沉，打得龚子途胸口一阵闷痛，链条也刮破了他的脖子，但现在对他而言，害怕远远超过了疼痛。他方寸大乱地抱住她，一个劲道歉，没有任何用。她乱打了他一阵以后，跟遇到猛兽一样躲着他，大步后退。见他又追上来，她指着他，连手指都在颤抖："龚子途你不要靠近我！你再靠近我，我立刻跟你分手！你滚远点！"

"分手"两个字吓得龚子途动都不敢动。

侯曼轩眼眶发红地指着他，又退了两步，然后转过身飞奔下了楼梯。

转身的刹那，眼泪决堤而出。她并没能跑多久，只是在楼梯拐角处就脑部失血，跪在了地上，然后捂着嘴号啕大哭起来。

　　终于，她知道了，这是一场单相思。他就像那些爱着冰雪贵族公子兔的小孩子一样，用同样的热情爱着自己。这么多年里，他的双眸始终追逐着女神的影子。女神有着动听的歌喉，跳着男团舞王都无法完成的高难度舞蹈，是每一个乐坛少年少女教科书般的楷模。她是完美的，善良的，天使一般的。她发自内心地爱着受苦的孩子、受病魔折磨的老人，她没有缺点，坚强到不知泪为何物。

　　她特别理解子途。因为，如果她是一个男孩，也会迷恋这种形象的女神。谁没有追逐完美的理想呢？

　　最初她也一样，只是沉迷他的皮囊，沉迷于他满足她所有少女时代梦想的外形特征。这原本是一场公平的交易，设定的就是开开心心地开始，玩够了就以朋友的方式结束，彼此都快乐。

　　然而，她走了心，他却停在了门外。

　　当她每一次告诉自己"享受当下"的时候，其实不过是在警告自己"不要去想一辈子"。所以，子途什么都没做错，错的是她。错在爱得太过了。

　　这是一场梦，她早就知道。哪怕梦的最后发现了真相，她还是选择了相信谎言与虚妄的表象都曾经存在过。

　　现在，心碎了，梦也该醒了。

　　外面下起了大雨。初夏的狂风如此潇洒，在灰色天空中将暴雨吹出大片银色花纹；雨水落在地上如此动人，在高楼围出的城池中开出了一塘满天星。戚弘亦开着车，看见风与雨在视野中跳着你来我往的探戈，忽然想起，他第一次与侯曼轩见面，也是在一个闷热的雨夜。想起在遇到她之前，他的人生计划是很清晰明确的，这都要归功于他的家庭。

　　他与侯曼轩一样，有一个貌美而暴躁的母亲。但是，生了他以后，母亲的颜值就随着时间的推移而下降，脾气还越来越大，所以结婚没有几年，父亲就有了一种"和她结婚我到底图什么"的想法。父亲同样是有雄心壮志的人，颐指气使惯了，在家里和母亲也就形成了一山不容二虎的局面。终于，父母在他七岁的时候离婚了。母亲拿到了不少赡养费，但失去了孩子的抚养权。父亲对离婚一事感到非常羞耻，并将所有的怒气都转化为了动力，继续打拼事业，用了六年时间将公司上市，并在第七年与一个年轻漂亮的业务员结婚，生下一个小儿子。

　　这个孩子出生的消息对母亲来说是晴天霹雳，她和她娘家的亲戚就一直给戚弘亦施加压力，要他务必拿到财产继承权。他觉得孩子是无辜的，但非常不喜欢嗲里嗲气、经常暗讽他母亲的张阿姨，所以说什么也不想让她得逞。好在父亲是传统的人，即便疼爱小儿子，也坚信"立长不立幼"有一定的道理，在继承人这方面，更偏心戚弘亦。戚弘亦知道，父亲的疑心病和防备心简直就跟当代曹阿瞒似的，于是他表面玩世不恭，装作对财产继承没兴趣，演了两部自己投资的电视剧，和女明星不时传出一些风流韵事，一边把业绩做得很好，加强了父亲对他的信任。

他二十六岁那一年，父亲给他安排了一场相亲，对象是一家比他家规模更大的上市公司董事长的千金。这个大小姐皮肤好得跟鸡蛋壳似的，一只手上的珠宝能买两套海景房，但身材五五分，才二十二岁腰部就有两层游泳圈，一个人优雅地清掉了七层下午茶点心盘，只留了一个水果挞给他和长辈，对他开口说的第一句话是"你不会是看上我家钱想入赘了吧"。他当时只想把桌上冒热气的祁门红茶浇在她脸上。但很快他说服了自己：这是为了利益的联姻，不要带太多个人情绪，把对方当成客户就好了。

使用花言巧语把这个千金哄得开开心心的，他却感觉自己整个人都快被掏空。他想，既然快结婚了，那么就最后玩一把吧。于是，他找了两个在影视圈做投资的兄弟，参加了一场赫威集团的内部派对。

派对里有很多赫威的练习生，年纪都很小，个个颜值都达到了赫威的及格水准、演艺圈的超高分水准。他随便找了一个十八岁的练习生聊了几句，对方看见他名片的刹那眼睛都亮了，热情地跟他聊了起来。她提到了自己对演艺事业的憧憬，说来赫威当练习生是因为崇拜侯曼轩，问他能不能帮忙和侯曼轩搭个话，她自己根本不敢去。

然后，他顺着她的目光，看到了众星拱月般被人群包围的侯曼轩。

以前并不是没有在电视上看到过侯曼轩，但因为她曝光率太高，他对她的印象就是漂亮、天后、唱歌飙高音可以让人起一身的鸡皮疙瘩。然而见了真人，他走神到这个练习生伸手在他眼前挥手。带着她去和侯曼轩搭话以后，他更是觉得脚下轻飘飘的，甚至不敢直视侯曼轩美丽的大眼睛。

他活了二十六年，算是明白了何为一见钟情。

刚好那一夜下着大雨，侯曼轩的保姆车被堵在路上一个小时。在他的坚持下，她让他送自己去了保姆车所在的地方。

和她同处在密闭的空间里令他感到头晕目眩，她身上淡淡的香水味有催情效果般令他难以自拔。他开始疯狂追求她。他想，如果能在尘埃落定前和侯曼轩激情一把，即便娶了那个肥婆也没什么遗憾了，所以拿出了十二分的诚意。很快他发现，她并没有什么大明星架子，"天使在人间"的形象也不是包装的，她是真的热爱慈善，而且每周六会低调地去敬老院照顾老人。她说希望天下所有父母都幸福，又令他想到自己的家庭，从而被深深触动。他很害怕再这样下去会陷得太深，于是想要加快进程，迅速推倒她，再全身而退。

对此，侯曼轩给了他明确的答复："不是我不愿意和你亲密，但我想发展得慢一点。你这大色狼，再色急我就不理你了。"

那时她已经非常理性且懂得保护自己了，可她这一份自爱，却让他觉得她越发有魅力。于是，他耐心地追她，追了整整一年半。

真的在一起以后，他可悲地发现，自己已经没办法离开她了。这一年半的时间里，他一直拖着婚约不做推进，纸又包不住火，父亲调查出他和侯曼轩在谈恋爱，逼他们分手。他不同意，加上后母煽风点火，他和父亲吵了八次。他坚定自己要跟侯曼轩在一起，冲动之下，推掉了和大小姐的婚约。对方恼羞成怒，从盟友变成了仇人。他被父亲的公司除名，持有的 25% 股份全部被转交给了后母生的小儿子。

从一个上市公司的继承人变成了一个纯粹的三线演员，从那以后，别人对他的态度完全不同了。于是他性情大变，对侯曼轩的容忍度也越来越低。他觉得是侯曼轩毁了他的前程，让他变成了个一无所有的垃圾。"现在我什么都不是了，你是不是想离开我"变成了他那个时期的口头禅。侯曼轩每次都很不耐烦，但没有离开他，每次的回答都是："我跟你在一起是因为你对我好，跟你的家境、收入没什么关系。"这句话让他更难过，不知不觉中，骨子里继承父亲的闯劲也被激发出来了。十四个月后，非科班出身的他奇迹般地拿了第一个最佳男主角奖。但是，他和侯曼轩的感情也早已因他低谷期的暴躁而消磨殆尽。

父亲一直在逼他和侯曼轩分手，给了他很多次机会。每次他都想直接甩了这个傲慢的女人，但每次话说到嘴边就又吞回去。随着父亲找他的频率降低，他对侯曼轩的不满也在增加。而且认识久了，他又发现她其实内心对感情是很冷漠的，并不像她在慈善机构表现得那么无私善良。他们俩都在不幸的家庭中长大，两个人都没有安全感，他把她管得很严。她知道他牺牲了多少，所以一直在忍。两个人其实很不适合，但事业绑定，也没有什么分开的理由，就这样拖了七年。

这个雨天，他把车开到她家楼下，忽然意识到自己真的错了整整七年。曼轩是他此生最爱的女人，一切的付出都是他心甘情愿的，他怎么可以不好好宠她，反而把她逼走，让一个和她恋爱只是玩票性质的小男孩糟蹋她……

戚弘亦把头靠在方向盘上，闭目养神半个小时，却一点睡意都没有。

一个小时后，雨停了。侯曼轩独自开着车驶向回家的方向。她恢复了平静，思考着是否还有必要公开和戚弘亦分手的事。戚弘亦帮了她这么一把，继续拖着对他也不好，不如想想怎么让他早点抽身吧。到红绿灯的时候，她打开手机，在相册里找到了年初录制的视频，点击播放键。

视频中，他坐在她的身侧，对着镜头，面无表情地说："我，戚弘亦，和女友侯曼轩两个人的感情早就已经有了裂痕，只是碍于过去的情面，才没有舍得结束这段感情。今天是一月二号，我和侯曼轩正式分手，彼此都恢复了单身。从今以后，不管她跟什么人在一起，都不是在背叛我，都和我没有任何关系。作为前男友，我只希望未来的她一切都好。遇到真爱她的人，懂她、疼她，和她相知相守一辈子。"

这是她第一次看这个视频，也是第一次知道，说到最后，他虽然还是没有表情，却已经泪流满面。

她关掉手机，继续在泥泞的马路上开车。这长长的路程就像是梦的隧道，一直通向梦醒的终点。最终，在自家花园门前，她看见一辆熟悉的车，里面有一个身穿深蓝西装的身影。

听见车声靠近，戚弘亦回过头来，打开车门下了车。然后静待她从车上下来。

"曼轩，我打你电话半天没人接。我有新的进展要告诉你。"戚弘亦走近了一些，把一个文件袋递给她，"这些都是祝伟德近期调查你的证据。就是从祝珍珍那事结束之后开始的，他对你的身世特别好奇，而且也在满圈子搜刮你的隐私和黑料，你要不要看看？电子版的我已经发到你邮箱了。"

"嗯，我晚点去看。谢谢你。"她接过文件袋，有气无力地说道。

戚弘亦低下头："怎么了……你哭过？"

这一刻，他就好像是她梦醒后看到的第一个亲人。

侯曼轩摇摇头："没事，有点累而已。"

他想了想，眉宇之间却渐渐有了愤怒之色："是龚子途欺负你了对不对？"

现在她连"龚子途"三个字都没法听了。一听眼眶就会发热。戚弘亦察觉到她神色的变化，焦虑地摸腰包："是，我承认，我没有他的优势，不是你喜欢的类型。可是他这么伤害你，我还是要说一句，妈的，小兔崽子！"

侯曼轩知道，他是个情绪化的人，说话很刺耳，更是很少哄人开心，但这七年里，不管发生什么事，不管他们底下闹得有多僵，只要她遇到了麻烦，他总是第一时间站出来帮助她。

他自己气了半天，最后只叹了一声说："我可以抱抱你吗？不是吃你豆腐，我只是觉得，你现在需要一个人靠一靠。"

侯曼轩没有说话，他只当是默认了。但他也没有用力抱她，只是让她的头靠在他的胸前，然后小心地拍拍她的背："你也很多年没这么柔顺过了。上一次这么乖，还是我和我爸妈第一次吵架之后吧。那时我就知道瞎付出、瞎牺牲一通，然后又被自己感动，根本没想过你是否需要我的付出，太蠢了。"

她当然记得那些事，但她不觉得他蠢，只觉得两个人都很无奈。

听见她小声笑了一下，他提起一口气，也自嘲地笑了："最近我更傻，又买了一个已经买过并且废弃的东西。"

他从裤兜里拿出一个深蓝色的盒子，一只手握了握拳，再打开盒子，举在她的面前，单膝跪在地面的水洼中："曼轩，你愿意嫁给我吗？我会一直支持你，陪着你，守着你，一生一世，不离不弃。"

　　曾经侯曼轩一直觉得，她和戚弘亦有感情，但不适合。现在她才发现，很可能戚弘亦才是适合她的人。和她有感情但不适合的人是龚子途。

　　爱情在人生中占的比重实在太小了。和龚子途几个月的激情期过后，她终于明白戚弘亦说的话是对的。玩够了，该清醒一点了。还好她还没宣布和戚弘亦分手的消息，不然事业势必会受到更大的创伤。她确实很爱龚子途，但是，爱情是什么，能吃吗？母亲曾经用生命在爱她的生父，为此不惜牺牲自己的名誉和后半辈子的幸福。而母亲最后除了苦闷而怨恨的一生，并没有收获到额外的幸福。如今自己怎么能走母亲的老路，怎么能让爱情毁了自己辛辛苦苦打拼了十五年的事业？

　　确实，龚子途的外形也好，身高也好，智商也好，都太优秀了。好的基因谁都喜欢，在这一点上，人和动物没什么不同。母马看见背腰平直有力、胸膛最宽、鼻子最大、眼睛最大最亮的、跑步最快的公骏马就会主动与它繁殖后代。然而，这是性冲动，不是爱。人与动物又有很大的区别，人是智慧与感情的动物。爱是智慧的产物，与基因、原始性冲动的关系是不大的。怜悯、共情、关爱，才是人类优于其他动物的不同之处。

　　克制原始冲动的人，如能控制食欲、贪欲、性欲，才是优秀的人。

　　断舍离是人生中最难完成的事，但决定了一个人的人生完成度有多高。

　　说到底，她和戚弘亦才是同一类人，利益至上，感情不过是调味料。他们不会为了感情放弃利益的。而龚子途太阳光、太单纯、太热情了，与她是如此格格不入。

　　再回想十九岁的教训，她已经欠过母亲，留了遗憾，以至她这辈子最怕的事就是辜负别人。继续发展现在的恋情，结果只有两种：龚子途辜负她，或者她辜负龚子途。两种结果她都不想要。

　　她让戚弘亦给自己一点时间考虑，但内心已经差不多做好了决定。这以后，龚子途的电话她一个都没接，她在公司会刻意回避他，而且总是和旁人在一起，口头承诺会私底下联系他，之后却毫无音信。他到她家楼下等她，她就索性住在外面，连家都不回。于是他每天都会在她家门口最少等上四个小时。

　　六月二十日起，BLAST即将开展他们的首场世界巡回演唱会，出发站是洛杉矶，他们将会有三个月的时间长期在国外。眼见期限越来越近，龚子途很着急，干脆直接在公司当着很多人拦住她："我有事要找你。你如果没时间，我在这里说也可以。"

　　侯曼轩从他的眼中看到了破釜沉舟的决心，知道冷处理是没用了，跟身边的人打了一声招呼，跟他去了无人的走廊。

　　"对不起。全都是我的错。"只有他们独处时，他立刻放软了态度，几乎是在哀求她了，"是我不成熟，压力一大就乱说话，没考虑到你的感受。曼曼，对不起，请你原谅我。"

　　"没事的，我早就不生气了，只是发生了太多事，想自己一个人静一静，等这次风波过去。晚上你到这个酒店找我，我也有些话想和你说。"然后，她发了一个酒店地址到他的手机上。

晚上九点三十三分，推开酒店房间的门时，侯曼轩看见龚子途一下从椅子上站起来，像是已经等了很久。

"曼曼。"他看着她，表情管理很优秀，但手抓了抓座椅靠背，又抓了抓自己的衣角，不知往哪里放一般。

侯曼轩把门关上，什么也没说，直接走过去抱住他。当脸贴到他的胸膛、听到他心跳的时候，她有一种错觉，好像自己已经休克了很久很久，现在终于活过来了。很显然，他比她更受折磨，因为回抱的力度大到让她浑身发疼。

然后是漫长的亲吻，从激情到言语难以描绘的缠绵。如果平安夜心意相通的吻算是开端，他们在一起也快六个月了。这么长的时间里，她从未有过这一夜的主动与热情，到情浓之时，龚子途差一点就失控做了错事，他赶紧轻推开侯曼轩，想要下床。

"别走。"她拽住他的手。

"我去拿那个。"他做了一个撕包装袋的动作。

"你还是有备而来的嘛。"看见他有点脸红，侯曼轩笑了笑，"不用了，今天是安全期。"

其实并不是安全期，但一次就中的可能性几乎为零。这一次她不想再和他有任何间隙了，只想留下最美的回忆。

她是如此喜欢和他亲近。这种中毒的痴迷，被他轻轻触碰都会心脏抽痛、浑身颤抖的敏感，是和戚弘亦在一起七年都不曾有过的。听见他用独一无二的声音在她耳边轻轻说着"曼曼喜欢这样吗""那曼曼喜欢我吗"，她只柔弱地回答两个字"喜欢"，都感觉像要灼烧起来。他自言自语般轻声说："喜欢我是吗……曼曼，我不行了，你再这样说我真的……"他声音如此酥软，行动却和"不行"是完全相反的。

等他们结束的时候，她觉得头晕目眩，眼前一片昏花。

她确实喜欢他。他的一切，都喜欢。

晚上十一点五十八分，他们在床上静静抱着彼此。她看着墙上的时钟，听着秒针"嗒嗒"作响，觉得每一秒都像是偷来的。

灰姑娘的魔法十二点会结束，她这一段短暂而疯狂的毒瘾也该戒掉了。她坐起来，捧着他的脸，认真观摩着他面部轮廓的每一个细节，还没有说话，眼眶已经发红了。然后，她抿了抿唇，微笑着说："子途，我爱你。"

像是预测到了情况不对，他凝重地看着她，没有回话，也没有用任何行动给予她反馈。

她又吻了吻他的唇，眼泪顺着微笑的嘴角流下来："这是最后一次了。"

"不会，这不会是最后一次。"他擦掉她的泪，居然意外地平静，"你是我的。一辈子都是我的。"

　　他知道侯曼轩想放手了。如果再继续拖拖拉拉，他会失去她的。但他也不想只是给她口头承诺，只想用行动表示一切。他摸了摸她的头："等我巡演回来，不用三个月，我七月四号就可以回国一趟。"

　　第二天是六月十八日，龚子途去了一趟珠宝店，然后他回到父母家中和父亲、哥哥一起吃晚餐。龚凯盛明显对小儿子还有气，跟龚子业有一句没一句地聊着公司业务，完全不理龚子途。等他们陷入沉默的时候，龚子途终于直了直背，鼓起勇气说："爸，哥，等开演唱会回来，我就退出演艺圈，和曼曼结婚。"

　　龚子业错愕到微微睁大眼睛，夹菜的动作悬在空中两秒才继续："龚子途你喝多了吧？"

　　"我就知道你会来这一出。"龚凯盛吐了一口气，但也不像之前那么生气了，只是皱着眉，一副拿他没辙的样子，"想好了？"

　　"想好了。"

　　"你妈还在澳洲呢，不等她回来问问她的意见？"

　　"不问，反正她也不会答应，先斩后奏。"

　　"你都打算先斩后奏了，还跟我们商量个什么？"

　　"我只是通知你们，没打算商量。"

　　龚子业摇了几次头："头疼。"

　　龚凯盛把杯子往前推了一下，让龚子业给他倒了半杯白酒，端着酒杯琢磨了一会儿："我说儿子，你这种爱美人不爱江山的性格是像谁啊？"

　　"像妈。"

　　"你的意思是你爸还是美人了？小心老子揍你。"龚凯盛笑出声来，"行，行，你要真那么喜欢侯曼轩就娶了，老爸也不拦你了。你哥在这方面没出息，都多大岁数了女朋友都没有一个，你速度倒是快。结婚也好，早点给老爸生个乖孙子，免得你哥被老爸惦记得烦。"

　　龚子途也笑了，抓了抓脑袋："好。只要曼曼愿意，生几个我都开心。"

　　龚子业在一旁默默吃饭，不时面无表情地扫他俩一眼，仿佛一切对话都与他无关。

　　然后，龚子途转头对龚子业说："哥，等我退出演艺圈就到公司来帮忙，可能要靠你提携了。"

　　龚子业扬了扬眉："你家曼曼不是很有钱吗？让她养你啊。"

　　龚子途推了一下他的胳膊："你一个当哥的怎么这么傲娇啊。"

　　六月二十日下午，BLAST抵达洛杉矶。晚上六点五十分，一切准备就绪，他们在后台等候出场。

蕴和才接了一个母亲的电话，没事翻了翻手机，看到一条新闻，吓得盯着它看了十多秒，直到姜涵亮凑过来问他怎么了，他才赶紧把手机收起来："没事没事，手机没容量了，我在想删哪个 App 好。"

姜涵亮拍了一下他的背："这个时候你还有心思删 App，快走啦。"

"蕴和你发什么呆，是不是没睡好？"龚子途也凑过来关心地问道。

"你才没睡好。好好表演，今天开场演唱会，我们都表现好一点啊。尤其是你，子途，不要分神。"蕴和握紧手机，严肃地说道，"你可是我们的领舞，不管是听众还是摄影师，都会先关注你呢。"

"怎么今天你也被姜队长附体了，啰啰唆唆的……走了走了。"

龚子途当然知道这一场表演很重要。对 BLAST 而言，这是他们迈向世界的第一次大跨步，但对龚子途而言，这是告别演出。想到过去多年的辛苦培训和靠努力换来的成就，他难免有些伤感，但权衡下来，还是曼曼更重要，于是也就没有半点动摇了。

因为做好了决定，这一场表演他很开心，也充满了前所未有的热情。这份热情感染了台下的粉丝。这一天，应援里呼喊"龚子途"的声音是最响的，远远高过了其他高人气成员。

宽广漆黑的观众席中有三万三千位观众和最少一半数量的荧光棒。周围是一片梦幻的星海，包围着每一个歌手都梦想的巅峰舞台。

他想起了小时候第一次在学校门口唱片行看见侯曼轩海报的情景。那时候侯曼轩还没有签约赫威娱乐，也没有转型，海报上还是一个穿着粉色短裙、头戴王冠的可爱少女，下面写着一行大字："青春流行教主侯曼轩第三辑《尖端少女》，火热来袭！"

那一年她十六岁。还在读小学三年级的他买下了人生中第一张唱片。

刚转型爆火那一阵子，侯曼轩因为工作强度太大，脾气暴躁乱说话，被人铺天盖地黑过，曾经三次在娱记面前情绪失控大哭出声。现在想想，其实她崩溃的根本原因应该与母亲有关。但是公众对她没有任何怜悯，只觉得她已经二十岁了，应该像个成年人一样面对公众的质疑。他生气又焦虑，只想挡在她面前，赶走那些可恶的记者和质疑声。所以，十二岁的他跟父母提出了要当明星的愿望。

第一次和侯曼轩见面时，他紧张得没办法说出一句完整的话，只能用面瘫来掩饰内心的慌张。她好像也被他的紧张感染了一样，跟谁都好好讲话，唯独不怎么理他，他回家以后特别丧气。相恋后的有一天，他们一起看选秀节目，侯曼轩撑着下巴，有点嘚瑟地说，唉，现在这些小男孩，没有一个有我家兔兔第一眼暴击的神颜呀。他蒙了，说你第一眼看到我的时候，我可感觉不到你受到了暴击。她狡猾地不回答，只是笑着把头靠在他的肩上。

父亲说他不了解她，他不认同。她是创作型歌手，很多思想与情绪都写在了歌曲中。她所有的采访他都看过，骨子里那种倔强与执着是演不出来的。如今，他知道她爱他，而且爱得很辛苦，那他就不应该再介意世俗和长辈的眼光，做出他人生中第一个重要而正确的决定。

这一刻，他希望时间走得慢一点，这样他可以在最后的舞台上，与 BLAST 的好兄弟还有台下的粉丝共享音乐与舞蹈的快乐；他又希望时间走得快一点，这样他就可以早点回去，抱住喜欢的女孩原地旋转三圈，然后光明正大地当着所有人的面说："曼曼，嫁给我吧！"

BLAST 的舞蹈都比较激烈，虽然每天都在训练，但连续又唱又跳一个小时，还是会吃不消。这一天，龚子途表演太过投入，加上十四个小时的航班旅途、时差还没倒过来，中场休息的时候，他比平时更累。但这只是肉体上的累，他心中是充满期待的。下一场表演是他与崔永勋的双领舞舞蹈，有一段需要躺在舞台上的水池里，在湿身之前白衬衫不能被汗打湿，不然会失去对比效果。所以，工作人员帮他擦汗时，他也在努力维持着心境平静。

在一片吵嚷中，他听见一个小女生助理低声说："呀，侯曼轩结婚了。"

龚子途愣了一下，没反应过来她说了什么。化妆师惊讶地扭过头去，但想起他这边时间很赶，于是一边帮他补妆，一边大声说："什么什么，跟谁啊？"

"当然是戚弘亦啊，姐，你看你看，他们俩都发了微博……"

化妆师瞅了一眼助理递过来的手机屏幕，笑着说："哈哈，这两个终于结婚了，太好了。最近发生了很多事，可能也让他们发现了彼此的真心吧，不然这两个工作狂不晓得还要拖到哪一年去了。"

龚子途转过头去，茫然地看着她们："你们说谁……谁和戚弘亦结婚了？"

龚子途平时在后台很少说话，更不会主动问这么多其他明星的问题。看见他蒙了的样子，化妆师不禁产生了怜爱之情，捧着他的脸，对着镜子说："子途你不要动哦，我在给你补妆。侯曼轩姐姐结婚啦，等一下表演完了，记得给她送上祝福。他们俩很不容易的，恋爱都谈了七八年了吧。"

"侯曼轩结婚了。"不是疑问句，他无意义地重复了一遍。

"现在全网祝福呢，子途哥你要不要也去转发一个微博？"虽然聊的是侯曼轩，小助理却像看初恋情人一样看着龚子途，格外珍惜这个与他对话的机会。

他拿出手机，想翻看微博，但知道现在看这个消息对后面的表演很不利，于是把手机放回桌面。他看着镜子里的自己出神了几秒，还是把手机拿过来，打开微博。本来想从好友里找侯曼轩，但发现根本不用——首页上全是圈内人士的转发和祝福。

Alisa："曼轩结婚了，感动，新婚快乐！我心中最棒的金童玉女！//@ 侯曼轩：谢谢七年的不离不弃，余生请多指教。@ 戚弘亦"

杨英赫："有情人终成眷属，祝福。//@侯曼轩：谢谢七年的不离不弃，余生请多指教。@戚弘亦"

羽森："弘亦太棒了，为你们俩的爱情感动！//@侯曼轩：谢谢七年的不离不弃，余生请多指教。@戚弘亦"

卓天华："恭喜二位新人，愿恩爱一生，白头偕老。//@侯曼轩：谢谢七年的不离不弃，余生请多指教。@戚弘亦"

原微博是戚弘亦发的，内容如下：

戚弘亦："@侯曼轩 余生请多指教，老婆。"

配图是两张结婚证叠在一起的照片。时间是BLAST登上往洛杉矶的航班五个小时以后。

看到那张图，龚子途并没有太大的反应，只是持续蒙了十多秒。完全靠精神支撑的意志垮掉了，肉体陷入了彻底虚脱的状态。从椅子上站起来后，他撑着桌子，意识到自己可能没有能力完成一整首歌的舞蹈。但崔永勋已经换好和他同款的白衬衫，脚步轻盈地走上了舞台。

这一支对他来说没什么难度的舞，这一晚进行得格外艰难。他从没发现崔永勋的动作可以这么快，快到他完全想不到下一个动作是什么。他仅凭魔鬼训练后身体的记忆完成舞蹈，脑子一直在绝对空白和侯曼轩之间徘徊……

……

"子途，我爱你。"

……

"这是最后一次了。"

……

她这么对他说的时候，他知道她有意离开，但没想到她并不是动摇，而是绝情。绝情到连两周的时间也不愿意等。

躺在浅池里的时候，冷水打湿了他的衬衫和头发，让他的脑中嗡嗡作响。抬腿的动作溅起了水花，在舞台银色灯光下闪烁跳跃，侵占了他的视野，就像一场美丽而冰冷的幻觉。

就在三天前，她还安静地睡在他的怀里，触手可及。

终于，水里的舞蹈结束，台下的万千粉丝为他和崔永勋敏捷的身姿和诱人的身材疯狂尖叫着。他跨出水池，和崔永勋一起踩着舞步，跳到了舞台边缘，动作连贯地你来我往进行互动。然后，他在众多尖叫的歌迷中看见了一个安静坐着的女孩。她留着中分棕色长发，弯着漂亮的眼睛，轻轻地摇着荧光棒，虽然比其他粉丝温柔，但眼中的崇拜与爱意一点也不输给别人，像极了他的恋人，更像极了当年坐在同一位置仰望女神的他自己。

他又晃了晃脑袋，想集中精力。此刻他是一名歌手、舞者，要对自己、团队和歌迷负责。但头重脚轻的情况很严重，他才试图稳住脚步，眼前一黑，脚下踩了个空，整个人失去重心，从两米高的舞台上摔下去。同时，七根连接线也被拖动，把舞台上的音箱、三个射灯也轰隆隆地拽了下去。

观众席里一片哗然与惊呼。崔永勋大喊了一声"子途"，跳下舞台，和工作人员一起围了过去。

很快，龚子途从舞台上摔下来变成了仅次于侯曼轩戚弘亦结婚的微博热门话题，也传到了侯曼轩那里。她吓得四肢冰凉，赶紧打电话去询问龚子途的伤情。得到了没有危险的答案，她总算好了一些，但心里还是不踏实，在戚弘亦家里来回踱步。

她知道闪婚会带给龚子途不小的打击，甚至让他对自己反目成仇，但这个结果是她怎么都没预料到的。

不行，不能去看他。哪怕听到这个消息比她自己受伤还要折磨她。

可是如果现在去看了他，既对不起戚弘亦，也会太牵肠挂肚，对她和龚子途都不好。听到楼梯间有脚步声靠近，她赶紧坐回沙发上，努力维持镇定。戚弘亦笑着坐到她身边，搂住她的腰，却被她躲开了。

发现他脸上的诧异之色，她叹了一声："我们不是说好了吗？先领证，感情还需要花时间培养。我才和龚子途分手，没办法这么快抽身而出。"

戚弘亦点点头："好，七年都过来了，再等个一两年算什么。我们来日方长。"

"不过，谢谢你弘亦，你真是神机妙算，结婚确实成功转移了公众的注意力，现在没什么人黑我了。"

"不客气，都是我应该做的。"

"你说的是对的，面对这件事应该积极一点。接下来我会继续调查谁是幕后指使者。如果是祝伟德，我也不会再惧怕他，一定想办法为自己讨回一个公道。"

戚弘亦愣了愣，清了一下嗓子："这要怎么查呢，很难找到证据，我给你那些资料也不能直接证明黑你的人就是他。即便真的是他，既然事情已经过去了，他又是那么厉害的人物，我们就当不知道吧。"

这个回答让侯曼轩感到很意外："这个人把我害得这么惨，就这么算了？不可能。而且，你开始不是这么跟我说的。"

"起码因为这件事，我们俩终成眷属了。"他握了握她的手，"跟我在一起，你不开心吗？"

Act. 16　一生一次的爱

"不开心也不难过，跟你在一起只是习惯使然。相信你也一样吧。"

过了这么多年，她还是没变，说话直来直去，从来不考虑他的感受。戚弘亦拍了拍她的手背，闭眼摇摇头："从当年追你开始，跟你在一起的每一分钟，都是我争取来的。如果努力也能算是习惯，那我恐怕早就非常习惯了。"

虽然戚弘亦已经改变了很久，但五年多的疏远还是让侯曼轩无法适应现在的他。现在的他让她感到很陌生，心中有缺失的东西。理智告诉她，一切不过是回到了原来的轨道，和龚子途那一段才算是脱轨。

但趁着回房间休息的时候，她还是觉得独处比跟戚弘亦相处放松。她拿手机刷了刷微博，又关注了一下龚子途的话题。粉丝已经哭成一片了。网上都说龚子途的头部和胳膊受了伤，有轻微脑震荡，左手手肘脱臼，正在洛杉矶当地医院进行治疗。

还好，都是外伤，应该两三个月就可以痊愈。可惜巡演应该是没办法进行下去了。侯曼轩又翻了翻他们前一个晚上的饭拍演出视频，发现不管是歌喉、舞姿还是气氛带动力，都是龚子途出道以来的最佳状态。BLAST 的编舞是全球顶级水准的，他们的舞蹈流畅度很高，无缝衔接各种高难度的动作。而龚子途在维持这些动作的同时，还发挥了极强的力量与爆发力，即便不在 C 位，也让人不由自主把目光停留在他的身上。

唱歌部分更加令侯曼轩感到意外。龚子途的声音是典型的低音炮，和他清瘦校草风格的外形不太一致，音色非常棒，然而一唱到高音就有点飘，只能切换成假声，完全打不过自带高音技能的凌少哲、蕴和和姜涵亮。所以，BLAST 的歌曲里龚子途演唱的部分总是不超过三句，他还因此得到了一个"龚三句"的外号。但这一次巡演上，龚子途唱 *My Bride* 的时候，临场发挥飙了三次高音，完全不会被和他同台的高音女王 Alisa 压住。这一回他的歌声不仅不飘，没切换假声，音域忽然扩大太多，尾音还带着极有磁性的颤音，让人听得头皮发麻，带得全场粉丝疯狂尖叫起来。

一直以来，所有人都知道，龚子途是靠一张脸、两个肩和两条长腿就直接诞生在练习生终点线的幸运儿。因此，公司给他分配的资源也都是与外形有关的：广告、代言、写真、时装周、杂志封面……但这些通告无疑都对他长期发展没太大帮助。兔粉经常怪公司给他的资源太少，导致他常年抠脚[①]，BLAST 其他成员的唯饭的回应也让她们无能为力。有一条孟涛的唯饭评论还得到了超过三万的点赞："问题是你仙兔除了颜什么都不拔尖，演技尬屏，综艺感负数，唱歌就不说了他没有这个技能，也就跳舞好点，公司能给他什么资源呢？能让他当你亚洲天后馒头姐的固定舞伴，已经仁至义尽了。不过，公子兔人如其名，本来就是太闲才进圈玩玩的公子哥儿？趁颜值还没掉赶紧红一把，以后退圈了还可以当个回忆，不要跟我们靠自己打拼又业务能力超强的爱豆抢资源了啦。"

侯曼轩一直挺赞同他们的观点，觉得龚子途欠缺某一项专长，只适合吃青春饭。

而此刻，看着视频里拿着话筒大汗淋漓的龚子途，感受到了一种前所未有的震撼，并且茅塞顿开了：他并不是欠缺专长，而是各方面潜力都很高。而这样的新人可以被称为是什么？

天王巨星的雏形。

他总被人群嘲的综艺感和演技对爱豆而言很重要，但对流行乐坛封神的人物而言这些都是可有可无的。在音乐方面，他并没有受限于歌艺、rap、舞蹈、编舞或者词曲创作某一项，而是各项发展得都很平均，而且快速进步中。一旦全面发展到一个突破口，就会产生质的飞跃。

这一场他放飞自我的表演，已经很说明事实了。

一直以来，公司都太关注龚子途的外形了。是不是到目前为止，没有人发现这一点？

侯曼轩觉得很意外，也很激动。

真好，子途如此年轻，前途不可限量。即便分手也好，说不定有一天，她有机会看见他靠自己一人的实力站在世界舞台上。

演唱会结束后，唐世宇是第一个赶到医院的 BLAST 成员。龚子途躺在病床上，头上缠着绷带，依然昏睡着。Alisa 站在病床边偷偷抹眼泪。

"Alisa，怎么了？子途情况不好吗？"

龚子途在这一回巡演上会演唱单人版的 *My Bride*，原本的现场会有他、侯曼轩、Alisa 和唐世宇同时出现。侯曼轩没有跟他们一起来巡演，女声部分就由 Alisa 完成了。所以，她也是亲眼看见了龚子途从舞台上摔下来的情景。Alisa 抹了抹眼泪："不是，他没危险，现在在休息。"

唐世宇有些慌："那，那你怎么哭了？"

"他刚才有点意识的时候一直在喊'曼曼'。现在是什么情况，他喜欢曼轩，但

---

① 抠脚：网络词语，指艺人一段时间内没有任何活动或者作品发布。

曼轩结婚，所以他失恋了吗？我也不知道为什么，看他这个样子，就觉得心里可难受了……"Alisa 用纸巾擦了擦眼泪。

看见她鼻头红红的样子，唐世宇觉得心里柔软的地方被触动了。他松了一口气，上前去抱住她："你怎么这么感性这么傻。放心，子途还年轻，即便真的暗恋曼轩姐，也不会被这个事情打击太久的。"

突然被揽入他的怀抱，Alisa 的心跳得都快爆炸了。她呆了一下，涨红了脸，狠狠拍了一下唐世宇的头："泡面头你搞什么啊，忘记我是你朋友的前女友了吗？这可是你自己说的！"

唐世宇按住脑袋，提高音量说："暴力女！肺活量女！以为你柔弱是我的错觉，是我错了行不行！"

Alisa 愣了一下，奸笑起来："呀，以为我柔弱，你还想保护我？"

唐世宇话都说不清楚了："保保保保你个头啊。"

和戚弘亦领证后，侯曼轩还是住在自己家里，和丈夫很少见面，连拥抱都没有过一次。她天天在公司练舞到半夜，累到筋疲力尽，回家倒头就睡。好不容易熬到了休息日，她也不太想见任何人，用一半时间待在养老院，一半时间在家里收拾东西，准备年底办好婚礼，和戚弘亦搬进才买的新房里。

收拾妈妈遗物的时候，在家里发现了一张手写的曲谱。纸张已经呈现出非常老旧的土黄色，字迹模糊不清，原本以为是自己以前写的谱子，但字体并不眼熟，而且是F 谱表，音符符杆上下位置和钢琴谱不太一样。再看见音符上面有许多 ×，她反应过来了，这是一首架子鼓鼓谱，前奏有大量的手击镲音。架子鼓她只略知皮毛，按着鼓点模拟了一下，觉得还挺好听的，就到阳台上去翻出家里的架子鼓，按照谱子打了一会儿。

虽然开闭镲音的符号都有些看不清楚，但她很惊讶地多打了几次。因为真的很好听，是哪怕放到当代流行歌曲里，都一样如虎添翼的好谱子。而且，总觉得这个鼓点有点耳熟，她一边打一边回想，却怎么都想不起来在哪里听过。挣扎了四十分钟，她放弃了，把谱子装进包里，继续收拾其他东西。

想起侯辉曾经跟她说过，她的生父擅长打架子鼓。再看看这个谱子，她料想这很有可能是他留下的东西。于是，她委托笔迹司法鉴定所去鉴定字迹的书写年份。结果是意料之中也是意料之外：三十年前。这么算来，这是吕映秋怀孕初期写下的谱子。

十有八九是生父留下的东西了。她有些好奇母亲为什么会保留这个东西，也对生父的身份产生了种种疑问，但龚子途回国的消息让她暂时忘记了这件事。

七月四日，龚子途按照约定回国，但他的心情和形象都和预期的相差太多。他打着石膏，绷带吊在脖子上，神色冷漠而颓丧，看上去就像刚从伊拉克战场回来的退伍军人。他没有因此放弃这次巡演，只是不再跳舞，站在后排合音。粉丝们自然不必多说，连路人都被他这身残志坚的小样儿打动了，演唱会门票销售涨幅呈直线飞升。于是，公司果断地为龚子途和侯曼轩在电视节目"流行乐中心"安排了 *My Bride* 的同台演出。一来侯曼轩确实是新娘，二来龚子途可以继续打造身残志坚爱豆人设，一箭双雕。

表演前一天，又下了一场暴雨。侯曼轩依惯例在舞蹈室练习到了晚上十一点，才拖着虚脱的身体走到公司后门。巴士、出租车来来往往，地面被雨水和霓虹灯披上了一层五颜六色的玻璃纸，撑伞而过的行人寥寥无几。看着大雨她的心情很烦躁，不想叫司机，但也不想开车，所以只是站在门口，出神了很久。忽然，一个声音从她身后响起："和你一起表演 *My Bride*，真是一个笑话。"

她被吓了一跳，思绪也被拉回了现实。转过头去，好巧不巧看到了龚子途。她惊讶地说："你怎么这么晚也没回家？"

"一直在门外看你练舞，但你太专注，没发现而已。"

晚间，大厅里的灯只剩下了昏暗的几盏，在大理石地面照映出虚弱的光影。龚子途吊着绷带，侧脸神色却还是平静而有些清高的，就好像身上的伤都与他无关。而她已经不能再多看他一秒钟了。她拿出手机，一边给司机发消息，一边说："这样啊。你需要养身体，早点回去休息吧。"

"谢谢曼曼百忙之中抽空敷衍我。"

她这才收了手机，无力地说："子途，我们已经没什么好说的了。"

"是，你都结婚了，是没什么好说的。"他笑得嘲讽，"我只是想知道，我们在一起这六个月算是什么？我是做了一场梦？"

"对不起，我知道你一直有一个理想中的侯曼轩，那是你从小到大的梦中情人。但是那只是表象。真正的我只是一个普通的女人，有普通女人的缺点。我不完美。"

"我知道。我跟你在一起时间也不短了，你是什么样的我当然知道。但我喜欢你，你的缺点也是优点。"

龚子途有少爷脾气，侯曼轩也是知道的。她原本以为重逢之后，他们会大吵一架，甚至会遭到他的诅咒或报复，但没想到他这么平和。于是，她也放下了戒备心，好好跟他沟通："那你知道吗，我和所有女人一样，都怕老的。我骨子里也很传统，渴望有一个稳定的家庭。如果不是进入演艺圈，可能我的孩子都已经快念书了。你还年轻，心没定下来，我们俩不管谈多久，都迟早会结束。长痛不如短痛。"

"因为你想结婚，所以就甩了我。"

他说得如此淡然，就好像是在聊别人的事。但不知为什么，侯曼轩觉得很心疼，就像被甩的人是自己一样。她眨了眨眼，看向窗外的雨夜，竭尽所能说服自己要坚强，不要暴露内心的不舍和伤痛，同样平淡地回答："子途，你总不能真的指望我等你到三十九岁。"

"不要什么都想当然。"说到这里，龚子途笑了一下，提起一口气，过了好一会儿才徐徐说道，"我本来打算七月五号向你求婚的。"

与此同时，天边一道闪电划过，刺得侯曼轩眼睛都睁不开。紧接着的雷声轰隆隆响起，让她不由得惧怕地缩起了脖子，又怀疑自己听错了。

"……你刚才说什么？"

"戒指都订好了，也说通了家里人，打算求婚成功就退出演艺圈。"说到这里，他回头看向她，笑容苦涩，"曼曼，你好狠的心，在满怀期待的时候把我一脚踹了。"

侯曼轩站在原地，一动不动，心中却掀起了惊涛骇浪。

"你想跟我结婚？"她声音发颤地说。

"对。"

"不是只谈两三年恋爱那种？"

"当然不是！"他有些愤懑，"你觉得我像在跟你玩？我说过的，所有第一次都要留给你，当然也包括结婚。"

他不是随便玩玩的。在他心中，她不是成长过程中能带给他激情的姐姐，不是昙花一现的恋人，他是把她当成真爱对待的。而现在，她已经和别人结婚了。

此时此刻，她特别想大哭一场。

龚子途原本很生气，但看出了她眼中的强烈动摇，忽然又看到了一线希望。他单手扶着她的肩，让她转过身来："曼曼，只要你还爱我，一切都不晚。你和戚弘亦才结婚，婚礼什么的都没办。我可以等你处理好和他的感情，到时候我也退出演艺圈了，我们还是可以在一起的啊。"

还可以……在一起？

和子途一生一世一双人，这又是美到不真实的幻象了。

她红了十五年，赚了很多钱，隐退然后结婚，未尝不是很好的结果。比继续和不爱的人绑定在一起要幸福多了。作为一个懂得权衡利弊的成年人，对她最有利的做法就是先给子途机会，等他拿出了诚意，深思熟虑之后再做选择。

看着眼前心上人充满期望的眼神，雨声又在不断干扰她的思路，她好想点头。

可是，又一道雷鸣响起，洪亮到让人头皮发麻，心跳加速。她又突然想起了洛杉矶巡演舞台上他飙升的歌声。

不能忽略掉他刚才说的一个细节：求婚成功以后，他要退出娱乐圈。这意味着什么，"龚子途"这三个字将会彻底从天空般宽广的星光大道上消失。

如果他真是赫威量产的典型小鲜肉，颜值一下降人气就跟着下滑的那种，她会毫不犹豫地点头答应，和他隐退过甜蜜小日子去。

可是，她看过他的视频，他最后的表演让她连自己都无法欺骗。

现在结婚，会毁了他。

而她不知道自己有没有办法承受两个人都失去事业的巨大压力，也不知道他会不会变成第二个戚弘亦。

她看了看龚子途打着石膏、缠着绷带的手臂，又看了看他的脸，吞了口唾沫，强硬地把泪水也逼了回去："兔兔，我喜欢过你——不，不是喜欢过，我现在还是很喜欢你。但是，我从来没有爱过你。"

又一道闪电划过，透过玻璃门，照得龚子途面色一片惨白。她握着微微发抖的拳，静待雷声过去，然后抬头对他笑了笑："我不想说得这么直白，但你太天真了，天真得我都不忍心再继续欺骗你。跟你谈恋爱很不错……"说到这里，她拨了拨头发，撩人地望了他一眼："你在某方面也确实让姐姐感受到了当女人的快乐。然而，我并没有想要跟你共度一生的念头。"

"我不信。"他摇摇头，坚定地说道，"你说的每一个字我都不信。"

"我告诉了你事实，信不信是你自己的事。你是大孩子了，不要什么事实都要姐姐来教你怎么去分辨。"

他怔了半晌，又摇了摇头："曼曼，我知道你是爱我的。为什么要故意说这种话来气我？"

"没有气你啊。你不知道吗，这半年弘亦一直在等我，说等我玩够了就回头找他。现在我玩够了。"她伸手摸了摸他的脸颊，"好吧，我撒谎了，这张脸真的很讨人喜欢啊，其实我没玩够。如果不是因为弘亦不让我继续玩下去了，我再陪你个一年半载的也不是不可以。可惜我现在已经结婚了，要收心……哎呀，兔兔，你怎么眼睛也成兔子眼了，别哭别哭，你这样难过，姐姐会心疼的呀。"

龚子途抿着唇，泪水一直在红红的眼眶中打转，心早就已经千疮百孔了："侯曼轩，你知不知道，我对你是真心的……"

这时，司机已经把车开到了门前，亮起了应急灯。

"我知道呀。很感谢兔兔这几个月的真心，但我要回家了，先不跟你聊了。"她拉开门，面无表情地沉默了两秒，又回头对他微微一笑，"对了，给你一个忠告：以后如果想结婚，别谈姐弟恋。找一个比你小两三岁的女孩，家境优越，真心爱你，有很多年的青春陪你成长、不会拖你后腿的那种。祝兔兔下一次恋爱顺利。"

侯曼轩拉开门，冒着大雨快步跑到车门前。但车门刚被拉开一条缝，已经被一只手"砰"的一声扣住。她错愕地回过头去，一道阴影落下，嘴唇被龚子途的双唇强势地压住。

她推开他，惊慌失措地用包包挡住他的伤口："你在做什么，伤口会感染的！赶紧回去！"

不过几秒时间，两个人浑身都湿透了。凌乱的刘海狼狈地垂在龚子途包扎过的额头，他收了收胳膊，伤口痛得嘴唇都发白了："只是玩也没关系，不要离开我。"雨声太大，他双目空洞，声音小到几乎听不见："我是真的喜欢你。这辈子都不可能再喜欢上别人了。"

不能再听他说一个字。

再这样下去，她也会崩塌的。

她咬咬牙，避开他的视线，伸手去拉车门把手。他伸手按住车门。她停了一下，想等他说下一句话，但两个人都没有动静。她再次拉车门把手，他依然只是加大了按住车门的力道。

"子途。"她沉声唤道。

没有回应。虽然他用尽全力阻止她开门，力道非常大，但她知道，她有预感，只差最后一击了。

"龚子途。"她松开手，听见自己声音轻颤，中间的几秒比平时的一个小时还长，然后，后面那句话也耗尽了她所有的力气："我对你已经失去兴趣了。"

说完她手指微微发抖地再度握住车门把手，闭上眼拉了一下。

这一回车门很轻松地被拉开。虽然想到了是这样的结果，但她还是感觉脚下发软，仿佛一直给予她力量的支柱就这样崩塌了。她逃也似的上车、甩手关门，缩成一团。

封闭的车门，紧密得不留一丝缝隙。她曾经为他打开所有心门，现在却又要将他阻拦在门外。她知道自己这样很残忍，她很想要打开车门，想要把自己的心重新交给他。

但此时此刻，她失去勇气了，她懦弱了。

她永远失去此生所爱了。

车子缓缓发动向前行驶着，她只是僵硬地缩在车门和靠背的夹角里，不敢睁开眼睛，更没有转头的勇气。

司机看了看倒车镜，小心翼翼地说："侯小姐，龚先生没事吗？下这么大雨，一直站着没动。"

"没事。"她吃力而沙哑地回答，这两个字却已经把她整个人都掏空了。

他在她身上留下的味道，在她心里留下的回忆。她多么想睁开双眼看到的还是他温柔充满爱意的笑靥，他的怀抱依然在近在咫尺的地方……

但是，这一回是真的结束了。

正巧这时车里放着BLAST的圣诞歌，没过多久，轮到了龚子途演唱的部分。回忆的片段，不断在她脑海中循环播放着，他站在圣诞树下吻她的记忆，他吻着她说"我爱你"的记忆……一切的一切，曾经是多么熟悉。

她再也控制不住，泪水夺眶而出，汹涌地流满她的双颊。明明是七月酷暑，她却觉得浑身发冷，朝角落里又缩了缩，缓缓地睁开眼睛，面无表情地看着窗外深黑海底般的城市。

这个晚上，她撒了很多谎。但是给他的忠告是真的。祝福也是真的。

子途，不管是事业、爱情还是家庭，希望你在我走以后，一切都好，一生都好。

然而，龚子途似乎没有对她的祝福领情。第二天 *My Bride* 的现场表演他并没有出现，手机关机，朋友也没有他的消息，直接人间蒸发了。

而侯曼轩淋了雨以后发了高烧，表演结束后回家，还吐得一塌糊涂。病好以后她依然精神不振，就去医院做了一下全身体检。妇科检查过后，医生一边在体检报告上写字，一边语重心长地说："侯小姐，我知道你们这一行都很忙，但头三个月胎儿不稳定，稍微一个不小心就会流产，你还是注意保养身体。"

这真是一场梦。可能对别人来说是一场噩梦，可是对侯曼轩来说，简直美得跟童话似的。肚子里的孩子不是别人的，是龚子途的。想到这一点，她就感动得在医院差点流下泪来。他们俩的分别是她此生的遗憾，但有了他的孩子，从某种意义上来说，也是大大弥补了这一份遗憾。

刚好这段时间和戚弘亦的相处称不上愉快，她可以以此为由，不再勉强和他培养感情，而是光明正大地开启形式夫妻的模式。于是，她不假思索地约了戚弘亦晚上在家里谈谈。

可是，听到她怀孕的消息，戚弘亦没有勃然大怒，没有死心绝望，而是缄默了两分钟，就平静地接受了这个事实："我会好好对这孩子，就像对自己的孩子一样。"

得到这样的答案，感动是不必多说，但更多的是蹊跷。

这是正常男人的反应吗？她都已经给他开启了一道不正常却很适合他们俩的形婚后宫大门，他却不愿接受？

而更巧合的是，不管她如何努力生活，如何努力想要从原生家庭的噩梦中走出来，最后还是走了母亲的老路。当然，她不清楚母亲是不是有意为之，她自己潜意识里是想要龚子途的孩子的。她和戚弘亦会变成什么样的结果呢，和母亲还有养父一样吗？

龚子途也跟她的生父一样消失了。一次，她在公司遇到了蕴和，和他聊了几句。蕴和说，兔子人在美国，短期内不打算回来。侯曼轩没想到他会跑这么远，让蕴和劝他回来，并说他在演艺圈红得很不稳定，被替代性很强，不能消失太久。蕴和只是失落地摇摇头："兔子平时性格平易近人，但其实少爷脾气很重，又是倔脾气。我觉得他甚至有可能不会回来了。"

因为龚子途人间蒸发的事，BLAST 的人气和公司收益也受到了影响。杨英赫觉得焦头烂额，心累。同一时期，侯曼轩和赫威的合约快到期了，他有四天没睡好觉，就是在想开什么条件留住她。如果这个节骨眼上侯曼轩再跳槽，恐怕公司股票情况会是一片暗淡。然而，当他提出要续约的时候，侯曼轩想都没想就答应了，但续约条件是加速 *One Day, One Life* 的制作进程，还要求先拍主打歌的 MV，再录制剩下的歌曲。这条件不难完成，却古怪得很。杨英赫纳闷着答应了，给了她最好配置的团队。

在这首歌里，她穿一身制服，长直发染成了橙色，全部在脑后梳成干练的马尾。编舞只教了她一遍，她就学会了舞步，然后光速拍完了 MV，之后一切正常。

直到三个月后，杨英赫在微博上看见侯曼轩怀孕的话题，谜团才总算解开了。而这时，龚子途已经远程与赫威集团解约，并且赔了赫威巨额违约金。

十二月二十四日夜，杨氏第十七届年度圣诞舞会在杨英赫父亲的私人别墅中举行。这一天，除了赫威旗下的艺人，许多娱乐圈的名流巨星都收到了邀请。侯曼轩因为行动不便没有参加。

入场之前，Alisa 才发现自己没有带邀请函，而杨家是音乐世家，比英国人还要一板一眼，只认邀请函不认明星脸。她在门口晃了半天，想等其他队友进来把她带进去，却等来了吴应。

"连邀请函都没有带，怎么这么傻。"看见她一个人站在无人的角落里，吴应走过来，晃了晃自己手里的邀请函，"我带你进去吧。"

"不用了，谢谢。"Alisa 连正眼都没给他一个。

"Alisa，事情都已经过去挺久的了，不是吗……你这是还跟我赌气？"

"那倒不至于。"

"我们是在错的时间遇到了对的人。如果当时一意孤行强行在一起，我们俩都要凉凉了。"说了这么多，发现对方还是没有任何反应，吴应对着夜空长叹一口气，"好吧，你不想理我也没事，我只给你一句忠告：好好发展事业，别再走过去的老路。我不希望你再受伤了。"

"吴应你看我今天搭理你了吗？说这么多，难道你现在还喜欢我？"

当初消息爆出来以后，Alisa 毫无分手之意，但吴应对她的态度比对陌生人还要冷淡，长期下来她也就明白了他的意思，只能含泪离开。如今时过境迁，他还旧事重提，她终于忍无可忍了。她本来指望对方冷漠地反驳，没想到一拳打在了棉花上。对方的沉默让两个人都陷入了尴尬。

这时，一只涂着嫩粉指甲油的小手挽在了吴应的手肘上，伴随而来的是非常可爱的萝莉音："姐姐你还是不要想太多了吧，暖宝宝早就向前看了，你可不要再勾引他，然后再次受伤了哦。"

站在吴应身边的是一个个子瘦小、皮肤白净，但颜值远驾驭不了奢华打扮的女孩。Alisa 搜索枯肠，想起了她是一个死忠冰火饭，利用唱片公司高管父亲的资源追踪 BLAST 的动态，曾经因为和蕴和挽手合照又发到微博上，被四万六千多个冰火饭的评论喷得狗血淋头。面对这种上门挑衅的粉丝，如果换作侯曼轩，大概就是不为所动地微笑无视了，但 Alisa 一直都是个小炸药包，现在受了委屈还被吴应的粉丝欺负，她抱着胳膊，毫不客气地说：“谁勾引谁了，你这小姑娘讲话怎么这么难听，以为谁都会像你一样主动追求你的哥哥们吗？”

“我主动追求哥哥是因为真爱，最多也就这样了。”女孩把吴应的胳膊往前推了一些，“可没有像姐姐这样做出对女孩来说很羞耻的事情，也没有像姐姐一样被甩了还一直放不下呢。”

吴应知道这个女孩家底强又事多，已经不耐烦地皱着眉头了，但还是没有推开她。

Alisa 内心炸药包引线烧得很快，快要爆炸了：“你说，我怎么就放不下了？是吴应自己来找我的好不好？”

“我才不信。有过全世界最好的 BLAST，你还能看上谁呢？”

“妹子，逻辑呢，BLAST 和吴应是一个人吗？”

“因为 BLAST 和冰火饭，we are the one（我们是一体的）。BLAST 是神，再来一万个 npc，也没资格黑他们。有过暖宝宝，姐姐是我不到更好的男朋友啦，所以才这么纠缠他，姐姐吃相很难看呢。暖宝宝没事，有我们守护你。谁若折了 BLAST 的翅膀，我定废她整个天堂。”

面对如此告白，吴应并没有感动到泪流满面，反而觉得有点窘。但经过上一次的事件，他知道自己做错了多少。作为一名偶像，他的粉丝就是女朋友。于是他调整好心态，转过头去摸了摸女孩的头，微微一笑：“是的，BLAST 和冰火饭，we are the one。”

女孩快幸福得晕过去了。而 Alisa 已经受够了这个脑残而感人的画面，转身打算走远点，结果不小心撞到了一人的怀里。她吓了一跳，还没来得及抬头看清是谁，那个人已经抓着她的手腕，把她拽到自己的怀里：“谁说有过吴应她就找不到更好的男朋友了？她有我！”

其余三个人都一脸蒙，女孩最惊讶——虽然她是 BLAST 的团粉，很喜欢吴应，但最喜欢的还是唐世宇。以前不管她怎么想办法，都没有机会这么近距离地看到过他。眼前这个人真的是唐世宇本人吗？怎么会比电视上还好看那么多？他气质好干净好干净，身材好瘦好瘦，脸好小好小，这张脸只有自己的一半大吧？虽然穿着黑色晚礼服，但一点香水味都没有。天啊啊啊啊啊，她窒息了。

“世宇哥哥……”她快哭了，不由自主松开了挽着吴应的手。

“想叫我哥哥，可以。以后不可以再欺负 Alisa。”

“好的，不欺负！以后 Alisa 就是嫂子了！”

这态度转变的，让 Alisa 的下巴都快掉到地上了。

"那还差不多。你们俩先聊，你嫂子我带走了。"唐世宇自信地扬眉笑了笑，是那种女孩和他自己觉得很霸气很酷、Alisa 觉得依然是高颜值版隔壁家二傻子的笑。在女孩双手捧心的注视下，他拉着 Alisa 的手腕入了场。Alisa 回头看了看吴应，他僵硬地站在原地，比刚才还尴尬。

难以言喻的爽快之情涌上了她的心头。这样对吴应这种认真讨好粉丝的敬业爱豆似乎太残酷了，但没办法，基因这种东西是很难改变的。唐世宇二成这样，到底还是杀伤力最强的两大门面之一。她一路爽到了进入杨家前院，手却突然被唐世宇甩开了。

"你可不要误会，刚才只是行侠仗义。我对你这种男人婆是一点兴趣都没有的。"说完，唐世宇还嫌弃地擦了擦牵过她的手。

Alisa 因为心情太好，直接忽略了他那个傲娇的小动作："我知道，放心，我也对你没兴趣，但还是谢谢你。先进去啦。"

她刚转身走两步，唐世宇就追上来，挡在她面前，不满地说："等等，什么叫你也对我没兴趣？"他哪里比不上吴应了？！

"不是每个女生都会喜欢泡面头的好吗，神经病。"

"我已经两个多月没有弄那个发型了！"

"我不喜欢男人系领结，老旧。"

唐世宇立刻摘掉领结，解开白衬衫最上面两颗扣子，露出修长的锁骨。Alisa 愣了一下，睫毛抖了抖，但还是抬头强硬地看着他："你干吗啦，想证明自己帅吗？可惜你长得太萌了，那么高的个子走性感路线也是金刚芭比而已，还是把领结系回去吧，衣服穿好。"

唐世宇理智断线了。他一只手捏着她的双颊，把她的嘴捏成了金鱼嘴，左右摇晃她的脸，然后恶狠狠地盯着她："你这肺活量女，气死我！可恶！"

"你对姐姐介（这）吗（么）咩（没）大咩（没）小的咩（吗）！"

"姐姐是女神，是侯曼轩那样的，看你这话都说不清楚的傻样，哪里有一点姐姐的样子？"

"不清齿（楚）难道不系（是）你捏的，你介（这）奋（混）账……"

这两个人在院子里吵得不可开交，杨英赫在二楼书房往下看，笑着摇摇头，觉得年轻真好。年轻也很不好，因为他正为身边的人发愁。他对着窗外吐了一口烟，有些无奈地说："子途，你真的不再考虑了？"

龚子途弹了弹烟灰，但没有再抽下去，只是沉默了一会儿，坚定地说："我的违约金九月份已经转到公司账户了。"

"你知道我根本不稀罕这点违约金。你的价值比这大多了。"

"谢谢董事长赏识，但就像之前我在电话里和您谈的一样，如果等我回来那天还能维持如今的价值，会按照现在的签约金和赫威重新签约，一分钱不涨，只要董事长给我这个回归的机会。"

杨英赫其实并不看好龚子途的决定。他开始也因为这不听话的孩子气得大发雷霆，但随着时间推移，他知道了龚子途比外表看上去更固执，也不想再对龚子途表达过多无意义的失望之情。他没有思索太久，就点了点头："行，一言为定。"

"我可以给赫威写一份协议。"

"不必，我相信你的人品，如果真有这一天，你会兑现自己承诺的。"

"感谢。这件事请务必帮我保密。"

"尤其是侯曼轩，今天你来的事我都不会告诉她，ok 吧？"

"什么都瞒不住董事长。"龚子途有些不好意思地笑了，随后笑容退去，就只有难以掩饰的落寞。

结束了对话，杨英赫目送他离去，并没说出心里想的实话。

现在 BLAST 的形势大好，会比一般的男团寿命最少长五年。原本 BLAST 能红多久，龚子途就能红多久。对一个偶像而言，这是二十年难遇一次的契机与奇迹。而现在呢，这孩子算是夭折了。

舞会结束后一个小时，戚弘亦也回家了，不过他是出去应酬，喝到断片，是被司机和助理背进家门的。侯曼轩让他们帮他换好衣服，拿被子盖在他的身上，就撑了撑后腰，想回房休息，却踢到了他掉的手机。她捡起来一看，屏幕上出现了一条短信预览：侯小姐还不知情吧？发送者没有姓名，是一个陌生号码。

侯曼轩看着那条短信思索了一会儿，拿起戚弘亦的手，在手机按钮上按了一下，指纹解开了锁屏。然后，她在短信里搜索这个号码，无历史消息。她又复制这个号码到微信好友里搜索，找到了一个叫"汪乐游"的名字，但也没有历史消息。戚弘亦手速很快嘛，都删光了。

她又打开他的邮箱，在搜索里输入"汪乐游"，结果出现了很多邮件记录，时间都是六七月间的。

回复：黑色海洋听众名单统计 4

回复：黑色海洋听众名单统计 3

回复：黑色海洋听众名单统计 2

回复：黑色海洋听众名单统计 1

星夜娱乐营销水军评论表格六月十二日（通稿三）

回复：回复：回复：转发：0610 晚八点新闻稿定稿

转发：侯曼轩身世新闻二

转发：0610 早八点第一稿定稿（HMX 和 LYQ）

列表之长，内容之周密详细，只让人感到心惊肉跳。

对黑色海洋事件，侯曼轩一直觉得很奇怪。这种集体 anti（反对）活动一般都只会出现在新人身上，而且得是那种一夜爆红并且引起黑粉强烈反感的年轻偶像。她这件事虽然影响不好，但她毕竟出道十多年了，很多民众又是帮着自己的，不至于闹到所有人都灭荧光棒的程度。搞成这样，背后一定是有组织的，而不仅仅是一群煽风点火的冰火饭。

当时她情绪太低落，以至忘记思考这件事的不合理性。

现在，一切都明了了。

这半年里，戚弘亦不再像是以前那个不择手段利益至上的男人，让她始终觉得奇怪以及不习惯。他甚至连她怀了龚子途孩子这种事都照单全收，实在太诡异。而事实是他人设没崩，是她没他的肠子会拐弯——最高的利益，无非就是和她结婚。既在资源上得利，又战胜了龚子途这个强劲情敌，更能得到一个浪子回头金不换的好名声。当然，也不排除他对她还有感情。但这个人的心如此复杂，复杂到像一摊混浊的泥，感情在其中，不过沧海一粟。

所以，他绕了这么大一圈，下了这么大一盘棋，最终目的达到了。

想到这几个月他的假仁假义、蛇蝎心肠，想到半年前因为母亲病逝被重提，自己饱受折磨的黑暗时期，再想想伤心至极销声匿迹的龚子途，侯曼轩气得浑身发抖，只想把桌子上的花瓶砸到他的脑袋上，然后叫他滚起来离婚。但她调整了气息，摸了摸自己微微凸起的肚子，不断告诉自己，要保护肚子里的小生命，不能发怒，不能冲动。

她已经失去子途了，不能再失去他的孩子。

戚弘亦脑子这么好用，当然也应该知道一个道理：如果一个女人婚前能容忍男人朝三暮四，婚后也只能继续忍着。

侯曼轩把邮件一个个看了一遍，都和当时的事件对上号以后，默默关掉了手机，把它塞回他的裤兜里。这时，醉梦中的戚弘亦翻了个身，握住她的手："老婆……我好想你，我回家了……"

"别担心，我在呢，你好好休息。"侯曼轩声音很温柔，眼神却是冷漠的。

从明天开始，她会好好"照顾"这个丈夫的。

而跟龚子途，她知道回不去了，但内心还是期待着能和他重逢，毕竟现在他们俩之间多了一个牵绊。即便父母不在一起，等孩子出生的时候，能第一眼看到爸爸也是很好的。

只希望后半生里，他们能成为介于亲人和朋友之间的关系，不要有任何芥蒂，这是她最后的愿望。

可是事与愿违是人生常态。接下来的三年零六个月里，她都没有再见到过他本人。他超出所有人的意料，走到了她够不到的地方。

　　足够成熟的人都知道，感情就像火焰。熊熊烈火往往短暂燃烧一次后就消耗殆尽，消失不见了；蜡烛的微光不痛不痒，但可以烧完整个漫漫长夜。

　　大多数人选择了用微光保护自己，同时小心翼翼保护终身伴侣的感情。

　　侯曼轩也是这大多数人之一。

　　而与龚子途相恋六个月那样的经历，想要每一次都如此，是有些贪心且不切实际了。

　　那样的爱，一生一次，已经足够消耗掉余生所有的幸运。

02

流行天王
龚子途卷

Act.17　再次见到之后

三年零六个月后的六月十五日，对侯曼轩来说是有点郁闷的一天。

因为这一天，她在大溪地的长假结束，飞机落地后要调整十八个小时的时差，把自己埋入忙碌的通告中，还得去药店买氧化锌软膏。为什么要买氧化锌软膏？因为龚小萱遗传到了她的过敏性肤质，一触碰到过敏源皮肤就会局部发红发痒。而现在，她在飞机上，只能找空姐弄点盐水，帮女儿涂着脸颊，暂时缓解不适。

龚小萱为什么会过敏呢？侯曼轩乜斜着眼睛，看着过道对面的法国夫妻。当他们对龚小萱露出宛如看自己孩子的眼神时，她就预感不妙，说了两次 Please don't touch her face（请不要摸她的脸），然而并没什么用。这两个法国人听不懂英文，趁她去洗手间的时候，还是摸了小萱的脸。

龚小萱半岁大的时候就经常被人围观、摸脸、摸头，哪怕是在美女帅哥众多的娱乐圈也不能幸免。这次到大溪地旅游，她费尽苦心，一路把龚小萱的脸保护得很好，只遇到给钱事件——她们母女俩去买水果的时候，大溪地土著摊贩胖大叔笑眯眯地给了龚小萱一百块太平洋结算法郎。侯曼轩看钱也不算多，就让女儿收下并且道谢，多买了一个椰子和两个面包果回酒店。

这种情况并不少见，侯曼轩也见怪不怪，毕竟小萱爸爸曾经也是站着不动就能赚钱的男人。

现在看着女儿豆腐般的脸颊上红了一块，侯曼轩快心疼死了，摸摸女儿黑亮的斜刘海："小萱，先忍忍，下飞机妈妈就给你买药啊。"

龚小萱委屈巴巴地咬着下唇，泪水在眼眶中抖啊抖的："妈妈，好痒，我好可怜呀。"

虽然是委屈着，但侯曼轩已经发现了，她的委屈中有一半是在用生命卖萌。她说"呀"总是喜欢说成第一声，也是恶意卖萌的表现之一。这说明过敏程度还不算太过分。至于卖萌这个技能，是她还不会说话时就已经学会的，因为本能意识到只要表现得很可怜又很可爱，就能拿到想要的玩具、喝到想喝的奶。这是像谁呢，反正肯定不像自己。

侯曼轩抓下她伸向自己脸蛋的小爪子："别抠别抠，抠了会更痒的，来，再涂一点盐水啊，乖……"

　　龚小萱本来还在不甘心地扭来扭去，忽然目光停留在了前方座椅靠背上。那里放了一本侯曼轩在机场买的美国版 *Runway* 时尚杂志，大大的标题下，只露出了封面男模金棕色的三七分微鬈发、高高眉骨上飞扬的眉毛，其余部分都被座椅后袋挡住。然后，龚小萱鬼使神差地把杂志抽出来。

　　封面上的年轻男人穿着黑色三件套的晚礼服，系领结，衬衫雪白而簇新，与西服形成了强烈的对比。以 Alisa 的说法，这样的打扮就是老旧。然而，他的发色很明亮，头顶的头发打理得凌乱，还抓了个逗号刘海，看上去不仅不老旧，还有一种古典与新潮结合的美感。而那双眼睛……如果盖住眼睛，一般人多半会以为他是外国电影里的欧洲贵族。但看这整张脸会发现，他拥有的不是白种人大大的性感桃花圆眼睛，而是一双细长疏冷的东方眼眸，轻微下三白让他看上去好像有些薄情，又容易发脾气，却很好地为这张小尖脸添加了几分雄性的侵略性。

　　男人并不是一个人出现在封面上的，他还搂着一个二十一岁英国金发黑裙女模特的腰。一对不同人种的男女站在一起，居然格外地和谐般配。

　　只是封面照片，都让龚小萱看了好久好久。她又打开杂志翻了翻，没过几页就又一次翻到了这个男人。

　　第一张照片就占了两个版：他穿了一件茶色的针织衫，斜斜地趴在雪白的沙发里，枕头挡住了小半张脸，发型更凌乱随性，还有一些扫在眉毛上。这一张照片里他微微笑着，望着镜头的眼神柔情而迷离，跟封面上的气质截然相反。

　　龚小萱再一次看痴了，完全忘记自己的脸还痒着。

　　"怎么了小萱，你在看什么呢？"

　　意识到女儿在看她爸爸，侯曼轩心中有一种淡淡的伤感。现在她三岁了，亲爹都没见过，内心一定很渴望那一份缺失的父爱。

　　"这个人是谁……"看龚小萱的眼神，似乎内心被触动了。

　　血缘羁绊这种东西啊，真是与生俱来的，难道这孩子对父亲有了心电感应吗……侯曼轩继续伤感地抚摸龚小萱的头，温柔地说："小萱，为什么你会问这个问题呢？"

　　"我要嫁给他。"

　　"……"侯曼轩差点吐血，推了推她的小脑门，"你这小不点知道什么是嫁吗？"

　　"不管，妈妈我要嫁给他。他叫什么名字嘛，呜呜呜呜……"

　　侯曼轩把杂志合上，指了指封面男模右下几行英文大字：

ROCK TOFF OF THE VERY EAST

ZITU GONG

1 COMPANY

3 ALBUMS

6-PACKS ABS

7 GRAMMY AWARDS

26 YEARS OLD

AND

PLENTY OF

STYLISHNESS^①

"看到了吗？他都二十六岁了，比你大二十三岁，当你爸爸都可以啦。你还要嫁给他？"

"啊，他叫子途龚。"

侯曼轩愣了愣，只觉得闺女的智商也太恐怖了吧，一下就从一堆英文里找到了她学过的拼音。她纠正道："是龚子途。西方人把姓氏放在名字后面。"

"那我的西方名字是不是应该叫小萱侯呀？"龚小萱咯咯笑起来，声音黏黏的，眼睛都笑没了，"听上去好像猴子呀……"

小萱在户口本上登记的名字是"侯小萱"，她本人并不知道自己姓龚。侯曼轩正在出神，龚小萱又补充了一句："不对，曼轩侯听上去更像猴子，妈妈你好奇怪哦。"

侯曼轩觉得，暴打三岁的孩子，好像不太好。

不过，过敏性皮肤、颜控癌晚期、腹前那一小团小肚腩……为什么女儿遗传到的全是她不好的地方啊？她漂亮的额头、饱满的嘴唇、敬业的精神和冷静酷炫的性格，怎么一个都没遗传到龚小萱身上？难道在基因战争中，自己惨败给了龚子途？

对此，来机场接她的郝翩翩给出了精准的答案："不，曼曼，她大大圆圆的眼睛像你，这实在是遗传得太好了。她爹的眼睛只适合长在男人脸上。"

侯曼轩回头看了看护送她出来的保镖和助理，又看了看戴着口罩、抬头对自己弯弯眼笑的龚小萱，小声说："眼睛形状像我，可是笑起来怎么看怎么像她爸爸……"

郝翩翩也小声说道："这就要专业人士告诉你答案了。笑起来像她爸爸，是因为她有她爸的颧骨、下颚、嘴角……总之，除了眼睛，什么地方都是奶兔的复刻版。尤其是那个小尖下巴，跟一混血似的，怎么看都跟你和戚弘亦没什么关系啊……你还是

---

① 翻译：

最远东方的摇滚翩翩佳公子

龚子途

1 个公司

3 张专辑

6 块腹肌

7 个格莱美音乐奖

26 岁

以及

许多许多的

时髦值

不要让小萱过早曝光在媒体面前比较好，这是对她的保护。"

"我当然不会曝光她。"侯曼轩摸了摸龚小萱毛茸茸的小脑袋，顺带抬头看了看航站楼大厅出口处正上方的巨型海报，上面是八个高高帅帅笑容阳光的年轻男人，代言了一个销量位居全国之首的果汁饮料。

郝翩翩也看到了这张海报，歪了歪头说："哇，wuli 弟弟们真是越来越帅、国民度越来越高了，作为冰火饭我好骄傲。可惜不再是十人盛世了，不然他们肯定会更火的。"

"你这回追星追得有点久啊，老公真不吃醋？"

郝翩翩咂了咂嘴："曼曼，你还是担心担心你自己吧。想想你周围都多少对情侣、夫妻了？只有你还散发着单身狗的清香。"

侯曼轩伸出食指，轻轻摇了摇："不一样的，其他单身狗是零起点，我是完成时态。瞧我速度多快，结婚快，生娃快，离婚也快。"

"可怜了戚视帝，被你整成了个离婚二手男。"

"那也是他自己作的。"

现在侯曼轩说得轻松，是因为已经过了三年。但回想一下和戚弘亦离婚的经过，她还是觉得毛骨悚然，一秒都不想让那些记忆片段过脑。

"所以啊，你都离婚三年多了，为什么不愿进入下一段感情？难道真的想等奶兔回来？"

"当然不是。"

"别想瞒着我，你还喜欢他。"

"我真没指望我们俩能和好，别瞎猜。"

"那就好。当年的奶兔已经把你虐成了那样，如今的龚天王就更不要去试了。作为多年人妻过来人，我有一句箴言：平平淡淡才是真，虐恋谈起来不好玩。"

"翩翩，我知道你正在激情演说，但还是想泼你一下冷水——现在龚子途拿下了格莱美奖，在 Billboard 上蝉联十三周冠军，又在好莱坞星光大道上留下了他的名字……你觉得他还可能回国跟我玩虐恋？想得倒是美啊。"她拿出袋子里的 *Runway*，指了指封面上的字，"看到了吗？美国人管他叫 Rock Toff。二十六岁，七项格莱美奖。他在北美前途一片大好，每周收入都比 G.A.girls 所有成员一年的收入还高，是不可能再回来的了。"

人的前途真是难以预料。近四年前，龚子途二十二岁的时候，公司只会安排他做代言、拍照、直播。他很少说话，总让人觉得他除了脸什么都没有。而且，不管是唱歌还是跳舞，全团也只有他一个人全程面瘫，这一点又被人诟病为无演技和综艺感为零。结果侯曼轩预测对了，他这叫术业有专攻。当艺术走到极致的时候，精力分散到太多无意义的技能上时，反而会影响艺术家登上新的巅峰。这两年网上有很多挖坟贴，都是兔粉跳出来打脸曾经嘲笑他没实力的网友。龚子途俨然已经变成了男团新人逆袭的教科书。

当然，即便是现阶段的北美市场里，即便他已经拿了格莱美奖，依然有很多人说他是花瓶，全靠索尼包装。颜值高有时候如虎添翼，有时候也是原罪。

看着杂志封面上的龚子途，侯曼轩微微笑了起来。

干得真漂亮，不愧是她此生最爱的男人。现在轮到她成为他的小粉丝了。

郝翩翩翻了翻杂志内页，看见里面满满的英文文章，说："我发现很多艺人都想走国际市场，但语言和文化是难以克服的问题。奶兔毕竟是海归学霸，英语好对他在国际市场发展很有帮助，这是 BLAST 其他成员都没有的优势。尤其在美国，英式口音很受女性欢迎的。难怪他一去不复返了。"

侯曼轩点了一下头："如今他和国内唯一的联系就是在远程管理东万娱乐，但他们有职业经理人，也不需要他操心太多。"

"听说他不回来，我也就放心了。你可以安安心心去相亲了吧。"郝翩翩回想起和戚弘亦离婚后，初次当妈妈的曼曼是多么手足无措，崩溃哭泣了多少次。只觉得不管奶兔是不是被甩的，他在客观事实上就是让曼曼受苦了。她不希望他再出现，再伤害曼曼一次。

"是呢，明天晚上就有一次相亲，祝我好运。"说到相亲，侯曼轩觉得旅途的疲劳、时差的不适，通通铺天盖地朝她袭来。

与此同时，龚小萱也伸过小脑袋，盯着那个封面，然后拉下口罩，奶声奶气地说："妈妈，我要嫁给奶兔。"

侯曼轩面无表情地把她的口罩拉回去戴好。

第二天晚上，侯曼轩去见了圈内朋友介绍的相亲对象。男人叫秦嘉木，三十八岁，一米八，创二代，父亲做银行汇票发家，他做金融和影视的投资。性格以朋友的话来说是"轻微大男子主义"。未婚，有两个孩子。其实最后一个条件让侯曼轩觉得比离过婚还要硌硬人，但朋友说他特别喜欢她，说什么也要跟她见见。侯曼轩纠结了一下，觉得自己面对婚姻是应该积极一点，就答应了。然后，秦嘉木为了她把一个豪华酒店顶楼的旋转餐厅包下来，听上去诚意足够，但真的见了本人，她发现他并不像朋友说的那样对自己痴迷。

"来，坐吧。"他穿着熨帖得一丝不苟的西服，靠坐在座椅靠背上，对自己对面的椅子摊开手，接着抱着双臂，两条腿大大张开，一副唯我独尊的架势。

"谢谢。"侯曼轩礼貌地点点头，在他对面坐下。

"你本人比电视上更漂亮。但你今天穿的这一身衣服我不是太喜欢，有点妖艳。"

侯曼轩怔了怔，低头看了看自己的穿着：玫瑰红色的修身连衣裙，白色的尖头七厘米高跟鞋和手拿包。除了一绺垂在右脸添加妩媚之色的鬓发，其余头发都低低地系在后脑。她平时都穿休闲装，这一身可以说是成熟保守的相亲装了。没有露胸、长裙过膝，连脚趾都没露，他从哪里看出妖艳的？

开场白就这样，后面还要怎么进行下去啊……

但侯曼轩颇有涵养地微微一笑，说："秦先生是觉得衣服妖艳吗？"

"对，颜色，如果是想结婚的女人，裙颜色还是素一点好吧。"

问题是我俩和结婚差了十万八千里远吧，五分钟之前我根本都不认识你。侯曼轩心里在吐槽，脸上依然只是挂着一脸的呵呵："您对另一半要求还挺高的。"

"不是自己老婆，她光着身子上街我都管不着。娶回家的女人当然得严格。"秦嘉木上下打量了她一下，"还有，你个子好像不是很高，不过身材比例不错，腿挺长的。"

如果换成是她喜欢的男人说她个子不高，她大概会甜甜地撒个娇说，所以我喜欢个子高的男生呀。但她喜欢的人从来都没有嫌弃过她个子不高，反倒是觉得她很可爱，经常把她抱起来。然后，龚子途含笑的面容就强行进入她的脑海……不对不对，她又在胡思乱想什么。她摇了摇头，把自己强拽回现实："嗯，我不到一米六。"

小个子跳舞其实很大优势，但这些话她一点都不想解释。只觉得自己怒气值已经快满了，想赶紧吃完饭回家，远离这个龟毛男。

"这倒没什么，我个子高，可以综合一下彼此的优势。而且我已经有两个孩子了，你也有女儿，不生孩子也没关系，对吧。"说到此处，服务员为他们上了第一道菜，他把菜推给侯曼轩，又把下巴枕在手背上凝视着她，"多吃点，你太瘦了。"

"谢谢。"其实已经气饱了，饱到话都不想讲。

"其实侯小姐，你虽然年纪不小了，但看上去只有二十出头，挺好，算是我见过的保质期最长的女人了。虽然离过婚，还带了孩子，但个性还算温婉，可以弥补这个缺陷……"大概发现侯曼轩没再搭理他，他又主动提起一个新的话题，"对了，侯小姐，我有一个比较私密的问题想问你——嗯，我是奔结婚去的，还是有点要求，请你多见谅。"

"你说。"

"你和戚弘亦结婚之前，没有谈过别的男朋友吧？"

"没有。"侯曼轩一个字都不想多说。

"也就是说，你只有过戚弘亦一个男人？"不等她回答，他松了一口气的样子，"我没看错人，你是个好女人。干净。"

侯曼轩却已经震惊了。这叫轻微大男子主义？这是再有钱都拯救不了的直男癌本癌啊！她特别想站起来猛地一拍桌，对他咆哮说，不，我不是好女人，结婚前我一直在跟小我八岁满足我颜狗喜好的小弟弟激情六个月只要你能想到的姿势我们俩都试过所以不仅不干净还污破天际甚至怀了孩子绿了戚渣渣我真的不是好女人也不想和你结婚更不差钱你快带着你的钞票滚吧！

"秦先生。"侯曼轩放下刀叉，微微一笑，"我出去一下，请稍等。"

"嗯，去吧。"

侯曼轩大步冲到餐厅外、电梯口，特别想"啊"地大叫一声。这都是个什么男的啊，难怪外表成熟稳重又有钱却三十八岁还没结过婚，他在挑的不是媳妇儿，是女超人！

"受不了，受不了，受不了了。"跟这种人相处，她感觉自己快窒息了。

"什么受不了？小姑娘年纪轻轻的，消消火气，不要这么暴躁呀。"这时，一个温柔的女性声音从她身侧传过来，"咦，是曼曼？"

侯曼轩回过头去，看见一个优雅的中年女人，她穿着两件套米色裙子，盘着头发，手握小香包，看上去并不是那种万年二十五岁的冻龄女神，但非常漂亮。这个阿姨看上去好眼熟……侯曼轩思索了良久，硬是想不起来是谁。

"曼曼，你不认得我了？"

她再次说话，侯曼轩从她声音辨别出来了身份："哇，傅阿姨？"

傅月敏笑得眼睛都快没了："是啊，是啊，我们都十多年没见了吧。上一次见你的时候还是你妈妈走的那几天，那时候你才十九岁吧，结果到现在一点都没变。"

"傅阿姨您变了好多，越来越美了。"这是大实话，越活越美的女人不多，傅阿姨肯定是其中一个。

"你这小曼曼，真是嘴太甜。"就像小时候那样，傅月敏很自然地摸了摸侯曼轩的头，"你今天怎么会想到来这里呀？"

"嗯……我来见个朋友。"

傅月敏惊讶地说："原来在这里相亲的姑娘是你啊？"

侯曼轩更惊讶了："傅阿姨怎么知道……"

两个人聊了一会儿她才知道，原来这家餐厅有傅月敏的股份。她听说今晚有人为了相亲一掷千金包了场，还好奇是哪两位人物，没想到是自己的"女儿"——她没有女儿，看着侯曼轩出生、长大，再遇到侯曼轩，有一种失散多年母女相见的感动。所以，听说了侯曼轩的遭遇，她对这个欺负闺女的男人表示十分不满。

"曼曼，我有事要打电话给我儿子。然后我去会会这个秦先生。"说到后面，傅月敏脸上的温柔转变成了一种护犊子的冷酷。

侯曼轩进去坐下来，又被秦嘉木的直男癌言论折磨了五分钟。然后，傅月敏进来了，满面春风地站在侯曼轩身边，理了理侯曼轩的头发和项链："秦先生，我是曼曼妈妈的好朋友，姓傅。听说曼曼来这里相亲，就好奇来看看，不介意我这个长辈来旁听一下吧？"

还好直男癌对长辈还算尊重，说话时还站起来了："当然不会，了解侯小姐的长辈，对我们俩的关系推进更有帮助。傅阿姨您请坐。"

傅月敏慢条斯理地坐下来，背脊挺得直直的，一下看上去很不好惹了："其实，我今天不是很开心的。因为我有个脑子不开窍的儿子，一直都在当曼曼的备胎，然后这闺女居然背着我来相亲。"

秦嘉木脸上有难以掩饰的得意，看看侯曼轩，也觉得她更加漂亮了："侯小姐人美声甜，有很多追求者很正常，眼光高也正常。"

傅月敏叹了一声："是啊，她眼光是真的高。我儿子傻是傻了点，但我怎么说也是她妈妈的好姐妹啊，怎么也得让我儿子近水楼台先得月一下，对不对？"

"呵呵，父母太优秀，有的时候会让孩子不思进取。一看就知道您是个人物，可能把儿子比下去了。"秦嘉木一边说着，一边殷勤地为她倒茶。

"是啊，当年连自己理想院校都考不上，一点都不像他男神爸爸，真是急死我了。他还有个弟弟，弟弟更帅更有出息。可惜弟弟年纪太小，曼曼肯定更看不上。哥哥又傻，唉，怎么办哦，这儿媳妇我是拐不进门啦。"

秦嘉木更加得意了。送上门都不要的两个儿子？这得咸鱼到什么程度。男人还是要有事业才好。他笑了笑："傅阿姨您别担心，如果我和侯小姐有缘分走在一起，我会好好对她的……对了，您儿子的理想院校是哪一所呢？"

"他的理想院校是……"傅月敏看了看门口，"呀，他来了。这孩子，听说曼曼在相亲就马不停蹄地跑来了，你自己问他吧。"

秦嘉木顺着她的目光看过去，立刻从座位上站起来，毕恭毕敬地鞠了个躬："龚先生。"然后愣了一下，瞪大眼对傅月敏说："麻省理工斯隆商学院毕业的傻儿子？！"

侯曼轩往门口看了一眼，鳕鱼差点呛在她喉咙里。她咳了两声，接过傅月敏递过来的水，指着朝他们走来的龚子业，半天没说出一个字。

傅月敏转眼看向秦嘉木，扬了扬眉："曼曼是我傻儿子的梦中情人呢，欢迎来公平竞争。"

龚子业，三十七岁，东万集团的执行总裁，拓业集团的创办人，在香港、洛杉矶、奥克兰、东京成立分公司，获《环球金融晚报》颁发的杰出商业成就奖，今年跃升至《财新世界》富豪榜第六位，青年富豪榜第一位。

所以，这是一个霸道总裁遇到霸道总裁的霸道总裁的故事。秦嘉木当然不会跟龚子业公平竞争。不对，这样的竞争也没有任何公平性可言。

龚子业和所有企业家一样喜怒不形于色，但秦嘉木能感觉得到，他情绪不是很高昂，不管傅月敏跟他说什么，他的回答都控制在三个字内。肯定是因为侯曼轩。这下惨了。怎么没人提过，龚子业和侯曼轩有这么一腿……秦嘉木使尽全身力气讨好了大佬二十三分钟，然后找了个借口溜了。

他走了以后，傅月敏双手交握放在胸前，愉悦地看着龚子业："业业，妈妈真为你们感到开心。"

"什么叫侯曼轩是我的梦中情人？妈，您搞清楚，追星的是子途，不是我。"龚子业终于说了当天最长的一句话。

傅月敏阿姨是子途的妈妈。

傅月敏阿姨是子途的妈妈。

傅月敏阿姨是子途的妈妈……

这个事实一直在侯曼轩脑海中反复回放，这世界也太小了吧？怎么看着自己长大的阿姨，就变成前男友的妈妈了？而且，她怎么都没办法把散发着玛利亚光辉的傅月敏跟蕴和口中的恶婆婆联系到一起。蕴和是不是对恶婆婆有什么误解？

傅月敏讶异地说："啊，曼曼不是你的梦中情人吗？"

"当然不是！这不是很明显的事实吗，为什么会那么惊讶？"

傅月敏还是一脸震惊的样子，她看看儿子，又看看侯曼轩，想说点什么，欲言又止，最后还是笑盈盈地说："你们兄弟俩差不多就行了。"

"这种事能差不多吗？！"

母子俩聊了一会儿，侯曼轩总算理清了来龙去脉：晚上傅月敏在大厦一楼的商场逛街，龚子业刚好在三十九层开会。遇到侯曼轩以后，傅月敏就打电话跟他说自己遇到了大麻烦，要龚子业赶紧来餐厅帮忙解决。龚子业连会都没开完就急急忙忙赶过来，结果……

侯曼轩虽然和龚子业见面次数不多，但也通过各种渠道知道，他做事风格很稳很大气，这一晚他却几次被傅月敏弄爹毛——

"这个会议很重要，您让我中断会议，就是让我来处理这种事？"

"什么叫这种事？这可是业业的终身大事呀。"

"您不会是认真的吧？您难道不知道，侯曼轩之前是子……"龚子业看了看侯曼轩，把后面的话咽了下去。因为自从侯曼轩和龚子途分手之后，父亲就说过，一定不能把这件事告诉母亲。他闭着眼握了握拳，然后努力平静地说："侯曼轩之前之后都不是我喜欢的类型，相信我也不是她喜欢的类型，您还是找点别的乐子吧。"

"业业，妈妈爱你，所以才要把最好的女孩介绍给你呀。"

侯曼轩模拟了一下龚子途听见这句话的反应，大概会笑着说"我也爱妈妈"这类的话。但龚子业就不一样了，他直接跳过了母爱对白剧本："妈，您上个月不是看中了一个包包，我让人从欧洲给您订了。"

这是一个什么傲娇个性啊。

侯曼轩终于忍不住开口了："傅阿姨，子途四年前跟我在一个公司，您是知道的吧？"

傅月敏愣了愣，不知怎么的，好像不太愿意承认，支支吾吾地说："啊，嗯。"

"那您给我打电话的时候，为什么没有提起过这件事呢？"

傅月敏目光闪烁地端起桌上的苏打水，看着别处喝了一口："阿姨大概是忘记了吧。"

龚子业冷笑一声："什么忘记，你那么喜欢侯曼轩，把我弟都洗脑成她的脑残粉了，会忘记跟她提我弟的事？"

"这事我可没做啊，曼曼的专辑是子途小学时自己买的。"

"是，他只是买了一张专辑，您就为他买了二十张侯曼轩的海报。"

"曼曼这么漂亮，把她的照片贴在房间里，多好看啊。"傅月敏搂了搂侯曼轩的肩，"哥哥你看，看着她，你不觉得赏心悦目吗？"

龚子业扫了侯曼轩一眼，只看到眼前的女生明眸皓齿，发梢柔亮，哪怕她的眼神是好奇和轻微胆怯的，都有一种足以让绝大部分男生脸红心跳的震慑力。他目光不在她身上停留超过一秒，就看向了别的地方，无奈地摇了摇头。

侯曼轩小心地转过头去说："所以，傅阿姨您为什么要瞒着我子途是您儿子的事呢……"

傅月敏看了看手表："啊，说到子途，时间不早了，我还得回去和弟弟开五分钟视频。先走了，业业，送曼曼回家的任务就交给你了哦。"

就这样，龚子业"被迫"送侯曼轩回家了。

他们俩坐在黑色商务车的后排，司机安静得仿佛连呼吸都没有。侯曼轩摇下车窗，让晚风吹走自己满面的尴尬，在心中祈祷时间过得快一点。就在她以为两个人会一直鸦雀无声到抵达目的地时，龚子业突然开口了："你和我弟为什么会分手？"

她知道龚子业不太喜欢自己，但没想到他会如此直接地问这个问题。她想了想说："不太适合吧，两个人差别太大了。"

"有什么差距，你觉得他配不上你？"

"怎么可能？你弟弟很优秀的好吗？"

"那他当年想跟你求婚，你知道吗？"

"嗯，我知道。"

"他那么喜欢你，你又觉得他不错，怎么会那么快就分掉了？你还闪婚。"

"我可以告诉你，但你要答应我，不告诉他。因为我们俩已经彻底结束了，我不想让他觉得我还有挽回的念头。"

"Ok。"

然后，侯曼轩把戚弘亦曾经是如何为了她牺牲、如何因此憎恨她、两个人感情如何死掉的大致交代了一下。她还没来得及提到龚子途，龚子业已经点点头说："所以，你觉得子途可能会走戚弘亦的老路，甚至牺牲更多，然后影响你们的感情？"

"当年我就知道他在流行乐坛会有所作为，事实是我没预测错。他喜欢这个行业，我不想让他因为儿女情长耽搁事业。而且，他在那个阶段其实对婚姻、家庭、责任没什么概念。婚姻不是人生的终点，只是新阶段的起点，当时我们可以为了爱放弃一切，但之后呢？"

"和我想的差不多。那现在呢，为什么又不想挽回了？"

侯曼轩陷入了沉默。其实，她很早就有挽回的念头。生下小萱之后，她让蕴和去联系过龚子途，问他有没有意向回国。龚子途说已经签约了索尼，短期内没有回国的计划。蕴和又说，曼轩姐和戚弘亦已经离婚了，你知道吗？

当时那一通电话是开着扬声器打的，侯曼轩就在旁边，她清楚记得龚子途给的答案，还有心里猛然一沉的感觉。

"那和我没有关系。"龚子途回答得很平静。

蕴和用眼角看了一眼侯曼轩，又不甘心地说："不想再和好了吗？"

"不想。我们分手了，我不爱她了。"

侯曼轩有些意外。如今回想这些曾经让她痛彻心扉的记忆，居然已经不再感到痛苦了，只有一种物是人非的淡淡惆怅。看来，她也从这一段感情中走出来了。她摇摇头，笑着说："已经分开四年的前任，换谁都不会再想挽回了吧？"

"未必。"

龚子业的回答简单到让人有了无限遐想。侯曼轩迷惑地回头看了看他："龚先生会喜欢一个不属于自己的人超过四年吗？有点不切实际了吧。"

龚子业有些不屑："四年很长？"

侯曼轩也笑了："有故事的男人。"

这一回，龚子业只是轻笑，不再回答。

在夜色笼罩下，龚子业的侧脸和他弟弟的侧脸像到可以以假乱真。但是，不管维持多长时间的沉默，龚子途都不会有他这一份岁月提炼的沉稳。兄弟俩到底相差了十一岁。

以前，侯曼轩经常想，龚子途如果年龄再大一些、再成熟稳重一些就好了。现在看着龚子业，她发现这个男人很接近她幻想中的成熟版龚子途。但是，这并没有唤醒她曾经深爱那个男孩的记忆，让她有一点点失落。

四十分钟后，轿车停在侯曼轩家小区外。侯曼轩下了车，向龚子业道了谢就准备回家。但她走了不到十米，身后又传来了男人大提琴般深沉的声音："侯曼轩。"

"怎么了？"她回过头，看见车窗摇下来，龚子业正望着自己。

"最近东万娱乐和环球影业合作投资了一部电影，我觉得你挺适合演里面一个女配角，你有没有兴趣来试镜？"

侯曼轩走回到车门前，指了指自己："我？演戏？我到现在就演过两部电影。"东万娱乐是龚子途名下的产业，侯曼轩犹豫着要不要问他龚子途是否会参与，但想了想还是试镜通过后再说。

"只是比龙套重要一点的配角。我主要是想请你来为这部电影唱主题曲。"

"听上去很不错啊。"侯曼轩的眼睛一下亮了起来，"这么好的机会你居然会介绍给我，我是不是撞大运啦？"

龚子业望着她，淡淡笑了一下，用食指和中指夹起一张名片，递出窗外："打电话给我。"

她刚接过名片，看了看上面的文字，还没来得及提出更多问题，司机就发动车子，扬尘而去。

六月二十二日，侯曼轩和公司的当红歌手一起飞往曼谷，准备转机到普吉岛，参加赫威泰国家族演唱会和拍摄家族合唱新歌的沙滩 MV。在素万那普机场候机的时候，她翻了翻手机，看见一个龚子途 0621 返美的话题，随手点开，才知道他前一天也在泰国，不过现在已经回到美国了。

这个巧合让她惆怅了一阵子，但想想错过也好，免得产生一些影响工作的多余情绪。

她全副武装好以后，在机场的一家便利店里买吃的。唐世宇刚好也在买东西，看向她手里的泡面："曼轩姐你在想什么呢，在曼谷机场买泡面？"

"这可不是普通的泡面，是 MAMA 即食面，泰国特产。"侯曼轩一脸认真地举起泡面袋子，仿佛正在为它代言似的。

"真是服了你了，过来这边，我和 Alisa 都在买 SPA 香薰产品。"

"你们不懂我，这个一定要买的。我先结账。"

侯曼轩在排队结账时，身后也有女孩说："你买什么泡面，对身体很不好的，我们去隔壁买点香薰吧。"

唐世宇用胳膊肘撞了撞侯曼轩，示意她认真听。侯曼轩摆手，嚷嚷着"你们不懂我"，意志坚定地付钱，但还是下意识回头看了看，是什么人和自己一样有品位。结果，她看见货架后站着一个特别显眼的身影。

年轻男人戴着黑色鸭舌帽、耳机和口罩，低头挑着货架上的商品。虽然穿着普通的黑色 T-Shirt，但因为他的头比一般人小很多，肩膀平又宽，身材瘦高，鼻子把口罩拱得高高的，还是引来了不少人的注目。侯曼轩第一反应是遇到了同行，但看了看他的肩膀和被口罩隐隐勾勒出的脸部轮廓，那种格外陌生又熟悉的感觉侵蚀了她。当看到他左手手腕上的黑色手链，她又看了看自己右手手腕上的红色手链，忽然，心脏疯狂跳动起来，剧烈到自己都受不了了。

然后，男人抬起了头，正巧与她四目相对。

他就站在离她不到三米的地方。

侯曼轩脑中一片空白，被雷劈中一样。

她当然没被雷劈过，但她觉得，被雷劈中应该就是这种感觉。

机场里所有人仿佛都消失了，所有的杂音、广播通知的女声，都进不了她的耳中。

她也戴着口罩，但她知道，他认出自己来了，不然不会和她一样站着一动不动，还有些错愕。但错愕只是短暂的，很快，他的眼里只剩下了冷漠。

这几秒钟的时间很长，让她从初次共舞的雪夜开始回忆，一直在脑中与他过完了一生。这几秒钟也很短，短到他淡淡地挪开视线、被身边的女孩拽走，唐世宇都没发现自己曾经的朋友刚刚来过。

"Attention please, American Airlines announces the departure of Flight AA8408 to Los Angeles. Will passengers for this flight please proceed to Gate 27. Thank you.（请注意，美国航空公司飞往洛杉矶的 AA8408 航班，即将起飞，乘坐这趟航班的旅客请前往 27 号登机口，谢谢您。）"

机场广播里播放着登机通知。女孩指了指上方，认真听了一会儿，拽着男人朝 27 号门走去。

看着他迈腿大步朝远离自己的方向走去，侯曼轩知道自己不能再多看他一秒了。她抬头看着上方的日光灯在泪水中摇晃，反复吞咽着唾沫，逼自己分散注意力。

唐世宇拿着两盒口香糖，在前面絮絮叨叨个没完："其实香薰我也不喜欢，你们女孩就是喜欢买一些只是好看回去根本用不到的东西。不过，还是比泡面好点的吧。这东西对身体太不健康了……"

"嗯，是对身体不太健康。"她其实根本没听进去他在说什么，只是凭本能回答着。

"知道你还买啊？这一点你真该听听 Alisa 的。"

"好啊，我多去问问她。"

侯曼轩又回头看了看刚才的位置，那里已经空空如也。而刚才的男人早就不见踪影，只有熙熙攘攘的人群。人群里什么肤色、年龄、性别的人都有，唯独没有他。

"Alisa 对饮食美容这一块可精通了，我妈那种挑剔的大婶都经常跟她讨……"说到这里，唐世宇回头看了她一眼，然后惊愕地说，"哇，曼轩姐，你怎么哭了？"

本来在很辛苦地忍耐着，不出声，尽量不要流太多泪。被他拆穿后，情绪反而崩盘了。她赶紧低下头去，屏住呼吸，任大颗大颗的眼泪冲刷在皱起来的脸颊和红肿的鼻尖上。

四年了。

她一直觉得自己过得很好，一直以为自己已经挺过来了。当他说出"我不爱她了"的时候，她觉得他们之间最痛的部分莫过于此。经历过了那一段，经历过抱着小萱痛哭的上百个漫漫长夜，她觉得这世界上也没什么事能再难倒她。她知道自己变成了比以前更理智、更酷的女人，并且以胸腔里那颗金刚不坏之心为傲。

而现在，不过是他抬头的刹那，与她相望的刹那，这颗心被击得粉碎。

"天哪，曼轩姐，你不会是身体不舒服吧，我该怎么办，我该怎么办……"唐世宇一时间不知把手往哪儿搁，赶紧到隔壁去找 Alisa。

侯曼轩趁机跑到了女洗手间，把门锁上，盖上马桶盖，倾颓地坐在马桶上，摘下被眼泪泡湿的口罩，把脸都擦红了，可还是挡不住源源不断的泪水。

她狠心甩掉他的那个雨夜，他曾经说过，这辈子都不可能再喜欢上别人了。其实也是在预示她的未来。

只是因为刚才他冷漠的一眼，她看到了此生的尽头。

她不敢出声，哭得头都痛了，在模糊的视线中找到了手机，给 Alisa 发了一条消息说："Alisa 我来大姨妈了，肚子好痛，现在在洗手间。"

Alisa 回了什么，她没有再看。

当年的自己是多么傻啊，为什么会做这种错事，为什么明知不合适还要放任自己喜欢他越来越多？为什么要在巴黎的酒店里哄他开心，告诉他，他们俩在一起了？为什么要对他说那么多次"我爱你"，以至现在连自己都无法欺骗……

直到四年之后，她才感到了深深的悔意。不是不该分手，而是不该开始。

这时，机场广播的女声又一次做出了通知："This is the final boarding call for passengers departing on Flight AA8408 for Los Angeles. Will passengers on this flight go immediately to Gate 27.（这是飞往洛杉矶的 AA8408 航班的最后一次登机提示，请还未登机的旅客立即前往 27 号登机口。）"

这是给曼谷到洛杉矶乘客登机的最后广播。27 号登机口是他的航班通道。

她才刚到曼谷，他就回去了。多像他们两个人的故事。

他的心早就已经走了，她却依然停留在原地。

这一次偶遇并不会改变什么。从明天起，他们之间又会相隔一个太平洋、十几个小时的时差、一万四千公里的距离，以及心与心之间四年的时间。

她的四年前，他的四年后。

这时，侯曼轩的手机响了，来电者姓名是"家"。她迟疑了一下，接听电话，听到的却是龚小萱的声音："妈妈，你要什么时候才回来呀！"

侯曼轩赶紧擦拭眼角，温柔地说："妈妈这才刚走，你怎么就开始问什么时候回来了呀？宝宝乖，妈妈表演结束就回来哦。"

"呜呜呜，好吧……"

"现在妈妈在泰国机场买东西，你有没有什么特别想吃的呢？"

"妈妈，你感冒了吗，怎么说话有鼻音呢？"

"嗯嗯，是有一点点。你个这小机灵鬼，怎么这么小就这么细心。"

"呜呜呜，妈妈不要生病，你要早点好起来呀……"很显然，龚小萱又在卖萌了，声音软绵绵的，瞬间治愈了侯曼轩的心。

这一刻，她不再后悔了，虽然还在流泪，却是笑着。如果没有这段让她遍体鳞伤的恋情，也不会有她最爱的小天使。

子途，还是谢谢你。

就这样吧，能看到此生尽头挺好的。活在四年前，挺好的。

Act. 18　兔子又回来了

　　最近，侯曼轩周围的人确实都散发着恋爱的恶臭。八个月前，唐世宇和 Alisa 这对别扭的欢喜冤家终于偷偷确定恋爱关系了。刚开始吴应还特别反对，说他们这样是孤注一掷，一旦被粉丝发现，事业就玩完了。

　　但他们俩显然比侯曼轩、龚子途的情况简单一点。唐世宇的答复是："本来我们就是吃青春饭的偶像，等红过了这些年，要么转型当实力派，要么退圈去做别的事。早结束晚结束都是结束，无非就是少赚点钱。现在我俩赚的钱够我们退圈后做做小生意、过上非常舒服的日子了。"然后继续安心地带着 Alisa 钓鱼、旅游、下棋、遛狗……除了不跳广场舞，所有老年人的日常爱好他俩都进行了一遍。

　　这个心态好得让侯曼轩都忍不住为他打 call。

　　有趣的是，恋爱以后，Alisa 变得温柔了很多，唐世宇却还是和以前差不多。不管私底下把 Alisa 怎么夸成仙女，当面是一定要损个够的。譬如说，上了飞机以后，他翻了翻 Alisa 的购物袋，脸都皱成了一团："你买的这都是些什么乱七八糟的东西，有一个能用得上的吗？"

　　"有一半都是买给你的呢。"Alisa 拿出一个香熏，"你最近不是老说跳舞太累吗，这个是缓解肌肉压力的哦。"

　　"我才不需要这些东西！"

　　"你不需要，可是你女朋友会担心你呢，小糖糖。"

　　"哇，说话太肉麻，鸡皮疙瘩都掉满地了！肯定是有什么奸计吧，别想让我上当，哼，女人！"

　　Alisa 不但没有掸回去，反而抱住他的胳膊，把脑袋靠在他的肩上："对呀对呀，我的奸计就是套住你，让你永远都像现在这样喜欢我。"

　　"谁谁谁说我喜欢你了……"话虽如此，唐世宇的耳根都红了。

　　"不喜欢我干吗跟我谈恋爱？"

　　"那是看你可怜没人要！"

　　这时，坐在后排绰号为"性感小黑豹"的少女偶像做了一个呕吐的动作："你们俩够了！考虑一下单身狗的感受啊。"

"别担心，还有曼轩大美女陪你汪汪汪呢。"话是这么说，Alisa 看了看戴着墨镜在一旁翻杂志的侯曼轩，却是一脸恨铁不成钢的表情，"夺命催婚三年也没用，她就是铁了心要单身。"

性感小黑豹也看了看侯曼轩，眼睛仿佛会发光："曼轩不用谈恋爱，她气场如此强大，就适合当单身女王，我还指望学习她呢。"说完她又对 Alisa 感慨道："跟祝珍珍在一起，要被她和她男朋友虐狗，跟你们在一起，又要被你和唐世宇虐。我到底是做错了什么，要让你们给我看这个？"

"对哦，珍珍已经到曼谷了吧，听说明晚她会有彩蛋表演呢。"

侯曼轩知道，祝珍珍的彩蛋就是单人舞蹈表演。这两年她有一半的时间都待在韩国进修，专攻舞蹈和作曲，而且还公开交了一个皇天集团的超人气歌手男朋友。所以，参加赫威的演唱会，她都是直接从首尔飞到曼谷的。

侯曼轩在普吉岛的机场遇到了祝珍珍和她的男友。祝珍珍看上去气色很好，走路都带风。男朋友高大英俊而且肌肉发达，和祝珍珍戴着同款蛤蟆镜，谈吐举止彬彬有礼，给人第一印象很好。

第二天晚上，冬季少女团的表演中，祝珍珍几乎全程在 C 位，还唱了一首她自己写的歌，确实实力相较以前有了巨大的进步。看来这小妮子并不甘心只当一个花瓶，有这份上进心还是不错的。

谁知，侯曼轩正在心里给予她肯定，就听见主持人高声宣布："接下来是我们赫威两大舞后的对决，有请祝珍珍再度登台，和侯曼轩来一场热血沸腾的同台斗舞吧！"

侯曼轩惊呆了。怎么没人告诉她添加了这个环节？可她还没来得及反驳，翻译已经把这番话用泰语广播到了全场的每一个角落。她再看看副总，副总正用手掌捂着脸，似乎也没料到祝珍珍擅自给她加了戏。

这么短的时间里，祝珍珍已经把鬓发全都高高地扎了起来，换了露脐的修身短衫和迷彩裤，看上去精神满满、斗志昂扬，还真有几分街舞皇后的架势。她知道 popping（震感舞）、breaking（霹雳舞）、reggae（雷鬼），都是侯曼轩最擅长的舞蹈。所以，上台前她也偷偷把小纸条塞给了主持人。因此，主持人高升宣布道："首先是踢踏舞！"

音乐响起，灯光打下来。祝珍珍伸了个懒腰，立刻进入状态，噼噼啪啪地跳起了她最近苦练的舞蹈。她的节奏感很好，脚步动作也灵活，脚腕均匀加速的动作都做得跟唐诗一般工整，堪称专业了。

等她表演完毕，台下响起了非常热烈的掌声。经过侯曼轩身边的时候，她眼中有难以掩饰的得意之色，但还是故作谦逊地说："曼轩姐姐加油啊。"

侯曼轩没有走到舞台中央，反倒是下了舞台。

祝珍珍疑惑地探头看了看她离去的方向——怎么，怕了？

但很快，侯曼轩重新走上舞台，把卫衣脱了，板鞋也换成了皮鞋。祝珍珍不由得讥笑：看上去和她身上的休闲装多不协调。

同一首音乐再度响起。这首歌节奏感很强，台下的人也跟着打拍子，但侯曼轩站着没动。祝珍珍耸了耸肩。看来自己预测对了，所谓舞后，只是会街舞而已。以前自己把侯曼轩想得太无敌、太强大。其实不知不觉中，这个假想敌早就被自己超过了。艺术的种类很多的，这样松懈恐怕不行吧。

观众们不知情，以为侯曼轩表演失误或状态不好，都在台下为她捏一把冷汗。

直到第八个四二拍结束，侯曼轩突然压了一下鸭舌帽檐。接着，台上响起冰雹般噼里啪啦的响声！连一直在打哈欠的工作人员都不由自主看向舞台——那是侯曼轩黑色皮鞋踩在地板上的声音！她把双手插在松垮垮的裤兜里，上半身到大腿根都稳着一动不动，膝盖到脚踝却跟失控破损的机器一样疯狂跳动着！她的腿部动作实在太快，快到很多近视的观众都得按住眼镜、身体前倾才能大致看清她的步伐。这首说唱歌曲已经很快了，而每一个拍子打下，她的腿都会踢踩至少四下。

台下的唐世宇扯了扯嘴角："我的妈啊，这是人类吗？"

作为 BLAST-F 的领舞，崔永勋都惊呆了："她的腿和身体是分开的吗？"

Alisa 吞了口唾沫："是腿被妖魔附体了吧……"

随着侯曼轩表演时间增长，不仅是舞台上、贵宾席，整个表演观众席都安静了。九万五千人，好像一个会说话的人都没有。全场只有舞台上的踢踏声，跟随着歌曲韵律时轻时重，时急时缓……当最后一个步伐停止，"砰"的一声，观众都以为她表演结束了，开始疯狂鼓掌，但她立刻又开始了新的动作，并伴随着强烈、独特而快节奏的音效。

"她她她……她还会 Beatbox（节奏口技）？"唐世宇做出了他最喜欢的《呐喊》经典动作。

有了 Beatbox 的搭配，踢踏舞步显得更加酷炫了。侯曼轩上半身柔软地随歌曲摇摆，下半身却是电闪雷鸣的狂热。她一会儿芭蕾舞者般高踢腿跳跃，一会儿螃蟹般横着行走，一会儿溜冰选手三周跳般旋转，一会儿又顽皮地双腿踮脚停顿……短短的三分半钟里，她展现出了四十二种绚丽多彩的艺术形态。

最后，她"砰砰砰"三声踢在地上并腿结束舞蹈，台下只有一片死寂。

四秒之后，鼓掌声、尖叫声、安可声差点把星斗都从空中震落。

唐世宇一个劲吹口哨："真是太爽了！我一直知道曼轩姐舞蹈实力惊人，没想到连踢踏舞都跳成这个样子！"说完又对着舞台疯狂吹口哨。

Alisa 却很担心自己的队友："唉，珍珍又开始作死，自取其辱了……"

"太精彩了，太精彩了！感谢亚洲天后侯曼轩带给我们的精彩表演！"主持人都忍不住跟着鼓掌，"接下来的舞蹈种类是——伦巴！"

这当然也是祝珍珍选的。之后的探戈、华尔兹、恰恰、爵士，也都是祝珍珍选的。然而，不管她提出哪一种，侯曼轩总能用博士生吊打初中生的姿态回应她。表演到最后，全场只剩下整齐的呼声：

"侯曼轩！侯曼轩！侯曼轩！"

一个叫祝珍珍的都没有。

侯曼轩摘下帽子，擦了擦满头大汗，灿烂大笑着，对闪烁着千万荧光棒的台下星海深深鞠了一个躬。

表演结束后，她从副总那里得知，这一段斗舞节目里确实是没有的。他把这件事告诉了杨英赫，杨英赫也对祝珍珍的任性很无语。但谁叫她爸是祝伟德，他们只能给祝珍珍上一顿思想教育课以后，再度息事宁人。

侯曼轩一边擦汗一边退到后台。虽然莫名其妙被加了戏，但祝珍珍从某种程度上也算帮了她一把，她也就没再追究这件事。然而，她经过一个房间时，看见了祝珍珍和她男朋友的背影。

她男朋友坐在椅子上，拍了一下脑门："我也是不懂你，明明知道侯曼轩擅长跳舞，为什么还要跟她较这个劲？比别的不好吗，例如身高、年龄什么的？这些你都是碾压她的啊。"

祝珍珍在镜子前来回徘徊："她的编舞跟我说了，她这两年总是要求把舞蹈难度下调。一般人难道不是水平退步了、松懈了才会这么要求吗？谁知道她心机会这么重！"

原来是因为这个。侯曼轩有些哭笑不得。她确实是要求过把舞蹈难度下调，但不是因为她不会跳难的舞，而是因为舞蹈和所有领域都一样，有"返璞归真""曲高和寡"这样的定律。现在很多编舞一听到"侯曼轩"三个字，第一反应就是把最困难的舞蹈动作扔出来。而不管她跳再困难的舞，大众都只会有见怪不怪的反应："哦，是侯曼轩啊，她当然能做到了。"她不想让自己的舞蹈跟名著一样，内容艰难晦涩，被人供起来，却没有一个人能把故事读完，而是想让大家觉得，她的舞也很有趣，能吸引人们看下去。没想到这么做的结果是让祝珍珍误以为她在偷懒，真是阴差阳错……

见祝珍珍如此生气，男友用双手扶住她的肩，耐心地说："宝，她都出道这么多年了，玩心计你当然玩不过她。不过她也是机关算尽太聪明，算计到婚也离了，老公劈腿，孩子也没爸爸了，这么惨，你当是给她的同情分吧。"

"说到她离婚，我听说她母亲也是离了婚的，她还是私生子……不知道她爸爸是谁啊？"

"这种事就很难预料了。"

"应该是不知道哪里钻出来的流浪汉吧，确实很可怜。"

听到这里，侯曼轩很有冲进去甩祝珍珍耳光的冲动。她紧锁眉头，撞了一下门，吓得里面两个人身体猛地一抽，就径直远离这个房间了。

　　泰国的通告结束后，同行的赫威艺人全都回国休息了两天。侯曼轩很快调整好了状态，准备进入新一轮的工作。

　　周三早上，她戴着耳机，听着龚子途新专辑 *The Very East* 的主打歌，脚下打着节拍进入公司电梯。龚子途这两年的歌越来越好听了。他的声音本来就是很有味道的低音炮，情感爆发力一流，唱功又得到了显著提升，加上天衣无缝的词曲配合，难怪这张专辑的销量是他三张专辑里卖得最好的。她拿着手机，看了看屏幕上旋转的 CD 封面：龚子途穿着一件黑色背心，黑色的外套半垮在手肘，露出一截性感却不夸张的肱二头肌。他的发型是经典的大背头，下巴微微扬起，半边脸埋在黑暗中，眼神凌厉而颓废，可是帅呆了。

　　她弹了一下屏幕上的美男子，咬着下唇笑了笑，胳膊却被旁边的人弹了一下。她赶紧把手机收起来，发现身边的人是 Alisa。

　　"曼轩，告诉你个很惊悚的消息。"Alisa 像在说鬼故事一样，小狐狸眼瞪得大大的，"你知道龚子途回来了吗？"

　　"什么……"

　　"他回国发展了，要继续跟赫威签约。"

　　然后，Alisa 拽着呆若木鸡的侯曼轩，按下电梯顶楼的按钮，往董事长办公室飞奔而去。

　　龚子途和杨英赫已经谈了两个小时。除了她们俩，还有二十二个赫威艺人都堵在门口偷偷围观。

　　关于当年的约定，杨英赫当然还有点印象，但他见过太多放空话的人，如今龚子途的身价又比四年前不知翻了几番，所以，他从来没期待过龚子途会回来兑现承诺。既然龚子途这样有诚意，他也给足了诚意：拿出合同模板以后，他把签约金那里空着，让龚子途自己填金额。

　　龚子途想了想，在上面写好数字。

　　杨英赫扬扬眉："只要这么多？不如在美国赚吧。你这是在小瞧赫威吗？"

　　龚子途笑了，不疾不徐地说："我怎么敢小瞧华语流行乐巨头？只是我在美国有市场，回国就不一定有市场了。如果水土不服，我压力也会很大的。如果第一张专辑发行很成功，之后可能会找董事长要更多提成了。"

　　崔永勋推了推耳背："他们在说什么，他们在说什么，我都听不到……"

　　"这理由我可以接受。"杨英赫单手插在裤兜里，弯腰签字、盖章，交给龚子途签好以后，又指了指门口，"子途，你三年多没回来了，公司多了很多师弟师妹，要不要认识一下？"

　　"荣幸之至。"

　　于是，杨英赫带着他走出来，吓得好几个练习生一哄而散。从几个比较红的新人开始，杨英赫一一介绍给龚子途。不管是不是认识的，龚子途都客气大方，一双眼睛感觉总像在笑着。有一个女孩是走谐星路线的，体重有两百二十斤，他和她打招呼时眼睛依然轻微弯起，让人有一种他看见了女神的错觉，撩得那个女孩差点高血压发作。但是，他说话音调平且沉稳，颇有贵族气质，一点都不轻浮。

等走到 BLAST 成员面前时，不等杨英赫开口，龚子途已经抓着蕴和的手，和他拥抱着拍拍肩。然后，其他几个兄弟也都跟着过来抱住他。

"你这家伙，总算回来了。"姜涵亮笑得露出一口白牙。

唐世宇狠狠捶了一下他的胳膊："你这死兔子，一走就是四年！这回不能走了！"

他们挨个拥抱一遍，杨英赫揽过侯曼轩的背，把她推到龚子途面前："别忘了，还有和你最好的师姐。"

龚子途松开吴应，回头看向侯曼轩。

这是四年来他们第二次对望，距离更近了一些。侯曼轩绝望地发现，她并没有比上次在机场感觉好受。这双眼睛是多么熟悉，曾经最深情、最温柔地凝视过她；这双眼睛是多么陌生，陌生到即便温暖地笑着，也让她觉得离自己有几千里远。那样的深情和温柔仿佛不曾存在过。

如果不是因为人多，她大概会转身逃掉。龚子途原本笑着的眼睛有短暂的失神，然后又恢复了刚才的礼貌："好久不见，曼轩姐姐。"

他的声音没有变，语调没有变，但这一声"曼轩姐姐"，很显然和当年不再一样。当年总感觉是在撒娇，带着迫不及待想要亲近的意味。而现在……她很难形容这种感觉，只知道自己并不想在他面前透露出太多不够坚强的情绪。

她琢磨了一下该如何称呼他。"子途"太客气，"小兔子"又太亲昵，"兔兔"很显然是不能再叫了。不能表现得恋恋不舍，也不能让他觉得自己想反目成仇，只想和他成为普通的师姐弟，以后应该能和平共处吧。

最终她决定跟着蕴和学，也比较好表明立场。她微微一笑，大大方方地朝他伸出手："欢迎回来，兔子。"

这是她第一次这么叫他。龚子途怔了怔，很快也笑了起来，和她握了握手："我听了你的新专辑，还是那么高水准，期待和姐姐重新合作。"

"谢谢，你的新专辑也很好听啊。"她本来想补充几句对 The Very East 的感想，但觉得画蛇添足，所以不再说了。

低头时不经意看到他的手腕，她发现他原本戴着的手链没有了。而她还戴着她那条红色的。她顿时觉得无比尴尬，把手抽了回来，用左手握住右手手腕，再把两只手都背到了背后。再抬起头的时候，她知道，这一个小细节没有逃出龚子途的眼睛，他淡漠地凝视着她的面容。这时候她特别后悔自己没做过演技培训，哪怕是业余的也好，起码可以掩饰一下内心的情绪。而现在，被他这么一看，她的眼眶红了。

"能被侯天后这样夸奖,这几年就没有白混。"

面对她受伤的反应,他嘴上说得客气,目光却不仅是冷漠,还带了几分怒气。他从来没有这样凶过她,哪怕是在彻底分手的那一天。他原本就长了一双薄情的、有点性冷淡的眼,稍微凶一点,更是让她觉得很心痛,一秒钟也不想待在这里。

"兔子你太谦虚了,现在我们都要多多跟你学习呢。"右手指甲在手心里掐出了三个月牙印,她才忍住没有流露出更多情绪,"我晚点还有点事,先走了,你们继续聊。"

可惜她没有逃掉。杨英赫拦住了她:"曼轩你这就想跑了?子途今天第一天回来,我们还要给他开一个 party 呢。"

"晚点我还有通告……"

"什么通告都不用去了,今天我们所有人的任务都是欢迎子途。"

老大下了命令,那就没办法躲了。侯曼轩只能随大家一起去已经订好的餐厅聚餐。在路上,不管别人说什么,她都笑着倾听,但话特别少。只有 Alisa 看出了她情绪不佳,一直问她是不是大姨妈还没走,要不要再跟杨英赫请个假。她连连否认。

聚餐的地点是一家意大利餐厅的包间。包间里摆了两个可坐二十人的长桌。赫威的艺人们刚进门,就看见坐在餐桌旁的女孩站了起来。她留着中分的棕色长发,穿着黑色连衣裙,背着一个缠上彩色丝巾的粉色 Kelly(爱马仕的一个系列),穿着比她实际年龄成熟五六岁。侯曼轩觉得她有点眼熟,好像在哪里看过。

"哇,全都是超级巨星,今天大开眼界了。"女孩的眼睛大而明亮,但一笑就会没了眼睛,甜美得就像天使。她并不是那种惊艳型的美女,但长得很舒服,耐看。

赫威副总调侃地说:"念念,你男朋友就是最巨的星了,还大开眼界呢?"

侯曼轩想起来了,她就是在机场和龚子途同行的女孩。

"他才不是什么巨星。"女孩嫌弃地瞪了一眼龚子途,然后表情突变,捧着脸颊花痴地笑起来,眼睛又只剩下两个弯弯的月牙了,"他是男神,是神。"

"戏精。"龚子途轻笑一声,在她身边拉个椅子,坐下来。

龚子途有女朋友了。已经分手四年了,这是多么理所应当的事。但凡他还对自己有一点点喜欢,都不会用那样的态度面对自己。现在看到他有女朋友,又有什么好意外的呢?

侯曼轩如此说服自己,却管不住自己的心。

果然……这么多年了,潜意识里还是不肯死心的。

现在接收到这个信号,应该够了吧。然而,时不时瞥见他们低声交流,哪怕距离并没有特别近,也让她觉得心里难过极了。因此,她故意选了离龚子途较远的位置坐下,逼迫自己不再看他。

接着,所有人渐次坐下。冬季少女团坐在这个女孩左侧,Alisa 和她坐在一起,见她一直和龚子途小声讲话,小声说:"子途,这是你女朋友?"

　　龚子途面无表情地"嗯"了一声："她叫郑念。"

　　郑念委屈地噘起嘴："我大概是交了个假的男朋友。这么久不见面，他根本都不想我。"说完戳了戳龚子途的胳膊："你说，你是不是不想我。"

　　"想想想。"龚子途说得很敷衍，但还是体贴地帮她把餐布搭在了膝盖上。

　　"我还是第一次听说子途交女朋友。你们是怎么认识的？"Alisa 也不知道为什么，第一反应是看了一眼侯曼轩。侯曼轩跟性感小黑豹坐在一起，好像对龚子途这个女朋友一点兴趣都没有。

　　"我是死忠兔粉。当时 BLAST 第一次巡演的时候，我也是第一次买到最前排的票。当时那么近距离地围观偶像，你知道我有多激动吗？之后子途消失，我难过得哭了几天几夜，没想到他竟然到洛杉矶发展了！那时候我在旧金山，就跟爸妈说，我要转学去洛杉矶。他们说，如果你能拿全额奖学金，想去哪里都可以。"

　　"然后你就拿了全额奖学金？不会这么励志吧。"

　　郑念握紧双拳，做了一个"必胜"的姿势："拿到了！而且我还很走运，在洛杉矶街头遇到了子途。那天我高兴疯了，冲过去跟他说，我是你的粉丝，专门为了你追到洛杉矶来留学的。你猜猜，他跟我说什么？"

　　以 Alisa 过去对龚子途的观察来看，他要不是卖萌，就是一脸的不知所措。她老实地摇摇头。

　　"他跟我说，他还记得我！"郑念第二次捧起了脸，"早在洛杉矶巡演的时候，他就已经对我有印象了。"

　　她因为情绪太高昂，声音也不由自主提高了一些，这些话全都传入了周围人的耳朵里，包括侯曼轩。但侯曼轩连眼睛也没抬一下，只是让性感小黑豹继续聊上一回混音出错的歌曲。

　　看郑念这么开心，Alisa 也禁不住笑了："这听上去很像一见钟情，很浪漫哦。你们在一起多久了？"

　　郑念做了个暂停的动作，拿出手机，打开一个"少女心"的 app，上面有她和龚子途的手机自拍照和交往日期。她认真地念诵道，就像做功课一样："一百四十三天。"

　　"那你们比我和世宇晚一点。我们俩在一起八个月啦。"

　　龚子途抬眼看了看唐世宇，再看向 Alisa："你们俩果然在一起了。"

　　"喂喂，什么叫果然？"虽是指责的语气，Alisa 的眼中却有掩饰不住的笑意。

　　这时，迟到的祝珍珍坐在了 Alisa 身边。郑念其实是整个赫威的粉丝，只要是赫威包装出的艺人，她都很喜欢。她原本最喜欢的女星是侯曼轩，但现在更喜欢祝珍珍。看到祝珍珍本尊，她毫不犹豫地要求和 Alisa 换位置。

　　被换位置打断了一下，龚子途又接着对 Alisa 说："当时唐世宇太明显了吧。一早就觉得你们会在一起。不过你们的速度还是比我想的慢。"

姜涵亮凑过来，噘着嘴点点头："说得没错，唐世宇这小子性格粗鲁得不得了，其实内心还是跟他的外表一样纯情。"

"什么叫外表纯情？你才纯情。"坐在姜涵亮旁边的唐世宇居然听到他们的对话了，一副凶神恶煞的样子，但他小巴掌脸上还有一点点婴儿肥，看上去少年气满满，一点威胁力都没有。

"好啦好啦，这不是在夸你长得年轻好看嘛，糖糖真别扭。"Alisa安抚过了唐世宇，又转头对龚子途小声说道，"子途，还是你眼力好，预料到了我和世宇会在一起。我的眼力就不怎么好了。"

龚子途俏皮地扬了扬一边眉："哦？你也预料过别人？"

Alisa看了看外面，确保郑念没来，才小声说："当时你和曼轩关系那么好，我一直以为你们会在一起呢。"

笑意瞬间退去，龚子途看了一眼对面微笑着倾听性感小黑豹讲话的侯曼轩，但一秒钟都不能多看，就收回视线，淡淡地说："我和她不熟。"

祝珍珍本来不太想搭理这个不知道从哪里钻出来的郑念，但得知她是龚子途女友后，态度一百八十度大转弯，和她热火朝天地聊了起来："这么说来，念念你才刚大学毕业一年，好年轻啊。"

"珍珍姐你也很年轻啊，看上去一点都不像二十七岁，像十七岁。"

郑念这番话，又让祝珍珍想到了曼谷斗舞后，网上的一条评论："祝珍珍四五年前真是美得惊为天人，'赫威仙子'绝对不是吹的。但赫威这些年的艺人保质期真的短，这才过了多久，她和侯曼轩在一起，看上去居然比侯曼轩老了好几岁。我知道拿她和童颜侯女神比不厚道，可是她怎么也更年轻，怎么能垮得这么快呢？唉，又一个大美女残了……"

当然，评论里有很多维护她的粉丝开始了口水的战斗。但这番话戳到了她的痛处。她瞄了一眼对面的侯曼轩，饱满的额头、猫一样的脸孔、水灵灵的大眼睛、雪一般无瑕的肌肤、色泽明亮的浅棕色长鬈发……每一个细节都让她看着不顺眼极了。再看看郑念，显然郑念顺眼多了。她笑了笑说："真正年轻的人不是我，是侯曼轩呢。不仅看着年轻，谈吐举止也很年轻。"

"谈吐举止？我怎么觉得她挺成熟的。"

"侯曼轩和她妈妈一样有一颗少女心，为了追求真爱可以牺牲很多东西。"见郑念还是一脸迷茫，祝珍珍指了指侯曼轩她们的方向，"你看，跟她关系很好的那个女孩，黑发红唇那个，赫威今年的新人，外号'性感小黑豹'，特别喜欢挖别人墙脚，专盯有女朋友的富二代。她和侯曼轩共同话题很多的。"

这时，性感小黑豹发现了对面投来的视线，扯了扯嘴角，撞了一下侯曼轩的胳膊："曼轩，我怎么看那个念念怎么不喜欢，周身散发着一股绿茶气，看见谁都要跪舔一遍。你说龚子途看上她哪点了？要颜没颜要气场没气场的。难道是财阀的女儿？"

"吃你的饭，少说别人两句你不会饿死。"侯曼轩塞了一块鹅肝在她的嘴里。

她一边咀嚼着油腻香醇的鹅肝，一边不爽地说："本来听说龚子途回来我还挺开心的，想着这下可以吃一下窝边草了，没想到半路杀出来个nobody女朋友，哼。"

"你要真的很喜欢，有女朋友也无所谓吧，去抢呗。"

本来侯曼轩只是想说出来让她住嘴，没想到她真的双眼冒光地说："说得好，没结婚的都是单身。还是你机智。"

"……什么鬼，你别干傻事啊。"

晚饭结束后，大家集体转移阵地去赫威包场的夜店。快抵达目的地之前，郑念一直心事重重地抓着龚子途的胳膊。他没办法好好开车，看着前方的路，温和地说："有心事吗？"

"没有呀。"郑念笑得露出一口白牙，"今天认识了珍珍姐，心情很好呢。"

"那就好。"

"虽然没机会和曼轩姐姐聊天，但也从珍珍姐那里得知很多她的事，觉得我的追星之旅非常圆满啦。"她等了一下，没得到龚子途的答复，又自顾自地说道，"她和她妈妈都好厉害，都是单亲妈妈呢。感觉曼轩姐姐更厉害，也很可怜，从女儿出生起就被丈夫抛弃了，一个人把女儿拉扯长大……"

"所以呢。"龚子途的声音不再温和了。

"我很敬佩她啊，因为我是做不到这样的。如果生了子途的孩子，不管两个人感情多不好，我都是绝对绝对不可能离开你的。孩子不能没有父亲啊，其他男人也不可能把孩子当成亲生的看。嗯……我不太明白曼轩姐姐是怎么想的，但是，她们那个年纪的女人想法可能和我妈妈差不多吧……"她话没说完，发现车掉了头，于是莫名其妙地看向龚子途，"子途……怎么了？"

龚子途还是看着前方："我先送你回去休息。"

"不要啊，我要跟你一起。"

"夜店不太适合你这样的小女生玩。"不是没听出她话语里对侯曼轩满满的恶意，但他不想拆穿她，把气氛弄得太难堪。

"不要不要，我已经毕业一年了，怎么是小女生了？你都不想我吗？呜呜呜，我那么久没见到你，你真的不想我吗……"

被她这么一闹，龚子途觉得很累，摆摆手说："好了好了，别闹了，我带你去。"

郑念可爱又喜欢闹腾不是一两天的事了，心里那点小算盘也是被龚子途看得透透的，经常让他觉得很烦，又很累。很多人都不理解他已经忙成这样了，为什么还会找这样一个叽叽喳喳又单纯到有点傻的女朋友。为了颜？他的颜完全碾压她。为了钱？不管是个人收入还是家庭背景她都比他差远了。

看不懂他的人，自然也包括美貌远甚于郑念的性感小黑豹。到了夜店里，性感小黑豹是怎么看郑念怎么不耐烦，喝了几杯酒，在恰到好处的微醺状态下，她径直走向了舞池中心吧台旁，对龚子途说："子途哥，你说你到底是什么审美，怎么会挑个这么一般的女朋友？我以为以你的知名度和个人条件，怎么都该找一个侯曼轩级别的吧。"

又是这个名字，龚子途只觉得心烦。

"不要提侯曼轩。我不喜欢她。"

"曼轩你都看不上？有趣。那……"性感小黑豹一只手撑着他身边的吧台，一只手拨了拨头发，和他站得很近很近，摆出 S 形的体态，"你喜欢我这款吗？"

龚子途扬了扬眉，离她近了一些，眼睛似笑非笑，带着一点刚刚睡醒的惺忪："哦？你是什么款的？"

尽管 DJ 放着节奏感很强的电音，但完全赶不上性感小黑豹的心跳速度。和他视线相撞，她只觉得自己快死掉了。她差一点点退缩。这算什么，撩人不成反被撩？她按住胸口，想努力保持镇定。然后她微微张开口，再用力咬了咬下嘴唇，单纯无辜又诱惑地抬头看着他："你喜欢什么样的，我都可以做到呢。"

龚子途笑意明显了一些，一只手撑在她身后的吧台上，眼睛看着别处，却低下头，在她耳边轻轻说："我女朋友还在里面，你就准备勾引我了吗？"

他的声音像贴着她耳膜发出的一样。身上的香水不知道是什么牌子的，简直像有催情功能一样。她甚至连他的手指都没摸到，就觉得快要承受不住胸腔中过多的情绪，连眼泪都出来了。她认输了，可怜巴巴地抓着龚子途的皮带："兔兔，我不是故意的……"

听见那个"兔兔"，龚子途身体僵住，眼睛眯了起来。性感小黑豹侧过脸，好奇地看着他："兔兔？"

龚子途眉心微蹙，沉默了半晌，声音也变低了许多："走开。"

"什么……"

性感小黑豹出道以来一直走野性女人味路线，只要是她看上的男人，还没有失手过。她不敢相信自己的耳朵。龚子途不想再重复一遍自己说过的话，转身就走。可是，手却被她抓住了。他回过头，皱着眉看了看她的手，吓得她赶紧松了手。但她又很不甘心，追上来挡住他的去路。她趁着酒劲上来了，高高举起手："你再这样，我就要打你了。"

发现情况不对，侯曼轩赶紧冲过来，拉住性感小黑豹的手："雪旋，你这是喝高了傻了是不是？回去坐下休息。"

性感小黑豹本来就觉得很尴尬，有侯曼轩救场，瞪了龚子途一眼，就大步溜回卡座了。

龚子途笑了："侯曼轩，你朋友？厉害。"

"雪旋酒品不好，不管她做了什么，我替她向你道歉，你不要往心里去。"

"道歉是随便说说就行了的？"

"那你想怎样？"

龚子途拿了一杯"深水炸弹"，扣在侯曼轩面前。杯底发出清脆的声响，溅了一些酒水出来。他的声音却是轻描淡写的："喝了。"

侯曼轩神色凝重地看着这杯"深水炸弹"。与此同时，吧台一侧的西班牙男歌手用流利的中文说："龚先生，这样是不是不太好，侯小姐怎么说也是娱乐圈大佬了……"

"没事。"侯曼轩摆摆手，举杯就把这杯酒干了。

胸腔里像有火在燃烧，但侯曼轩只神色漠然地擦擦嘴："可以了？"

龚子途又扣了一杯"恶魔坟场"在她面前。这杯混合了六种烈性酒，比"深水炸弹"有过之而无不及。侯曼轩看了看杯子里毒药般的蓝色液体，本来想说点什么，但觉得如果真要开口，要说的实在太多了，也不知道从什么开始说起，还不如不说。她顿了顿，接过酒杯，仰头又把"恶魔坟场"喝了下去。

酒精从口中往下流，简直就像眼泪在喉咙里、胸膛里熊熊燃烧。她还没能从这股酒劲中缓过来，龚子途又扣过来一杯马天尼。

侯曼轩已经觉得有些头晕了，但还是强撑着没有扶额，只是冷眼看着他："你这是在报私仇。"

"不是想表达你的歉意吗，说话不算话了？"龚子途笑了一声，"也是，你说话从来不算话。"

侯曼轩咬了咬牙，端起马天尼，仰头又喝想一饮而尽。然而她酒量一向不算好，这一杯喝到一半就被呛到了。她咳的第一声，龚子途愕然地睁大双眼，觉得心里一阵绞痛。他刚想上前阻止她喝下去，就有一个人抢在他前面扶住她的肩膀，夺走她的酒。侯曼轩扭头一看，是那个西班牙歌手。他摇摇头，无限柔情地望着她："曼轩，你不能再喝了。来，我送你回家……"

侯曼轩很不喜欢被人这样触碰，她按住眩晕的脑袋，却没什么力气推开他。她只听见龚子途愤怒地说："放开她！"然后，身边的外国男人就被推开了。她的手腕被龚子途握住，整个人都被拽了过去。有那么短暂的一刻，她不小心靠到了他的怀里，让她差点又被击破防备。她赶紧后退一些，和他保持距离。

龚子途用力很猛，那个男人差点被他推倒在地上。男人稳住脚步，本来气愤得想还手，但被龚子途骇人的眼神吓到了，哆嗦着退了两步，脸都皱了起来："龚子途你真的有病！"说完甩手离开。

龚子途却像根本没听到他的话一样，捏着侯曼轩的脸颊，冷冷地说："你知道吗？我不会像以前那么蠢的。这一招对我来说没用了。"

她只是平静地注视着他："子途，我什么都没做。"

"你不用做什么，也不用说什么，因为我根本不想看到你。"

侯曼轩沉默着笑了一会儿，眼中含着泪，看向别处："很好，我也不太想看到你。我可以走了吗？"虽是这么问，但不等他回答，她已经大步走远了。

凌晨一点十三分，聚会上的人都走得差不多了。唐世宇像扛着麻袋一样把龚子途扔到包间的沙发上，蕴和跟着往他嘴里灌醒酒药和茶水，郑念则是心疼得顺着他的背脊抚摸。

姜涵亮拍了拍龚子途冰冷的脸颊，一副拿他没办法的样子："怎么喝成这样了？他是兴奋过头了吗？"

唐世宇耸耸肩："刚才他好像跟曼轩姐闹得不太愉快，之后叫蕴和把她送回家，还不让蕴和告诉她，然后自己喝成了这样，大概是个傻子吧。"

蕴和低低地叹了一口气，看上去有些严肃。郑念抚摸他的手停了停，然后又当没听到一样，继续刚才的动作。唐世宇弹了一下龚子途的脑门，明明才说他是傻子，自己还跟傻子一样提了个傻子问题："死兔子，你有女朋友了啊，还想再占有曼轩姐不成？小心回去被罚跪榴梿。"

"甩不掉……"龚子途眼睛都睁不开，只是紧皱着眉，痛苦地哼哼着。

"什么甩不掉？"

"别提这个名字……"很显然，龚子途已经断片了，根本不知道自己在说什么，只是空洞地睁着无法聚焦的眼睛，凭本能说道，"已经够了。别再纠缠我了……"

侯曼轩这三个字。

别再纠缠我了。

Act. 19　一把滚烫的盐

　　龚子途不再续约索尼、回归赫威的消息刚发布出来，整个亚洲娱乐圈都沸腾了。娱乐杂志的头版、电视热播新闻、网络搜索量、微博热门话题、手机头条新闻……几乎只要是和演艺圈相关的媒体，都出现了"龚子途""BLAST""王者归来"的相关字眼。

　　当然，这一回他和赫威签约的协议与四年前的那一份有天壤之别，也自由了很多。公司不会再限制他的通告行程，他日常还是维持单人发展的活动，又可以随意决定是否参与 BLAST 的演出。

　　于是，四年过去，BLAST 迎来了几乎不可能发生的奇迹——再创十人盛世，还比当年更胜一筹。

　　当他们十个人一起站在新闻发布会上时，连其他组合的粉丝都忍不住喜极而泣，更别提早已经疯魔的冰火饭们。

　　然而，龚子途并没能如愿摆脱"侯曼轩"三个字的纠缠。回归以后，他的第一场个人表演一结束，就是和侯曼轩一起在流行乐中心表演婚礼二重奏：先共舞《嫁给你》，再合唱 *My Bride*。让歌迷们重温当年的经典。

　　所以，这两个人在经纪人的安排下一起进了赫威舞蹈练习室，人前笑靥如花，人后就冷脸相对了。两个人跳了四次，发现感情虽然不在，默契还在，技巧也还是很娴熟的，便用社交辞令结束了当日的排练。

　　正式演出的那一晚，情况又和彩排时截然不同了。为了让老歌迷们更有当年的共鸣，公司让侯曼轩和龚子途都换上了第一次共舞时穿的衣服。除了没有下雪，一切都跟当年一模一样。当侯曼轩转过身，看见龚子途又一次站在舞台的另一端，她忽然有了一种穿越时空的错觉；当龚子途再次捧着她的脸，用额头顶着她的额头时，除了心跳加速，更多的感受是无法言喻的心酸。

　　合唱 *My Bride* 时，她亲耳听见他用远比当年更动听的歌喉，唱出了他亲自写的歌词：

　　从初次遇到你的那一刻起

　　便沉醉海报里你温柔模样

等你十年又为你写诗成行

等到青山披上冬季的衣裳

等今夜之吻带我飞入天堂

等到你身穿白纱坐我身旁

你可还记得下雪的舞台上

我终于走到这一天

牵着你手而唱……

唱到这里，他牵住她的手，微笑着望向银光四射舞台下的观众，就像这么多年的离别不曾存在过。接着，她开始唱她的部分，也很好地管理了自己的表情，但被他握着的手一直是紧绷的，也无法给予他任何回应。

最后，他开始唱英文部分，也是这首歌最为动听的部分，把气氛推向了最高潮。在全场欢呼之下，他唱出他的最后一句歌词："Honey，will you be my bride……"然后单膝下跪，自下而上地仰望着她，把手里的道具花束递给她。

她接过花束，把它放在胸前，按照惯例，低头回望着他，露出了温柔而感动的眼神，唱出整首歌最后一句歌词："Yes I will. Yes，I do.（是的，我是，是的，我愿意。）"

表演结束后，侯曼轩的心情很复杂，也觉得比以往现场表演更累，回家倒头就休息了。第二天早上去公司，不知道为什么，所有人都是一脸喜庆地看着她。她一边想着"一定是我自我意识太旺盛了吧"，一边找到了言锐，结果言锐也对她露出了祖奶奶般慈爱的笑："恭喜。这一次可不是公司安排的，是网民自发的。"

侯曼轩茫然了："自发什么？"

"你没看微博吗？"

侯曼轩这才翻出手机，结果看见了两条热门话题："兔曼赶紧结婚吧"和"龚子途侯曼轩在一起"。

她点开其中一条，发现里面全都是他们俩前一天的现场表演照，以及大量粉丝对他们"婚礼"的祝福。她抬头，困惑地看着言锐："为什么会这样？我们俩以前就表演过这两首歌，当时龚子途的粉丝战斗力多强，你还记得吧？这些 cp 粉搞这种话题，兔粉没有来撕？"

言锐摇摇头："这些 cp 粉几乎都是兔粉和你的粉丝。兔粉更多。"

"啊？"

经言锐一番解释，侯曼轩才知道，前两天龚子途和女朋友去吃夜宵被拍到了。照片上郑念挽着他的手，还挺亲昵的，把兔粉惹火了，一直在网上闹。记者去采访龚子途，问和他吃饭的姑娘是谁，他的回答是："这是我的私事。"他现在在歌坛地位和当年不一样了，这样回答也没出现大型脱粉事件，只是粉丝都不太喜欢郑念。所以，看见龚子途和侯曼轩重新同台，兔粉都觉得当爱豆还是新人时就陪他成长的曼轩姐姐明显比较适合他，两个人表演 *My Bride* 时更是实力对唱，登对得不得了，然后就刷爆了这个话题。

有两条被无数大 v 转发的微博内容分别是：

"我曾经是 anti 兔曼的黑粉之一，但现在真心希望兔曼在一起。奶兔去美国之后，曼轩表演《嫁给你》再也没用过明星舞伴，*My Bride* 也都是由她一个人演唱的，她还所嫁非人，被戚弘亦那个渣男劈腿。曼轩的天后之路太坎坷了，愿奶兔能给她温暖。# 兔曼赶紧结婚吧 #"

"天王应该和天后在一起，而不是跟一个 nobody 在一起。# 兔曼赶紧结婚吧 ## 龚子途侯曼轩在一起 #"

这是侯曼轩无论如何也没想到的事。有一种滤镜叫粉丝滤镜，那是不是还有一种滤镜叫时代的滤镜？当年她和龚子途第一次表演《嫁给你》时被骂成什么样，至今还历历在目……

与此同时，电梯里的龚子途也听到了类似的评价。

"我和侯曼轩配？"龚子途万年面瘫的脸，终于露出了惊讶的表情。

四个十六七岁的练习生中，一个女孩用力点点头："对呀对呀，小天王和超级天后嘛，姐弟 cp 中最般配的一对了。"

另一个女孩也激动且紧张地说："你们第一次表演的时候我就看过视频了，当时我还在读初中呢，就觉得你们很般配，不过不知道那时候为什么那么多人黑。子途哥，你和曼轩姐姐以后要多多同台呀，好喜欢 *My Bride*。"

唯一的男孩说："子途哥，侯曼轩是我的女神，她嫁给戚弘亦简直是下嫁典范。演艺圈我只能接受你跟她在一起，你要好好对她。"

又一个女孩嫌弃地看着他们："喂，你们也太夸张了，只是表演，怎么说得跟他们真在一起似的。太过分了。所以，子途哥，你和曼轩姐姐什么时候结婚啊？"

这还是龚子途第一次听见这样的评价。以前不是他的粉丝嫌侯曼轩太成熟，就是侯曼轩的粉丝嫌他太幼稚。当年他们恋爱以后，连知情者都没有几个祝福的。听他们你一句我一句说了半天，他觉得心里像缓缓灌入蜂蜜一样，但决定保持冷酷不给予任何回应。随后，他抬眼不经意看见电梯镜子里的自己，居然笑得甜甜的。他立刻垮了脸，很生气自己为什么要笑。

电梯门在十七层停下来，刚好遇到进来准备上楼的侯曼轩。然后，四个练习生望着彼此偷笑了两秒，忽然都开始"哟哟哟"地起哄。

侯曼轩挥挥手说："别闹别闹，怎么网上在闹你们也跟着闹？被洗脑了？"

男孩看见侯曼轩，又胆怯又听话地闭嘴了。但后面调皮的女孩一点也不识相，眼睛弯弯地说："女神，子途哥好帅，贵族公子兔不比渣渣戚好多了？你就考虑考虑他嘛。"

这个说得有一点道理。龚子途平时很少穿正式的衣服，大概是因为再休闲的衣服都能被他穿出贵族气质。正如此刻，他穿着一件浅灰色的衬衫和牛仔裤，衬衫扎在裤子里，就像挂在衣架上一样——肩膀完整地把衬衫撑成最宽阔、最平整的形状，却空荡荡的，只剩下瘦长身板的形状。腰部脂肪少到轻微凹陷进去，腿又长又直又细。没看过他脱衣服的粉丝都很心疼他那么瘦，但侯曼轩知道都是假象。

"说得很有道理。兔子真的好帅啊。"侯曼轩回过头去，一脸崇拜地望着龚子途，让他惊讶得眨了眨眼睛，然后微笑道，"兔子女朋友赚到了，希望平时能多多享受和兔子恋爱的福利吧。"

惊喜不到两秒就变成了惊吓，龚子途嘟囔道："什么女朋友，也太过……"

但他话没说完，电梯门又一次打开，侯曼轩已经头也不回地出去了。

这一次的兔曼话题事件总体说来是正能量的，但对戚弘亦而言，就是满满的负能量了。记者采访他时，提到了这一话题，他没有回应，但愤怒是写在脸上的。之后，他的经纪人义愤填膺地帮他发话了："我觉得某天后的团队真的够了。离婚以后，我们弘亦从来没有说过她半个字的不好，只是默默祝福。当不了夫妻也不要当仇人吧，请某天后适可而止。俗话说得好，什么锅配什么盖。这样黑前夫，对她有任何好处吗？人家只会觉得她眼瞎。"

新闻发布以后，评论不是百花齐放，而是千篇一律的内容："她真的眼瞎。"偶尔出现一两个不同的内容，也都是类似这样的："我是侯曼轩的粉丝，但我还是要说，她眼瞎。"

近四年前，发现戚弘亦是自己被黑事件的始作俑者时，侯曼轩并没有立刻拆穿他。因为她并不想把母亲的死再闹到台面上，所以也不打算以"戚弘亦祸害妻子"这样的新闻来闹得彼此两败俱伤。所以，她保持之前的状态和他相处，然后静静等待反击的时机。

那之后戚弘亦对她还是体贴入微，无时无刻不在期待和她重归于好的一天。但她对他越来越冷淡，甚至偶尔会露出嫌弃的表情。他表面上说没关系会等她，实际已经开始接受其他女性的安慰，并被她发现了聊天记录。然后，她就加剧了对他的冷淡和刻薄。他一点也没有令她失望，婚后四个月时出轨了。那天晚上九点十七分，侯曼轩安排好蹲点的记者拍下了他和一名女演员先后进入酒店的视频和照片；十一点三十五分，他们俩又一前一后地出来。但是这些都不够。她又安排记者拍到了他们进出同一个酒店房间的照片、在夜店激吻的照片。

一切准备妥当以后，媒体先曝光了他们进出酒店的照片。戚弘亦说对此并不知情。其实证据已经挺充分了，但之前戚弘亦的形象太好了，网友半信半疑。然后，媒体曝光了他们进出同一个酒店房间的照片。戚弘亦的回应是他们在酒店对戏。网上已经骂成一片了。最后等夜店激吻照出现时，戚弘亦宣称是角度问题，其实女演员有丈夫，那天和丈夫吵架了，他只是在劝架。

结果，女演员的老公是个神队友，非常给力地曝光了女演员和戚弘亦的聊天记录。

那一年年末网络评选当年流行语，"做男人不能太戚弘亦"是第一名。

当然，戚弘亦一点都不想放弃侯曼轩，面对大着肚子的她，他还是又下跪又痛哭流涕求原谅。但这一回侯曼轩再没心软半分，只是表达对他的无限失望之情和坚决离婚的决心。发现不管怎么哀求都没有用，戚弘亦开始威胁她。说她只要坚持离婚，他就会向媒体爆料孩子其实是龚子途的，他出轨是因为自己被绿了。

侯曼轩早料到了他会玩这一套，发了一段音频给他，内容是他们俩的对话。

"弘亦，孩子不是你的，你真的能接受吗？"

"我说了，我会像对自己孩子一样对待她。只要能跟你在一起，我不介意孩子是谁的。"

戚弘亦像漏气的皮球般瘫了下来，但依然在做垂死挣扎："即便我事先知道，爆料出孩子是龚子途的，也足够让你们俩都身败名裂了。"

"你大概不知道吧，子途以为这孩子是你的。"侯曼轩不带感情地陈述着，"一旦让他知道孩子是他的，可能他会永远逃避，也可能他会回来找我复合。你希望我们和好吗？那就爆料看好了。"

其实她知道，龚子途已经死心了，不会回来的。但那是她最后一次下的赌注。

结果她赢了。戚弘亦不希望他们和好。

所以，虽然离婚本质上是两个人的失败，但她失败得很成功。没有受到任何负面舆论影响，全身而退。

这一次"兔曼事件"快把戚弘亦气疯了，他觉得自己被欺骗得很惨，还要被那么多网民骂，忍无可忍之下，亲自上阵发微博说："你们真的很好笑，事情都没弄清楚就乱黑一通。骂我渣男，我看你们某小天王才是不三不四的东西。"发出二十六分钟之后，他就把微博删了，但截图还是被疯转。

然后当天晚上，他就接到了七个来自经纪人的电话。

"弘亦，克劳特腕表说代言协议没过公司终审，这次合作不了了，希望有机会再合作。"

"弘亦，《有花堪折直须折》试镜没通过。"

"弘亦，中振娱乐的董事长把我删了，说他也是被逼无奈，在你和龚子途之间，他只能选龚子途。"

"弘亦，《大明帝国》男主角换成了唐世宇。我跟他们说，唐世宇资历太浅又不是科班出身，演不好男主的，但导演跟我说，赫威是带资进组的，唉，无奈啊……"

"弘亦，'MV音乐盛典'的红毯我们去不了了。蔡俊明跟主办方说，你如果出现，龚子途就不会出现。"

…………

龚子途针对戚弘亦的事，郑念觉得非常难以理解。这天晚上，她专程飞到澳门的酒店找到龚子途，也问起了这件事。龚子途才完成了一个晚上的通告，只想放松一下，跷着腿坐在椅子上玩手游，随口说道："不喜欢这个人。"

"是因为侯曼轩吗？"

"不是。"他连头也没抬。

郑念攥紧自己的裙摆，觉得为了见他特意吹了一个半小时的头发简直就是个笑话。"你的前女友……是侯曼轩，对不对？"然而，她等来的又是漫长的沉默。想到网上刷爆的话题，她觉得自己已经快被醋意杀死了，提起一口气说："好吧，是我的错，我答应过你不提以前的事。我也说过，会耐心等你从过去的感情中走出来。这是我们交往的前提，我不会反悔。但是，你不觉得时间有点太长了吗？子途，我们已经在一起快五个月了啊。"

龚子途关掉了游戏，把手机放在一旁，但没有说话。

"龚子途。"郑念走到他身边，绝望地喊道。

龚子途这才终于抬起头。谁知，却被郑念直接吻住了嘴唇。高中时和初恋唯一一次接吻后，这还是她人生中第二次和男生接吻。她完全不懂技巧，只是在他的嘴唇上乱吸乱咬，却被他坚定地推开了。

她终于情绪失控，声音哽咽："我们已经在一起快五个月了！你连亲都没有亲过我！我不相信你没和前女友接过吻，为什么不愿意碰我？我就不可以吗？都四年了，你还是忘不掉她吗？"

"对不起，念念。"龚子途停了很久，"……我们分手吧。"

郑念大惊失色，耳中一片嗡鸣，差一点就站不住脚跪在地上。她使劲摇了摇头："我不接受。我什么都没做错。我不接受。你这么说，是想和前女友和好吗？"

"我不想和好，也不会原谅她的。"

"那你为什么要和我分手？"等了半天，还是没有答案，郑念开始解自己宫廷式衬衫的扣子，"是因为我没有可以留得住你的东西对不对？现在我就可以给你。来，子途，你帮帮我……"

说完她跪坐在他面前，抓着他的手，放在自己的衣领上。龚子途却抽回了手："别闹了。"

自己如此激动，他却如此冷静，这让郑念彻底崩溃了。她抱住龚子途的腿，大哭起来："子途，求求你，不要离开我。我真的真的很爱你，离开你我会死的，我真的会死的。以后我再也不闹你了，我会一直很乖很听话的，只要你不离开我……好不好，求你……"

她哭得这么伤心，龚子途的眼眶也湿润了。他的动容，不是因为她的深情，而是在她身上看到了曾经卑微的自己。当年他也乞求过自己喜欢的人，但他得到的答案是，我已经对你失去兴趣了。那种剜心的痛，他不想让郑念也体验一次。

他拍拍她的背，温柔地说："好了好了，没事了。"

郑念眼睛红红地抽泣着说："那你还会离开我吗？你还要分手吗？"

他轻轻摇头："不分了。不要哭了。"

这天早上，侯曼轩接到了一通来自龚子业的电话。他调侃地说："我不找你，你是不是就不会找我了？上次给你名片时，我留了这么酷的背影给你，结果分分钟被打脸。侯小姐，你是业务能力太强，所以人际关系也不需要维护了吗？"

当天午饭后，她就和经纪人去东万娱乐见了龚子业，他带她见了部分电影主创。东万娱乐和环球影业投资的电影叫《红舞鞋》，是一部讲述芭蕾舞者追逐梦想的歌舞片。很巧的是，龚子途、郑念和祝伟德也在场。

祝伟德扎着低马尾，皮肤晒黑了一些，身穿一件棕黑条纹的衬衫，两条手臂舒坦地在沙发靠背上展开。见侯曼轩进了房间，抬头对她露出了非常友善的微笑。这让她起了一身鸡皮疙瘩。

更令人意外的是，祝伟德是龚子途邀请来的，郑念是这部电影的女一号。这也是她会和龚子途同时回国的主要原因。导演对郑念的评价是："我很看好郑念，她从小学跳芭蕾，又有我需要的那种清新的气质。这种气质即便老戏骨演得出来，也很难改善观众的审美疲劳。子途，感谢你让我发现你朋友这支潜力股。"他并不知道她和龚子途的关系。

龚子途微笑："不谢，念念应该比你更期待这次合作。"

"是的是的，我做梦都没想到有机会演电影女一号，还能和子途合作。"郑念捧着滚烫的脸，"子途，你会参演吗？"

"不会。"

"我倒是希望他能演啊。他只要点一下头，我立刻给女主角加一个学生时代初恋情人的角色。他什么都不用做，拿着一把小提琴站在林荫下回眸淡淡望一下镜头就可以了。就不说《红舞鞋》了，不管是我哪一部电影，他只要给拍两分钟，片酬都给这个数。"导演比了个"ok"的手势。

"林导，我就是一个唱歌的，你就放过我吧。"

"回眸看镜头需要什么演技啊？你拍那么多写真，还会怕一下回眸？算了算了，我才是傻子，跟投资人谈什么片酬。"导演翻了个白眼，又转头对侯曼轩说："至于侯小姐，其实我们说要让你来演女配角，有点大材小用了。我们主要是希望你能为《红舞鞋》写歌并且演唱。"

"总共有多少首呢？"

"二十三到二十五。"

其实这是挺不错的锻炼机会，但想到身边坐着龚子途和郑念，她就摇摇头："太多了，我可能没时间。"

"不用担心，还有子途和祝先生帮你。"

"不是，我真的没有时……"

她话还没说完，郑念就抢先说："你们真是的，曼轩姐姐时间排不过来，不要勉强她了啊。子途加祝老师还不够吗？一下请那么多尊大神，小心过满则亏哦。"

一直安静的龚子业突然开口了："需要女歌手，侯小姐是必要的，我弟倒是无所谓进不进组。"

"女歌手可以找珍珍姐呀，和父亲一起合作，她肯定能发挥很好的。"

"祝珍珍也很不错，但她的风格不适合这部电影。"龚子业虽然性格冷冽，但说话一向滴水不漏。哪怕以前不怎么接触娱乐圈，他也知道把"唱功不行"换成"风格不适合"。他又看向侯曼轩，语气柔和而态度坚定："侯小姐，我非常坚持要你加入。签约金额你开。"

虽然侯曼轩心里的不乐意居多，但言锐对这个合作却非常乐意。他把她叫出去谈了二十分钟，费尽口舌告诉她，这是一个扩大国际市场的好机会，而且报酬也好商量，过了这个村就没这个店了，让她务必答应。

抛开对那三个人的成见，她也觉得这个挑战很不错，纠结了一下还是同意合作了，当天下午就和东万娱乐签好了合约。但是，她一直没弄明白，龚子途是怎么和祝伟德化干戈为玉帛。他们谈笑风生的样子，就好像曾经揭穿祝伟德女儿老底的人不是龚子途，而是其他人一样。

她不能理解龚子途的脑回路，但很清楚地知道自己并不想和祝家这对父女有太多联系。所以，她和言锐也是最早离开东万的。

他们刚等到电梯，龚子业就追了出来："侯小姐，明天晚饭时间有空吗？"

侯曼轩按住电梯门，不让它合上："有，怎么了？"

"我想请你吃个饭，聊聊《红舞鞋》的商业合作部分。"

"可以呀。"

"明天下午五点半到六点之间你在哪里，我过来接你？"

"我应该一天都会在公司吧。其实这种商业部分还是要找阿锐，我听你们聊聊就好。"侯曼轩笑着看看言锐，"阿锐，明天你也会在公司吧？我们一起去？"

言锐快无语死了。侯曼轩离婚后这三年私生活都是怎么过来的？天天在家带孩子吗？反应这么迟钝，活该一直单身。

"你有病。我才不去。"言锐一掌打开她的手，进电梯猛戳了几下按钮，一边戳一边鄙视地看着侯曼轩，"我先打车回去了，你自己开车回去。记得不要在公共场合聊太晚了，你和龚先生约好时间明天慢慢聊。"

随着电梯门缓缓合上，侯曼轩看见言锐指了指她，又点了点他自己的太阳穴，再噘着嘴摆了摆手。

"他什么意思啊……"侯曼轩莫名其妙地看着关上的电梯门。

龚子业低头浅浅一笑，又抬头看向她："那就这么说好了，明天下午我来接你。"说完，他为她按下电梯按钮。

开车回家的路上，侯曼轩的手机在副驾座位上振了两下，是收到短信的提示。她没回应，打算回家再看。过了十五分钟，手机铃声响起，是 *My Bride* 的纯音乐版。这个铃声让她条件反射挺直背脊。然后她拿起手机，真的看见屏幕上出现了"兔兔"两个字。

从四年前雨夜分手之后，她就再也没接到过这个号码的来电了，因此连名字都没有改过。真羞耻……到家以后就把名字改掉。她按下了接听键："喂。"

没有声音。侯曼轩又"喂"了一声，电话那一头才传来了龚子途的声音："我想跟你说说《红舞鞋》的事。"

"哦，好啊。"虽然最近他们频繁见面，但这还是他回来以后第一次和她通电话。她留意到了他连称谓都省了，大概是有些尴尬吧。只是这些都不太重要了，听到他的声音，她居然有一点心痛。

"你看了剧本吗？"

"我刚才拿到本子呢，只看了开头一点点。"

"那你看到男女主角在雨后彩虹下的初遇那一段了吗？"

"看到了。画面感很强烈呢。"

"那你觉得这里要什么样风格的歌舞比较好？"

那是十六岁的女主角经历了千辛万苦终于拿到理想芭蕾舞团的录取通知书的场景。她心情很好，穿着小皮靴在路上就跳起了舞，然后撞到了刚被炒鱿鱼、情绪低落正在收伞的男主角。男主角衣服被伞上的雨珠溅湿，正想发怒，却被她灿烂的笑容感染了。她一边抱歉地说着"对不起"，一边脚步轻盈地绕着他转了一圈。回忆到这里，侯曼轩说："要激情、快乐、有生命力的歌曲。"

"我也这么想！"龚子途立即接道，"四四拍，每一拍都要有三连音，瘸腿节拍，让人听了就想跳舞那种。"

侯曼轩想着女主角跳舞的画面，又按龚子途说的风格哼了几秒随意发挥的调子："Shuffle？很棒。"

"就是你哼的这种 Shuffle。歌名我都想好了，就叫《全世界都知道她的美》。"

侯曼轩笑出声来："很好，很适合。"

"你也这么想对吗？可是导演不这么想，他说要忧伤的，理由是男主角很忧伤，结局也是悲剧。我跟他辩论了两个小时，说整个故事都是围绕着女主角转的，这里视觉也是女主角的，一开始一定要有激情。歌舞剧、文艺片不代表就要跟死气沉沉挂钩啊。导演说我是音乐人，不懂影片首尾呼应和所谓宿命感的艺术……等等，你不会也认为我是为了突出念念才这么想的吧？"

"我完全赞同你。而且这里不能是 Bebop、Swing、Bossa Nova，只能是Shuffle……嗯，其实 Bossa Nova 也还可以吧……"侯曼轩转动方向盘，把车开进了停车场，又换另外一只手拿电话，"哎呀，不行，Bossa Nova 太轻灵又变幻莫测了，还是要 Shuffle。"

"Shuffle。架子鼓和贝斯。"

"镲音要配长号独奏。"

"独奏和歌唱部分交替进行。"

"歌唱部分还要高亢，不要长颤音，要有点沙哑。"

龚子途打了个响指："完美。我们想的是同一首歌。我要把你的意见全部告诉导演，他什么都不懂。"

"好呀。"侯曼轩把车停好，然后拿好随身物品，下车关门，"看来你对这部电影很上心。"

"第一次参加歌舞剧制作，验证实力的时候，当然要上心。那你觉得男主角倒霉情节里，用什么配乐比较好？"

"这一段剧情我还没看到呢。"

"你在哪里？"

"我们家楼下停车场。"

"那你回家坐下来看看剧情。"

侯曼轩本来想说等她看完剧本再谈，但龚子途如此投入，她有点不忍心打断他的热情，于是加快脚步回到家中。然而，刚打开门的刹那，就有一个小小的东西飞扑过来，黏在了她的小腿上。她用耳朵和右肩夹住手机，拿起《红舞鞋》的剧本，把龚小萱抱起来，朝保姆丢了个眼色示意关门，然后一边拍着龚小萱的背，一边往楼上走去。

龚子途还在电话里有些气愤地说："你不知道，今天我和导演聊得整个人都不好了，特别想退组，但都没有怀疑过自己的审美。跟你确定以后我更确定了，审美有问题的就是导……"说到这里，龚小萱又用黏答答的声音喊了一声："flamingo（火烈鸟）！"

龚子途停了停说："你女儿？"

"嗯啊。"侯曼轩捏了捏龚小萱的脸，"小萱萱，今天你学了新单词呀？你知道

flamingo 是什么吗？"

"就是小鸟呀！"

这一声喊出来，龚子途忍不住笑了两声："好萌啊。"

侯曼轩摇摇头，继续对龚小萱说："不是不是，flamingo 不小的，它的腿细细长长的，脖子也细细长长的，站在水里就像仙鹤一样，但羽毛颜色更灿烂哦。"

"腿细细长长的，脖子也细细长长的？"龚小萱脑袋朝一边歪了歪，黑黑亮亮的刘海也跟着滑到一边，露出两条茸茸的小细眉毛，"那不是奶兔吗？"

"奶兔？"被点名的龚子途明显"状况外"了。

"咦，小萱，不要乱说话，现在跟我打电话的就是奶兔哦。"

龚小萱骤然睁大眼，猛地从侯曼轩怀里挣脱出来，跳到地上，一溜烟地就跑到了沙发背后，然后双手抓着沙发边缘，偏着头，只露出两只大眼睛，一声不吭地看着妈妈。

侯曼轩笑得不行了："居然害羞了。"

龚子途迷惑地问："为什么她会知道我的外号？"

"我女儿在杂志上看到你的照片，对你一见钟情了，说要嫁给你呢。"说完这句话，侯曼轩发现龚小萱两只手都握成了拳，再用馒头般的小拳头挡住两只眼睛，被她逗得不行，于是故意说，"来，小萱，你不想听听奶兔说话吗？"

龚小萱用小拳头揉着眼睛，扭扭捏捏地走过来，接过手机，说话声音糯糯的："喂，你真的是奶兔吗……是呀，我是侯小萱呀。妈妈好奇怪哦，居然姓侯，那不是猴子吗……对的，妈妈好漂亮，那就是漂亮的猴子了哦……嗯，我今年三岁了！奶兔你多大了呀……哇，你真的好大哦，那我不要嫁给你了，还是妈妈嫁给你比较好……"

侯曼轩差点过去抢电话，但想想她说都说了，算了……

"我们家有妈妈、我还有黄阿姨……我最喜欢吃白糖拌西红柿，还有牛轧糖，但妈妈说，牛轧糖对牙齿不好，不能天天吃……我不知道那是什么杂志呀，是妈妈买的，一直从大溪地带回家呢……"

听到这里，侯曼轩终于一把夺过手机，咳了两声："小萱，妈妈还有事要跟奶兔谈，你先乖乖去一边玩啊。"

龚小萱很听话地自己玩去了。侯曼轩拿起剧本，为自己捏一把冷汗，正想接着谈工作，电话那一头龚子途的声音忽然变得很温柔："小萱太可爱了，一定跟你长得很像。"

"不像。她比较像她……"侯曼轩没把话说完，就清了清嗓子，"她跟我眼睛比较像吧。"

"爸爸妈妈都好看，也是明星脸了。"

"是啊，愁死了，前天保姆带着她去买东西，被广告公司的缠了八条街。保姆说了，放过这闺女，她才三岁，一点用都没有。后来还是保姆说，她妈妈是黑社会，对方才被吓跑了。"

龚子途重复着"黑社会"，开心地笑了一会儿："时间过得真快，你女儿都三岁了。"

"是啊。"

"如果我们没有分手，孩子也该有三岁了。"

侯曼轩下意识看了一眼龚小萱。她正坐在沙发上低头玩积木，低垂着眼睛的侧脸就是龚子途的缩小版。让他们父女相认固然很好，但从此以后小萱恐怕就得活在私生女的阴影中了。侯曼轩轻松地说："过去的事就不要再提了吧。我正拿着剧本，你刚才说的是哪一幕来着？"

他们又聊了很久很久，三分之二的时间在讨论工作，剩下的时间会聊到别的话题上。这么多年没见，即便是普通朋友都可以更新很多彼此的信息，更别说是他们。原来，去美国这四年，龚子途并不是一帆风顺的，最初还因为是亚洲脸孔被两个大公司拒绝过，跟索尼的签约金也不算高。他跟侯曼轩学了很多东西，例如每天早上起来跑步、做现场唱跳的发声练习，每周写十个作曲片段和一首完整的曲子，也在自己住的公寓里装了一个独立的舞蹈练习室……

挂了电话以后，侯曼轩看了看"兔兔"下的通话时长——两小时四十三分三十九秒，莫名感到心情低落。

确实，她和龚子途并没有聊越界的话题，而且两个人聊得还挺投缘的。如果只是一个普通的单身朋友，这样煲电话粥也没什么问题，她还会心情愉悦。可他是她的前任，他还有女朋友。

现在她也懂了，当初她和龚子途之所以发生那么多矛盾，并不是因为他对她只有粉丝对偶像的追逐，而是因为不喜欢那个懦弱的、缩在龟壳里、放弃自己的她。只是当时他年龄太小，不知如何好好处理这样的关系，也没有处理好矛盾的能力。现在他有了这样的能力，她也变得比以前更加坚强，两个人却再也不可能了。

于是，她没有改掉"兔兔"二字，而是直接把他的电话号码从手机里删除了。

她用了那么长的时间去忘记龚子途，虽然并不敢拷问内心深处的自己，但起码可以表面上过得强大且光鲜亮丽。而现在，重新接触到曾经的恋人，就像好不容易结痂的疤被揭开一样，暴露在空气里的，都是依然在流血的、不堪一击的伤口。每次一想到郑念的存在，就像在伤口上撒了一把滚烫的盐，还不能发出声音来。

她还爱着他，可是已经不想再受伤了。

因此，第二天龚子途继续在公司会议室和她讨论了两个半小时《红舞鞋》的配乐工作。她控制得很好，没有再和他聊到别的话题，这份工作也因此得到了巨大推进。下午五点半，她想起和龚子业的约定，跟龚子途说有事先走了。龚子途走出会议室，正好看到走廊里一排赫威女艺人的黑白艺术照。正中央那一张是侯曼轩的，她侧着身子，眼神迷离，一只胳膊折成四十五度举起来，微弯的手指挡在额头上。黑色长发被风吹起，几缕发丝轻扫着她的鼻子和下巴。在他看来，她是这一排女星里最美的一个。

在工作上他们俩有很多共同语言，现在关系缓和了很多。因为和郑念没能分手成功，他也不再执着于与侯曼轩针锋相对。

以后，他们大概会一直维持这种合作关系，直到所有的爱与恨都随着时间流逝慢慢磨平吧……

只是现在看着她的照片，他还是无法挪开眼睛。现在听到她的名字，还是会觉得痛苦。

已经过去四年了。以前情绪有波动时，他总是会想抽烟。这四年里，他连烟都戒了，却还是没戒掉这段感情。这场失恋后劲真大。

龚子途站在原地看了照片半晌，忽然会议室里传来了隐约的手机铃声，却不是他的。他回到桌旁一看，原来是侯曼轩的手机遗落在了桌子上。

手机屏幕上出现了"龚子业"三个字。他正好奇哥哥为什么会打电话给侯曼轩，又意外发现，显示在"龚子业"下面的来电号码是他哥的私人电话号码。

这个手机号除了家人和最好的朋友，没有人知道。

龚子途脑中空白，直到铃声响到停止，他才拿起自己的手机，拨通了侯曼轩的电话。几秒钟之后，他看见她的手机又一次出现了来电提醒。而屏幕上没有名字，只有号码。

与此同时，赫威集团停车库里，侯曼轩坐在龚子业车子的副驾上，让龚子业打电话到自己的手机，又到处翻找她的手机。龚子业把手机从耳朵上挪开，转过头来说："通了，电话被挂断了。"

侯曼轩吓得背上一凉，正试着回想自己最后一次用手机是不是在会议室，抬眼却看见龚子途的车开了过来，在他们旁边的车位停下。龚子途下车，甩上车门，把手机递给她："你为什么会在我哥的车上？"

"子途，你是小学生吗？"龚子业探出头来，"非工作时间，一个女人在一个男人的车上，你说是为什么？这种问题你还要问。"

侯曼轩回过头，愕然地看着龚子业。

Act. 20　总会在你身边

　　龚子业重新靠回座椅靠背上："我都跟他说了很多次，让他不要过问太多兄长的事，不吓唬吓唬他，他就一直没大没小的。"

　　龚子途弯腰看向车里："哥，你在耍我？"

　　"你说呢？我和侯小姐还有事，先不陪你玩了。你快回车上去吧，免得被粉丝发现。"

　　被龚子业用这种哄小孩的态度对待，如果换作平时，龚子途是不会生气的。但这一天，他觉得特别不爽。可是没什么用，龚子业的车已经开出去了。

　　过了一会儿，汽车停在了红灯前。窗外，豪华酒店在黑色的长街熠熠生辉，名品商店的英文 logo 低调而高贵地亮着灯光，与绿地上的草坪灯相映生辉。龚子业拿起一瓶矿泉水，拧开盖子，又重新盖紧，递给侯曼轩。这方面的习惯他和龚子途一模一样。她接过矿泉水，慢慢拧开盖子："龚先生，刚才……你为什么要吓唬子途呢？"

　　"我想知道他是否还对你有兴趣。"

　　"为什么啊？"

　　龚子业看着她喝下一口水，才缓缓说："如果还有兴趣，那对他的女朋友就不公平了，他得尽快跟这女孩结束关系，并且重新考虑是否要再追你一次。这也算是在帮你们一把了。"

　　"说得有道理，但是如果他对我没有兴趣，你这样讲，不是给自己惹来一身麻烦吗？"

　　龚子业望着前方的道路沉思，单手把控着方向盘，另一只手搭在窗户上。侯曼轩正觉得这动作和龚子途特别像，他就扔出一句宛如晴天霹雳的话："如果他对你没兴趣？不更好吗？我就可以光明正大追你了。"

　　"什么……"

　　龚子业回头看了她一眼，又望着前方的道路笑了笑："不要惊慌，兄弟的审美有时候是很像的。再说，你和子途的问题是在于年龄差吧，这个问题在我们之间并不存在。我比你大四岁。在我这里，你可以不用那么累，为我生个可爱的宝宝，当一个在家里享受生活的小女人就好。"

侯曼轩愣了一下："龚……龚先生，你你你……你是认真的吗？"

"……你当真了？你也跟子途一样是小学生？"

他回答得如此平静，让她觉得自己宛如一个笨蛋。

"我就知道你是开玩笑的。"她拍拍胸口，松了一口气，终于找到一个机会喝手里的矿泉水。

龚子业继续平静地开着车："也不全是开玩笑。"

侯曼轩把自己呛了个半死。龚子业拍拍她的背："你怎么跟小孩子一样的？难怪能跟我弟谈那么久恋爱。"

自己说话没点谱，怪我咯？！

如果是别人说这样的话，她肯定从头到尾都会认为是开玩笑。只怪刚认识龚子业的时候，他给她的第一印象就是冷硬而刻板，没想到真面目居然是这样的。她生无可恋地说："不是一家人，不进一家门。"

不过，真在一起吃饭后，她就发现了，他们俩到底还是不同的人。龚子业选的是一家人均消费颇高的法国餐厅，这与他身上的白衬衫和黑西裤也很搭。菜单是英法双语版，连点菜的服务生都是微微抬起下颚、一脸倨傲的欧洲人。经理看见龚子业来，亲自过来为他点菜，并推荐时令大餐。他用英文小声点菜，从他和经理的对话推测，他应该对葡萄酒也很有研究。

龚子业是一个上流社会感很重的男人，时时刻刻都活得优雅得体，连微笑都带着点震慑人的霸气。他若有女朋友或老婆，感觉应该也是名媛类的。这和他弟弟完全不同。虽然从龚子途的谈吐气质方面能猜出他家境很好，不说话时凌厉的眉骨也总会透露出一种清正的贵气，但只要笑起来，破功变成萌系也就是刹那间的事……

发现这种差异，侯曼轩先是感到一点失落，又感到一点庆幸，最后再为自己的庆幸再度感到失落——最理想的状态应该是不管看到什么人，都不会再拿他跟龚子途比。这一点她现在明显做不到。

翌日，听说两个儿子最近投资了一部新电影，傅月敏到东万娱乐来探望他们。进了龚子业的办公室，她看见兄弟俩正在讨论赞助商的问题，郑念像挂件般用双手吊着龚子途的胳膊。龚子业第一个发现她，叫了一声"妈"，连忙招呼人去给母亲端茶送水，龚子途和郑念也跟着回过头来。

郑念立刻甩掉龚子途的手，怯生生地望着傅月敏："阿姨好。"

龚子途和傅月敏长得很像，尤其是眉眼。因此，傅月敏也是笑起来卧蚕弯弯如新月，用柔情征服了龚凯盛三十九年；不笑时眉眼紧凑深邃、长眉随眉骨形状扬起，有一种霸道总裁的气势。这一刻，她就没有笑，而是面无表情地上下打量着郑念，看得郑念背上冒着阵阵寒气。然而，目光扫了半天，她却一个字也没回复郑念，只是将目光转移到前方，冷冰冰地说："我小儿子越活越懂规矩，连母亲都不叫了。"

这和平时的老妈完全不一样，但龚子途很习惯。又一场婆媳争霸战在无声的硝烟中爆发了。他的心情很矛盾。他一方面希望母亲对未来儿媳稍微严格一点，另一方面又希望她不要这么苛刻。

"妈。"他乖巧地唤了一声，把郑念拉过来，"这是我女朋友，郑念。"

龚子途的助理帮傅月敏搬来椅子，又倒了一杯茶。傅月敏缓缓坐下来，挑起一边眉毛，用右手大拇指拨弄左手中指上制于 1880 年、重 15.35 克的珍珠钻戒，却不再看郑念："哦？你又换女朋友了。既然带给我看，是希望我和你这小女朋友好好沟通一下是吧。那你们先出去，我们两个女人好好聊聊。"

龚子业和龚子途面面相觑了两秒，然后一起出去了。于是，房间里只剩下了如来佛般静坐的傅月敏，还有瑟瑟发抖的郑念。

"阿姨您好，我……我叫郑念……您叫我念念就好了……"说到后面，郑念发现自己的声音都有些发抖了。

"一见面就让我叫你念念，也不看看自己配不配。"傅月敏端起茶杯，用盖子拨了拨茶水，轻轻抿了一口，"我儿子最近这么没教养，就是托你的福、被你传染的吧。"

"阿姨，我不是那个意……"

傅月敏挥挥手，打断了她："如果我没查错，你家里条件一般般吧？你觉得你的出身背景嫁到我们龚家，合适吗？"

郑念早就听说过龚子途的母亲是个恶魔婆婆，但没想到她会直白到如此地步。而且，听她的口气，应该已经是对自己的家底查得清清楚楚了。她忽然觉得无比心虚，又觉得饱受耻辱，眼中饱含泪水："阿姨，您如果对我有不满的地方，可以说出来，我会改。我确实只是领养的孩子，所以从小都很努力学习，也知道要靠自己打拼，所以很早就出国了……"

"出身这种东西如果能修改，我都愿意帮你改改。可是你告诉我，能改吗？怎么改？"

"现在已经是自由恋爱的时代了，阿姨您可以不要有这样强的阶级观念吗？我是真心爱子途的……我不会要你们家一分钱，也会努力配得上子途的。"

"郑小姐，阿姨一直觉得，所有嚷嚷着要平等的人，都只是想和高位者平等，没人愿意和比自己低位的人平等。因此，想要消灭阶级的人都是社会底层的人。你快给我证明一下，你不是这样的人。你既然这么没有阶级观念，为什么还想嫁到我们家来呢？去嫁给一个一年只挣五千块的农村贫困家庭的帅小伙，来证明你是个追求真爱、不在乎阶级的女孩呀。"

这一番话说得郑念心里难受极了，但傅月敏如此伶牙俐齿，她又无力反驳，只能红着眼睛说："阿姨，我是真心爱子途的，我可以对天发誓……"

"真心爱子途的女孩太多了，难道他全部都要娶回家，成立佳丽三千的后宫吗？"傅月敏一脸不耐烦地望着她，"你别哭，本来也就只是个清秀佳人吧，又不是林黛玉，哭起来更不美了……啊，说到颜值，一般情侣都是女孩比男孩好看对吧，你站在子途身边不觉得难受吗？你不自卑吗？"

郑念愤恨地擦了擦眼泪："是，我是不如子途好看。可是他那么完美，这世界上又有几个人配得上他呢？"

"作为他的母亲，你这话我爱听。但这世界上也有他想追都追不到的姑娘呀。你呢，就算了吧。"

接下来有一刻钟的时间，都是傅月敏神色淡漠地喝茶，静静等郑念伤心欲绝地流泪。等郑念哭得差不多了，她从爱马仕包包里拿出一张支票，又到龚子业桌上拿来一支笔，推到了郑念面前："来，想要多少钱，签一个吧。签完了不要再出现在我儿子面前。"

推完以后她得意地笑了。偶像剧里的恶婆婆都是这么演的吧？这还是她第一次开支票，想想还有点小激动呢。

谈话结束后，傅月敏拉着龚子途上思想教育课去了。郑念在门口默默擦眼泪，妆糊了一脸。龚子业回来时看到这一幕，递给她一包纸巾："别怕，你不是特例。以前我和子途的每一个女朋友都会被我妈这样虐一遍，坚持下来就好。"

"真的？"郑念抬起头，眼圈黑黑的，"那哥哥你们岂不是没办法交女朋友？"

"所以我索性就不带女朋友回家了。"

"她难道就没有看得上的女孩吗？"

龚子业面无表情地"唉"了一声："大概全世界也就只有一个侯曼轩吧。"

这句话让郑念回想了足足一个晚上。然后，她对侯曼轩的不喜变成了厌恶。正如她和傅月敏交代的那样，她是被领养的孩子。虽然养母很疼爱她，但她从小就被人嫉妒、欺负，曾经被养父性骚扰未遂过，也不敢告诉养母。所以，她早早就选择了出国读书，想要脱离原来的生活环境，自己闯出一片天地。

从小到大，她一直羡慕那些家境富裕、被父母疼爱的孩子，例如小太阳神一样的龚子途，例如现代公主一样的祝珍珍。为了和龚子途并肩而行，她想变成祝珍珍那样的女孩，却不理解祝珍珍为什么言语之间会有点羡慕嫉妒侯曼轩的意思。

她开始也是不讨厌侯曼轩的。因为知道侯曼轩家境也不好，也和她一样努力，所以，她觉得自己应该和侯曼轩是同一类人、平起平坐。可是，她能容忍祝珍珍抢走龚子途，却不能容忍侯曼轩抢走他。

当然，她的担忧有点多余。因为龚子途被侯曼轩激怒了，甚至不能跟她好好说话。

"MV 音乐盛典"开始前一周的早上，侯曼轩在赫威集团的奶茶店遇到了龚子途，并自然地和他打招呼："早安，兔子。"

他拿起点好的奶茶，朝她扬了扬眉："早安，嫂子。"然后头也不回地走了。

为此侯曼轩哭笑不得了半个小时。

随后，她接到了一个来自《红舞鞋》摄影助理打来的电话："曼轩姐，《红舞鞋》的开机发布会是紧接着'MV 音乐盛典'的，导演的意思是开机发布会好好宣传一把，我们在'MV 音乐盛典'上不要穿得太张扬了，以免喧宾夺主。"

侯曼轩不太理解电影开机仪式和音乐颁奖仪式有什么关系，但"MV 音乐盛典"她年年都会参加，都是主角，今年她没出新专辑，只有一个年度最佳女歌手的奖，本来就没打算高调亮相。既然导演这么交代，那更如她所愿了。

"MV 音乐盛典"当天，她穿了一件白色休闲长衫，墨绿长袖外套系同色腰带，搭配黑色休闲裤和四厘米的白色尖头靴，头发盘在头顶，看上去很低调，有几分设计师的气质。结果，她刚握着手拿包从车上下来，就被闪光灯晃得眼睛都快睁不开了——红毯外沿站了四十一个记者，围着两个女明星疯狂按着快门：其中一个穿着深 v 黑色蕾丝小礼服、脚踩黑色高跟凉鞋，十二厘米的鞋跟细得跟筷子似的，不论是呼之欲出的酥胸，还是两条又长又直的腿，都雪白干净得让人挪不开眼；另一个穿着纯白色露肩曳地长裙，没有露腿，但里面也踩着十一厘米的防水台高跟鞋，因此看上去跟 T 台走秀的模特差不多高，裙摆飘逸如云，美得就像人间雅典娜。

赫威艺人都比较年轻，粉丝群体未成年也占了大多数，因此即便是走红毯，艺人总体穿衣也偏简约青春风。这两位女星的装扮和平时风格差别很大，让侯曼轩差点没认出她们是谁，以为自己错走到了奥斯卡红毯上。

事实上，穿着黑色小礼服的女星是郑念，穿着曳地白裙的女星是祝珍珍。

郑念虽然一直在拗造型拍照，但一直心不在焉、左顾右盼，看见侯曼轩下车后，她眼睛亮了一下，挤出记者群，挽住了侯曼轩的手："快看，曼轩姐姐来了。"说完她对侯曼轩笑了一下。

这一晚她的妆又厚又精致，三层精心修剪过的假睫毛把眼睛覆盖出夜一般的深邃。她本来就有一米七一，踩上恨天高以后，身材一级棒，让很多男明星都有巨大压力，更别说娇小的侯曼轩。侯曼轩跟她讲话需要抬头，只要她平视远处，侯曼轩就只能看到她毫无赘肉的光洁下颚。她微微蹲下身来，勾着头对侯曼轩说："曼轩姐姐来这边。"然后不管三七二十一，把侯曼轩拉到了她和祝珍珍中间。

祝珍珍入圈之前就知道侯曼轩身材娇小，但她一直觉得，女星高不高并不影响发展，脸漂亮就好。但现在，看着眼前身高差巨大的两个人，她忽然觉得身高还是很重要的。毕竟红毯上人人都穿高跟鞋，是高个子女星的天堂。哪怕侯曼轩比例很好，但在郑念美腿绝对长度的对比下，她又裹成了颗粽子，简直就像郑念的初中小粉丝一样，好惨。

其实，祝珍珍只想在实力和颜值上碾压侯曼轩，并不太想玩这个拍照游戏。对自己早已拥有的优势，她并不引以为傲。但既然郑念很崇拜她，要和她一起整一整侯曼轩，何乐而不为呢。所以，当郑念把侯曼轩拉过来时，她很配合地和郑念一起把手搭在了侯曼轩的肩上。

当闪电般的白光再次随着快门声照亮红毯，侯曼轩想到前几天来传话的小助理，想明白了这是早就预谋好的一场攀比。她们把她的肩膀扣住，令她完全无法摆姿势——而且，面对她们如此盛装，她也只能伸手揽住她们俩的腰，以稳重的姿态来 hold 住气场。

然而她们根本不配合。郑念把大长腿往前伸，妩媚多情地撩拨着秀发；祝珍珍半侧着身子，交叉腿站立，看上去不仅更加瘦长，还腰细、胸大。

"哇，珍珍你今天这套衣服好仙儿啊，看这里看这里！"

"郑念真不愧是林导亲自挑选的新人，太美了，来笑一下！"

"郑念看这里！和曼轩一起看这里！"

侯曼轩像被两座高山夹住一样，笑也笑不出来，只想赶紧脱离这个充满恶意的合照现场。但她刚有离开的趋势，就会被郑念强行拉住。然后，她听见场外的路人自以为小声地评价着："这是我第一次见侯曼轩本人，居然这么矮，好幻灭。"

"天生条件不太行啊，都是包装出来的吧……"

这时，BLAST 的保姆车也到场了。在车上就看见侯曼轩被两个高妹夹着，闪光灯每闪几下，他女神的眼神就多透露出一份退缩和尴尬，唐世宇气得不行，用力一拍座椅靠背："真的够了。这也太过分了！"说完他就想拉开车门下车，去阻止祝珍珍和郑念，却被龚子途拦住了。

"你想做什么？"

"不能让她们这样欺负曼轩姐姐啊。"

"大家都是同一个公司，在公众场合撕起来？不会太冲动吗？"龚子途淡淡说道。

"也是……那怎么办啊！"唐世宇想抓乱自己的头发，但又怕破坏发型，于是只能抓抓脖子。

"不怎么办，老实坐在这里。"

"咔嚓""咔嚓"的声音频繁响了很久，已经不知道有几百次了，郑念和祝珍珍还是像在拍时尚大片一样摆出各种姿势。侯曼轩当然知道现在跟她们俩合照是怎样自取其辱的效果，但现在翻脸走人，人家只会说是她自卑心理作祟而已，只能硬着头皮被拍，然后等明天她俩的"艳压"通稿了。

反正她有实力，又是三岁孩子的妈了，被别的女明星"艳压"其实无所谓。只是一想到压她的女生是龚子途的女朋友，就觉得有些愤懑又难过。龚子途如果看到这样的照片，肯定会拍拍胸口说"还好我跟她分手了"或"念念果然比前女友漂亮"吧……

她正第四次想要挣脱郑念的魔掌，忽然记者们都停止了对她们三个人的拍摄，对着另一个方向跑去。她顺着人头转向的方向看去，只看到他们疯狂拍照的对象是龚子途。他穿着一身黑西装，系着同色的真丝细领带，衬衫上有金色狮鹫兽徽章作为点缀，打理了无刘海蓬松短发，站在人群里一眼就被看到了。他一边朝三个女生的方向走来，一边解开领带，把它取下来。

龚子途从没在公众场合跟郑念交流过，看见他朝自己走来，郑念心想，难道他是打算借由这个机会公开他们的关系了？她不禁放开了侯曼轩，激动得双手握拳，又放松了伸出去，打算接过他拆下的领带。

回忆起龚子途之前那一声冷不丁的"嫂子"，侯曼轩想，这下好了，他和郑念可以金童玉女合照一千张，又一拨儿贴脸现场……

但龚子途走过来，却无视了郑念，握住她的手腕，把她从郑念和祝珍珍身边拽走。

郑念的双手就这样尴尬地伸在了空中。

侯曼轩抬头看了龚子途一眼："在做什……"

龚子途学着祝珍珍和郑念的姿势，右手臂揽在侯曼轩的肩上，但几乎是把小小的她搂在怀里的。这一下，所有人都在想这两个人在搞什么：记者们按快门按到手都酸了，围观群众一片哗然，附近的兔曼党粉丝情绪高昂得都忘记了要尖叫。

然后，龚子途左手把侯曼轩的一只手拉上去，用右手小指钩住她的小指，然后把领带缠在他们俩的手腕上，取一部分握在手心。摆好了姿势，他抬起头，对镜头露出了迷人而甜美的微笑。

这下包括侯曼轩在内，大部分人都知道了——龚子途上个月才接过西服品牌代言，他是在展示那条领带。可是在这个节骨眼上，谁能看得到那条领带？都在看他的笑容有多好看，侯曼轩依偎在他怀里眼神有点惊慌失措的样子有多可爱，随便抓拍一下，都跟唯美爱情电影的海报一样。

他们的动作很随性自然，又形成了极般配的身高差。相比下来，旁边两个着装隆重、海拔一米八以上的姑娘反倒显得像两个金刚芭比了。

侯曼轩刚才还算清醒，现在完全蒙了，只知道记者们喊着"龚子途""侯曼轩""看这里""好般配"，而龚子途大方地对他们说："曼轩姐姐好小只，真可爱，你们说是不是？"

"是的是的！超可爱！"

"你们不要走，多拍几张啊！"

"太配了，曼轩好可爱，再往子途怀里靠一点！"

……

龚子途揽着侯曼轩的肩，把她带到签名板前，等记者们拍够了，才松开手，准备正式入场。侯曼轩小声说："谢谢你，子途。"

然而，龚子途的亲和度却瞬间降到了负数："不用谢我，我只是在为我女朋友做的蠢事买单。她这样得罪我公司的前辈，是在给我们大家添乱，希望曼轩姐姐不要往心里去。"

"那也要谢谢你。不管动机是什么，你又一次帮我摆脱窘境了。"

龚子途本想强硬一点，但面对她那么真诚的微笑，他反而说不出话了，直接绕过她，回到 BLAST 的队列中去。

郑念显然不懂龚子途的苦心，在门外气得眼泪都快出来了，却又不敢进去找龚子途吵架，因为，他们这段感情从一开始就不平等。

和龚子途第一次对话后，她费尽九牛二虎之力才把他拉进了粉丝微信群。他加群的微信头像是专辑写真，名字是"BLAST-I 龚子途 Zitu"，朋友圈的内容和微博一模一样。她知道，这只是他的工作微信。但她还是不气馁，每天都在群里 @ 他，但只 @ 一次，然后隔三岔五就给他发一条问候的消息，跟他介绍洛杉矶的一些风土人情和生活 tips。但龚子途不喜欢欠别人的人情，对粉丝他更是只想提供帮助，而不是求助于他们。所以，他比很多爱豆都难接近多了。她用了足足四个月的时间，才加上他的私人微信，然后顺利地从粉丝变成了他的朋友。

也不知道是不是异国生活会使人改变，到洛杉矶以后的龚子途和以前不太一样，虽然话是一如既往地少，但比从前多了几分黯淡和悲伤。于是，她耐心地陪他解闷，终于套出了他的真心话——他失恋了。她不知道这个前女友到底是什么人，但从他的言谈细节中能判断得出和他是同行，而且是非常狠心地把他甩了。每次和龚子途见面，她都觉得这件事简直不可思议。怎么有女生会舍得甩掉他呢？这不是渣不渣的问题，是完全无法理解那姑娘的脑回路的问题。

最终，她找到了一个机会，跟他说出了那句话："奶兔，跟我在一起好不好呢？我是你的头号粉丝，你是我的大男神，我绝对不会像你前女友一样让你受伤的。"

结果是被他断然拒绝了："我对你只有朋友的喜欢。"

"你不需要对我产生爱情，只要让我陪着你、照顾你的生活起居就好，我实在不忍心看到你这么孤单。"

"谢谢你，念念。但也对不起，我做不到。"

"没事，那我们继续做朋友好啦！"她灿烂地笑着，一点也不介意。

之后，她心甘情愿地陪在龚子途身边，一直陪到在美国的最后一年冬季。圣诞节结束后，洛杉矶还飘着大雪。在这座冬雨型的地中海气候的城市里，大熊湖轻易结了冰，凝结了满满一湖的诗意。她准备搬家了，他听说以后主动请人来帮忙，把她感动得稀里哗啦。他们一起开车去采购家具，回来的时候天色已晚。经过一个广场时，龚子途放慢了开车的速度，看向广场中央一棵堆满积雪的巨大圣诞树。漆黑的夜空中，大把雪花在纷纷飘下。不远处的教堂里传来唱诗班的赞歌，与收音机里放着的 *Auld Lang Syne* 形成一种神圣的默契。Mairi Campbell 的嗓音成熟而平静，用一种穿透之力击中人心最敏感的地方，歌颂着纯净忧伤的圣诞夜和岁月也无法冲淡的羁绊。龚子途遥望着那棵树很久很久。

女人的第六感告诉郑念，他在想着那个用了三年半时间还没忘记的人。而他从头到尾都没什么表情，她却难过得流下了眼泪："子途，让我当你女朋友吧。我不想你再这样活在回不去的过去了。"

他微微惊讶地回过头，在黑暗中轻声说了一句："回不去的过去。"

"你和她在一起多久？"

"六个月。"

"现在已经三年半了，你用了几倍的时间去忘记这段感情。不管能不能忘记，都是时候 move on（向前看）了。试着重新开始，好不好？"

"可是我对你并不是……"

她摇摇头，坚定地打断他："俗话说得好，忘记一段感情的最好办法，就是开始一段新的感情。我只是想帮你忘记这段过去。在你彻底准备好之前，我可以只当你的名义女朋友，你什么也不用对我做的。"

"这样对你不公平。"

"不，一点也不会不公平。哪怕只是挂名，也会比当你的朋友快乐很多很多。"

过了很久很久，他终于点了点头："好，我努力试一试。如果遇到喜欢的男生，随时可以离开我。"

"那是当然的。我们俩都朝前看吧！"

"谢谢你，念念，你真是一个很好的女孩。"

所以，是她主动接近的龚子途，是她心甘情愿当备胎，怪不得任何人。现在报复不成还吃了瘪，也只能自己躲在人群看不到的角落默默擦眼泪。

这时"MV 音乐盛典"开场了，第一场表演音乐的前奏响起仅三秒，全场观众都沸腾了，呼声大到连室外的郑念都觉得近在耳边。那是 BLAST 的出道曲及成名曲《光焰与暗冰》，曲子很好听，但编舞和歌唱难度都远不如他们后面的作品，更重要的是，这首歌总会让粉丝们想起已经走掉的成员，所以 BLAST 有两年没有现场表演过这首歌曲。

这一晚，当熟悉的旋律再度响起，十名成员四年来第一次重聚在舞台上，全场歌迷都哭了，但还是坚持不懈地大声为 BLAST 喝彩，导致应援声远远高过一切声音，什么歌声、伴奏都听不到。

郑念的心情复杂极了。这一刻，她不想再与侯曼轩较量，只想待在场外，重新做回那个默默支持龚子途的小粉丝。她泄气地蹲下来，却听见一个声音传过来："知道今天自己的所作所为不太妥当了吧？"

抬头一看，站在她面前的人居然是祝伟德。他穿着深红色真丝衬衫和黑色西裤，高大魁梧中带着一点异域风情。她赶紧低头又擦了擦眼泪："祝老师，我不懂你在说什么……"

"你是一个尚未出道的电影新人女演员，来参加这个红毯本来就没有太大意义。而且，这是 MV 音乐盛典，过去十多年一直都是侯曼轩的主场。她哪怕披着抹布来，依然是年度最佳女歌手，依然是今夜的皇后。你今天的行为很不体面，也难怪男朋友都不帮着你。"

"老师，我并不是想出什么风头，而是……唉，您不明白的。"

"而是你男朋友喜欢侯曼轩，对吧？"

郑念先是有些诧异，但想想祝伟德是老江湖，没有什么事瞒得过他的火眼金睛，于是只是摇摇头，不说话。祝伟德在她身边蹲下，深邃的眸子中带着点笑意："这俩小孩都太不像样了。一个是三岁孩子的妈，一个有女朋友，还在大庭广众之下如此暧昧。撇去公众人物的立场部分，我觉得你没做错。"

郑念的眼神一下变得犀利起来："子途只是救场，他没有错！"

祝伟德拍拍她的肩："别激动，我当然知道子途没错，那你觉得侯曼轩有错吗？总是缠着你男朋友。"

第二天，兔曼在一起的话题又一次上了热门，一起的还有"MV 音乐盛典"和西服商家的广告。龚子途揽着侯曼轩的照片传得满天飞，导致祝珍珍和郑念的艳压通稿几乎无人问津。然后，龚子途转发了代言西服的微博，再一次转移了群众的注意，成功大事化小小事化无。

在红毯上，侯曼轩就感受到了郑念的敌意，原本心想这次事件过后，郑念会变本加厉和她过不去，没想到郑念发了一条很长的微信向她道歉："曼轩姐姐，昨天的事真的很对不起。我太急功近利，想博出位，穿成那样还强迫你和我拍照，真的很不成熟，也很不礼貌……"

大概是龚子途回去跟她谈过话了。侯曼轩回复说："多大的事，我没在意。"

之后，除了工作需要，她和龚子途也再没有任何联系。

月底，傅月敏邀请侯曼轩到家里做客，还叫她把女儿带上。侯曼轩一想到傅阿姨其实是小萱的奶奶，就没法按照惯例推掉。但她考虑了很久，还是决定不带小萱。

周日下午，侯曼轩提前十五分钟到了傅月敏家里，家政阿姨说傅月敏去买菜了还没回来，让她先进去坐。进入客厅后，她一眼看到了坐在沙发上喝着茶看英文财经报纸的龚子业。他抬头看向她，露出有些意外的表情："我妈说的客人是你？"

她点点头："没想到龚先生也在家。"

"我就周末回来，平时还是自己住在外面的，确实挺巧了。"他对对面的沙发摊了摊手，"来坐吧。"

她走过去坐下，又一次看到白色卧式钢琴上的照片，然后站起来看了一眼，拍了一下自己的脑门："这是傅阿姨啊，上一次我居然没看出来。"

"我妈见陌生人时、上镜时，总是喜欢做出一副温婉可人的样子，你认不出来是正常的。"龚子业说完默默喝了一口茶。

侯曼轩笑了两声："怎么听你说的好像很嫌弃傅阿姨啊。"

"不嫌弃。不敢嫌弃。以她的话来说，她是一个有诸多故事的女人，我们要尊重她。"

"你不也是一个有故事的男人吗？"

"一个奔四单身狗的奋斗史吗。"

"听上去很有趣啊，说来听听。"

龚子业笑着摇了摇头："很枯燥很无聊的。以后等你特别闲了，我再慢慢告诉你。"

"那咱们换个话题：是什么让龚先生转变了对我的态度？我记得以前你不是很喜欢我。"

这问题好像难倒了龚子业，他放下茶杯，好像终于找到了一个合理的答案："我妈太喜欢你了，因为你，我和子途的恋爱之路相当坎坷。"

"我不懂，求解惑。"

"她就喜欢你这样的儿媳妇，跟你差距大的，她都看不上。打个比方说，最近郑念就被她穿小鞋了。"

这时，傅月敏的声音从他们后方传过来："业业，你在跟曼曼乱说什么呢。"

龚子业无奈地靠在沙发上，丝毫不感到惊讶："妈，您又在客厅开了监听器。"

傅月敏提着大包小包的超市袋子进了家门，把东西放下："哦呵呵，曼曼你不要听他的，我哪有那么可怕。那个女孩作得不得了，整天捏着嗓子说话，配不上我们弟弟，我就稍微凶了一点点。"

龚子业一脸困倦："……只是一点点吗？"

傅月敏无视了龚子业，过来挨着侯曼轩坐下，和她闲话家常。过了一会儿，龚凯盛也下楼了，但他话不多，接受了侯曼轩的问好后，就坐在沙发上安静地看电视。

侯曼轩和这家人吃了一顿很温馨的晚饭。之后，傅月敏跟侯曼轩说了很多吕映秋少女时代的趣事。在侯曼轩的记忆里，母亲的性格几乎和"凶悍"百分百对等，但在傅月敏的描述中，曾经的吕映秋是一个敢爱敢恨如同烈马却美得倾国倾城的风云女子，全校师生都很喜欢她，追她的男孩可以从中国排到俄罗斯。母亲被人如此夸赞，侯曼轩当然特别开心，但又难免觉得有点不好意思："傅阿姨，您是不是记忆被美化过了，我妈哪有这么漂亮……"

"瞎扯，没那么漂亮怎么可能生出这么漂亮的你。"说到这里，傅月敏骄傲地挺了挺背脊，"你别看我现在这样，当时我和你妈妈可是竞争对手。全校就我们俩最漂亮，一半的人说我是校花，一半的人说她是校花，我俩看彼此不顺眼很久呢。"

"这一点我信，傅阿姨您现在还是超级大美人一个。那你们后面是怎么变成朋友的呢？"

"还不是因为你爸……"说到这里，傅月敏住了嘴，端起茶杯，望着别处喝了一口，"呀，这个茶不错，我叫阿姨再去泡一点。"

侯曼轩拉住准备起身离开的傅月敏："傅阿姨，我发现了，您一心虚就会喝水。上次问您为什么不早告诉我子途是您小儿子，您也是这个反应。但这两个问题的答案，我多多少少都有点知情权吧。"

傅月敏长叹一声，又重新坐下来，握住侯曼轩的手："曼曼，不是我不愿意告诉你关于你生父的事。而是我答应过你妈妈，不会把你生父的事告诉任何人。"

"包括我？"

"嗯，包括你。相信傅阿姨，傅阿姨是真的真的特别想告诉你，但你母亲有她自己的骄傲，就体谅体谅她吧。"

听到这里，侯曼轩觉得自己某些方面和母亲真是挺像的。现在她也不愿意让别人知道小萱的爸爸是谁。其实她确实也不太关心自己这个不负责的生父是谁，但傅月敏这样藏着掖着，反倒激起了她的好奇心："您不用直接告诉我生父的名字，给点提示总可以吧？"

傅月敏撑着下巴思索了一会儿："你爸爸很会打架子鼓，曾经写了一首很好听的定情曲给你妈妈，并把鼓谱初稿送给了她。你妈妈特别宝贝这张谱，应该把它放在了家里。"

"啊，我大概知道您说的是哪一张了……"侯曼轩重新计算了一下时间，"是三十四年前的谱子吗？"

傅月敏也掰着指头算了片刻："是的，没错，就是这张。你这么懂音乐，回去研究一下，应该能找到一点线索。"

"好，我回去再看看。这个问题我也特理解您，谢谢您在我妈都过世这么久以后还遵守和她的约定。"说到这里，侯曼轩话锋一转，又拽住了傅月敏的手，"为什么不肯告诉我子途是您儿子的原因，现在总可以说了吧？"

傅月敏抿着嘴沉默了两秒，清了清嗓子，义正词严地说："正如之前所说，傅阿姨是看着你长大的。"

"嗯嗯。"

"我和你妈妈在还没谈过恋爱的时候，就定好了娃娃亲。如果我们孩子是同性，就结拜；如果是异性，就结婚。"

侯曼轩被这个约定逗乐了："我怎么觉得自己穿越到《射雕英雄传》里去了？"

"所以，傅阿姨一直特别希望哥哥能娶你啊。可惜他好不争气，见了几次，也没有成功引起我们曼曼的注意。"说到这里，傅月敏怨怼地看了一眼龚子业。龚子业还是很淡定地看他的报纸，完全无视这两个女人。

侯曼轩锁眉想了半天："我不懂，这跟不告诉我子途是您儿子有什么关系……"

傅月敏猛地一拍掌："怎么会没关系？如果哥哥娶不了你，弟弟也可以娶呀。他和你在一个公司，近水楼台，机会多着呢。如果让你知道他们是兄弟，说不定你嫌弃哥哥以后连弟弟也一起嫌弃了，那就不好办了啊。"

"……"

"当然，我也是后来才知道，原来你和子途已经谈过恋爱又分开了。气死我了！而家里某个吃里爬外的成员，居然还让他手下发子途说蠢话的语音给你搞破坏，真是不可原谅！！"傅月敏又猛地一拍桌，看向坐在电视机前的龚凯盛。龚凯盛的肩膀缩了一下，眼睛眨得飞快，却一声不吭。

侯曼轩感觉头上竖起三条黑线："傅阿姨，没事，都已经是过去的事了……"

"对，曼曼说得对，都是过去的事。既然弟弟那么不中用，把你给气走了，这份苦他就自己受着吧。"傅月敏又重新看向龚子业，龚子业扶了扶额，大概猜到母亲要说什么了，但还是没能成功阻止她意气风发地说道，"所以一开始我的决策就是对的，哥哥上！"

Act. 21　干脆钻地洞吧

侯曼轩只想挖个地洞钻进去。而龚子业倒是很习以为常地说："妈，您是用什么判定出我会喜欢侯曼轩这个结论的？"

"直觉。"

"您的直觉一向需要受到大家的关爱。"

傅月敏一脸费解："咦，是妈妈看错了吗？业业不喜欢曼曼？"

"妈，我和子途不是双胞胎，您怎么总是能弄错？"

就这样，傅月敏的费力撮合，侯曼轩和龚子业都决定无视就好。

接下来的日子里，侯曼轩和龚子途就投入了《红舞鞋》曲目的创作中。刚开始工作时，主创团队的成员都觉得很奇怪，为什么龚子途长了一张很难相处的脸，性格却那么好。等过了几天，他们都很奇怪当初为什么会觉得奇怪。

一旦面对音乐，他是真的很难相处，让妹子们不禁怀疑他星盘上最少有五个处女座。跟他一起搞音乐，什么懒都别想偷，因为他什么都知道。放个前奏，在别人听起来完全一样的两个版本，被他要求反反复复演奏很多次，直到调整到满意的状态。一个温柔但严格的龚子途，加上一个严格又严格的侯曼轩，差点把他们折腾得老腰都断了。而且，龚子途听到各种伴奏都觉得很腻味，有一次伴奏调了十六个版本，他的评价都还是："俗不可耐。我想要不一样的东西。"

其他人都快磨哭了，只有侯曼轩直接打碎了一块镜子，把碎镜片塞到空易拉罐里，再脱下外套把易拉罐包起来扔到地上，踢了几脚："这个声音如何？"

"这个好，就用这个。"龚子途打了个响指。

然后，工作人员都小声议论说，他们俩还要我们干吗，直接结婚算了。

九月初的一个晚上，侯曼轩和赫威的十四个同事录制好了综艺，回到公司，决定去楼下的火锅店好好吃一顿。郑念听说龚子途在这里，也跟了过来。她刚坐下来，G.A.girls 的两个成员就一脸神往地看着她：

"兔哥，你女朋友真漂亮，气质干净，难怪会被林导挑中。"

"是啊，腰和腿都好细，羡慕……"

准备出道以后，有专业团队为郑念设计了造型，最近她确实越来越漂亮了。被当红偶像团体的成员这么一夸，她高兴得不得了，挽住龚子途的胳膊："谢谢两位大美女，你们更漂亮！我只要在子途身边不给他丢人就很开心了。"

龚子途微微一笑，拍拍她的手背，却没有透露出任何情绪。

"啊，我都忘记把菜捞出来了。羊肉煮太熟不好吃的。"郑念赶紧从锅里捞出羊肉，自己咬了一口，确认没有太硬，本想递给龚子途，又收了手，"这个我咬过了，我重新给你夹一块。"

龚子途却抓着她的手，把羊肉送到自己嘴里，吃了下去。

他吃得若无其事，郑念的眼中却有泪光闪烁。这一刻，她什么也不想要了，只想和他好好在一起，能多一天算一天，哪怕会折一天寿也可以。

这一幕当然没有从侯曼轩眼中漏掉。在别人看来，郑念这个女朋友未免也太客气了一点。但侯曼轩知道，这一个小小的细节，是他们俩感情的重大转折点。哪怕龚子途不说，她也察觉到，之前他和郑念之间有隔阂——不，与其说是隔阂，不如说是郑念爱得很苦，却被他推在了门外。而现在，他在慢慢接受郑念了。

或许是上一次的灌酒让他成功报复了自己一把，终于放下爱恨往前看；或许是和自己多次毫无感觉的联系冲淡了四年前的甜蜜回忆，让他放下最后的念想，想通了比起让他受伤的女人，还是全心全意为他付出的女孩比较好；或许是郑念在红毯上闹腾了一阵，让他知道这女孩可恨但更可怜，终于决定好好珍惜她……但不管是哪一种，她作为前女友，都被他们的感情打动了。

这时，一个新人夹起一块蘸了辣椒酱的羊肉，放到了龚子途的碗里。龚子途在跟蕴和讲话，没有仔细看这块肉，把它夹了起来。这让侯曼轩想到他们恋爱时的一件小事：她是吃辣小能手，他却一点辣椒都吃不了。有一天晚上，他们也是在这家火锅店吃夜宵，他吃了她调的酱料，被辣得想伸舌头，但又怕在她面前失态，于是用双手捂着下半脸，泪眼汪汪地吸气吐气。她觉得他的样子好可爱，想拍下来。他好生气，直接凑过来吻她，吓得她乱叫被发现怎么办，但她话没说完，就吃了他一个辣椒味的吻。他还美其名曰这是"hot kiss"。

现在人这么多，龚子途肯定不想失态。她伸了伸手，想阻止他吃下去，但有一双筷子伸过来，把那块羊肉抢走。龚子途回头看了一眼郑念。她把羊肉塞到嘴里，然后用手对着嘴扇了扇风："哇，好辣好辣。"

龚子途虽然什么都没说，但侯曼轩又从他的眼神中看到了"感谢"与"默契"。

果然是自己想太多了。他现在有这么了解他、体贴他的女朋友，怎么可能还会需要其他人来操心。侯曼轩低下头笑了笑，继续吃她碗里的青菜。

子途很好，真的很好。当初没有珍惜他的人也是自己，为此她感到遗憾，却没资格后悔。不管别人怎么说，他们都不适合。如今他过得很好，有了新的感情，她是真心为他开心，希望他幸福。只是，如果回忆能不再出现，不再干扰她，就更好了。

　　吃得差不多了，一群人玩兴奋了，唐世宇带头让大家玩划拳游戏。因为第二天要工作不能喝酒，划拳输了的人会被要求做一些小惩罚，例如吸氦气球唱歌、说话。这是过去颜值超高却没女友的 BLAST 最喜欢玩的游戏。

　　有一轮龚子途输了。唐世宇激动坏了，把氦气球塞到他嘴里，一边看他大力吸气，一边说："快说'我在女神面前毫无地位，我就是个妻管严'！"

　　龚子途吸完了以后，也发出了小黄人的声音："你说的是自己吧。"

　　Alisa 使劲拍桌子："子途才回国都看出了真相，笑死我啦，哈哈哈哈！！"

　　"你这女人，平时被我欺负多了，现在要出一口恶气吗？"唐世宇捏住 Alisa 的脸，然后恶狠狠地看向龚子途，"死兔子，这句不算，重新吸，重新说！"

　　郑念挡在龚子途面前："你们不要逼我男神撒谎啊，我才是夫管严呢。我来代他吸好不好？"

　　唐世宇愣了一下，飞快看了一眼侯曼轩。侯曼轩懂了，唐世宇这个金鱼脑子又没转过来，把龚子途女神当成了自己。以前他就罚过龚子途，让龚子途说"曼曼姐姐女神我爱你"。虽然那时候她和龚子途已经在一起了，但他说这句话之前却很认真，像第一次告白一样。当然，开口变成卡通音画风突变，又破坏了这一份仪式感，让所有人都笑得趴在桌子上起不来。她还清楚地记得，大家笑得乱七八糟的时候，一颗心已经被满满的幸福和雀跃填满了，她在他耳边小声地说了一句："兔兔，我也爱你。"他眼睛弯弯地笑起来，在桌子底下紧紧握住她的手。那一瞬间与他心意相通的动情，到现在还深深印刻在她的心中。

　　而这一刻，龚子途并没有任何情感上的反应，只是把郑念拉到一边，跟个兄长一样交代她不用多管闲事。没有太多的面部表情，没有太多的话。

　　侯曼轩忽然意识到，他和记忆中的龚子途差别有点大。

　　他回来以后，他们交流了很多次，以至她快忘记了，他曾经是松垮地穿着棒球服垂头走路的少年，背影瘦削而洒脱，却不曾冷漠，也很少露出太官方太商业的笑容。而从今年重逢起，她就再也没看见过他月牙弯弯的笑眼了。

　　她以前曾经无数次觉得他不成熟，他们分手的理由也是他不成熟。最后，龚子途居然真的按照她的理想，长成了一个懂得对女孩未来负责的低调男人。他懂得了对自己的感情收放自如，懂得了在感情中权衡利弊，眼中多了稳重与内敛，失去了对世界的热情与好奇。同时，他也不会再卖萌，不会再乖巧点头，不会再笑得没了眼睛，不会再豁出一切去爱一个人……

　　她迟钝地发现了一件事——原来，眼前这个男人并不是她爱的人。那个暖暖的兔兔早就不在了。

　　她不讨厌郑念。

　　她也不再执着于眼前的男人。

她也不会否认，记忆中的兔兔是她一生所爱。她亲手杀死了他，代价就是用余生的感情来陪葬。

四年了，侯曼轩终于释然。她放下筷子，找了个借口溜出来吹吹风。隔壁是一家酒吧，有几个驻唱乐队正在翻唱祝伟德的经典老歌。歌手嗓音有些沙哑而深沉，留着长发马尾，有几分祝伟德的味道，看得出来是个忠实的粉丝。她一首首听下来，听到很多母亲喜爱的曲子：从生涩的《城市中彷徨的恋人》到渐入佳境的《理想》，到完全成熟的、把他一夜推上神坛的《临别的夜》……不得不说，《临别的夜》还是那么经典，前奏里大量的架子鼓镲音是这首歌最大的特色。

架子鼓。

侯曼轩忽然想起了什么。她凝神听了一会儿，只留意架子鼓的部分，忽然觉得鸡皮疙瘩都快竖起来了。然后，不等这个歌手唱完，她就掏出手机，戴上耳机，上网搜到了《临别的夜》的原唱并开始播放。

难怪第一次在老家找到那张鼓谱她会觉得节奏很耳熟——那是《临别的夜》的鼓谱！

她找了个借口先离开了聚餐，飞速赶回家把鼓谱拿出来，一边放着《临别的夜》一边读谱，发现鼓点和《临别的夜》的鼓点并不完全一样，有的地方不如《临别的夜》那么流畅，但对照一下创作时间，这谱子绝对是《临别的夜》的草稿没错了！

而此刻再回顾一下《临别的夜》的歌词：

你摇曳的腰是最美的姿态

你的长发是我思念的云彩

你娇小的柔情是我恋恋不舍的悲哀

你的笑是一片忧伤的大海

缠绵着徘徊／临别的爱

亲爱的长发女孩

今夜的你如此美丽

要我如何忘记这轰轰烈烈的爱

只盼你坚毅锐利的眼眸入我梦来

祝伟德的歌曲部分都是自己写的，这一首也不例外。很显然，这是一首深情悲伤的情侣分手之歌，虽然很动人，但也掩盖不了一个事实：男主角是个因爱放手不负责的渣男，很有祝伟德那种风流浪子的腔调。现在，侯曼轩留意到的是那一句"只盼你坚毅锐利的眼眸入我梦来"。大部分的男人，尤其是父母那个时代的男人，梦中情人不都是温柔如水的吗？这个"坚毅锐利"，简直就像是为某个女人量身打造的一样。

提到眼神"坚毅锐利"的女人，侯曼轩第一个想到的人自然是自己的母亲。除此之外，发福前的吕映秋有几个地方很漂亮：浓密的长发、细细的腰、带着一点忧伤意味的坚强微笑。除此之外，母亲和她一样，个子都比较娇小。而这些特点，在歌词里全都反映出来了。

小时母亲反反复复听这首歌，侯曼轩还以为只是因为歌曲让母亲有代入感，却没想过这首歌压根就是为母亲写的。

她又想起了，祝珍珍的外号叫"小曼轩"，理由是跟她有几分相似。而且她知道，祝珍珍原来跟自己长得更像，后来整了容，反而跟自己没那么像了。于是，她上网搜了一下祝伟德的照片、祝珍珍整容前的照片，仔细观察他们的额头、下巴、鼻子……再看看镜子里的自己，越看背脊越凉。

这简直是一生中最令她震惊的发现——她的生父，很有可能是祝伟德。

深思熟虑了一个晚上，侯曼轩决定亲自和祝伟德对证。第二天，她打电话约祝伟德见面，得知他正在唱片公司和别人谈合作，等他忙完以后，她到了他的办公室，向他问好后，直接把复印的鼓谱递给了祝伟德："祝老师，这是我生父写的谱子，对吧？"

祝伟德低头扫了一下谱子，微笑着看她几秒，缓缓说道："你生父是谁？我不知道。但这首歌曲词都是我写的，你可不要随意杜撰一个人来抹黑我。"

侯曼轩本来不想追问这个没责任的父亲，但想到母亲含辛茹苦这么多年，她现在只想把家里的鼓谱甩在他脸上，问他良心到底还在不在，怎么好意思靠一首滥情歌就害了母亲一辈子。她咬紧牙关半晌，努力让自己不要发怒："我在家里找到了《临别的夜》的鼓谱草稿，做过笔迹鉴定，时间是三十四年前，比《临别的夜》发行早了两年多。"

"侯小姐，你也写歌，应该知道创作年份和发行年份是两回事。你完全可以比发行年份早十年写一首曲子。"

"是这样吗？那我再请人专门研究一下这首歌具体的创作年代和背景？"

祝伟德握紧双手，眼睛微微眯了起来："你还研究这么多做什么？知道那么多对你有什么好处？你都三十多岁了，还想像奶娃娃一样找爸爸吗？"

"不，我只想公开他的身份，还我母亲一个公道。"

"那你最好让这个秘密烂在肚子里。"

"祝老师，您到底在怕什么？"

"我不怕，怕的人应该是你。"祝伟德的脸色忽然变得十分阴沉，"你怕还不知道自己处在怎样的境地中吧。你所有的事我都知道，例如侯小萱不姓侯，也不姓戚，对不对？"

侯曼轩僵住，没有回答。他阴森森地说："来，口碑极好又低调自爱，'天使在人间'的侯天后，你如何解释和戚弘亦结了婚肚子里还怀着小兔子的事实？婚内没出轨？你觉得大家会信吗？"

"不是婚内出轨，我有和戚弘亦的录音。"

"那你想公开这个真相吗？你觉得今年才二十六岁的顶流天王会认这个孩子吗？你想让小兔子知道她是个私生女吗？"说到这里，他的笑容变得讥讽起来，"——就像她妈妈一样？"

他这番话如此咄咄逼人，又如此刻薄，让侯曼轩一时间除了惊讶，什么反应也给不出。

如果这个人只是母亲的偶像，只是祝珍珍的父亲，她不会如此惊讶。

但是，他是她的爸爸。

她张了张嘴，只能说出三个字："……为什么……"

祝伟德额头上青筋凸起，忽然提高了音量："不为什么，因为你的出生就是一个错误！你就不应该诞生在这个世界上！因为你的母亲就是一个一厢情愿的倒贴货，她不自爱，未婚先孕，就像你一样！侯曼轩，麻烦你看看珍珍好吗？她才是公主！而你呢，和你妈是一路货色，不知自丑！现在拿着个破曲谱就想认亲，简直愚蠢至极！"说到后面，他几乎是暴跳如雷地喊完了这段话。

侯曼轩气得浑身发抖："我警告你，你可以羞辱我，但不能羞辱我母亲。"

"我羞辱她？呵呵，我有在羞辱她吗？我说的哪一句话不是实话？"祝伟德一脸挑衅地笑着，"她不是倒贴货？她没有未婚先孕？她没有像个傻子一样找你那更傻的后爸……"

"你这不要脸的渣男！！"

侯曼轩尖叫着打断他，涨红了脸，冲过去就想打他，却被他一掌推开！他很强壮，轻轻松松就把她推得脚下趔趄，撞在了身后的唱片架上！接着，一半唱片封壳砸在她身上，另一半在地上摔得粉碎，架子也随之倒下来，立刻在她的脚踝上刮出一道八厘米的赤红血痕！

侯曼轩护住头部，静待一百三十张唱片摔得稀里哗啦，身上却根本感觉不到痛。

她太震怒，太羞耻了。她不敢相信，妈妈一辈子活成那样，居然真的这么傻，一直爱着这个不要脸的垃圾，直到离开人世！她的体内还流着一半这个垃圾的血液，好龌龊！

门外有五个工作人员经过，听见唱片架倒塌的声音，都冲进来询问发生了什么。祝伟德赶紧蹲下来，也跟着护住侯曼轩的头部，一脸担心地凝视着她："侯小姐，你怎么这么不小心，没伤着脑袋吧……喂，你们几个在干吗？她的腿受伤了，还不赶紧去找医药箱来给她包扎？！"

"好好好，我们马上去。"

五个人商量了几秒，三个人去买药、找医药箱，两个人留下来收拾残局。趁那两个人走远一些的时候，祝伟德靠近她。

"曼轩你知道吗？吕映秋到临死前几个月还来找过我。这叫什么，贼心不死。"他冷静了很多，声音也是轻飘飘的，"如果不希望你的小兔子活得跟你们母女俩一样难看，最好闭上你的嘴，让所知道的一切都烂在肚子里。"

侯曼轩眼眶发红地盯着地面，真的没再说一个字。她只能听见自己沉重而均匀的呼吸声。

到医院处理好了伤口，侯曼轩回到家里，抱住龚小萱，才暂时寻得了一点内心的平静。龚小萱是个细心的小朋友，立刻抬起头，眨巴着大眼睛看她："妈妈，你看上去好累，你怎么了呀……"

"工作有一点忙而已，没事。"她摸了摸龚小萱的刘海，"你今天在家里有没有乖乖的？"

"妈妈不要抓了，你把人家的刘海都抓乱乱了呀！"虽然声音细细尖尖像在抱怨，龚小萱却咯咯笑了起来，眼睛也弯成了月牙形状，像极了曾经的兔兔，"我今天很乖，在电视上看到奶兔唱歌了，他唱歌好好听，跳舞也好帅哦！"

"宝宝，难得周末，不要一天到晚就看电视，让阿姨带你多出去走走。"

家政阿姨探出头来说："小萱看到那个布拉什么的组合就走不动路，一拉她，她就要哭，实在没办法。这十个男生真洗脑，不放过我十六的女儿就算了，连三岁小孩都不放过。"

侯曼轩疲惫地笑了笑："她不喜欢BLAST，她就喜欢龚子途。"

"对呀对呀，我不喜欢那个布什么的，就喜欢奶兔兔！"龚小萱抱住侯曼轩的胳膊，小身子扭来扭去的，"妈妈，你认识奶兔吗？我好想见见他！"

侯曼轩微微一愣，整理了一下她袖珍的领口："有空再说吧。"

可是龚小萱在这方面遗传到了她的倔强。第二天，龚小萱就用绝食威胁家政阿姨带她去找奶兔。家政阿姨被逼无奈，只能抱着她去赫威集团找侯曼轩。看见她俩出现在公司一楼，侯曼轩吓得赶紧把她们俩撵回去，训斥了家政阿姨一顿，还把臭丫头骂哭了。哭是哭得伤心，龚小萱也吃了教训，之后也不敢再主动提要见奶兔的事。

其实，小萱对生父的身份完全有知情权。侯曼轩也相信龚子途不是祝伟德那种烂人。但是，正如祝伟德所说，一旦公开小萱和龚子途的关系，就等于公开了小萱是私生女的事实。看见女儿天使般的笑容，侯曼轩实在不忍心让她从此生活在舆论的阴影中。一想到读书以后班里会有同学欺负小萱，说她是没爸爸要的孩子，侯曼轩觉得心都快揪起来了。

戚弘亦过去做的种种事迹都表明他不是一个合格的丈夫。但他好歹曾经是一个丈夫。等小萱长大了，完全可以告诉她，父母离婚只是因为夫妻关系不好，但都是很爱她的。让他来当小萱的名义上的父亲，远远好过从来没娶过自己的龚子途。

被祝伟德这样威胁过以后，侯曼轩忽然意识到这个秘密未必瞒得住，还不如自己提前公开。可是，祝伟德掌握的信息量超出了她的预料，她不知道他手里还有多少筹码，所以现在也不敢轻举妄动。

还在为这件事烦恼的第四天，龚子途发了一条新闻截图到她的微信，问她发生什么事了，情况严不严重。她点开一看，那是一条不太显眼的新闻：《传闻侯曼轩因离婚后事业走下坡路患上抑郁症》。

她立刻回复说："谣言，不可信。"

她直觉又将有一拨新的黑料来袭。这次黑料杀伤力一般般，她应该能处理得得心应手，已经做好了公关开战的准备。但是，这一则新闻只在不显眼的位置出现了三次，就再也没了后续，除了少数半信半疑的粉丝回复了几句，也没有掀起任何水花。雷声不大，也没有雨点。

九月二十二日，侯曼轩生日当天，她出道二十年精选专辑 The One 也同步发行，并将在下个月举办同名世界巡回演唱会。这张专辑破了华语精选专辑的预售记录，公司为她做了一个粉丝在线采访。无数歌迷的告白让她觉得特别暖心，觉得这一次生日过得很值。但是，有一条歌迷的发言让她出神了一会儿："曼曼曼曼看这里，你就是那个嗓子被上帝抚摸过的流行乐女神！The One 的快递已经在路上了，迫不及待想要拆开来听啊！我在歌单里看见这张专辑有三首新歌、五首重新混音的歌曲，混音的第一首就是 One Day, One Life，这是你所有歌里我和我妈都最喜欢的一首呢。但我妈听了这首歌，一口咬定你有一个爱过的男人，但她又觉得不是戚弘亦，我觉得她脑洞好大，不可理喻，所以曼曼这个男人到底是谁？"最后还配了个贱贱的狗头。

四年前，因为龚子途离队的事闹得轰轰烈烈的，公司资源分配不均，One Day, One Life 发行后得到的宣传较少，并没有一下获得《嫁给你》那样的轰动效应。但是，这首歌却意外地变成了侯曼轩所有歌里网络播放量最高的一首，全面超越了《嫁给你》。那之后她又发行了第九辑《夜夜夜》和第十辑 White Heartbreak，都反响平平，公司甚至小心地跟她提议，要请人帮她写歌。这对创作型歌手来说是致命打击，她断然拒绝了，只是不再发行新专辑。所以，那条说她得抑郁症事业下滑的新闻也不全是假话，她的创作事业进入了瓶颈期——尤其是对比龚子途的蒸蒸日上，她完全是在吃老本，无数次有了隐退的冲动。

起初接下《红舞鞋》的通告，她都抱着纯商业的目的。然而和龚子途合作以后，她有了无数新的灵感，仿佛又回到了写第一首歌时的状态。有一天，她和龚子途一起写了一个片段，她特别满意，对他说："子途，谢谢你，最近我觉得状态很好，灵感源源不断地来。"

"那我也要谢谢你了。"龚子途拿着笔，低头飞快地修改五线谱，"是你的歌启发了我，让我也走上了这条路。"

他成功了，让陷入瓶颈期三年的她找回了对音乐的激情，这大概就是所谓的因果轮回吧。

度过了开心的生日，侯曼轩觉得动力满满，推掉了 70% 的通告，打算闭关写歌，但言锐突然叫她出来应酬。侯曼轩一直是业务型选手，社交能力不说是负分，但也绝对说不上出彩，所以一般有应酬言锐都不会叫上她。他突然这么一提，她猜到对方来头不小，于是问他都有什么人。

"很多大佬，他们在谈两家娱乐公司融资的事，指名要你去谈重要的合作。"然后，他给了她一堆名字，确实都是举足轻重的人物，其中还有很多与娱乐事业紧密相关的圈外企业家。

侯曼轩却预感不是太好，但人家也说了只是要求合作，不去大概得罪不少人，于是她问言锐是不是要喝酒。言锐说："放心好了，我已经跟他们说过你不能喝酒，性格内向，到时候我们去了，你尽量少说话就好。"

可是真的到了饭局上，侯曼轩发现情况完全不是她想的那样：大圆桌围满十六个人，加上她和言锐十八个，只有她一个是女的，除了言锐，都是四十到六十岁的男人，其中包括《红舞鞋》的投资方、世纪娱乐的一把手崔总和环球影业的江总。她因为通告晚了半个小时到场，那时候十六个男人都喝得正热闹，一看见她，都跟老鼠见了油似的双眼发光。

"呀，这不是我们侯大美人吗，《红舞鞋》的票房就靠你了。"江总把她推到了桌边，递给她一杯酒，"不过你今天来迟了，应该喝一杯。"

言锐也没想到饭局上不仅没有艺人，连个年轻人都没有。他伸手挡在侯曼轩面前："对不起崔总，曼轩是不能喝酒的，我来代她喝吧。"

崔总慢慢转过头看向言锐，脸上的笑立刻退下去："哦，你的意思是，你分量会比侯大美人重？还是说，侯大美人不赏我们这个脸？"

言锐娴熟地展现出十足的和颜悦色："当然没有，我了解曼轩的，她性格豪爽，也很想陪诸位大喝一场，不过她这两天在为《红舞鞋》写歌，又有点酒精过敏，所以只能我来顶替她喝几杯了。多少我都奉陪。"

侯曼轩赶紧接上："等我写完，不醉不归。"

崔总有些尴尬，又看了看其他几个人，一屁股坐下来，把身上的肥肉甩在了椅背上："没意思，不尽兴。"

言锐毫不犹豫地拿起酒杯，自灌三杯，并把酒杯朝下，抿了抿嘴。但他并没有得到任何人的掌声，只得到了一片沉默。

江总站起身走向侯曼轩，举起杯子对她说："侯天后一向高冷，我们都知道。崔总勉强你，那是他孩子脾气，希望你别跟他计较。我就想跟你说，我小女儿今年才五岁，特别特别喜欢你。你的 *Forever and Ever* 是英文歌吧，她不会英文，但都能全部背下来。她只是小孩子，不懂什么数据流量的，就喜欢听你唱歌，可见你的魅力有多大。所以，我不仅要为《红舞鞋》剧组、为公司道谢，还要为我的女儿跟你说一声谢谢。为了把艺术作品完成到最好状态，你不用有负担，随意喝，我干了。"说完，他把满满一杯白酒一饮而尽。

言锐原本想去倒酒，但侯曼轩知道现在的局面不是他一个人能把控得住的了。她按住他的杯口摇摇头，把酒杯接过来："谢谢江总赏识，我会竭尽自己所能为电影写好歌，不辜负您女儿的喜爱。"然后把一整杯白酒一饮而尽。

这一刻，全场才响起了堪比演唱会现场的掌声。

她知道，这种酒局要么不喝，一旦开始喝就没完没了。开了这个头，接下来其他人也都跟着来敬酒：

"侯小姐，我特别喜欢你的现场表演，我们这一款薯片的销量都靠你的代言翻身了啊。"

"天后真人比电视上还漂亮，惊艳啊惊艳。"

"你的意思是她电视上不好看了？胆大包天，快自罚三杯！"

"好，我喝三杯，天后只要喝一杯就好……"

侯曼轩喝白酒比喝洋酒要厉害一些，但一喝就过敏。七杯下肚，脖子和背上都开始发红了，痒得厉害。表情管理又一向是她很注意的事，哪怕在非公众场合，她也不会让自己露出太夸张的表情，于是只能不断掐自己的大腿来转移注意力。

过了一会儿，她以接电话为借口去了一趟洗手间，又吃了过敏药，却在回包间的走廊上遇到了江总的助理。他塞了一个小信封给她，丢下一句话就走了："侯小姐，我们江总想请你去单独谈谈合作，待会儿吃完饭请务必赴约。"

捏了捏信封，她还以为是银行卡或证件之类的东西，但打开一看，发现那是一张酒店房卡。

她呆若木鸡地看着这张卡半天，骂出了十年来第一句脏话："我靠……"

一直以来，赫威艺人出头只靠魔鬼训练和超强实力，没有实力不可能出道，有实力也不一定能出道，无比残酷。潜规则的事她听过，却从来没见过。因此，出道二十年，她一直都是干净纯粹的音乐人。没想到现在居然会遇到这种事。而且，对方只说是要谈合作，她也不方便拒绝。直接消失的话，恐怕言锐就要倒大霉了，而且还可能会拖公司下水。

她把房卡塞进包里，在外面徘徊纠结了十多分钟，打算和言锐商量一下再说，但回去发现言锐已经醉得不省人事了。其他人却还精神得很，又一次围上来敬她酒。

光看到酒，她都觉得身上痒得不行了，而且再喝下去可能会醉。很显然，今天这些人有意在灌她，如果喝醉，也不知道会发生什么不好的事。

得罪人就得罪人吧，得守住自己的名誉。当又一个人为她倒酒的时候，她盖住了酒杯："对不起啊，我不能再喝了。明天还要一大早起来和龚子途碰面为《红舞鞋》写歌，等电影杀青，再陪大家喝个痛快吧。"

"一天而已，又不会有什么影响。"说完，崔总把胳膊搭在她的肩上，靠近了一些，带着恶臭的酒气，用油腻腻的声音说道，"人家都说，长得漂亮的人酒量都好。那侯大美人一定是全世界酒量最好的女人了。"

侯曼轩往后退一步，皱着眉躲开他。

"咦，你不要敬酒不吃吃罚酒啊。"崔总一步步往前走，把她逼到了门口。她觉得这一切已经达到她的承受极限了，正想拉开门溜出去，却发现门把手转了一下，有人推门进来。

完了，又来一个肥头大耳的家伙吗？她正感到绝望，一个熟悉的声音从她后脑勺上方响起："曼曼，我来了。"

听见这个声音，她心里一紧，差一点就哭出来——已经四年没有听到这个声音叫她"曼曼"了。

回头一看，发现居然不是幻觉，她强装镇定，但声音还是有些不稳："子途，你怎么来了？"

很显然，龚子途的到来是所有人都没预料到的。十六个男人都露出了诧异的神色。江总率先站起来："我是喝醉了吗？怎么会在这里遇到东万小公子？"

"呀，子途来了。代我向你父亲问好啊。"崔总喝得醉醺醺的，笑出了一脸横肉。

龚子途微微一笑："崔叔叔好，江伯伯好，我是来接我女朋友回去的。"

崔总瞪圆了眼："啊？谁是你女朋友？"

"崔叔叔，在座只有一个人能当我女朋友吧？"龚子途搂住侯曼轩的肩，发现她在微微发抖，他咬了咬牙关，把她往自己怀里带了一些，用手臂护住她，"各位叔叔伯伯，明天我们还要工作，我先带曼曼回家了。"

江总皱了皱眉："你和侯曼轩在谈恋爱？谈了多久了？"

"四年前就谈过六个月，因为异地分手了，最近刚和好。"为了加强可信度，龚子途低下头，在侯曼轩的额头上吻了一下，"我不喜欢她抛头露面，以后谁如果让她喝酒，我会吃醋的。"

他虽然笑着，语气也温和，但让人不禁汗毛直竖，就差没说出"再让她喝酒你们以后跟我还有东万都是仇人了"。然后，他毫不犹豫地把侯曼轩带出去，留下一群哪怕醉了也醒了八九分的中年男人面面相觑。

但包房门刚关上，龚子途就甩手把她推开，冷冰冰地说："这种应酬你以后能不能全推了？"

侯曼轩答非所问地说："谢谢你，又救了我一次。"

明明怕得肩膀都在微微发抖，还嘴硬。龚子途不耐烦地说："这次还是我的责任，我会处理好的。但以后遇到这种应酬，全推了。不要怕得罪人。"

她却和他态度截然相反，耐心地说："子途，你有很强的家底撑腰，是可以不怕得罪人。我没有后台，走到今天不容易，所以每一个决定都是经过……"

"你有我。"他打断她，"虽然我们分手了，但我不是那种不负责的男人。哪怕是以前的女友，我也会为她负责到底的。"

侯曼轩怔了怔，低下头笑了："好的。"

他不是单身，她觉得这种话听听就好，但还是觉得心里很暖。

第二天早上，龚子途在东万娱乐的董事长办公室里多等了一个半小时，才等到了郑念。

办公室是按照他母亲的喜好装修的，屋顶不高，面积有二百二十平方米，整个房间都是暖棕色系，土耳其花鸟植物暖色毛毯铺满地面，跟总统套房似的。郑念进去以后，看见龚子途穿着白衬衫和黑西裤站在一排红木书柜前，仿佛融入了房间，成了一幅颇有品质的油画。不知为什么，看见这么有距离感的龚子途，她有一丝不好的预感，正如她这一天故意拖着不肯来的原因一样。

"念念，辛苦你跑一趟了，坐吧。"龚子途指了指面前的沙发。

郑念把包放在沙发上，却没有坐下来，有些心虚地看着他说："你找我有什么事吗？"

"我们认识那么久，就不跟你绕弯子，直奔主题吧——你为什么要设局害侯曼轩？"

"我不懂你在说什么。"郑念回答得飞快，但脸"唰"的一下白了。她扯了扯嘴角，笑得很勉强："害侯曼轩，你觉得我会害她吗？"

"我不觉得你会害她，也不觉得你不会害她。我只相信自己亲眼所见的事实，想知道你的目的是什么，以及是谁在背后指使你做这些事。"他等了一会儿，发现她只是一脸慌乱地抓紧包带，似乎缺乏承认的勇气，于是击掌两次，"你们出来。"

然后，两个中年男子走了出来。郑念一看，差点一屁股坐在地上——那是环球影业的胡经理和王总！昨天的饭局上，他们俩都在，只是全程没说话。她指着他们，声音发颤地说："你……你们……"

胡经理微微欠身："对不起，郑小姐。当双重间谍是很不人道，但我们从还是毛头小子的时候就跟着龚哥打江山，即便现在不在东万干了，这件事肯定还是要向着小公子的。"

"念念，侯曼轩是和你有仇吗？"

"这个问题你还要问我吗？这个问题，你还要问我吗？"郑念说着说着，眼泪大颗大颗滚下来，"你明明知道原因的。如果不是因为你，我会做这种蠢事吗？"

"在这件事发生之前我们的关系很稳定，我和她私底下也没有任何往来。我不懂，你是有哪里不满？"

郑念一时语塞。确实，这段时间他们俩的感情有了明显的进展，她原本已经非常满足。她一直想，子途心里还有侯曼轩也没关系，反正他们俩重逢时没有天雷勾地火，之后应该也只会越来越淡。而且，她还有一个必胜的筹码，就是她没有为任何男人生过孩子。侯曼轩却早就跟子途非常不喜欢的戚弘亦生了一个女儿。不管是婚恋状态还是年龄，她都有绝对的优势。

直到那天下午，她去赫威集团等龚子途，却在公司大厅看见了侯曼轩母女的身影。一直以来，侯曼轩和戚弘亦对女儿都保护得很好，没有曝光过照片和全名，连最死忠的粉丝都只知道她的小名叫萱萱。所以，那也是郑念第一次看见龚小萱。

龚小萱一直嚷嚷着"要见奶兔"，还让郑念嗤之以鼻。但当小女孩转过头来那一刻，郑念蒙了。

哪怕没有见过龚子途小时候的照片，这都是不需要做亲子鉴定就能判断出的结果。

开始她还想，会不会是自己看走眼，或只是巧合。但哪怕不对比龚小萱和龚子途的脸，她都找不到一点孩子和戚弘亦的相似之处。再回想戚弘亦和侯曼轩结婚的时间、龚子途和侯曼轩分手的时间、戚弘亦在侯曼轩孕期出轨的动机、离婚后戚弘亦和这女儿零互动的诡异举止，她觉得自己的猜测并不是天方夜谭。之后，她又跟那个人求证过，得到的答案无疑坐实了这一晴天霹雳："对，侯曼轩女儿的父亲是龚子途。"

而这一切，子途完全不知情。

一个离婚带孩子的侯曼轩已经把他迷得神魂颠倒了。她不敢想象，如果他知道实情会做出什么举动。

想到这里，她真的怕了，肩膀微微缩起，哀求道："子途，我只是害怕失去你。这一切真的真的不是我的主意。"

"我当然知道不是你的主意，所以想知道真相，以免你被人当枪使了。"

"我不能说，我有把柄在他手上。"

龚子途低头思考了一会儿："好的，我理解。"

郑念一直知道，子途是一个善解人意的好男孩。他对自己从来都没有过任何要求。但这一天，他实在善解人意得有些过头了，到了让她惴惴不安的程度。她上前一步，试图再拉近和他的距离："你为什么要这么在意侯曼轩？你……你还爱着她吗？"

"爱。"他平静地说道。

她听见自己又一次心碎的声音："既然爱她，为什么不和她和好呢？"

"就像你说的，我们回不到过去了，而且我们俩在一起的时候也并不合适。所以，我在试图从这段过去里走出来，你应该看出来了吧。"

郑念松了一大口气，用中指抹了抹眼角的泪："那子途，你可不可以答应我，以后不要再这么在意她了？我向你保证，以后我会当一个合格的女朋友，再也不会做出任何伤害她的行为……看着你这么保护她，我真的好心痛。好吧，我知道，是我做得很……"

龚子途抬起头，有些迷惑地说："女朋友？"

郑念蒙了："是啊，我不是你的女朋友吗？"

龚子途淡淡地说："念念，你已经不是我的女朋友了。"

"什么意思……"她错愕地睁大双眼。

"你觉得在做了这样的事以后，我们还能维持情侣关系吗？"

"我……我不懂。为什么……"

"不管是谁，只要伤害侯曼轩一次，都会被我永远拉入黑名单。这是我的原则，对谁都不会有例外。"说到这里，龚子途笑了笑，"如果有人可以伤害她，那只能是我。"

郑念情绪激动起来，连声音也拔高了不少："可是，你不是不打算和她和好，不是打算走出来吗？"

"对。"没了下文。

她不可置信地尖叫起来："子途，你是不是疯了！你跟她分手四年，她和别人连孩子都生了，现在你决定要放弃和她复合，口口声声说着要往前看，行为上却打算和她绑定一辈子？！"

"对。"

"她为戚弘亦生了一个女儿，她比你大八岁，已经是其他男人孩子的妈了！已经离过婚，带着一个孩子！"

"我知道啊。"

"她不爱你！你感觉不出来吗，她不爱你！她当年把你玩得这么狠，把你甩得这么狠，把你当备胎，从来没有过半点悔意，现在还是对你冷冰冰的啊！"

他又笑了："我当然知道。"

"你是不是神志不清醒了？"

"你觉得我像神志不清醒的样子吗？"

郑念很想大喊一声，说他是清醒地疯了，但她说不出一个字，抓着衣角的手不停地发抖，害怕地失声痛哭起来："我真的知道错了，子途，原谅我这一次吧，你不要这个样子，求求你……"

"你如果伤害的人是我，我都可以给你一次机会。但这一次，很抱歉。"

"我对天发誓，我拿我一辈子的幸福发誓，以后再也不会害她了，不然天打雷劈，不得好死！"她哭着走过去，拽住他的袖口，想要像上次那样再度哀求他。但他把手抽回来，转身就走，同时低头把扣子扣上："胡经理，她现在状况不是很好，麻烦你带她出去，找人送她回家休息吧。"

"不要抛弃我，子途，离开你我会死的，我会死的！我真的错了……"她本来想追上去，但被两个男人拦住，怎么都绕不过去，只能眼睁睁看着龚子途高高瘦瘦的背影走向房门。

开门的时候，龚子途停了一下，但没有回头："念念，谢谢你一直对我这么用心。如果侯曼轩对我能有你对我十分之一的……"说到这里，他自己都禁不住笑了。这个假设很好笑。终于，他回头最后看了她一眼："谢谢你。再见。"

他的眼神极度温柔，却也极度冷漠，让郑念彻底明白，挣扎已经无用了。她看见他消失在门背后，僵硬地站了足足半分钟，然后猛地跪下，伏在地毯上号啕大哭到几乎休克。

胡经理看着可怜巴巴的郑念，擦了一把冷汗："小公子可真狠。"

王总吐了一口气："跟他爸爸真像。老婆以外的女人都不是女人。"

Act. 22　那些年那些事

侯曼轩被设计饭局的事很快通过东万的两个老干部传到了傅月敏那里。为此，她又做了一顿丰盛的大餐，邀请侯曼轩到家中做客。

饭后，她把侯曼轩叫到卧房里聊天，坐在床上握住侯曼轩的手，语重心长地说："曼曼，社会太险恶了。既然还没查出背后那个人的目的，你可要千万小心保护好自己。"

房间里只有她们俩，灯光也比较微弱，显得格外安静。侯曼轩用力点头："谢谢傅阿姨。我会小心的。"

傅月敏一向正经不过三秒，随即又露出了一脸嘚瑟的笑："不过你就算不够细心也没关系，我会让两个儿子保护好你的。要知道，他们的终身使命就是保护你呀。"

侯曼轩无奈地笑了一会儿："其实我一直觉得很奇怪，您的两个儿子都特别优秀，为什么您总想撮合我们呢？哪怕是开玩笑也太多了吧，哈哈。"

"当然不是开玩笑。你觉得我像在开玩笑吗？"

"可是，我听说您对未来儿媳妇的要求是家境好，我……我出身不怎么好吧。"

"你的出身怎么会不好？"傅月敏瞪圆了眼，"有那样优秀的父母亲，我很以你为荣的啊，曼曼。"

看来，傅阿姨只知道祝伟德很优秀，却不知道他人品很差。毕竟是自己的生父，侯曼轩不想再抹黑他，只是叹了一口气。

"怎么又叹气了？难道因为遇到过一个渣男，有过一段失败的婚姻，你就把自己看低了吗？曼曼，你特别优秀，特别善良，比一般人努力得多，又很善解人意——这一点是你母亲都没有的，阿姨绝对没有看错人。命运不会辜负你的。所以，你不要再妄自菲薄了。"

一直以来，侯曼轩都不怎么害怕别人的批评。不管面对怎么难听的言论，她都可以做到全程云淡风轻，左耳进右耳出。可是，她却很难接受别人说她善良。这是不管她做多少年慈善都缓解不了的原罪。面对这么真心待她的傅月敏，她更觉得难以接受，想了想，坦然说："戚弘亦是害了我不少，四年前，他曝光过我的黑料。可是，他并没有冤枉我。"

傅月敏倒吸一口气，身体微微后缩，震惊地捂住了嘴："他曝光过你的黑料？他不仅出轨害你精神受损，还做出这种实质性的伤害？太无耻了吧！"

"他没有冤枉我。"

"为什么没冤枉你？他曝光了什么？"

侯曼轩低下头，抓住被褥的一角，鼓起很大勇气才开口："曝光了我间接害死我母亲的事。"

傅月敏没有给她任何答复。她把头埋得更低了一些，小声说："所以，我不是您说的那种好姑娘。虽然嫁给戚弘亦下场并不好，但这就是俗称的什么锅配什么盖吧。"

过了很久，傅月敏才有些惋惜地说："我真的没想到事情都过了这么多年了，你还在为这件事耿耿于怀。"

侯曼轩蓦然抬头："您知道这件事？"

傅月敏缓缓点了点头："那段时间我人不在国内，子业都告诉我了。但你要知道，你妈妈爱你，她不可能因此怪你的。相信我，我了解她。相反，你现在如此自责，过得这么痛苦，刚好是她最不想看到的。"

听完这一席话，侯曼轩屏气两秒，压住胸腔中汹涌而来的情绪，眼眶却湿了。她颤声说："她……她不会怪我吗？可是我无法原谅我自己……"

傅月敏摸了摸她的头："我用自己两个儿子跟你发誓，她绝对不会怪你。如果你希望妈妈九泉之下得以安息，那就好好地、快乐地生活。你自己也是母亲，应该很懂吧，只要孩子幸福，自己牺牲再多也无所谓的。"

侯曼轩本想说点什么，突然像孩子般号啕大哭起来。傅月敏抱住她，拍拍她的背，温柔抚摸她的脑袋，就像小时候吕映秋抚摸她一样："乖乖，别哭了，知女莫若母，你妈妈会不知道你的脾气吗？她很爱你，她也一定一定知道你爱她。"

侯曼轩浑身发抖着点头，哭得上气不接下气的，把憋了十五年的泪水一口气哭出来了："傅阿姨，我一直想，如果当年我没有赌那一口气，妈妈到现在还会健健康康快快乐乐的，我还有机会孝敬她，可是我太蠢了，太蠢了！"

"哈哈，那你就想多了。你妈那个个性是快乐不起来的，她总是一副气势汹汹要和全天下为敌的样子。而且，没有你爸爸陪在身边，她过得更不快乐。早点离开这个她适应不了的世界，也未必是坏事。"

"可是，我真的好想她……"

"我知道。谁不想自己的母亲呢。"傅月敏笑着叹了一口气，"我也想我妈妈，但她前年走了。父母是最爱你的人，但他们终究没办法陪你一辈子。所以，我们一定要坚强，成为更好的父母，照顾好我们的孩子，让他们也在我们有限的生命里得到最多的父爱、母爱，让这一份爱好好延续下去，这才是生命的意义啊。"

"您说得对，您是一个特别伟大又特别睿智的母亲。"

"你妈妈也很伟大，你也很伟大。世界上的母亲都伟大。"

想到龚小萱软绵绵喊着"奶兔"的样子，侯曼轩觉得心里又涩又暖："当初怀上女儿是意外，但我一点也不后悔生下她。我只是觉得很愧对她，没能给她一个完整的家庭。"

"你已经做得很好了，孩子以后会很有出息的。单亲妈妈未必不好，就像你妈妈也把你教得很好，对不对？"不等她回话，傅月敏又扬眉笑了笑，"再说，你想要不单亲也很容易，哥哥弟弟随你选。"

"……"

这一晚，侯曼轩刚离开龚家不到半个小时，龚子途也回来看父母了。他在客厅和父母聊到他们休息，上楼发现龚子业还在电脑前写工作邮件。他喊了一声"哥"。龚子业看着屏幕说："你和女朋友分手了？"

龚子途摇了摇头："那两个漏嘴的。"

"不是他们说的。"

"那你怎么知道？"

"我从你刚出生还长得像个皱巴巴的猴子时就认识你了，这点动静还看不出吗？"

"……你赢了。"

龚子业挪动鼠标点了几下，从善如流地说："作为你哥，我觉得你有点矫情了。谈女朋友的目的不就是为了结婚。再多的爱也会随时间流逝转为亲情，所以，老婆听话、安分就好，哪有那么多激情可以追求的。但作为一个男人，我觉得你没错。不喜欢的，只是好掌控的，爱都没爱过，要来有什么用？"

龚子途笑了两声，抱着胳膊靠在门上："说得好像你娶过老婆似的。"

"没吃过猪肉，总见过猪跑。"

"哥你行不行啊？就你这比喻，难怪找不到老婆。"

"不和侯曼轩和好？"

"怎么可能，我们俩早就没关系了。"

"真没关系了？"

"嗯。"

"那我追了。"

"哥你加班加得脑糊涂了吧。"龚子途扯了扯嘴角，站直了身子，然后回自己房间了。

巡演在即，侯曼轩还要兼职《红舞鞋》的创作，压力有点大，晚上想早睡但经常睡不着，所以索性和保姆一起看电视剧。保姆在追的是一部热门姐弟恋偶像剧《女神的月光》，女主角是当红小花旦，收视率的保障，原本是开拍前大家最期待的大咖，但这部剧却意外捧红了小鲜肉男主角。这个男主角也是赫威集团的艺人，侯曼轩原本抱着看看师弟表现的心态看剧，结果才看了一集，她就一口气到网上把前面七集补全了，还在网上搜了搜这个小师弟的资料。

苏雪风，二十一岁，身高一米八三，双鱼座，十四岁参加赫威选秀出道，气质干净得跟雪山小狐狸似的，连名字都这么苏。

不光长得好看，名字好听，演技也是超群地好，难怪一夜之间家喻户晓。

有趣的是，小师弟的粉丝还不仅限于少女、保姆和家庭主妇，第二天到公司奶茶店遇到几个师妹，跟她们聊了几句，她们也都特别喜欢这部剧和苏雪风。

"雪风的颜是真的很好看啊，是那种给你会心一击的好看。这么多年，也就兔哥给过我这种冲击。你说，现在师弟红成这样，会不会兔哥神颜地位不保啊？只说颜哦，业务能力苏师弟还需要加油呢。"

"那倒不至于，他们俩你不都见过吗，不管电视上还是真人，兔哥都还是完颜必胜的那个兔哥。"

她们这样说，刚粉上师弟的侯曼轩就不乐意了。但为了前辈形象，她选择了沉默。

Alisa顾不得那么多，猛地一拍桌，兴致勃勃地说："你们懂什么，苏师弟才刚出道，前途不可限量，那种粉嫩嫩的感觉是cos不出来的！子途都是老油条了，而且回国以后也不卖萌了，怎么能跟粉嫩嫩的苏师弟比呢？"

侯曼轩依然没讲话，只是频繁点头，同时因为前一天追剧到半夜三点，她困得打了个哈欠。说得好，说得妙，小师弟多可爱啊，又有男友力。尤其是第五集"壁咚"姐姐那里，连家里保姆都看得少女心发作了。

"师弟是很粉嫩嫩的，可客观说，兔哥的气质太淡定太高贵了，我觉得这不是长得好看就能弥补的……"

"是的是的，剧是好剧，苏师弟接到了好本子，但撇开剧不看，我还是站兔哥。"

她们又叽叽喳喳说了一阵子，Alisa也加入了热烈的讨论中。侯曼轩本来想当一个一碗水端平的好师姐，但听她们这么说，她按捺不住了："你们不要这么偏心兔子好不好？以前我没仔细看师弟本人，但电视剧里他看起来真的特别像天使，笑得你心都可以化了，这不光是演技好，还有……"

说到一半，她发现师妹们都不说话了，而是整齐地看向她的身后。于是，她也不经意地回头瞥了一眼，然后就再也没法把剩下的话说完了——龚子途正站在她身后。侯曼轩心中一阵寒风吹过，脸上却露出了友好的微笑："早啊，子途。"

"侯曼轩你出来，我有点事想跟你说说。"说完他头也不回地出去了。

侯曼轩跟出去以后，Alisa对大家撇撇嘴说："听到了吗，现在你们兔哥大牌得不得了，都不叫姐姐了，以前他很可爱很有礼貌的。"

没人接她的话，师妹们都在看龚子途的背影。

走到公司大厅的角落，侯曼轩有些不好意思地捋了捋头发："刚才我们在讨论电视剧，不是故意要这么说的哦。"

龚子途却完全无视了这个话题："你以前和祝伟德合作过吗？"

"没有呢，这是第一次。"

"那你对他的实力也不是太了解，对吗？"

侯曼轩点点头："怎么了？"

龚子途低下头，用大拇指摸了摸下巴，眉毛不由自主微皱起来："两年前，我在百老汇遇到过他，和他交流了几句关于音乐的心得。但是，怎么说，我觉得他的音乐才能并不像传说中那么好。"

"不像传说中那么好是什么意思？"

"因为他是歌坛大前辈，我把我当时写的两首曲子给他看，请他点评。他夸夸其谈说了半个小时，但感觉没有一句说在点上——当然，忽悠外行是没太大问题。你以前不是教过我写曲吗，我觉得他对音乐的见解，还不及你的十分之一。"

提到写曲，侯曼轩立刻想到了曾经依偎在他怀里和他一起哼歌、对着五线谱写写画画、时不时抬头吻一下彼此的记忆。她晃晃脑袋，开始回想《女神的月光》来替代这些烦躁的记忆："怎么可能，他是祝伟德啊，乐坛中的奇才，一百年才诞生一个的那种。"

祝伟德人品是很低劣，但实力没的跑。

"唱功和嗓音他是没问题的，但对创作这一块，我真觉得名不副实。本来这和我没什么关系，我也不好奇他到底有没有那么厉害，但这几年他一直在打探你的消息，我们谈《红舞鞋》合作的时候，他还主动提到你，我就觉得他有一点点奇怪了。所以我故意和他合作，想看看他葫芦里卖的什么药。"

侯曼轩笑了笑："我知道为什么。不用太当回事，已经过去了。"

"为什么？他调查你不是恶意的？"

"他有他的小秘密，但对我本人是没有恶意的。放心吧。"

"既然你都这么说了，那听你的。"

其实，侯曼轩特别想跟他说，你有女朋友，就不要对别的女生表现出过多的关心，但觉得他们之间已经疏远到根本都没资格跟对方提建议了，于是跟他点头示意，又回到了奶茶店里。然后，在那一群女孩中间，她看见一个前夜还出现在她梦里的俊俏侧影。

苏雪风的头发抓得碎乱又时髦，深蓝外套、驼色格纹衬衫和棕色皮带腕表搭配完美，均出自顶级造型师的娴熟之手，时髦值秒杀了演艺圈九成以上的当红明星，但他双眸黝黑，闪烁着雨后的星子般的光芒，肤色白净堪比阿尔卑斯山上的雪，又干净得好像是初次来到这个俗世。他不经意地回头扫了一眼，又一次愕然转过头来看着侯曼轩，微微张开口，却没说一个字。

"曼轩，你实在是太好运了。"Alisa 咬牙切齿地看着侯曼轩，然后把男孩推了出来，"连苏师弟都是你的粉，你的国民度要不要这么高啊！羡慕嫉妒恨！"

"曼……曼轩姐姐……"苏雪风的声音有些发抖，耳根都红了。

侯曼轩有些心动了。尽管如此，她还是表现得很稳重："苏师弟好啊。"

"她们说你在看我的剧，是真的吗？"

他本人和电视里气场十足的霸道小弟弟并不一样，但有点谨慎害羞的样子也非常可爱，而且更帅、更潮。侯曼轩朝他伸出了个大拇指："演得太棒了，我一口气看了八集。"

"那不是全都看了？"

看到侯曼轩点头，苏雪风笑得眼睛成了两道弯弯的月："不敢相信，我女神居然看了我的剧……"样子又跟电视里演的一模一样，侯曼轩觉得心都快被萌化了。

苏雪风又和一群师姐聊了二十分钟。他说话大方得体，谦逊有礼，让一堆姐姐都恨不得把他宠上天。侯曼轩正觉得这种小日子挺滋润的，他忽然拿出手机晃了晃："曼轩姐姐，我可以加一下你的微信吗？不可以也没有关系，毕竟比较隐私。我没有别的意思，因为买了你的演唱会票，到时候想找你现场合照……"

"当然没问题。"侯曼轩一脸姨母笑地拿出手机，还没来得及点开二维码，手机已经被人夺走了。

"子途哥……"苏雪风眨了眨眼。

侯曼轩回头一看，另一张神颜出现在她面前。但这张脸带给她的就不只是愉悦了。两人四目相对的刹那，她觉得心被狠狠刺痛了一下。又是龚子途。他看了看她手机屏幕上的内容，把手机锁上："你还有心情加微信玩？跟我出来。"

"刚才不是才出来过，怎么又……"但话没说完，手腕已经被龚子途握住。他把她从椅子上拽下来，强势地把她拖到了门外。

"你干吗啊，我正在加师弟好友，你这样做很不礼貌的。"一出去，侯曼轩就甩开他的手，握了握手腕，怨怼地说道，"以前的萌兔子到哪里去了，真是的……"

"事情不是你想的那么简单。祝伟德和你是什么关系，老实告诉我。"

她本来想问问为什么，但很少看见龚子途如此严肃的模样，忽然也感到有些紧张。她往前走了一步，靠近他一些，低声说："他是我生父。"

"……什么？"

"我不说第二次了。"

"不可能。"

"怎么不可能，这个是求证过我养父和你母亲的。"她把生父擅长打架子鼓和《临别的夜》鼓谱的事告诉了他。

"这也不能说明祝伟德是你的父亲，你跟他本人确认过？"

"嗯。"

"他承认了？"

"对。"侯曼轩断然回答后，又愣了一下，回忆了一遍那天她和祝伟德的大致对话，"我记得不是很清楚了……好像有，好像没有，但我找他那天，他非常愤怒，还差点动手打我。"

"你再仔细想想，他有没有承认过他是你父亲。"

侯曼轩埋头苦想了半晌。那天她情绪也很激动，并没有刻意留意过他们的对话。于是，她放弃了，直接拿出手机拨了一个电话："等等，我打电话给你妈妈再确认一下，看看能不能……啊，喂，傅阿姨？"

"呀，曼曼，你今天这么早就给阿姨打电话啦？"傅月敏愉悦的声音传了过来。

"傅阿姨，我有点急事需要跟您确认，咱们长话短说可以吗？"

"好啊。"

"祝伟德是我的生父，对吗？"

电话那头果然是一阵沉默。侯曼轩想起傅月敏对母亲的承诺，正想着要解释，谁知傅月敏声音沉了下来："瞎说什么呢，我不是才告诉过你吗，你爸爸是非常优秀的人。祝伟德怎么可能是你父亲？"

侯曼轩错愕了几秒，一时间有些接受不来这么大的信息量："祝伟德还不够优秀吗？"

"道德低下，对家庭不负责，不管事业再成功，也谈不上优秀吧。"

听完这个答案，她又有了长时间的恍惚。原来她弄错了。祝伟德不是她的父亲……那个跟她大吵大闹的伪君子，不是她父亲。所以，最近所有的浓浓羞辱和自我厌弃，都只是令人愉快的乌龙而已。她大松一口气，只觉得胸腔都在沸腾："那我爸爸究竟是谁？"

傅月敏的答案也是没有任何惊喜："这就不能告诉你了，我答应过你母亲的。但我可以提醒你，他和祝伟德关系很近。真的只能说这么多，再说就和直接告诉你没区别了，剩下的你自己查吧。"

侯曼轩挂掉电话，不解地看向龚子途："真的不是祝伟德。虽然很开心不用当这种人的女儿，但我更头大了。如果祝伟德不是我爸爸，不是害怕我曝光他有私生女的事实，为什么要跟我闹得这么厉害呢？而且，跟祝伟德关系近的人也太多了，怎么查得到……"

"跟他关系近、会打架子鼓、超过五十岁的，应该不会太多吧。"

"对哦，他们那一代人会打架子鼓的应该确实不多。"

侯曼轩在脑中搜索各种老前辈的名字，之后又拿手机全都搜索了一遍，把他们的个人资料一个个存下来，但怎么看好像都不太可能是自己的父亲。突然，龚子途击掌说："架子鼓手！"

"怎么？"

"祝伟德最初出道是以摇滚乐队的形式，你记得吗？"

侯曼轩"啊"了一声，恍然大悟："但是那个乐队没有红起来。"

"是的，可是他们乐队每一个位置都是有人的。"

侯曼轩立刻上网去搜了"祝伟德"的百科，翻了半天才找到他出道时期的经历，也找到了乐队的名字。她又点开乐队的百科，看到了相关介绍：烛龙乐队，摇滚乐队，现已解散，曾经主要队员有主唱祝伟德、贝斯手祝和豫、鼓手祝温伦、吉他手曹国……

她点开"祝温伦"，第一句介绍是："祝温伦，烛龙乐队的鼓手，著名摇滚乐之王祝伟德的二哥，二十七岁时死于车祸。他去世以后，烛龙乐队队长祝和豫宣告乐队解散。"之后，除了擅长架子鼓和创作的部分词曲，没有任何记载，也没有照片。

侯曼轩想起傅月敏对她说过，没有你爸爸在，妈妈过得更不开心。这个"爸爸不在"的意思，会不会是……她托着下巴，蹙眉说："你说，会是这个人吗？"

"这就不知道了，我们得再多查一查。"

然而，对祝温伦的记载，网上并不多。于是，侯曼轩和龚子途就开始托人调查这个人的背景了。

侯曼轩的主要精力还是在巡演准备上，没打算在近期调查出结果的。没想到才开始查了五天，祝珍珍就主动在公司找上门来，说了一句无比令人震惊的话："我奶奶也就是你奶奶有事要找你，叫你周末到我们家来吃个饭。"

侯曼轩眨了眨眼，笑着说："虽然有你这样的妹妹听上去不错，但你爸不是我爸。"

"我爸不是你爸，是你爸的弟弟。"

"所以我生父真的是祝温伦？"

"对。最近你家奶兔调查出了这件事，直接找到我奶奶了。我奶奶这两天听说自己多个孙女，大概快高兴死了吧。"祝珍珍无力地把目光投向别处，"如果亲戚可以选择就好了，唉……"

祝珍珍走了以后，侯曼轩打电话跟龚子途确认，龚子途说："正想跟你说这件事，周末我陪你去祝伟德家里吧。"

也不知是为什么，如果只有她一个人，她十有八九是不会赴约的。她对祝伟德和祝珍珍的印象太差，实在不想跟这两个人认亲。但是，龚子途说要陪她去，她只觉得很安心，也好奇父亲是谁，于是就同意了。

　　周末他们一起去了祝家的别墅。这一天，祝老太太、祝伟德一家三口、祝伟德大哥祝和豫都在。祝老太太一看到侯曼轩，立刻从红木椅子上站起来，连拐杖都忘了拿。

　　这时，楼梯口上有一个声音传了过来："妈，您小心。"

　　侯曼轩顺势看过去，那里站了一个白裙女子。虽然现在是下午，但她一出现，就好像时间迅速跳跃到了黑夜，只有白色影子般的她泛着微光。及肩的黑发衬得她颈项修长，脸孔仿佛是白瓷做的，岁月不曾在她脸上留下痕迹，同时也没有留给她任何情感。这让侯曼轩愣了一下才反应过来，她是祝伟德的妻子林凝，实际年龄已经不小了。

　　"您先坐着，我去把孙女给您带过来啊。"林凝赶紧走过来，扶着祝老太太坐下，担心地说道。她长了一双温婉的眼睛，却有着与任何人都保持距离的漠然。然后，她亲自为侯曼轩找拖鞋，把拖鞋放到侯曼轩面前，这又与她的气质形成了反差，更跟她身后横眉冷目的祝珍珍形成了鲜明对比。

　　"珍珍，你站着干吗，去给你堂姐倒茶呀。"林凝回头看看女儿。

　　"要倒你自己倒。谁还不是个公主了？"祝珍珍转身就上了楼梯。

　　"祝珍珍！"林凝愤慨地喊了一声，却没留住女儿，只能抱歉地对侯曼轩说，"我女儿被她爸爸惯坏了，你别往心里去。你奶奶可想你了，曼曼，还有曼曼的朋友，你们快快过来坐吧。"

　　"有这么漂亮的媳妇儿在，我都听媳妇儿的，怎么敢惯女儿呀。"祝伟德对着林凝说话，始终不看侯曼轩一眼。

　　祝老太太拍了拍桌子："你媳妇儿说的都是大实话。她惯着你，你惯着女儿，却没人惯着她！"

　　侯曼轩也有同感。林凝居然不认识家喻户晓的龚子途，大概是那种不与外界接触太多的全职主妇，也难怪有一种不食人间烟火的气质，也难怪祝伟德可以如此肆无忌惮地在外面花天酒地。

　　侯曼轩和龚子途坐下来以后，祝老太太握住她的手说："孩子，这些年你应该过得很不容易吧？你妈怀了你居然都不告诉我们，要早知道你是我孙女，我是绝不会让你吃这么多苦的……唉，不过也不怪她，毕竟她和你爸爸没结婚……"

　　"我爸……已经过世了吗？"侯曼轩不确定地说道，心也悬了起来。

　　祝老太太长叹一声："是啊。"

　　然后，她跟侯曼轩讲了关于侯曼轩父母的故事。

　　祝家有三个儿子，一个女儿，祝伟德是家里的老小，曾经和大哥祝和豫、二哥祝温伦还有另一个朋友成立了烛龙乐队。"烛"与"祝"是谐音，龙又暗示他们未来将一跃成龙。合二为一，烛龙又是中华传说中的钟山之神，能呼风唤雨。从这名字可以看出，三个儿子都是骄傲的孩子，不愿意借助父亲的资源成名，于是就开始了低调匿名的流浪演出。

在一回高中校园义工演出中，祝伟德听说了这所学校有两位出名的大美女，其中一位是标准的音乐发烧友，而且她们都会来看他们的表演，高兴得不得了，立刻把消息跟两位哥哥分享。大哥也有点感兴趣，二哥态度一如既往平淡如水。

那天表演结束后，他们都被傅月敏和吕映秋的美貌折服了，祝和豫想效仿孙策周瑜娶江东二乔一样，跟祝温伦一人追一个。他看上了白牡丹般的傅月敏，有红牡丹之色的吕映秋就留给了二弟。至于小弟祝伟德，直接被忽略不计。祝温伦在写新曲子，并计算着去其他城市演出的经费，对追美女并不感兴趣，就把追吕映秋的机会让给了弟弟。

然而事不遂人愿，孙周的传奇还是有些难重演。傅月敏没有看上祝和豫，吕映秋也没看上祝伟德。反倒是祝温伦惹了吕映秋，因为他在搬架子鼓的时候不小心把她撞倒在地，道歉还没有到达她想要的诚意标准。如果换成祝伟德，大概就会各种温言软语加跪求哄骗赢得美人的原谅。但祝温伦人不如其名，天性冷淡，拒绝卑微，跟吕映秋两个人争了起来。吕映秋一怒之下，就说出了"你以为自己写的曲子很棒吗，都是不上不下的水平"这样的话。

大实话总是最能戳人痛处。祝温伦气得差点把鼓都摔了，说你既然这么有才，你来写一首更好的给我看看。吕映秋冷笑："我穿了一件破衣服，找商家退货，商家还叫我做一件更好的不破的给他看，是这么一个逻辑对吗？"

祝温伦更气了，不再跟她争执，转身就走。

但是，过了两天，烛龙乐队其他成员都去了东城的学校表演，祝温伦却留了下来，重新找到了吕映秋，问他到底错在了哪里。

吕映秋不再生气了，只是心平气和地给了他答案："你写的歌感情都很充沛，但不是头重脚轻，就是头轻脚重。可能我是外行人，猜测有错，但我觉得是因为你的心境并不像你想的那样平静。而且有些急于求成，总在一部分乐曲里添加太多东西。歌词也是，歌曲也是。"

"那我应该怎么做呢？"

"尽量简化。除非是抱着向大师学习的精神，不然听众对炫技的创作兴趣并不大。"

祝温伦沉思了很久，觉得她说得很对。他们一直自感怀才不遇，却很少深入地在自己身上找过原因。接下来的四个月里，他辞掉了后面去其他城市的演出，留在本市重新开始创作，并经常到吕映秋的学校来找她讨论最新的成果。

等他重新写好了一批曲子以后，刚好家里发生了重大变故：祝老爷子隶属的影视公司老总得罪了掌管五十三所夜总会并贩毒的黑帮团伙。公司老总拉着祝老爷子去应酬的时候，这些人口出恶言侮辱了祝老太太和他的女儿，祝老爷子一个没忍住，顶嘴了，结果就摊上了大事。于是，祝家全家人都躲到了新加坡足足三年之久。

等他们再度回来的时候，祝和豫娶了贤惠漂亮的老婆，祝伟德换了整整一打女朋友，终于和第十三个女朋友林凝相对稳定地谈了九个月之久。祝温伦却一直单身，等待着和某个女孩的重逢。他没能在当初的高中校园里打听到她的消息，也没能通过当初留下的联系方式找到她，他一直没有放弃过寻找她。

结果是踏破铁鞋无觅处，得来全不费工夫。回来以后，他们一直坚持不懈地在全国各地进行表演，半年后的一次表演中，他一眼看见了人群中为他振臂高呼的吕映秋。她穿着大红裙子，唇亦是一抹惊艳却不俗的大红。

这一天，他做了一生中最冲动，也是最不后悔的一件事——表演结束后，全场高呼安可，他丢掉了鼓槌，直接走下舞台，当众拥吻了吕映秋。他单方面以为自己思念成疾，他心仪的姑娘同样如此，但现实和艺术家的幻想总是有差距。他们的爱情并没有因此燃烧起来，他只是吃了吕映秋一记火一般热辣的耳光。

这件事第二天就上报了，还造成了不小的舆论热议。但他没有就此放弃，而是一直不要命地追求吕映秋，一直从春天追到了冬天，从冬天又追到了春天。直至吕映秋大学快毕业那一年，他才总算得到了她的青睐。

然而好景不长。他们俩才刚谈恋爱不到三个月，家里又一次发生了变动。黑帮团伙重新盯上了他们，而且他们头目等了几年，比之前仇恨更深了，跟祝老爷子说交出你一个儿子的命，我们就放过你。在那个治安不够好的时代，连报警都起不了任何作用。意识到了事情的严重性，祝温伦知道继续跟吕映秋牵扯下去是在拖累她。于是，他写下曲子送给她，又伪装瘡渣男甩了她。

而且，因为知道这个团伙已经注意到了吕映秋的行踪，他故意写信给已经逃出国的哥哥，说吕映秋只是他随便睡的一个贫穷女人，现在甩不掉好心烦。然后又故意让黑帮团伙拦截下来。那之后，才没有人盯上吕映秋。

之后他把祝伟德送到了乌克兰。安顿好弟弟以后，他还有一些事需要回国和大哥一起处理，但他也知道，回国是极度危险的。于是，飞回国那一天，他把厚厚的一摞曲子都交给了弟弟，说："如果我不慎死了，帮我保管好这些曲子并唱下去，署名写你都可以，只要能把它们唱火。尤其是这一首，是我写给小秋的。"他把一张纸小心翼翼地抽出来，递给他："初稿在小秋那儿，这是我修改的最终版本，我觉得它会火。"

当时，他们正好路过一家乐器行，他拉着祝伟德进去，随手取下玻璃窗旁的贝斯，现场弹奏了这首曲子，并用他不算动听却十足诚恳的歌喉临场唱出了歌词：

你摇曳的腰是最美的姿态

你的长发是我思念的云彩

你娇小的柔情是我恋恋不舍的悲哀

你的笑是一片忧伤的大海

缠绵着徘徊 / 临别的爱

亲爱的长发女孩

今夜的你如此美丽

要我如何忘记这轰轰烈烈的爱

只盼你坚毅锐利的眼眸入我梦来

乐器行里只有为数不多的六个人，他们也听不懂中文，但都被这一段唯美凄凉的独奏吸引了，又被这充满感情的异国语言感染了，都纷纷停下脚步听他弹唱下去。表演结束后，他轻轻抬起手，在场的大人鼓掌，少女流泪，孩子则是模仿着大人的样子，用肉肉的小手鼓掌。

"一定会火的。"

那一天是阴天，基辅的楼群因此泛着陈旧的颜色。祝温伦看着窗外熙熙攘攘的人群、许久不被电车问津的轨道和空中蜘蛛网般的电线，久久地出神，然后又回过头对祝伟德微微一笑："这首歌一定会火的。等我回来，我们三兄弟一定要在乐坛闯出一片天地。到那时，如果小秋没有嫁人，我再加油把她追回来。"

意料之中也是意料之外，这一场仅有七名听众的"演唱会"，变成了祝温伦一生的绝唱。他回国之后顺利帮父亲和哥哥收了尾，买了比哥哥早两天飞回乌克兰的机票，却在去机场的路上出了车祸。被好心人送到医院时，他的肋骨断得只剩一根完整的，浑身软如烂泥，一个字都说不出来，不到半个小时就停止了呼吸。

祝家当然都知道这不是一场意外事故，但没有一个人会道破真相。

因为祝温伦的死亡，黑帮团伙按照江湖规矩停止了对祝家的追杀，祝家暂时得到了安宁。回国后，祝和豫放弃了音乐，专心辅佐父亲。乐队从此解散，祝伟德开始了他的单飞演艺生涯。三十年河东三十年河西，十一年后，祝老爷子成功翻身，借助他积攒多年的人脉查出这个黑帮团伙又一起天文数字的走私交易，报案并协助警方调查，端掉了他们的老巢。他们最大的头目被判处死刑，其余七个人都被判了终身监禁。

仇是报了，儿子却永远回不来了。

对祝温伦而言，他死得不算遗憾，因为他在生前已经把所有后事都处理好了。

唯一算错的是，他以为吕映秋离开自己以后能过得很好、嫁得很好，跟别人生儿育女，幸福地活到一百岁，最后寿终正寝。在那个临别的夜，他也把这些话都告诉了她，却没思索过她离别话语的含义："你放心，你这种不负责任的坏男人不会让我惦记太久的。以后我会嫁人，会生可爱的宝宝，把孩子培养成比你厉害一百倍的传奇歌手，让你为今日的言行后悔一辈子。"

"我很期待那一天，也相信那一天会到来。只要有你的基因，孩子一定是最优秀的。忘了我吧。"说到最后，他自负地笑了，眼眶却湿了。

吕映秋却表现得格外冷酷，从头至尾连眼眶都没有红一下。

听完整个故事，侯曼轩沉默了很久，才轻声说："我妈妈最后真的对我爸爸这么说？"

"嗯，这些都是你父亲亲口告诉我的。"祝和豫低头算了一下时间，"那时候你母亲已经怀上你了。她能说出那些话，应该是很坚信你也有你父亲的音乐天赋吧。"

想到小时候因为被逼着当歌手和妈妈吵那么多次架，问妈妈为什么要这么执着于让她做这一行，妈妈每次都给类似这样的答案："你别问那么多问题，烦不烦人？你肯定可以出名的，可以红成天后级别，给我老老实实唱下去就行了！"

她当时只觉得老妈是想出名想钱想疯了，还小声嘀咕说，你一个会计，我爸一个半吊子生意人，能培养出什么天后。结果被老妈提着扫帚满屋子追着打。

"我有一个疑问……为什么祝老师……"说到这里，她别扭地改了称呼，"祝叔叔没有立刻发表《临别的夜》，而是等了两年才发表呢？"

祝老太太冷笑一声："他那点小聪明，哼。他早就知道《临别的夜》是撒手锏，所以没有立刻发表，而是先唱了几首他哥的其他歌曲预热，向人展现他才华逐渐绽放的过程。他啊，当什么歌手，去开一家营销公司都能运作成世界级的了吧。"

"我后爸跟我说，我妈妈生活困难的时候曾经找生父借钱，找的也是祝叔叔？他把祝叔叔和我爸爸混淆了？"

祝伟德点头，却一句话也不想说。

"那她知道我爸爸已经去世了吗？"

"应该过了很多年才知道的，所以才让我一直唱《临别的夜》给她听。"祝伟德语气很淡然，却有一种难以掩藏的嫌弃，"我又不是我哥。"

"你再对曼轩摆出那个德行试试！"

祝老太太挥舞拐杖，吓得祝伟德立刻挺直了背脊，小声地说："妈，我错了。"

侯曼轩摆摆手说："祝奶奶，不要怪他，您不了解我妈的性格，一般人受不了。"

"别加那个'祝'了，我就是你奶奶，他就是你的叔叔。虽然我也替这叔叔感到丢人。"祝老太太瞪了一眼祝伟德。

侯曼轩的情绪很低落。好不容易有了生父的消息，知道他是一个伟大的男人，却又同时得知，他在自己出生之前就已经过世了。

所以，早在十九岁那一年，她就已经是一个孤儿了。

但她也感到十分欣慰。

原来，爸爸并不是把妈妈糟蹋了的坏男人。确实，妈妈那样骄傲的女人，也确实不应该会留恋一个糟蹋她的男人。她什么都不说，什么都不解释，永远一副怒气冲冲的样子，一颗心却跟明镜似的，知道这个男人是她生命里最好的一个。尽管爸爸早早地就走了，但在他短暂的一生里，始终呵护着妈妈、惦记着妈妈，把所有的爱也都给了妈妈，甚至到死之前都还想着要妈妈一生安乐……

他们是真心相爱的，而自己是他们爱情的结晶。

一时间，她只觉得百感交集，鼻子酸酸的，心里空空的，但又觉得很开心。

然后，有一只手搭在她的肩上。她转过头一看，是龚子途轻轻搂住了她。他没有看她，只是神色凝重地看着前方。这一份无声的安慰让她更加感动了，但她只是笑了笑说："子途，我没事的。"

祝老太太也留意到了这个细节，又看向龚子途："对了，曼曼，这个男孩进来以后都没怎么说过话，是你男朋友？"

"哦哦，不是。"

"是。"

前面那句是侯曼轩说的，后面那句是龚子途说的。侯曼轩转过身，诧异地看向他。

祝伟德皱了皱眉："不对，子途，是我老糊涂了吗？我记得你不是有女朋友吗？"

"分了。"龚子途淡淡说道。

侯曼轩的诧异又多了十分。然后龚子途补充了一句："现在我和曼曼和好了。"

侯曼轩诧异得已经连要否认都忘记了。在她还在纠结着该如何回答的时候，龚子途在她耳边低声说："不要否认，这是为你好。"

Act.23　一颗甜甜的糖

　　龚子途一直瞒着她一件事：那天酒局上，崔总喝得烂醉，随便拿了一瓶新白酒，但没怎么费力就打开了，他还奇怪地看看自己的手。这时候服务员拦住了他，说这瓶不能喝。然后，胡经理多了个心眼，趁服务员不注意的时候拿小杯子倒了一些带走。后来拿去化验，发现里面有大量丙咪嗪。

　　丙咪嗪是抗抑郁症的药，有镇痛和麻醉的作用，服用过量会导致记忆力衰退、身体抽搐，破坏脑神经和语言表达能力，甚至会引发急性中毒死亡。

　　而提到抑郁症，龚子途立刻想到了不久前的那条新闻：《传闻侯曼轩因离婚后事业走下坡路患上抑郁症》。

　　做一个假设。如果那天他没有去那个酒局救场，侯曼轩被他们灌了那么多酒，又被其中一个老总带到酒店去过夜。第二天不管是变成痴呆还是死在潜规则大佬的床上，都可以归咎于抑郁症患者的失常之举。而那条新闻为什么当时没有闹大，可能只是不想引起侯曼轩太多的关注。毕竟如果她关注了并开出自己精神状况良好的证明，这一个预告式的铺叙就毫无作用了。

　　不管这个人的目的究竟是什么，这个幕后主使者的目的都很明确：要把侯曼轩逼到死路，而且还是遗臭万年的死法。

　　每次想到这里，想到自己只要晚到半个小时，侯曼轩可能会被灌醉或者带走，龚子途都会觉得背后发凉。那天饭局的每一个人都可能是幕后主使者，但更有可能是幕后主使者根本不在现场。这一点他没有头绪，也不能告诉侯曼轩。如果她承受不住这么大的压力，反而会打草惊蛇。

　　他不知道这件事和她的身世是否有关，但应该不是祝伟德指使那些人去做的。祝伟德只是偷走了祝温伦的成名曲，不管他所言得到祝温伦的许可署名是否属实，都不足以让他对侯曼轩做到这个程度。

　　这一天接收到的信息量太大，侯曼轩觉得都有些消化不来。最后，她很客气地和长辈们道别，说等巡演结束以后再和他们长谈。

　　回去以后，她就进入了首场演唱会的准备工作中。然后，在十月初，即将出行的前几天，她又接到了董事长的电话。

"曼轩，最近心情好吗？我有一个好消息要告诉你。"听到杨英赫用这种喜气洋洋的声音说话，侯曼轩知道了，那是他的好消息，不一定是她的好消息。

"只要不影响我的巡演就好，别的都好说。"

"就是巡演的好消息。"杨英赫轻快地笑了两声，"恭喜你，又可以和 wuli 盛世美颜公子兔哥哥同台共舞了。"

就知道！但这回却想不通理由。她很想举双手双脚抗议："为什么啊，龚子途现在的名气还需要我来提携吗？"她不排斥和龚子途一起参加各种节目，但巡演是她的舞台，她不想龚子途来喧宾夺主。

"哦我的曼轩，你又误会我了。这一回可不是我安排的。是子途本人。"

侯曼轩更糊涂了："为什么？"

"可能他暗恋你吧。"杨英赫一本正经地说着他自己都不相信的鬼话，"而且你很难拒绝呢，因为你在欧美的巡演场地全都换了一通。因为有子途的加入，现在门票在北美卖疯了，欧洲反响也很好。"

"……是龚子途换的？"

"是。我们想给你在西部增加三场表演，如何？"

其实不用问也知道，因为赫威集团在亚洲的资源是绝对强势的，但在西方就有些无力了。目前公司里能在欧美有这么大影响力的人，只有龚子途。他为什么要帮她这个忙？不可能只是为了和她一起演出。挂掉电话后，侯曼轩打电话给龚子途，本想问清他葫芦里卖的什么药，但他的手机关机了。她去舞蹈练习室碰运气，没想到真的看到了 BLAST 全体成员在一起练新专辑主打歌 *The Burning Night* 的走位，由龚子途和姜涵亮一手操办的。

如今 BLAST 在乐坛的地位稳固，而且脱离了当年的青春少年路线，完成了成年男团的转型，整体风格偏成熟性感，衣服也以黑色系为主。尽管现在在练习室他们穿的都是休闲装，但光看舞姿都能判断出，他们在正式演出中会穿开领黑衬衫或真丝白衬衫一类的衣服。

龚子途头戴灰色鸭舌帽，穿着黑 T 恤和黑色九分牛仔裤，裤腿与板鞋之间露出一截清瘦的脚踝关节，舞姿缓慢，却没有一点多余的动作和表情，一点也不缺乏力度和柔韧度。哪怕帽檐压得很低，侯曼轩也一眼就找到了他。他跳得太投入，还是经过站桩大王唐世宇拍了拍肩，才抬起头看到了门口的侯曼轩。

侯曼轩摆摆手，指了指室内，示意他继续跳。他没有点头也没有摇头，表情也看不出半点情绪，但后来每跳十多秒都会往她的方向看一次，让她反而觉得有点不好意思。到歌曲副歌时，他做着顶胯的动作，原本应该是侧头看地面，这一回却是抬头看着她。当然，还是微微皱眉，带着一脸的禁欲。

不过几秒时间，侯曼轩的脸烧起来了。

这小兔子！！过了这么多年还是一点都没变，总喜欢面无表情地到处发射撩妹电波，而且电流强度还增加了好几千万安培。就不让他得逞！她直接从门口消失了，靠着墙壁站立，闭着眼睛等心跳平稳下来。

歌曲播放结束后，龚子途肩上搭着毛巾，出来找侯曼轩。她把他带到一个安静的角落，直入主题："子途，关于演唱会场地……非常谢谢你，但不用帮这么多忙。这么高调，会传开的。"

龚子途用毛巾擦了擦额上的汗："那就传开好了。"

"传开对我们俩都没什么好处，说不定会影响你和郑念的感情，还是算了吧。"其实说出这句话，有一点点好奇的私心。

"我现在是单身，不是说了吗？"

侯曼轩很不想承认，听他亲口确认这个事实自己有多高兴。她赶紧提出新的问题来分散自己的注意："我也会找不到男朋友的。"

"爱情和事业，你不是总选择事业吗？"龚子途微微扬起一边眉，"这回怎么不坚持了。"

"这是两回事，我也可以选择不接受你的事业赞助吧？我们俩难道不是应该避嫌吗？"

"都是单身，也没几个人知道我们的过去，有什么好避嫌的。"

"我不懂，你这样做到底图什么？"

"不需要跟你解释。"

他的冷漠让她觉得很受伤，但又在心底燃起来一丝希望。她抬起头，勇敢地直视他的双眼："子途，你还喜欢我，对不对？"

龚子途先是微微一怔，眼中有一闪而过的动摇，但随即他又笑了："你想太多了。廉价的爱是教训，一生经历一次就够了。"

她懂了。最近总看到龚子途，是因为处在特殊时期。他可能暂时不能跟她说具体情况，但等过了这段时期，他们俩应该都能恢复自由了。

想到这里，她的眼神也暗淡了下来。浓浓的失落感和难过淹没了她，让她觉得以为自己已经走出来的念头很傻。

平时她的心态很好，即便偶尔有情绪上头也都调整得很快。可是为什么每次面对龚子途，她都会这么玻璃心？他一句话可以让她笑，一句话可以让她哭。如此被动的关系，大概从她坚定要小萱开始就已经注定了。

十月十日起，"侯曼轩出道二十年 The One 世界巡演"先在国内举办了五场，然后飞往日本进行东京站的表演。

侯曼轩最早是在日韩打开的国际市场，但这还是她第一次在日本举办中文歌的演唱会。演唱会开始后，她的 MV 片段在 led 大屏幕上快速闪现。从《可爱的 101 个理由》到《尖端少女》，到入赫威集团后发行的第一首转型作 In Danger，到奠定女神地位的《雅典娜》和 The Game，到深受歌迷喜爱的《嫁给你》和 One day, One life……每出现一幅画面，台下的尖叫声就会更大一些。到最后，视频里出现她在后台里化妆，眼神自信地对着镜头微笑，台下的尖叫声又一次推到新的高峰。然后，她咬了咬墨镜镜腿，再把墨镜戴上，从椅子上站起来，造型帅气而绚丽：戴着墨镜，穿着墨绿色的制服和黑色长筒靴，浅棕色的长直发全部中分梳到脑后。

屏幕中，她回眸对着镜头一笑，转身快步走上银色的登台梯。

舞台上喷雾爆开，火花四溅，侯曼轩本人和十二个舞伴也出现了正中央。尖叫声推到了最高峰，荧光棒摇晃得如同纷繁的礼花。浑厚的男子低音用英文报数："十，九，八，七，六，五……"

侯曼轩一句话不多说，当报数到"一"的时候，直接开始跳舞。气氛热烈到了极点，粉丝沸腾度更甚巅峰期的顶级偶像团体。

靠实力而红，只靠实力而红，是她能一直在乐坛屹立不倒的原因。漂亮但从不拿脸炒话题，知道市场吃什么样的女性舞蹈但从不卖弄风情，只有干练酷劲的舞蹈和毒品般令人入魔的嗓音，飒劲中又透露出一点性感。每一次登场，总是能让人心脏受到暴击。

这一夜也是如此，每抖动一次肩膀，她制服双肩上的金色流苏也会跟着抖动，长发和短裙也会跟着舞姿甩动，让人难以想象，女性也可以帅到如此极致。

三首舞曲过后，她散下头发，换了一套雪白曳地长裙，开始抒情歌三连唱：White Heartbreak《白日梦》《可爱的 101 个理由》，歌迷们的荧光棒又像夏夜水池里星子的倒影，柔和地摇晃着，三百六十度将她环绕。

这么多年来，因为家里发生的诸多事情、母亲的不沟通，她一直感到深深的自卑。

现在心结打开，知道有那样一位伟大的父亲，她更加珍惜每一次表演的机会。

她终于敢大胆跟自己承认，她热爱唱歌，热爱跳舞，热爱单纯用流行艺术与歌迷沟通的每一个瞬间。

演唱会上半场结束后，休息二十分钟。龚子途也准备就绪，在后台等待下半场《嫁给你》、My Bride 和 One Day, One Life 的表演。

他想到了巡演前一天，在一次"金花奖"颁奖典礼上看到了侯曼轩和苏雪风。苏雪风拿了最受欢迎新人奖，侯曼轩亲自跟他道喜，把他高兴得奖杯都快拿不稳了。对比她和苏雪风说话时笑得眼睛都快没了的态度，她跟自己说话那么客气，甚至可以说是客套，就显得很疏远。龚子途并没有因此表现出不悦，却被一个人看穿了心事。

"龚大帅哥，你也有今天啊。"戚弘亦走过来，在他耳边小声地说，"当初侯曼轩甩掉我时，我问过她，龚子途有什么比我好，你知道她是怎么跟我说的吗？'他比你年轻。'原话，我一个字没改。"

龚子途微笑着说："所以呢？"

"以色侍人，色衰而爱驰。当初她可以因为你的皮相和青春看上你，现在一样可以因为苏雪风的皮相和青春看上他。小鲜肉终会老去，节哀顺变吧。"

看他一脸小人得志的样子，龚子途低下头，笑意更深了："作为一个离婚人士，戚先生对女人变心的经验确实比我多。高手。"

戚弘亦眼神凶狠："好歹她嫁给我了，你呢，她连嫁都不愿意嫁你！你这个不男不女的小白脸！"

"戚先生息怒。你这么恨，我会以为你是帮我养了几年孩子呢。"龚子途拍拍他的肩，"我还有事，先不跟你说了。"

"你他妈的胡说八道！"戚弘亦额上的青筋都凸了起来，特别想动手打他，但他比以前又高了一些，戚弘亦深知自己打不过他，只能把自己气个半死。

现在的龚子途不会再轻易被挑衅，但这些话他并不是没有入耳。他从来不觉得戚弘亦那样的情敌可怕，也不觉得苏雪风能追到侯曼轩。但他没想到，苏雪风在国内支持她也就算了，还跑到东京来看演唱会，还被侯曼轩放进了后台。

"曼轩姐姐，你唱歌真好听，跳舞跳得好好啊。在舞台上气场有两米八！"明明比侯曼轩高了二十多厘米，和她讲话也需要低头，但苏雪风还是可以表现得跟一个小学生迷弟一样，对侯曼轩露出崇拜的眼神。

侯曼轩心情很愉悦，但也不忘说大实话："那是因为伴舞个子都不高呀，辛苦他们了。要是你这种身高的来给我当伴舞，我分分钟被打回原形。"

"我觉得不会啊，你气场和气质都那么好，跟伴舞没有关系的。再说，个子不高的曼轩姐姐也好可爱。"他扬起眉毛，好奇地看着她的头顶，"看，我能看到姐姐头顶，随时都可以摸头杀也挺好的。"

说完，他还真的伸手摸了摸侯曼轩的头顶。侯曼轩一边唤着"你这臭小子敢摸姐姐的头"，一边拿道具扇子打他的胳膊。两个人打打闹闹了不到一分钟，忽然侯曼轩的胳膊被人抓住，硬生生拽了回去。她回过头去，茫然地看着身后的人："怎么了？"

龚子途云淡风轻地说："后半场演出就要开始了，你还不多休息一下？"

"哇，子途哥！"苏雪风也吓了一跳。

这是他第二次近距离看到龚子途，还是和上回一样感到特别惊艳——用这个词描述男性好像有些奇怪，可他不敢想象真人可以这么高，这么帅，这么有气质。他如果有一天弯掉了，肯定是被龚子途掰弯的。还在当练习生的时候，他的男神就是龚子途，女神是侯曼轩，现在两个人都在他面前，他已经毫无偶像包袱得想让他们俩在自己的 T 恤背后签名了。

龚子途对他微微一笑："嘿，雪风，你也来听曼曼演唱会了啊。"

"是啊是啊。你们俩都在，我能不来吗？"苏雪风握紧双拳，"子途哥你的专辑我全部都有，你的每一首歌我都会唱！虽然没你唱得好，但他们都说我模仿得特别像！"

"这么优秀的师弟也喜欢我的歌，那够我高兴半天了。"

比起侯曼轩的亲切姐姐范儿，龚子途表现得更像一个偶像。因此，苏雪风的注意力很快就被他的男神转移开，让侯曼轩有些不爽地转身走了。登上舞台的不锈钢梯子旁有一个挂满表演服的衣柜，她靠在梯子上，气鼓鼓地伸手弹了几下衣服，好像那些都是龚子途的脑袋。

搞什么，明明小师弟是为了她来的。他是嫌自己不够红，连这么可爱的男粉都要跟她抢吗？

但很快龚子途也走了过来，不冷不热地对她说："你一个人在这里做什么？"

"我不懂，你为什么要打断我和雪风说话？"

"是他主动和我说话的。"

"这已经是第二次了，是我多想？是巧合？"

龚子途靠在梯子扶手上，懒懒地看着她："所以，你现在是专门盯着二十、二十一岁的小男生不放了？"

"他只是我的师弟，来支持我的演唱会而已，而且是他主动加我微信，什么叫我专门盯着小男生不放？"

"当年我也是你师弟，也支持你的演唱会，也主动加你微信，最后我们变成什么关系了？"

侯曼轩有点火了，但还是试图和他好好讲道理："你不要把我们的事和苏雪风扯到一起去好不好？再说，你认为什么人追我，我都会答应是吗？"

"你在看他演的电视剧。"

"那又如何，我对他也很有好感啊。"

龚子途明显也动怒了，但和她一样，紧绷着最后的理智，冷冷地说："你就是喜欢玩弄小男生吧。只要是这个类型的你都吃，对吧？"

被他扣上这种帽子，侯曼轩仿佛真的听见"砰"的一声神经断裂的声音，破罐子破摔道："是是是，我就是喜欢小男生，就像当年喜欢你一样。哈，小师弟很好啊，又年轻又粉嫩，揩揩油摸摸头，多滋润。所以，你有意见吗？我们俩好像只有同事的关系，连朋友都算不上吧，你管那么多不如……呜呜……"后面的话被龚子途的吻封住了。

她立刻侧过头去，往后退了一步，却发现身后除了衣柜，无路可退，于是用力推了他一把，竭力压低了愤怒的声音："你发什么神经，我们在演唱会后台啊！"但没有用。龚子途把她整个人都推到了衣柜里。

高高挂起的表演服像窗帘一样关上，黑暗笼罩了视野。他单手扣着她的头，粗暴而深入地吻她。她再次推他的双手却被他另一只手扣在胸前，黑暗之中明显感受到了他的心脏，跳动得如此疯狂。她试图反抗，但力气完全不及他，而且被他这样一亲，她的四肢百骸都被抽光了力气般，两条腿软得连站都站不好。

外面，有日语广播全场用高声宣告着："侯曼轩出道二十年 The One 世界巡演下半场还有五分钟开始，请各位观众入席就座。"

她"唔唔"叫了几声，他才稍微松动一些。她焦急地小声说："放开我，快开场了。"

他的呼吸急促，声音却没有起伏："你以后还会跟小男生玩暧昧吗？"

"跟你没有任何关……"就像教训一样，她的话又一次被一记深吻堵住了。又过了十多秒，外面的工作人员大声喊道："曼轩，曼轩在哪里，还有五分钟要开始下半场了哦。"

侯曼轩的声音都发抖了："快放我出去，真的要出去了。"

"你以后还会跟小男生玩暧昧吗？"他冰冷而机械地重复道。

"这个跟你有什么关系吗？我是单身！龚子途，你怎么可以这么蛮不讲理……"毫无意外，她又被吻了。但这一回他更过分，把她双手按在柜壁上后，身体与她紧紧相贴，直接把她整个人都压在了柜壁上。

外面再次传来了工作人员的呼声：

"曼轩人呢，你们看到曼轩了吗？"

"没呢，刚才还看到她的，奇怪了……打她的电话吧？"

手机铃声从休息室里响起，其他人的脚步声都走远了。只有苏雪风的声音和脚步声靠近："曼轩姐姐，你在这里吗？"

龚子途这才停下了亲吻，贴着她的耳朵悄声说："让他过来看看？"

侯曼轩小幅度且快速地摇头。他在黑暗中哼笑一声，又用极轻的声音说："那你乖一点，知道吗？"

苏雪风问了两次，没有得到任何回应，也离开了。龚子途又低下头，蜻蜓点水般碰了一下她的唇，松开了手。侯曼轩飞一般地跑了出去，但手腕又被龚子途抓住。她内心一紧，回头看见他也拨开密密麻麻的衣服从衣柜里出来，低下头看了一会儿她的脸，用拇指替她把嘴角晕开的口红擦掉，又用食指关节拭去了她眼角溢出的泪水，然后温柔地说："去吧。"

下半场第二首到第四首都是跟龚子途合作的歌。第一首是《嫁给你》，第二首是 *My Bride*，第三首是 *One Day, One Life* 的 remix 版。

侯曼轩顺利地表演完了《嫁给你》的单人部分。中间节奏渐慢时，舞台灯全部熄灭，led 屏上也一片漆黑，让人错以为电源断了。然后，全场响起渐渐沥沥的雨声，舞台上也出现了星点雨水的灯光效果，歌迷们很配合地保持了安静，只是徐徐地摇晃着荧光棒。

她回转过身，看到舞台中间有一抹灯光渐亮，渐次移动到了舞台的另一端，凝聚在了年轻男人的身上，只觉得心搏骤停。

他脱掉了外套，扮相居然和五年前他们第一次同台表演这首歌时一模一样——白衬衫，黑长裤，三七分的狼奔头！把头发梳上去以后，他的眼神都和五年前那么相似，却又多了一些难以用语言描绘的东西。而她穿着运动衫和军装裤，也和第一场表演时穿得一模一样。

这一次，全场的尖叫和鼓掌声是所有《嫁给你》表演中最热烈的一次。

然后，他在有些感伤的雨声中、跳跃的星光中，慢慢走向她，就像五年前，他第一次如此走向她。

星光让她想起了初次共舞时的雪花，雨声让她想起了四年前分手时雷电交加的夜晚。从开始到结束，从快乐到悲凉，从一见钟情到相负相忘……所有的情绪、所有的回忆，都融合在了短短不到一分钟的舞蹈里。

只不过与第一次不同的是，歌曲结束以后，他没有退场，而是留下来换了话筒，等待伴奏灵活地转移到了 *My Bride* 的前奏中。

因为前面情绪有些起伏，刚开始演唱时侯曼轩并没有立刻进入状态，直到双人合唱前，她从台阶上走下来时不小心脚下一个踉跄，差点扑倒在地。还好龚子途伸手接住她，两人抱了个满怀。台下一片惊呼声后，她站直了不好意思地点点头，拿着话筒继续唱歌，然后就彻底放飞自我了，大笑着飙高音。龚子途的状态也很不错，节奏、气氛、技巧、情感渲染都达到了最佳状态，和她酣畅淋漓地唱完了整首歌。

合唱很棒，第三首歌曲又迅速切换到了另一种风格：侯曼轩换上白衬衫，龚子途换了 BLAST 回归专辑的黑衬衫，两人分别站在舞台的两端唱歌、跳舞，没有合舞，但两个人带着舞伴，动作一致得跟合在一起的刀群舞似的。

晚上九点四十分，演唱会结束。侯曼轩在后台一边收拾东西，一边开着扬声器和龚小萱打电话。

"妈妈，你唱歌唱得怎样了呀？什么时候回来呢？"

果然小萱还是小萱，哪怕她才离开家两个小时，小萱都会迫不及待地问她什么时候回来。不过，被女儿这样黏着，她只觉得心中有满满的幸福，说话的声音都不由得温软许多："放心哦，妈妈表现得超好，大家都很喜欢妈妈的歌呢。"

"妈妈妈妈太棒啦！"

侯曼轩正想回答她，忽然听到龚子途的声音从身侧传来："妈妈是很棒，喜欢她的人也很多。但妈妈也傻乎乎的，萱萱知道吗？"

侯曼轩扭头瞪了她一眼，凑过去悄声说："你说谁傻呢？"

龚子途也瞥了她一眼："下个楼梯都下不好，怎么不傻了？"

"奶奶奶奶奶奶……奶兔兔？"龚小萱激动地喊道，"你怎么和妈妈在一起呀？"

"因为妈妈太笨了，出门在外也让别人放不下心，所以我们大家才都过来照顾她。萱萱不要什么都跟她学，平时也要多照顾笨笨的妈妈，知道吗？"

"哈哈哈，妈妈才不傻，妈妈好聪明的，奶兔你瞎说哦……"说到最后，龚小萱又清脆地笑出声来。

侯曼轩快暴走了，提起一口气，微笑着说："龚子途，你不要影响我在我女儿面前光辉伟岸的形象好不好？"

"光辉？"说完，龚子途把手放在侯曼轩的头顶，然后平移到自己的胸口，"……伟岸？"

"幼稚！"侯曼轩使劲打了他的胳膊一下，气得转身走了。

龚子途看着她的背影自顾自地笑了半天，浑然不觉，直到侯曼轩走了很久之后，他都开始收拾东西准备离开了，旁边有人问"龚老师今天心情很好吗"，他才被打了一棍般收住笑容，然后开始检讨自己在开心个什么劲。

日本巡演结束以后，侯曼轩和团队接着去了东南亚地区、北美地区。北美演出结束后，因为《红舞鞋》的制作需要，龚子途暂时回国一周，刚好赶上了电影拍摄现场，拍的还是女主角跳芭蕾舞的片段。一看到龚子途，郑念连踮脚的动作都做不好，纤细的长腿一直在颤抖。祝伟德也在现场，摸着下巴说："念念，你这样可能不行啊。"

郑念连忙道歉，重新再来一次。然而，只要想到龚子途就在旁边，哪怕没在看她，她都觉得完全使不出力来。她想努力，反而弄巧成拙，一个不小心撞到了一个装满石膏雕像的架子上。巨大的墨丘利石膏从最顶端掉下来，直接对着郑念的脑袋。祝伟德大惊失色，冲过来推了她一把，结果那个石膏雕像在地上摔得粉碎，把他绊倒。他摔倒的同时，一块大约五十厘米的石膏碎片插入了他的大腿肌肉。

祝伟德一声惨叫过后，所有人都围了过来。他的大腿血流不止，把地面都染红了，祝伟德按着伤口，脸痛得扭了起来："没事没事，不碍事……"然后又歇斯底里地大叫了一声。

四十分钟后，救护车到了医院门口。林凝也赶过来了，抓住祝伟德的胳膊，却不知把手往哪里搁："伟德，你怎么会受这么重的伤？怎么办啊，现在肯定很疼……"说完她抬头看了一眼四周，发现龚子途也在场，忽然脸色有些发白："怎么你们都来了？这么多人在，太吵，反而对病人不好。你们赶紧回去接着工作，这里有我照顾就行了。"

龚子途对周围的人说："你们先回去吧，我留在这里看着。"

"龚先生，您是剧组里最不可或缺的人物，还是赶紧回去吧。您这么关心我丈夫，我真的很感动，可是因为这种小事耽搁您的行程，我和伟德会过意不去。"

龚子途眯着眼睛看了看她和祝伟德，觉得她好像在瞒着什么，于是试探着说："我只是为这部电影作曲的投资人，今天并不是不可或缺的。"

林凝抬头看了一眼医院的名字："中华仁爱医院……这家医院不行，我们要换一家。"

"为什么不行？"

"这家医疗条件不好，我丈夫还是要送到更正规的医院才行。"

"什么更正规的医院，你想害死你老公是不是……"祝伟德痛得大汗淋漓，额头上的青筋都湿了，"随便什么医院都好，我想赶紧止痛！"

"可是……"林凝咬了咬唇，不再说话，默默跟着救护人员一起送丈夫进了医院大厅。

进了急救室后，龚子途和林凝等人都在病房门前等候。过了不到十五分钟，医生出来了，摘下口罩说："患者是相当罕见的 lutheran 血，现在要到主院血库去调。由于库存不足，家属必须先献血给病人用。我再确认一下，这里有同样血型的患者家属吗？"

"没有，一个这样血型的亲属也没有。"林凝神色痛苦地摇头，"我丈夫的情况很不好吗？"

"无生命危险，但我们需要补充血库亏空。"

林凝看上去很担心祝伟德的状况，但也没有办法，只能在急救室外心事重重地踱步。她徘徊了几分钟，回头对龚子途说："子途，曼曼在忙巡演已经很操劳了，我知道现在跟她说太多家里的琐碎小事会有点影响她的情绪。如果不介意，今天的事还是请你转达一下曼曼，让她多关照关照她叔叔。"

龚子途还是觉得有些奇怪，皱了皱眉说："林阿姨，您不知道曼曼和她叔叔关系不好吗？"

"伟德虽然嘴巴有时候坏了点，还脾气暴躁，但心里其实很关心曼曼的……"林凝叹了一口气，"唉，也是，我有点自私。这件事还是别告诉她了，不然曼曼来看叔叔也尴尬，不来看又是当了坏人，不要为难她，等他们关系缓和一点再说吧。"

"嗯。"

出去以后，龚子途总觉得有些奇怪。虽然和林凝没说过几句话，但他一直察觉到，她情商非常高，很懂与人的相处之道，知道在什么场合说什么话，怎么会突然要求让曼曼来看祝伟德？

换一个人处在林凝的立场，大概都会说"今天的事你还是不要告诉曼曼了，免得她担心"，但这样可能会引起对方的怀疑和逆反心理。林凝没有这么说，反而用一种让他不想转达给侯曼轩的方式……也就是说，她极有可能是不希望他把这件事告诉侯曼轩的。

在回去的路上，他一直看着车窗外沉思，抱着胳膊，身体一动不动，唯一的动静就是眨眼。最终，他还是决定打一通电话给侯曼轩，把今天发生的事交代一下，并且让她回国以后来医院探望祝伟德。侯曼轩当然不想见祝伟德。除此之外，她听到当日的所有细节，也没有任何反应。但龚子途觉得不是自己想多了，一定是缺了重要的连接线索。

十一月底，侯曼轩的巡演转移到了欧洲。傅月敏买了一堆吃的，亲自登门拜访她家。保姆打开门，告诉她侯小姐巡演还没有结束，要后天才回来。她算了算时间，才知道自己记错了。保姆知道她是侯曼轩妈妈的好朋友，立即邀请她进家里坐。但她只摆手说等曼曼回来再说。

之前她来过侯曼轩家里三次，但不知道为什么，每一次都见不到侯曼轩的女儿。孩子不是跟保姆去逛街了，就是跟保姆去游乐园了。甚至侯曼轩到她家里做客，都从来没带过龚小萱。她无数次感到奇怪，所有母亲不都恨不得把孩子带在身边吗？

但这一次，她听见客厅里传来了小女孩细细软软的声音："徐阿姨，是妈妈回来了吗？"

"不是的，是妈妈的客人。"保姆回头对客厅讲了一声。

傅月敏特别喜欢孩子，一听见龚小萱的声音，眼睛都亮了："萱萱也在家里？"

"是的，阿姨要不要进来看看她？她很可爱的。"

傅月敏这下同意进去了。她换好鞋跟保姆进去时，保姆不忘回头告诉她侯曼轩的嘱咐："小萱是过敏性皮肤，阿姨您小心别碰到她的脸了。"

"好的。"傅月敏点点头，跟着她走进去。

很快，一个小女孩跑了出来，好奇地看了一会儿傅月敏，然后甜蜜却有些羞涩地笑了："奶奶好！"

她头戴金色树叶发箍，身穿金色公主裙，一头乌黑的头发跟毯子似的披在肩上，跑步时还会抖动出漂亮的光泽，衬托着白嫩嫩、肉嘟嘟的小脸，任谁看了都会觉得是小天使下凡。但是，看见龚小萱的一瞬间，傅月敏惊诧得半天才回了她两个字："……萱萱？"

这怎么可能是萱萱，分明是二十多年前的途途穿上了女装！

"是呀，我是萱萱！"龚小萱两只手背在背后，有些害羞地扭了扭，眼睛却笑成了两个弯月牙。

连笑容都一模一样，这……傅月敏走过去蹲下来，抬头认真地看着龚小萱："萱萱，告诉奶奶，你今年多大了？"

保姆进厨房为傅月敏切水果去了。龚小萱伸出小手，比了个"三"的手势："我今年三岁啦！"

"你爸爸和妈妈呢？"

"妈妈出国唱歌去了，跟我说很快会回来哦。爸爸……"龚小萱收起了笑意，睁着大大的眼睛，往右上方看看，又往左上方看看，"不知道爸爸去哪里了，妈妈说爸爸去了很远的地方，暂时回不来了。等萱萱长大了，变成大姑娘，爸爸就会回来了。"

"爸爸怎么会去很远的地方呢？再想想，他去哪里啦？"

龚小萱摇摇头，腮帮子鼓起来，两条细细的眉毛拧成了很调皮的形状："真的不知道，妈妈没告诉我呀……"

傅月敏想了想，还是没有提到戚弘亦。如果曼曼跟她说爸爸是戚弘亦，那么即便他们离婚了，曼曼都没有必要跟她说爸爸会等她长大才回来。

傅月敏摸摸龚小萱的长发，和蔼地说："萱萱，你还没告诉奶奶你姓什么呢？"

"我姓侯呀。妈妈说我在国外就应该叫小萱侯，哈哈哈……"

侯小萱？为什么不是姓戚？傅月敏觉得心跳明显变快，然后"啊"地轻轻叫了一声："小萱，你头上有一只虫子！"

龚小萱吓得张开口，睁大眼，细小的脖子缩得完全看不到了，她却动也不敢动，"嘤嘤嘤"地轻轻叫了几声："奶奶，怎么办呀，我最怕虫子了……"

"奶奶帮你把虫子赶走，可能会有点疼，你忍忍哦。"

看见龚小萱害怕地点点头，傅月敏假装在她头上找虫子，挑了她一根头发，快速地拔下来，在她头上吹了两下："好了，不怕不怕。奶奶去把虫子包起来。"然后，她从桌上的抽纸盒里拿出一张纸巾，把那根头发包起来，放在了自己的钱夹里。

侯曼轩巡演团队的航班抵达了伦敦希思罗机场。

这一天她心情很好，因为这一路巡演都非常圆满，伦敦站又是倒数第三站，表演结束以后，她就可以回国好吃好喝休息一段时间了。而且，龚子途也快来和她会和了。她对在欧洲的表演不算太有自信，有他在，哪怕他总是对她冷言冷语的，但也总是会安心一些。

下了飞机，她在一群西方面孔中看到有一个英国老头举起"侯曼轩小姐"的中文牌子，赶紧叫上其他工作人员一起走过去。然而那个接机人报出的姓名却和公司所给的对接的名字不一样，让言锐提高了警惕。这个老头不会说中文，于是拿出手机，拨通了一个电话递给她。

"侯小姐，赏脸让我接个机？"

她还以为自己听错了。为什么在大老远的极西国度，一个以0044开头的手机号通话中，会传来龚子业的声音？

"龚先生……你，你不会是黑客吧？"

"什么黑客，你有点幽默。你正前方右边有个 costa 咖啡厅，朝那里看。"

侯曼轩抬起头，果然看到了一家 costa。在一群神色匆忙、肤色各异的旅客中，有一个清瘦的男人坐在只有他一人的双人桌前。他穿着相当正统的黑色西装，一手拿着手机，一手拿着一张泛黄的 *Financial Times*，身侧的椅子上挂着他外驼色内黑白格纹的高领风衣。真奇妙，比起其他人，龚子业更像英国人。

侯曼轩讶异地说："龚先生，你为什么会在这里？"

"过来开会。结果你巡演也刚好到了伦敦站，真有缘分。"

"哇，然后龚董就亲自来接机了吗？我有点太受宠若惊了……"

龚子业放下报纸，对她举了举咖啡杯："过来喝一杯？"

在这里看到认识的人，自然是很亲切的。侯曼轩觉得很开心，对身边的工作人员做了个手势就朝他走去，结果龚子业又画蛇添足地补充了一句："就是喝咖啡，没有别的意思。"

"什么别的意思……"侯曼轩先是一愣，立刻想到了在欧洲很多地方喝咖啡暗示一夜情，差一点摔电话了，"你不说我也知道，谢谢！"

"入乡随俗，难免警惕一些，不然冒犯到侯小姐就不好了。"他轻轻一笑，朝她勾了勾手，"过来吧。"

然后他挂断了电话，站起来，颇有风度地为她拉开了椅子。

侯曼轩身后，一个工作人员小声说："我叔叔在东万工作，昨天跟我说他们董事长出国度假了，结果是来这里了？"

Act.24　兔曼在一起了

侯曼轩刚坐下来，龚子业就叫司机把其他人和她的行李送回酒店，然后和她聊了半个小时，之后亲自开车送她回酒店。一路上他的话不多，只是跟她确认了两天后举办演唱会，到酒店门口的时候说了一句："你什么时候有空，我带你去喝英式下午茶？到这个地方当地美食就别指望了，下午茶还可以喝一喝。"

"今天明天我全天都空着的，看你的时间啦。"

"明天好了，下午三点我来接你。"

"这么晚？"

"刚下飞机应该很累吧，坚持到晚上睡觉在国内也算熬夜了，如果明天早上醒来，到中午你还可以补觉。三点刚好。"

侯曼轩听得目瞪口呆："厉害，龚先生这是出国出成精了吧……"

龚子业摊开手，微微一笑："活到这岁数了，什么都多少该懂一点。"

侯曼轩清脆地笑出声来："你把你自己说得像好老一样。"

"你如果有一个比你小近十二岁的弟弟，也会和我有同感的。"

然后，侯曼轩回到酒店，舒舒服服地睡了一觉，第二天还叫了客房服务，吃了一顿丰盛的早餐。

第二天龚子业准时开车来接她，到泰晤士河畔的一家酒店的下午茶餐厅小坐。伦敦没什么高楼，这家酒店能俯瞰泰晤士河，已经颇有现代风味了。但窗外的景色、服务员和餐厅客人的谈吐举止，和一百年前似乎区别不大。侯曼轩不清楚为什么龚子业会突然请自己吃饭，但女人的直觉告诉她，他对她多多少少有些好感。如果不是因为他知道她和龚子途谈过恋爱，她甚至会觉得他是在追求自己。

她和龚子业不熟，加上他又是位高权重的企业家，原本以为他们俩坐下来多多少少会遇到尬聊的情况，但没想到和他相处居然格外地舒服。他不会刻意找话题，只是有一句没一句地聊天、点餐。三层瓷盘点心上来以后，他还会把三明治先取出来，放在她的面前。三明治味道很不错，她吃了一口，满足地说："好好吃。龚先生，有件事你可说得不对。你说英国没有好吃的东西，早餐还是不错的吧。"

他用手背撑着耳后，赞同地点头："英式早餐是不错。今天早上你吃了？"

"早上我吃的好像是法式的。但也很好吃啊。"然后，她把早餐吃到的东西全都用最可口的形容词描述了一遍。

"虽然你说得很动听，但实际上就是吃了芝士、牛奶和黄油面包吧？"

她张开口顿了一下："牛奶是新鲜浓稠的，黄油油而不腻，面包口感也超棒。"

龚子业笑着摇摇头，又点点头："嗯，听上去是不错。侯小姐很好养活。"

明显就是迎合了，但她不觉得反感，反而挺骄傲的。从小到大，她能坐下来好好吃一顿的机会并不多，因此对食物也不太挑剔。接下来他递过来的司康饼和伯爵茶，她依然觉得是人间美味。同时，他跟她聊起她的演唱会、最近伦敦的气候和英国摇滚歌手。得知他和自己有共同喜爱的歌手，她还有些意外："我以为龚先生是不关注流行乐的。"

"我不关注明星，但关注歌手。"

"那你觉得我算明星还是歌手呢？"

"侯小姐，明知故问就是自大了。"

"我当然觉得自己是歌手，但万一你对我们公司有什么误解，那该怎么办？"

"不至于。赫威集团虽然打着造星工厂的旗号，感觉歌手都是流水线产品，但你们有顶级的团队，训练强度也是其他公司艺人承受不来的。赫威面向国际的方针很正确——只面向华语市场，艺人赚钱容易，也容易懈怠；而面向国际，征服了难度系数最高的市场，国内市场还用担心吗？我一直很看好赫威的。"

"东万老大果然不同凡响，你都不太关注明星动态，还如此犀利。"

"商业所有领域都是大同小异的。"

时间过得很快，转眼间就到五点半了。因为有食物做伴，哪怕不说话也不会觉得冷场。只是龚子业吃得不多，全程都在关注她对甜点的反应，照顾得如此周全，反而弄得她有些不好意思。

一入秋冬，英国的天就黑得特别早。晚上六点不到，泰晤士河两岸就已经进入了灯火辉煌的夜景模式。龚子业指了指窗外大本钟的位置，提议去那边走走，她刚好吃饱，当是饭后散步了。然后，他们沿着泰晤士河畔走了半个小时。他依然话不多，偶尔提问，刚好又提在她感兴趣的点上，于是就变成了大部分时间都是他倾听她说话的状态。

到了大本钟附近，她拿出手机递给他："我来过伦敦很多次，但这是第一次离大本钟这么近呢。帮我拍拍。"

直到开始按下拍照键，他才意识到，侯曼轩确实是演艺圈人士。他每按一下快门，她总能精准无误地摆出可以用来当杂志封面的 pose，一下可爱，一下大气，一下性感，一下高冷……也就二十秒不到的时间，他有一种拍了十个不同女人的错觉。

他们在附近转了几圈，又到了伦敦眼底下。侯曼轩抬头看了看眼前巨大的摩天轮："好大啊，这是世界上最大的摩天轮了吧……"

"要上去坐一下吗？"

他这个提议让她有些意外。散步无所谓，但成年单身男女在天黑后一起坐摩天轮，好像有点暧昧了……她心里有点纠结，但没让自己表现出来："嗯……有点太磨叽了吧，我们还是去别的地方转一转？"

"侯小姐防备心不轻嘛，是怕我会对你做什么？"龚子业挑眉的样子跟他弟弟很像，又有一些区别。虽然龚子途的眉目更漂亮、轮廓更精致，但这样的神态由哥哥做出来，有几分老谋深算的味道。

"我才不怕，相信龚先生的人品。走。"侯曼轩快步朝前走了一段，又回头看了看他，"快来呀。"

她笑得没了眼睛，露出一口白牙，让他有片刻的失神，以至登上伦敦眼后，他有很长时间没有说话。察觉到他有心事，侯曼轩也留给了他空间，只是望着窗外，自顾自地欣赏窗外的金色灯火，时不时说一句赞美夜景的话。

等过了顶端，摩天轮开始缓缓下降后，龚子业才终于主动开口了："你听过关于摩天轮的传说吗？"

"嗯？"

"一起坐摩天轮的有情人，最后都会分开。"他撑着下巴，望着窗外，"但在摩天轮升到最高处时亲吻的恋人，会永远在一起。"

他说这句话的时机很妙，大概是怕她误会。龚子业看上去比较大男人，心思却很细腻。她点了点头，若有所思地说："第一次听说呢，有趣。不过作为单身狗，我连操心这种问题的机会都没有。"

他总算把视线挪过来，笑着看了她一会儿："你有时候真像小孩子。"

坐完摩天轮，他就送她回酒店了。夜色已浓，酒店门口只有快速驶过的车辆，并没有多少行人。他在路灯下又和她谈到了自己和龚子途对东万娱乐在市场发展的规划。这一次他比之前健谈了许多，而且神采飞扬、笑若春风，很有他在商场中谈判的风范。侯曼轩没什么事，也就跟他开心地聊了下去。

终于，等另一辆黑色轿车缓缓停留在酒店门口，龚子业随意扫了一眼，就撑住了侯曼轩身后的栏杆，低下头与她耳语："侯小姐，你今天用的什么香水？"

"我没有用香水呀。"距离突然被拉近，侯曼轩吓了一跳，潜意识往后退缩。

他却更加靠近了一些，在她脖子附近嗅了嗅："那为什么这么香？"

"龚……龚先生，我记得你今天没喝酒吧……"

她又往后退了一些，却被他伸手按住了背。他把手指插入她的长发，捧着她的头，继续做出轻嗅她的动作，嘴里说的却是："哥只能帮你们到这儿了。"

"啊？"她蒙了。

"我弟虽然平时温柔有礼，但吃起醋来应该很可怕。"他拍了拍她的背，看上去像在拥抱她，然后小声说道，"你稍微哄着他一点，别跟他硬碰硬。如果跟他来硬的，他会比你还狠，但如果你温柔一点，他就完全没办法了。"

"什么意思……"她原本还在状况外，直到听见路边"砰"的一下关车门声。她回过头一看，龚子途正站在刚才停下的黑色轿车门前，神色淡漠。

"曼轩，晚安。"龚子业声音大了一些，转身走向自己的车旁，又不经意抬头看向龚子途，露出惊讶的眼神，"子途？你怎么来了。"

"哥，这句话应该是我问你吧。"

"我要追曼轩，不是告诉过你。今天我们俩一起度过了很美妙的一天，你可别来破坏了收尾。"

"侯曼轩是我前女友，你不知道？"龚子途的声音冷了几十个度。

"既然你都知道是'前'女友了，还问我知不知道做什么。"龚子业拉开车门，从容不迫地说道，"分手了，可别再来跟我抢。虽然我弟很优秀，但当哥的也不差吧，你如果再失恋一次，哥可承担不起这份罪恶感。"

龚子途震惊得都不知该如何做出反应。倒是龚子业，不慌不忙地对侯曼轩微微一笑："我回去休息了，你们也早些休息。侯小姐，我们国内见。"

说完，他钻进车里，头也不回地把车开了出去，转眼间消失在了夜色里。

尴尬持续了三分钟，龚子途单手插在裤兜里，看着远处，面无表情地说："你是不是发烧把脑子烧糊涂了？"

"我不懂你在说什么。"

"即便我们俩分了，那也是我哥。全世界那么多男人，喜欢你的应该有很多。你选谁不好，选我哥？"

她猜，龚子业的目的是想刺激龚子途吃醋，但这个当哥的却不知道，他们俩的问题早就不是吃不吃醋，而是回不去了。而且，回不去的人不是她，是龚子途。可既然龚子业有心演这一出戏，她对龚子途也依然有感情，那就只能配合演下去了："我和你哥目前只是朋友关系，但如果他真的有意追求我，也不是不可以考虑的。"

"考虑。"龚子途笑了两声，"行，你自己决定。既然你都过得了这一关，我又有什么好尴尬的呢？"

说罢他转身进入酒店。他的反应如此平静，是意料中，也是意料之外。侯曼轩心里空落落的，一个人闷闷地回到酒店房间里卸妆、洗澡、休息。过了一个小时，她收到了龚子业的短信："子途怎么说？"

她正斟字酌句地打字，又收到了一条龚子途的微信消息："你的考虑是没有错的。虽然全世界男人很多，但像我哥那么优秀的还是少数。追你的男人不一定每一个都那么好吧。如果你们真能好好在一起，应该也很不错。嫂子就嫂子吧，反正我们已经结束这么多年了。祝你和我哥幸福。"

侯曼轩一个字一个字艰难地读下去，已经忘记要回复龚子业消息了，只觉得眼前阵阵发黑。读到最后一句话，她更觉得万箭穿心，眼泪一个劲往外涌。她告诉自己不要再难过了，已经结束的感情还有什么好难过的，但咬紧牙关半晌，她觉得心里特别憋屈，在微信对话框中打字："龚子途你就是个王八蛋！！我好讨厌你，我好恨你！！永远都不想再看到你！！"打到最后，她脑中一片嗡鸣，又像有火在燃烧，握着手机的手都在微微发抖。她甚至想打电话过去，直接狠狠臭骂他一顿！

但最后，她只是把手机一锁，丢到了床脚。然后，她抱着枕头，低声呜咽起来。她几乎没发出什么声音，但没过多久，枕头就被哭湿了。

哭了二十多分钟，她的情绪稍微稳定了一些，手机铃声又突然响起了。来电的居然是龚子途。她接通了电话，却没有说话，然后听见了龚子途的声音："喂，你收到我消息了？"

她没有说话，只是抿着嘴唇，吃了一嘴咸咸的泪。

"侯曼轩。"他压低声音，冷冰冰地说道，"曾经我有多爱你，你知道吗？"

原本侯曼轩觉得自己的承受能力已经到了极限，但没想到他还能再雪上加霜。她捂着嘴，又一次悄悄地哭得头都疼了。然而，电话里的龚子途还在说着自己以为冷静实际很刺痛人的话："你不会知道的，因为你从来没有这样毫无保留地爱过一个人。所以，你也非常侥幸，因为你从来没有这样毫无保留地被伤害过。"

"嗯。"她总算给出了第一句回应。

"好在我现在已经不爱你了，不必再被你折磨了。我觉得很快乐，很轻松。没有侯曼轩这三个字陪伴的日子里，我过得很好。"

"嗯。"

"你如果真的想和我哥哥在一起，那就不要像对待我那样对待他。我会祝福你们的。"

"你还有什么想说的吗？没有我挂了。"

她说完这句话以后很久，他都没有回话。她等了一会儿，反倒是他主动挂断了电话。想到他说的每一个字，她都觉得有钻心的痛，只能抱着枕头坐在床头，默默等待时间平复自己的伤口。然后，忽然房门锁上"嘀嘀"响了两声，门被打开了。她吓了一跳："什……什么人……"

脚步声靠近后，她简直不敢相信自己的眼睛——出现在她面前的人是龚子途。他还穿着深灰色的羽绒服，膨胀的人工皮草帽边衬得他肤色雪白。他的神色亦是冰雪般冷漠，但与她四目相接时，又比电话里的态度多了一丝惊讶和动容。

她赶紧擦掉眼泪，惊慌失措地站了起来："他们把我门卡给你了？你怎么可以随随便便进来？"

　　一直以来，侯曼轩在龚子途心中的形象都是乐观、积极而坚强的。这是他第一次看到她哭成这个样子。哪怕是在当年分手的雨夜、重逢时灌她酒的那一天，她也是冷静到堪称冷酷。他走到她面前，蹙眉看着她："你哭什么？"

　　"跟你没有关系。"

　　他捏住她的脸，愤怒地说："你不是跟我哥发展得很好吗，现在还哭什么，难道你两个都想要？"

　　"我没有。"

　　"不准哭了！"

　　可是，他越这么凶狠地命令她，她越觉得受伤。她闭着眼，拼命忍泪，不想让他看到自己的难堪，但双唇却被他重重吻住。暴风雨一样的吻，疯狂的吻，愤怒的吻，卷席了他们所有的理智……

　　他把她推到床上，开始脱她的衣服的时候，她果断按住他的手："不行，子途，真的不行……"

　　四年里，她连男生的手都没有碰过，就是因为完全无法接受龚子途以外的男人。他在她身体和心里留下的烙印，她花了那么长的时间也没能彻底洗掉。再这样下去，一定会完蛋的。

　　他没有再继续，只是平静地凝视着她："我不会勉强你，但是如果你现在推开我，巡演一结束，你这辈子都不会再见到我了。我说到做到。"

　　她不敢相信，自己都已经无路可退了，他还可以把她逼到这个份上。

　　"龚子途，你……你怎么可以这么过分？"

　　"对，我就是这么过分。"

　　第二天早上，她睁开肿痛的眼睛，看见他在窗前穿衬衫。听到她翻身的声响，他头也没回，只是淡淡地说："很无趣的夜晚，现在连睡你都找不到乐趣。我走了。"

　　她眼神空洞地点点头，"嗯"都说不出来。

　　她知道，现在不管她说什么，龚子途都不会再相信她。

　　但是，那个小兔子，温柔地说着"我整个人都是你的"的兔兔，曾经小心翼翼呵护着她的兔兔，曾经她皱一下眉都会心神不定的兔兔，一定会信。

　　然而小兔子不会再回来了。

　　曾经温柔多情的少年死了。他们的爱，也已经死了。

　　接下来十三天时间里，最后三场巡回演出也顺利结束了。可能是考虑到演出效果，直到巡演结束，龚子途都没有再和她有过多的交流。回国当日，他也没有和她坐在一起。但下飞机出海关以后，他朝她伸出手："把你的证件给我一下。"

　　她以为他是想填表用，就直接把身份证和护照递给他了。他打开护照看了看：

"户口本在吗？"

"在大箱子里，这次出来都没用到。"

"去拿来给我。"

侯曼轩虽然觉得奇怪，但还是把户口本也拿出来递给他："怎么了？这个在机场有用？"

龚子途没说话，只是把她的证件都收了起来。等出了机场，他的私人司机到了，他也没有把证件还给她。她正想找他要，却被他拉上了车。

司机从倒车镜里恭敬地看着龚子途："龚先生，直接回家吗？"

龚子途低头看着手机，随口说："去民政局。"

车开出去了几百米，侯曼轩才恍惚地说："去民政局做什么？"

"去把结婚证办了。"

"什么结婚证，我们俩？"这么说有点明知故问了，但她还是不敢相信这是真的。

"对。"

"为什么？我不懂，你前几天不是还在祝福我和你哥吗？"

龚子途好像预料到她会这么说，自嘲地笑了笑："我差点忘了，你是要当我嫂子的。"说到这里，他忽然搂住她的肩，贴着她耳边的长发悄悄说："可是，哥哥都不知道我们才睡过。不是四年前，是你和他约会后的当天晚上。"

侯曼轩愣了愣，脸红了："龚子途，你到底是什么目的！"

"你这样的女人一点都不安全，总是可以前一秒还爱着第一个人，后一秒就迅速投入另一个人的怀抱。当年是这样，现在还是这样。我可不能让你祸害我哥。"

"真是谢谢你对我的评价。"侯曼轩都气笑了，"然后你就要跟我结婚，让我祸害你了？"

"只是领证，谁要跟你结婚了。"

这是什么逻辑，完全不合常理。侯曼轩试图平心静气地说："不要管我和你哥怎样，你身边不也有很多女孩吗？好好享受花丛，少操心别人的事不行吗？"

龚子途皱了皱眉："我身边哪有什么女孩？"

还说没有。他恢复单身以后，公司里有多少女生有意无意地跟他搭话暗示了，现在装傻有意义吗？但这番话她没有说出来，只是摇了摇头，靠在座椅靠背上。龚子途却不依不饶："你觉得我身边有女生不对？"

"没有不对，但你不能自己被一堆女生追、自己并没有排斥这个过程，还要双重标准，来限制其他男生追我，说我朝三暮四。你自己也没好到哪里去。"

"既然如此，我们谁也说服不了谁，只能做一点不留余地的事了。"

"说服不了对方，难道不是给对方自由吗？你却是要和我领证？逻辑负分。"

"怎么，你不敢？"

"这个决定做得很草率。你第一次结婚，不，领证，就打算这样赌气定下来了？"

"所以我都不怕，你怕什么。"

就这样，两个人一路拌嘴到民政局。龚子途拿出围巾、帽子和墨镜把两个人都乔装好，拉着她的手腕进去了。在这之前，侯曼轩一直觉得很不真实，直到他拿出表格开始填写，并且把她的那一份也填好，她才意识到，他是来真的。

后来，他们被叫到号、进到房间里，年轻的工作人员把申请结婚登记声明书递给他们，惊讶无比地看看龚子途，又看看侯曼轩："你们俩要登记？天哪，不是真的吧……"她往外看了看，小声说："我是兔曼粉啊，这是我今年听过的最好的消息了！"

龚子途做了个"嘘"的动作："保密。"

"好好好，一定保密！"

侯曼轩的思绪却跟不上心跳，手指微微发抖。看见龚子途低下头，飞快在声明书上签了字，把纸张递给她，她才疑惑地说："兔兔，你是认真的吗？"

她已经很多年没叫他"兔兔"了，听见这个称呼，他怔了怔，然后板着脸说："签字。"

侯曼轩握着笔，迟迟没有动静。龚子途也没再催她了，只是站在原地看着她，眼睛眨也不眨。工作人员把双手捧在胸前，对她露出了期待的眼神。接下来短短十多秒的时间里，她的脑中出现了无数回忆与幻想，仿佛一生一世都已经在这么短的时间里度过了。

最后，她也低下头，在龚子途飞扬的签名下面写下了"侯曼轩"三个字。与此同时，龚子途终于闭上眼，紧绷的身体放松，轻轻吐了一口气，把表格递给工作人员："谢了。"

"太好了，我最喜欢的两个爱豆结婚了！恭喜恭喜啊！你们不方便出去吧，在这里等等我，我去帮你们把结婚证打下来！"

龚子途对她颔首示意，等她出去以后，微微一笑，仿佛完全忘记了刚才自己那么紧张过："现在你可没办法那么随心所欲了。如果你以后再和哪个男生暧昧，我就公开我们结婚的事实。"

"我本来就没打算跟谁暧昧，单身四年很习惯。倒是你，很吃亏吧，不能再谈女朋友了呢。"侯曼轩看了一眼刚才拍的结婚证照片，照片上的龚子途好帅，她笑了笑，"还真如你当初所言，什么第一次都留给我了，第一次结婚也是。而我二婚嫁给头婚的顶流天王龚子途，这一回我不亏。"

"侯曼轩，你！"

"我什么我，我说错了吗？这种报复方式亏你想得出来，反正我是死猪不怕开水烫。"

"你觉得自己不吃亏是吧。"他冷笑一声，"走着瞧。"

他说到做到了。拿好证件以后，他都还很绅士，替侯曼轩把围巾墨镜重新戴好，再把自己乔装好，牵着她的手离开，跟影帝似的扮演了一个完美新婚丈夫的形象。但他没有送她回家，而是不顾她的抗议，把她带回到自己家里，一开门就把她推到了身后的墙上，一边狂吻她一边关上门。她被吻得意乱情迷，发现他正在脱她的衣服，挣扎之下，衣服被撕开了一条口子。随着那一声响，她觉得心脏也快被撕裂了，用力推了他一下，谁知整个人却被他横抱到了卧室，扔在了床上。他压上来，又一次覆住了她的唇，还不让她反抗，把她的双手都扣在了头顶……

其实这整个过程中，侯曼轩都是有机会抗议并且离开的。她也知道，只要她表现出明显的不愿意，他不会逼她。可是经过这几天对他反常举止的观察，一个令她心跳不已的设想出现在了她的脑海。

龚子途还爱着她。而且，他爱她的程度比以往深了太多，还夹了同等程度的恨。最近表现那么反复，也是因为他在拼命做思想斗争。

在他看来，她就是一个魔鬼，现在他放弃了从她身边逃脱，却没放弃抵抗。

而后来她找男性朋友聊起这件事，也让她更加坚信了。

"言锐，我问问你哦，如果一个男人不爱一个女人，会跟她发生关系并结婚吗？"

"两个人经济条件比起来如何呢？"

"差不多。男方家境更好。"

"只发生关系不一定爱，可能只是玩玩。娶回家当老婆的话，哪怕不爱，也是有很强的保护欲和责任感吧。如果又娶又睡，肯定是对最爱的女人才会这么做啊。"言锐说到这里，惋惜地拍拍胸口，"我怎么就没娶到这样的老婆？我俩一个月不碰对方手指，都不会有任何不适的，唉……"

言锐的描述听上去好像很浪漫，但龚子途并没有这么浪漫。他的言行完全不一致。领证以后，他几乎是以命令的态度让她半住在自己家里。一旦她有意拒绝，他就会说："你不来我就告诉所有人我们领证了。"其实她特别想掸回去说，你以为公开结婚对我们两个谁的影响会比较大啊，我都二婚了好不好，但想想他这么做其实还是在闹别扭，就没忍心拆穿他。

他嘴里说着和她上床是无聊的行为，行动上却是二十四小时不间断地跟她亲热。不都说男孩二十岁以后体力会逐渐下滑吗，怎么他现在精力比四年前还旺盛？而且，四年前他性格那么温柔，连带同床时都是缠绵悱恻的。现在……每一回和他睡觉，她的理智都会断线很多次。太热情了，激烈得让她招架不住。而且他一个人爽到了还不够，还非要逼她一起。她每次想拒绝，收敛一下把精力放在工作里，但做的都是无用功。以前他就对她的身体了解得很透彻，现在想撩她简直易如反掌。

如此纵欲，很浪费时间。如果换一个人她早就大发雷霆了。可这个人是兔兔，她没办法拒绝。

她觉得他闹别扭是有原因的。他最近总是频繁做出自相矛盾的行为。例如做到情动时，她主动轻吻他，他立刻就一脸淡漠地把头扭开。她知道他还在生自己的气，所以也不逼他，只用身体去取悦他，并且去亲吻他的脖子和锁骨。但她主动不过几秒，他的眼神就迷乱了，回给她一个超缠绵的深吻，把她吻得头晕目眩的，一直到身体上的愉悦都结束，他还把她双手压在枕头两侧，继续吻十多分钟。

吻完以后他又像跟自己生气一样，起身就走，一个晚上都不回房睡觉。

可是，情况也有所好转。他这样闹别扭的次数虽然没怎么减少，但每次别扭的时间在缩短：从一个晚上的别扭，变成几个小时的别扭，变成一两个小时的别扭，变成了别扭结束后就回来和她做第二次。

他们没有做任何防护措施，也没有谁提出这个话题。她觉得按这个同床频率，可能要不了多久就会再次怀孕了。想到他们俩现在的相处模式，她觉得有点心酸。但想到能再次和他孕育生命，她又觉得很甜。

一周后，侯曼轩和郝翩翩吃饭，把郝翩翩吓得合不拢嘴："曼曼，你怎么瘦成这样了？巡演有这么累？天哪，我看得好心疼……"

侯曼轩叹了一口气："别说了，都是浮云。"

白天会在公司看到他，要一起工作，晚上还要……这段时间好像二十四小时都被他占据了一样。每当龚小萱说"妈妈最近怎么总是不在家"，她都很愧疚，不知道该怎么跟女儿说"我忙着和你爸滚床单"这种话，更不知道在什么情况下告诉龚子途关于小萱的事比较好。

终于到第二周周末，侯曼轩决定甩开龚子途的需求，去陪陪女儿。

而见不到侯曼轩，龚子途待在家里，一整天情绪都很低落。

伦敦那一夜过后，他凌晨四点半就醒了，接着一直抽烟抽到早上八点二十。看着她在自己身边熟睡，他有一种回到四年前的错觉。记忆太美，四年前的曼曼太可爱、太专情，就像一个结尾凄惨的美梦一样干扰着他。

当时他想，既然四年的时间都摆脱不了这个女人的阴影，那不如不要祸害别的女孩了，直接和罪魁祸首结婚得了。所以，和她过夜是他冲动的决定，但和她结婚并不是冲动，只是自暴自弃而已。

领证后，他频繁和侯曼轩同房，也只是为了一个目的——让她怀孕。只要她生了自己的孩子，就再也没办法跑掉了。只要别的男人不抢走她，哪怕她不爱他，也可以这么凑合着过吧。

反正这段感情已经没救了，绑定一生的结局未尝不好。

然而结婚以后，他的情况并没有因此好转，反而越来越坏了。明明在伦敦睡过以后，他还能控制得住自己不再去找她。最近就做不到了，这让他很痛苦。不管什么时候、在做什么，满脑子都是她。只要一和她见面，他就忍不住想去抱她、吻她，哪怕什么都不做，只要能看看她也好。而他知道绝对不可以这么做，所以尽量避免太温馨的画面，男人多说什么废话，直接扒衣服就对了。

但侯曼轩却从来没有反抗过他。不管他想做什么，她都是很安静、很理解他的样子。而且，也没有打算从他家里离开。

前一夜的事让他觉得糟糕透了。他加快了通告的进程，还推掉一个，就是想早点回家。真到了家门口，他又觉得这是错误的，所以推开门后对侯曼轩也很冷淡。可是，真的看到她笑脸盈盈出来迎接他的样子，他又觉得一颗心都快被暖化了。

"兔兔，你肚子饿了吗？我下点面给你吃？"

鬼使神差地，他点了点头："好。"

但她刚一转身，他就拍了拍自己的脑袋，知道自己又忍不住心软了，然后跟到厨房，从她背后撑住她身侧的电子炉灶，在她耳边轻声说："不要演了，你以为这样演下去，我就会对你心软吗？"

侯曼轩的身体明显僵硬了一下，但还是推了推他："等一会儿再说，我在给你煮面条呢。"

"下面给我吃是吗？真是好老婆。"他轻笑一声，从身后贴着她，充满暗示性地顶了两下，"要不，曼曼，我下面给你吃。"

侯曼轩停住动作，沉默几秒，关掉了火，转过身，在他面前蹲下来……

他躲开她，恼怒地、声音低沉地说："你到底想做什么，直接说吧。"

"想做点让兔兔开心的事。"她没有再靠上来，只是不卑不亢地微微一笑。

所以这算什么，同情？这句话让他更不开心了。

他直接把她扔到沙发上折腾了一个半小时。

从小到大，他一直接受的教育都是要有风度，要对女孩温柔。可是最近面对侯曼轩，他却总是怒气冲冲的。

真的不能再碰她了。每多吻她一次，每多碰她一次，都像掉进了无法逃离的欲望旋涡。他告诉自己要狠下心来对她，如果再上一次当，很可能又会被她抛弃一次。想到分手后行尸走肉般的两年时光，他都觉得心有余悸。可是，只要她笑一下，温柔一点，他好不容易建立起来的堡垒就会被彻彻底底地粉碎。

他低头看了看自己手腕上的黑色手链。

前一天早上离家前，侯曼轩把手链拿过来，说在他床头看到了这个，问他能不能戴上。他说放在包里可以，不接受戴上。她就很开心地把手链塞进他的裤兜里了。然后，她为他理了理衬衫领口和皮带，抱着他的脖子，踮脚吻了他一下："早点回家，我等你。"

那个吻让他心痛了很久很久。

明明什么事都对她做过了，却会害怕她一个主动的吻。

现在看看周围的环境，哪里都有关于她的记忆。他明明已经单身了四年，现在才过了两周，他就无法忍受独自待在家里了。他决定开车回父母家里探望他们。

傅月敏笑盈盈地打开门，慈爱地摸了摸他的头，他条件反射后缩了一下："妈，我头上有虫子也没关系，别拔了。"五天前他回来看她，她就以看见虫子为由，硬拽了他一根头发下来。他头发长得特别紧实，那一下痛得他眼泪都快出来了。

"没虫子没虫了，快进来坐。"傅月敏给他摆好拖鞋，转身进去为他准备水果，"你最近跟曼曼联系多吗？"

"还行。"也就昨天晚上才一起过夜而已。龚子途笑着吃了一颗小番茄。

"你多照顾照顾她，毕竟她父母走得早，我和她妈妈感情又那么好。"

每天都有好好"照顾"的。龚子途又笑着吃了一颗小番茄。但听到侯曼轩妈妈的事，他咀嚼的动作停了一下，忽然想起了祝伟德受伤那天发生的事："妈，你知道祝温伦当年是怎么死的吗？"

"车祸啊。"傅月敏虽然从儿子口中得知侯曼轩已经和祝老太太相认了，但还是觉得有些奇怪，"儿子，为什么你会突然问这个？"

"好奇，他那时候毕竟才二十七岁。"

"映秋跟我说的，因为他当时大出血，又是稀有血型，当时那家医院血库里没有这种血了，所以本来有一线生机，却被活活拖死了。"

"不是肋骨断到只剩一根了？"

"我没听过这种说法啊，也可能是映秋不知道。反正主要是因为血库缺血，当时的医疗条件啊，唉……"

"他是 lutheran 血？"

"我记不住了，反正他们家只有他一个人是这种血型，所以即便当时弟弟在场也没办法救他。"

"弟弟是说祝伟德？他当时在场？"

"是呀，祝伟德在场，但他不是稀有血型呢，只能眼睁睁地看着他哥哥死掉了。"

"妈，你确定没记错？"

"映秋跟我说的，我怎么可能记错呢。当时祝温伦回国又看了映秋最后一次，临行前，是祝伟德开车来接他离开的。"

这跟之前祝老太太描述的事情经过完全不同。祝老太太所知的情况，基本上也只能是从祝伟德那里得知的。龚子途梳理着思路，继续缓缓说："那为什么只有祝温伦遇到了车祸，祝伟德却没事？还能陪自己二哥出现在医院？"

"因为祝温伦的车是在加油站被一辆刹车坏掉的卡车撞飞的，当时祝伟德刚好去了洗手间。"

听到这里，龚子途醍醐灌顶，最后确认了一次："所以当时的情况是，祝伟德和祝温伦一起去了乌克兰，一起回了国，再一起准备飞乌克兰，结果路上遇到车祸了，祝伟德侥幸躲过了这一难。然后，这一切都是祝伟德告诉吕阿姨的，对吗？"

"是的，他解释的时候看上去还挺好说话的，不知道为什么后面会对映秋翻脸不认人，像避瘟神一样。祝温伦死了以后，映秋的脾气也越来越孤僻，和我也不来往了。"

果然是这样。这么多年来，祝伟德和侯曼轩打交道的次数几乎为零，侯曼轩知道他秘密的可能性也几乎为零。但因为侯曼轩是吕映秋的女儿，在祝伟德夫妻看来，是很有可能知道当年祝温伦遇难时祝伟德也在场的。所以，林凝的反应才会这么奇怪，故意让他告诉侯曼轩，其实只是想让他为了侯曼轩好，不在她面前提祝伟德，也就可以避免让她知道太多关于祝伟德就医的细节。

龚子途原本只是抱着试一试的心态问了母亲，没想到母亲知道的比侯曼轩还多。

他还在思索整件事的来龙去脉，傅月敏又说了一句："你见过曼曼的女儿萱萱吗？"

"没有。"龚子途随口答道。

他心里想的却是，除却开始看见他时短暂的惊慌，林凝这个人可以说是心思缜密又非常沉得住气，怎么会总营造出一种被祝伟德踩在头上的形象呢？还有，为什么祝伟德要对二哥见死不救？如果只是为了几首曲子，有些说不过去……

然后，他突然抬起头："我没见过萱萱。妈见过了？"

这两周，侯曼轩没在他面前联系过小萱，甚至提都没提过自己女儿。每次他主动提到小萱，侯曼轩都会转移话题。

傅月敏清了清嗓子说："见过一次，很可爱的。有机会你也可以去看看她。"

"她好像不太愿意让我看见……"说到这里，龚子途愕然地看着母亲，"你前几天拔我头发做什么？萱萱跟我长得像？"

"没……没啊，妈什么时候拔过你头发了？"

"哦，那是我记错了。"

虽说如此，傅月敏却看出了他并不相信她说的每一个字。儿子记忆力太好，有时候也不是什么好事。现在化验结果还没出来呢。她有点发愁了。

Act. 25　痛心很久的吻

从父母家离开以后，龚子途在回家的路上突然想起了三个细节：第一，当年祝家得罪的非法团伙曾经扬言说，要祝家一个儿子的命。第二，祝伟德曾经追过吕映秋，但惨遭拒绝。第三，祝温伦说过，如果他死了，曲子就留给祝伟德光明正大地署名。

在那种情况下祝伟德选择牺牲二哥，似乎就不那么奇怪了。

现在再回过头来思考，设计酒局想要坑害侯曼轩的人是不是他呢？很有可能是，也很有可能不是。他一直想着这件事，没想到回家以后居然看到了侯曼轩。而且，她好像挺开心的，跟他神清气爽地问好。听到她的声音，看见她的笑脸，他忽然不想讲这些事来破坏她的好心情，于是问她吃饭没有。谁知，侯曼轩歪了歪头说："兔兔，你难道不是想跟我聊一聊我父亲的事吗？"

龚子途感觉很无语："我妈真的什么都跟你说。"

"那必须的，虽然是你妈，但也是我的傅阿姨啊。"

于是，他把这一天发生的事和自己的猜想都告诉了她。听完以后，她并没有如他预想的那样愤怒，只是轻轻笑了一声："祝伟德会做出这种事，我真的一点都不意外。他没往我爸爸身上捅一刀，已经算充满善意了吧。当初他让祝珍珍夺走我歌曲的署名权，那么脸不红心不跳的样子也好理解了。惯犯嘛。"

"如果真是祝伟德对你父亲见死不救，你会不会曝光他？"

侯曼轩看着别处，沉默了半天："……我不知道。"她又思索了一会儿，摇摇头说，"真的不知道。"

看见她这样，他只觉得很心疼，走上前去从身后抱住她，在她的侧脸和后颈上吻了两下："不知道就别想了。你今天都在忙什么呢？"

"就是回家看了看女儿。"

"然后呢？"

"陪她玩呀。"

"没做别的事？出去转转什么的？"

不知道是不是错觉，总觉得今天的兔兔很温柔。不仅没有板着脸，话也比平时多了一些，甚至还会做一些比较温情的小动作了——他在她后颈上吻了一会儿，就把手伸进了她的上衣中，轻柔地爱抚她。她觉得心里跟灌了蜜似的，转过身去，捧着他的头，认真地端详着他的双眼，然后吻了吻他的唇。他僵了一下，但不再反抗了，低头与她唇舌交缠、互换呼吸了很长很长的时间……

好像以前的兔兔回来了。非常像，但又有一点点不同。也说不出是哪里不同。

过了两天，侯曼轩又收到了傅月敏到家里做客的邀请。这两天她和龚子途相处得很愉快，对所有与他有关的人和事都有好感，其中自然包括他的母亲。

但没想到见了傅月敏，傅月敏不是三句话不离自己的儿子："曼曼，你是不是还没交男朋友啊？你觉得我们子业如何呀？"

侯曼轩满头黑线地扫了一眼坐在旁边看报纸的龚子业："龚先生是成功男士，他不会喜欢我这样的女生的。"

"还算有自知之明。"龚子业翻了一页报纸，目不斜视地说道。

傅月敏轻推了他一下："业业，从小我是怎么教你的？当两个或两个以上的女人进行对话时，一个优秀的绅士要学会倾听并保持沉默。"

看来，龚子业很淡然地接受了教训，再也不讲话了。傅月敏又继续对侯曼轩说："好了，继续刚才的话题。业业他是口是心非，他很喜欢你的，你不要对自己没有信心啊，曼曼。"

侯曼轩快被她的执着劲折服了："傅阿姨，不仅仅是龚先生对我没兴趣，其实我也没办法喜欢上龚先生呢，还是一个人更好。"

"为什么没办法喜欢上啊？果然是业业不够好吗？"

"不是不是……"侯曼轩连连摆手。

"那是为什么？"

以前傅月敏虽然喜欢拿她和两个儿子开玩笑，但这还是第一次如此打破砂锅问到底。她低下头去纠结了半天，也不知道该怎么解释。结果，傅月敏突然冒出一句："因为你还是喜欢弟弟，对吧？"

侯曼轩心里一紧，猛地抬起头："傅阿姨，您别逗我了……"

"曼曼，是我逗你还是你逗我呢？"傅月敏从身后掏出一个文件，丢在她们面前的茶几上，"我也是昨天才知道，我都当了三年奶奶。而我孙女的亲爹还不知道自己有个闺女。"

看见文件第一页写的"亲子鉴定报告书"，侯曼轩呆了一下，脸"唰"地白了。龚子业也看向她们俩，微微愕然地睁大眼："妈，这是？"

"自己看嘛，你弟和你侄女的亲子鉴定报告。"

龚子业把文件拿过去快速翻看，一直看到最后一句："根据上述 DNA 遗传标记分型结果，支持检材 1 是检材 2 的生物学父亲。"然后看向侯曼轩："都这么多年了，你为什么不说？"

侯曼轩有些泄气地说："怀上小萱的时候，我和子途已经分手了。傅阿姨，对不起，我不是有意想瞒着您的。"

"你还知道对不起我啊，真是要气死我啦。"傅月敏往沙发上一靠，"跟你妈的性格简直一模一样！这么大的事能自己扛吗？这么多年你都是怎么过来的啊……而我更气的是，我不知道这件事也就算了，子途居然也没有留个心眼儿去查一查，害你当单亲妈妈这么久！"

侯曼轩吐了一口气，握着傅月敏的手，缓缓说："傅阿姨，龚先生，我和子途现在还有一些矛盾没解决，所以关于孩子的事，请你们先不要告诉他。你们知道就好。傅阿姨，我希望孩子认您这个奶奶，但是不希望给子途带来负担。"

"唉，我伤心。本来以为你可以跟业业在一起的，没想到还是被弟弟拐跑了。你说，咱们国家为什么不能实现一妻多夫制呢？"

"……"龚子业是面无表情却仿佛很肝疼的样子。

"不如一三五跟弟弟过，二四六跟哥哥过，周日跟婆婆过。"

"……"侯曼轩有时候对傅月敏这个粗线条的妈表示很晕眩，"傅阿姨，我只爱子途。"

傅月敏惋惜地耸肩："好吧好吧，那就跟弟弟吧。"

翌日，侯曼轩为 CHIC 杂志拍摄封面和写真，也带上了龚小萱。侯曼轩和杂志主编关系很好，一次不经意的机会，主编看到了龚小萱，说小萱太可爱了，想为她们免费拍几组照片，可以不把小萱的照片放在杂志里。侯曼轩答应了，并且把龚小萱打扮得漂漂亮亮的、戴上口罩来到了温室花园拍摄点。

化妆师在为侯曼轩化妆的时候，龚小萱一直皮得不得了，一会儿要吃奶糖，一会儿要出去转转，一会儿把睫毛膏涂在镜子上，一会儿去拉扯模特身上的流苏……弄得侯曼轩好几次都不得不离开座位，去把她从捣乱的地方抱回椅子上坐着。

最后一次龚小萱把八百三十五块一支的口红折断时，侯曼轩的神经也被折断了。她大步走过去，把口红从龚小萱手里抽出来，忍无可忍地说："小萱，你是不是人来疯？平时在家里那么乖，一见了人就闹腾成这样？你再胡闹，妈妈要打你屁股了！"

龚小萱睁大眼睛，仰头看着她，忽然刷子一样的睫毛颤了颤，嘴唇抖了抖，"哇"的一声哭出来。而她还谨记着妈妈让她不要露脸的要求，眼泪鼻涕把口罩都打湿了，也没有把口罩摘下来。主编看到这一幕，赶紧过来把她拉到一边，弯下腰对她说："萱萱不哭不哭，是妈妈太凶了，但妈妈也是为你好，你不要难过了啊，乖……"然后回头对侯曼轩一个劲地丢眼色："对这么可爱的女儿你也凶得起来？口红断了就断了，你要买一万支也买得起不是。"

侯曼轩一点不认输："这不是口红的问题，不是价格的问题，是教育的问题。这孩子就是人来疯。你不知道她平时有多乖。我是当妈的，得让她改掉这个臭毛病。"

"你是我见过的最严厉的星妈了，没有之一。"

"这是为她好。"

"是，你说得没错，但我要是有这么可爱的孩子，我才舍不得凶她呢，你看她长得就像天使一样……"主编用纸巾擦了擦龚小萱的眼泪，一直好言好语地安慰着。但不管她怎么哄，龚小萱都哭得稀里哗啦的，委屈得不得了。

过了一会儿，侯曼轩打断了化妆师的动作，走过去把龚小萱抱到了温室门口无人的地方。她蹲下来，把龚小萱的口罩摘下来，为她擦擦鼻涕，叹了一口气："小萱，今天那么多叔叔阿姨都在忙工作，大家都很努力，而你那么闹腾，给他们添麻烦，你觉得这样做对吗？"

龚小萱扁着嘴，摇摇头。

侯曼轩又帮她擦了擦眼泪："那你为什么要闹呢？"

"我只是无聊……"

"无聊就可以给别人添麻烦了吗？"

"妈妈对不起，都是我的错，以后我不敢了。"

侯曼轩确定了，孩子的性格都是遗传父母的。龚小萱一次都没见过她爸爸，但这台阶找到之快，道歉速度之快，跟以前的龚子途一模一样。她严肃地说："不应该是不敢，而是不应该再有这样的想法。你不能觉得自己是小公主，大家都得围着你转，而是要设身处地去为别人考虑，知道吗？每一个人都很不容易的。"

"嗯，我知道了。"

看她这么听话，侯曼轩知道她十有八九又是知错不改，可是最近自己和龚子途很亲密，看到这么像他的一张脸，也气不起来了，只能微笑着伸出小指："那我们拉钩。"

龚小萱最喜欢拉钩了，一看见侯曼轩做出这个动作，立刻破涕为笑，伸出肉肉的小拇指钩住妈妈的手指："拉钩上吊，一百年，不许变……"

侯曼轩平时总是活力四射、走路带风的样子，但蹲下来跟女儿说话时，就完全是另一种感觉了：蓬松微乱的卷长发散在背后，笑靥柔和，让人觉得心也不由自主地变软。她还是和二十岁时一样漂亮，但是，又多了二十岁没有的淡然……她太专注和女儿对话，以至没有留意到不远处有人已经看了她们俩很久了，直到龚小萱转了转小脑袋，惊讶地提高了小奶音："奶奶奶奶奶兔兔？！"

侯曼轩立刻顺着女儿的视线看过去，竟然真的看到了龚子途。

他穿着驼色的高领毛衣，站在温室繁花簇拥之处，眼睛一眨不眨地看着龚小萱。侯曼轩的第一反应就是把龚小萱的口罩戴起来，但刚伸了伸手，就觉得这样做太刻意了，只能对龚子途挥挥手打招呼："兔兔，你怎么会在这里？"

"我听说你和小萱今天在这里拍照，是专门来看她的。平时没有机会见到她。"说完，龚子途对龚小萱招招手，"小萱，来。"

龚小萱高兴坏了，眼睛都笑成了两条弯弯的长月牙，一路跌跌撞撞地飞奔过去，直接扑到了龚子途张开双臂的怀里。他把她抱起来，原地转了一圈，眼睛也笑成了月牙："小萱，你居然还记得我。"

不比不知道，这两个人同时出现，侯曼轩觉得她这当妈的太失败了，孩子就是老爸的克隆缩小版。

"我当然记得你啦，你是奶兔兔！"龚小萱抱住他的脖子，在他怀里咯咯笑了起来，"我终于见到你啦，好开心呀……"

"你妈妈一直不让我见你，你说她是不是坏蛋？"话是这么说，龚子途却完全不看侯曼轩。

"嗯……妈妈不是坏蛋，但她不让你见我是有一点点坏哦。"

"你就是她的宝贝，她恨不得把你藏起来，不让所有人看到，过分哦。"

龚小萱很轻，平时侯曼轩抱她就不怎么吃力。但龚子途抱她也太不吃力了一点，先是单手抱着，然后跟提着玩具熊一样抛上抛下举高高。一瞬间，花园里只有龚小萱清脆稚嫩的笑声和呼喊声。他们俩玩得很开心，似乎都忘记了旁边还有个侯曼轩。而侯曼轩在一边看得心惊胆战，想去阻止龚子途的幼稚行为，又不想中止他们父女俩初次见面的快乐……结果是，她纠结了半天，龚子途直接把龚小萱带出了花园。

龚小萱从小到大都很黏侯曼轩。她对所有人都会卖萌，但只要妈妈在，她也不会跟任何人太亲近，更不会跟陌生人跑了。可是这一回，龚子途都把她抱回了化妆间，她也没有一点排斥的意思。

侯曼轩提心吊胆地跟着他们出去，结果在化妆室看到他们俩又开始玩起了举高高。这一幕太养眼了，所有工作人员都一脸姨母笑地看着他们俩玩耍。

侯曼轩一掌拍住脸，已经看不下去了——龚子途这个笨蛋！他忘记把龚小萱的脸遮住了！！

龚小萱也完全忘记了这回事，还拉着龚子途说："奶兔兔，我可不可以跟你拍照啊？"

"当然好啊。"

"不行。"

前面那句是龚子途说的，后面那句是侯曼轩说的。侯曼轩过去就想把她抱走，她却抱住龚子途的脖子，可怜兮兮地说："不要嘛！我好喜欢奶兔兔的！"

"不要管她，我们拍我们的。"龚子途抱着她转了一个方向，对摄影师做了个手势，带着她去摄影棚里了。

化妆师原本想给他补妆，但他只披了一件西装外套，就拿起地上的篮球，左手轻松地抱起龚小萱，右手玩起了手指转球，眉毛微微扬起了很好看的角度。

摄影师以前就为龚子途拍过照，他合作过那么多明星，至今最喜欢拍的人依然是龚子途。不仅仅因为他长得好看，是 BLAST 里写真卖得最好的成员，更主要是因为他摆造型时的自信、随性和信手拈来的镜头感。随着"咔嚓咔嚓"声接连响起，门口的侯曼轩已经捂着头，快自暴自弃了。一组照片拍好，龚子途突然走过来，把她也拉到了棚子里。他先让龚小萱骑在自己脖子上，然后牵着侯曼轩的手，并排站着；之后他让侯曼轩双腿微张地叉腰站着，让小萱坐在地上，抱住妈妈的小腿，他蹲下来摸小萱的头；接着他又用右手抱着小萱，左手搂住侯曼轩的腰，低头轻吻侯曼轩的额头……

旁边的实习工作人员看得目瞪口呆，小声讨论起来：

"我的天哪，这真的不是一家三口吗？"

"是我的错觉吗？怎么觉得萱萱长得很像奶兔……"

"真的像，奶兔不是那种千篇一律的帅，他长得很有辨识度啊。是我眼睛出问题了吗？"

"嘘，这玩笑很过啊，别瞎说。"

这些话她们以为说得很小声，其实很尴尬地传到了龚子途和侯曼轩的耳里了。侯曼轩很局促，没说话。拍完这一组照片，龚子途却回过头，对她们微微一笑："好眼力。萱萱就是我女儿。"

"龚子途！"侯曼轩脑中一片空白。难道傅阿姨已经告诉他了？不是说好不要说的嘛。

"开玩笑而已，你怎么这么紧张。"龚子途捏了捏龚小萱的脸，"妈妈好凶好不可爱，萱萱你说是不是？"

"我觉得妈妈是好凶，但也好可爱呀！"

他们俩又自顾自地对话，把侯曼轩晾在了一边。

当天通告结束后，侯曼轩本来想带龚小萱回家，但龚子途把龚小萱逗得特别开心，龚小萱说什么也不愿意和他分开。龚子途索性就把母女俩都带回了家，说晚一点再送她们回去。

然后，龚子途一整个晚上都在和龚小萱玩：给她削水果、帮她网购芭比娃娃、和她玩过家家的游戏——玩具还是临时到楼下超市买的。但是，他也只跟龚小萱交流，一句话也不和侯曼轩说。他甚至不多看她一眼。两个人本来慢慢缓解的关系，好像又一次被冰冻了。

侯曼轩觉得再这样下去不行，用 iPad 找了龚小萱最喜欢看的公主动画片放给她看，让龚子途去休息一会儿，他就一个人到阳台上去抽烟。

他三年多没抽烟，这个晚上不知怎么的，破例了。

他家住在市中心的高楼豪宅中，是这片钢筋水泥帝国中最为醒目的一栋楼。虽然从阳台上能看到外面的繁华广场、酒店、娱乐城、购物城、蚂蚁般的车辆，但因为楼层太高，除了满目的光怪陆离和辉煌的灯火，除了风声他们听不见任何噪声，除了寒风吹来的凉气也感受不到任何温度。外面的世界好像与他们没有任何交集。就连鲨鱼般的飞机在云层中游过，也像是贴着楼顶穿行一般。反倒是高楼上悬挂着的月牙冷冷清清，与龚子途沉默的背影更加般配。

侯曼轩走进阳台，把门关上，抱着发冷的双臂，轻声喊道："子途。"

龚子途吐了一口烟，弹了弹烟灰，过了很久，才头也不回地"嗯"了一声。

"我今天跟 CHIC 那边交代了，让他们不要把小萱的照片公开，修好的照片主编说过两天就可以发给我们。我发到你的邮箱吧。"

"嗯。"

"那我准备带小萱回家了。"

"我觉得很好奇，你为什么这么怕别人看到小萱？"

侯曼轩踌躇了片刻："我离婚了，和戚弘亦联系也不多，不希望小萱因此受到伤害。"

"你和戚弘亦为什么离婚？"

龚子途回国那么久，和她重逢那么久，还是第一次问到这个话题。侯曼轩有预感，龚子途总算想跟她摊开来聊一聊了，于是走到他身边，靠在阳台围板上，凝视着他说："就和新闻里报道的一样。他出轨了，我也不爱他。"

"还有他是当初害你被黑的人，对吗？"

"嗯。你都知道了。"

"我只是觉得很好笑。我们俩当时那么相爱，竟然敌不过这么小的波折。你还跟他结婚。"说到这里，龚子途笑了两声，用食指和中指夹住烟，再用手覆住嘴和下巴，深深吸了一口烟。他的鼻梁因此显得比平时更高挺了，却也因为月色太浅，轮廓太深，而显得有些忧伤。

"我们只是形式夫妻，连对方的手都不碰，你是知道的。"

龚子途没有回答她，而是徐徐把烟吐出去，又眺望了很久远处的夜景，才轻轻说："形式夫妻，又是形式夫妻。你怎么这么容易陷入形式夫妻的状态？以前跟戚弘亦结婚前是如此，结婚后也是如此，现在跟我也是如此。"

侯曼轩心里有些难过，苦笑着说："……我们算形式夫妻吗？"

龚子途笑了："我们还不算形式？"

"我们不是领证了，而且，也……也有实质上的夫妻关系啊……"

"领了证，又上了床，就不是形式夫妻了？你对夫妻的定义就是这样？"龚子途笑得更讽刺了，"侯曼轩，你的思想观念总能让我感到非常意外啊。每次我以为我们俩已经差别很大的时候，你总能说出一些惊世骇俗的言论，让我知道，我们还可以差别再大一点。"

"那不然呢？这些还不够吗？"

"你怎么不说还有孩子呢？"

侯曼轩怔了怔，紧紧抓住了冰冷的围栏边缘，觉得四周的温度比刚才还低："你怎么知道？傅阿姨告诉你了？"

龚子途无语地吐了一口气，像是不满她的明知故问，但还是耐着性子指了指自己的脸。他又抽了两口烟，并没有得到侯曼轩的反馈，淡淡地说："其实我早就怀疑过她是我女儿了，但因为我们就那么一次，我觉得不太可能这么巧合，就没有多想。"

侯曼轩终于开口了："我也没想过会一次就中的。"

"所以，那是我的女儿，你为什么要瞒着我？"

她再度沉默了。

"你说啊，为什么瞒着我孩子是我的？"他用力把烟摁灭在烟灰缸里，压抑很久的怒气一点点提上来了，"你就这么怕被我缠上吗？"

"不是。"

"不是才怪！一般女人如果不是迫不得已，谁愿意当单亲妈妈？而你因为不想见到我，瞒了我这么多年！"

"我真的没有怕被你缠。子途，当年我让蕴和打过电话给你，你态度很冷淡，明确表明我已经是过去式了。"

龚子途皱着眉想了半天："有这么一回事？"

"有。"

他确实不记得这件事了。那段时间他天天和一帮小明星泡吧、喝得烂醉，白天就算酒醒了，也一直头痛欲裂，脾气长期处在很暴躁的状态，跟谁讲话都很不耐烦。如果那时候蕴和打电话给他，提到侯曼轩，他肯定会说不再爱侯曼轩这样的话。

他摇摇头说："不。这不是你瞒着我的借口。你和戚弘亦很快就离婚了，不存在还有婚姻的困扰。只要你亲自给我打一个电话，我肯定会立刻回国找你的。你不让我知道小萱的事，就是怕我缠着你。"

听他这么一次次否定自己、否定他们的感情，她觉得很心酸："怎么可能，你不要这样说，我会觉得很难受的。"

"你自己说的，你玩腻我了。"

"那都是气话，那时候我也很不成熟啊。我们感情好不好，你自己感觉不到吗？"

"我曾经相信所谓的感觉，但事实证明没有任何意义。现在我只相信自己眼睛看到的。"

"对，你应该相信你眼睛看到的。"说到这里，侯曼轩走上前去，轻轻抱了他一下，

"兔兔，你好好想一想，在什么情况下，一个女人才会连名分也不要就心甘情愿为一个男人生下孩子。答应我，再好好想一想，好不好？"

龚子途身体僵了一下，但没有拥抱她，也没有推开她。他依然无法淡化下午看见小萱时的震惊——他们的孩子都已经那么大了。而如果不是他亲自来求证，她甚至提都不打算提孩子的事。他到底得失败到什么程度，才会让曼曼瞒了他这么久，宁可自己带孩子都不要他负责。这么多年来，他一直在努力地成长，努力地追逐她的脚步，但她永远比他预期的更独立一点、更成熟一点，更不需要他一点。

冷风吹得人皮肤都有些痛了，但比起心里的痛，这算不了什么。

现在，他只觉得很累。爱她很累，嫌弃无法与她般配的自己更累。他挣脱开她的拥抱，低声说："对不起曼曼，我已经没办法再相信你了。"

之后就是长达五分钟的沉默。对他们俩来说，这五分钟好像过了一年。

最后，侯曼轩疲惫地笑了："你会这么想……说真的，我很伤心。我知道这么多年你都在怪我，所以这段时间也不想说太多动听的话，只希望能够靠日积月累的和睦相处来修补我们的感情。我以为只要我一心一意对你，听你的话，给你安全感，我们就能回到以前的状态。但今天你终于让我知道，只有一个人单方面的努力，有再多的爱也于事无补。可能当年分手之后，你的感受就跟我现在一样吧。"

龚子途静静听着，没有回应。

侯曼轩拍拍他的胳膊，转身走向阳台门。龚子途拉住她："你要去哪里？你又想逃了？"

子途，你到底想怎样呢？既不原谅我，也不让我走。就这么把我绑在身边折磨我，不同时也在折磨你自己吗？她知道这些话说出来也不能改变现状。她平静地笑了："不是，我只想下去看看小萱。"

她挪开他的手，拉开了门，听见龚子途在后面低低唤着："曼曼。"

"嗯？"

"我爱你。"

"我也爱你。"

"我恨你。"

"我不恨你。"

她没有回头，只是径直走出去了。她下楼看了看龚小萱，但才和龚子途有过不开心的对话，心情怎么也好不起来，于是一个人悄悄下楼去了停车库，打算开自己的车回家休息。

车库里一片寂静，哪怕有人在身后呼吸都能听到。所以，当她走近车门，听到身后的脚步声和呼吸声，很敏感地就回过头去，但身后却没有任何人。她狐疑地再度把头转向车门，却在车门上看到了另一侧一个蒙面男子的身影。她吓得叫了一声，车钥匙掉在了地上。之后，后脑勺被什么东西重重砸了一下，她眼前一黑，失去了知觉。

再度有意识的时候，侯曼轩是被冻醒的。她晃晃脑袋，觉得头有千斤重，双手也被绳子束缚住。察觉到自己正躺在夜晚的树林里，而且是在自己家附近的树林里，她就知道自己昏迷的时间不短，而且情况很糟。

她转动眼珠观察四周，身子一动不动，却听见一个女人的声音传过来："啊，曼轩，你可终于醒了。"

侯曼轩觉得这个声音很耳熟，一时间没反应过来是在哪里听到过。她抬起头，看见一个纤细的身影出现在了树林里。那个人越走越近，面容被手机屏幕的光照得有些惨白，她总算看清了——是祝伟德的妻子，林凝！

"祝太太，为什么你会在这里……"侯曼轩一头雾水。

"你怎么还叫我祝太太，真见外啊，都是一家人，你应该叫我婶婶。"

她说话的语气和平时一样，散发着总是替别人着想的亲切感。因此，侯曼轩一直对她印象不错。但在这种情况下，这种说话口吻反倒让侯曼轩起了一身鸡皮疙瘩："你为什么要绑着我？"

林凝像没听到她的问题一样，答非所问道："曼轩，你知道吗？我丈夫和女儿都不怎么喜欢你，但说实话，我从来没讨厌过你，甚至还挺欣赏你。我觉得你是一个特别有才、特别上进的姑娘，在感情上也专一，哪怕你被卷入了各种是非之中。"

"所以呢？"侯曼轩轻轻说道。相比讨厌自己，她其实更怕林凝现在给出的答案。因为，林凝清楚地知道自己想要什么，这就不是能够通过情绪和话语调节的矛盾了。

"你唯一的缺陷就是好奇心太重了。很多事既然已经过去了那么多年，那就没必要追究了，不是吗？当侯辉的女儿不好吗？一定要追查出生父的信息，一定要挖出那么多年前的秘密。这样太伤感情了呀，姑娘，我们大家都会遭殃的。"

十二月的冷风吹响了枯树枝上的残叶，能扎入骨头般，冻得人浑身僵直。侯曼轩心里其实害怕极了，但还是竭力表现得镇定："所以，你还是因为我父亲写的谱子才抓我。说吧，你想要什么。"刚好，她的手动了一下，碰到一块石头，然后她开始轻挪手腕，用石头尖锐的部分摩擦麻绳。

"我什么都不想要，我只要封住你的嘴。"

侯曼轩在心里暗自感慨：虽然三观极其不正，但林凝还是知道什么是对家庭最好的选择。守住丈夫的好名声，等同于守住了下金蛋的鸡。自己是不可能就这样放过祝伟德的，但现在当然不会这么说。她继续在身后的岩石上摩擦绳子，尝试拖延时间："既然我爸爸生前交代过他的曲子署名权可以给我叔叔，那我当然不会违背他的意愿。"

"曼曼，你很冷静，也很聪明，你说的这些话我差点就信了。可你知道吗，从你出现在公众视线那一刻起，我就没有停止过对你的关注。你不是会就此罢休的人。而且如今你身后还有个很爱搞事情的龚子途，所以，今天我并不是来跟你商量这一切的。只是想告诉你，巨星的陨落会是一个重大新闻。而你作为这个事件的主人公，又是我欣赏的对象，我觉得我不能让你到最后都不明不白的。"

侯曼轩摩擦的动作停了停："最后，什么意思？"

"不会像上次那样，让你死得不明不白。"

她说话依然那么温柔，让侯曼轩真的以为自己听错了："……什么？"

林凝微微一笑，耐心地说："上次为你安排的结局是著名天后患抑郁症服药过量而死。但你好像不怎么喜欢那种平静的死法，还逃掉了。"

那是什么时候的事？自己居然一点都不知道。想到这里，侯曼轩只觉得浑身的血液都流到了脚底，脑部严重缺血，头皮一阵发麻，但还是吃力地说："你想杀了我？因为几首曲子，你就想杀人灭口？你的精神没有问题吧？"

"没办法呀，曼轩，我也不想杀人。可是，你爸爸写的曲子就是这么厉害，涉及太多秘密，一旦曝光曲子并非我先生所著，其他秘密也会连带曝光出来的。"

侯曼轩又冷又怕，连手指尖都在发抖，但她还是坚持不懈地磨着绳子："别，是什么秘密你就不用告诉我了。我知道的远远没你想的那么多。你先清醒一点，不要做傻事。你懂我的知名度，如果我死了，关注度会更高的。"

"我当然知道，所以你不能是被谋杀，只能是自杀。铺垫我已经为你做好了，后事你不用再操心。"

"我不懂，我真的不懂。"

"曼轩，你别装了。当年你父亲死的时候伟德在场，你母亲应该早就告诉过你了吧？而最近你又知道了他们俩血型一样，所以，伟德见死不救的事你也是知道的。"

"所以他为什么要见死不救呢？他那么在意那些曲子？"

"他当然不在乎那些曲子，我先生一直都是个胸无大志的绣花枕头。如果没有我，他是不会有今天的。所以，他也不会为了几首曲子想害死二哥，可我不一样。他的兄弟是好是坏，和我有什么关系。我只要他展翅高飞，把我的女儿推得更高，让她和她的后代一直过着上流社会的生活。"

"所以，当时劝他不要救我爸爸的人……也是你？"

"不仅如此，把祝温伦行踪透露给对方老大的人也是我。"

"为……为什么？"侯曼轩惊呆了。

"不是很简单的道理吗？祝温伦死了，伟德和他大哥不仅不会死，还可以提早结束逃亡的日子。还要多谢你父亲，伟德回国以后就一夜成名了。"

此刻，侯曼轩的惧怕中多了许多愤怒，她难以遏制地提高声音，想挥舞双手，但只能痛苦地左右扭动："你为什么要这么做？！你这是在害人！那是一条人命啊！！"

林凝眯了眯眼睛，也凶狠地尖声说："这种事你觉得应该怪我？！那还不是应该怪他们那个愚蠢的爹！意气用事，跟惹不起的人正面起冲突，才把自己儿子害成这样！我只有推波助澜的作用，请你不要把所有的矛头都指到我身上，谢谢！"

侯曼轩张开嘴，半晌都不知该如何表达自己的愤怒与惊诧，只能有气无力地说："你真是太可怕了……真的，你比他们每一个人都可怕……"

"可能吧。"林凝关了手机，抬头往天上看，"可惜没有一个人懂我的可怕。在他们眼中，我只是一个弱女子。你懂我的可怕，让我觉得，很开心。曼轩，我觉得你真应该算是我的知己。"

"呸！我和你没有任何相同之处！你是经历了什么，才会变成今天这个样子！"

侯曼轩努力使用激将法，让她有更多的话想说。事缓则圆，说不定再拖一会儿就有人来救自己。或者，她会改变主意。

可遗憾的是，林凝的杀心比她想象的要坚定。她打了两下响指，远处一个彪形大汉走了过来，把侯曼轩当麻袋般扛起来，大步走下山坡。林凝也跟了过去，一直走到了无人的车道上。这一路，不管侯曼轩说什么，林凝都只是保持沉默，直到侯曼轩的车子再度出现在眼前。大汉把门拉开，发动了车子，然后把侯曼轩塞到了驾驶座上。

之后，她听见林凝小声地嘱咐："等一会儿车摔下去以后，记得把她手上的绳子摘下来。路上她会挣扎，手腕肯定有伤痕，尸体记得处理好……"

"是。"

侯曼轩用力摇头，想大声呼救，但最后一丝理性告诉她，如果呼救，可能立刻就会没命。她只能哀求地看向林凝："我真的什么都不会说的，你放过我吧，那……那么久的事，我不会插手的……"

林凝皱着眉，一脸哀愁地看着她，把手伸进窗户摸了摸她的头："曼轩，我懂。你真的很无辜，而且你还是一个妈妈。作为妈妈，我更加懂你……不知道你能不能也懂我呢？我牺牲这么多，害了人命，却选择默默躲在一个蠢男人的身后一辈子，无非也只是想让自己的女儿越来越好。我不能让这些丑闻曝光出来，不然伟德会完蛋的。伟德完蛋了，珍珍的一生也就完了。我不想让她跟我一样，曾经穷到在火车厕所前铺报纸睡觉。那种恶臭你知道有多让人难忘吗？那种母女俩一起被民工调戏的滋味，你知道有多恶心吗？所以，曼轩，我真的不讨厌你，我们都有过类似的经历。对不起，我也是穷怕了的啊……"

随后，林凝做了个手势，也不知道那个男人对车做了什么，车子开始慢慢滑动。侯曼轩的心悬了起来，眼泪大颗大颗涌出来，沙哑地说："我懂，真的我懂，我也不会伤害祝珍珍的，毕竟她是我的堂妹啊。求求你，放过我，我女儿今年才三岁，孩子太小，她不能没有妈妈……"

林凝也流泪了，但还是坚定地摇了摇头："可怜的孩子，你的一生真的很苦。看在你这么不容易的分上，我最后告诉你一个秘密吧。"她跟着车慢慢走了几步，又靠近侯曼轩一些，轻轻说："吕映秋也是我杀的。"

然后，林凝含泪而笑，站在原地不动，静静目送刹车失灵的汽车疾驰而出，直奔悬崖边缘。

侯曼轩不再哀求了，只是瞪大眼睛，看着远方。

这一瞬间，十九岁那一年的事涌入脑海——

那时候，母亲的手术刚刚结束，已经度过了危险期，即便从楼梯上摔下来，心脏病发作而死的可能性也非常低。而在那段时间，她刚好得知侯辉不是自己生父的事实。如果母亲继续活下去，很可能就她们母女俩就会聊到生父的话题，很可能会牵扯出多年前的秘密。

"曼曼，这么晚了你不叫人来接你，这是要去哪里啊？女儿，你不要冲动，回来，妈妈会担心……"

汽车用恐怖的速度冲刺着。眼见离死亡越来越近，妈妈临死前的呼唤也在耳边重现了。

妈妈不是因为意外事故死的，她是被这一家子恶人害死的！！而因为这一家人，小萱也要当一辈子的孤儿了！

侯曼轩悲恸地惨叫一声，四肢百骸都被灌了剧毒般痛苦不已。

紧接着，手腕处传来一声闷响，她的一只手撞在了车门上——绳子被她绷断了！

这时，汽车也冲到了离悬崖边缘不到五十米处。侯曼轩拉开车门跳出去，重重摔在地上，打了十多个滚。

Act. 26　千钧一发之际

随着悬崖下数声惊天动地的翻车声，侯曼轩也伏在了路边。

浑身的剧痛让她像下了一次地狱般。她也没想到，因为情绪太激动，居然连那么紧的麻绳也能绷断。但是，现在身上有多少伤口、是否骨折，她都不在乎。想到母亲的死，她就怒火中烧，连身上的伤痛都忘了，勉强撑起身体，顺着月色的照耀跑向林凝。

林凝吓得连连后退，看向大汉，指着侯曼轩颤声说："快……快抓住她！"

侯曼轩看见大汉亮出了一把匕首，正朝着她的方向大步飞奔而来。

反正也活不了了，她又在悬崖边无路可逃，对方这么豁出一切想置她于死地，还不如为母亲出一口恶气！她咬咬牙，也向林凝的方向狂奔而去，然后在大汉靠近她之前，抓着林凝的头发就往路边拖。她长期进行体力训练，哪怕个子没有林凝高，拖动四十七岁的林凝也是很容易的事。

"你这凶手！！"侯曼轩双眼发红、充满仇恨地瞪着她，"你害死我爸妈，你还有脸把这些事情讲出来！今天你想杀我是吧，我也杀了你！！"

接着，林凝被她狠狠抽了三个耳光，又被踹在地上，被抓着头发把脑门往水泥路面猛磕。林凝撕心裂肺地惨叫，挥舞着双手反抗，但都只是徒劳。

大概是侯曼轩也开始歇斯底里了，那个大汉靠近以后，步伐反而因为胆怯慢了一些。

林凝哭喊道："你在做什么，抓住侯曼轩啊！这里不能久留，被人发现我们都完了！"

大汉这才又上前两步。侯曼轩掐着林凝的脖子，指着他吼道："你过来试试，你过来我立刻掐死她！她给了你多少钱？到时谁再给你钱？！她已经杀了很多人了，已经死定了，你帮她杀人，一分钱都拿不到！"

大汉果然再一次迟疑了。侯曼轩用力勒了一下试图挣脱的林凝，恶狠狠地说："我比她有钱！你想要多少钱，我都可以给你！告诉你们，我跟龚子途已经结婚了，他是不会丢下我不管的。你帮她杀我，我老公不会放过你们。你肯定会被抓，肯定会坐牢，无期徒刑！你要陪这个杀人犯一起把牢底坐穿吗？！"

林凝被侯曼轩勒得上气不接下气，快窒息般吃力地喊着："你以为侯曼……轩，咳咳，以后会放过你？一旦事情被抖出来，所有人包括你兄弟全部都会被拖累！你别再听她胡说八道，赶紧把她抓……咳，抓起来啊！"

这时候，大汉的手机忽然响起。他接通电话，"嗯"了几声，然后挂了电话说："他们抓到龚子途了。"

林凝笑了："好，好好。咳，快……"

这下大汉不再犹豫了，径直走来，想用匕首要挟侯曼轩松手。听见这个噩耗，侯曼轩一颗心沉了下去。这下惨了，不仅她深陷危机，连龚子途也会被拖累。但她没有放弃，转了几个圈，都把林凝挡在前面当肉盾，不让他靠近自己。退了几步，已经快要无路可退时，林凝忽然伸腿朝她腿上的伤口踹了一脚。她低呼一声，痛苦地半跪下去。

二十五分钟后，侯曼轩又重新被绑好、堵上了嘴，丢到附近小屋的地下暗室里。

这里伸手不见五指，有一股浓浓的铁锈味，地面潮湿泥泞，把她的伤口泡得刺痛。门半掩着，她听见外面传来了几个人七嘴八舌的议论声。她试图发声求救，却只能发出"呜呜"的声音。因为刚才绳子被挣脱了，这一回他们把她绑得更紧了，连双腿都没放过。不管是这片象征死亡的黑暗，还是惊吓后的平静，都让她感到分外恐惧。她颤抖着呜咽起来。

不远处，传来了男人清嗓子的声音。

屋里还有人！

她更加惧怕了。没有再发出声音，只是静静地听这个男人的动静。然后，衣服摩擦地面的声音靠近，有人贴住了她的胳膊。她先是条件反射地后缩，但很快想到了大汉接的那一通电话，用自己都听不懂的语言喊着"兔兔"。

果然，她耳边传来了龚子途悄悄说话的声音："嘘……不要大声说话，他们人多。"

在这种时候听见他的声音，侯曼轩的眼泪决堤而出。她听他的，只是吸了吸鼻子，逼自己不要哭出声，在黑暗中靠脸颊轻蹭着他的肩膀、胸膛，找到了他的脖子，把脸埋在他的颈项间。

虽然因为被捆绑无法拥抱，但龚子途还是低下头，努力地用脸颊贴着她的头发。

感受到了心上人的体温，连伤口的痛感都跟着大大减少。不管未来是死是活，这一刻，侯曼轩什么也不怕了。

温存的时间很短暂。不到五分钟时间，门被推开了，刺眼的电筒光射进来，在两个人身上晃了几晃。林凝低头看着他们俩，说："恭喜你们，又有了一种新的死法，而且肯定是你们俩很喜欢的。"

龚子途笑了起来，丝毫不惧怕的样子："哦？婶婶想让我们怎么死呢？"

林凝脸上还有侯曼轩五指山的印记，好像那几巴掌把她的温柔也打得荡然无存了。她冷冷地说："龚子途，你少跟我嬉皮笑脸。要不是你捣乱，这件事早就结束了，不会搞出这么大动静，你也不用赔上你这条年轻的小命！"

"还是先说说要我们怎么死嘛。"

林凝晃了晃手里的盐罐子："自己喝下去，还是我们给你们注射，选一个吧。"

"氰化钾？"

"对。"

"原来姊姊喜欢渡边淳一，口味有点重哦。不过我喜欢。"龚子途回头笑眼弯弯地看着侯曼轩，"曼曼，她叫我们俩殉情。就让我来做决定吧？"

侯曼轩完全在状况外，只能选择相信他，点了点头。龚子途随即对林凝说："我们喝下去吧。不过你得先放开我。"

"那不可能。不过你放心，等你们死了以后，我们会帮你们俩把衣服扒光的。几天后，就会出现你们俩不堪于婚外恋、私生子的舆论压力选择服毒殉情的新闻了。"

龚子途一脸为难地说："姊姊……这样，不太好吧？"

"怎么不好了？"

"等我们死了以后再扒光，可能会露馅呢。因为，男人死了以后，有的地方……是不会充血的。"

林凝愣了一下，涨红了脸说："那就不脱你们的衣服了！"

龚子途板着脸说："那不行。人一辈子只能死一次，我要和曼曼做着最亲密的行为才愿意接受服毒殉情，不然你还是给我们注射吧。"

侯曼轩在一边听得快要晕过去了。到底是抱着什么心态，龚子途才能把最恐怖和最羞耻的两件事如此若无其事地说出来？

林凝皱着眉说："你确定？"

龚子途坚定地点了一下头："我确定。"

"敬酒不吃吃罚酒。"林凝冷笑一声，转身对身后的手下说道，"你们去拿注射器来。"

很快，两名男子拿了注射器过来。看见他们戴着手套把氰化钾融入液体中，侯曼轩四肢冰冷，身体剧烈颤抖。她把额头靠在龚子途的肩膀上，呼吸粗重，甚至无法哭出来。龚子途哄孩子般温柔地说："曼曼别怕，很快就过去了。"

林凝把目光转移到他们俩身上："你们还有什么话，给你们二十秒，赶紧说完。"

"不用二十秒，五秒就够了。"龚子途静静看着他们身后的影子，却没有对侯曼轩说话。

林凝狐疑地说："不说了？时间已经……"

话没说完，忽然传来"砰"的一声巨响！有人把半掩的门撞开，与扣动扳机的声音同时响起的是另外一行人的呵斥声："别动！警察！"

侯曼轩飞速抬起头。五名警察冲进房间，其中一名用枪指着林凝，外面还站着一大群把林凝同伙扣押的警察。

林凝惊恐地、慢慢地举起双手。

原来，侯曼轩下楼不到五分钟，龚子途就回到房间里打算和她谈一谈，但找遍整个家都没找到她，龚小萱也不知道妈妈去了哪里。打她的电话，被挂断以后手机就进入关机状态。联系上一回酒局事件，他知道侯曼轩很可能情况不好。他本来想冲下楼去看她的车，但刚走到电梯口，就改变了主意——他联系物业调出了停车场的监控录像，果然发现侯曼轩被一个蒙面男子打晕并把车开走。

他让物业管理不要声张，回到家中报了案，让父母联系了公安部门的朋友，让他们在自己身上装上了 GPS 和微型监听器，然后独自一人下楼走到侯曼轩之前停车的车位前，又打了一通电话给侯曼轩。果然，他也被另外三个人绑走了。

所以，在从侯曼轩被带入暗室之前，警察就一直在周围蹲等歹徒头目的出现。

警方把林凝及其同伙带走以后，医护人员把侯曼轩抬上了救护车。龚子途也跟着上了车。她四肢麻了很久才能动弹，头发乱蓬蓬的，浑身都是伤口和泥土，害怕地抓住他的手。他蹲下来紧握着她的手，同时用额头靠着她的额头："没事曼曼，只是虚惊一场，现在我们都安全了。没事没事了，不要怕……"

两条细细的泪水从侯曼轩的眼角滑落，她把他的手贴在自己的脸上。

非常幸运的是，侯曼轩虽然受惊了一个晚上，但因为她落地时是屁股先着地，身上只有肌肉拉伤和严重的瘀青，没有伤着骨头。在医院处理好伤口，躺了一个晚上，第二天龚子途就带着她出院了。

第二天，侯曼轩和龚子途被绑架的爆炸新闻传遍了所有媒体，随即而来的就是接二连三更加轰动的新闻。

《原创奇才祝温伦为弟弟祝伟德做嫁衣》

《三十四年乐坛神话破灭——祝伟德，鸠占鹊巢的剽窃者！》

《波折堪比戏剧的演艺世家，祝伟德妻子连环谋杀案的真相》

《乐坛天后侯曼轩的父亲的真实身份竟是他！》

《淹没在岁月中的传奇悲剧夫妇、侯曼轩英年早逝的双亲——祝温伦与吕映秋》

…………

经过警方的审问，林凝似乎已经放弃了挣扎，把多年来自己的所作所为全盘招供，还曝光出了另一件事：十月初，祝伟德和他合作的新人演员郑念有过一段婚外忘年恋，上个月郑念还打掉祝伟德的孩子。她说祝伟德对郑念动了真情，想和自己离婚，她能接受丈夫在外面玩，但离婚绝对不可以，祝伟德却像个十八岁小男孩一样要为爱奋不顾身一次。他俩在家里因此频繁吵架。林凝声称，这件事让她对家庭极度没有安全感，才促使她又一次做出了犯罪行径。

侯曼轩被这条新闻惊呆了，本来她以为林凝只是想为自己的罪行开脱，可是当记者们纷纷去采访郑念时，郑念对此却闭口不谈，反应有点不正常。侯曼轩算一算时间，刚好就是郑念和龚子途分手之后没多久的事，她开始有点相信林凝说的话了。但不管是祝伟德还是郑念都和她没关系，她也没跟龚子途提这件事。

母亲坐牢，父亲身败名裂，很显然，祝珍珍受到的打击不轻，平时很喜欢晒自拍的她，从事件爆发后，只发了一条微博，内容只有六个字："无助，失望，绝望。"

被谋杀未遂后，侯曼轩和龚子途一直在协助警方调查案件，直到三天后才好不容易有机会睡上一个好觉。

今年的第一场雪下得特别早。四天后的早上，侯曼轩在龚子途的卧房里睁开眼，就看到了窗外有亿万片雪花张开了巨大的帐篷，把半座城市都涂抹成了纯净的白。她觉得有些冷，正想起身去把地暖打开，却感到腰间的胳膊把自己紧紧搂住。

这几天，龚子途一直没怎么说话，那个在林凝面前嬉皮笑脸的仿佛是另一个人。她翻了个身，面向他。前一晚他的通告到十一点才结束，回来只是把外套脱了、刷了个牙就倒在床上睡了。她看他睡得太沉，没舍得叫他，帮他卸了妆，用毛巾擦干净脸，就帮他盖上了被子。现在他还穿着前一天的白色高领毛衣，一只手放在枕头下，抓乱的刘海散在深蓝枕套上，高高的鼻梁把靠着枕头的半张脸都藏在了阴影中。他没有说话，只是静静看着她。

侯曼轩微笑着说："兔兔，你这样就像拍硬照一样。来，露出你撒手锏的眼神，赶紧电我一把。"说完她学着他过去的样子，单手撑着后脑勺，双眼眯起来，懒懒地扬起嘴角。

原本想逗他开心，但没想他不但没笑，眼眶反而红了。她吓了一跳，紧张地说："怎么了？做噩梦了？"

"我梦到我从美国飞回来，到处找不到你。然后你打电话给我，我很高兴地接了，你告诉我，你又要和别人结婚了。"可能是因为眼眶发红，他眼中的锐气消失了，仿佛又回到毫无防备的二十二岁。

他说得很平静，声音却低沉得几近消沉。她觉得心都绞起来了，只是用力摇摇头，摩擦得枕头簌簌作响："我不会走了。"

"真的？"他的声音不大，却带着一丝孩子气的期待，"你不会再离开我了？"

"我会永远陪着你，再也不会走了。这辈子我当龚子途一个人的妻子。他不要我，我就单身到老。"

"你骗我……"

他这个样子让她五脏六腑都翻江倒海一样地疼，她捧着他的脸，认真地说："子途，我爱你。你知道的，我一直只爱你。"

他眨了眨眼，忽然一把将她揽过去："……曼曼。"

"怎么啦？"

"这些年我过得很不好。"

她把头埋在他宽阔的胸膛里，点点头："我也是。"

"离开你的我就像行尸走肉，我觉得自己很没用。"

"我也是。"

"我不想让你知道，我不想连最后的骄傲都失去了。"

"我也是。"

"其实今年六月二十二日在机场看到你的时候，我整个脑袋都空了。后来上了飞机，我就知道，就算不再爱你，我也没办法爱上其他人了。"

"我也是……"想到那天自己在机场哭得稀里哗啦，她的眼眶也湿了，但想了想又笑了起来，"不，我比你还惨，我连不爱你都做不到。而你还好意思说这些话，回来以后一直对我的态度极其恶劣，不是冷冰冰的，就是凶巴巴的。"

他无奈地笑："心里也很痛呢。"

"所以你为什么要这么虐自己？我们坐下来好好谈一下不就好了？"

"你说得对。"他紧紧搂住她，用力到她的骨头都有些发疼，"就算会再次受伤，我也不会放你走了。"

一个一米八七的大男生，从回归以后就一直冷漠的男人，终于在她面前又变回了曾经的模样。她知道，也是直至这一刻，他们的心结彻底解开了。她笑着在他怀里蹭了蹭："兔兔，不准你再说这种话。我再也不会伤害你了。我们可是夫妻啊。夫妻就是要患难与共，在一起一生一世的。"

他点点头，更加用力地抱住她，又点了点头："是。现在曼曼是我的妻子。"

"不对。谁是你的妻子。"

龚子途怔住。

侯曼轩调皮地笑了："现在想想，连求婚都没有，我就这么嫁你啦？不算不算。"

"你到客厅等等我。"龚子途立刻翻身下床。

侯曼轩站在客厅通往花园的玻璃门前，被外面冰天雪地的梦幻世界吸引了。雪花是一个个诗歌精灵，随风回旋，轻盈而舞，把枯枝干草也描摹成了白色的十四行诗。她抱着双臂打了两个哆嗦，打开一楼的地暖，想重新回到门前去看雪景，却看见龚子途大步朝自己走来。

"你去干吗啦？"她朝他笑了笑。

然后，他在她面前单膝跪下来，挺直了上半身，在她面前打开一个戒指盒，然后握着她的手，抬头认真地看着她说："侯曼轩，从出生到现在，你是我唯一想要共度一生的女人。我爱你。我想和你建立家庭，白头偕老，共度一生……你愿意和我结婚继续生活下去吗？"

室外有无声飞扬的漫天大雪，让她想起他们第一次在圣诞树下亲吻的圣诞夜。那一夜，他第一次对她说出了"我爱你"。

如今圣诞又要来了。距离那一个美丽的夜晚，也已经过了快要五年。

她发自内心地、灿烂地笑了，然后快速点了几下头："我愿意。"

他拿出戒指，为她戴在右手无名指上。她低头看着他充满仪式感的严肃模样，不肯漏掉一点细节。等他站起来，她立刻抱住他，快乐地狂吻一阵。他先是被她吻得笑出声来，但过了一会儿，他觉得有点晕眩，快控制不住了，轻轻推开她说："等等，你不看看戒指吗？这个戒指又贵又难做，我费了好多心思才在这么短时间内弄到的。"

"我喜欢我喜欢！我喜欢戒指，更喜欢你。"侯曼轩总算低头爱抚了几下戒指，却整个人黏住了他，整个心思都在他身上。

"哪有女人被求婚以后不看戒指的，你是不是女人啊？"龚子途小声嘟囔着，但看她这么喜欢自己，又只能放过她一马了。

侯曼轩的着装风格一直是青春休闲路线，对珠宝研究不多。过了很久以后她才知道，她的钻戒重十九克拉，中间的钻石有十克拉，成色和做工都是极品，是龚子途得罪了一对好莱坞明星夫妻用天价抢过来的。等她迟钝地意识到这枚戒指的伟大和龚子途早就有求婚的打算时，他却早就过了那个期待她给出惊喜回馈的阶段，只是面无表情地叹息着老婆的反射弧长度。跟他在一起，她总是那么容易满足，哪怕住在二十平方米的小房子里好像都会很开心，反倒让他想要给她更多更好的。

再后来，龚子途变得跟他爸爸越来越像了，把妻子宠上天，但是又有极强的占有欲，连她一个人出门都不会放心，连儿女多抱她一会儿他都会把他们赶走。侯曼轩一直以为，温柔的兔兔应该是个特别偏心孩子的爸爸，但她猜错了。他确实和所有的父亲一样爱孩子，但孩子在他心中的分量不如妻子的十分之一。他什么话都听她的，却喜欢欺负孩子。抓着儿子的脚踝倒提他、举高高乱抛女儿，做各种不靠谱的事是他的家常便饭。说好的女儿是父亲前世的情人呢？这样折磨孩子，不是前世的情人，是前女友吧？偏偏孩子们都特别喜欢他，一个愿打一个愿挨，当妈的又能怎么办呢？只能日常提心吊胆地守护家里的三个大孩子了。

不过，这些都是后话。

求婚成功后的下午，侯曼轩和龚子途一起回到她家里，让小萱叫他爸爸。

"你是我爸爸？"小萱坐在龚子途的腿上，惊讶又天真地歪了歪脑袋。她还不会读轻音，所以叫"爸爸"也是两个四声，听上去有点呆呆的，但是又可爱得不得了。

"嗯，我是萱萱的爸爸哦。"龚子途一手扶着她的背，一手把侯曼轩搂过来，"爸爸和妈妈马上去买新的房房，等婚礼办好，萱萱就要跟爸爸妈妈一起住了，开不开心？"

龚小萱的长睫毛"唰唰"地扇动了很多次："奶兔兔是我爸爸……"

侯曼轩笑着说："是的，奶兔兔是你爸爸。乖乖快叫爸爸呀。"

"妈妈，你不是说爸爸去了很远的地方，要等我长成大姑娘，他才会回来吗？"

感受到了龚子途横过来的谴责目光，侯曼轩头上竖起三条黑线，咳了两声说："那个，爸爸提前回来了。"

龚小萱的双颊鼓成了两个小包子。她摇了摇头："我不要叫奶兔兔爸爸，我要嫁给他的。"

"你可以叫他爸爸，长大再嫁给他。"

龚小萱把头歪到了另一边，慢慢点了几下："这样好像也不错。"

侯曼轩为自己过分了解女儿而得意地笑起来。她觉得自己简直太机智了。但龚子途却捏了捏她的腰："曼曼！"这个当妈的，怎么可以骗孩子，这种问题应该好好地教育她，让她知道爸爸是妈妈的爱人，她是他们俩爱情的结晶……

然而，所有想要和妻子辩论的思路，都被一个甜甜的声音打断了——

"爸爸！"

龚子途先是微微睁大眼，然后笑得没了眼："女儿真乖。"他感动得心都化了，在侯曼轩的脸上吻了一下，把她和女儿都拥在怀中："曼曼，谢谢你。"

侯曼轩用双手环住他的腰，完全沉醉在了幸福之中："真的想谢谢我，就再给我一个孩子吧。"

"好，今天晚上就……"

谁知，龚子途话没说完，龚小萱警惕地坐直了小身子，露出惶恐的眼神："不要。"

侯曼轩对她温和地说："嗯？宝贝，给你多添个弟弟妹妹不好吗？会很可爱的哦。"

然而龚小萱根本不买妈妈的账："妈妈是我一个人的，我不要弟弟妹妹，我不要！不要弟弟妹妹啊啊啊……"她仰头对着天花板爆哭起来，伤心欲绝，仿佛天崩地裂，下一秒就是世界末日，不管爸爸妈妈怎么安慰都没有用。

于是，侯曼轩试图以理服人："小萱，你要这么想哦。虽然多个弟弟妹妹，你要跟别人分享妈妈，但你不是多了一个爸爸吗？一切都不会变呀。"

"可是如果不要弟弟妹妹，一切不仅不会变，我还多了了一个爸爸呀。"

"……"侯曼轩撑着脑门，认真思考这孩子的逻辑。

龚子途摸摸龚小萱的小脑袋："智商是遗传爸爸的无疑了。"

Act.27　携手漫长归途

在圣诞夜赫威的家族活动后台，侯曼轩目睹了非常狗血的一幕：祝珍珍和公司一个女艺人打了起来，还闹到互相抓头发尖叫的程度。

旁听了一会儿才知道，原来家里出事以后，祝珍珍就被男朋友甩了，对方还给了她一个很烂的借口："我不在乎你的家境如何，我在乎的是因为家境改变而变得不自信的你。对不起。"这件事刚好传到了那个女艺人耳朵里，她平时就觉得祝珍珍清高又做作，碰面后拐弯抹角地嘲讽祝珍珍是落难的凤凰不如鸡，结果把压抑已久的祝珍珍点爆了，两个人你一句我一句吵起来，最终演变成了打架。

大家把两个人拉开并劝架以后，Alisa 和冬季少女团的其他成员都在旁边安慰祝珍珍。但她们看到侯曼轩站在旁边，又都很自觉地离开，留空间给这对反目成仇的堂姐妹。

祝珍珍的头发乱成了鸡窝，假睫毛掉了一边，眼睛一大一小地瞪了侯曼轩一眼："看什么看，我妈下半辈子可能都在牢里待着了，我爸和郑念已经成功恶心到我了，现在看我这么惨，你是不是觉得很舒服？想说你们一家人都是报应？"

侯曼轩摇摇头，平静地说："在整个事件里，不管是你和你的父母，还是我和我的父母，我们都没有一个人是赢家。我不希望任何人有糟糕的下场，只希望大家一起有好的结果，可惜事情往往不遂人愿。"

"不管你信不信，我一直不喜欢你，但没有恶心过你。现在对郑念我是感到更恶心。而她这么不要脸，又逃到国外去了。"

"不管你信不信，除了当时你们强行要买作曲署名权那两天，我没有讨厌过你。"侯曼轩淡淡地笑了笑，"我恨你爸妈，但不恨你。这么说你可能不买账，但这是我的心里话。还是希望你以后能过得好。"

人能原谅敌人的攻击，却很难原谅朋友的背叛。因此，侯曼轩其实能理解祝珍珍现在为什么这么讨厌郑念。本来她和郑念是站在统一战线针对自己的，可郑念不但背叛了她，还背叛得这么雷人。

祝伟德丑闻曝光后，郑念被追问了几次，就拿着《红舞鞋》的片酬飞回美国。其实不用祝珍珍恶心，她自己也被自己恶心到了。祝伟德一直对她很不错，她把他当成老师、长辈，没想到和龚子途分手后，他在她最痛苦的时候乘虚而入，不断用甜言蜜语安慰她，害她一个不小心就失控和他在一起了。

人在潜意识里寻找精神慰藉这种事，有了第一次就有第二次，有了第二次就有第三次……她都不敢相信，自己居然可以在这么短的时间里，从一个和男生深吻都没有过的女孩，变成了堕过胎的怨妇。她原本只想在美国待一阵子就回去，但得知祝伟德还在试图等她回头，就让她分外反感，干脆一不做二不休，申请了研究生，短期内不打算回国。

她每天都会想起龚子途。尤其是独自走在曾经和龚子途一起走过的街道，想起自己曾经那么毫无保留而纯粹地爱过他，想到这一切已经一去不复返了，在人潮翻涌的街头都会忍不住泪流满面。

翌年一月一日，侯曼轩和龚子途抱着龚小萱见了龚凯盛和傅月敏，并且向他们坦白了两个人已经领证了的事实。傅月敏有多开心自然不用多说，让龚子途感到有些意外的是，龚凯盛除了听到他们已经领证的消息时被茶水呛了两口，居然也没有太大反应，而是坐在沙发上，语重心长地说："曼轩，既然你已经选择跟了子途，小萱也三岁了，那就好好在一起。你们俩性格也般配，一定可以天长地久的。"

侯曼轩看了看龚子途，觉得顺利得有点离奇。但她很快发现，说完这番话以后，龚凯盛和蔼地摸摸龚小萱的头，又小心地瞥了一眼人在厨房视线在他们这里的傅月敏，像小学生偷瞥监督写作业的班主任一样。她秒懂。

也是这一天，龚子途得知了当初父亲派人给侯曼轩发自己语音的事，气得差点当场发作。侯曼轩拦住他说："当时不管有没有人阻拦，我们俩都是不可能在一起的。"

"为什么？是我不够成熟？"

看他委屈巴巴的样子，侯曼轩觉得又心疼又好笑："你现在也不算太成熟吧。主要还是因为我不希望你为了我放弃事业。"

"我根本不在乎所谓的演艺事业，本来就是进来玩的。"

"你真的是这样想的吗？你看你现在做出了多棒的音乐，不要浪费老天给你的艺术才华。"

龚子途"哼"了一声："我做什么行业都会是这样的。"

侯曼轩哭笑不得："少嘴硬，少自恋，臭屁兔。"

"本来就是。即便做不了别的事，我还可以回东万跟我哥混。我还是觉得错过四年很可惜。"说完他看了看身旁的龚子业，"哥，你说是吧。"

龚子业跷着二郎腿靠在沙发上，用遥控器换了几个台："你如果做不了别的事，恐怕哥也帮不了你。东万不是收纳箱，什么东西都能装进来的。"

龚子途面无表情："你没说垃圾箱，我是不是就应该感激涕零了？"

"这是你自己说的。"

过了一会儿，龚子途被傅月敏叫到厨房去帮忙了，侯曼轩本想帮忙，却被傅月敏强行按回客厅坐下，说你陪女儿，这点事让途途做就好。

单独面对龚子途的父兄，侯曼轩难免有些紧张，只好把龚小萱带到餐厅，为她剥了两个橘子，龚子业却跟过来，先打开了话题："这还是我第一次见我的小侄女，长得和子途小时候也太像了。"

龚小萱吞下口中的一块橘子，扭了扭小身子，笑盈盈地说："伯伯，你跟爸爸才像呢。"

龚子业挑起眉，有些惊喜："小萱有点机灵。"

"也是像子途。"侯曼轩又喂了一块橘子到龚小萱嘴里，"我这女儿白生的，除了眼睛和缺点没她的地方像我。"

龚子业打量了她一会儿，琢磨着说："你的性格比较认真……对了，我听子途说，你被林凝绑架，反而把林凝给打了一顿？女侠本色。"

"没有没有，纯属正当防卫。"

"还有，我记得你跟我说过，你去养老院和母亲的死有关，因为愧疚才去的，不是吗？"

"是的。"

"我很好奇，现在你已经知道你母亲的真正死因了，为什么还会坚持去养老院呢？"

"你怎么知道我还在去？子途跟你说的？"侯曼轩眨了眨眼，见他只是喝了一口茶，当他是默认了，"知道真正的原因，反而更没负担地想去了。希望全天下的父母都能恩爱和睦、健康平安，就像傅阿姨和龚伯伯一样。"

见龚子业似乎在思考，侯曼轩又说："怎么又一直在问我的事了，我还是不知道你的故事呢。"

"我喜欢她。她嫁人了。一个很俗套的故事。"

侯曼轩微微一愣："别告诉我，这是你一直保持单身的原因。"

"只能怪我们龚家都流着该死的痴情血液。"龚子业一脸惋惜地叹了一口气，见她又那么认真地看着自己，随即笑了，"你不会又信了吧？"

"她知道你喜欢她吗？"

"可能知道，可能不知道吧。我想告诉她，但不希望她知道。"

"真矛盾……"

"守秘密的人总是矛盾的。"

"能让子途的哥哥喜欢那么多年，肯定是非常优秀的女性吧？"

"嗯。"

"不能透露吗？"因为没了后文，侯曼轩反而更好奇了。虽然说出来她很可能也不知道是谁。

"抱歉，即便是弟妹也不能说。"

侯曼轩丢掉橘子皮，挑衅地拍拍手："我不信你能守一辈子。"

"这又很矛盾。她不能知道这个秘密，否则她会不幸福的。如果我能守一辈子，就永远得不到她。如果不能守一辈子，说明不是真爱，哪怕得到她，这份感情也没有存在的意义了。"

"看来你是注定得不到她了。"

"对。"

"你失恋了，还笑得出来？"

他凝视着她，露出了极少出现在他脸上的天真之笑，有了几分龚子途的影子："知道她快乐，失恋也无所谓吧。"

"大哥我快被你感动了，你简直就是伟大的天使……"

"你感动什么？我很爱我这个弟弟，所以对弟媳是很严苛的。你如果对子途不好，只会面对伟大的恶魔。"

侯曼轩背上一凉，猛地抱住龚小萱："你有一个好可怕的伯伯。"

一月三日，微博上出现了一个标记为"爆"的话题：侯曼轩龚子途领证结婚。开始很多网友都以为只是标题党，但真正点进去，看见龚子途和侯曼轩分别晒出的结婚证，大部分人都震惊得只会评论"什么！！！"和"啊啊啊啊啊啊"了。

虽然侯曼轩和龚子途一直被刷成是最完美的荧幕情侣，但没有人指望过他们真的在一起。他们在一起都算了，还省略了谈恋爱这个过程，直接奔向终点了。幸福来得太急太快，粉丝们通通表示狗粮太大块，直接撑死了。

当然，除了粉丝，几乎整个乐坛和各路的名人都为他们俩送上了祝福。

言锐："曼轩嫁人了，感动，祝福。"

杨英赫："什么都不说了，感谢我这个大红郎吧。"

戚弘亦："祝好。"

Alisa："啊啊啊，恭喜曼轩和兔子，为你们俩感动！曼轩曼轩，爱你，我要吃喜糖啦！"

唐世宇："死兔子居然娶到了女神，可把他美的！"

蔡俊明："如果是五年前，我会第一个跳出来反对这门亲事的。现在，我要当第一个跳出来举双手双脚赞成这门亲事的人。子途，曼轩，新婚快乐！"

羽森："光看看你们的颜值就知道孩子会有多漂亮了。新婚快乐。"

凌少哲："曼轩姐姐，子途哥，太好了，恭喜你们，祝白头偕老。"

孟涛："我看子途得是春宵苦短日高起，从此天王不早朝了。"

CHIC 的主编："恭喜曼轩，嫁给了爱情。P.S. 给我们拍的那组双人照就用来当封面吧，婚纱和婚纱照我们杂志全包了，免费给你拍。"

郝翩翩："曼曼我的宝贝啊，你不知道我有多开心，千言万语，只有一句：祝你们一生一世，长长久久！"

姜涵亮："我就知道你们会在一起的，结果你们的进度永远比我预料的快。子途，曼轩姐，新婚快乐。"

蕴和："恭喜曼轩姐，恭喜兔子。兔子啊，你终于达成终身任务指标了，哥为你开心着呢。"

苏雪风："我的男神和女神在一起了，我双重失恋了！"

苏雪风还发了一堆哭的表情。粉丝们一半转发安慰，一半转发"二货"。

就这样，除了小部分兔子女友粉和馒头姐男友粉抱头痛哭、戚弘亦死忠粉愤愤不平，侯曼轩和龚子途顺利得到了绝大多数人的祝福。他们买好了新房，准备早春三月就拍婚纱照，六月十五日举办婚礼。至于小萱的生父真相，他们打算只先告诉圈内好友，用她和爸爸未来长时间的羁绊告诉大众他们的真正关系。

有趣的是，看见龚子途和侯曼轩结婚被那么多人祝福，唐世宇和 Alisa 也大大方方公开了两个人的关系，结果却是，他们俩微博粉丝加起来掉了一百七十万，把唐世宇气得几天吃不下饭。

二月初，第四十三届"名流音乐奖"颁奖典礼正式展开。

灯光将现场照亮，犹如白昼。延伸至名人堂的红毯上，众多大牌明星和人气新人留下了他们的足迹。立体音箱播放着"名流音乐奖"的专属背景音乐，中间夹杂着记者们拍照的声音、人群讨论的声音。

四十五分钟后，现场的红毯专用音乐停了下来。全场也跟着安静了一些。接着，一辆黑色的加长房车缓缓停在红毯前，音乐切换成了侯曼轩和龚子途的 *My Bride*。

刹那间，粉丝们高呼起来，浪潮般朝红毯挤过去。这无疑是当晚最火热的瞬间。所有保安都围了过来，大声呼喊着"请让一让""请各位粉丝后退"。但是，车门打开的一瞬间，周围的粉丝即便不能靠近，也还是尖叫起来。

经纪人和助理率先下车，在门口等待。一群保镖更加小心地将车门前小小的空间包围起来。接着，擦得锃亮的黑皮鞋踩在了红毯上，上面毫无皱褶的黑色西裤腿轻微晃了一下。龚子途从车上走下来，理了理领结。周围的尖叫又变成了杀猪般的号声，保安们都被推搡得快要站不住脚了。

他把手伸到车前，一双白净秀气的手搭在他的手心。然后，他牵出了他的妻子。

侯曼轩在车门前抬起头，大而美丽的眼中凝聚了这一夜万千星辉，令对美女司空见惯的记者们都不由得心跳加速。这一个短短的瞬间，快门为她按下上百次。

她穿着一袭曳地银色抹胸鱼尾裙，头发剪短到了耳朵下面，一边头发别在耳后，露出长长的银色芍药花耳坠，整个人看上去精神不少，与龚子途的背头分外相配。她微笑着对周围的粉丝轻轻挥手，又掀起一拨尖叫热潮。

然后，在颇有节奏感又浪漫的 *My Bride* 陪伴下，他们俩一起走上了红毯。龚子途还有些孩子气地随着音乐动了动脖子，仿佛随时都可以进入舞蹈的状态。四周的尖叫声里，也传来了各种粉丝的告白。

"曼轩，曼轩！你最棒！！"

"龚子途我们爱你！！"

"曼曼好漂亮，奶兔好帅，你们好配！永远支持你们！！"

他们挽手走了一段，音乐从 *My Bride* 切换成了侯曼轩的单曲，放了一段，又换成了龚子途的单曲。这一刻，红毯好像是只为他们两个人准备的一样，他们是这一夜星空下最耀眼的两颗巨星。

侯曼轩拉了拉龚子途的手，他立刻低下头来听她说："兔兔，我特别喜欢晚上走红毯，你知道为什么吗？"

"因为妆容比较上镜？"

"不是，再猜猜。"

"因为晚上的裙子比较好看？"

侯曼轩摇了摇头，依然期待地看着他。他思索了许久，打了个响指："因为你怕黑，红毯会让你忘记这是晚上。"

"哇，你真是越来越了解我啦。"她开心地把头往他的肩上靠了靠，忽然想起了什么，又拉了拉他，"对了，我想到了一件好久以前发生的事。"

"嗯？"龚子途还是微微低着头，连这样简单的一个音节都哼得温柔如水。

"你还记得五年前，我在 BLAST 的综艺节目里当嘉宾，电路跳闸那件事吗？"

"当然。"

"跳闸的时候，不是黑漆漆的吗，你……你是不是对我做过什么？"

龚子途沉默了几秒，一脸莫名："没有呀，我什么都没做过。发生了什么事吗？"

侯曼轩一下变了脸色："什么，不是你吗？"

"有人对你做了什么呢？"

侯曼轩只是默默地摇头，然后沮丧地低下头去。他的回答让她当夜的好心情一下跌入了谷底。这么说来，当时那个让她心跳不已的吻，和龚子途并没有什么关系……那不管是什么人，有些甜蜜、有些激情的回忆都变得像被非礼了一样糟糕。

郁闷了半天，听见龚子途轻轻"噗"了一声，她骤然抬头，发现他的眼中满是戏谑之意。她知道，自己又被耍了，于是使劲掐了他的胳膊一把："你这浑蛋兔子！真的吓死我了！"

确认了那个人是龚子途，她的心情比刚才更好了。如果不是在公众场合，她真想立刻给他一个大大的拥抱。于是，她只能在前行时离他更近一些，挽着他的手握得更紧一些。龚子途自然也留意到了这些小小的动作，很自然地低下头吻了吻她光洁的额头。于是，这一个小细节又被记者们拍了几百次。

虽然不是第一次在媒体面前秀恩爱，但这一次是真的恩爱，反倒令侯曼轩感到非常不好意思。可是，只要想到吻她的人是她的丈夫，是她一生最爱的男人，是她一个人的兔兔，蜜一般的浓甜就取代了那一点点羞涩。

然后，有记者大声提问："曼轩曼轩，看这里！大家经常评价说你的人生开了挂，美貌、事业、爱情、财富、孩子……什么都有了，如今还有了美满的婚姻，你活成了所有女孩最想活成的样子，对此你有什么看法吗？"

侯曼轩挽着龚子途的胳膊，甜甜地笑了，给出了一如既往的答案："只能说，我很幸运。"

随后他们一起进入颁奖典礼贵宾席。和周围的朋友打过招呼后，他们总算能有了片刻安宁。

在等待期间，侯曼轩轻声说："兔兔，其实我有一点点紧张。"

"我没听错吧，侯曼轩也会有对颁奖紧张的一天？"

"我每一次都很紧张好不好……"她做了个运功的动作，深呼吸两次。

他贴心地拍拍她的背："放松，你不是说了吗，今年的任务是要宝宝，获奖与否不太重要。"

"那也得先过了你女儿那一关啊。"

她也不懂为什么，龚小萱那么可爱听话的孩子，在拒绝弟弟妹妹这件事上可以说是使出了吃奶的力气。她打开手机，本来想打个电话问问女儿在做什么，却看见了锁屏的背景照片：那是一张泛黄的旧照，是前天晚上傅月敏给她的。照片上，一对相爱的男女并肩站立。女子二十四岁，是爱穿红裙、笑起来倾国倾城的烈火美人；男子二十七岁，刘海微长，容貌清俊，穿着白色衬衫和牛仔裤，右手夹着两支长长的鼓槌，淡雅的气质与女子形成了鲜明的对比。但是，哪怕他嘴角只有不易察觉的笑，任何一个人都能看出，他深爱着左手轻搂着的女子。

他们是刚有了女儿时的吕映秋和祝温伦。

一时间，侯曼轩有了诸多感慨。她回头看了看周围的人群，又抬头看了看灯光绚丽的顶棚和颁奖台，想起了母亲曾经对她说过的话："曼曼，你别再质疑自己的唱歌天赋了，你有这个天赋、有这个基因，别再问我为什么！好好唱下去准没错，你的人生大道绝对会比你妈宽广很多。"

她又想起父亲对祝伟德说过的话："等我回来，我们三兄弟一定要在乐坛闯出一片天地。到那时，如果小秋没有嫁人，我再加油把她追回来。"

他们虽然和所有的父母一样，不能陪伴孩子一生，但是他们赐予了她奋斗下去的信念、相信爱的勇气。

他们的人生虽然不圆满，却很美丽。

也正是有了他们在不圆满中不懈的努力，才让她有了圆满的人生。

爸爸，妈妈，谢谢你们。

侯曼轩打了一通电话给龚小萱。听到小萱的声音，她只觉得心中充满力量，希望以后自己与子途同样能把信念与勇气传递给女儿。

想到这里，她用胳膊轻轻碰了碰龚子途："兔兔，还记得我们第一次跳舞的场景吗？那个场景和今天好像，不过那时候你还不到二十岁呢，好小啊。"

"当然。"龚子途微微笑着，温柔却很自信。

"还有我们第一次见面，那时候你还是个少年练习生呢。转眼间都这样了。"

"那你就记错了。"

"啊？"

"以后再告诉你吧。"

这小兔子，怎么跟他哥一样，都这么喜欢卖关子？她本来想严刑逼供他，但龚子途只是笑笑，不给她任何提示。

其实，这算是他对她小小的惩罚。

八岁那一年，他买了第一张侯曼轩的专辑，彻底变成了小粉丝。当时傅月敏和龚凯盛还在国外办事，打电话时听保姆说儿子天天在家里看侯曼轩的 MV，欢喜得很，立刻托人买了三张侯曼轩演唱会的贵宾席门票，叫自己的朋友带俩儿子去追一下星。这个老同学也是吕映秋的好朋友，还特意让吕映秋转达侯曼轩她去听侯曼轩的演唱会了。

演唱会当天，侯曼轩听说妈妈的同学来了，坐在 D 区第一排，表演期间还特地留意了一下那里的观众席。然而，她第一眼看到的不是熟悉的阿姨，而是坐在第一排的孩子。他的刘海比一般的男孩长，又小又窄的脸颊鼓鼓的，皮肤白嫩得跟日光灯似的，粉嘟嘟的唇角微翘，因此有点像女孩。但他穿着大红色的足球服，眉毛在那么小的年纪就英气而飞扬，让她一下就知道，这是个漂亮到有点过分的小男孩。

和她四目相对后，小男孩放在双膝上的手握成了拳，眨眼的频率又快又不稳定。他的眼睛不大，卧蚕却很明显，总是一副昏昏欲睡的懒懒模样，这样一眨眼，简直是恶意卖萌。侯曼轩活了十六年，第一次见到那么好看的小朋友，加上自己也是刚走红又有些张扬的时期，便一边唱歌，一边跳舞跳到了他的面前，拿着话筒大声说："哇，这里有个小天使！"

全场的灯光都照到了他们俩身上。小男孩眼中只有侯曼轩，都没留意到自己的脸已经出现在了舞台led大屏幕上。侯曼轩指了指他，朝他抛了个媚眼："小弟弟，你这么可爱，我十年以后约你好不好？"

小男孩的眼睛眨得更快更乱了。他吸了一口气，小小的肩膀抬高了一些，就像少先队员入队宣誓一样说："曼轩姐姐，不用等十年后。"说到这里，他再次对上了侯曼轩明亮而灵动的大眼睛，像忘记了自己本来想说什么，眼睛往右上看了看，又看回侯曼轩，无比青涩地说："不用等十年后。现……现在你就可以约我。"

"嗯？你说什么，不用等十年后？"侯曼轩故意重复了他说的话来活跃现场气氛，"哈哈哈哈，那不行，你现在太小啦，我喜欢高个子的男生！小弟弟你多喝牛奶长高高好不好？"

"好。"小男孩说完以后，还把花瓣般的嘴唇抿成一条缝，小下巴尖尖的，卧蚕和双颊看上去更鼓了一些。

全场一片爆笑，也都被大屏幕上这个可爱的弟弟萌得快要融化了。那一刻，侯曼轩心情非常棒，唱着后面的歌词，回到舞台正中央继续开始与八名伴舞合舞，把现场气氛推向了又一个高潮。

这一个与歌迷的互动环节侯曼轩当然不会记得。但数年后，赫威集团为她做演唱会剪辑时，这个出现在大屏幕上的八岁小男孩被杨英赫看到了。

其实对兔粉和兔曼党来说，这个怀旧视频早就不再是什么新鲜事物。但侯曼轩不擅用搜索引擎，也不怎么看自己的演唱会视频，压根不知道还有这么一段小插曲。龚子途也不告诉她，打算默默观望，看他的傻老婆还要多少年才会发现。

侯曼轩果然还是紧张过度了。这一夜，她毫无悬念地拿下了最佳女歌手奖，加上最佳专辑奖、作曲奖、作词奖、最佳人气奖……根本就是拿了个大满贯，虽然提名的新歌都出自《红舞鞋》，但她的奖比他的还多。当她在台上拿着小金人发表获奖感言时，龚子途清楚地看见她用温柔的目光注视着自己，说："感谢我的先生龚子途，是你给了我灵感，是你和我一起创作了这张几年来我最满意的专辑。谢谢你，我爱你。"

最后六个字说出来以后，全场的呼声和掌声震耳欲聋。

他想到了他们第一次见面时，她也同样站在舞台上看着自己。

那一年他八岁，答应了她要长高，等十年。

十年后，他终于有机会和她说上几句话，但她已经有男朋友了。

然后，就是十八年后的今天。

这时，舞台上传来了主持人激情澎湃的声音："恭喜曼轩，今晚你是我们的大赢家！下面，有请我们最闪耀的巨星夫妇，流行天王龚子途、超级天后侯曼轩，为我们表演他们再次合作的金曲——《重逢的夜》！"

当这首红遍乐坛的曲子前奏响起，几名赫威的朋友带头站起来捧场鼓掌，然后，全场的朋友和歌迷也纷纷跟着站了起来。

侯曼轩站在舞台中央，看着曾经的梦中情人、如今的丈夫从座位上起身，一步步走上台，一步步走向她。

蓝色的射灯旋转着，星斗般的碎灯闪烁着。

如今，龚子途也终于等到了这一天，挽着曼曼的手，走在这璀璨星空之下，走在银色的巅峰舞台之上，走在这爱她十八年的漫长归途之中。

全文完

君子以泽于二〇一八年十月八日，上海

03

东万大佬
龚子业卷

不曾说出口的秘密

十九岁的夏天，正在读大二的龚子业被强行叫回了家。

"出国两年不回家，像什么样子！"龚凯盛在电话里愠怒地说道，"你去年暑假三个月都在美国打杂，打完杂就躺尸，你觉得意义很大吗？"

其实龚子业很想说，在五星级酒店里当暑期工真不是打杂。但他知道，在父亲的理念里，不用动脑子做决策的工作都是打杂，于是也懒得解释，就在电话里跟龚凯盛吵了起来。龚凯盛差点被他气到喊出"从今以后你就不是我儿子"，他也差点对龚凯盛喊出"你这种根本不理解儿子的爸不要也罢"。

但是，最后他们俩都败给了傅月敏的一句话："业业，妈妈和弟弟很想你呢，你爸爸更想你，快回来吧。"

龚子业听见电话旁的龚凯盛依然嘴硬如是说："胡说八道，谁想他了？这个狼心狗肺的东西。"

"昨天波士顿出现枪杀案了不是吗？这还是你爸爸告诉我的，昨天半夜我们打你电话没人接，都担心得睡不着觉，尤其是你爸爸急得要命啊，半夜三点还起来跟我说你的事。"

那是因为昨天下午导师找他，问他有没有兴趣假期留在学校里当助教。他兴致勃勃地答应了，今天却被父亲这样浇冷水，心情难免不好。但他跟龚凯盛脾气像，也懒得解释，只是气鼓鼓地说："妈担心我，我信。爸担心我，我才不信。他对我那种态度，我才不要回来受虐。"

三天后，龚子业穿着一身休闲装、拉着行李箱出现在了家门口。

傅月敏高兴得眼睛都笑成了一条缝，忙里忙外地为龚子业弄他最喜欢吃的山竹和芹菜炒肉。龚凯盛看见儿子回家，还长高了一截，态度也总算柔和了一点，拍了拍龚子业的肩："肩膀也宽了不少嘛。样子是挺好看，就不知道有没有本事。你呢，好好读书，不要被国外的灯红酒绿干扰了。"

傅月敏的声音从厨房里传出来："老公，你还担心你儿子的成绩？他已经在电话里跟我说啦，全 A，一个 A- 都没有。"

"不错，不错。"龚凯盛又拍了龚子业的背一下，"我去开一瓶酒庆祝一下，你去吃东西吧。"

龚子业别别扭扭地坐下来，打开电视开始看久违的国内新闻。

十五分钟以后，家门口传来了急促而轻巧的敲门声。傅月敏一听这声音就知道是谁，赶紧擦了擦手，一路小跑到门口打开门。然后，门前出现了一个小不点。

他穿着白色足球运动服和球鞋、深蓝色及膝足球袜，两鬓的头发湿漉漉地贴在脸颊上。一看到母亲，他就笑了起来，露出一排缺了门牙的雪白牙齿："妈妈妈妈，刚才我们队好厉害，四比零呢，你不知道我带球射门的时候，他们全部都……"说到这里，他看见了客厅里熟悉的侧影，倒吸一口气，双肩缩起，转过身去，轻轻缓缓地抬起一条腿……

然而，足尖刚碰到地，客厅里就飘过来了恐怖的声音："龚子途。"

"哇。"龚子途吓得浑身一颤。

傅月敏指着龚子业的方向，笑眯眯地说："乖乖，看看那是谁？"

龚子途只能硬着头皮转过身来，但脸都白了："哥哥……"

"过来。"龚子业指了指自己身边的沙发。

龚子途继续缩着双肩，半垂着脑袋走到龚子业所指的地方坐下，像幼儿园乖宝宝一样挺直背脊，把双手放在膝盖上。龚子业冷冷地扫了他一眼："考完试了吗？"

龚子途吞了口唾沫，点点头。

"多少分？成绩单拿来看看。"

可能是因为管教叛逆的大儿子实在是耗尽了所有的脾气，而且小儿子比大儿子可爱多了，龚凯盛对龚子途就没有那么严厉。从龚子途放假到现在，龚子途只被爸爸问过一次"考完试了吗"，却没被问过成绩。而妈妈看到了他的成绩单，也只是一如既往笑着摸摸他的头说"途途好棒啊"。

龚子途认真地说："那个，哥，成绩单我好像忘在同学家里了，等过几天我找他要回来再给你看……"

傅月敏看了看大儿子，又摸摸小儿子的头："傻儿子，怎么成绩单都能弄丢呢，记得拿回来哦。"

"去把成绩单拿出来。"龚子业一点也不吃这一套，看了母亲一眼，眼中写满了"我教育我弟，老妈你少护短"。

"哥，我的成绩单真的……"龚子途的眼睛快速眨了起来。他天生就有超强的面部表情管理能力，很少大哭大笑，但他有个习惯，就是一紧张就会频繁眨眼睛。

龚子业不耐烦地打断他："你现在拿出成绩单，不管你考多少分，我不责罚你。

但你如果现在拿不出成绩单，就背成绩给我听——别说你记不住，我知道你记性好。如果撒谎，或者成绩低于九十五分，立刻打断你的腿。"

最后那句"打断你的腿"吓得龚子途又惨白着脸打了个哆嗦。

五分钟之后，龚子业拿着龚子途的成绩单，皱眉看着语文期末成绩九十九分上面的平时成绩"乙"、数学期末成绩一百分上面的平时成绩"丙"，说："你平时又不好好写作业？"

"我……我期末成绩很好……"

"我才走了一年多你就皮痒了是不是？"

龚子途也不再辩解了，只是正襟危坐，默默地承受着来自兄长的批评。

对傅月敏来说，把哥哥叫回来，等同于免费为弟弟请了班主任、家庭教师、保姆、保镖兼司机。看见兄弟俩如此和谐地相处，她觉得内心很平静，于是放心地跟龚凯盛出国了，决定暑假结束再回来——当然，这只是傅月敏视角看到的美好画面。对龚子途而言，他只觉得太可怕了。

要跟哥哥待在一起两个月。一整个暑假，没有爸妈庇护的日子。让他死了吧，啊。

如果说跟老哥相处的暑假是炼狱模式，那么两周后侯曼轩演唱会的门票，则是打开了暑假天堂模式的钥匙。而在演唱会上被侯曼轩发现并对话，更是让龚子途的小身子都快飘到七彩祥云中去了。这件事让他有面子极了，还没开学就已经和同学们吹了个遍，同学们都表示非常羡慕他。

带他们去演唱会的阿姨自然也把这件事告诉了傅月敏。傅月敏高兴坏了，但同时又疑惑，为什么侯曼轩只看到了最前排萌萌的弟弟，却没看到坐在龚子途身边帅帅的哥哥呢？虽然这些年吕映秋和她的联系变少了，但她还是没有忘记当年和吕映秋约定的娃娃亲。她可是全心全意想要业业把曼曼娶进家门的呢。

回国以后，她打电话约吕映秋见面吃饭，吕映秋的态度却是极其防备的："你想做什么？"

"现在业业快二十岁了，让他和曼曼见个面交个朋友如何呀？"傅月敏快乐地答道。

"呵呵，当初嫁人的时候把我忘得一干二净，现在想起我这好姐姐啦？想见我女儿，门都没有。"之后电话里就只剩下了"嘟嘟"声。

闺密的脾气还是这么臭，也不知道哪年才能稍微通情达理一些。傅月敏觉得好伤心，但转念一想，觉得还是儿子不够优秀、对方看不上造成的，之后也就没再纠结这件事。

演唱会过后，龚子途只是觉得特别开心，但龚子业的心情就很复杂了。那天之后他都睡不好觉，连续三个晚上都梦到了侯曼轩。

高中时他是校草，全国奥数拿过第一名，学校里不知道有多少女生喜欢他。隔壁班班花的死党试探过他对班花是否有意，高一的漂亮学妹给他递过情书，但他对那些漂亮的皮相都没有太大兴趣。他的心思在学业和前途上，唯一产生过好感的女孩也只有班里的学习委员。

学习委员身材瘦高，腿纤长而笔直，留着齐耳短发，眼镜遮挡不住眼角微垂的大眼睛，皮肤白嫩得毛孔都看不到。她说话总是细细软软的，跟他讲话时也习惯性半低着头。她奉班主任之命教导差生反倒差点被对方揍，他还站出来替她说过话。那个差生看上去很不爽，却对他有几分惧意，于是只能更不爽地走了。之后，学习委员含着泪向他道谢，让他第一次有了想要拥抱一个女孩的冲动。

但是，龚子业从小到大都是一个冷静的人。稍微有过短暂的冲动后，他权衡过利弊，觉得早恋影响未来，最终把学习委员处成了朋友。

到美国念书以后，他的生活更忙了，但他想，如果还有像那个学习委员一样的女孩出现，他会交人生第一个女朋友的。然而并没有。他在美国遇到的女孩大部分都自信过头，其中有一个女孩嚼着口香糖跟他告白的方式甚至令他有些反感。

简而言之，龚子业活了快二十年，喜欢过一个女生，却从来没有因为哪个女生心神不宁过。直到遇到侯曼轩，他才知道，他不是不喜欢漂亮的女生，而是那些对他示好的女生没有漂亮到让他可以忽略她们内涵的程度。

她天使般的微笑是对可爱的弟弟露出来的，而不是对着他。她甚至从头到尾都没有正眼看过他一次。可是，他忘不掉她了。

开学返校后，有一次他和班里的男生讨论到了喜欢的女生或女朋友，他又一次想到了侯曼轩，若无其事地问他们，如果喜欢上的女孩是明星怎么办，应不应该追。男生们问他喜欢哪个明星。他把手机上侯曼轩的照片翻出来给他们看，说这是华语女歌手里最火的一个。他们一致觉得侯曼轩非常正，但话题终结在一个黑人男孩耸肩说的话上："哦宝贝儿，我觉得布兰妮也很美。你追到这个女明星以后，记得让她帮我问问布兰妮想不想嫁给我。"说完和旁边的白人男孩击掌，大家一起爆笑起来。

这时，一个女孩淡漠的声音打断了他们："够了吧。女明星也是女人，谁说喜欢女明星就不行了？龚子业，我站在你这边。"

说话的人叫姜菱，美籍华人，成绩总是只比他低一点点。不管他考多少分，她都紧咬着他不放，他们被公认是班里最聪明的两个亚洲学霸。所以他们俩既是朋友，又是对手。平时她对他多多少少有点敌意，他都没想到她会在这种时候站出来为他说话。不仅如此，事后她还说："我也喜欢侯曼轩，要真有机会认识她，为什么不追？你爸不是东万老总吗，你不是没有机会认识她的，上啊。"

龚子业顿时觉得有了自信。但他也很清醒，知道自己如果以一个粉丝的身份出现在侯曼轩面前，像索要签名一样索要她的好感，那基本上是不太可能的事。一个男人要追到优秀的女人，最简单直接的方法就是让自己也变得优秀。所以，他做好了长期规划，首先要完成的事就是把学业搞好。

在有和侯曼轩平起平坐的实力之前，他决定再也不去看她任何一场演唱会。

大学四年一晃而过，龚子业和那些虚度光阴的同学没有一点共鸣。他一点也没有丢父母的脸，成绩也配得上东万大公子的身份。他在华尔街工作了三年，其间却从母亲那儿听说了一个让他有些意外的消息：龚子途说长大以后想当明星，已经和演艺公司签约成为练习生，开始进行秘密培训。

"我弟要当明星？"龚子业不可置信地重复了一次，"他还是初中生啊，不读书了？"

"你爸反对过了，没有用，弟弟这回态度很坚决。书当然要读，课余时间去，不影响学业就好。"

"为什么？因为追星？"

"好像是受偶像影响很深呢。"傅月敏叹了一口气，但一点也听不出有遗憾的意思，"我们仔细想了想，这样也没什么不好。反正东万有你了，你弟弟喜欢当明星就让他去吧。以他的性格和长相当明星也不错。"

"这小孩太不像话了。"

龚子业并没有把这件事放在心上，只是继续专心地忙自己的事。这一回他是真的两年没有回家，对龚子途最后的印象还是那个不到一米五的小鬼头。所以，当他再次回国看见弟弟的时候，直接惊讶得差点没说出话。

也就两年多的时间，龚子途已经长到了一米七四，不论是面容还是身材，都已经有了很清晰的美少年轮廓。就是说话的声音……

"你还是别说话了。我听着难受。"龚子业掏了掏耳朵。

龚子途捂着胸口，放轻了声音，试图不让自己变声期的公鸭嗓干扰到他："连老哥你也嫌弃我。"

华尔街的三年工作结束后，龚子业回国在东万就职，跟着父亲学习如何管理公司。又过了两年，他拥有了五年工作经验，重新回美国读 MBA，一直忙得焦头烂额，无暇恋爱，也没过问太多弟弟的事。

终于，刚满二十八岁的龚子业再次回国，正式接管了东万集团，代替龚凯盛成了一把手，成了轰动一时的财富新贵。所以他觉得，是时候对自己的梦中情人出手了。

这时候侯曼轩和戚弘亦依然在交往。但他是男人，很清楚戚弘亦那点小心思。谈了超过五年还没有一点结婚的苗头，多半也就过了求婚激情期了。他平时是个正直的人，在感情方面却没有什么三观可言。大不了就是小三上位。

他和杨英赫谈妥了赫威时装周的赞助，开始周密地策划与侯曼轩的正式见面。

那一天要穿什么衣服，用什么袖口，系什么颜色和宽度的领带，开场白是什么，如何约她第一次单独见面，他在脑内演练了不下五十次。这一回他志在必得。

可是，时装周开始之前的周末发生了一个小插曲：龚子途回到了家里，心事重重地把自己锁在了房间里，连龚凯盛叫他都完全没有听见。

弟弟虽然有很皮的一面，但性格一直很好，喜欢扮演乖宝宝，在长辈面前尤其乖巧。当他掩饰不住情绪的时候，那多半是发生了不小的事。龚子业上楼敲了敲他卧室的门，在里面一声有气无力的"请进"响起后，推门进去。

龚子途躺在床上，用枕头压着脑袋。哪怕看不到脸，只看到宽肩长腿，龚子业也再一次意识到弟弟长大了。

"喂，你怎么了？"龚子业往他半搭在床沿的腿上踹了一脚。

"我不想说话。"枕头下的声音嗡嗡的，还是有气无力。

"跟我你还遮遮掩掩的？"

龚子业走上去，把枕头拿开。龚子途身上还穿着现场表演的白色西装，抓好的凌乱发型更乱了，却遮掩不住被各种媒体大肆吹捧的美貌。

龚子途沉默了一会儿，低声说："你答应我不告诉爸妈。"

"嗯。你说。"

"今天我遇到曼轩姐姐了。"

龚子业心中一凛，但还是答得云淡风轻："所以？"

"她不理我。"

"不理你是什么意思，不跟你讲话？"

"不是。"龚子途坐起来，双眼空空的，"她还是会跟我说话，但很客气，很冷淡。"

龚子业忽然有了不太好的预感。他思索了一会儿，轻声说："不然呢，你希望她对你如何？还记得你是她演唱会上逗过的小朋友？"

龚子途低下头，轻轻摇了摇头，也不像以前那么卖乖了，只透露出全世界都坍塌了一般的失落："没事，哥，让我自己待一会儿，我很快就会好的。"话是这么说，这个不满十七岁的少年眼中却有一点泪光。

很显然，与侯曼轩的重逢带给龚子途的不再是儿时那种单纯的开心。而在龚子途的情绪波动之中，龚子业看到了自己十九岁时的影子。

接下来有五秒的时间，他都没有说话。然后，他拍了拍龚子途的肩，笑着说："行，我先出去了。不就是一个女明星，有必要这么放在心上吗？"

像小时候那样，龚子途的嘴唇抿成一条缝，点了点头。他当然不知道，就是这短短的五秒时间，他哥哥的人生轨迹已经改变了。

赫威时装周那天，东万总经理代表龚子业出席了活动，龚子业本人飞到东京开会去了。

之后的一年里，龚子业谈了两场恋爱，对象都是年纪较小的乖乖女，相貌清纯，肤白腰细，笑起来甜美如同天使，从一开始都对他表达了明确的好感。然而，两段感情都始于女方对他的崇拜，终于女方对感情的过度投入。

前一个女友说过这样的话："龚子业，我知道你是要做大事业的男人，所以我能忍受独处的寂寞，因为我爱你。可是，我走不进你的心里。"

"你如果想要我每天都对你说我爱你。抱歉，我做不到。"他毫无感情地答道。

"我不是要你说你爱我！只是希望你能让我感觉得到你在爱我！我们在一起四个月，这么长的时间，都足够别的情侣从热情期走到平淡期了，而你呢，从一开始就没有热情过。我等了四个月，我们从谈恋爱之前到现在，相处模式有一点点变过吗？"

"茜茜，我并不被动。"

"我不是指你追我、邀我吃饭、参加活动或在工作上给予我帮助。"

"身体接触方面，我也不被动。"

她当然知道他不被动，他曾经吻得她意乱情迷，但很显然，那也只是她单方面的感受而已。那之后她倒在他的怀里，面色红润，他却连大气都没喘一下。而到这种时候，他还在理性地分析他的"不被动"，女孩快抓狂了。她揉了揉头发，忽然泪流满面："你没有爱过我，你知道的。"

"不知道什么才算你定义中的爱。我已经尽力了。"

"爱情是冲动，不是理性。你所做的一切都是早就计划好的，超出计划之外的事，你从来不做。"

"如果你希望我像个十六岁小孩子一样看见你就脸红心跳，把你推到墙上狂吻，我可以明确地告诉你，不可能。我需要一个成熟理性的伴侣，生活里也不需要太多drama（戏剧效果）。"

戳穿真相后的女孩才真的脸红心跳地尴尬了很久："……我真的是对牛弹琴。"

那之后他们冷战了两天，女孩又放低姿态找他和好。之后几天她的温顺懂事让他宽慰了很多，但也只有几天而已。之后她的过度在意，又一次把两个人的关系推向了冰点。不出一个月，他们就彻底分手了。

后一个女友更夸张，最后一次闹分手时自杀未遂。他原本还有找对方复合的念头，这样一闹，彻底失去了兴趣，只是尽量在物质上补偿对方。当然，不管做多少补偿，都不免被对方的闺密骂成渣男。

每次分手，他除了淡淡的遗憾和几天的情绪低落就没有别的太大的感觉。两个前女友都伤到痛彻心扉，这种事态失控的感觉让他很不舒服。他只是想要一个共同奋斗的伴侣，不想要一个女儿一样的女友。可是，这两个女孩最开始的懂事总会让他产生了她们符合他择偶标准的幻觉。

有了后一个女友的闹腾，他觉得有些累了，之后空窗了八个月才重新遇到了又一个女人……确切说，是与一个女人重逢了。

这个女人是姜菱。大学毕业以后，姜菱一直在华尔街工作。他去美国出差的时候刚好碰到她，于是他们坐在星巴克聊了一个下午。她和大学时看上去有很大不同：穿着黑色西装外套和 v 领白衬衫，原本的黑色长马尾剪到及肩的长度，红唇点缀着干净利落的职场妆容，丝毫不显得妖艳，只有一种成熟而干练的气质。

他们很有共同话题，不仅可以聊学生时代、聊工作、聊未来十年全球的经济局势，甚至还可以聊莉香和完治在东京街头的偶遇和《突如其来的爱情》。那一天分别时，两个人都有点意犹未尽，回酒店以后，他也时不时地会想到她。但考虑到姜菱长期定居美国，两个人继续发展下去不现实，于是接下来待在美国的两周里，他又约她吃了两顿饭，但都只是止步于老同学的交流。

回国后，忙碌的工作使他很快把这段感情抛在脑后。

这个阶段，龚子途的生活却无比单调：除了训练，就是默默关注侯曼轩。有一回，他跟哥哥抱怨公司不重视他，一天到晚都只是让他去拍各种写真，要不然就是练舞，一点唱歌的机会都不留给他。龚子业的回应只有残酷的一句话："那你自己想想，你除了脸和充沛的体能，还有什么呢。"

龚子途愤愤不平地说："当然有啊！"说完，他摆了个健美先生的动作："我还有好身材。"

"……"

"老哥，你那种轻视的目光很不尊重人啊。"

这之后没几天，他用公司的网上了脸书，收到了一条来自姜菱的私信："猜猜我在哪里？"

他点开她的主页，看见她发了一张公司一楼大门的照片。她和东万 logo 合了个影，配的文字是："本女侠到此一游。The meaning of these Chinese characters is: My best friend's company. Oh my god, I'm such a woman of no vanity. （这些汉字的意思是：我好朋友的公司。哦天哪，我就是这样一个没有虚荣心的女人。）"

龚子业不自觉地笑了，只觉得她有些可爱，然后下楼去接她。

原本以为她只是来旅游，他还打算给她安排好吃住，没想到她是直接搬过来了——半年前，公司提供给优秀员工调到亚洲工作的机会，她毫不犹豫地提交了调动到中国的申请。

"所以，你一早就知道会来中国工作？为什么上次我到美国时不告诉我？"龚子业说道。

"因为我想给你一个惊喜，顺带看看你在美国会不会叫我出去。"她这句话说得很妙。"叫我出去"在英文里是"ask me out"，也有男性追求女性的意思。但她是用中文说的，就让人猜不透是中文字面上的意思，还是英翻中。

龚子业低头笑了一下，然后抬起头，望着她的双眼，吐字清晰地说："I will ask you out.（我会约你出去。）"

若是换成龚子业的前女友，被他这样坚定而深情地撩一下，大概早就埋下脑袋、耳根赤红了。然而，美国女孩很自信，姜菱这样的姑娘更是几乎没有害羞的时候。听他这么说，她只是完成了高难度的任务般握了握拳，用必胜的姿态说了一声："I'd love to！（我愿意！）"

姜菱是成熟的女人，对感情浓度的要求远远低于前面两个女孩。开始谈恋爱以后，他们相处得很愉快。因为彼此的生活都很忙，所以他们连在时间的安排上都很合拍。听说他要忙工作，不能多陪自己，姜菱也很理解他，不会像前女友那样泪眼汪汪仿佛受到了深深的伤害。因此，他们的恋情持续了足足十九个月，几度让龚子业觉得，这就是自己未来的妻子。

可最后，他却莫名其妙被甩了。姜菱给他的理由，居然和前两个女友如出一辙："亲爱的，我决定回美国了。跟你在一起这一年多时间，我觉得很开心，但我感觉不到你对我的爱。"

龚子业蒙了："我不懂。我们不是一直相处很融洽吗？"

她闭着眼摇摇头，看上去非常善解人意，却也让他感受到了她态度中的十分决绝："不知道你的前女友到底有多大魔力，才能让你一直牵挂她到现在。这些我已经不关心了。我只想告诉你，我爱你，你不爱我，这段感情注定不会走太远的。Sorry honey，it's time to say goodbye.（亲爱的对不起，该说再见了。）"

他原本想解释自己并没有依然爱着前女友，但他知道，姜菱不是一个爱作的女人。如果遇到了矛盾，哪怕错是在他身上，她也会用让两个人最舒服的方式去沟通、化解，而不是像很多女生那样动不动就闹分手。所以，当她提出分手，那必然是经过深思熟虑以后做出的选择。

因此，他挽回过前两任女友，却没挽回姜菱。

或许是因为姜菱太潇洒、转身太酷了，这一回分手，龚子业受到的打击远远超过之前的。他颓废了五天，消沉了近一个月，才总算让自己看上去不像个没有心的机器人。

连续三段恋情的失败，让龚子业开始深刻检讨自己了。失恋折磨期结束后，他写了一封邮件给姜菱，问她自己到底哪里做得不好，才会让她走得这么果决。姜菱的回复是这样的："不，你做得非常非常好，任何约会、礼物、出行都安排得完美无瑕，从来不会透露出一点你觉得不恰当的情绪。可正因如此，反而让我觉得不真实。跟你在一起，我不觉得自己是你的女朋友，只觉得自己是一个教授，面对着一个在做演讲的全 A 生。

"如果你对谁都那么完美也就算了，可是，每次看见一个女明星的海报、演出，或是听到她的歌，你的眼里都有情绪。子业，我不喜欢讲自己猜测的东西，但跟你在一起的十九个月里，这个猜测从来没有从我脑中消失过——你心里有人，那个人是侯曼轩。

"我父母虽然是中国人，但撞了南墙心也不死的中式深情我不懂。我只知道如果一个人不合适，我会 move on。不只是行动上的，更是发自内心的。

"最后给你一句忠告：喜欢就去追，不要再错过了。"

龚子业没有回复她的邮件，因为他很愤怒。怎么在她的描述里，他就变成一个活在过去抽不出身的傻瓜了？距离决定彻底放弃追侯曼轩都过了多久了？这么长的时间里，他也没有怎么思念过侯曼轩。

总之，他不赞同姜菱所说的每一个字。直到八月"MV 音乐盛典"颁奖典礼上，他去给龚子途捧场，又一次遇到了侯曼轩。

那一晚，侯曼轩和蕴和就坐在他的前一排，但都没有看到他。她只穿着一件款式简单的黑色坎肩长裙，可棕色鬈发如此蓬松自然，刚好半掩白皙高挺的鼻尖和清新的笑，仅仅这一个侧脸，就让周围其他盛装美艳的女星都变成了庸脂俗粉。

蕴和这个多事的小子，一直在跟她讲秦露和龚子途的事。秦露是除侯曼轩外傅月敏唯一看得上的姑娘，但龚子业一直觉得秦露不适合当子途的妻子，女朋友还可以。不过，既然不打算和人家结婚，一直谈恋爱也不好，所以他对秦露算是全票否决的。现在两个人既然已经分手就不该再提，怎么蕴和就能絮絮叨叨跟侯曼轩说那么多——

"……真有那么好，她还会那么执着于兔子吗？那个男生可是真的喜欢她，很用心在挖兔子墙脚的。"

"既然不那么喜欢他，为什么要这么做呢？"侯曼轩不解地说道。

"她当着兔子面不是这么说的，她说她就是喜欢那个男生，因为那个男生对她好，而兔子对她一点都不好。兔子的意思是，她既然这么喜欢别人，那就成全她了。"

"子途会对她不好？"

"好肯定是好的，只是没有她想要的感情浓度吧。她想要那种过个情人节都给她准备九百九十九朵玫瑰、每天说一百次我爱你的男朋友。"听到这里，龚子业又想到了自己又哭又闹的前女友们，莫名有些心烦。

"哈哈，真是个小公主，秦露家境很好吧？"

"很好。现在 COLD 抱上她的大腿，又可以多红好几年了。"

"子途跟她分手有点可惜了吧。"

终于，龚子业不忍了，冷冷地说："不可惜。我们家不需要攀她这种高枝，我也不需要这种弟媳。"

侯曼轩和蕴和不约而同地转过身来，惊愕地看着他。蕴和反应比较大："哇，业哥，你居然来给我们助威了，我都没发现……"

"这位是子途的哥哥？"侯曼轩看了看蕴和，又看了看他。

"MV 音乐盛典"一向很热闹。这里大部分人都表面淡定内心浮躁，因此也感染了环境，让人难以静下心来想事情。可是，和侯曼轩对视的瞬间，四周都安静了。他看不到任何人，听不见任何声音。他只知道，夜空中的星星都从天而降，落在了她神采飞扬的明亮双眸中。

世界的一切都缓慢得像停止了运转，只有他的心以比平时高出两倍的频率跳动着。他伸出手，和侯曼轩握了握，极力表现得冷漠："对。我叫龚子业，侯小姐你好。"

侯曼轩却像察觉不到他这一份不友好，反而灿烂地笑了："你好，龚先生，久仰大名。"

"不，是我对侯小姐久仰大名。谢谢你对我弟弟的影响，是你成就了如此一个大明星。"

他完全不想被她看出自己内心的动荡。所以，依然只有讽刺。

侯曼轩却不为所动，只是淡雅地笑着，等他继续说下去。

她太美了。一颦一笑都是最动人的情诗，直击他内心深处。这一刻，他已经忘记自己想要说什么了，只能理了理左手的袖口和手表，以此分散注意："本来我指望他能成为我的左膀右臂，结果他选择了他认为更棒的出路，我又能说什么呢。"

这是绝对不能爱上的女人。所以，不能再和她对视一秒。他不再正眼看她。

刚好这一刻，台上主持人的呼声拯救了他："毫无悬念，有幸拿下年度最佳金曲奖的是——侯曼轩《嫁给你》！让我们有请侯曼轩！"

侯曼轩对他微笑着颔首，起身上台领奖。

蕴和凑过来小声说："业哥，你为什么要对曼轩姐这么凶啊？她没惹你吧……"

"我对她凶不凶不重要。你话太多了是重点。"

被训过以后，蕴和跟犯错的小朋友一样垂下脑袋："以后不说了不说了。"

龚子业却只觉得命运有些讽刺。

他作为东万的一把手、公认最有本事的富二代，居然还没有前女友了解自己。直至这一刻他才清楚地察觉到，时光并没有冲淡初遇时的惊鸿一瞥，十二年后的重逢，反而为这段悲剧添了一笔浓墨。

通过对蕴和言语的判断，他知道龚子途已经开始追侯曼轩了。他本以为龚子途的失败是必然的，毕竟这孩子小她八岁，但回家与龚子途随意聊了几句，他又得知侯曼轩没有明确摆出拒绝的架势，甚至好像还有点喜欢龚子途。

所以，他心情变得复杂起来，并开始着手调查侯曼轩和戚弘亦的感情状况。结果是出人意料的：侯曼轩和戚弘亦早在五年前就分手了，现在只是为了事业资源才维持着表面上的情侣关系。

这个事实让他对侯曼轩失望至极。他一直以为她是心地善良的、天使般的女人，哪怕戚弘亦在外风流，她也是因为爱情才留在他身边。没想到，她和戚弘亦都是狠角色。

他只觉得，侯曼轩配不上自己弟弟的一片真心，也越来越不希望龚子途再继续傻下去。所以他无数次警告龚子途，远离那个女人，她太复杂。然而，家人的阻力永远无法成为真心相爱之人的绊脚石。他和父亲一起反对也并没有影响到他们俩走到一起。

从父亲那里听说这个事实的一刹那，一块重石也砸在了龚子业的心底。他不知道那种摔入深渊般的感觉源自什么，他也不想猜。既然他们俩已经在一起，那作为兄长，自己只需要祝福他们就好。

还记得有一天晚上，下班回家的路上，他经过 BLAST 的宿舍，便叫司机停下来上楼去看看弟弟在不在。

他有宿舍的门卡和密码，所以直接进电梯到了他们所住的那一层。路过厨房，他听见里面传来了一阵嬉闹声，其中夹着女生有些怨怼地喊出的"臭兔子"。也不知怎么的，他没有立刻推开门。通过门缝，他看见龚子途把一盒白砂糖高高举到头顶。侯曼轩几次跳起来都没拿到，放弃了，气鼓鼓地抱着胳膊坐在饭桌旁："给你做饭你还欺负人，不做了。"

龚子途哄了她半天，她都懒得搭理他。然后，他灵机一动，从盘子里拿起一颗牛奶糖，丢到嘴里，含糊地说："曼曼不用做饭的，但也不要为那一盒糖生气了，给你吃更好吃的。"

说完，他弯下腰，吻住侯曼轩的唇，同时把那颗球状奶糖送到了她嘴里。她含着糖，用双手捂住嘴，睫毛不住地颤抖，两颊烧成了粉色。

好像很满意她的反应，龚子途弯着眼笑了起来："好吃吗？"

侯曼轩瞪了他一眼，把他拉到身边的椅子上坐下。然后，她坐在他的腿上，捧着他小小的脸颊，又缓缓地、细致地把那颗糖喂到了他的嘴里。龚子途的喉结动了动，在口中玩弄了一下奶糖，再一次把它送回她的口中……就这样，他们来来回回送了许多个回合，一颗糖很快就被舔没了，他们就开始舔彼此的舌。

她低垂着眉目时睫毛那么长，小巧而饱满的嘴唇湿润而可爱，眼神中满满都是温柔，一点也看不出是在做撩人的事。但是，他很显然已经不是她的对手。只是亲吻完全无法满足他。他把手伸入她的上衣，却被她伸手按住了。

"不可以哦。"她用悄悄话的音量说道，"说好今天晚上要一起做饭的。"

"好。"他的声音有些沙哑。

她刚想从他身上起来，却被他按在腿上不得动弹。他紧紧抱住她的后背，把头埋在她的怀中，轻声说："让我再抱你一会儿。"

侯曼轩没回话，只是微笑着点点头。

过了几秒，他又低低地唤了一声"曼曼"。

"嗯？"

"我爱你。"

侯曼轩笑得更明显了，闭着眼，抱住他的头说："我也爱你。"

"我更爱你。"

"肉麻死了。"

然后，两个人笑成一团，又腻歪了好一阵子才起身重新开始做饭。

龚子业当然没有进去当一千瓦的电灯泡。听见侯曼轩说那句"我也爱你"之后，他就转身下楼，回到了车里。他也不懂自己中了什么邪，要自虐去看人家小两口卿卿我我。只是，龚子途那么自然地说出"我爱你"，让他思考了很久。

他弟很擅长表达感情，说出这三个字当然没什么好意外的。可是，一想到龚子途告白的对象是侯曼轩，他又会想，即便是换成他在龚子途的立场，也能轻松说出这三个字吧。

毕竟对象是她。

他又想到了侯曼轩捂着嘴脸红的模样，这是他第一次看见她如此少女的一面……

他把手肘放在车窗边，烦躁地撑着额头。所以，只要对象是她，他甚至不介意少安排一点工作时间，多安排一点两个人的时间，把感情浓度提到最高，也没什么不好。

想到这里，他愣了一下，轻轻摇了摇头。

他在想些什么啊。简直愚蠢。

黑色商务车开出停车场以后，龚子业把车窗按下来，吹着迎面而来的凉风，让自己重新恢复理智："送我回公司。"

"龚先生，您要去哪里？"他们才从公司出来，司机以为自己听错了。

看着车窗外飞速被甩在脑后的建筑与树木，他面无表情地说："公司。"

他与侯曼轩这辈子是不可能了。多花点精力在其他事情上吧。

侯曼轩和龚子途恋爱以后，龚子业只见到过她两次，每一次她都是神采奕奕的样子。他在家里还听到过几次龚子途和她打电话、发微信语音。哪怕没有听到她的声音，他都能从龚子途的反应中判断出，他们俩特别相爱。所以，得知侯曼轩结婚的新闻时，龚子业第一反应是非常震惊的，完全没想到事态会突然来了个急转弯。但仔细思考后，他意识到了，侯曼轩想要的东西，龚子途现在给不了。

失恋以后，龚子途很颓废，每天都像个活死人一样把自己关在房间里，灯也不开，窗帘拉得死死的。龚子业实在看不下去，进了他的房间想打开窗户让他透透气，他却激烈地反对，说自己只想一个人待着，不想见光。

龚子业没坚持开窗，但有点气不过："她都已经结婚了，你现在这么消极又是做给谁看？"

"哥，我是被玩了吧。"龚子途答非所问地苦笑道，"当时她在巴黎告诉我，我们俩已经在一起了，你不知道那一天我有多开心……我还真的信了她，觉得我们俩在一起了。结果我是当了六个月的备胎。"

"你觉得自己被玩了？这就是你对你们感情的判断？"

"很明显了，不是吗？"

龚子业有些哭笑不得。这小子不管表现得多稳重，内心始终还是二十二岁。对这个年纪的孩子来说，所有的东西都是那么是非分明，感情世界也只有爱与恨。如果自己告诉他，她爱你，但她不得不嫁给适合的人。龚子途给的答案十有八九是："爱我为什么不跟我克服困难在一起？我愿意为她放弃一切。而她只是放弃一个戚弘亦都做不到。"然后给出的结论是，侯曼轩不爱他。

有些东西，没有一定的阅历是不会懂的。

龚子业放弃了劝他，只是把他蒙在头上的被子拽下来，轻拍他的脑袋："子途，你还不够成熟。就你现在的心智，即便没有戚弘亦跟她也走不到最后。快点长大吧，成为一个有担当的男人，这样即便失去了侯曼轩，你也能经营好下一段感情的。"

"我根本就不想要下一段感情。失去了曼曼，剩下的所有女人都一样。"

还是孩子气、太纯粹也让人有负担的答案。

龚子业冷笑一声："女人都一样，那就试试男人吧，肯定很不一样。"把原本已经很抑郁的龚子途气了个半死。

之后，龚子途很长时间都没有再找女朋友。而龚子业像是为了坚持自己说服龚子途的那番理论，在侯曼轩结婚后第二个月就谈了新的女友。这一段恋情又在侯曼轩离婚后的第二周就结束了。

他从和龚子途在电话里的聊天中得知，龚子途似乎已经心灰意冷了，没有回国的意愿。于是，龚子业特意在一场聚会中"偶遇"了侯曼轩。

那天晚上，她穿了一袭海蓝色的曳地长裙，还是很美，小瓜子脸瘦到了前所未有的程度。看见了龚子业，她笑着和他打招呼，笑容很仪式化，眼神有些疲惫，几次被在场的男士询问身体是否还好，晚些是否需要送她回家。她都一一拒绝了，很显然不想搭理任何人，一个人溜到了阳台上。

龚子业跟了出去，和她聊了几句，才知道原来她在里面都是端着的仪态——她早就醉了。因为听见脚步声，她回过头来看了他一会儿，眼中就盈满了泪水。然后，他看见她双手握成拳，随着细细的手腕微微发抖。

"我知道你不是他。可是你和他好像。"她摇摇头，即便在醉成这种程度的情况下，也保持着清醒，控制住没有让眼泪掉下来，而是看着别的地方转移视线，"我好想他。"

龚子业走近了一步。她像怕防线被击碎般，后退了一步。他顿了两秒，直接大步迈上前去，揽住她的肩，让她的头靠在自己的胸前。她的身体缩成一团，抖得很厉害，没有发出一点声音，只是用手指关节不断抹泪。

过了一会儿，他轻声说："后悔了吗？"

她吞了口唾沫，说话有些吃力："后悔，但我别无选择。"

这一刻他知道了，这个世界上有很多男人能给她她想要的东西。但是，她想要的人始终只有那一个。她这辈子恐怕不会再对任何人付出像对子途那么多的爱。即便自己和她在一起了，等子途回国以后，家庭情况也会变得很棘手。

没想到他的未雨绸缪变成了扼杀所有可能的匕首。错过了最初的机会，以后都不会再有机会。

后来他又在别的场合遇到过侯曼轩，她对醉酒的事只字不提，看上去也不尴尬。也不知道当初是断片了，还是掩饰得好。

再一次遇到她，是将近四年以后。她看上去状态很好，也开始相亲了。尽管结果不尽如人意，但既然迈出了这一步，说明她已经不想再停留在过去。他原本早就放弃了她，但母亲一次又一次在她面前提起"曼曼，业业最喜欢你了啊"这类的话，如此自然地、仿佛在开玩笑似的把他隐藏在内心最深处的秘密揭开，让他觉得难堪又动摇。

到底要不要追她。

有一个声音在告诉他，她和子途的恋爱时间不长，现在过了这么多年，子途已经定居国外了，只要抛下过去重新开始没什么不好。

另一个声音在告诉他，不管时间怎么流逝，她都曾经是弟弟的女朋友。兄弟一前一后和同一个女人恋爱，实在有点说不过去。而且，如果他们俩真在一起了，说不定子途原本有计划回国都会放弃。为了一个女人，值得吗？

理性回答是不值。他却做了"值得"的事——他把名片给她，让她参与他们投资的电影制作。

即便如此，回家以后他的心绪还是很动荡。这是一个很冲动的开始，说不定会迎来不可设想的后悔结果。

最终命运替他做了决定。

龚子途回国了。不管他如何解释自己只是赴杨英赫的约，龚子业都知道和侯曼轩脱不开干系。而这一回，他比四年前成熟了很多。龚子业知道，他们和好的那一天就快到了。

在伦敦与侯曼轩的那一次见面，其实是过去帮弟弟一把的。同时，他也在心底把那一次约会当成最后的道别。

那是他与侯曼轩相处最久、谈话最多的一天。他们有很多共同话题，侯曼轩自己都承认。然而她对他就像他对姜菱一样，不爱就是不爱，有共同话题也没有用。

和侯曼轩用餐的时候，他发现她有一些和许多美女都不太一样的习惯。例如点菜她总说不要太多，吃多少点多少。他赞同她的做法，但作为男人，请女性吃饭，自然不能表现得吝啬，他还是为她点了各式各样的餐点。她也没有矫情，他点多少就吃多少。最后用餐快结束了，她不想浪费蛋糕和水果挞，全部吃完了。

"其实你不用勉强自己都吃掉的，我只是想都点来给你尝尝味道。"他说。

"龚先生在担心我的体重吗？"侯曼轩撑着下巴，笑声软软糯糯的，"这种事我很有经验的，吃之前不需要怎么纠结，也不用给自己灌鸡汤，吃完了再后悔就好。"

很亲切，很可爱，还有点小幽默。龚子业笑着说："不吃不就不会后悔了吗？你的想法让人难以理解。"

"如果所有人都能理解你，那你得有多平庸。"侯曼轩轻巧地回答。

还有点小个性。龚子业尽量控制着，不要让自己流露出太多被她迷住的信号。

她全程叫他龚先生，他也没叫她改口。因为即便现在叫了"子业"，以后还是会变成"哥哥"。龚先生挺好，从未得到过，也就不存在失去了。

那天晚上他们一起坐上摩天轮，是他最后的私心。

摩天轮的转动和生命一样有始有终，却是无限轮回的，就像他一次次的前进，和一次次的退回原点。

看着自己喜欢了十八年的女人坐在对面，他不是没有过冲动。

想把她拉到自己身边，想触摸她的手指、头发和脸颊，想把她推在窗边疯狂亲吻，吻到摩天轮经过最高点，吻到这迟钝的笨蛋终于察觉到他埋藏多年的感情，吻到这一辈子结束……这短暂的三十分钟里，他有过无数种激烈又非常错误的幻想。

但是，少年的心思不能让成年的身体犯下不可弥补的错误。这一切，都只能在脑内演习了。

送侯曼轩回酒店以后他按计划遇到了龚子途。那也是二十六年来，他第一次看见龚子途这么惊慌失措的眼神——已经到了强行管理面部表情和动作都无法掩饰的程度。

他能从容不迫、全身而退。龚子途却不可以。因为龚子途受伤太深，患得患失，爱得比他多得多。子途想假装洒脱，但当哥的比谁都清楚，他这辈子都出不来了。

后来，龚子途和侯曼轩结婚了。龚子业曾经思考过一个问题：如果时间能倒流，回到龚子途和侯曼轩在一起之前，自己会不会大胆去争取她？

答案居然是否定的。

从小弟弟就颇有孔融风范，温柔有礼，什么事都乖乖听他的话。弟弟让了他那么多小事，那么在大事上，他就一定要有哥哥的样子，一定要做出退让。何况，对一个事业型男人来说，女人也不该算是大事。

再说，他和龚子途是同一时间与侯曼轩初遇的。他没能得到她的关注，龚子途进入演艺圈立刻就被侯曼轩留意了。这也不是他能争取来的感情。

男人和女人在爱情上有个很大的不同之处，就是女人只要愿意放弃承诺、放弃永远，还是有可能和自己最爱的男人有一段浪漫的回忆。而男人不要说放弃永远、放弃承诺，哪怕放弃一切，他都很可能一辈子触碰不到自己最爱的女人。

这个世界上有很多男人对自己一生所爱求而不得，最后娶了给他平静的女人，也一样过得很好。所以，他并不是什么悲剧主人公。

她和戚弘亦结婚的时候，他就预料到她可能会离婚，所以一直对她有些牵挂。直至最后，她嫁给了子途，终于得到了幸福，他发自内心为他们感到开心，同时知道自己也该朝前看了。

他一直有着寻常人难以想象的超强意志力。那个不曾说出口的秘密，他有自信能在余生都不告诉任何人。

五个月以后，龚子业也结婚了。妻子是同样毕业于麻省理工学院的二十七岁高才生，贤惠而传统，非常有知性气质，站在龚子业身边丝毫不逊色。婚前他把她带回家见父母，她成功获得了傅月敏的喜爱。龚子业和妻子的关系很好，家庭和睦，生了两儿一女。在所有人看来，他的家庭正如他成功的一生，很圆满。

一个男孩成长成男人，需要经历很多很多的事。事业、家庭、父母、兄弟姐妹、后代的种种责任，都需要他用一生的拼搏去肩负。

至于十九岁时的浪漫，就让它永远停留在十九岁好了。

龚子业卷　完

04

歌谣之星
Alisa 卷

Scene One

太阳当空照，花儿对我笑，小鸟说，早早早，今天还是快乐地抠脚。

谈馨睁开眼，沐浴着早晨温暖的阳光，伸了个懒腰。她对着抱枕上印着的男孩额头亲了一下，打开手机应用程序"mystar"，点一下最上面一排放大镜图标旁边的搜索栏，看了看下面的热门搜索。很棒，"BLAST"还是排在第一位。她满怀期待，在搜索栏里输入三个字：唐世宇。

BLAST-F 唐世宇 *ELLE CHINA* 海报筒，15 元。

唐世宇吧福袋，69～109 元。

BLAST 原创设计手机支架 - 唐世宇 T.S.Y.，22 元。

BLAST 人形立牌 15 厘米真人比例（十名成员可供选择），18～288 元。

唐世宇一见钟情台历，33.1 元。

《光焰与暗冰》应援物合集，40 元。

唐世宇，BLAST 多功能卡集【签卡 + 明信片 + 贺卡 50 张】，50 元。

…………

出了三个没买过的新周边，全部扫入购物车！

又是那么土豪的一天，又是那么慵懒而滋润的早上。谈馨舒舒服服地把身体伸展成"大"字形。

盖在她身上的是一张巨大的人像毛毯。毛毯底是星夜般的深蓝色，占据大半面积的是一个年轻男孩微微仰着头、别着耳麦的舞台照。他有一双天真清澈的、公认为"天使之瞳"的眼睛和颇有肉感的柔软嘴唇，留着大背头，露出的发际线完美得像修过片一样。

买好东西以后，谈馨翻了个身，被子上的男孩因为皱褶而露出了愤怒的表情。她又打开 × 站，继续搜"唐世宇"。

热门里出现了一个视频标题——"那些唐世宇让我们心疼过的眼泪，疯狂为最努力的爱豆打 call"。封面图里，唐世宇拿着话筒，委屈兮兮地抿着唇，眼眶红红地看着远处。

她最喜欢看的就是唐世宇的笑容和眼泪。因为她的心会随着前者春暖花开，随着后者母仪天下。

看完整个视频，她不禁感慨，啊，爱豆如此努力，每天早起训练，出道以后过的生活甚至比练习生时还要艰辛，难怪 BLAST 会变成炙手可热的天团，把其他组合秒得渣都不剩。这给了她很大的启发。那么，在如此阳光灿烂的日子里，她是不是也有什么事要做呢？

谈馨对着天花板冥思苦想了一阵子，毅然关掉×站，又翻了个身，打开了"音源"App，搜索唐世宇的单人表演，一脸姨母笑地看了起来。

但看了不到两分钟，新的微信消息提示弹了出来，预览内容是："宝贝，下午你准备用什么颜色的口红呀？"

她沉思了一会儿，忽然拍一下大腿，想起下午要在工人体育场参加家族演唱会的表演。抠脚时间太长，她天天沉迷于小糖糖的美貌中，如果不是队长发来这条消息，在今天这个大日子里，她只记得晚上要跟同学去吃火锅。

于是，谈馨在床上又看了两分钟视频，拍了拍脑门，起身收拾准备出门。

洗完澡吹头发的时候，她观察着发根长出来七八厘米的黑色头发。这一截黑色和之前染过的头发连在一起，宛如一坨调坏的颜料砸在金色的破布上。再看看早几百年前就完全变黑的眉毛，她险些忘记刚做好金发造型时，自己美丽动人得就像个小精灵。

现在补发根是来不及了，直接上妆吧。

打好底妆后，她又开始认真考虑队长提的问题。配这样的发色，用什么口红好呢？很艰难啊。

哎呀，其实会问出"用什么颜色的口红"这样的问题，已经足以说明这个问题根本不重要了——连妆都要靠自己化的女团，会有人关心她们到底用了什么颜色的口红吗？

她放宽了心，从六十二支口红里随便挑了一支，也不管它是否已经过期，快速涂抹在自己薄薄的嘴唇上，咂了两下嘴，发出愉快的响声。

这就是谈馨，一个集美貌与才华于一身又随心所欲的女子。冬季少女团的主唱，曾经以三段高音突破重重选秀大关拿下总排名第二，第一个被选入组合的天赋型女歌手，艺名 Alisa。

谈馨生长在一个女尊男卑的家庭。女强人老妈家底雄厚，二十三年前把老爸"娶"进了家门。生下谈馨以后，她老爸的毕生使命算是完成了，家庭中的主角就只剩下了母女俩。老妈对自己的基因谜之自信，把谈馨宠得无法无天，并且坚定不移地认为女儿以后一定会继承自己的基因，走向人生巅峰。所以，谈馨进入演艺圈以后，她老妈自然而然地把她在朋友圈里吹得天花乱坠，说闺女进入了侯曼轩的公司——没错，就是那个传说中的侯曼轩，不是重名。所以，谈馨以后一定会红成侯曼轩第二，还会嫁得贼好贼好。

老妈说这一切的时候，笃定得仿佛刚从时光机里穿越回来。所以亲朋好友们也都等着看武则天之女的光辉前程。

然后，不负众望，谈馨靠一己之力带着全团飞升，拿奖无数，红破宇宙，创下各种销量排名的神话纪录，变成了歌坛又一颗不可撼动的超级大明星……

嗯，以上剧情并没有发生。

谈馨的信心和颜值都随着冬季少女团的人气一起，连飞升都没经历过，就直接滑进了东非大裂谷。

然而，在全队都在总结为什么她们会滑铁卢得这么快的时候，谈馨觉得这样没什么不好。她觉得，人努力，不一定会获得成功。可如果不努力，一定能过得很舒服。

当个抠脚艺人，乐此不疲地关注爱豆，多滋润。

关于未来、事业、爱情，她什么计划都没有。现在的她只沉迷在小糖糖的盛世美颜中。所以，只要有人跟她聊到唐世宇，她都会向人卖命地安利这个天使一般的男孩。

下午抵达工人体育场的时候，现场还只有零零散散几个工作人员。谈馨和队长最早到，刚好也聊到了BLAST。然后，谈馨又进入了粉丝洗脑模式。

队长无奈地说："我说Alisa，你如果是圈外人，在你这个年纪追星，我理解。但你不是圈外人啊，怎么对BLAST还这么痴迷？别告诉我你偷偷加入了冰火饭团啊。"

"我怎么可能是冰火饭，伤心了，你到底有没有了解过我……"谈馨摇摇头，严肃地纠正，"我是糖糖唯饭。"

"……"队长扶了扶额，"你喜欢唐世宇什么？"

"长得帅，唱歌好听，跳舞好，综艺感爆棚，rap韵律感一级棒。"

"唱歌好听？Are you sure？（你确定？）"队长盯着她，"Alisa，你是我们团里最会唱歌的。我给你一次撤回的机会。Are you真的sure？"

谈馨一本正经："糖糖是完美的。"

"什么鬼，龚子途和唐世宇这两个人难道不都是靠脸进的BLAST吗？"

谈馨当然知道。所谓门面担当，就是用来吸粉的，但吸来的多半都是白嫖粉，来得快去得也快。还是业务能力强的爱豆才能吸到有消费能力的死忠粉。

可是她觉得，唐世宇并不只是一个门面。他对音乐有自己的见解，也经常会写一些非商用的歌曲跟粉丝分享。唱功方面是弱了点，但掩盖不了他的才气和努力。每次看见他在外笑得嘻嘻哈哈，唱歌时却总是态度端正到微微皱眉的样子，她都觉得内心深处有什么东西被触动了。

谈馨摇摇头："如果糖糖只有颜，我就不会只喜欢他了。会连奶兔也喜欢的。"

"你不喜欢奶兔，难道不是因为你的审美受你妈影响，喜欢长相温柔一点的男孩吗？奶兔虽然叫奶兔，但颜还是有点攻击性的吧。"

两个女孩踩上了体育场的绿地，谈馨笑着说道："对呀对呀，wuli 糖糖长得很亲民，桃花眼，嘟嘟唇，几乎没有下颚角，一脸的胶原蛋白，再搭上高高的鼻梁，真是又帅又可爱呢。"

"你这傻姑娘，到底会不会抓重点啊？"队长再次扶额，"唐世宇这个长相很受中年阿姨喜欢，你知道吧？"

"我知道。"

"那他被已婚富婆包养的事，你也是知道的吧。"

"那是黑子乱讲的。"

队长和冬季少女团其他成员一样，对公司的前辈很敬佩，对 BLAST 这种大火的后辈很羡慕，却不是任何一个人的脑残粉。但和谈馨的对话到此，她已经确定了，傻姑粉丝滤镜比防弹玻璃还厚。还是对傻姑放弃治疗比较靠谱。

而傻姑还高兴得不得了，一边后退，一边继续跟她说着唐世宇的种种好："我跟你讲，虽然很多粉都说他跳舞力度不够，但我觉得他的潜力比其他人都……"

这时队长刚好转过头来，惊诧地看着她背后的人："啊，Alisa，小心你后——"

"啊！"

没来得及，谈馨手舞足蹈地讲得太激动，狠狠撞上了身后的人，后脑勺还碰到了什么硬物。她脚下一个不稳，直接扑倒在草坪里，差点正面来个狗吃屎。

她龇牙咧嘴地吸了一口气，赶紧看看裙底下裸着的膝盖，还好，只是轻微擦破皮，没有流血。手心蹭到了泥土，有点痛，还弄得很脏，但都没有后脑勺痛。到底碰到了什么东西，怎么会跟被锤子砸了一样……

她捂着脑袋站起来，转过身去，看见一个高高瘦瘦的男孩半低着头，用手心捂着鼻子。

他头发染成深红色，刘海吹成逗号头，戴着灰色的隐形眼镜，黑色夹克露出少许和头发同色的红衬衫领口、袖口。

这是《光焰与暗冰》的造型。在这张专辑封面上，他就是穿着这身打扮，在燃烧的烈火中微微垂着头，用一种有些不耐烦的神色表现出了火队的暴躁与热情。和他配对的龚子途则是站在冰原中，穿着白色西装和水蓝衬衫，展现出冰队的冷漠与高贵。

而此时此刻，他不暴躁，只是面无表情地把手放下来，右鼻孔缓缓地流下一条细细的血迹。

旁边的龚子途也一点不冷漠，只是微微睁大眼，看看谈馨，又看看唐世宇，不知道怎么的，一时间忽略了尴尬的气氛，还觉得这条鼻血和唐世宇的发色也挺搭的。

谈馨以前就见过唐世宇很多次，但因为两个人的咖位差距太大，她连站在他十米以内的机会都没有过，更没有机会跟他说上话。这下她紧张坏了，赶紧从包里掏出一张皱巴巴的餐巾纸，看了看扔掉，又抢了队长的包，从包里面掏出一张香喷喷的餐巾纸，递给唐世宇："世……世宇……对不起啊。"

唐世宇一掌打掉那张纸，用手背擦了擦鼻血："Alisa，你都多大岁数了，走路不长眼睛？"

谈馨愣了。

这这这……这和她想象中的糖糖有出入啊。她想象中的糖糖就和所有粉丝想象的一样，可爱又没心没肺，有一点点二，脾气很好，即便被撞得流鼻血了，也应该像天使一样，温柔地说"谢谢师姐，师姐是不是摔疼了"才对啊！

唐世宇扁了扁嘴，上下打量她一圈，最后目光停留在她的肚子上："我说，你好歹也是我们前辈了。马上就要表演了，现在还带着游泳圈真的好吗？"

谈馨张开口，陷入石化。

"你参加选秀的时候看上去只有八十斤，现在前面要加个一了吧？每次接受采访，你都说冬季少女团和所有女团一样是后期爆发型的。Hello，四年了，歌艺原地踏步，体重直线上升，除了游泳圈，你还收获了啥？"唐世宇看了看她的头顶，"哦，双色抹布一条，还是蜜蜂条纹的。"

谈馨石化了："你，你，你说什么……唐世宇，我可是你师姐……"

"对，对，师姐，带着游泳圈，师姐还可以参加一项运动。"唐世宇笑了起来，是她熟悉的天真烂漫的笑，"加油啊，再增肥二十斤，下次摔在地上的人就是我了。我师姐稳如泰山，可以直接晋升国家级摔跤选手。"

？？？

这人是唐世宇？

？？？

无法再欺骗自己了。再强大的粉丝滤镜也掩护不了如此程度的人设崩塌。

而人设这种东西就是爱豆的贞操，一旦破了，就再也回不来了。

谈馨在雷轰电掣的蒙圈中度过了一个下午。但她没预料到，事态进展还能再雪上加霜一点。因为，冬季少女团的表演刚好安排在 BLAST 之后。根本就是充满恶意的安排。

当 BLAST 从舞台上陆续下来时，冬季少女团五个姑娘也陆续走上舞台。唐世宇刚好与谈馨擦肩而过。他看了她一眼，一脸疲惫地又看了看她的腰，耸了耸肩，叹了一口气，就得意扬扬地搂着龚子途的肩走了。

谈馨深吸一口气，平息了快要原地爆炸的小宇宙。

反倒是吴应，那个她一直没太留意到的软萌男孩，对她握了握拳，小声说："师姐，加油，你肯定可以的。"让她眼眶一热，差点当场就哭出来。

当然，吴应的鼓励并没有改变冬季少女团糊穿地心的现状。观众席里的呼声和荧光棒的挥舞频率与 BLAST 表演时形成了惨烈的对比。

当天表演结束后，不仅是她，全团都很沮丧。尤其是看过侯曼轩教科书般啪啪打脸的舞蹈，五个姑娘在化妆室感叹起了这三年的无所作为。

"公司不给资源，我们能怎么办呢。"颜值担当撑着下巴，颓废的样子也不再美了。

队长揉了揉脸："给资源，也得在实力跟得上的情况下啊。没有实力，资源我们接得起吗？看看曼轩姐，开全麦，边唱边跳，连大气都不喘一下。到了她那个实力再想想向公司争取资源的问题吧。"

"曼轩姐是天才，我们又不是。"

"瞎说，这世界上哪有什么天才。给你们看个东西。"队长拿出手机，找出一个存在本地的视频，播放给她们看。

视频有一些年代了，在练习室中间跳舞的是头戴鸭舌帽、身穿运动装的侯曼轩。她看上去只有十三四岁，素颜，满头大汗。有人在旁边打着拍子喊"一二三、一二三"，她神态紧绷地跟着跳，完全没有现在的怡然自得。一个旋转的动作连续失误七次以后，一个中年女性的声音响了起来："侯曼轩，你在干吗呢？刚才你跳舞的视频你也看到了。你觉得你的动作好看吗？现在还犯错？"

侯曼轩点了点头："我知道了。"

她又试了一次，还是手脚不协调。她提起一口气，深呼吸了两次，却还是没能顺利压下崩塌的情绪。她对着镜头伸了伸手，示意暂停，捂着脸哭了起来："我真的不行。"

"不要哭，说过多少次，不要因为失败就哭。跳得不好不是因为你没天赋，是因为你不够努力。你所要做的就是努力努力再努力。"

侯曼轩抿着唇站起来，继续屏住呼吸跳舞。可是又一次被中年女性的声音打断："不行。"

她停下了动作，干脆一屁股坐在地上，然后躺下来大口大口地喘气。通过分辨率这么低的视频，几个女孩都能看到她的汗水把头发和地面打湿了。她却像一点感觉都没有，面无表情地看了一会儿天花板，又按着眼睛哭了起来。

"不要哭了，起来跳舞。"严厉的声音再度响起。

"妈，我好累，我不想跳了……"侯曼轩哭得上气不接下气的，一直用袖子擦眼泪，"我真的不行，我不行。我不行。"

"闭嘴，赶紧跳。"

侯曼轩哭了一会儿，闭着眼，拖着疲惫的身体再度站起来，重新就位。

队长指了指屏幕上的小曼轩："这时候她才十四岁。录这个视频的时候，她已经练了十三个小时了。"

可能寻常人看这个没什么感觉，但经历过魔鬼训练的少女团成员全都看得无限唏嘘。这时，门面又摆了摆手说："好了好了，队长你别灌毒鸡汤了。我们人气开始下滑的时候灌了一整年，有用吗？就这样吧。你真当人人都能变成侯曼轩吗？混一混找个富商嫁了差不多完事。"

五个姑娘情绪复杂地又聊了一会儿，便收拾东西离开了。只有谈馨一个人坐在化妆间，一直回想着侯曼轩的视频。

这个视频，她特别感同身受。因为她并不擅长跳舞，在训练跳舞这一块有过类似的惨痛经历。但她比侯曼轩轻松很多，因为她老妈只要她开心就好，根本不管她努不努力。至于老妈吹出去的牛，老妈自己也会装傻忽悠过去。

也就是说，除了她自己，并没有几个人真正关心她曾经有过一个关于唱歌的梦想。

而那些对音乐的态度和追求呢，早就被现实和残酷的竞争磨成了满满的无所谓。再低头看看腰，捏捏上面的脂肪，回想唐世宇说的话，她觉得这是有生以来最讽刺的一天。

这时，门口有脚步声和说话声靠近，她一下就听出是她的爱豆。她轻手轻脚地快速溜到门口，拉开一条小缝，被眼前的一幕震住了：唐世宇搂着一个女人的肩，神色懒散，夹着些许不耐烦。女人看上去三十五岁上下，皮肤很白，脸庞美丽，气质斯文，带一点点书卷气，灰色连衣裙款式低调，但一看就知道是昂贵的面料。她从包里拿出一沓钞票，递给唐世宇。

唐世宇推开她的手："我都说了多少次，不要给我钱，这点东西我还是买得起的。小心被你老公发现，哈哈。"说到最后，他狡黠地笑了笑。

"怎么，你还嫌少了？这只是一点零花钱，多的我再想办法。别闹了，收着吧。"

"行行行，我收着。"唐世宇接过钞票，把它们丢到了自己的单肩包里。

唐世宇被已婚富婆包养的传闻很早就有了，她从来没相信过哪怕一秒，甚至在网上帮唐世宇和各种真黑、真爱黑、半粉半黑、玻璃心粉、恨铁不成钢真情实感黑粉解释、争吵、战斗，用生命奋斗在维护他的最前线。

可现在，谈馨目瞪口呆地看着他一边坏笑着，一边搂着女人朝走廊尽头走去，只觉得有什么东西在她的精神世界坍塌了，还发出了惊天巨响。

爱上一个爱豆，只需要一个瞬间。

对爱豆转黑，也只需要一个瞬间。

这个瞬间，谈馨正式粉转黑了。

Scene Two

回到家中，谈馨用实际行动证明了她从今往后的身份：她撕了满墙的海报和贴纸，换了被子，把桌上的笔筒、扇子、相框等与唐世宇有关的东西全部推到巨大的垃圾袋里。最后，她的目光停留在静立于床头柜的相框上。照片里，唐世宇笑得那么干净，眼中有星辰，一旁写着：馨馨加油 by 唐世宇。

这一手丑丑的字，曾经她都觉得是一种艺术。

艺人不便暴露自己的粉丝属性，所以不可能直接走到他面前说"嘿，世宇给我一份你的 to 签照吧"。为了得到这张签名照，她进入唐世宇的直播间，用了一个当时听起来爱意满满现在听起来非常脑残的网名"世宇老婆甜心馨馨"，以冲刺打赏排行第一获得了这个奖品。

谈馨没有做过直播，也没有参加过别人的直播，起初她存了三万块钱在支付账号上，觉得这么多钱怎么都够了吧。但她远远低估了现在粉丝的"壕"度。她和第二名叫"小梦 LOVE 世宇"的白富美小姐姐互撑了半个小时，又拼网速又拼财富又拼震慑力，把豪车和鲜花刷得爆了屏，才总算让"小梦 LOVE 世宇"小姐姐跪下来唱了《征服》。

她现在还深深记得，工作人员公布获奖名单的时候，唐世宇也凑过来看了看名单，说："第一名又是甜心馨馨？每次网络活动都能看到你。"

弹幕里一群冰火饭、世宇粉哀号着说羡慕馨馨小姐姐被男神翻牌子了。

工作人员打趣说："这是你老婆呢，她当然要拿第一。"

唐世宇没有正面回答，只是笑得有一点点羞涩，眼睛一闪一闪的："谢谢馨馨，谢谢你们。"

这时期的唐世宇和谈馨幻想中的他没有什么出入，美好得仿佛是从天上掉下来的。

拿起这张照片，这一年为他应援的种种回忆全都历历在目。她觉得很心酸，很不舍，抚摸着照片上爱豆的脸蛋，抹了抹眼角的泪，然后毫不犹豫地把它砸进了垃圾袋里。

这个虚伪的家伙！把真实面目藏得好深！！得罪女人是很可怕的，唐世宇！从今以后，你我恩断义绝！等下次你再看到我的时候，我就不再是从前的那个我了！我会美丽得让你刮目相看，悔得肠子都青了！

再回想唐世宇的一席话，她觉得痛处都快被戳爆了。

出道前她觉得自己就是齐天大圣，要大闹演艺圈，来一番石破天惊的大作为。但是真正出道以后才知道，自己可能是被齐天大圣一棍打飞的虾兵蟹将。长得好看、实力非凡的人太多了。一炮而红是不存在的。这种打击持续了整整一年，谈馨终于放弃了。

在高度压力的情况下，她总是喜欢吃东西。越吃就越胖，越胖就越吃，不知不觉就从美少女歌手变成只有歌喉的主唱。冬季少女团门面不是她，她觉得自己瘦不瘦关系也不是那么大。而且镜头是圆的，会把扁平的人也拍圆的，说是照妖镜也不过分。本来她在普通人里也只能算是正常身材，上镜直接肿成猪头。她甚至在这样一个帖子里看到过自己的名字：《盘点娱乐圈那些颜值很高的胖子小姐姐》。

年纪增加已经很可怕了，体重也跟着增加，可以说是灾难片。既然想要再度走上鸡汤之路，那么就先从减肥开始吧。

很多赫威艺人回归前后的差距都跟整容前后似的。只要公司有要求，女生分分钟能瘦到九十斤，男生分分钟能变魔术般整出六块腹肌来。作为出道四年的老资历，谈馨当然不畏惧减肥。很简单，按着经纪人给的食谱先饿上一个月，不饿肚子但也绝不吃零食，晚上七点以后就当没有进食这个功能。体重掉下来后，每天健身塑形一个小时。这样坚持不超过两个月，小蛮腰、马甲线都会回到她的身上。

嗯，以上内容并没有发生。

没有饥饿感的减重是不存在的。减脂的时候，谈馨在床上饿得翻来覆去地打滚，一周后虽然体重下来了，但因为胃已经习惯了想吃就吃的模式，一旦没有高热量食物的填充，连工作都没办法集中精神，心情也是非常抑郁以及暴躁。所以第二周，她看体重数字小了一些，又吃了那么多苦，想要适当地奖励一下自己，便放开来吃了几顿好吃的。再一上秤，她差点一头撞死在洗手间的瓷砖壁上。

一怒之下，她把家里所有零食、泡面和含糖量稍高一点的水果全都打包扔到垃圾桶里，推倒重来。

当天晚上，她再次饿得在床上打滚，根本没有任何睡意，只能打开手机刷微博分散一下注意力。然后，她看到了一条两个小时前发的推送。

唐世宇："反手摸肚脐身材好。"

配图是一张他在健身房里掀起一截 T 恤轻松反手摸肚脐的照片。小腰细成这样，小脸瘦成这样，六块腹肌还是很明显地凸起。

谈馨愣了三秒，慢慢站起身跪在床上，试图模仿唐世宇的动作。

结果当然是残忍的。

她把手机扔到了床脚，尖叫一声，使劲拍打自己的双颊，差点把脸都打肿了。然后她仰天长叹一声，一头倒在床脚，流下了惨痛的眼泪。

在这种反反复复的折磨中，时间过得很慢很慢。所以，三个月后，BLAST 开始录制二辑 *The Fire* 主打歌舞蹈室版，谈馨觉得已经像过了三年。

这天，谈馨被队友拽到舞蹈室门口去观摩 BLAST 的队形和走位。除她们之外，赫威很多艺人都在围观，连路过的侯曼轩也在门口停了下来。

十名成员都在室内来回地忙着，做开始的准备。门外的几个小女生踮脚往里看，讨论个没完。

"是我的错觉吗？怎么觉得奶兔老在看我们这个方向。天哪，他又看过来了……真的，奶兔好帅啊。"

"是的是的，肩宽腿长，气质一流，T 字部位像画出来的一样。"

"以前我一直以为他整过容，但看了他小时候的照片，蒙了。样子完全没变，还越长越好看了。"

听到这里，侯曼轩笑着转过头说："哈哈，怎么你这句话好像是病句。"

"哇，曼轩姐，你什么时候来的……"女孩捧着脸，有些激动地对侯曼轩说道，"你都听到了啊，实在太不好意思了。"

"有什么不好意思的，我跟你差不多大的时候也喜欢讨论好看的男孩。"

"那现在不喜欢了吗？像奶兔这样的，曼轩姐姐还会觉得好看吗？"

侯曼轩愣了愣，把头发拨到一侧，露出线条柔美的修长颈项。她看着龚子途，似乎是在寻找合适的措辞，缓缓说道："我当然觉得他好看。他和 BLAST 其他男孩一样，都是挺帅的小弟弟。"

很显然，这样的回答对她们而言有点不够热情。但前辈能给出肯定的答案，已经让小粉丝分外感动了。她们又讨论了一会儿，却看见龚子途径直走了过来，全都惊喜得双手捧心。

"曼轩姐姐。"龚子途停在窗前，把半开着的窗子拉得更开，以便能更好地跟侯曼轩沟通。

没人留意到，他拉开窗子的同时，侯曼轩把放在窗子上的手收了回去，像在强迫自己放松似的看了看别处，再重新看向龚子途，笑得很疏冷："子途，下午好。"

"曼轩姐姐现在有空吗？可以帮我看看我跳得如何吗？"说完，龚子途的嘴唇抿成一条缝，眨眼的频率很快。

"这种问题应该问你们编舞，我的建议肯定不如他的专业。"侯曼轩微笑着，低头看看手机，"我还有事呢，先走了。"

龚子途碰了钉子，回到了队友身边。

"什么叫女神，女神就是用来仰望的，看看就好了，还要过去讲话，你难不成还指望她和你这毛没长齐的小朋友当朋友吗？"唐世宇摊了摊手，"果然是傻兔子。"

蕴和"噗"地笑了一声："你还是让他去讲讲话，缓解一下他的相思之苦吧。不然每次遇到曼轩姐，他的眼睛都看直了，回去又要跟黛玉妹妹似的多愁善感。"

"蕴和你在瞎说什么。"龚子途钩住蕴和的肩，用力勒了勒他的脖子。

唐世宇大笑起来："死兔子你别闹一闹闹成真爱了吧，人家可是有男朋友的哈哈哈哈。"

"我懒得跟你们说。"

龚子途不打算继续搭理他们，转身就走，但同时也低着头看着地面，无声无息地叹了一口气。

过了几分钟，BLAST 开始第一遍演练。编舞老师很聪明很给力，知道怎样抓住观众的眼球。曲子放到副歌部分，让崔永勋、龚子途频繁出现在 C 位，唐世宇频繁出现在 C 位左右侧。崔永勋和龚子途是领舞，唐世宇和龚子途是门面加大长腿，站在显眼的位置，舞台效果能达到最佳。

The Fire 是一首节奏比一辑主打歌更快、舞蹈动作更剧烈的歌。本来应该很酷炫，所有成员也都表现出了彻头彻尾的酷。只有唐世宇，笑得实在太多了。明明动作和所有人都保持一致，也看得出是付出了诸多心血和汗水的，可他全程一会儿抿嘴笑，一会儿露白牙笑，一会儿像看到什么搞笑的东西一样忍着笑，一会儿放空了一样痴笑……就算不笑，他的眼神也是兴奋得不得了，就好像掉进了一百个亿的美金旋涡里一样。连做撩头发这种男神味十足的动作，他都撩得像个小男生一样。

如果换成一般人，大概真的要被人当成傻子了。可是，他偏偏长了一张美少年的脸，这张美少年的脸上又偏偏有一双最好看的眼睛。

这也是他曾经最吸引谈馨的地方。看他跳舞时这么开心，谈馨感觉自己内心深处那股被囚禁了很久的姨母爱再次蠢蠢欲动了。这种念头让她瞬间想抽死自己。旁边女孩的对话让她更想转过身去抽死她们：

"唐世宇的眼睛和嘴唇都疯了吧，长成这样，是天使下凡啊。"

"笑起来好可爱。他和奶兔我总是不知道该看谁。"

"你知道吗？ BLAST 刚红那会儿，COLD 的粉丝曾经黑过唐世宇的颜，但对冰火饭来说根本没有任何杀伤力。因为根本没有黑点。"

听到这里，谈馨扭过头去："他也只有颜可以吹了吧。然而，他的颜值是在下跌的。你们知道为什么吗？"

两个女孩怔怔地看着她，一起摇了摇头。

如今谈馨不再是世宇粉。既然从小迷妹 mode（模式）中走出来，那么 Alisa 大魔王的 mode 就要启动了。她淡淡一笑："因为全团的颜和实力都在上升，只有他是保持不变的。而且，赫威最早给 BLAST 定的官方门面是兔子。唐世宇会被定下是双门面之一，也是有了分队概念以后才加进去的呢。"

两个女孩听得呆若木鸡。

谈馨抱着胳膊，贱贱地叹了一口气："啊，兔子这个官方门面都能把舞跳得那么好，唐世宇还有什么特长呢？是综艺感哦，让人完全忽略颜值的强大综艺感气质。以后可以转行做谐星呢。毕竟他这张满满都是胶原蛋白又没有刚硬下颚骨支撑的小巴掌脸是经不住岁月摧残的，人一老，不是发福后脂肪下垂就是垮下来，垮了就可以当谐星了呀。他的公鸭嗓也很适合。改名叫唐纳德好像还不错哟。"

有多爱就有多恨，战斗力最强的无脑黑从来都是真爱粉进化来的。谈馨这一席话说得两个女孩目瞪口呆，也说得她身后的人说话声音都变得无比阴沉。

"艾丽莎·谈。"

不知道什么时候 BLAST 已经跳完了第一遍，唐世宇也刚好走了过来。从他的表情可以判断出，谈馨刚才说的话他一个字也没有漏地听进去了。谈馨的局促只持续了两秒，便立刻回归到战斗值爆棚的状态："怎么了，小鸭·唐。"

唐世宇气得小小的双颊都鼓了起来，眼见濒临爆炸边缘，他看了看谈馨的头顶，转而一笑："咦，小蜜蜂，你的蜜蜂头怎么不见了？好像你还瘦了一点？"

"那是因为……"

"不会是被我刺激了吧。我的话你还是很在意的嘛。"

"我在意个头。"

"小蜜蜂怎么会对我这么了解？不会是暗恋我，因爱生恨了吧？"看着眼前的女孩的脸一寸寸变成粉色，唐世宇也笑得越来越得意，拨了拨自己额前蓬松而柔顺的刘海，"我懂了，你是想用这种方式引起我的注意，直说嘛。"

"我的妈，唐世宇，你喝三鹿长大的吧？这都什么年代了，你居然还会说出这么老土的台词！"

"哈？我喝三鹿？"很显然抓错了重点，唐世宇瞪大眼睛。

他有一双很漂亮的桃花眼，内勾外翘，双眼皮线条分明，却没有很多桃花眼男生那种很会撩妹的感觉。不管露出什么表情，他的眼睛总是充满了水光，像九寨沟的泉水，有一眼能望到底的纯净。近看更是如此。谈馨在心里仰天长啸——唐世宇啊唐世宇，你为什么要开口说话。你如果不说话，我现在还是你的脑残粉。最起码是颜粉。你只要这样看我一眼，对我笑一下就好，接下来你的专辑销量我和所有唯饭都承包了。

她正在脑内惋惜的时候，他又加了一句："暗恋我就直说啊，我这人很好说话，会很快给你答复的。我的答复就是 no。"

她险些忘了，唐世宇的人设早没了。

与看到他发的反手摸肚脐照时比，现在想揍他的感觉有过之而无不及。谈馨发泄般喊出一句："去死！"

对他们俩见面就频繁吵架的现象，队长之后给出了精准的评价："直男癌对上了直女癌，能不天崩地裂吗？我看啊，你和唐世宇还是少说话比较好。"

"我不管，我会更瘦更好看的。让他黑我的身材，让他黑！"

这一天起，谈馨更加努力地把注意力都放在减肥上。而有趣的是，当她开始注意身材管理，时间管理的能力也上升了许多。对事业，她不再像刚出道时那样期待自己红遍宇宙了，只想着走一步算一步，努力后最坏的情况也就是现在这样成天抠脚，那又有什么好怕的呢。

命运最神奇之处就在于，当你抱着志在必得的心情去做一件事的时候，很有可能会被迎面泼一盆冷水；而当你抱着顺其自然的心态再度出发，反而会有好运眷顾。

减肥成功后，她的人气有了明显的提升，网上也出现了很多讨论她颜值回归的励志帖。粉丝更是感动得不得了，每次她们演出，她的应援声都比以前响亮很多。只不过即便是在最顺的时候，冬季少女团也差那么一口气儿。如此状态，谈馨已经非常满意了。她想，只要她和姐妹们共同努力、共同进步，情况会稳步上升的。

她们谁都没想到，冬季少女团很快迎来了一次真正逆袭的机会，也迎来了最后的"那一口气儿"——摇滚乐王祝伟德之女，祝珍珍，空降加入了她们的组合。

祝珍珍是演艺圈的公主，带来的资源可以让整个团少奋斗十年。她父母选中冬季少女团的理由刚好是冬季少女团有实力、不够红。靠一己之力带红这样一个组合，远比融入一个本来就很红的女团更容易被大众接受，也更能彰显祝珍珍的影响力。

然后，在祝珍珍的带飞下，冬季少女团火了。在祝珍珍加入后的第一次现场演出中，谈馨飙了连气都没有喘一口的四段高音，实力再度得到国民认证，Alisa 这个名字也大火了。从那以后，她和其他成员牢牢抱住了祝珍珍的小细腿，跟着大佬混入了流量爆炸女团的世界。

她们甚至有机会和 BLAST 同台表演。

这时的谈馨不只是颜值回来了，还比出道时更多了几分淡定、时髦与女人味。然而，第一次和他们排练时，唐世宇对她的态度却没有丝毫转变，甚至还嘲笑她在新歌MV 里搭配的发圈就像二十世纪六十年代的美国乡村女孩。

谈馨理智断线了："唐世宇，你别以为我不知道，你特别喜欢被已婚富婆包养。"

谁知唐世宇一点也不觉得害臊，反而自信满满地笑了："你也太小瞧我了，包养我的怎么可能只有已婚富婆，很多年轻妹子也在包养我。有一个妹子从来没有露过面，但只要能应援的活动她都会出现。曾经一场直播里，她给我砸了二十二万八呢。那么阔气，我都想以身相许来报答她了。"

谈馨仿佛听见心里"咯噔"一声。她抽了抽嘴角："什么妹子，说不定是中年阿姨呢？"

"肯定不是中年阿姨，她的名字太小女生了，叫'世宇老婆甜心馨馨'。名字还和你一样呢，比你可爱多了。"看见谈馨僵成了雕塑，唐世宇耸耸肩，漂亮的大眼睛半睁半闭，两条英眉舒展开来，一副很享受滋润人生的模样，"如何，是不是被你世宇爸爸的魅力折服了？"

他竟然把她的 id 完整地记下来了！这不科学，他能有这样的记忆力？

有那么一刹那，谈馨几乎以为他在试探自己。但作为他曾经的真爱粉，她知道说好听点，糖糖是个单纯可爱的小天使；说直白点，他就是个漂亮的缺心眼。此时此刻，他绝对表里如一，脑子里没多想别的，就是放空地自我陶醉着。

谈馨冷笑一声，努力 hold 住了气场："你说的话，我一个字都不信。"

这是黑历史，致命的黑历史！

她要守住这个秘密，这辈子都不会让唐世宇知道真相的。

Scene Three

　　跟吴应的恋情让谈馨暂时忘记了贱气冲天的唐世宇。而且，他们俩谈恋爱的事 BLAST 几个成员都知道。唐世宇也非常自觉，没有再对兄弟的女朋友说失礼的话。

　　然而好景不长，分手之后，唐世宇又成了第一个敢公然评论他们感情的人。谈馨本来沉浸在悲伤之中，每天都唉声叹气，颇有失恋气氛，被唐世宇这个毫无浪漫细胞的直男一搅和，她都没心情伤春悲秋了。

　　去法国拍摄 MV 的期间，他们一路从国内拌嘴到了国外，但谁都没料到，最后 MV 的男女主角变成了他们俩。对谈馨而言，初次穿上婚纱的体验实在太棒，镜子里的她乌发雪裙，睫毛长翘而浓密，就好像刚下凡的仙女把万里长空中最美的云朵都穿在了身上。然而，穿上婚纱和唐世宇在镜头前各种秀恩爱的体验难以言喻地复杂。

　　因为只要摄影师一来，唐世宇就会瞬间陷入初恋少年的状态，让她自我厌弃地有些害羞起来；一旦停止拍摄，他就会像小学二年级的小男生一样乱抓她的头发，让她只想反手给他一个大锅贴。

　　"来来来，Alisa，世宇，你们一起走下楼梯。世宇，你搂着她的腰。"摄影师很在状态地对他们发号施令。

　　唐世宇甜甜地笑着，伸手揽过她的腰，把她带入怀中。他的身材高高瘦瘦，让她瞬间觉得自己缩了十厘米。轻靠着他的胸膛，她感受到他的手比看上去要大很多。

　　不知道为什么，过去通过荧屏看他，她总觉得他萌帅萌帅的，毫无威胁性。这一刻她才意识到，这家伙并不是一个纤细柔弱的小男孩啊。被他这样一搂，她心里"咯噔"一下，下意识回头看了看他，却只看到他的白色胸花。她又抬起头，才对上他的视线。

　　两个人都凝固了两秒。

　　谈馨握紧了手里的捧花，莫名觉得尴尬。

　　唐世宇伸手在她额心弹了一下："你一个男人干吗对我露出那种小女人的表情？搞基吗？看镜头啊。"他看上去一脸嫌弃，耳根却红了。

　　谈馨难得听话一次，对着镜头露出了柔柔的笑容，深得摄影师欢心。难得看到小蜜蜂这么温顺的一面，唐世宇有些意外，有些开心，也微微笑了起来，气氛一片和谐甜蜜……但拍完照以后，他就被穿着高跟鞋的谈馨在脚背上狠狠地踩上了一脚，痛得差点跪地叫祖奶奶。

翌日，组里的人一起出去吃东西，谈馨一个人出去逛了逛，却找不到回去的路了，还好巧不巧没带手机出来。她正感到焦急，不幸中的万幸，远远地看到了人潮尽头的男孩。唐世宇站在来来往往的行人中间抬头看路牌，海拔比周围大部分的法国人都高，却比他们瘦很多，让人想不到看到都难。

像抓到救命稻草一样，谈馨飞奔过去拉了拉他的衣角。

"Alisa？"唐世宇眨眨眼，好像很开心。

看见他这么开心，谈馨也觉得很开心。但知道他为什么这么开心以后，她就开心不起来了——因为，他也迷路了，而且手机被小偷摸走了，本以为她是拯救他的观音娘娘，没想到跟他一样是个泥菩萨。

谈馨望天，痛苦地说："所以我不但没找到回去的路，还遇到个拖油瓶咯……啊！！"话没说完，她已经被唐世宇锁着喉，强行拖着走了几步，引起了路人的围观。她使劲拍他的胳膊："你……咳咳，你这家伙在搞什么啊！"

"身体力行跟你解释什么才是拖油瓶。"

"太幼稚了，泡面头，你太幼稚了！放开我！"

唐世宇无视她的呐喊，气鼓鼓地大步往前走。

就这样，五分钟时间过去，他们内讧结束，才总算愿意坐下来讨论寻路的对策。

"这种问题很简单，问问路就知道了。"

唐世宇打了个响指，双手插入裤兜，露出一脸自信的坏笑，自带起风特效般走向路边，拦住了一个红发法国女生，说了几句话。

很显然，唐世宇的相貌是全种族通吃的。因为法国女生抬头看了看他，笑得满面柔情似水，居然还会说一句中文："对不起，I don't speak Chinese.（我不会说中文。）"

"瓦特啊油托肯额暴特，俺们死避肯英格里希！英格里希！"唐世宇又叽里咕噜说了一堆话。

"I really don't understand Chinese, sweetheart.（亲爱的，我真的不懂中文。）"法国女生听了半天，没听懂他在说什么，干脆沉浸在他微微愤怒的美貌中，然后掏出手机想留他的电话号码。

看见这一幕，谈馨冲过去钩住唐世宇的胳膊，把他强行拖到一边，微微一笑，讲出一口流利的美式英语，还带点曼哈顿口音："Sorry, my friend's not really good at communicating with strangers. The thing is, We can't find our way home. It's the way. I wonder if you can tell us...（对不起，我朋友不太擅长和陌生人交流。是这样的，我们找不到回家的路了，我不知道你可不可以告诉我们……）"

唐世宇在一旁听得瞪圆了眼睛，直到她说完话，才迟钝地眨了两下。

当然，他们没得到想要的答案。他还因此有些闷闷不乐，怪法国人太不礼貌。

谈馨只能无奈地摇头。法国人素来以自己的语言为傲，不喜欢说英语。这法国姑娘愿意和他又说中文又说英文的，已经对他非常热情了。换个男的，可能会直接用法语回答他。

事实说明她的猜测是对的。后来的问路很不顺利，不是得到法语回答，就是一问三不知。她怀疑他们记错了或念错了住处的街道名，但一时间也无从考据。

他们在外面耽搁了小半天，渐渐地天上乌云密布，下起了小雨。没过多久，小雨转阵雨，他们只能随着人群躲在商城门前。看着天越来越暗，谈馨咂了咂嘴，有些担心地说："我们消失这么久，他们肯定会很担心的。也不知道会不会影响工作……"

唐世宇二话没说，去超市买了一把伞，撑开伞走出去："我们再找找看……肺活量女，你还站着做什么？出来。"

"你这顶着一头泡面的男人还想找到路？哈，哈，哈。"话是这么说，谈馨却听了他的话，钻到了伞下。

走了一会儿，雨声淅淅沥沥地打在伞上，透过边缘流下无数条透明的玻璃珠项链，把周围车声、人声等各种嘈杂声与伞下的世界隔离开。唐世宇低头看了看她，皱了皱眉："你现在怎么这么瘦，像个小弱鸡一样。"

"胖了你要说我带游泳圈出门，瘦了你要说我像小弱鸡，你到底想怎样？"

"太胖太瘦都不好，男人喜欢匀称的。你应该多关注一下直男的审美。"

谈馨是真的佩服他。在这个"直男审美"变成群嘲词语的时代里，他居然可以这么理所应当地引以为傲。再说，她的减肥成果都是被他这个渣渣爱豆逼出来的，他现在还有脸吐槽！她不屑地笑："直男审美跟我有什么关系，我又不打算迎合男人。"

"也对，你一天到晚就跟祝珍珍她们搞在一起，太可怕了。"唐世宇假装害怕地打了个哆嗦。

"呵呵，有什么不好，肤白貌美大长腿的妹子不比男生好？"

"肤白貌美大长腿，我也有啊。"

谈馨面无表情地看了他几秒："……脸是个好东西，我希望你也有。"

唐世宇慈爱地笑着，用一种"抚摸狗头笑而不语"的姿态摸了摸她的头。

她气得一掌拍掉他的手："你真是没大没小惯了啊，别忘了，我是你师姐。"

"Alisa，认真的，你是不是对姐姐有什么误解？姐姐是曼轩姐那样的好吗？你哪里有姐姐的样子，妹妹都算不上。你像女儿。"

"去死！"

她正想推他一把，目光却停在了他对着伞外的肩上——那半边肩膀都湿透了。再抬头一看，伞完全是朝她这个方向倾斜的。可是，他像根本感觉不到一样，还是自大地笑着，兢兢业业不死不休地撩她。

心里柔软之处仿佛被触碰了，战斗欲也都随着灰飞烟灭。她把伞往他的方向推了推，小声说："泡面头，谢谢你……"

"哦，没事。"他无所谓地笑了笑，只象征性地调整了几厘米伞的角度，还是无比挑衅，"你是女儿嘛。快叫爸爸。"

"神经。"

"对了，你说死兔子和曼轩姐是不是在闹别扭啊，他们俩的气氛好奇怪。"

回想刚落地第一天他们做饭时的场景，谈馨点点头说："发现了，他们俩看彼此的眼神就不太对劲。尤其是奶兔。"

"是吧是吧，兔子什么都不告诉我们，真不够兄弟。但不管他们怎么闹，死兔子在曼轩姐面前总是乖乖的，曼轩姐也总是在照顾兔子的感觉，他们俩才有姐弟恋的感觉。不像我，总要照顾……"说到这里，唐世宇突然住了嘴，一个字也不再多说，耳根却又一次红了。

"姐弟恋你个头啊。"谈馨狠狠推了一下他的脑袋，扭过头去，却因为下雨无处可逃。

这是怎么了，不是说好要当黑粉的吗，这种心跳加速的感觉是怎么回事……

他有往那方面想过吗……

啊啊啊，谈馨，你有点出息好不好！对这个浑蛋绝不能示弱！

可是，从最初到现在，她对唐世宇的感觉就像吃了夹心饼干一样：外面是甜的，里面是苦的，吃掉里面的第一层，发现里面又是甜的。而且，里面的这一层比最初远距离观察到的他更甜……不不，唐世宇可不是什么甜心小可爱。想想他的黑历史。他可是被富婆包养过的。这种男生能当姐妹都很不错了，不能有深入来往的。

然而，回国和唐世宇听完了柏川演唱会以后，她才知道什么叫打脸。

整场演唱会的舞台效果和表演都达到了顶级水准。气氛更是时而温馨时而热血，让谈馨和唐世宇都十分享受其中。因为到场的明星很多，他们在人群里不再像在别的场合那样特殊了，对彼此也能放开来大声说话。然后，他们聊到了童年最早喜欢的音乐、偶像和食物，发现他们的爱好竟出奇地一致。一起举手为柏川鼓掌的时候，谈馨回头看了看唐世宇，刚好对上他明亮而快乐的双眼，忽然想起了第一次在电视上看到他的记忆。

当时，他也是用这样的眼神注视着舞台下方。无所忧愁，无所畏惧，有一种势必要征服星辰大海的年少冲劲，却同时带着孩童的天真与期许。

这样美好的男孩，怎么就被富婆包养了呢，唉……

但仔细想想，这样也好，如果没被包养，她会喜欢上他的。天天和他近距离接触，想来她也不会再像小粉丝时那样容易满足。

暗恋加崇拜，是这个世界上最辛苦的感情了。

演唱会结束后，唐世宇说有人来接他，可以先送她回家。她也没多想，就跟他去了停车场。

一辆白色轿车停在他们面前。车窗摇下来，谈馨再次看到了那张曾经见过的清秀脸庞。居然是包养唐世宇的那个富婆。

这这这，这也太尴尬了！谈馨一时间不知该怎么应对这个场面。

仔细看富婆，打扮是属于她这年纪的，但皮肤真好，五官美丽，一根皱纹都没有。谈馨想，如果换成其他男生，出钱也愿意和这样的女性谈一场优雅的成年人的恋爱吧。唐世宇得了好处还收钱，真是……

富婆冲唐世宇和谈馨笑了笑，对后座偏了偏脑袋："上车吧。"

唐世宇拉开车门，让谈馨进去，然后跟着坐进去，双手攀在前座靠背上，瞬间变得乖巧不少："先送我朋友回家吧。"得到贵妇的首肯，他转过头对谈馨说："Alisa，你家在哪里？"

谈馨报了自家住址，很客气很小心地说："谢谢姐姐。"

"姐姐？"唐世宇脸都拧了起来，"你想占我便宜？"

前排的贵妇笑出声来，但没给予回应。谈馨有些慌了："我……我怎么就占你便宜了？"

"你管我妈叫姐姐，那我叫你叫啥？"

"啊？"

接着，车内有长达二十秒的死寂。谈馨双手捂脸，震惊得几乎不能言语："你妈也太年轻了吧？！那那那，我是要叫她阿姨吗？"

"她都四十好几了，哪里年轻了？"

唐妈妈清了清嗓子："嘿，世宇，你别到处跟人讲我年纪啊。"

"拜托老妈，你在别人面前装年轻就算了，在我朋友面前装什么装，说你三十多岁，难道你十几岁生的我吗？"

通过唐妈妈和唐世宇的对话，谈馨终于知道唐世宇被富婆包养的传闻是哪里来的了：唐爸爸是一个传统的音乐人，对偶像有很大的意见，对偶像团体更有一种"吃青春饭的绣花枕头"的主观负面评价。所以，从唐世宇出道以后，唐爸爸就极力反对他留在赫威，要他从 BLAST 跳槽，签约皇天集团。唐妈妈的意思是，如果好好沟通，服个软，唐爸爸也会同意他继续做这一行。毕竟以后有的是机会转型实力派歌手，偶像就只有年轻时这十年。但是，唐世宇二傻子人设不崩，就不好好说话，一定要在老子面前摆出一副我就是天下第一牛的架势。

结果就是，他老爸把他的银行卡冻结了。

他才给唐妈妈买了一套房子，穷得差点吃泡面。唐妈妈劝过唐爸爸，唐爸爸的答案是，他如果继续在赫威当偶像，过十年可以天天吃泡面。到时候老婆也不会有一个，因为当偶像的时候公司不让谈恋爱，能谈恋爱以后他的价值早就被榨干了，还能交到什么优秀的女朋友。

所以，唐妈妈只能偷偷提现塞给他。

所以问题来了——这么长时间以来，她都错怪了唐世宇?！他其实除了性格直了点、傻了点，其实还是和她猜测的差距不太大。这是怎样一个见鬼的乌龙啊……

谈馨仰头靠在座椅靠背上，生无可恋地看着窗外的风景。

她是一个了解自己的人。那个关于"他如果没被包养自己就会喜欢上他"的预言非常准确。回去以后，她翻了翻被自己封锁在贮藏室里的垃圾袋，找到了她最珍惜的那一张签名照，隔着冰冷的玻璃描摹唐世宇的轮廓，在暗金色的灯光中轻轻叹了一口气。

经过上一次恋爱的教训，她知道这一回不能再犯傻了。而且，唐世宇明显只是把她当成哥们儿了。不像吴应，从一开始就把她当成女神对待。

她把照片和各种周边重新堆回贮藏室，拉开窗帘想透透气。可透过窗户往外眺望，对面的高楼上挂着唐世宇和龚子途雪糕代言的巨幅海报。海报上，唐世宇穿着淡金色的 T 恤，笑容灿烂，世间任何烦恼都入不了他的眼。

谈馨又叹了一口气，把窗帘拉上，转过身去靠在墙壁上。

如果说心意的转变敲响了谈馨的警钟，那么唐世宇在火锅店里说的一番话就是致命一击。

他说，Alisa 是吴应的前女友，你们不要开这种玩笑了，心里都会有疙瘩的。

谈馨很自然地、一如既往地和他拌起了嘴。在外人看来，这不过是他们几千场互撑中的其中一场。但听到他说的这番话后，她觉得长痛不如短痛，下定了决心，彻底和唐世宇断开联系，并且主动跟公司要求把下次活动和他演出的部分取消，对象换成COLD 主唱。

唐世宇打电话给她，她全部挂断，消息一个也不回。其实不是她不想回，而是他的消息都很没营养，全是如下内容：

"为什么不接电话？"

"肺活量女，接电话。"

"你在做什么，跟谁在一起？不方便接电话？"

第四天晚上，她完成了当天的歌曲录制，伸了个懒腰，拖着疲惫困倦的身躯走出录影棚。刚一出去，她就被门侧一个高挑的身影弄得睡意全无："哇，你是背后灵吗？"

唐世宇抱着胳膊倚在门上，一句话也没说，递给她一个袋子。

她打开袋子，低下头看，迷惑地歪了歪头："……手机？"

他对着袋子扬了扬下巴："坏了就换个新的。这当是我补给你的生日礼物吧。"

"我手机没坏，这个你还是留着自己用吧，你的好意我心领了。"她淡淡地说着，把袋子递回给他，见他不收，就把它放在他前面的墙边地上，然后也不多看他一眼，从他身边走过。

唐世宇绕到她面前，挡住了她的去路："Alisa，你为什么要取消和 BLAST 的合作？你觉得我们比不过 COLD？"

谈馨微微一笑，摇摇头："不是不跟 BLAST 合作，只是不跟你合作。"

唐世宇微微一笑，也摇了摇头："那是不可能的。我已经跟公司提了要求，他们会恢复我们的同台演出。"

"你这人怎么这样……"谈馨不可置信地看着他，"我明天会再去提交申请，麻烦你配合取消。"

"我是来问你原因的，不是来征询你意见的。"

"我想换个合作伙伴还需要理由吗？"

"理由不充分，不接受。"

"我不想跟你一起表演……"

不等她说完，他就直接打断："不想也不行。"

谈馨觉得可笑到都快没脾气了："为什么？"

唐世宇看向别处，咬了咬牙，一幅很不耐烦的样子。他缓慢呼吸几次，似乎在平息胸腔中的怒火，而后低头对她冷笑了一声："你再问为什么我就强吻你，甜心馨馨。"

Scene Four

"你在说什么鬼，我听不懂。"这是谈馨的第一反应。

"还装？"

"我真的不懂你在说什么。"

唐世宇被气笑了："sweetloveshiyu 下划线 wife 不是你的飞鸟 App 直播账号？微博上的'请叫我甜馨心心唐夫人'不是你？"

这一刻，谈馨的面色变幻莫测，就像有颜料盘打散在脸上。

其实，唐世宇会对甜心馨馨印象深刻，不仅因为她是他的死忠粉，还因为她是一个战斗值高达好几百万的粉。蔡俊明给他看过很多次甜心馨馨在各种网络平台上的惊人言论，都让他叹为观止。

例如，飞鸟 App 上宅男特别多，有那么一群宅男只喜欢看美女主播搔首弄姿，如果有一个长得帅点的男主播出现，他们就会进去说一些很难听的话，诸如：

"这个女主播是谁呀，好漂亮，多少钱一个晚上。"

"商女不知亡国恨，隔江犹唱后庭花。"

"英雄战死沙场无人问津，你们在这里看明星看得自我高潮了，唉，戏子误国。"

"你们这么爱明星，怕比爱你们父母还多吧。"

"这个叫帅？"

飞鸟出天价请唐世宇做直播代言，大张旗鼓地在 App 首页上放上了他的广告图。那一晚在线人数两百八十七万，其中有一些就是这样的宅男。唐世宇抵达直播间之前，视频里回放他的各种 MV 镜头，这些宅男就开始发一些类似上述内容的弹幕。冰火饭大部分都是被保护得比较好的软妹子，对他们说出的低级侮辱性言辞根本不知如何回应，只能难过地说："真的好想骂死这些黑粉啊 T_T 气死了……"

看她们这么好欺负，宅男们仿佛又有了怜香惜玉之情，开始发类似这样的弹幕："别气别气，少关注点明星不就好了吗？不如妹子我们加个微信聊聊？我保证不骂人，只上床，哈哈哈哈。"

于是，女英雄世宇老婆甜心馨馨横空出世，舌战群儒了。

世宇老婆甜心馨馨："呵呵，骂我们糖糖？像你们这种基因辣鸡（垃圾）到早该从人类进化史上消失的猥琐男，想碰我们冰火饭小仙女的手都不可能，带着你的右手情人滚！"

宅男："你们不要骂这个主播小姐姐，他是我女神！"

世宇老婆甜心馨馨："即便世宇是女的，我们冰火饭也会选择他，依然看不上你的劣质基因！"

宅男："这个鸭子长得可以啊，有富婆需要吗？"

世宇老婆甜心馨馨："起码人家有妹子愿意包养，你们这群辣鸡拿钱出来都没人愿意碰你。"

宅男："你们给 BLAST 送钱，他们拿这些钱睡其他女人，看都不看你们，呵呵。"

世宇老婆甜心馨馨："他们遇到真爱，粉丝集体祝福求狗粮，而你们这些死肥宅依然没人要。"

宅男："哈哈，唱歌唱不下去来当主播了？"

世宇老婆甜心馨馨："汝等猥琐男去叫飞鸟不要送钱给他不要请他代言啊！你砖搬完了吗管那么宽！"

宅男："你们知道什么叫睡粉吗？"

世宇老婆甜心馨馨："唐世宇现在就在我怀里抽事后烟，谢谢！"

宅男："你们给戏子送钱，送上门给人家睡人家都不睡。"

世宇老婆甜心馨馨："花你的钱了吗？送上你的门了吗？宁可当世宇妾都不当汝等猥琐男的妻。气不气？哈哈哈哈，气死你，沙雕滚！"

宅男们被气得原地爆炸，开始还愤怒地喷唐世宇，但男人本来就没女人伶牙俐齿，这个唐世宇的老婆战斗力又实在太惊人，他们说一个字，她回一大段，而且每一个字都咄咄逼人，专戳他们痛处。她不仅打字快，还喜欢复制粘贴刷屏，宅男们被这个不知道哪里杀出来的疯丫头堵得说不出话来。

最后，他们被她骂得没了气儿，即便继续回怼也毫无威胁性。甜心馨馨发了个冷笑的表情，总结发言："不懂尊重人，满口生殖器，还想侮辱我老公。一群辣鸡。"

刚好这个时候，唐世宇进入直播间，甜心馨馨又开始刷屏了，但完全变了一个画风，变得特别少女，特别乖巧可爱。

"糖糖糖糖糖糖糖糖糖糖糖糖糖糖糖！"

"世宇好棒，爱你，笔芯（比心），世宇世界第一棒。"

"糖糖男神，想你，爱你哦……"

然后，她刷了满屏桃心，鲜花豪车跟不要钱似的轰轰烈烈满天飞，带着其他粉丝也跟着刷了满屏小桃心。

这些事谈馨当然都记得。只有她自己明白，哪怕唐世宇看不到，她的言论被淹没在了众多弹幕中，她心中也都是满满的爱与温柔。得不到回应也好，这样默默喜欢着就好，她不想被唐世宇发现马甲后面是什么人，只希望他每天开开心心，做自己想做的事，得到最多的温暖，演绎出最棒的音乐。

两天前，唐世宇在助理的桌子上看到了一个打印出来的表格，第一个地址的街道和小区名让他愣了一下。再看看收货人姓名，是"世宇老婆甜心馨馨"。助理赶紧过来想要把表格收起，说这是以前寄给粉丝礼物的表格，她忘记处理了。

平时谈馨都和其他成员一起住在宿舍里，没什么人知道她父母家的住址。柏川演唱会结束那天，唐世宇和唐妈妈送她回的就是她父母家。她父母住的小区和甜心馨馨的收货地址一样，但不确定门牌号是否一样。

下午，唐世宇按粉丝礼物收货地址找到了甜心馨馨的家。开门的中年大叔有一张和谈馨极为相似的面容，他几乎没有疑惑地开口说："叔叔您好，我是谈馨的同事，刚好路过你们家，想来看看她，请问她在家吗？"

中年大叔笑得一脸和蔼："你不是唐世宇吗？馨馨经常提到你。不过馨馨今天不在家，她平时都在宿舍，你打她电话吧。"

得知自己的掉马①过程，谈馨快被自己二到气死了。她在原地思考了两秒钟，结论是拔腿跑掉比较好。唐世宇再次堵住她的去路，还把她推到了墙壁上。她想从他胳膊底下钻过去，他就往下挪动胳膊。她想从相反的方向跑掉，他就封住另一个方向。她尖叫一声："啊！你这浑蛋！！"

他不作声，只是扬起一边眉毛，静静等她解释。

谈馨深呼吸两次，试图让自己平静："粉过你是我智商不在线的黑历史，作为赫威艺人，我竟然连公司包装水分过大的事实都没察觉到，算是我脑子短路了。现在我对你超失望所以不想跟你合作，COLD 没你们红但比你们有资历，主唱唱歌实力也比你好，你不能否认吧？和他合作没毛病吧？我说完了，你还想知道什么！"

"你为什么对我失望？因为我说你和吴应好过心里会有疙瘩吗？"

她失望当然是因为这句话。但是，不管她有多么彪悍的一面，内心始终是个小姑娘。被他如此当面拆穿，她觉得尴尬又难过，只能别扭地摇头："不是。"

唐世宇无视了她的回答："我不是对你有意见，在那种情况下开玩笑真的很别扭啊。"

臭直男，情商为负。这种单刀直入的交流方式，难怪母胎单身二十二年。她敷衍地挥挥手："知道了知道了，误会一场嘛。你不要再拦着我，我还当你是好哥们儿。"

听到那个"好哥们儿"，唐世宇没有搭话。

谈馨抬头，友好一笑："现在可以让开了吗？我要回家了。"

她推开他，他也没再试图拦她，只是微微低下头，长长的睫毛颤了一下。

---

① 掉马：网络用语，马甲指在网络上用别人不知道的名字注册的账号，掉马就是被人认出真实身份。

之后，他们休战并和平共处到了杨氏圣诞舞会结束后。

各路名流人士鱼贯而出，陆续离开了别墅。谈馨打着哆嗦，裹紧雪白狐裘小披肩，踩着把双脚灌满了柠檬水般酸楚的银色高跟鞋，随着人群走出去，却在低头看鞋跟的瞬间被人拉住手腕，拽到了花园里。

"啊，泡面头你要干吗？"她小声呼唤道。

唐世宇双手插在黑色西裤兜里，环顾了一下四周，最后垂头低声说："我喜欢你。"

谈馨蒙了，一时间都忘了自己还站在寒冬的冷空气中："……我？"

"对。"唐世宇认真地点头，终于抬眼看着她，眼中有掩饰不住的紧张，"当我女朋友吧。"

"你发烧了吧？"

"我没有！"唐世宇快被气死了，再度捏住她的脸，恼火道，"我看着很像开玩笑吗？这种事你能不能认真一点？"

"你金（真）的喜分（欢）吾（我）？为……为蛇（什）么吾（我）感橘（觉）不屈（出）来……"

其实是有点欲盖弥彰的回答。如果那一天他没来当面拆穿甜心馨馨的事，她可能还会觉得他只是把她当朋友，但那天以后……

他又忍不住暴躁起来："你要我说几次！追你这么明显你看不出来吗，非要我直接说出来，你是不是傻？"

"奉（放）颗（开）吾（我），奉颗吾……"她挣脱了他的手，皱着眉揉了揉发痛的脸颊，"你这样粗鲁是追不到女孩的好不好，让我回家好好想想。"

谈馨以轻松的口吻结束了当晚的对话，但回去以后，她失眠了。

跟她告白的人不是其他人，是唐世宇。在过去，即便是做到这样的梦，她都会笑醒过来，甜甜回味一整天的。他怎么会要她当女朋友的呢？这实在是太不真实了……她在被窝里只觉得头脑一片混乱，直到凌晨四点才睡着。

可是，她并没能按约定给他答复，而是又一次选择逃避，缩在了龟壳中。

谈馨的堂妹正在读高二，是冰火饭兼死忠兔粉，也喜欢唐世宇。几天后，她和父母一起到谈馨父母家里吃晚饭，谈馨打开手机相册给她看最近拍的照片。翻到其中一页手机截屏，上面呈现出三条微信的通知中心信息：

唐世宇：你在做什么？

唐世宇：为什么不接我电话？

唐世宇：我很想你。

谈馨吓得心里抽了一下，赶紧翻到下一张照片，堂妹却伸手把照片翻回来，盯着那张图看了半天。谈馨头皮发麻地说："妹，不是你想的那样……"

"我知道呀，你别把我当成山顶洞人好不好啦。这种图我也有。"说完堂妹从手机里翻出一张很相似的手机截屏，不过上面的"唐世宇"换成了"龚子途"。她捧着一边脸蛋说："网上有很多这种各种明星的聊天记录 ps 截图，我一看到奶兔的立刻就存下来了。虽然知道是假的，但看了还是忍不住心跳加速，就觉得奶兔真的给我发消息了，哇哇哇……啊，对了，姐，你现在还粉着世宇吗？"

谈馨松了一口气："对啊对啊，死忠粉，你懂的。"

"那你不是每天都可以看到他？"见她点头，堂妹露出了羡慕的眼神，"能跟爱豆在一个公司真好呀。谢谢姐，上次你帮我跟奶兔要的签名我现在还放在……"

这时，谈馨的手机又响起了新消息提示音。堂妹和她整齐地看向手机屏幕，屏幕中央出现了一条消息。

唐世宇：你是真的不打算回我消息了？

堂妹的嘴张成了大大的"O"字形，"姐，你……你不会把世宇泡到手了吧？！"

谈馨清了清嗓子："呃，想多了，这是另外一张我存下来的图。"不论表妹露出怎样不相信的眼神，她都管不了那么多了，只是赶紧锁掉手机。

谁知，像故意跟她恶作剧似的，屏幕又一次亮了，出现了一条新的消息通知。

唐世宇：我就在你家楼下。

谈馨还没来得及想好怎么圆谎，堂妹已经飞奔到对面的书房阳台往下看。谈馨硬着头皮跟着小跑过去，俯瞰一楼大门外，一个男生正笔直地站在路灯下，头发没有做造型，堆成了厚而蓬松的刘海，让他看上去小了五岁。他一只手插在风衣兜里，一只手正在把玩着手机，影子被月光与路灯拉成了长条状，蔓延到了很远的黑暗之中。

虽然光线很暗，但堂妹一下就认出来了他是谁。

"我的姐啊！"堂妹双手捂嘴，长长地吸了一口气，发出了过分夸张的叫声，"你真的在跟唐世宇谈恋爱！！"

"我没有，真没有……"

也没时间解释了，谈馨拍拍她的肩，示意让她在房间里等等，自己穿上外套，跑到客厅跟家里长辈打了个招呼，就换鞋飞奔出去。

冷空气迎面而来，她在黑夜中看见了初恋情人般的男孩。她慢慢朝他走去。

听见脚步声，唐世宇抬头看向她，眉心微蹙，眼中有淡淡的不悦。她站在他面前，轻轻喘气："你怎么来了……"

他低头看着她，眉皱得更紧了，好像有一肚子火无处发泄。不等她开口说第二句话，他单手把她抱入怀中。

谈馨惊诧地轻呼一声。

"谈馨，你为什么要躲着我？"好像被这个拥抱补偿了，他比刚才温柔了一些，"你

知道找不到你我有多急吗？"

和吴应的恋情只能算感动接受的产物，之后的不舍也是因为内心深处的不甘。从一开始到现在，她的头号男神只有唐世宇。所以，如果没有受过和吴应恋情曝光的教训，此时此刻她会振臂欢呼的。

但这个假设不成立，她面对的只有一份无法回应的感情。就连抬手回抱住他的资格都没有。想到这里，谈馨觉得眼眶湿湿的。

唐世宇声音闷闷地说："如果想拒绝我，当面说出来，我不会死缠烂打的。"

快委屈死了。

谈馨再也忍不住，眼泪哗啦啦地流下来，却努力维持声音的平稳："对不起，世宇。我觉得我配不上你。"说完以后，她明显感受到他的身体僵了一下。

"你这是在给我发好人卡？"

她赶紧擦掉眼泪，推开他："爱豆是没资格谈恋爱的。现在我们的事业都是在上升期，实在经不起丑闻的冲击。兔子和少哲都单飞了，BLAST 在最危急的时候，你和蕴是扛把子，这时候谈恋爱真的不合适。而我……"她叹了一口气，"我不能再来第二次了。以前不知道事情的严重性才会做错事，现在知道了，不能再明知故犯。所以，我们继续当朋友吧。爱情不一定能走到终点，朋友一定可以的。"

"这话说出来你自己觉得有说服力吗？兄弟可以走到终点，异性朋友可能吗？我不喜欢什么红粉知己，一旦娶了老婆，别的女人都直接拉黑名单。"

谈馨微微笑了一下："那你未来的妻子很幸运。"

看见她完全不动摇的样子，他有些绝望了："你真的不再考虑一下？"

谈馨摇了摇头："世宇，我很喜欢你，但对我来说，事业比爱情甚至婚姻家庭都重要。"

他收了手，把双手都插入风衣兜里，沉默了很久。然后，他低下头去，轻松地勾了勾嘴角，不想让她透过自己的表情看出他的情绪："对我而言，一个男人如果保护不好自己的女人，再有雄心壮志也没有任何意义。我不赞同你，但是我尊重你的选择。"

这一天后，谈馨和唐世宇维持着过往的友谊，继续打打闹闹地相处。

因为 BLAST 单飞的两名成员都是冰队的，公司不再让他们进行分队，所有活动都是八个人一起参加，以增强粉丝凝聚力。起初半年里，他们很艰难，因为不论走到哪里，都能听到粉丝呼唤龚子途的名字，微博上也频繁刷思念他的段子。但 BLAST 一直是一个意志力顽强的团队，他们通过不懈的努力，让粉丝重新燃烧起了八个人的团魂。

BLAST 不像以前那样人气爆炸而黑粉满天飞，存在感下滑了一些却逐渐稳定，又因为拿奖无数，成了国民肯定度最高的团体。

也不知道是不是因为实力逐渐被肯定的缘故，唐世宇也过得越来越像个糙汉子。他不再像以前那样，路过任何一个摄像头、镜子、水面，都要对着能看到自己倒影的地方理一下发型。虽然还在健身，但一点也不注意饮食了。精瘦的身材变成了有点肿的肌肉款。他的脸也如谈馨预测的那样，因为胶原蛋白多、骨架小，藏不了肉，一胖了两颊的肉就微微往下掉，仰拍的照片毫无下颚线条存在过的痕迹。

BLAST 门面的颜值一直是外界最为关心的话题。平时唐世宇长了一颗痘都能在网上盖出几千层的讨论高楼，现在有了这样重大的转变，其热议程度可想而知。

BLAST 神颜一个走了，一个残了。网上出现了不知多少怀旧贴，他们过去的 MV 弹幕上，也不知有多少人怀念最初高挑苗条的清瘦小巴掌脸糖糖。然而，唐世宇非但没有被激励，还有点破罐子破摔的意味，出席一些公众场合不再化妆做头发，整个人在抛弃偶像包袱的路上一去不复返。

从唐世宇发福起一年多过去，谈馨亲眼见证了什么叫大型掉粉现场。在这期间，连杨英赫都亲自找唐世宇谈过三次，勒令他务必在两个月内瘦下来。他答应得很快，但很多个月过去了，体型和脸蛋膨胀的程度只增不减。因此，他得到的资源、周围的欢呼声、盲目的追捧也在随着体型变大而减少。

粉丝们用很长的时间接受了一个现实：那个曾经以完美外形杀入亚洲顶级男团的美少年，再也回不来了。

但在此期间，唐世宇在业务能力上有了很大的进步。脱掉华丽外衣以后，他失去了颜粉，反而更能看清自己的实力到底在什么位置，并且以此鞭策自己去做更好的音乐、演奏、演唱更好的歌曲。他为 BLAST 的新专辑写了很多歌，被公司采用了五首。

得到这一好消息的那天下午，他踩着愉快的脚步走出了公司大门。正准备上保姆车，一个在公司门口蹲等 BLAST 师弟团的粉丝站出来说："世宇哥，减减肥吧。"

唐世宇笑了："为什么？"

"偶像不就应该是漂亮的吗？这是基本的敬业精神啊。"

"可是我不想当偶像了，我想当个优秀的歌手、音乐人。"

女孩摇了摇头，无奈地说："想当音乐人也得有硬实力才行，别弄得颜值下降了，音乐没做好，不上不下的就不好了……世宇哥你别觉得我过分啊，我这人就是心直口快。看看你现在的样子，唉，你以前多帅啊，我整个房间都是你的海报，为什么不愿意变回以前的样子呢？你肯定可以做到的，不要放弃。"

唐世宇还是笑着，只想无视她上车去，没想到这时候半路杀出来个颜粉，"嗖"的一下张开双手挡在了他面前："你这个以貌取人的妹妹，说够了没有？"

看清了眼前人的脸，女孩不可置信地说："Alisa？！"

"对，我就是 Alisa，你侮辱我们糖糖侮辱够了没有？"谈馨的战斗值在飞速飙升中。

女孩这才迟钝地接收到了她的敌意，声音颤抖着说："我，我一直很喜欢你的，上次你们开演唱会，我买的是 A 区的票，全场为你应援，你怎么可以这样……"

谈馨满脸嘲意地笑了："哦，原来你也追星啊，你知道爱豆被人欺负是什么感觉吧？世宇的粉丝只会觉得他现在这样挺好。只要他开心，管他是胖是瘦，粉丝都开心。"

"他瘦不下来人气就会大幅度下滑啊，你看看他现在的流量，能和两年前比吗？"

"你是歌手还是他是歌手，他会比你更不懂这个道理吗？他不愿意瘦，要么是瘦不下来，要么是找到了比流量更重要的东西。为什么不尊重他的选择呢？"

谈馨说得振振有词，让这个本来想教育唐世宇的粉丝脸上一阵红一阵白，却无力反驳，最后只能恶狠狠地扔下一句："Alisa，你以前被人黑，不是没有道理的！我对你好失望！"

而谈馨并没有受到任何打击，只是微笑着对她挥挥手，就把唐世宇塞进车里，自己也跟着上了车。她对车窗外气急败坏的粉丝做了个鬼脸，一脸鄙视："受不了。帅哥美女谁都喜欢，但对颜值追求到这种程度算是精神疾病吧。泡面头，我觉得你现在很好，只是没有瘦到爱豆的标准而已，但你依然很帅啊，还是有很多女孩愿意为你"生猴子"的，你不要理她……"

"那你愿意为我"生猴子"吗？"唐世宇低沉的、大提琴般的声音传了过来。

谈馨心跳漏了一拍，转过头去错愕地看着他："你说什么……"

他也凝视着她，眼睛还是和刚出道时一样清澈明亮："现在跟我谈恋爱，你不会再有人气危机了，你愿意当我的女朋友吗？"

谈馨嘴角扬了扬，有些害羞地掩饰着低下头，但最终还是扬了起来。这一次，她只觉得很放松，没有任何外界的负担，所以很快就迫不及待地点了点头："好。"

他也笑了，伸手握住她的手，把她小小的手紧紧握在他大而厚实的手心中。

遗憾的是，他们俩并没有体验到热恋期的快乐。因为他们决定正式交往的第四天，唐世宇就随着 BLAST 去了日本拍摄新专辑的 MV。拍摄结束后会有五个月的制作周期，这段时间他是完全空闲的，但他也没有回来，而是留在日本寻找新的创作灵感，计划两个月以后回国。

谈馨觉得很委屈。才和喜欢的男孩在一起，就要饱受牛郎织女式的折磨。好在唐世宇每天都会给她打电话，陪她聊天，有时甚至会守着她，直到电话那一头传来她沉睡时均匀的呼吸声才挂断电话。自从他颜值下滑以后就不喜欢上镜了，所以她提出的视频电话要求也通通被拒绝。但是，他们毕竟才刚在一起，通过语音也腻歪了个够。"亲爱的""么么哒""超爱你""抱抱你""强吻你哦"这类话说了不少。

嘴炮打了不少，等唐世宇真正回国那一天，即将面对他本人的谈馨反而觉得非常不好意思。

他们在一起之后连拥抱都没有过呢。现在她是他女朋友了，是不是难免会有一些身体上的接触……

去机场接他的路上，她心里一直小鹿乱撞。

但真正见到他本人的那一刻，她震惊到心里的小鹿好像直接撞死了。

唐世宇被无数粉丝堵在接机口疯狂拍照。他的样子又变回来了。

她以为自己产生了幻觉，揉了揉眼睛，但那真的不是幻觉——一模一样。一模一样。瘦瘦高高的身材，修长的手指，白皙的皮肤，窄而小的脸颊……因为瘦下来了，眼睛看上去也大了许多。这一年多的时间里，她已经快要习惯了唐世宇的新外貌，现在突然回到以前的逆天颜值，她觉得很不习惯！！

当然，不习惯的人也不只有她，还有广大冰火饭和各路爆炸的媒体。"唐世宇真的只是胖着玩玩的"这个话题半个小时后就飘红在了微博上。

三个小时四十分钟以后，谈馨和唐世宇才成功坐上接机的车。

谈馨生无可恋地看着窗外，漠然地说："我觉得自己被坑了。"

唐世宇挠了挠头："这是计划之外的，我也没想到会被粉丝堵住。"

"谁跟你说粉丝堵住你的事了？我是说……"谈馨一下不知该如何表达自己的心情，只能恶狠狠地瞪了他一眼，"你早就可以瘦的是不是，故意不减肥是不是？"

"不是。"唐世宇靠在椅背上，扬起双眉，眼睛又呈现出了怡然自得的放松状，"我是故意增肥的。"

"哇，你好不要脸！这是诈骗行为！我要跟你分手！"她当然不是希望自己男朋友不好看，但巅峰颜值的唐世宇人气真的太可怕了。和他传绯闻，会比和吴应的绯闻影响大很多。

"我知道你在担心什么。"唐世宇转过身，收回了刚才的嬉皮笑脸，"馨馨，我跟你保证，即便我们俩的关系曝光，我也不会离开你。或许对你来说事业是最重要的，但对我而言，你比什么都重要。"

这样的甜言蜜语在电话里听到不少了，当时只觉得很甜，不像现在这样，有一种被他视线囚禁的感觉。不妙的是，他还握住了她的手。他的手还是很大，却变得特别骨感，和第一次触碰时的感觉也不同了。她紧张得不行，潜意识想把手抽出去。他不会让她得逞，加重了困住她的力道。她心跳快到有些承受不住了，只能慌乱地把视线投到窗外："总之，你是要把我骗到手就对了。"

呜呜，果然还是更喜欢他美少年的样子，自己真是个肤浅的女人……

唐世宇当然猜不到她那么丰富的内心活动，只是清了清嗓子，徐徐说道："你知道的，因为曼轩姐结婚，死兔子出国发展，再也不回来了。虽然他现在混得特别好，但也永远失去了最爱的女人。这三年多他变了多少你都看到了，我觉得他内心是不快乐的。馨馨，我不想变成他那样。"

她无法反驳。去美国以后，龚子途不再拘泥于经纪公司安排的人设，也不用被束缚在固定的音乐格式中。他写了三十三首独具个人风格的金曲，一日比一日耀眼，人气远胜于 BLAST 时期，甚至还拿下了格莱美奖。但是，他的改变也是肉眼可见的。虽然以前公司给他安排的是冰雪贵族的形象，但他的眼中经常露出青涩而温暖的笑意；现在，虽然他在哪里都经常笑，但除了相貌迷人，神态自信，他的笑容并不能传达出任何意义。他的抒情歌曲很动听，但每一支都是极度悲伤的，悲到热恋中的姑娘听了都会哭得泪流满面。这些歌和他的舞曲完全不属于一个风格，和他优雅的举止、淡定的气质更没有任何关系。

他背后的故事欧美粉丝是不会懂的。

爱一个女人十多年，把自己一切最好的都留给她，却是以被玩弄感情、被狠狠抛弃收场。他的心境，连旧友唐世宇和蕴和都不能全懂。

想到龚子途的现状，谈馨有些丧气地垂下肩："是……兔子现在一点也不奶了。他可能永远也不会回来了吧。"

"应该不会了，我觉得兔子的心已经死了，很可能以后不会再这样爱一个人了。想想他和曼轩姐的悲剧，你想重蹈覆辙吗？"

谈馨立即摇摇头。唐世宇笑了："所以，你还要抛弃近在眼前的男朋友吗？"

"我当然不想抛弃你，但是，现在你的颜值又回来了，如果我们的恋情曝光还是有影响，那该怎么办呢？我就担心这一件事啊。"

唐世宇打了个响指："我早就想好了。我不是一直在写歌吗，BLAST 新专辑接近一半的歌都是我写的。以后如果当不了偶像，我就转幕后当作曲人、音乐制作人，专门为你写歌。到时候你也差不多从冬季少女团单飞了，我们换一家低调有实力的公司，或者自己成立工作室，做我们想做的音乐。"

谈馨被他的提议诱惑了。她露出了些许期待的神情："可是，你不是很喜欢表演吗？"

"我们也可以合唱啊，你主唱，我主 rap。一旦决定不当偶像，我们想做什么就做什么，没人会限制我们的。"

"可是你这么帅，不当偶像，会不会有点浪费资源啊？"

"你总算承认我帅了啊。"唐世宇笑得更"惨烈"了，露出一口雪白的牙，"我早告诉过你，我是个老古董，有了媳妇儿以后别的女人都不重要。不当偶像我很乐意，毕竟我的帅只要夫人看得到就行了。"

谈馨说不出话，只觉得心窝很暖。怎么会有这样的男孩呢，又能让她心跳加速，又能让她拥有满满的安全感。

唐世宇发现了她眼中的感动，不知不觉又膨胀起来："我说的这些解决方案，你还有什么疑问，或者有什么要补充的吗，世宇老婆甜心馨馨？"

听到这个网名，谈馨觉得全身的血都冲到了脸上。以前追星时，她的脸皮可以说是非常厚了，类似"唐世宇现在就在他夫人我怀里""你说糖糖是你老公把我和他的孩子都吓醒了""不能睡一次唐世宇的人生和咸鱼有什么两样"这种不要脸的话，她说起来就跟呼吸一样简单。但是，现在只是被本人叫一下这个名字，她都羞得想挖个坑把自己埋了。她用手背贴住滚烫的脸颊，泪眼汪汪地说："没有是没有，但是，我们还是……"

她的话被他无礼地打断了。

"那该说的我都说完了。你不准再说话。"唐世宇霸道地把她拉入怀中，用他们的第一个吻堵住了她的嘴。

Alisa 卷　完

图书在版编目（CIP）数据

曼曼归途 / 君子以泽著 . —长沙：湖南文艺出版社，2019.10

ISBN 978-7-5404-9343-1

Ⅰ . ①曼⋯ Ⅱ . ①君⋯ Ⅲ . ①长篇小说—中国—当代 Ⅳ . ① I247.5

中国版本图书馆 CIP 数据核字（2019）第 149051 号

上架建议：畅销·青春文学

MANMAN GUITU
曼曼归途

作　　者：君子以泽
出 版 人：曾赛丰
责任编辑：薛　健　刘诗哲
监　　制：毛闽峰　李　娜
策划编辑：沈可成　张园园
文案编辑：孙　鹤
营销编辑：吴　思　刘　珣　焦亚楠
装帧设计：梁秋晨
封面插图：杜　鹃
出　　版：湖南文艺出版社
　　　　　（长沙市雨花区东二环一段 508 号　邮编：410014）
网　　址：www.hnwy.net
印　　刷：北京中科印刷有限公司
经　　销：新华书店
开　　本：787mm×1092mm　1/16
字　　数：523 千字
印　　张：26
版　　次：2019 年 10 月第 1 版
印　　次：2019 年 10 月第 1 次印刷
书　　号：ISBN 978-7-5404-9343-1
定　　价：49.80 元

若有质量问题，请致电质量监督电话：010-59096394
团购电话：010-59320018